Petite Bibliothèque

Anne Cuneo

Héros – Limite

Le maître de Garamond a été publié grâce au soutien de la Fondation Leenaards ; de l'État de Vaud, Service général de la Culture ; du Service bibliothèques et archives de la Ville de Lausanne et a bénéficié de la bourse d'aide à un projet d'édition du Département de la cohésion sociale de la République et canton de Genève.

Les éditions Héros-Limite sont au bénéfice d'un conventionnement de la République et canton de Genève et d'un soutien structurel de l'Office fédéral de la culture.

Nous remercions chaleureusement Eva Rittmeyer pour son aide et ses conseils.

 978-2-88955-125-5

Anne Cuneo

Le maître de Garamond

Roman

À Adrian Frutiger, créateur de caractères typographiques, un de ceux qui ont fait au XXe siècle ce que Augereau et Garamond ont fait au XVIe, et grâce à l'amitié de qui j'ai découvert le monde de la typographie.

À la mémoire de Wim, mon compagnon, qui m'a aidée à réinventer le maître et l'élève perdus derrière les célèbres caractères qui portent leur nom.

— A. C.

LES TRAJETS D'UNE ÉCRITURE

par Jonathan Wenger

> « J'ai fini par comprendre que ses livres étaient la forme la plus achevée de son combat. Elle y racontait toujours une histoire de lutte et de victoire. Ses héros, émigrés tessinois dans les bas-fonds de Londres, inventeurs incompris, femme dans un monde d'hommes, juive pendant la guerre... s'en sortaient toujours par leur courage, leur esprit de lutte et leur bonté. Ses livres, c'était son vrai visage, sa vraie vie rêvée, sa revanche et son arme à la fois. Et les lecteurs ne s'y trompaient pas. »
>
> — SYLVIANE ROCHE

En rendant au public les romans d'Anne Cuneo, dix ans après son décès, il faut rappeler en quelques mots l'auteure, ses univers, et le saisissement qu'elle a su offrir à son lectorat.

Née à Paris en 1934 de parents italiens dont elle est tôt privée, ballotée d'orphelinat en institution, elle arrive en Suisse en 1950. La jeune fille est depuis des années déjà une lectrice vorace, passionnée par le spectacle des grandes narrations. Bandes dessinées, théâtre de marionnettes, romans d'Alexandre Dumas, aussi bien qu'Homère et Dante, elle avale les histoires sous toutes leurs formes dès l'âge de cinq ans. Sa formation n'en sera pas facilitée : l'école ne récompense pas l'imagination, l'université aime la discipline. Ce n'est qu'ensuite, lorsqu'elle intègre une agence de communication, qu'elle estime apprendre du nouveau : elle garde de ce milieu la leçon de l'efficacité narrative, minutée et attentive à son but, qui en a fait l'une des plumes les plus appréciées du pays.

Encore toute teintée du marxisme qui imbibe le monde académique des années soixante, elle se lance avec passion dans l'écriture. Elle compose des essais sur le rôle de l'artiste dans la société, des récits autobiographiques centrés sur le corps féminin, des poèmes, des récits documentaires, des pièces radiophoniques et des reportages. Une fièvre créatrice l'anime, qui ne redescendra jamais, mais qu'elle apprendra à canaliser.

Car ses premiers ouvrages lui valent davantage un succès d'estime. Si son premier roman proprement dit, *Station Victoria*, reçoit un accueil chaleureux, c'est surtout avec ses grandes fresques historiques, inaugurées par *Le trajet d'une rivière*, qu'elle triomphe. Quant au *Maître de Garamond*, qui nous occupe, il reste probablement le plus célèbre de ses livres – comme l'un de ceux en lesquels elle s'est le plus investie, pour ne pas dire projetée.

À son origine, il y a notamment la rencontre avec l'historien du livre et créateur de caractères Max Caflisch. Simple concours de circonstances : alors qu'elle l'interviewe, il partage avec elle, hors caméra, sa passion pour Antoine Augereau. Un homme qui réunissait un véritable talent de graveur de caractères et une haute culture humaniste, condamné à mort pour un texte dont on lui attribue à tort l'impression. Devant une telle injustice et des personnages si bien campés, l'idée émerge immédiatement : cette vie, c'est un roman !

Et voilà Anne Cuneo qui se jette à corps perdu dans un travail documentaire minutieux afin d'éclairer la vie – très obscure – de celui qui fut le maître de Claude Garamond, le quasi saint patron des typographes. Elle écume les bibliothèques les mieux dotées en ouvrages de la Renaissance pour établir le catalogue de sa production, échange avec les spécialistes de l'histoire du livre, compulse activement leurs ouvrages, se rend à Fontenay-le-Comte et Poitiers pour s'imprégner des lieux…

On connaît assez le travail de documentation qui accompagnait l'écriture de ses romans historiques (trois ans de recherche et dix-huit mois de rédaction pour le livre que vous tenez entre les mains, par exemple) ; et si vous avez la chance de parcourir ses carnets de travail, vous y trouverez cette minutie et cet enthousiasme qui, pour ne pas se laisser trahir dans son ton, ont manifestement atteint son lectorat.

Mais le plus saisissant est le rôle que joue systématiquement la question de la création dans ses textes : musique dans *Le trajet d'une rivière*, théâtre dans *Objets de splendeur*, lexicographie dans *Un monde de mots*, et, ici, les métiers de l'imprimerie et de l'édition humaniste. Toujours, l'intrigue rôde autour de protagonistes dont l'importance historique est (plus ou moins) connue, et dont l'ambition créatrice et savante est soutenue par une foi profonde en leur activité, au point que leur propre personne semble moins compter que la mission qu'ils se sont choisie.

Le sujet n'aurait peut-être pas si bien pris si Anne Cuneo n'avait pas toujours été fascinée par la Renaissance. Ce qui y retient son attention, c'est l'éruption créatrice de l'époque par le développement des savoirs, de techniques nouvelles (dont l'imprimerie, par excellence), des mœurs : tout un monde en pleine mutation, qui lui semble la clé pour comprendre le sien propre – et dont voici les grandes lignes.

Assez rapidement après la chute de l'Empire romain d'Orient (1453), l'Europe récupère à travers l'émigration des savants de nombreux textes de l'Antiquité, perdus ou faussés par des copies où s'étaient accumulées erreurs et gloses infondées. On se prend à questionner notre compréhension de la philosophie grecque, comme des textes chrétiens eux-mêmes. Revenir aux originaux, écarter les interprétations médiévales qui les ont biaisés, comprendre ce qui, ainsi déformé, n'avait que peu de sens, c'est à quoi s'attellent les humanistes, ces savants qui entendent restaurer les fondations du savoir européen. Dans *Le maître de Garamond*, c'est la figure de Robert Estienne, éminent connaisseur des langues antiques, éditeur et imprimeur de génie, qui les représente le mieux.

Mais comprendre le monde, c'est déjà le transformer ; réviser un texte, même obscur pour beaucoup, comme la *Physique* d'Aristote, c'est déjà remettre en question l'interprétation du monde professée par l'Église catholique : on peut donc imaginer que celle-ci ne soit pas enthousiaste à l'idée de traduire la Bible dans la langue du peuple.

L'Église, depuis longtemps partie prenante des jeux politiques, ne peut accepter que son pouvoir de dicter le sens du réel lui échappe, même partiellement. D'où les censures, interdictions, querelles et sanctions violentes qui émailleront le siècle. Dans notre roman, c'est Noël Beda, syndic de la Sorbonne (le sommet de l'université est alors la théologie) qui tient ainsi lieu d'antagoniste principal aux humanistes – et obtient effectivement la condamnation d'Antoine Augereau.

Le monde ne reste pas impassible devant ces transformations. Avant même que l'Église ne hausse le ton, deux attitudes partagent les croyants sensibles aux évolutions du temps : d'un côté, les évangéliques, qui attendent de l'Église qu'elle corrige ses abus temporels (la corruption de nombreux courants monastiques est notoire, et l'appât du gain menant au trafic des indulgences n'est pas bien perçu), et revienne à la pratique de la foi telle que décrite dans les Évangiles ; de l'autre, les réformés, qui n'ont pas des souhaits différents, mais estiment l'Église structurellement trop corrompue pour que ce retour aux sources soit possible, et désirent donc sa refondation. Une situation tendue qui, le génie de l'imprimerie aidant, va hausser le niveau et le ton des débats – avant de dégénérer dans les guerres de Religion…

Si, ici, contrairement à l'affirmation de Sylviane Roche, le protagoniste ne triomphe pas, ses idées passent néanmoins à la postérité, et la leçon volontariste de l'auteure porte. Car ce monde ne diffère pas tant du nôtre : sans surprise, l'accent est mis sur un univers où l'on réclame le savoir pour l'amélioration du bien commun. Un savoir qui s'obtient au prix, outre de l'effort, d'une médiation pédagogique prudente face aux croyances installées – quand ce n'est pas d'une véritable guerre. Sous couvert de nous ramener aux origines de la culture livresque, la fable historique d'Anne Cuneo nous rappelle que le passé est bien présent – et que comprendre le monde, c'est encore le transformer.

Le maître de Garamond

Antoine Augereau

graveur, imprimeur,

éditeur, libraire

Roman

Augereau..., this pioneer in Paris of typography in Roman letter who deserves immortality.

Augereau (...), ce pionnier à Paris de la typographie en caractères romains qui mérite l'immortalité.

— STANLEY MORISON, historien de la typographie, *L'Inventaire de la Fonderie Le Bé* (1957)

Qui fit, Tiraquelle doctissime, ut in hac tanta seculi nostri luce, quo disciplinas omneis meliores singulari quodam deorum munere postliminio receptas videmus, passim inveniantur, quibus sic affectis esse contigit, ut e densa illa Gothici temporis caligine plusquam Cimmeria ad conspicuam solis facem oculos attollere aut nolint, aut nequeant?

Comment se fait-il, très savant Tiraqueau, que dans cette lumière si grande de notre siècle, où nous voyons reçues chez nous les meilleures sciences par une faveur exceptionnelle des dieux, on trouve çà et là des hommes ainsi faits qu'ils ne veulent ou ne peuvent lever les yeux hors de l'épais brouillard d'outre-tombe de l'époque gothique pour voir l'éclat du soleil?

— FRANÇOIS RABELAIS, Lettre à son ami,
l'homme de loi André Tiraqueau (3 juin 1532)

Dans lequel Claude Garamond, maître imprimeur à Paris, se rend à Neuchâtel, en Suisse, pour découvrir la Vérité

Il s'était remis à faire froid. La journée avait été chaude, presque un jour d'été. Mais vers le soir le ciel s'était couvert, et il avait commencé à pleuvoir. Une giboulée violente d'abord, puis une pluie fine, persistante. Juste avant le coucher du soleil, le ciel s'était ouvert un instant, mais il n'avait pas arrêté de pleuvoir pour autant. Tout avait soudain été teinté de rose, la surface du lac avait semblé lisse. S'il n'était pas sorti de sa boutique juste à ce moment-là, cela aurait, pour lui, passé inaperçu.

Il avait grimpé jusqu'à la Collégiale, ses épreuves sous le bras. Normalement, il les aurait fait porter par l'apprenti, mais ce texte-ci était particulier. Il aurait voulu en discuter un passage avec le ministre Marcourt. Traduire la Bible, c'était une aventure périlleuse dans certains coins du monde. Ici, à Neuchâtel, c'était simplement très difficile. D'autant plus difficile qu'ailleurs de grands hommes s'y étaient déjà attelés, et qu'il n'était pas, ou pas encore, certain qu'on allait pouvoir faire mieux.

Il était allé frapper à la porte de la cure. Maîtresse Marcourt était venue ouvrir en personne, un petit enfant accroché à ses jupes. C'était à chaque fois un étonnement, la jeunesse de cette femme aux côtés d'un mari qui paraissait vieux, plus vieux qu'il n'était, probablement. Cela se voyait, et même souvent, pour les mariages arrangés, entre riches, mais en la circonstance ce n'était pas le cas. Marguerite de Crane avait épousé Antoine Marcourt de son plein gré.

« Il n'est pas là », avait-elle dit dès qu'elle l'avait vu, sans lui laisser le temps de placer un mot. Encore une surprise. Elle était aussi vive que Marcourt était lent, majestueux, sauf lorsqu'il prêchait, car il était alors tout feu tout flamme, et, à y bien réfléchir, il devenait alors le digne époux de cette accorte personne.

«Je vous laisse ces épreuves, vous lui direz d'examiner le passage que j'ai marqué, il me semble que nous n'y sommes pas fidèles à l'original.»

«Je lui dirai.»

En rentrant, il était passé par l'octroi, pour voir (on ne savait jamais) si les balles de papier qu'il avait commandées étaient arrivées, ou si elles n'avaient pas été retenues. Rien. Si le papetier n'y mettait pas bientôt du sien, il n'aurait plus de quoi travailler.

La nuit était presque totalement tombée lorsqu'il s'était retrouvé devant l'imprimerie; on percevait à travers le volet le tremblement des chandelles.

Un bruit de sabots. Et soudain, surgi de l'ombre, un homme enveloppé d'un grand manteau, capuchon jusque sur les yeux, tenant son cheval par la bride. Il s'était arrêté net en le voyant.

«Bonsoir, Messire», était sorti de cette masse sombre. Une intonation étrangère. Pas un Neuchâtelois, et pas un Genevois. L'étranger venait de France.

«Bien le bonsoir à vous.»

«Je cherche l'imprimerie de Pierre de Vingle, on m'a dit que c'était par ici.»

«Eh bien, vous avez trouvé, et l'imprimerie, et Pierre de Vingle. Que puis-je pour vous?»

«Je m'appelle Claude Garamond, je suis maître imprimeur et je viens de Paris pour vous voir.»

«Entrez donc, Maître. Il est inutile que nous nous entretenions sous la pluie battante.»

Il avait ouvert la porte, et dans la lumière il avait vu que l'étranger avait le visage lisse sous la barbe, et le corps agile. La trentaine, peut-être. Il avait attendu que Claude Garamond attache sa monture et détache son portemanteau. Il l'avait fait entrer.

Son atelier était petit : un compositeur, un encreur, un pressier, un apprenti, et lui-même qui préparait les textes avec l'aide de quelques-uns des savants réfugiés (comme lui) dans la région depuis les persécutions.

Claude Garamond s'était défait de sa cape. Il n'était peut-être pas aussi jeune qu'il avait paru au premier abord : au coin de ses yeux, il y avait de ces rides légères qui trahissent la maturité ou, parfois, la douleur. Le visiteur ne devait pas être loin de la quarantaine après tout, bien qu'il n'y eût pas plus de fil blanc dans son épaisse chevelure brune que dans sa courte barbe. Pas grand, mais exhalant énergie, force décidée, et comme de la rage contenue aurait-on dit.

Il l'avait fait monter à son logis, l'avait fait asseoir, avait envoyé la servante préparer la chambrette où l'on recevait régulièrement les évangéliques venus faire imprimer un texte qui serait interdit en pays catholique. Il y en avait tant, depuis que lui-même avait fui Lyon – au point qu'il avait fini par se demander s'il n'était pas temps d'agrandir l'imprimerie. Il était prêt à parier que l'étranger ne voulait pas autre chose : tout au plus demanderait-il à imprimer lui-même.

La servante était redescendue, et avait servi à l'hôte le ragoût que la famille avait mangé plus tôt dans la soirée.

« Tenez, mon bon Monsieur, nous l'avons bien réchauffé, cela vous réconfortera. Le temps a failli se mettre au beau, mais il s'est ravisé. Il fait un froid à ne pas mettre un poussin dehors, à c'te heure. »

Le Parisien avait souri, pour la première fois depuis son arrivée.

« Merci, vous êtes bonne. Il est vrai que je suis à la fois transi et affamé. Vous me ressuscitez. »

Cela dit, il avait été peu loquace. Chaque fois qu'il l'avait pu, il avait répondu aux questions par monosyllabes. Et lorsque cela n'était pas possible, ses informations s'étaient bornées à l'essentiel. Il avait pignon sur rue depuis quelque temps. À Paris. Il s'intéressait plus particulièrement au dessin et à la fonte des caractères. Romains, avait-il précisé en réponse à une question. Il voyageait depuis plusieurs jours. Il venait de passer quelques mois à Bâle. Le repas terminé, Claude Garamond avait regardé Pierre de Vingle en face, pour la première fois. Il avait des yeux brun clair, mêlés de vert, des yeux de chat.

«Si vous le permettez, Maître, j'aimerais renvoyer à demain la raison pour laquelle je suis venu. Je suis fourbu, et mon affaire est complexe.»

On ne peut qu'accéder au vœu d'un hôte. Pierre de Vingle était curieux, mais il avait accepté.

L'étranger ne l'avait d'ailleurs pas fait languir. Le lendemain matin, il était descendu en même temps que lui. Après le déjeuner, il avait accompagné Maître de Vingle dans son imprimerie, qu'il avait visitée. Il s'était penché sur la casse, en avait retiré un caractère, puis un autre, et un autre encore, qu'il était allé examiner à la lumière du jour, dehors. Intérêt de graveur, s'était dit Pierre de Vingle.

Finalement, les deux hommes s'étaient isolés dans la salle des correcteurs, vide à cette heure-là.

Claude Garamond avait sorti de la poche intérieure de sa veste une feuille de papier qu'il avait dépliée, lissée et qu'il avait présentée à Pierre.

«Il peut sembler ridicule d'avoir entrepris un tel voyage sur un ouï-dire, mais je suis venu jusqu'ici pour vous demander s'il est vrai que c'est vous qui avez imprimé ce placard. D'après ceux de vos poinçons que j'ai examinés tout à l'heure, je dirais que oui.»

Pierre de Vingle avait tout de suite vu de quoi il retournait. Pour se donner une contenance, il avait pris la feuille et avait commencé à déchiffrer le texte à haute voix:

«*Articles véritables sur les horribles grands et insupportables abus de la messe papale: inventée directement contre la sainte*

Cène de Jésus-Christ. J'invoque le ciel et la terre en témoignage de vérité: contre cette pompeuse et orgueilleuse messe papale par laquelle le monde (si Dieu bientôt n'y remédie) est et sera totalement ruiné, abîmé, perdu et désolé: quand en icelle Notre-Seigneur est si outrageusement blasphémé: et le peuple séduit et aveuglé: ce que plus on ne doit souffrir ni endurer. »

Puis ses yeux avaient parcouru la feuille et s'étaient portés sur la fin du texte, et il avait lu, d'une voix de plus en plus lente, la conclusion.

« *... par cette messe ils ont tout empoigné, tout détruit, tout englouti; ils ont déshérité princes et roys, marchands, seigneurs, et tout ce que, on peut dire, soit mort ou vif. Par icelle ils vivent sans souci, ils n'ont besoing de faire rien, d'estudier encore moins, que voulez-vous plus? Il ne se faut donc s'émerveiller bien fort s'ils la maintiennent; ils tuent, ils brûlent, ils détruisent, ils meurtrissent comme brigands tous ceux qui les contredisent, car ils n'ont plus que la force. Vérité leur fault. Vérité les menace. Vérité les suit et pourchasse. Vérité les épouvante. Par laquelle brièvement seront détruits. Fiat, Fiat, Amen.* »

Il avait levé les yeux. Les yeux de Claude Garamond s'étaient faits presque noirs, son visage était pincé, ses lèvres serrées, sa pâleur effrayante.

« Alors? Est-ce vous qui avez eu la brillante idée de traiter le roi de brigand sanguinaire? »

Prudence.

« Il se peut que ce manifeste sorte de mon imprimerie, cher confrère, mais cela doit faire quelque temps, il me rappelle les discours que tient notre ministre, le pasteur Marcourt. »

« Ce n'est pas vous qui l'avez écrit! »

Cela l'avait fait rire.

« Seigneur, non. Je serais bien incapable d'écrire une chose pareille. Ce doit vraiment être le pasteur Marcourt. »

Garamond avait paru réfléchir, soupeser cette information; il avait fini par acquiescer.

«Je vois. Il est vrai que celui qui m'avait renseigné était imprimeur, et non théologien. Il m'a dit que vous aviez été persécuté, que vous aviez dû fuir le royaume en abandonnant femme et enfants, et que vous étiez l'auteur de ce texte.»

«Eh bien non. Le culte de la Vierge me laisse sceptique, je vous l'accorde, mais jamais je n'userais d'une telle véhémence. Mes méthodes sont différentes, et je suis opposé aux provocations. Je serais plutôt pour vivre et laisser vivre. Puis-je savoir pourquoi vous vous intéressez à la provenance de ce placard?»

«Comme vous n'êtes pas théologien, et qu'en plus vous n'êtes pas l'auteur du texte, vous ne savez peut-être pas qu'il a été affiché partout de Paris à Amboise, et jusque sur la porte de la chambre à coucher du roi, qu'il a provoqué la mort d'un nombre encore indéterminé de personnes, une cinquantaine au bas mot, et a eu l'effet contraire à celui que son auteur escomptait. Au lieu d'éveiller les âmes, il a déchaîné une persécution sans précédent et a éloigné des évangéliques des hommes qui jusqu'à la veille auraient été tout prêts à discuter avec eux.»

Pierre de Vingle savait tout cela, mais il avait préféré rester vague.

«Que depuis quelques mois les circonstances soient particulièrement dures pour tous ceux qui ne sont pas en complet accord avec l'Église de Rome, cela je le sais. Nous en subissons immédiatement les contrecoups, à chaque fois que cela arrive: les gens viennent prendre refuge en pays de Neuchâtel, en pays de Vaud, de Genève; et même lorsque, pour une raison ou une autre, ils vont en pays de Berne ou de Bâle, ils passent par ici, et ils racontent.»

«Et vous ne vous êtes pas rendu compte que la dernière vague avait pour origine ceci?»

Claude Garamond avait frappé le placard avec violence. Pierre de Vingle avait esquivé la question.

« Plusieurs savants, Pierre Olivétan en tête, préparent une traduction de la Bible, et je sais que cela peut provoquer une tempête. »

Les deux hommes s'étaient regardés en silence pendant une petite éternité.

« Et quelle est la raison qui vous a poussé à venir jusqu'ici, Maître Garamond ? »

Claude Garamond avait dû faire un effort pour parler, cela s'était vu à la tension de son cou.

« L'homme qui a été accusé d'avoir imprimé ces placards était mon maître, celui qui m'a appris le métier et m'a traité comme un fils. Depuis, il était devenu l'époux de ma mère. » Une pause. Lorsqu'il avait repris, Claude Garamond pouvait à peine articuler, les pleurs l'étouffaient. « J'ai juré devant Dieu que je retrouverais l'auteur de ce texte insensé, lancé dans une communauté sans la moindre réflexion sur les graves conséquences qu'il pourrait avoir, et je l'ai juré tout autant pour ma pauvre mère, ou pour mieux dire à ce qu'il reste de cette femme qui ne vivait que pour son époux. Et je me suis juré, à moi, que je le lui ferais avaler. »

Pierre de Vingle avait souri malgré lui.

« Si ce placard est l'œuvre de Maître Marcourt, vous vous rendrez vite compte que ce n'est pas le genre d'homme à qui on fait avaler ses écrits. »

« On a lancé ce brûlot depuis cet abri, sans se soucier de ce qui arriverait à ceux qui en subiraient les conséquences. Le roi était sur le point d'instaurer une sorte de paix religieuse, sur le point de neutraliser la Sorbonne. Mais Sa Majesté est homme de l'instant, et ces placards ont détruit l'instant. Ils l'ont tellement enragée que le balancier a oscillé tout à fait dans l'autre sens. Encore un peu, et elle sera plus bigote que les fanatiques de la Sorbonne qui, en ce moment, font d'elle ce qu'ils veulent. En tout cas, elle les a laissés libres d'agir, alors que, jusqu'ici, elle les avait retenus. Résultat : Maître Antoine Augereau et cinquante autres peut-être sont morts. À la Sorbonne, on n'attendait qu'un prétexte pour sévir contre les gens qui déplaisaient à la Faculté de théologie. Votre Marcourt le leur a donné, et a contribué à frapper un coup mortel contre les défenseurs de sa propre cause. Les gens que les évangéliques étaient sur le point de gagner à leurs idées se sont détournés d'eux avec horreur.»

«Vous m'en voyez marri, sincèrement marri. Mais cela ne va guère émouvoir Maître Marcourt. À sa manière, c'est un fanatique. Je vous conduirai jusqu'à lui, et vous lui parlerez. Mais il a fait sienne la cause de Martin Luther, et il est persuadé qu'il faut tout sacrifier pour elle. Lui l'a fait, il a quitté Lyon où il vivait, et il est arrivé ici les mains vides, il n'avait que les vêtements qu'il portait sur son dos. Son éloquence a fait de lui notre premier pasteur.»

«Vous l'aimez?»

Pierre de Vingle avait dû soupeser la question. Il ne craignait plus trop que le nouveau venu fût un suppôt de la Sorbonne.

«Entre nous, je le trouve trop extrême, trop exigeant, trop peu humain aussi, contrairement à Maître Farel, par exemple, qui reste toujours proche des gens, et que le son de sa propre voix n'exalte pas jusqu'à l'extase. Ou à Maître Olivétan, qui est la douceur même. Mais j'estime que sa cause est juste.»

Il avait jaugé Garamond un instant.

«Êtes-vous luthérien, ou zwynglien?»

«Je n'en sais rien. Je suis avant tout un artisan. Et comme Maître Augereau, je suis un bon chrétien. J'estime que nous devrions discuter. Les catholiques intransigeants sont insupportables, ils ont été jusqu'à vouloir faire interdire l'imprimerie, et le roi les a suivis.»

«Quoi? Interdire l'imprimerie? Mais...»

«L'idée lui est venue à cause de votre Marcourt, tenez. Alors que Sa Majesté était encore fâchée des Placards, on s'est arrangé pour faire circuler un *Petit traité très utile et salutaire de la saincte Eucharistie...* »

« Oui, celui-là c'est moi qui l'ai imprimé personnellement. »

« La seule chose positive de ce texte, c'est que l'auteur s'y accuse d'avoir écrit et imprimé les Placards contre la messe. Et comme Maître Augereau était mort, et que décidément ce ne pouvait donc pas être lui, cela a fâché encore plus Sa Majesté. Elle avait laissé tuer l'imprimeur préféré de sa sœur, un homme qui avait clamé son innocence. Et il s'avérait qu'il avait effectivement été accusé à tort. Maître Beda, qui a poussé ou fait pousser le roi à appuyer l'exécution de Maître Augereau, l'a payé cher : il a dû faire amende honorable, a été exilé, et il a échappé lui-même de peu au bûcher. Les amis de Maître Augereau et du chevalier de Berquin ont applaudi, mais tristement, car cela ne ressuscitera ni ces deux martyrs-là, ni les autres. Et en attendant, pour régler le problème, on ferme les imprimeries. »

Un long soupir.

« Cela ne tiendra évidemment pas. Le seul effet bénéfique de cette loi a été de me donner du temps libre pour venir vous voir. Je suis persuadé qu'à mon retour nous pourrons nous remettre à nos presses. »

Il avait eu un sourire sans aménité.

« Les évangéliques intransigeants m'insupportent tout autant que les romains bigots. Pour les mêmes raisons : lorsqu'on se laisse aller aux extrêmes, ce qui est plus facile que de réfléchir, on devient idiot. Les idioties sont différentes, mais elles n'en sont pas moins des idioties. Toutes. Et elles sont dangereuses. Il faut discuter, et non s'entre-tuer. Sinon l'Humanité ne s'élèvera jamais plus près du ciel. »

Pierre de Vingle l'avait regardé longtemps sans rien dire. Cet étranger disait tout haut dans son parler rapide ce que lui-même pensait au plus profond de lui et qu'il n'avait jamais exprimé.

«Nous ne sommes que des artisans, nous ne sommes pas des penseurs. Laissons les théories à ces docteurs en théologie dont c'est la vocation.»

«C'est exactement ce que disait Maître Augereau. Cela l'a mené tout droit au gibet.»

«Alors?»

«Allons voir Maître… Marcourt, avez-vous dit?»

«Oui, Antoine Marcourt. Il vient de Lyon, mais c'est un Picard, comme moi.»

«D'où qu'il vienne, je veux faire sa connaissance.» Un sourire avait effleuré ses lèvres. «De toute manière, même si je pouvais lui faire avaler son maudit placard, cela non plus ne ressusciterait pas mon maître.» Il avait réfléchi un instant. «Mais, auparavant, je voudrais vous faire lire le mémoire que j'ai rédigé sur mes rapports avec Maître Antoine, et les événements qui ont précédé sa mort.»

Il s'était levé, avait grimpé jusqu'à sa chambre, et en était redescendu avec une liasse de feuilles attachées avec une lanière de cuir.

«Voici mon histoire. J'ai composé à la casse, la nuit, ce que j'écrivais le jour. Depuis la mort de Maître Antoine, je n'arrive plus à dormir.»

Pierre de Vingle avait pris les feuilles.

«Peut-être n'est-ce pas pour punir Maître Marcourt que vous êtes venu, mais pour vous-même, pour retrouver la paix de l'âme une fois que vous vous serez confronté à lui. Cela vous aidera à faire votre deuil.»

«Je voudrais que vous disiez vrai.»

«Me permettez-vous un conseil?»

«Je vous en prie, Maître de Vingle.»

«Laissez-moi le temps de lire votre mémoire. Quelques jours. Je vous accueille volontiers chez moi. Vous pourrez voir Maître Marcourt de loin, vous faire une idée, et moi aussi, en lisant votre texte, que vous lui apporterez ensuite.»

Les yeux de Garamond s'étaient plissés, son front aussi.

«D'accord», avait-il fini par dire. «Pendant ce temps, je peux prêter main-forte à votre imprimerie. C'est ainsi que je passerai le mieux inaperçu.»

Ils s'étaient serré la main.

Pierre de Vingle avait ouvert le paquet. Le texte avait été imprimé en caractères latins d'une limpidité, d'une finesse, d'une beauté extraordinaires. Jusque-là, Pierre avait toujours refusé les caractères latins parce qu'il ne les trouvait pas aussi clairs qu'on voulait bien le dire. Mais ceux-là...

«D'où vient la fonte qui a servi à composer ce mémoire?»

Une fois encore, la voix de Claude Garamond avait tremblé en répondant.

«Elle est l'œuvre de Maître Antoine Augereau, Dieu ait son âme, qui était un grand savant, et le plus grand graveur de poinçons romains de France et de Navarre. Peut-être du monde.»

«Antoine Augereau... C'est un nom qu'il me semble avoir déjà entendu. Chez mon beau-père à Lyon, peut-être... Il était imprimeur.»

«Et qui était-ce?»

«Maître Claude Nourry, à l'enseigne du Prince.»

«L'imprimeur de *Pantagruel*?»

«Lui-même. Il est mort depuis, paix à ses cendres.»

«Et vous? Comment se fait-il que vous soyez ici?»

«J'avais trop imprimé la Bible de Maître Lefèvre en français. J'ai pris des précautions, mais elles ont été vaines. Le jour est venu où il a fallu que je m'éclipse.»

Une pause.

«Et vous-même, Maître Garamond?»

«Je ne suis pas, ou plutôt je ne suis plus imprimeur, je suis graveur. J'ai tout appris de Maître Augereau.»

Pierre de Vingle avait réfléchi un instant. Pendant que Claude Garamond travaillerait à ses côtés, il lui permettrait, s'il était aussi habile que l'apparence de son texte le laissait présager, de gagner du temps, qu'il pourrait consacrer à la lecture.

«Marché conclu, donc, mon ami. Au travail.»

Les deux hommes s'étaient levés ensemble, et étaient retournés à l'imprimerie.

Il avait fallu toute la journée pour que le Parisien fût installé et à son affaire. Lorsqu'il avait parcouru d'un premier coup d'œil le texte sur lequel il allait travailler, il avait eu une exclamation de surprise.

«Mais... C'est encore une fois la Bible traduite par Maître Lefèvre. Vous la réimprimez?»

«Non. Si vous la regardez bien, c'est une version modifiée, qui est l'œuvre de Maître Olivétan. Il part du texte français de Maître Lefèvre, certes, mais il le collationne avec les textes anciens, grec et même hébreu, car Maître Pierre est un grand érudit. Aussi ne garde-t-il le texte de Maître Lefèvre que là où il est en accord avec ceux qu'il considère comme des originaux, des textes auxquels le Maître d'Étaples n'avait pas accès.»

Il avait eu un sourire malicieux.

«Même s'il est un grand savant, Pierre Olivétan est un jeune homme. Et, comme vous le savez, les jeunes gens ont tendance à vouloir réinventer la roue, sans remarquer l'essentiel: si elle n'avait pas déjà existé, l'idée ne leur en serait pas venue. Mais il faut leur laisser faire leurs expériences. Et quand c'est pour la plus grande gloire du Créateur...»

Claude Garamond avait acquiescé.

«Cela est bien dit.»

Il s'était mis au travail.

Maître Marcourt ne s'était pas manifesté, il était peut-être à Genève. En attendant, Maître de Vingle avait décidé d'utiliser son temps libre pour lire.

Il avait entamé le mémoire de Claude Garamond.

1 · Comment j'ai dévié de la route tracée pour moi par la coutume pour devenir l'apprenti imprimeur de Maître Antoine Augereau

Mon esprit refuse.

Ce qu'il a vu ne veut se transmettre à ma mémoire. C'est comme un de ces mauvais rêves qui vous hantent après le réveil. Mais il ne s'agit pas ici d'un mauvais rêve. C'est vrai. J'ai vu, de mes yeux vu, mon maître – mon bon maître, mon ami –, sur le parvis de Notre-Dame, demander pardon de ses péchés. Je l'ai vu traîné place Maubert, en chemise dans le froid (ridicule, de penser cela à un tel moment), je l'ai vu étranglé et, Dieu soit loué, mourir d'un coup, le bourreau a tenu parole. Et puis j'ai vu son corps brûler avec ses livres, et c'était horrible, mais au moins il était déjà mort, et la souffrance du bûcher lui a été épargnée.

À vrai dire, les exécutions capitales me font horreur, et généralement j'évite la place Maubert, qui depuis quelque temps est devenue le lieu où l'on exécute des personnes qui n'avaient eu qu'un seul tort: penser hors des chemins battus par la Sorbonne.

Dans le cas particulier, je n'étais là que parce que je l'avais promis, et aussi parce que jamais je n'aurais laissé mon maître et ami mourir seul (façon de parler, la foule était dense, mais rares étaient ceux qui connaissaient le condamné), et enfin parce que, absurdement, jusqu'à la dernière minute, j'ai espéré que l'intercession de Madame Marguerite auprès du roi arracherait l'imprimeur de la reine de Navarre à une condamnation injuste. Je n'aurais pas dû me faire d'illusion; Maître Antoine ne s'en faisait aucune, lui.

« Les rois ne se soucient guère d'un simple imprimeur », a-t-il dit. « Il faut que quelqu'un paie, je suis au bout de la chaîne, ce ne peut être que moi. »

Je lui ai promis de raconter son histoire le jour où cela serait possible. Je lui ai même promis de le venger, mais il m'a exhorté à ne pas répondre à la haine par la haine. « Il faut rompre la chaîne de la violence », a-t-il dit. Il n'empêche que, vengeance ou pas, je veux savoir qui est responsable de sa mort.

Depuis janvier, l'activité des imprimeurs a été interdite par décret royal. Nous attendons tous, car il est impossible que cela dure. Je vais mettre le temps à profit pour entamer l'acte de mémoire – et de deuil.

Je commencerai par rassembler mes souvenirs. Maître Antoine ne viendra – hélas – plus me « déranger », comme il disait, pour que nous allions boire un pichet.

« Allons, allons, mon cher Claude, un gosier sec n'est pas bon pour la main qui œuvre. »

Il ne faut pourtant pas supposer qu'il fût noceur. Je connais peu d'hommes capables de travailler avec un acharnement semblable au sien. Ce qui le rendait si plaisant, contrairement à tant d'autres grands travailleurs de ma connaissance (contrairement à moi-même, dans un sens), c'est qu'il savait s'arrêter, et rire quand il le fallait. C'était un grand rieur. Jamais, chez lui, de ces colères noires qui s'entendent à l'autre bout de la rue Saint-Jacques. Vous saviez qu'Antoine Augereau était contrarié simplement lorsqu'il cessait de sourire. Dans toute cette triste affaire qui s'est conclue avec sa mort, il n'a cessé de sourire qu'une fois, lorsque l'Église l'a abandonné au bras séculier (ou, disons, lorsqu'elle n'a pas assez insisté, comme elle le fait parfois, par principe, pour démontrer sa puissance à la justice des hommes). À la dernière minute, juste avant qu'on ne le pende, il m'a encore fait un clin d'œil et un sourire. Lorsque j'y songe…

Mais je m'égare. Il me faut revenir à un déroulement ordonné de mon histoire.

Par où commencer?

Par notre rencontre, peut-être.

Je venais de passer quatre ans à l'école, loin de chez moi. J'avais appris la lecture, l'écriture, l'arithmétique, et j'avais pris une multitude de coups de fouet parce que je n'arrivais pas à retenir un *Doctrinale* de triste mémoire dans lequel nous aurions dû apprendre le latin. La seule idée de passer un mois de plus dans une de ces maisons m'obscurcissait cette tête que j'étais censé remplir de science. J'avais dix ou onze ans.

Heureusement mon père, qui était marchand drapier, voulait que je l'assiste, et que je me prépare à lui succéder. Pourtant, un essai m'a prouvé que je faisais un très mauvais apprenti drapier.

Ce n'est pas que j'aie rechigné à faire ce qu'on attendait de l'apprenti d'un marchand. Au contraire – tout, pourvu de ne pas devoir retourner sur les bancs d'une école. J'ouvrais la boutique tous les matins, je la parais de tapis, je balayais méticuleusement devant notre porte, plusieurs fois par jour. Les autres apprentis de la boutique ont dû apprendre à reconnaître la marque de mon père; je la distinguais, moi, depuis que j'avais ouvert les yeux sur le monde – je connaissais aussi les numéros des diverses marchandises, le prix, et je savais faire le boniment comme tout marchand qui se respecte. Il aurait fallu m'entendre vanter le drapé d'un tissu, sa tenue, sa laine... Je me trompais rarement sur la qualité et la valeur, je ne me souviens pas qu'on ait jamais réussi à me voler en me payant. Mais le cœur n'y était pas. C'était un pis-aller (pourtant, si ma seule alternative avait été l'école ou la boutique paternelle, j'aurais volontiers passé ma vie à la boutique). Ce qui m'attirait vraiment, c'étaient les outils, les machines. Tout le monde l'avait d'ailleurs remarqué: depuis mon plus jeune âge, je comprenais les mécanismes d'une roue de moulin mieux que le drapé des étoffes.

C'est sans doute pour cela qu'un jour mon père m'a emmené chez un de ses amis imprimeurs, le maître Henri Estienne, qui avait sa boutique rue Saint-Jean-de-Beauvais, près de la Faculté de décret, dans une maison dite Aux Lapins. Pendant que mon père parlait avec le maître, je me suis promené dans son atelier d'imprimerie. J'ai observé avec attention le travail des compositeurs devant leurs casses. Le regard fixé sur leur visorion, ils prenaient les lettres sans jamais baisser les yeux et, avec une rapidité qui m'éberluait, ils les plaçaient sur le composteur (je ne savais pas ce jour-là le nom de toutes ces choses). J'ai erré de salle en salle, étudiant le travail de chacun, et j'ai fini par aboutir dans une pièce, assez petite, où se tenait une espèce de colosse qui fondait du métal pour en faire… quoi? Je ne comprenais pas. Je suis resté planté là jusqu'à ce qu'il se retourne et me voie. À vrai dire, il n'était pas si colosse que cela: il m'apparaissait tel alors parce que j'étais moi-même encore petit et fluet.

«Alors, jeune homme, on s'intéresse à la fonte?»

«Mais… que faites-vous?»

«Je fonds du métal pour fabriquer des caractères.»

J'ai ouvert la bouche pour m'étonner. Il a prévenu ma question.

«Je fonds des caractères que nous avons cassés ou dont il nous manque des lettres.»

Et puisque je fixais, fasciné comme à mon habitude, la machine qu'il tenait entre ses mains, il s'est senti tenu d'ajouter, tout en revenant à son ouvrage:

«Vois-tu, dans un métier comme l'imprimerie, mieux vaut connaître tous les arts qui y touchent.»

J'ai pris mon courage à deux mains:

«Le papier aussi?» La fabrication et la préparation du papier étaient ma passion du moment. C'est pour cela que je m'étais intéressé aux moulins.

«Le papier aussi. Lorsque j'étais apprenti, mon maître m'a forcé à passer plusieurs mois dans un moulin des environs de Poitiers. C'est un de tes fidèles compagnons de travail, me disait-il, il faut que tu le connaisses intimement.»

«Qu'est-ce que c'est, un poinçon?»

«Tu dois savoir que, une lettre, il faut commencer par la dessiner. Il faut veiller à l'équilibre entre ses parties blanches et ses parties noires. Les blancs, ce seront les creux, les noirs ce qui se verra sur le papier.»

Il a pris un morceau de métal sur son établi.

«Une fois qu'on a le dessin, on le reporte sur ce morceau de métal: c'est-à-dire qu'on creuse les endroits où on voudra par la suite voir apparaître les blancs. Une fois qu'on a fini de creuser, les parties saillantes qui restent ce sont...?»

«Les noirs.»

«Voilà. Ce morceau de métal là s'appelle le poinçon. Il va me servir à faire autant d'exemplaires qu'il m'en faudra d'une lettre donnée.»

Il tenait un instrument dans lequel il a placé un autre morceau de métal qu'il avait chauffé à blanc pendant qu'il me parlait. Il a serré le tout avec deux vis, et puis il a enfoncé le poinçon dedans.

«Tu vois, ainsi le métal chauffé à blanc reçoit l'empreinte du poinçon.»

«Et c'est fini?»

«Non. C'est beaucoup plus long et plus compliqué que cela. Je ne t'ai expliqué que le principe de la chose. Car la gravure des lettres doit être très précise, au huitième de ligne près, disent les experts. Il faut donc s'assurer que tout est exact avant de commencer, et ensuite il s'agira de limer, de polir à n'en plus finir. Mais une fois que les lettres sont sorties de nos mains, elles deviennent les ambassadrices de l'esprit. Grâce à elles et aux presses, on pourra exprimer des idées et les partager. Quoi de plus noble?»

J'ai décidé à cet instant que je serais imprimeur. Le colosse est retourné à son ouvrage en sifflotant, et je suis sorti sur la pointe des pieds. Lorsque mon père s'en est allé, je l'ai suivi, tête basse, l'esprit tout occupé à échafauder un plan.

Dès le lendemain, je me suis informé. Je suis allé voir un des anciens camarades de mon école, qui était apprenti rue de la Bûcherie, à l'enseigne du Lion-Enferré, chez le maître André Bocard, qu'à l'époque je ne connaissais bien sûr pas.

Il arrive toujours un moment où les apprentis doivent aller faire une course pour leur maître. Celui-là n'a pas fait exception. Il s'appelait Pierre Deau. Il est sorti alors que je l'attendais depuis une éternité – mon propre père m'avait envoyé porter un paquet, il devait penser que je me dévergondais. Il faut dire qu'à l'époque j'aimais flâner dans les rues, m'arrêtant aux fontaines pour entendre les bavardages, écouter les refrains des marchands et des artisans ambulants :

Gros fagots ! Sèches bourrées !

Ah mes bons navets ! Naveeets...

Chicorée, chicorée !

Noir à noircir ! Couvercles à lessive !

Chaudronnier ! Qui veut de l'eau ?

Harengs frais ! Maquereaux de chasse !...

J'adore cette musique, je ne m'en lasse pas.

Bref, Pierre Deau est sorti, le visage illuminé par l'idée de pouvoir courir quelque part. Je me suis avancé, il m'a fait signe de le suivre, et il est parti comme une flèche en direction de la porte Saint-Michel. Je suis parti derrière lui, non sans devoir faire un grand bond pour éviter un cavalier très pressé, qui a passé au galop.

« C'est à moi que tu voulais parler ? »

« Oui, à toi. J'ai quelque chose à te demander. »

« Mais pas ici. »

Lorsque nous avons été à bonne distance du Lion-Enferré, Pierre s'est arrêté. Nous étions rue de la Harpe, que mon camarade balayait des yeux.

« Qu'est-ce que tu cherches ? »

« Un marchand qui offre quelque chose à manger. Ah, là... »

Et il s'est précipité vers une cahute où un homme rond et rougeaud vantait ses pâtisseries :

« Flans chauds, chauds ! Point ne m'oublie, ni mes flans chauds ! »

Il a sorti un denier de sa poche et s'est lancé dans un marchandage étourdissant pour que, au lieu d'un flan, l'homme lui en donne deux. Et il a réussi : moi qui n'avais pas l'ombre d'un sol dans ma poche, je me suis retrouvé avec un flan chaud à la main.

Nous sommes allés nous asseoir sur un muret, un peu en retrait des embarras.

« Tu voulais me demander quelque chose ? », s'est enquis Pierre, la bouche pleine.

« Je voulais savoir ce que tu avais fait pour être apprenti imprimeur. »

« Oh, là, là ! C'est long. D'abord, il faut savoir lire et écrire... »

J'ai pouffé de rire.

« Cela, je l'aurais deviné. »

« Oui, cela semble logique, mais il arrive souvent que les apprentis qui se présentent ne sachent ni l'un ni l'autre. »

« Je me demande comment tu peux devenir imprimeur sans cela. »

« Les maîtres doivent t'apprendre. Mais ce genre-là d'apprenti ne va pas bien loin. Toi et moi non plus, nous n'irons pas bien loin. »

« Pourquoi ? »

« Parce que nous n'avons pas été assez assidus, et ne savons pas assez de latin, et pas de grec. »

« Et ton maître sait cela ? »

« Mon maître n'est pas seulement imprimeur. C'est aussi un savant juriste. Il parle le latin comme nous le parisien. Il ne doit pas être très bon en grec puisque, lorsqu'il a un problème dans cette langue, il fait appel à son beau-fils, qui travaille ailleurs mais vient lui donner un coup de main. »

« Et quoi, encore ? »

Pierre a tendu devant lui deux mains grisâtres.

«Il ne faut pas craindre l'encre. Il y en a vite partout.»

«Et puis?»

«Et puis la journée commence à cinq heures en été, parfois même avant, et elle finit tard.»

Cela ne m'impressionnait pas: mon père me tirait du lit à quatre heures été comme hiver. Au collège aussi, on nous avait réveillés à cette heure-là.

«Et puis», a enchaîné Pierre, «avant que je ne me perde en explications sur la composition et l'impression, il te faut trouver une place. Elles sont rares, le plus souvent les maîtres imprimeurs n'ont qu'un apprenti à la fois.»

Nous nous sommes quittés là-dessus et je suis rentré à la boutique de mon père, située rue Saint-Martin; il était si occupé avec un client important qu'il ne s'était pas aperçu de mon absence prolongée.

Ç'a duré un certain temps. Je n'osais pas parler à mon géniteur. J'ai fini par me confier à ma mère. Elle avait épousé mon père lorsqu'elle avait à peine quatorze ans. J'étais né un an après, et mon frère Jehan l'année suivante. Nous avions une sœur, Geneviève, qui avait alors huit ou neuf ans. On prenait souvent ma mère pour ma sœur aînée; on l'appelait «la belle Françoise», car elle était fort avenante.

«Ah, si j'avais voulu!», disait-elle parfois pour faire enrager mon père, qui ne manquait jamais de se fâcher, jusqu'à ce qu'elle ajoute: «Mais j'ai préféré mon prince, le seigneur Garamond.» Et mon père était désarmé par son rire. Elle a toujours usé avec maîtrise d'une technique similaire lorsqu'il lui fallait obtenir quelque chose. Pour elle-même ou pour nous.

Lorsque je lui ai expliqué mes intentions, elle a commencé par être surprise, et perplexe:

«Mais pourquoi, mon petit Claude? Ta voie est toute tracée. La boutique est calme, propre, elle est prospère. En restant avec nous, tu auras une vie bien plus facile.»

Je voyais qu'elle avait raison. Mais c'était comme si une main s'était posée sur ma nuque, comme si elle m'avait poussé malgré moi. Je voulais être imprimeur. Ma mère a fini par comprendre que ma décision était prise.

«Je te propose d'attendre que Jehan revienne de son collège. S'il aime la boutique et qu'il a envie d'y travailler, ce sera plus facile pour nous de convaincre ton père. Il veut un successeur, et comme tu es l'aîné, c'est à toi que l'honneur revient. Mais si cela intéresse ton frère, et j'ai comme dans l'idée que c'est le cas, il sera possible de discuter avec lui.»

J'ai accepté d'autant plus volontiers que je me proposais de potasser mon latin. J'ai ressorti mes cahiers que je n'avais gardés que par amour du papier dont ils étaient faits, et aussi parce que dans mon zèle de néophyte j'avais appris l'ABC à ma mère et à ma sœur, sous l'œil narquois de mon père qui n'avait cependant contrarié ni mes efforts, ni ceux de sa femme, ni ceux de sa fille. Quant au grec, il fallait le renvoyer à plus tard, je ne voyais pas qui, dans mon entourage, aurait pu me l'apprendre.

Quelques mois se sont passés ainsi.

De temps à autre, j'allais voir Pierre le dimanche. Nous nous promenions dans les marchés, et il me racontait sa vie d'apprenti. Par moments, nous étions sourds au brouhaha qui nous entourait: crieurs municipaux, crieurs de corps, marchands et surtout marchandes, cloches des messes, cris d'animaux, tout cela ne favorisait pas la discussion, et nous finissions toujours par nous laisser entraîner par le grouillement ambiant, et renoncions à toute conversation pour nous divertir avec la foule. S'il faisait beau, nous nous installions devant une taverne avec un gobelet de cervoise, que Pierre, qui me dépassait d'une tête et avait l'assurance d'un homme qui me faisait cruellement défaut, obtenait sans peine. S'il faisait gris, nous poussions jusqu'au bord de la Seine.

Un dimanche après-midi, après une de ces sorties, j'avais raccompagné Pierre jusqu'à sa porte, je me suis trouvé nez à nez avec celui que j'avais dans ma tête étiqueté « fondeur de caractères », le colosse de l'imprimerie Saint-Jean-Baptiste. Était-ce la lumière du jour, ou parce que j'avais grandi – il m'apparaissait moins imposant. Mais il restait un homme grand, à forte carrure. Au soleil, ses cheveux et sa courte barbe étaient si noirs qu'ils en paraissaient bleu nuit, et lorsqu'il souriait ses dents étaient très blanches. Ses yeux gris étaient enfoncés, et vite rieurs.

Il m'a reconnu sans hésiter.

« Ah, voilà le jeune homme qui s'intéressait au papier. Ai-je su ton nom ? »

« Je... je ne crois pas. Je m'appelle Claude Garamond. »

« Et moi, Antoine Augereau. »

Il m'a saisi la main et l'a broyée dans la sienne. Son sourire était irrésistible, et j'ai fini par lui sourire en retour, en dépit de la timidité qui me coupait la parole.

« Il veut être imprimeur, mais son père ne veut pas », est intervenu Pierre, qu'Antoine Augereau ne semblait pas impressionner outre mesure.

« Allons bon ! »

« Mais il ne sait que peu de latin, et pas de grec », a poursuivi mon camarade, imperturbable.

« Tu n'entends pas le latin, c'est vrai ? », a demandé l'autre, en latin.

J'ai pris mon courage à deux mains.

« Je l'entends un peu, mais je crains que ce ne soit pas suffisant pour être... » Je me suis arrêté net. Comment dit-on imprimeur en latin ? *Calcographus* peut-être ? « ... imprimeur. »

Le sieur Augereau n'a eu cure de mon vocabulaire hésitant.

« Tu le parles en tout cas suffisamment. Tu sais l'écrire ? »

« À peu près. »

« Quel âge as-tu ? »

« Douze ans. »

« L'âge idéal pour apprendre. »

Il m'a assené une tape sur l'épaule.

«Je me réjouis de bientôt voir en toi un collègue, mon cher Claude, et, en attendant, que Dieu te garde.»

Il a disparu dans la maison.

«Qu'est-ce qu'il fait, chez ton maître?»

«C'est son beau-fils, celui qui sait le grec.»

«Il sait le grec?»

«Mais oui. C'est un érudit. Un clerc.»

Cela m'a impressionné: qu'un clerc soit imprimeur! Depuis, j'en ai connu plus d'un. Mais, à l'époque, je pensais encore que le savoir et l'artisanat de l'imprimerie étaient inconciliables.

Sur le moment, je ne me suis pas rendu compte que je venais de faire la rencontre qui scellerait mon destin.

Cela ne s'est pas produit d'un seul coup, il me semble même que cela a traîné en longueur. Mais mon frère Jehan a fini par revenir à la maison. Il parlait sans enthousiasme d'entrer dans les ordres.

«Tu ne voudrais pas travailler à la boutique?»

En ce temps-là, mon frère et moi étions de bons amis, nous nous étions toujours dit les choses ouvertement.

«Si fait. Mais il n'y a pas place pour deux apprentis, et tu es l'aîné.»

Je lui ai fait part de mon projet. Il s'est illuminé.

«Ah! Si on arrive à convaincre Père, je te serai reconnaissant toute ma vie.»

«Et moi à toi.»

Notre père a commencé par se mettre dans une colère noire. Il a fallu toute la diplomatie de notre mère pour qu'il se calme.

«À quoi bon deux fils mécontents alors que nous pouvons les satisfaire tous les deux sans préjudice pour la maison? Et puis n'avez-vous pas promis Claude à une jeune fille qui sort d'une famille d'imprimeurs?», a-t-elle demandé à plusieurs reprises, jusqu'à ce que cela finisse par rentrer. Je savais depuis ma plus tendre enfance que je me marierais un jour avec une fillette que j'avais toujours trouvée laide et criarde, et je préférais éviter de songer à cela – aussi n'y pensé-je jamais. Mais j'avais toujours su, bien entendu, qu'elle était la fille de Maître Luc Gaultier, qui tenait boutique de libraire au clos Bruneau.

Comme mon père était autoritaire mais non tyrannique, il a fini par admettre que, à la boutique, un fils ferait autant l'affaire que l'autre.

«Et maintenant, il va falloir trouver un imprimeur qui accepte de te prendre», a-t-il encore bougonné, pour la forme.

Même contrarié, le sieur Garamond était un homme pratique. Il est aussitôt parti en campagne et, en attendant de me trouver un maître, il a engagé un écolier pour parfaire mon latin et me donner quelques rudiments de grec. Contrairement à ce que j'avais fait au collège, je me suis jeté sur ces matières comme un affamé, et faisais des exercices et des lectures, entre deux coups de balai et cent déballages et emballages d'étoffes, de l'aube à la nuit.

Cela a duré quelques semaines, quelques mois, je ne sais plus.

Un matin, je devais avoir entre treize et quatorze ans, mon père m'a tiré du lit avec un:

«La chance sourit aux feignants, décidément. Lève-toi, paresseux, frotte-toi bien les oreilles et va chez le maître Estienne à l'enseigne de Saint-Jean-Baptiste.»

Mon cœur s'est mis à battre. Le maître Estienne était imprimeur. Et si... Connaissant mon père, j'ai attendu que nous soyons tous réunis à la cuisine pour mieux m'informer.

«À partir d'aujourd'hui, tu es apprenti imprimeur. J'ai conclu cela hier soir avec Maître Augereau.»

«Augereau? Je ne vais pas chez Maître Estienne?»

«Si fait, mais Maître Estienne a déjà un apprenti.» Il a fait une pause du plus bel effet, et a repris: «MAIS, il va y avoir une presse de plus chez les Estienne; depuis hier, Antoine Augereau, qui était prote, a passé maître, car son chef-d'œuvre a été accepté par la corporation. C'est lui qui va te prendre à son service. Il vient d'une famille honorable que je connais de réputation. Il n'a pas pour l'instant les moyens de se mettre à son compte, mais comme il est fort habile et fort savant en dépit de sa jeunesse, Henri Estienne lui a proposé de rester chez lui comme imprimeur. D'autant plus qu'il grave pour lui et, à ce que me dit Maître Estienne, un imprimeur qui est aussi graveur de caractères, c'est précieux. Il sera une sorte d'associé. Je ne savais rien de tout cela hier soir, je voulais simplement lui demander conseil à ton sujet. C'est lui qui a dit: "Maintenant qu'on achète une presse et qu'Augereau a passé maître, on pourrait prendre un apprenti pour lui." Et Maître Augereau a tout de suite accepté. Il paraît qu'il te connaît et que tu lui as fait bonne impression. Je me demande vraiment pourquoi?»

Le ton sarcastique de mon père ne trompait personne. Il était fier de moi, c'est ainsi que j'ai entendu sa remarque, et cela m'a fait rougir à tel point que cela s'est vu même à la lueur de la chandelle. Mes parents ont éclaté de rire, ma petite sœur Geneviève a battu des mains, et mon frère Jehan a affiché le soulagement que lui procurait la confirmation définitive qu'il ne serait ni prêtre ni moine.

«Il a même déclaré qu'il t'apprendrait le grec. Comment le connais-tu?»

J'ai expliqué.

Mon père m'a dit plus tard que je l'avais convaincu à cet instant-là du sérieux de mon intention: je m'étais vraiment informé avant de me décider.

Et ainsi, après les prières du matin et un dernier coup de main à la boutique paternelle, je suis parti pour la rue Saint-Jean-de-Beauvais. Il avait été convenu que je rentrerais dormir chez nous jusqu'à la fin de la semaine, pour laisser à ma mère le temps de préparer mon trousseau. Du coup, je devais me lever très tôt, et les premiers jours de mon apprentissage m'ont laissé le souvenir d'une très grande fatigue. Mais, depuis la rue Saint-Martin, il fallait traverser les ponts avec leurs boutiques, l'île de la Cité ; le matin surtout ce n'était que bruit de charrettes, les sabots des chevaux se mêlaient à leurs hennissements, il n'était pas impossible de croiser un paysan tôt arrivé menant un petit troupeau à la Grande Boucherie ou aux Halles, les bêlements et les mugissements des animaux se mêlaient aux cris des gens qui s'interpellaient à tue-tête – et je ne sais pas pourquoi j'écris cela au passé, car cela se passe encore ainsi aujourd'hui. Ce qui est passé, c'est cette sensation d'aventure que j'avais, tous les matins, en traversant d'un pas alerte la ville pour me rendre à un travail que j'avais envie de faire avec un maître qui me donnait envie d'apprendre.

À la Grand-Rue Saint-Jacques, le spectacle me paraissait, en ces premiers jours, particulièrement intéressant. À cinq ou six heures du matin, elle grouillait de monde autant que le marché des Halles. Il y avait ceux qui, chargés de feuilles, allaient d'imprimeurs en boutiques. Et puis il y avait ceux, de tous âges, qui allaient suivre des cours privés, pour être de meilleurs imprimeurs ; ceux-là, on les reconnaissait au chandelier qu'ils portaient à la main pour éclairer leur cahier, qu'ils tenaient sous le bras.

Qu'on n'imagine pas que quelque chose a vraiment changé dans ma vie en ces premières semaines. À peine suis-je arrivé chez Maître Estienne le premier jour qu'on m'a appris, tout d'abord, à nettoyer la boutique, les ateliers et les instruments pour tout le monde. Je faisais déjà cela dans la boutique de mon père, les variantes étaient minimes – c'était juste un peu plus sale, à cause de l'encre. L'apprenti de Maître Estienne s'appelait Mathurin. Il était là depuis deux ou trois ans. Il s'est aussitôt pris pour un « aîné » et a refusé pendant des semaines de toucher au moindre balai. Il avait mieux à faire, et me traitait avec condescendance.

Avec davantage de condescendance que mon nouveau maître en tout cas. Lorsque je suis entré en hésitant à l'enseigne de Saint-Jean-Baptiste en ce premier matin, il est venu à ma rencontre avec un de ces sourires qui faisaient immédiatement de lui un ami, et il m'a donné une tape amicale sur l'épaule:

«Tu n'as pas perdu de temps, dis-moi. Voilà deux jours que j'ai le droit d'avoir un apprenti, et tu es là.»

J'ai bredouillé que le hasard... Mais Antoine Augereau n'a jamais eu de patience pour les explications superflues et les longues formules de politesse. Il a enchaîné:

«Tu feras comme j'ai fait, comme tous les apprentis font: tu commenceras par entretenir la boutique et le matériel. À ceci près que, comme promis, je vais t'apprendre à lire, à comprendre et à composer le grec. Et que, lorsque tu nettoieras le matériel, tu me feras signe, et je t'enseignerai le nom des instruments. Ainsi, dans quelque temps, lorsque les affaires sérieuses commenceront, tu seras déjà introduit. Ce sera plus facile.»

Voilà pourquoi, tous les soirs vers huit heures, lorsque nous fermions la boutique, j'apprenais les rudiments du grec dans un texte dont je me souviens uniquement qu'il était d'Aristote.

Ces premières semaines sont un trou noir. Je retenais certes les leçons de Maître Antoine, mais je ne comprends pas comment je réussissais cela. Car, de l'aube au crépuscule et au-delà, je balayais, rangeais, nettoyais, faisais la navette entre les ateliers, entre les ouvriers, courais quérir un texte manuscrit à composer, galopais apporter une épreuve, allais au pas de charge chercher du cidre, me précipitais chez les graveurs pour faire réparer un poinçon abîmé, filais chez les fondeurs pour remplacer un caractère irrémédiablement cassé. Et ainsi de suite. Ou alors, tel Mercure, je volais chez un client apporter un mystérieux message du genre: mon maître trouve que le gros augustin est mieux pour le titre.

Peu à peu, cela s'est calmé. Je veux dire que j'ai commencé à comprendre le pourquoi de choses qui m'avaient paru être, jusque-là, une mystérieuse mélodie discontinue. Et puis j'étais installé sous le toit du maître Estienne, dans un cagibi derrière les ateliers, où il y avait tout juste la place pour ma paillasse et mon bahut. Ç'avait beau être exigu, je n'en avais pas moins le temps de dormir une heure de plus chaque nuit. Et un matin au déjeuner, devant la maisonnée réunie, Maître Estienne a déclaré:

« Ce garçon a accompli avec succès sa phase d'initiation, il est temps qu'il apprenne quelque chose. »

La tradition qui veut que les apprentis débutants subissent toutes sortes d'algarades avait été respectée. Mathurin a repris ses fonctions habituelles, et nous nous sommes partagé l'entretien des ateliers, sous les yeux du valet de Maître Estienne, qui m'avait regardé faire d'un air narquois et qui s'est remis, lui aussi, aux travaux qui avaient été, pendant quelques semaines ou quelques mois – je ne le sais plus exactement –, exécutés uniquement par moi. Il faut dire qu'il y a des maîtres pour qui l'apprenti reste un domestique des années durant, apprenant peu et n'acquérant guère le goût de sa profession. D'autres n'apprennent rien parce que leur famille paie bien le maître, et l'apprentissage reste une formalité.

Chez les Estienne, cela ne se passait ni d'une manière ni de l'autre. Mon père payait, bien entendu. Mais les métiers de l'imprimerie sont exigeants, surtout (comme le stipulait mon contrat) lorsqu'on ambitionne de devenir comme moi « imprimeur-libraire », et il n'y a qu'une manière d'apprendre: en faisant.

Pendant mes semaines de mise à l'épreuve, Maître Augereau a bien tenté de me faire retenir le nom des pièces que je rangeais, mais j'étais trop fatigué, et peu de mots ont surnagé.

Rame, grain, casse, corps, frisquette, tympan, sommier, berceau, imposition, forme, fonte – beaucoup de ces mots m'étaient déjà connus, mais ils prenaient soudain un sens nouveau, c'était comme si de discrets passants, de ceux qu'on ne remarque guère dans la rue, se retrouvaient soudain pomponnés, parfumés, parés d'étranges atours, d'une noblesse nouvelle, car pour moi à ce moment-là (et cela n'a pas beaucoup changé depuis) tout ce qui tenait de l'imprimerie avait quelque chose de noble.

Si j'en crois les récits que m'ont fait d'autres apprentis, ma mise à l'épreuve a été particulièrement courte, grâce à Maître Antoine peut-être, qui est revenu plusieurs fois à la charge:

«Ce garçon n'est pas là pour faire le ménage», l'ai-je entendu dire et répéter à Maître Estienne. «Il nous a prouvé qu'il est de bonne composition, j'ai hâte de le voir devant une casse.»

Ç'a toujours été un des traits les plus attachants d'Antoine Augereau: son impatience devant les lenteurs venues des conventions. C'est sans doute elle qui a fini par le perdre: mais, pour moi, elle a été une véritable révélation. Ces raccourcis de la pensée et des actions qu'Antoine Augereau prenait sans même avoir à y réfléchir impliquent une manière inédite de voir le monde, et il n'est pas étonnant qu'il ait adhéré avec tant d'empressement aux idées nouvelles lorsqu'elles ont atteint Paris.

II · Comment j'apprends à maîtriser la casse et à mieux connaître Maître Antoine Augereau qui me raconte des bribes de son enfance

Quand Maître Antoine a-t-il commencé à me raconter sa vie? Sans doute pas pendant que j'apprenais l'emplacement des lettres dans la casse – les minuscules en bas, les majuscules en haut. Cela m'a occupé pendant des jours et des semaines, et tant que je n'ai pas su prendre les lettres sans avoir à réfléchir, je n'ai pensé à rien d'autre qu'à cela. Et puis, à force de refaire les gestes, à force d'étudier partout et à tout moment la feuille de papier où j'avais noté l'emplacement des lettres, cela a fini par rentrer, d'un seul coup, un beau jour. Je sais en tout cas que pendant toute cette période-là il n'a été question que d'imprimerie, et ni de lectures à faire, ni de fabrication des poinçons, aux rares exceptions près de la réparation de lettres abîmées, dont Maître Antoine s'occupait en fredonnant des airs de son pays que j'ai, avec le temps, appris à reconnaître :

La Belle se siet,
tra la, la-la la la
Au pied de la tour,
Au pied de la tour,
Au pied deee laaa tour,
Elle prend sa quenouillette
Avec son p'tit tour.
À chaque tour elle vire,
tra la, la-la la la,
À chaque tour elle vire,
Pousse un soupir d'amour,
Pousse un soupiiiir d'a-amour.

Maître Antoine travaillait souvent en chantonnant et, pour ce qui était des poinçons, il faisait cela avec une dextérité qui m'impressionnait. Je doutais de jamais arriver à faire comme lui, mais les premiers temps je n'ai pas osé lui demander de me montrer comment il s'y prenait. D'ailleurs, il soupirait souvent, trouvant que les poinçons que nous utilisions étaient imparfaits, qu'il eût fallu faire mieux.

À mesure que je me familiarisais avec le travail, cependant, j'ai fini par sortir de mes petits soucis de débutant et par regarder autour de moi. J'ai ainsi commencé à m'entretenir avec quelques-uns des autres occupants de l'atelier : Jehan l'encreur, Michel, un des pressiers, et son compagnon, Placide – un homme qui portait bien son nom. Il travaillait avec une rapidité déconcertante en ayant toujours l'air endormi, et ne s'exprimait que rarement au-delà d'un grognement.

Et puis il y avait les correcteurs : quelques-uns d'entre eux étaient là en permanence, incollables sur les déclinaisons et la ponctuation. D'autres étaient des étudiants choisis avec soin par Maître Estienne, qui les voulait « savants mais non pédants ».

Et enfin il y avait les érudits qui venaient s'occuper de tel ou tel livre particulier. C'est dans la salle des correcteurs que j'ai fait la connaissance de Maître Geoffroy Tory, qui enseignait au collège de Bourgogne. La première impression que j'ai eue de lui était que c'était un homme qui avait toujours à redire sur tout. Il n'aimait pas la manière dont nous prononcions le latin, il n'aimait pas la manière dont nous parlions le français, et se moquait sauvagement des intonations poitevines de Maître Antoine.

Par ailleurs, il trouvait « impossibles » les caractères que nous utilisions pour imprimer nos livres.

« Une pensée claire exige une mise en forme claire ! » tonnait-il.

J'étais trop jeune alors pour comprendre la justesse de ses observations, et il m'a fallu des années pour saisir que j'avais tout à gagner en faisant de lui un de mes maîtres.

Maître Antoine, lui, a saisi tout de suite. Il riait le premier des remarques de Maître Tory sur son accent. Et une fois qu'il avait ri, il se jetait sur une feuille de maculature sur laquelle il dessinait des lettres que Maître Tory trouvait « à peine lisibles » – et Maître Antoine recommençait sans récriminer. Les deux hommes avaient des discussions infinies autour de ces feuilles gribouillées.

Souvent, nous voyions arriver à l'atelier Robert, un des fils de Maître Estienne, qui a aujourd'hui cette extraordinaire réputation tant de savant que d'imprimeur, et qui n'avait à l'époque que cinq ou six ans, mais savait déjà le latin, alors que ses boucles n'arrivaient pas à la hauteur du marbre. Tout ce que nous faisions le passionnait, et il connaissait déjà la disposition de la casse mieux que moi. Tout cela était pour lui un jeu, pour la plus grande joie de son père, qui se frottait les mains :

« Je le dis toujours : vouloir que nos enfants nous succèdent à tout prix, c'est une erreur. On les force, et ils font mal le travail. En voilà un, Dieu soit loué ! qui se passionne : il est né avec l'imprimerie chevillée au corps. »

En voyant Antoine Augereau expliquer avec une patience infinie au petit enfant les rudiments de la composition, alors qu'en toutes autres matières c'était l'homme le plus impatient qui fût, j'ai fini par me dire que j'avais de la chance d'être tombé sur un tel maître.

Mais je me perds une fois de plus.

Un soir – nous étions, je pense, à la veille d'une fête, car je rentrais chez mes parents –, il a décidé de m'accompagner jusqu'au pont Notre-Dame. Il voulait aller chez un libraire qui avait là sa boutique. Et puis, il s'était fait tard, et il estimait que les rues n'étaient pas sûres pour un garçon de mon âge. J'ai eu beau protester, il a été inébranlable: c'est une autre des caractéristiques d'Antoine Augereau – il était têtu. Lorsque quelque chose était «juste» (son terme), on avait beau dire ou beau faire. Il était pire qu'une mule. Encore une qualité, car un homme dont on est sûr qu'il tient toujours parole, c'est précieux; mais elle a fini par se retourner contre lui.

«Une fois que je t'aurai vu prendre la rue Saint-Martin», a-t-il dit, «je te laisserai aller seul. Et puis cela me fait plaisir.»

Il avait accompagné cette déclaration d'un de ces sourires après lesquels on n'avait plus qu'à dire: «Amen.»

Bref, nous nous sommes mis en route, et il m'a soudain demandé comment il se faisait que j'avais voulu être imprimeur. Je le lui ai expliqué.

«Et vous, Maître Antoine?» ai-je osé demander lorsque j'ai eu fini.

«Oh, moi...» Il est resté pensif quelque temps. «Moi, ce doit être à cause de mes aïeux les tailleurs de pierres.»

«Ah? En quoi un tailleur de pierres...?»

«Tu entends sans doute toi aussi à mon parler que je suis poitevin. Chez nous, sais-tu, l'imprimerie n'existe pas. Je viens de Fontenay-le-Comte, qui est pourtant célèbre à cause de gens comme André Tiraqueau, un avocat très connu dont la famille est apparentée à celle de ma mère, et qui a publié récemment chez notre confrère Josse Bade un traité sur le mariage. Nous avons suivi pendant quelque temps des cours de grec ensemble, lorsque nous étions enfants à Fontenay, tous les deux.»

«Fontenay-le-Comte, c'est une grande ville? Il me semble que mon père en parle comme d'un grand marché.»

«Comparée à Paris, elle est toute petite mais, en Poitou, elle est importante. Presque aussi importante que Poitiers, bien que pour d'autres raisons. Et, comme dit ton père, il s'y tient des foires où l'on vient du monde entier.» Il s'est tu un instant. «Elle est située dans une splendide région, entourée de bocages et de marais, non loin de la mer, qui n'est qu'à cinq ou six lieues. Fontenay est un peu surélevée, entourée de murailles et flanquée d'un château. Il y a une rivière, la Vendée; elle coule à ses pieds, et elle est sillonnée d'embarcations venues de la mer. Lorsque j'étais enfant, j'allais aussi souvent que je le pouvais traîner au port. On y rencontre les gens les plus étranges. C'est là que j'ai appris qu'on avait découvert un nouveau monde, sais-tu, de l'autre côté de l'Océan. Un nouveau monde...»

Encore une longue pause, pendant laquelle nous avons longé quelques boutiques particulièrement bruyantes. Le soir tombait, et on voyait les premières lumières trembloter dans les maisons.

«Je te disais donc que mon arrière-grand-père était tailleur de pierres.»

Nous arrivions au bord de la Seine. Maître Antoine s'est assis sur une borne, je me suis assis près de lui, et il m'a parlé de son aïeul. Parmi ses qualités, mon maître avait celle d'être un bon conteur. J'essaie de me ressouvenir de ses propres termes.

«Mon arrière-grand-père était en fait maître maçon, comme mon grand-père, mon père et mes oncles après lui. Il s'était établi à Fontenay vers l'an de grâce 1430 après une vie de nomade. Comme son père avant lui, mon arrière-grand-père avait travaillé à la création ou à la restauration de sculptures en pierre d'églises et de maisons – chapiteaux, façades, portes et fenêtres – dans toute la région : Aulnay, Poitiers et j'en passe, on aurait pu, en cherchant, trouver un peu partout la trace des Augereau (on nous nomme aussi Ogerot, et même Auger). Mon arrière-grand-père était arrivé à Fontenay, à ce qu'on raconte, pour travailler à l'église dont on construisait alors le clocher, sans intention de s'y établir. Mais les circonstances avaient un peu changé, et puis c'est là qu'il avait pris femme : il est devenu sédentaire. Tant lui que son fils et ses petits-fils ont construit des maisons. Mais de père en fils, les Augereau se sont, en plus, passé l'art de sculpter, la pierre surtout, mais également les métaux. Aussi étaient-ils célèbres pour la beauté ornée de leurs maisons, et leur savoir-faire était très recherché. »

« Votre père sculpte toujours ? »

« Mon père est mort, Dieu ait son âme. Il paraît qu'il est tombé comme un chêne foudroyé, au beau milieu d'un grand effort. Lorsque c'est arrivé, je n'étais malheureusement pas là pour consoler et aider ma mère. »

Son regard s'est perdu dans le lointain.

« Mon père était grand et dans une foule sa tête dépassait toujours de toutes les autres. Sa stature impressionnait, le faisait craindre, même. »

Il a eu un grand rire.

« En réalité, ailleurs qu'à son travail, c'était un homme d'une grande douceur, un conteur extraordinaire et un grand rêveur. Son rêve le plus constant était resté, depuis son enfance, d'être bâtisseur de cathédrales, et il racontait à qui voulait l'entendre comment, dans sa jeunesse, il était allé à pied, en visitant sur son passage toutes les grandes et petites églises qu'il trouvait, à Chartres puis à Reims, pour voir les sculptures. »

« Il aurait pu orner des maisons. »

« Très juste. Mais, les cathédrales, cela avait pour lui un attrait particulier. Il est mal tombé, que veux-tu. Depuis les temps lointains d'Aliénor d'Aquitaine, nos villes ont d'autres soucis que d'orner les belles églises construites par nos ancêtres ou d'en construire de nouvelles : les rois anglais se sont entêtés pendant longtemps à vouloir garder nos pays, sous prétexte qu'ils s'appelaient Plantagenêt et qu'ils étaient de souche française. Ils auraient voulu être rois d'Angleterre tout en restant maîtres de leurs domaines français, mais cela s'est avéré impossible. Nous ne savions que faire de seigneurs qui étaient toujours absents. Et puis leurs terres françaises n'avaient cessé d'être contestées par le roi de France, que nous considérions comme nôtre. Périodiquement, roi d'Angleterre et roi de France se retrouvaient sur les champs de bataille, et c'était à celui qui tuerait le plus. »

Fontenay, la Vendée, le Poitou avaient été, pendant ces trois siècles, aux premières loges de ces luttes.

« On ne nous demandait pas notre avis », disait Maître Antoine, « mais nous en avions un tout de même, si j'en crois les histoires de feu mon grand-père. Les armées des uns et des autres nous défilaient sous le nez comme des hordes de fourmis et nous, ou plutôt nos parents, tentions de survivre dans tout cela. Mais le fait est que lorsque les armées des Anglais passaient, les gens d'ici étaient toujours pauvres comme Job, littéralement au bord de la famine, et lorsque c'étaient celles du roi de France, les provisions surgissaient comme par enchantement. »

Un des grands sujets de fierté du père de Maître Antoine, qui s'appelait Antoine Augustin (et que je vais appeler Augustin pour le distinguer de « mon » Maître Antoine), était de savoir lire et écrire.

« Et je ne t'en parle que parce que cela a un rapport direct avec mon propre destin, tout comme la sculpture. »

Augustin Augereau n'était pas le fils aîné de son père : il était le troisième ou le quatrième fils. Mais les deux (ou trois – je n'ai jamais compris exactement) oncles de Maître Antoine suffisaient à faire marcher les affaires de leur père.

« On a peine à le croire lorsqu'on ne l'a connu que trente ans plus tard, mais en ce temps-là mon père était un enfant petit et chétif: ce qu'il aimait par-dessus tout, c'était de rester assis pendant des heures, un scalpel à la main, à imiter en petit les ornements que produisaient son père et les autres maçons. Les adultes le trouvaient drôle, et ils lui montraient volontiers l'art de sculpter moulures et personnages. Pour finir, comme il était décidément trop malingre, mes parents l'ont expédié chez les bénédictins de Maillezais. Pendant dix ans, il a fait sans récriminer tout ce qu'on lui demandait: apprendre à lire, à écrire, à faire de belles copies, à cultiver les simples, à soigner les malades. À ses heures perdues, il sculptait des cailloux et des morceaux de bois; il en tirait des animaux plus ou moins réalistes. Des objets sculptés comme ceux-là ont été mes premiers jouets. Jusqu'à l'âge de seize ou dix-sept ans, mon père a été un moinillon modèle. Mais vers ce temps-là, il a constaté que tout cela ne lui valait pas grand-chose, qu'il avait beau passer des journées à genoux à l'église, son cerveau n'en continuait pas moins à gambader de ruisseaux en prairies, de petits en grands chemins.»

Maître Antoine riait toujours, lorsqu'il racontait cette histoire, que j'entendais ce soir-là pour la première fois.

«Pauvre père... Je sais ce qu'il a dû ressentir, parce que je suis moi aussi passé par là.»

À la veille de recevoir la tonsure, Augustin avait demandé à son prieur de le libérer. Il rêvait d'être sculpteur ambulant, mais puisque, jusque-là, il ne connaissait même pas les rudiments du métier, il se contenterait d'être marchand ambulant. Il s'était beaucoup occupé de surplis et de chasubles, et s'y connaissait assez bien en étoffes, passementeries, fils et autres babioles: il serait mercier.

«Il a débité tout cela au prieur sans le regarder, sûr qu'il lui dirait qu'il était fou à lier et qu'il le mettrait au pain et à l'eau pour le punir.»

Encore un grand rire.

«Mais une fois qu'il a réussi à prononcer le mot mercier, il a levé les yeux pour mesurer le courroux du prieur, et il a constaté qu'il souriait. “Frère Augustin”, a-t-il dit d'une voix douce, “vous avez été pour moi un garçonnet perdu dans la masse auquel je ne prêtais aucune attention particulière. Mais depuis quelque temps vous vous êtes mis à grandir d'une façon qui tient du prodige, je vous vois parce que vous dépassez vos camarades d'une tête, et cette tête qui dépasse, je la vois changer. Aussi me demandais-je à quel moment vous viendriez solliciter votre congé.” “Oh, mon père, vous...” “Nous ne sommes pas tous faits pour la vie contemplative, mon fils, et à six ou sept ans, lorsque vous êtes arrivé ici, votre caractère n'était pas encore formé. Un homme de votre carrure devrait bâtir des cathédrales. Malheureusement, notre ordre n'a plus les protecteurs qui, en d'autres temps, nous ont permis de le faire. Soyez donc mercier ambulant si vous le souhaitez. Nous vous aiderons à vous fournir pour votre première tournée, après quoi vous vivrez de ce que vous gagnerez. Mais avant que vous ne vous mettiez à l'ouvrage, je vous demande d'aller quérir la bénédiction de votre père.”»

Du couvent à la maison des Augereau, il n'y avait que trois lieues, qu'Augustin a parcourues d'un bon pas, le cœur dans la gorge. Il avait beau savoir que son père était un doux. Question travail, il ne plaisantait pas. Lorsqu'il a vu paraître son fils sans la bure des bénédictins, le grand-père a froncé le sourcil.

«Qu'y a-t-il, on t'a chassé?»

Le père de Maître Antoine s'est expliqué. Cela n'a pas été tout seul, mais le grand-père a fini par décider que si le prieur des bénédictins acceptait qu'Augustin se fasse mercier ambulant, il pouvait accepter aussi.

Ç'avait duré deux ou trois ans. Et un beau jour Augustin est arrivé pour l'hiver, comme il le faisait chaque année, a posé son paquetage, a retroussé ses manches et s'est mis au travail avec son père et ses oncles. Il a entamé son apprentissage de maçon et de tailleur de pierres avec tant d'enthousiasme que la grand-mère Augereau murmurait encore, des années plus tard, avec un petit sourire, lorsqu'elle racontait cette histoire à ses petits-enfants, qu'au fond de lui Augustin devait en avoir eu assez de vendre des rubans et des épingles.

«Il faut dire», a expliqué Maître Antoine, «qu'il a fait preuve toute sa vie d'un véritable talent dont je puis moi-même témoigner. Il était doté d'une mémoire prodigieuse. Il refaisait de tête certaines des sculptures qu'il avait admirées pendant ses voyages. Je me souviens d'une Nativité qu'il avait vue à Poitiers, au fronton de Notre-Dame-la-Grande. Je l'ai vue aussi, des années plus tard: la seule différence avec l'original était que mon père avait donné à la sienne le visage de ma mère. Non seulement il me l'avait montrée avec fierté, mais, alors que j'étais encore bien petit, il a voulu que j'apprenne à tenir un scalpel pour pouvoir à mon tour la copier un jour.»

«Et il vous a appris à sculpter?»

Il a ri, une fois encore.

«Crois-moi si tu veux, mais j'étais, moi aussi, très petit et maigrelet, et ma mère a tenté de l'en empêcher. Il faut dire en passant que ma mère, c'est Françoise Goupil, c'est-à-dire la parente de médecins célèbres de notre région, les Goupil, dans la maison de qui elle a été élevée; elle en sait autant, question maladies, que le plus docte des médecins. Elle a appris à lire et à écrire; pour une femme, lorsqu'elle était jeune, cela était encore plus rare qu'aujourd'hui.»

«Mais cet enfant n'arrive pas à tenir correctement le scalpel, comment voulez-vous qu'il sculpte? Vous allez lui abîmer les yeux», avait-elle dit à son mari.

«L'important n'est pas que ce soit parfait, à son âge. Qu'il apprenne à tenir correctement les instruments, le reste suivra.»

Et Maître Antoine (qui était à l'époque le petit Antoine) avait continué le laborieux apprentissage comme si rien n'avait été dit.

De son époque ambulante, le père de Maître Antoine avait gardé un grand besoin de marcher. Lorsque Maître Antoine a eu quatre ou cinq ans, il l'a parfois accompagné dans ses vagabondages, s'il n'allait pas trop loin.

«Je garde un souvenir ému de ces grandes tournées; mon père me parlait à jet continu. Il avait toujours de petits scalpels dans sa poche, et il m'a initié à l'art de la gravure sans même que je m'en rende compte. Sans m'en apercevoir, j'ai ainsi absorbé tout ce qu'il savait. De son propre père, il tenait une connaissance approfondie de toutes les pierres de nos régions. Il me l'a passée aussi, et je reconnais aujourd'hui encore la pierre calcaire de Brelouze, d'un blanc qui tire sur le jaune. On la choisit parce qu'elle n'éclate pas à la gelée, et puis elle est lumineuse, magnifique. Elle n'est en rien comparable à la pierre blanche de Sainte-Gemme, ou à la plus blanche de toutes, celle de Taillebourg.» Une pause. «Tu vois, cela fait des années que je n'y ai plus pensé, mais je sais encore tout cela. Inutile de dire qu'une des premières choses que mon père a faites a été de veiller à ce que j'apprenne à lire, puis à écrire. Les champs autour de Fontenay ont été ma première école. Et parce que cette école-là était si différente de celle à laquelle j'ai été livré plus tard, j'en garde un grand souvenir de liberté. Si fort, que, plus tard, mes maîtres n'ont jamais réussi à me détourner du savoir.»

Un des oncles de Maître Antoine était devenu orfèvre après un apprentissage chez un maître de Fontenay.

«Et vous avez appris à graver chez lui?»

«J'aurais pu. Ou j'aurais pu succéder à mon père; c'est mon frère Charles qui est devenu orfèvre et graveur de pierres fines. Il a repris la boutique de notre oncle qui n'avait pas d'enfants. Moi j'étais passionné par la lecture, ce qui à l'époque n'allait pas de soi.»

«On va l'envoyer chez les pères», avait décrété son père. «Qu'il apprenne ce que j'ai appris. S'il devient clerc, tant mieux. Sinon, il pourra toujours me succéder.»

Maître Antoine a commencé par aller chez les cordeliers, qui étaient tout près de Fontenay, juste hors les murs, à un jet de pierre du chantier paternel.

«Je préfère ne pas évoquer ce que j'ai vécu chez eux. La plupart des moines étaient bornés, d'une ignorance crasse. Et puis il y a eu une histoire, qui est restée mystérieuse, du moins pour moi : un des élèves est mort, et on a dit que c'était parce qu'il avait été trop sévèrement battu. Quoi qu'il en soit, ma mère a exigé de mon père qu'il me retire d'un tel couvent, et je l'ai quitté sans regrets, je t'assure. On m'a placé chez les bénédictins de Maillezais, comme mon père avant moi, entre-temps j'avais neuf ou dix ans.»

«Et vous n'êtes pas devenu graveur ?»

«Pas à Fontenay. J'ai laissé les pierres à mes frères aînés, qui sont peu portés sur l'étude mais très habiles de leurs mains. L'un est maçon, l'autre orfèvre, je te l'ai dit. Ils avaient comme moi appris à lire et à écrire, mes parents avaient obligé garçons et filles à suivre ces leçons pour lesquelles ma mère avait même fabriqué un petit abécédaire, mais ils n'en tiraient aucun plaisir. J'ai aussi un frère cadet, François, qui était aussi malingre que moi lorsqu'il était enfant, qui l'est resté, et qui est allé à Poitiers étudier le droit. Aujourd'hui, c'est un personnage important à Fontenay, à ce qu'il paraît. On m'a dit que c'est un homme de loi réputé.»

«Et les bénédictins ?»

«Ils sont sévères, mais justes. Nous n'étions que peu d'enfants, et le maître qui s'occupait de nous, Anselme, était un érudit. Les bénédictins de Maillezais, sais-tu, sont un véritable foyer de culture. Beaucoup de ceux qui n'ont pas la possibilité d'aller jusqu'à Poitiers pour fréquenter sa célèbre Université leur demandent gîte et leçons. Pour moi, j'ai trouvé chez eux le complément aux enseignements de mon père. À partir de là, rien n'a valu l'étude. Je suis certes resté longtemps filiforme, mais j'ai grandi très vite, et j'aurais pu sans peine faire les travaux les plus durs. Sauf que dès l'âge de dix ans mon amour de la lecture s'était transformé en passion pour les livres.»

Par leurs liens avec la partie toscane de leur ordre, les bénédictins ont tôt amené en France, et plus particulièrement à

Fontenay, les textes grecs que quelques-uns de leurs grands écrivains avaient traduits en latin d'abord, puis en langue vulgaire. Leur langue vulgaire était le toscan et non le français, mais cela donnait des idées : s'il y a des gens pour s'intéresser à ces textes en Italie, pourquoi pas en France ?

« Chez nous, on ne parlait pas d'imprimerie, à l'époque. Certains savaient qu'elle existait mais, contrairement à tant d'autres idées nouvelles, elle n'a jamais, jusqu'à ce jour, touché Fontenay. Nous copiions les livres, sages et appliqués, ce qui donnait le temps d'étudier ce que nous lisions. Certains de mes camarades disaient "copier sans penser". Je n'ai jamais pu : en copiant, je me suis toujours délecté de ce que je lisais, puis écrivais. »

« Et comment cela s'est-il terminé ? »

Maître Antoine s'est tapé les cuisses en riant de toutes ses dents.

« À la manière dont tu me poses la question, on dirait que tu t'attends à ce que cela se soit MAL terminé. Mais non. J'ai vécu à Maillezais une des périodes les plus calmes et les plus fructueuses de ma vie. Mon père est mort lorsque j'avais seize ou dix-sept ans, et c'est là qu'il a fallu prendre une décision : quitterais-je le couvent ? Mon frère ne savait pas encore s'il pourrait continuer à gagner autant que notre père, dont la réputation était grande. Il était bien jeune, lui aussi. Maillezais m'a offert de rester et j'ai d'abord accepté. Et puis le jour est venu où, comme cela avait été le cas pour mon père, l'appel du large a été le plus fort. Il fallait que je m'en aille. Ma tête vagabondait déjà en direction du Nouveau Monde. »

« Ils vous ont dit que nous ne sommes pas tous faits pour la vie contemplative, et qu'un homme de votre carrure devrait bâtir des cathédrales ? »

Il a entendu le sourire dans ma voix.

« Foin de l'impertinent ! Eh bien oui. Le père prieur m'a d'autant plus dit les mêmes choses qu'à mon père qu'il n'avait pas changé. Du temps de mon père il avait été jeune, de mon temps il était, à mes yeux du moins, vieux comme Mathusalem. Mais il m'a dit précisément cela : dans votre famille, on n'est décidément pas taillé pour la vie contemplative. »

« Et qu'avez-vous fait ? »

« Ma mère avait pris en main notre commerce. Les ouvriers lui obéissaient sans discussion, ils avaient le plus grand respect pour elle. Mon frère travaillait sous ses ordres et c'est à peine si l'on s'est aperçu que mon père était mort. Par conséquent, je suis parti pour Poitiers la conscience tranquille. J'ai un peu fréquenté l'Université, mais la vie estudiantine ne m'attirait pas. J'ai étudié avec assiduité. À peine mes examens finals de théologie passés, je suis entré en apprentissage chez un orfèvre. »

« Chez un orfèvre ? Pas chez un imprimeur ? »

« Non, je ne pensais pas à l'imprimerie, en arrivant. Mais j'avais hérité d'une certaine habileté pour la gravure, et je me suis dit que l'orfèvrerie... »

Il s'est levé.

« Allons, je tiens à te ramener avant qu'il ne fasse complètement nuit et que tes parents ne m'accusent de te dévergonder. Et puis je veux aller chez mon ami le libraire avant qu'il n'accroche ses volets. »

Nous nous sommes mis en marche, à pas lents.

« Mais comment êtes-vous passé de l'orfèvrerie à l'imprimerie ? »

« Cela s'est beaucoup fait, je ne suis pas le seul. Pour toi, les livres imprimés font partie de la vie. Tu en as vu depuis que tu es né, pratiquement. Tu ne peux pas imaginer ce que cela a représenté, pour quelqu'un qui savait lire et écrire et qui avait parcouru pas mal de parchemins, de se trouver pour la première fois en présence d'une feuille imprimée. »

« Vous n'en aviez jamais vu ? »

« Jamais avant d'aller à Poitiers. Il faut te dire que, à Maillezais, je vivais un peu à l'écart. Notre prieur en avait peut-être reçu, mais ce n'est pas à un ignare comme moi qu'il aurait montré cela. Lorsque j'ai vu mon premier livre imprimé, ç'a été comme un coup de tonnerre. Et je n'ai plus eu qu'une envie: apprendre à en faire. Il m'a semblé que toute ma vie précédente ne m'avait préparé qu'à cela.»

Nous arrivions rue Saint-Martin, mais je voulais connaître la fin de l'histoire avant que nous nous quittions. Qui sait quand nous aurions le temps de la poursuivre, sans cela.

«Et comment avez-vous fait?»

«Je suis allé voir ma mère. En cas de doute, toujours consulter ma mère. Et bien entendu elle a aussitôt sollicité un cousin de mon père, Jean Augereau, qui est imprimeur à Poitiers pour qu'il m'accepte. "Ce n'est pas un apprenti, que je vous propose. C'est un homme qui sait le grec et le latin, un savant. En quelques mois, il sera plus habile que vous", lui a-t-elle dit. Ce cousin ne pouvait pas me prendre, il n'avait pas de place pour moi. Mais on ne résiste pas à ma mère. Je vais lui trouver un imprimeur, a-t-il dit. Et il me l'a trouvé.»

«Vous avez fait votre apprentissage chez les Marnef?»

J'avais repéré une boutique, Au Pélican, et on m'avait dit que les propriétaires étaient la famille Marnef, dont l'imprimerie était à Poitiers. On m'avait parlé d'eux comme des plus grands imprimeurs de cette ville.

«Non, pas chez eux. Ce sont de grands imprimeurs, c'est vrai. Mais moi, j'ai eu la chance d'être accepté par Jean Bouyer et Guillaume Bouchet. Mon maître, c'était l'abbé Jean Bouyer, qui était plus imprimeur que prêtre, mais qui avait sa paroisse, La Rédemption.» Il a eu un grand rire. «Il n'y allait que contraint et forcé, remarque, le strict indispensable. Sa religion à lui, c'était le livre. Il considérait que le Seigneur avait inspiré à l'homme cette merveilleuse trouvaille, et qu'il avait ordonné à Maître Bouyer personnellement d'être son serviteur. C'était lui qui faisait marcher l'imprimerie et la boutique, il laissait les travaux techniques à d'autres. Maître Guillaume, son associé, connaissait tous les secrets de la chose, et c'est avec lui que j'ai taillé mes premiers poinçons. Gothiques, mis à part quelques majuscules que nous imitions des multiples pierres romaines qui jonchent Poitiers. Entre-temps, j'avais près de vingt ans, et mon apprentissage a vraiment été rapide. En quelques mois j'avais tout compris, mais je suis tout de même resté deux ans, la corporation l'a exigé, et je ne le regrette pas. »

J'ai ouvert la bouche pour poser encore une question, mais il m'a prévenu.

« Et maintenant, ça suffit. Tu rentres chez toi. Je te raconterai d'autres choses une autre fois. »

Nous arrivions d'ailleurs devant notre maison.

Nous étions sur le point de prendre congé lorsque ma mère est sortie en courant de la boutique, relevant ses jupes d'une main pour ne pas se salir dans la boue, et elle est partie d'un pas vif, sans nous voir car nous étions dans la pénombre, dans la direction opposée à celle par laquelle nous étions venus.

Maître Antoine s'était arrêté net en la voyant sortir ; éclairée comme elle était par la lanterne qu'elle portait dans l'autre main, elle avait l'air d'une jeune fille ; mon maître était cloué sur place.

« Qui est-ce ? » a-t-il fini par demander, d'une voix étranglée.

« C'est ma mère. Elle s'appelle Fr... »

« Ta MÈRE ? Tu es sûr que ce n'est pas ta sœur ? »

J'ai éclaté de rire.

« Mais non, ma sœur a dix ans, c'est une enfant. »

Il s'est repris.

« Eh bien, tu as de la chance d'avoir une mère aussi jeune et avenante », a-t-il dit d'une voix dans laquelle j'ai perçu un tremblement qui était pour moi, ce soir-là, enfant innocent que j'étais, un vrai mystère.

« Bon, à tantôt, il faut que je rentre avant le couvre-feu », a encore dit Maître Antoine, et il s'est éloigné à longues enjambées, soudain très pressé.

J'ai regardé son dos jusqu'à ce qu'il disparaisse dans la foule. Le petit enfant fluet, le jeune moine maigrelet, c'était vraiment du passé : le Maître Antoine que je connaissais avait une carrure de maître maçon, même si ce n'était pas le métier qu'il avait choisi.

III · Comment je fais mon travail d'apprenti imprimeur et comprends qu'il ne suffit pas d'imprimer des livres, il faut aussi les choisir avec discernement

A posteriori, je me rends compte que tout en me racontant beaucoup de choses, Maître Antoine tenait compte de ma jeunesse. Il se gardait soigneusement de me parler de ses lectures, ou, plus précisément, de ses sentiments sur les livres qu'il lisait. Car, par ailleurs, il m'encourageait à lire, et me prêtait souvent des livres qu'il avait lui-même parcourus.

Mais il faut que je l'avoue : dans les premiers temps de mon apprentissage, le livre m'intéressait davantage comme objet, comme technique, que comme contenu. J'aimais partir en course pour mon maître – l'apprenti est toujours censé avoir les meilleures jambes d'un atelier ; cela m'enivrait de passer devant les boutiques des innombrables libraires qui émaillaient mon chemin. Ils vendaient ce qui serait bientôt le produit de mon travail, et leur simple existence était pour moi du plus grand intérêt. Il fallait que je me familiarise avec eux. Mais je ne m'occupais pas de ce qu'ils vendaient.

Il m'était bien entendu impossible de les connaître tous : que ce soit dans les rues qui descendent vers la Seine, autour d'églises telles Saint-Yves, Saint-Mathurin, Saint-Étienne ou

Saint-Hilaire, autour des collèges, autour de notre propre enseigne, il n'est pratiquement pas une maison, dans le quartier de l'Université, qui ne reçoive une presse ou n'abrite un comptoir qui vend des livres.

J'ai commencé par explorer les environs immédiats. À main droite en sortant, du côté de Saint-Hilaire, il y avait la librairie de Thibault Charron, à l'enseigne de Saint-Claude; à main gauche on trouvait dès cette époque-là L'Écu-de-Bâle, L'Arbre-Verdoyant, Le Cœur-Volant, L'Image-de-Saint-Christophe, La Corne-de-Daim, La Samaritaine, et j'en passe.

Derrière la rue Saint-Jean-de-Beauvais, il y a la rue des Carmes. Mon père y possédait une maison, une des rares à ne pas être occupées par un imprimeur: elle fourmille, elle aussi, de marchands de livres. Au Cœur-Bon, À La Maison-Rouge, À La Pomme-de-Pin, Aux Lionceaux-d'Or, Au Griffon-d'Argent…

Le paroxysme, c'était – et c'est toujours – la Grand-Rue Saint-Jacques: là, ce n'est pas un, mais plusieurs marchands par maison. Je ne les ai pas comptés, mais j'estime qu'il y avait déjà dans la Grand-Rue Saint-Jacques de l'époque neuf ou dix douzaines de marchands imprimeurs et libraires. Le Gril, La Licorne, La Rose-Blanche-Couronnée tenue par la famille Le Noir, La Salamandre où exerçait le grand Josse Bade ou Badius, La Fleur-de-Lys, Au Soleil-d'Or, à l'Écu-de-Bourgogne, de Bretagne, de Cologne, de France, Au Chêne-Vert, Au Pélican – je ne poursuis pas, j'en oublierais. Et il y avait aussi les ponts, où l'on trouvait (l'on trouve) surtout des vendeurs: La Rose-Blanche sur le pont Saint-Michel, L'Homme-Sauvage sur le pont au Change – une librairie où l'on peut acheter depuis des décennies presque tout ce qui s'imprime. Je n'avais que rarement à faire au Palais, on ne m'y envoyait guère. Mais là aussi, à chaque pilier son marchand – ou ses marchands – de livres.

Les seuls endroits que je n'aimais pas, c'étaient les lieux de supplice, dont ma route était pourtant parsemée, quoi que je fasse. Roues de fer, gibets de pierre, piloris, il y en a un peu partout dans Paris : en place de Grève, aux Halles, à la Croix-du-Trahoir, au Marché-aux-Pourceaux, à Montfaucon, à la Place-aux-Chats, à la porte Saint-Denis, et surtout, près de moi, à la porte Saint-Jacques. Je ne peux les nommer tous. Je n'aimais pas y passer mais, avec l'insouciance de l'enfance, je fermais les yeux et je m'efforçais de penser à autre chose : il me semblait qu'ils ne me concernaient pas. C'est maintenant, après y avoir vu mourir tant d'innocents dont certains étaient de mes amis, que je ne puis y penser sans un frisson.

Je revenais toujours de ces balades, que je prolongeais juste ce qu'il fallait pour ne pas me faire sermonner et que je variais d'une fois à l'autre, la tête pleine d'images, de couleurs, de cris. Et contrairement à certains collègues apprentis que j'avais fini par connaître pendant mes pérégrinations, je revenais toujours avec plaisir. Maître Antoine m'avait communiqué son amour du métier.

Paradoxalement, c'est par la typographie que j'ai fini par comprendre la passion qui l'animait.

Un soir, je m'étais retiré dans mon cagibi, les feux étaient éteints et la maison se préparait – pensais-je – à dormir, lorsque Maître Estienne et Maître Antoine sont entrés dans la pièce attenante (celle des correcteurs, c'était sans aucun doute le meilleur endroit pour discuter). Et j'ai vite compris que Robert, celui des fils Estienne qui se destinait à l'imprimerie, était avec eux. En écoutant (bien malgré moi, les voix perçaient en dépit du fait que je me bouchais les oreilles pour tenter de dormir), je me suis rendu compte que Maître Antoine trouvait les livres que Maître Estienne imprimait ennuyeux. Chez les Estienne, on communiquait le plus souvent en latin. Maîtresse Guyone, l'épouse de Maître Henri, le parlait aussi couramment que son mari, ses enfants l'apprenaient au berceau et les servantes en usaient, parfois même entre elles. Mais cette conversation-ci se passait exceptionnellement en français.

«Nous ne sortons jamais des éternelles gloses théologiques, des immanquables commentaires latins sur Aristote.»

«Mais que dites-vous là? Cela se vend. C'est même très demandé.»

«C'est vrai. Et j'accepterais cela sans rechigner si à côté des savants traités de mathématiques ou de théologie nous faisions autre chose.»

«Et qu'entendez-vous par autre chose, mon bon ami?»

«Des livres dont on se souviendra!»

«Et ne croyez-vous pas que des ouvrages qui contribuent à former des docteurs, des théologiens, des avocats, des médecins, sont de ceux dont on se souvient?»

«Vous savez bien que je ne parle pas de cette mémoire-là. Je parle de livres véritablement immortels, tels ceux d'Aristote.»

«Vous venez de me dire que vous en aviez assez d'Aristote.»

«Je vénère Aristote. J'en ai assez de commentaires oiseux, et souvent idiots, sur Aristote; ils semblent faits pour obscurcir le texte plutôt que pour l'éclairer. Mais il n'y a pas qu'Aristote. N'avez-vous pas vu, sur le pont au Change, les livres venus de Venise? Aristophane, Hésiode, Homère, Virgile... Et puis il y a les grands poètes italiens qui ont écrit aussi en langue vulgaire: Dante et sa magnifique *Comédie*, Pétrarque, ses poèmes, Boccace, ses contes. Nous fabriquons des livres splendides, avec un soin admirable, mais nous travaillons avec nos presses, pas avec nos têtes.»

«Les contes de Boccace, père...»

«Toi, je te prie de te taire. D'ailleurs je t'ai déjà dit d'aller te coucher.»

«Ce n'est pas le moment d'envoyer cet enfant au lit, sauf votre respect. Il est le lecteur de demain, c'est lui qu'il s'agit d'éduquer, d'intéresser à ce qui s'imprime.»

«C'est cela. Allez chercher les apprentis, pendant que vous y êtes.»

« J'ai comme dans l'idée que Claude nous écoute déjà, il est juste derrière cette paroi. N'est-ce pas, Claude ? »

J'ai hâtivement enfilé mes braies par-dessus ma chemise et je suis sorti, hirsute et pieds nus.

« Bon, me voilà submergé de jeunesse, maintenant », a lancé Maître Estienne, sarcastique.

« Tu as quelque chose à dire, Claude ? »

« N... Non. »

J'avais la sensation de laisser tomber Maître Antoine, mon esprit était engourdi. Mais Maître Antoine savait prendre soin de ses intérêts, il n'avait pas besoin de moi.

« Pourquoi n'imprimons-nous rien en langue vulgaire, d'abord ? »

« Mais, mon cher ami, on ne nous le demande pas, ce n'est même pas très bien vu par la Faculté. »

« Vous savez bien ce que fait Jacques Lefèvre d'Étaples à l'abbaye Saint-Germain ! Il traduit la Bible. Il était ici même pas plus tard qu'hier, pour nous apporter ses *Commentaires sur les Épîtres de saint Paul* dont je prépare l'impression, et il nous disait sa joie à l'idée que les textes sacrés seraient bientôt accessibles à tous. Oui, il traduit la Bible *en français*, à partir des textes les plus fiables. Il la débarrasse des scories qu'on a inventées au fil des siècles autour de l'Écriture authentique. On a bien découvert un nouveau monde, on va pouvoir découvrir ce que les textes sacrés contiennent vraiment. Arrêter de partir en quête des quatre sens de l'Écriture. »

« D'où tenez-vous de pareilles inepties ? "Arrêter de parler des quatre sens de l'Écriture" ! »

« De la bouche même de Lefèvre, et de sa plume. On trouve cela dans ses *Commentaires sur les Épîtres de saint Paul*. Pour un Lefèvre, ce qui compte, c'est le sens littéral, la découverte du sens profondément spirituel des textes. Qui pourrait être en désaccord avec cela ? »

« La Sorbonne tout entière, à peu de chose près ! Et... »

«Je vais à la messe comme tout bon chrétien, et dimanche après dimanche j'écoute ces ignorants tordre l'Écriture sainte dans tous les sens pour lui faire dire ce qui les arrange. Bientôt ils vont devoir rendre compte à leurs ouailles de ce qu'ils racontent.» Il a eu un rire sans gaieté. «Je comprends que cela les inquiète quelque peu, ils n'en ont pas l'habitude.»

«Vous dites des monstruosités. Moi, je me contente d'imprimer des livres qu'on m'apporte.»

Maître Antoine a éclaté de rire, et il est vrai qu'il y avait de quoi sourire: Maître Henri était un grand savant, d'une érudition immense, et, avant de décider d'imprimer un livre, il en parlait longuement avec son auteur, ou son commentateur s'il s'agissait d'un classique. Mais il était furieux, et il a poursuivi comme si Maître Antoine n'avait rien dit.

«Ce n'est pas à moi de choisir. Et bien des savants m'honorent de leur amitié: les Briçonnet, les du Bellay, Guillaume Budé...»

«Mais je n'ai rien à redire à votre travail, Maître. Dieu m'en garde. Tous ces savants personnages non plus, bien entendu. Qui imprime de plus beaux livres que vous, à Paris? J'ose le dire avec assurance: personne. À l'exception peut-être, parfois, de Josse Badius. Et on peut continuer à faire tout cela. Mais, à côté, on peut aussi faire autre chose.»

«Quoi, par exemple?»

«Tout d'abord, nous devrions utiliser des poinçons romains de qualité.»

«Allons bon. Vous me parlez de poinçon ou de contenu?»

«L'un va avec l'autre. À matière nouvelle, forme nouvelle. Et pendant que nous y sommes, on pourrait fabriquer des grecs.»

«Et qui ferait cela?»

«Moi. Qui voulez-vous?»

«Mais cela demande un savoir-faire...»

«Maître Estienne, je vous rappelle que j'ai appris le grec dans ma plus tendre enfance, que j'ai fait un long apprentissage d'orfèvre, que lorsque je suis arrivé chez vous j'ai commencé par graver des caractères que vous utilisez quotidiennement. Ils ne me plaisent plus beaucoup, soit dit en passant. J'aimerais faire mieux. Vous n'avez jamais rien eu à me reprocher, que je sache. Je voulais devenir imprimeur, je le suis. Mais j'ai commencé par être clerc, puis graveur et fondeur de caractères.»

Maître Estienne l'a regardé, pensif.

«Vous ne ferez jamais rien comme tout le monde, Antoine. Non. Ne protestez pas. Vous faites les choses autrement sans mauvaise volonté, sans même y penser. Vous ne cherchez pas à vous distinguer, vous êtes simplement passionné par votre travail. Mais on vous distingue. Il y a des gens comme cela, et vous en êtes. Alors, que proposez-vous?»

«Que nous cherchions des textes nouveaux.»

«Quel genre de texte nouveau?»

Maître Antoine a soulevé un livre avec lequel il avait joué distraitement tout en parlant.

«Un livre comme celui-ci. Malheureusement, nous avons été devancés et il a déjà paru. Ce n'est donc pas nous qui ferons fortune avec lui.»

Maître Estienne l'a pris comme s'il s'était agi d'un tison ardent. Il l'a ouvert.

«*Encomium Moriae*. Éloge de la folie. Il ne nous manquait plus que cela.»

«Lisez-le, Maître. Vous verrez.»

«Moi, je l'ai lu», est intervenu Robert. «Il est formidable.»

«De quoi je me mêle? Et d'abord qui t'a donné un tel livre? Je parie que c'est vous.» Maître Estienne a tendu un doigt accusateur en direction de Maître Antoine.

«Certainement pas. Mon apprenti m'est témoin que je ne cherche jamais à endoctriner personne. L'éloge de la folie court les rues, en ce moment, voilà la réalité.»

«Je l'ai lu au Palais, je me suis installé chez Maître La Garde. Sa femme me laisse lire les livres, parfois.»

Henri Estienne a regardé son fils comme on contemple un animal rare.

«Tu ne cesseras jamais de me surprendre, mon fils. À six ans il fait des dissertations latines, à huit il lit les nouveautés de l'édition.»

«Il aimerait les imprimer, aussi», a dit Robert d'une voix aiguë.

«Voyez-moi l'insolent! Silence, mon petit Monsieur, je ne veux plus vous entendre.»

Il s'est tourné vers Maître Antoine.

«J'ai réfléchi.» C'était une des grandes qualités de Maître Estienne. Il parlait, et pendant ce temps-là, avec une autre partie de sa tête, il résolvait les problèmes les plus complexes. «Il y a très longtemps que je me promets d'aller à Venise, à Padoue, à la recherche de livres à imprimer. Mais je vois bien que je ne peux pas partir. Allez-y à ma place. Je vous dépêche auprès d'Alde Manuce, et nous lui demanderons de vous instruire dans l'art de graver des poinçons comme les siens. Monseigneur Briçonnet m'en parlait l'autre jour avec la plus grande admiration. On verra ce qu'on en fait lorsque vous reviendrez.»

«À Venise?» Maître Antoine était stupéfait. Il s'attendait à tout, mais pas à cela. «Pour combien de temps?»

«Il va bien vous falloir un an, pour tout voir, pour apprendre quelque chose, et pour trouver de beaux textes.»

Maître Antoine l'a regardé en silence, longtemps.

«Vous êtes sûr que vous ne cherchez pas à vous débarrasser de moi?» a-t-il fini par dire avec un demi-sourire.

«Non, mon ami, car maintenant qu'on a acheté une presse de plus, il va falloir que j'engage un homme pour vous remplacer, et c'est un risque dont je me passerais bien. Mais vous avez sans doute raison. Il faut se renouveler. J'ai la plus grande confiance en vous. Allez à Venise. Tenez, si Maître Garamond veut bien que son fils parte, prenez Claude avec vous.»

«MOI?»

«Oui, toi. Y a-t-il un autre Claude Garamond dans la pièce?»

Venise! On disait que c'était la plus belle ville du monde. On disait qu'il y avait là-bas les plus grands savants qui soient. On disait... On disait... Je tentais de me souvenir de ce qu'on disait, mais je n'y avais jamais prêté d'attention particulière – même dans mes rêves les plus fous, je n'avais pas imaginé que je pourrais y aller un jour.

«Tu m'écoutes?»

«Euh...»

«Décidément, on ne peut plus compter sur les jeunes. Pas de cervelle.»

«Pardonnez-moi, Maître Estienne, je vous écoute avec attention.»

«Tu iras demain matin parler à ton père. Ou plutôt non, tu iras lui dire de venir me voir. Et tu ne lui diras rien, justement. À voir ta tête, toi, tu serais d'accord pour partir?»

«Oh, oui!»

Ç'a fait rire les deux maîtres. Robert ne riait pas du tout. Il me regardait par en dessous, et je savais ce qu'il pensait comme si ç'avait été imprimé sur son front. Comment faire pour aller à Venise? À son âge, c'était sans doute sans espoir.

«Bon, là-dessus, tout le monde au lit. On verra le reste demain. Rien de tel que la lumière du jour.»

Et pour donner du poids à ses paroles, il a pris l'unique chandelle et s'est dirigé d'un pas décidé vers la porte. Dans la pénombre, Maître Antoine m'a fait un sourire et un clin d'œil; il a suivi sans un mot.

Robert est resté un peu en arrière. J'ai voulu entrer dans mon cagibi, mais dans le noir il m'a tiré par la manche.

«Tu vois un moyen de me faire partir avec vous?»

«À franchement parler, je n'en vois aucun. Ils trouveront que tu es trop jeune. Bon, on ne va pas partir demain. Avant que tout cela se réalise, tu pourrais avoir grandi.»

Je l'ai entendu soupirer.

«À quoi cela sert d'être "cet enfant exceptionnel" comme ils disent tous, si je dois me conduire en enfant tout à fait ordinaire?»

Je ne savais que répondre. Dans le silence, la porte s'est ouverte soudain avec violence, et Maître Estienne a paru, sa chandelle à la main.

«Mais qu'est-ce que tu fabriques, Robert? À ton âge, il est grand temps d'être au lit.»

Robert s'est dressé de toute sa hauteur (désormais, il m'arrivait à l'épaule) et il a marché vers la sortie avec un: «Qu'est-ce que je disais?» entre les dents, à voix si basse que moi seul l'ai entendu.

Le lendemain, il ne s'est bien sûr rien passé de particulier. C'était même comme si la discussion de la veille n'avait pas eu lieu. Maître Antoine n'a pas levé les yeux de son travail, les *Épîtres de saint Paul* ont absorbé toute son attention. Je me suis contenté de faire mes courses. Je n'aurais pas osé parler le premier du soir précédent.

Ce n'est que lorsque j'ai croisé Robert dans un coin sombre que j'ai pu poser au moins une question:

«Cet éloge de la folie, tu l'as vraiment lu?»

«À moitié. C'est formidable.»

«C'était vraiment au Palais?»

«Oui. Si tu demandes poliment à Maîtresse La Garde, et si tu te laves bien les mains avant de toucher le livre, elle te le laissera sans doute lire. Elle est très gentille.»

«J'essayerai.»

Je n'étais pas convaincu.

Mais Maîtresse La Garde, une femme toute ronde et très vive, était de bonne composition.

«Montre-moi tes mains», m'a-t-elle dit le samedi suivant, lorsque je me suis échappé de l'atelier à l'heure de la fermeture. Un garçon avisé en valant deux, j'ai tendu deux mains d'après lesquelles, fait rare, on n'aurait jamais dit que j'œuvrais dans une imprimerie. Elles étaient vraiment toutes roses, j'avais travaillé dur pour cela.

J'ai donc eu le droit de m'asseoir, et de feuilleter la précieuse œuvre. J'avoue que j'ai commencé par être déçu. Je m'attendais à un brûlot, mais c'était un livre très sage, hormis son ironie: l'auteur, Didier Érasme (au nom duquel je prêtais attention ce jour-là pour la première fois), nous prouve que c'est la folie qui est maîtresse de tout et de tous, et non la sagesse. *Le sage se réfugie dans les livres des Anciens, où il n'apprend que de pures arguties de langage. Le fou aborde les réalités et en fait l'épreuve de près: il acquiert par là, si je ne m'abuse, le véritable bon sens.*

Cela me rappelait la discussion sur les Écritures de mes deux maîtres.

Il était impossible de lire tout un livre en une soirée, il a fallu que je survole et que je feuillette. Mais je constatais en tout cas que c'était un ouvrage bien différent de ceux dont nous nous occupions quotidiennement.

J'avais dit à mon père que Maître Estienne avait une proposition à lui faire en personne, et je crois qu'ils s'étaient vus, mais notre travail n'en a pas moins continué comme si de rien n'était. Personne n'a plus parlé de voyage à Venise devant moi, ni chez les Estienne, ni chez nous. Je savais par expérience qu'il était inutile d'importuner mon père avec des questions. Je n'osais pas en poser à Maître Estienne, et Robert, interrogé régulièrement en toute discrétion, non plus.

Finalement, un jour où Maître Antoine m'a demandé de l'accompagner chez Maître Jacques Lefèvre pour des corrections qu'on ferait plus vite à deux, je me suis promis de lui poser des questions. Le maître Lefèvre étant à l'abbaye Saint-Germain, nous avions une bonne petite marche devant nous, j'aurais le temps d'aborder le sujet. Mais, en fait, je n'ai pas eu de question à poser.

« Tu montes à cheval ? » a demandé Maître Antoine.

«Médiocrement. Je n'ai jamais eu beaucoup d'occasions de voyager.»

«Et tu sais te défendre?»

«Comment l'entendez-vous?»

«Tu manies une épée? Un poignard?»

«Pas comme d'autres, je n'ai pas vraiment appris.»

«Il va falloir que tu t'y mettes, si tu veux voyager en sécurité.»

«Est-ce que je vais avoir le temps, avant que nous ne partions?» Voilà ma question la plus brûlante posée sans en avoir l'air.

«Oui, tu as un peu de temps. Après des palabres infinies, dont j'avoue être un peu las, Maître Estienne a finalement décidé que nous irions à Venise en faisant un détour. Ton père est d'accord, à ce qu'il paraît. Tu n'es pas censé le savoir, mais je ne vois pas pour quelle raison, aussi te le dis-je et tu garderas cette information pour toi.»

J'ai voulu le remercier, car il m'enlevait un poids de sur le cœur, mais il a poursuivi sans m'en laisser le temps.

«Nous irons d'abord à Bâle. Un des correcteurs de l'imprimerie, qui l'a quittée avant ton arrivée, Beat Bildt, travaille maintenant avec un imprimeur réputé de cette ville, Johannes Froben, ou Frobenius, et il pourrait faciliter notre recherche de livres. De Bâle, nous irons ensuite à Venise, le voyage sera un peu plus long, mais il sera d'autant plus intéressant. J'ai toujours eu envie de voir le Rhin, on m'a dit qu'il est plus large encore que la Seine.»

Un grand soupir.

«Bien entendu, si on m'avait laissé faire, nous serions partis il y a longtemps. Mais enfin, c'est Maître Estienne qui finance, s'il veut tout organiser, j'aime autant le laisser faire. En voulant me hâter, je ne fais que l'agacer.»

Nous avons marché en silence pendant un instant. Nous avions franchi la porte Saint-Germain et nous dirigions vers l'abbaye.

«Quel âge as-tu?» m'a soudain demandé Maître Antoine.

«Quel... euh... je vais sur mes quatorze ans.»

«Et que penses-tu de la théologie?»

J'étais franchement embarrassé. Je ne pensais rien de la théologie, jusque-là elle ne m'avait jamais intéressé.

«Je... je ne sais pas qu'en penser, Maître. Je vois les gens se disputer sur des mots qui ne me semblent pas valoir le temps qu'on passe à développer de savants arguments.»

Il a soupiré.

«Tu vois, tu es un être innocent, toi. Tu es sensé.»

«À ce propos, je voulais vous poser une question.»

«Pose toujours.»

«C'est quoi, les quatre sens de l'Écriture? J'en entends parler, mais je n'ai jamais compris...»

Cela l'a fait rire.

«Tu es là au cœur de la question, mon cher Claude. Pour les exégètes de la Sorbonne, l'Écriture sainte a quatre sens que seuls les plus savants comprennent parfaitement, après de très longues études: le sens littéral, le sens allégorique, le sens tropologique et le sens analogique.»

«Tropologique?»

«Symbolique, si tu préfères. Mais les doctes disent tropologique. Toujours préférer le mot savant, voilà la règle de ces Messieurs; sinon, on risquerait de comprendre trop facilement. Entre allégorique, tropologique et analogique la différence est subtile, n'est-ce pas? Mais, pour ces savants, c'est tant mieux: ça leur donne du travail, ils peuvent se disputer, et surtout ils peuvent faire dire aux textes sacrés exactement ce qu'ils veulent. Inexactement, devrais-je dire. C'est pour cette raison-là que je n'ai pas voulu faire de la théologie mon métier. Les gloses, très peu pour moi.»

Il a frappé d'une main le paquet de papier que je portais sur l'épaule.

«Pour Maître Lefèvre, cela est couché sur ce papier-là, l'Écriture n'a qu'un sens: le sens *christologique*. Autrement dit, on essaie d'en tirer ce que le Christ a dit, de lui restituer sa saveur religieuse, et de la dépouiller des scories qui se sont accumulées depuis plus d'un millénaire et qui la rendent si difficile à comprendre.»

Il m'a regardé avec un demi-sourire.

«Tu n'as jamais manifesté la moindre envie d'entrer dans les ordres?»

«Moi? Non, il n'en a jamais été question.»

«C'est vrai qu'il n'y a pas en toi trace de mysticisme. Eh bien, vois-tu, c'est la différence entre nous. À quinze ans, je voulais être prêtre, je suis clerc, et j'ai reçu la même formation que les docteurs de la Sorbonne, chez des moines au moins aussi savants que ceux qui ont enseigné ces messieurs qui se croient si importants. Je me suis vite aperçu que tout cela, sous cette forme-là, était absurde. C'est pourquoi j'ai préféré l'apprentissage d'orfèvre. Je n'aurais peut-être jamais dû passer à l'imprimerie, certains textes m'agacent par trop.»

«Vous êtes pourtant dévot?»

«Mais oui! Je crois en une prière plus pure et plus simple, je crois que les serviteurs de l'Église doivent donner l'exemple de la dévotion et du désintéressement, qu'ils doivent faire le bien et ne pas tenter de s'enrichir à tout prix. Mais que vois-je autour de moi? Des armées d'ecclésiastiques qui font le contraire, qui se vautrent dans le vice, qui ont oublié Dieu, et qui croient qu'une petite prière suffit pour être pardonné des pires indignités. Ils vivent du peuple et de ses croyances naïves comme des parasites. Je ne suis pas un moralisateur, tu m'es témoin que je ne te parle guère de bien et de mal. Mais on ne peut pas me demander de ne pas voir ce qui saute aux yeux.»

En quelle année étions-nous? Avant les disputes, avant l'apparition de Martin Luther, en tout cas. À une époque où Lefèvre d'Étaples n'était pas encore considéré comme un ennemi de la Sorbonne et de l'Église qui, sans la protection du roi, et surtout de sa sœur, la future reine de Navarre, serait mort dix fois sur le bûcher. Je repense souvent à cette conversation – ou plutôt à ce monologue de Maître Antoine. Il n'était pas évangélique, l'évangélisme n'existait pas encore, mais il est vrai qu'il exprimait presque à la lettre des idées qui allaient, quelques années plus tard, mettre le royaume à feu et à sang.

Chez Maître Lefèvre d'Étaples, pendant que je passais les feuilles à Maître Antoine ou à un jeune homme qui me paraissait être le clerc du Maître, j'ai essayé de comprendre ce qui se disait.

Maître Lefèvre me semblait déjà en ce temps-là un vieillard chenu, avec un regard bleu ciel aussi pétillant que celui d'un enfant. Fait rare, il était imberbe. On m'a raconté plus tard qu'il avait été pris un jour dans un incendie qui lui avait brûlé la barbe. Cela n'avait laissé aucune trace sur son visage, mais le poil n'avait pas repoussé.

« J'ai passé ma jeunesse dans un monde où tout s'écrivait à la main », m'a-t-il expliqué entre deux corrections. « Un monde où il semblait que rien ne changerait jamais. Et depuis que je suis un homme, ce monde s'est élargi, a doublé de volume, certains murmurent même que la terre pourrait n'être pas aussi plate et limitée qu'on l'a dit. On m'a parlé d'un moine polonais, un certain Copernicus... Et comme si cela ne suffisait pas, on a inventé le moyen de répandre les idées à la vitesse de l'éclair. »

Il me semblait, à moi, qu'il fallait encore bien du travail pour imprimer un livre, mais je comprenais que c'était bien plus rapide qu'à l'époque où l'on écrivait à la main un exemplaire après l'autre.

« Voyez-vous », a poursuivi Maître Lefèvre en s'adressant à Maître Antoine plus qu'à moi, « ce que vous faites là est très bien. Maintenant qu'on peut répandre la Parole, il faut la purifier, ce que nous faisons, mais il faut aussi qu'elle soit plus facile à lire. Les signes du temps annoncent, ici aussi, qu'un renouvellement est prochain. »

Et là-dessus, les deux maîtres m'ont complètement oublié. Au lieu de corriger le texte, ils se sont mis à dessiner des lettres. Cela m'a permis de constater avec une certaine surprise que

Maître Antoine, que je ne voyais à journée faite qu'à sa presse (je ne m'étais jamais soucié de ce qu'il faisait lorsqu'il réparait des caractères), maniait le crayon comme un artiste.

«C'est ainsi que Pétrarque écrivait son *a* minuscule», disait Maître Lefèvre. «J'ai vu ses manuscrits, en Italie. L'écriture humaniste est une écriture claire. Et la décision d'utiliser l'alphabet romain pour les majuscules est excellente.»

«Savez-vous que, à Poitiers, je passais des dimanches entiers à copier les inscriptions des monuments romains que l'on trouve partout dans la ville?»

D'un crayon agile, il a tracé les lettres:

MISET... BALI... RIBITORIAD...

«Celles-ci étaient sur une pierre brisée, le reste manquait. Elles me plaisaient tout particulièrement, à cause de leurs proportions. Je n'avais pourtant jamais entendu parler de calligraphie humaniste, à l'époque. Tout juste de typographie.»

Maître Lefèvre les a contemplées, d'abord de près, puis de loin.

«Et maintenant, on vous envoie à Venise? Je trouve l'idée excellente.»

«C'est essentiellement pour trouver des textes à publier.»

«Profitez-en pour apprendre ce que Venise peut transmettre. Vous ramènerez en France ce que notre compatriote Nicolas Janson, qui a quitté Paris pour apprendre l'imprimerie et n'y est jamais revenu, a laissé là-bas.» Il s'est soudain ressouvenu de moi. «Toi aussi, tu pars pour Venise, à ce qu'il paraît. N'oubliez pas, mes enfants: la manière dont l'Écriture sera couchée sur le papier, le fait qu'elle soit ou non lisible, cela est aussi vital que la pureté même du texte.»

Il a fouillé dans ses papiers.

«*Puisse le paysan au manche de sa charrue en chanter des passages, le tisserand en moduler des bribes dans le va-et-vient de ses navettes, le voyageur alléger la fatigue de sa route avec des histoires; puissent celles-ci faire les conversations de tous les chré-*

tiens! C'est beau, n'est-ce pas? C'est mon ami Didier Érasme qui m'écrit cela. C'est une leçon qu'il faut retenir jusque dans la forme des lettres.»

«Vous devriez dire cela à Maître Estienne», a fait observer Maître Antoine. «Je crois qu'il ne le sait qu'à moitié.»

«Le simple fait qu'il vous envoie à Venise prouve qu'il le sait suffisamment.»

Là-dessus, nous nous sommes remis aux corrections. J'avoue ne pas avoir été tout à mon affaire. Ce qui s'était dit, le rôle que Maître Lefèvre attribuait à la typographie, me troublaient. Le métier que j'étais sur le point d'embrasser m'apparaissait soudain, pour la première fois, non plus comme un travail artisanal, mais comme une aventure de l'esprit.

IV · Comment je fais la connaissance d'un grand ami et me prépare à partir en voyage à la recherche de livres plus savants et de caractères plus clairs

Si j'en crois le colophon des *Commentaires sur les Épîtres de saint Paul*, par Jacques Lefèvre d'Étaples, nous avons fini de les imprimer le 27 décembre 1512.

Pour m'assurer de l'exactitude de cette assertion, je devrais, si j'étais à Paris, consulter le livre en cachette, il a été mis à l'*Index Librorum* par l'Église de Rome, comme tous les écrits de Maître Lefèvre. J'ai parfois de la peine à y croire: je revois cet homme dans son couvent, déjà vieux (et pourtant il vit encore aujourd'hui, vingt-trois ans plus tard), l'esprit agile, le visage empreint de bonté, blanc et mince à côté d'un Maître Antoine noir et carré ; tous deux sont penchés sur une page imprimée et discutent le choix d'un mot. Mon latin classique n'était pas suffisant pour comprendre les subtilités qui présidaient à leurs décisions. Mais une chose était claire : ces deux hommes étaient tout entiers, passionnément, dévoués à la cause de l'Église. Et aujourd'hui, l'un doit se cacher pour ne pas finir sur le bûcher où l'autre a péri. Je sais que la nouvelle de la mort de Maître Antoine a bouleversé Maître Lefèvre autant que moi.

Moi aussi, disais-je, je dois me cacher pour ouvrir un des livres de Maître Lefèvre. 27 décembre 1512. Je ne me souviens pas du jour précis. Je venais de passer des semaines, sans doute des mois, à assister Maître Antoine sur ce long texte qu'il composait et mettait en forme. Une grande partie des *Commentaires* est sur deux colonnes : texte de saint Paul d'un côté, commentaire de l'autre. Maître Antoine m'avait fait composer quelques-unes des pages les plus simples, et m'avait incité à réfléchir à ce que je composais. Mais je n'avais que quatorze ans, et mon éducation avait été trop sommaire pour que je sois à même de comprendre le sens profond du texte. Je n'avais jamais étudié la théologie, et je n'avais rien de la précocité d'un Robert Estienne.

Je n'ai ouvert le livre (dont j'avais gardé en souvenir un exemplaire trop défectueux pour être vendu) que lorsque j'ai compris, des années plus tard, l'influence qu'il avait eue sur Maître Antoine, puis sur tant d'autres, y compris Robert Estienne.

Je n'avais pas saisi, sur le moment, que ce renouveau purificateur de l'Église que tant de gens appelaient de leurs vœux impliquait pour elle une perte de pouvoir considérable, et qu'elle se battrait par tous les moyens contre cela.

Ce qu'un Lefèvre, un Érasme et, dans sa plus modeste mesure puisqu'il n'a rien écrit, un Maître Antoine voulaient, c'était que l'Église prenne soin des âmes, mais laisse les gens à leurs occupations, à leurs lectures, qu'elle fasse confiance à leur foi. Mais l'Église de Rome ne fait pas confiance, elle pense devoir tout régir, tout diriger. Ceux qui lui résistent, même modestement, elle les détruit. Qui aurait cru, en voyant passer dans la rue Noël Beda, le syndic de la Faculté de théologie, petit, bossu et bedonnant, le visage un peu niais, que cet homme était un assassin dont les pieds barbotaient dans une boue faite du sang et des cendres de tous ceux qu'il avait envoyés à la mort? Il suffisait qu'il soupçonne l'hérésie, et ils étaient faits comme des rats. Le roi lui a manifesté son déplaisir – enfin! – et l'a exilé en Normandie. Sa sœur, Madame Marguerite, a eu gain de cause et a vengé son imprimeur. Mais tout cela est arrivé trop tard pour sauver Maître Antoine, que Noël Beda a poursuivi et fait poursuivre de sa haine implacable sans que jamais Maître Antoine ne le heurte de front.

Je le sais comme si je pouvais lire dans le grand livre de l'avenir: Maître Beda et ce qu'il représente sont des perdants. Si le seul moyen de proclamer une vérité est de tuer tout le monde, c'est que cette vérité n'est pas aussi pure qu'on veut bien le dire. Lorsque les indécis voient un homme mourir plutôt que de renoncer à ses opinions, ils en viennent à se dire qu'elles valaient sans doute quelque chose. C'est la plus grande preuve que l'on puisse donner à un ignare pour le convaincre.

Je suis peut-être rendu injuste par mon chagrin. La mort de Maître Antoine m'afflige profondément, tout comme m'avait révolté la mort du chevalier de Berquin, un grand savant, pourtant ami du roi, que Maître Beda a réussi à faire condamner et tuer derrière le dos de Sa Majesté, entre autres parce qu'il avait eu le tort, étant le traducteur de Martin Luther, de se moquer des théologiens dans une «Farce des théologastres» qu'il n'avait pas écrite mais qui le mettait en scène et qui avait fait rire tout Paris. Si je pleure le chevalier que je n'ai fréquenté qu'épisodiquement, pour ce qui est de Maître Antoine, ma douleur est mêlée de révolte. Il m'a tout appris. Il a été mon ami. Aujourd'hui, je vois qu'il n'avait rien du père que j'ai fait de lui. Il n'était mon aîné que d'une quinzaine d'années. C'est par le savoir qu'il m'était de loin supérieur. C'était un savant théologien, un érudit, un amateur de textes classiques et modernes, un artiste qui dessinait et gravait à la perfection, alors que je ne serai jamais qu'un artisan.

Mais foin de mes habituelles digressions. Revenons à ce 27 décembre dont je ne me souviens pas. L'avant-veille nous avions sans doute fêté la Noël. Nous célébrions forcément ce jour-là saint Jean l'Évangéliste, patron des imprimeurs. Il se peut même que ce soit moi qui ai composé ce colophon, c'est le genre de tâche que Maître Antoine me confiait à mes débuts. Mais j'imagine que mon esprit était si absorbé par l'idée de notre départ pour Bâle et Venise qu'il n'a rien retenu d'autre.

Je devine d'ailleurs que la date était symbolique. Car, le 6 mai et le 27 décembre, nous fêtons les saints patrons des imprimeurs, et nous ne travaillons pas. L'impression du livre a dû être terminée la veille de la Noël, ou le lendemain de la date indiquée. Ce dont je me souviens, c'est qu'il faisait très froid, et que l'on considérait qu'il faudrait attendre un temps plus clément pour entreprendre notre périple.

Depuis que Maître Antoine m'en avait donné le conseil, j'avais appris à me battre. Un peu avec une épée et un poignard dans un gymnase où m'envoyait Maître Estienne, et beaucoup poings nus, avec un lutteur de foire dont ni mes parents ni mes maîtres ne savaient rien, mais qui est vite devenu pour moi un véritable ami.

Je l'avais rencontré en revenant du couvent de Saint-Germain-des-Prés. J'étais allé porter à Maître Lefèvre une énième épreuve, et m'en revenais par l'extérieur, à travers champs et vignes vers la porte Saint-Jacques, les mains vides, en pensant à Venise (je ne pensais guère qu'à cela), et en chantonnant un air du pays de Maître Antoine qu'il m'avait nouvellement appris et que j'aimais bien.

C'est Guillème de Beauvoir
qui va se marier,
prend femme tant jeunette,
ne sait pas s'habiller.

L'homme m'est tombé dessus sans le moindre bruit, et j'étais si contrarié d'être interrompu dans mes agréables occupations que j'ai réagi avec rage, heureusement. En quelques instants, j'ai réussi à me dépêtrer sans même tenter de me défendre, et à mettre quelques pas entre lui et moi – c'était ce que je pouvais faire de mieux, il aurait été vain de vouloir se battre avec un homme de cette force et de cette masse.

«Je n'ai rien, Messire brigand», avais-je dit tout pantelant. «Rien que des poches vides, vous vous trompez d'adresse.»

J'ai ri, et cela l'a désarmé.

«Je ne suis pas un brigand. Je suis forain.»

«Est-ce une raison pour vouloir me dévaliser? Où sont vos étalages, ou vos compagnons, puisque vous êtes forain?»

«Mes compères se sont fait arrêter à Chartres, je ne peux ni entrer dans Paris sans eux ni faire de spectacle tout seul, alors je voulais me procurer un peu d'argent pour manger. Je ne voulais pas te faire de mal.»

J'étais prêt à le croire. S'il avait voulu, il m'aurait brisé d'une seule main. Il était deux fois plus grand que moi, et trois fois plus large. J'ai cessé tout à fait d'avoir peur.

«En somme, c'était la bourse ou du travail?»

Un sourire s'est lentement levé comme une aurore sur ce visage hirsute.

«En quelque sorte.»

Je ne saurais dire pourquoi cet homme, qui pourtant avait été sur le point de m'assommer, m'a inspiré confiance, en dépit de son aspect peu rassurant. Il m'est venu une idée. Il y avait peu, Maître Lefèvre avait déploré de ne pas avoir un homme qui ferait pour lui dans Paris et ailleurs des courses que son serviteur, immobilisé par une mauvaise chute, n'était plus en mesure d'assurer.

«Si je vous trouve du travail et qu'on vous emploie sur ma recommandation, me ferez-vous honneur?»

Le lutteur s'est esclaffé.

«Tu t'es regardé, gamin? Qu'est-ce que ta recommandation peut valoir? Tout juste tripette!»

«On essaie? Et je vous prie d'être poli.»

J'ai fait mine de me mettre en route, et il a suivi d'un air incrédule. Je suis revenu sur mes pas, ai retraversé la rue de Vaugirard, mon agresseur à deux pas derrière moi. Lorsque à la porte du monastère de Saint-Germain-des-Prés j'ai levé la main vers la cloche, il a eu un mouvement de recul.

«Mais tu es fou. Je ne suis pas un oiseau de couvent.»

«Attendez. Vous n'êtes pas encore engagé.»

Il a fallu passablement palabrer avec le frère portier, qui ne voulait pas laisser entrer «le bandit».

«Je ne suis pas un bandit, je suis un artiste», a interjecté avec aplomb l'homme qui avait cherché à me dévaliser un instant auparavant.

Nous avons fini par franchir le seuil. Le plus drôle a été de voir mon ex-agresseur face à Maître Lefèvre, qui l'a accueilli avec la même affabilité que s'il s'était agi d'un haut dignitaire. Il était en grande discussion avec le jeune homme que j'avais un jour pris pour son clerc, dont je sais aujourd'hui que c'était un de ses disciples, nommé Guillaume Farel. Il s'est aussitôt interrompu, m'a écouté avec attention et m'a remercié d'avoir pensé à lui. Puis il s'est tourné vers mon compagnon.

«Comment vous appelez-vous, mon fils?»

«Oudin.»

«Vous m'êtes recommandé par le jeune Garamond, qui est un garçon fort respectable. Si je fais de vous mon messager, puis-je compter sur vous?»

De stupéfaction, ce grand ours est tombé à genoux. Jusque-là, il n'y avait pas cru.

« Oh, Monseigneur, vous pouvez compter sur moi absolument, jamais je ne trahirai votre confiance. »

Il a tenu – il tient – parole.

Il avait été convenu qu'il resterait jusqu'à ce que sa troupe sorte de prison. À ce moment-là, le messager habituel de Maître Lefèvre serait sans doute rétabli. La transformation de cet homme à la mine patibulaire en serviteur respectable d'un savant théologien a été spectaculaire. Maître Lefèvre a fait venir deux moines, auxquels il a confié un Oudin très perplexe.

« Il faut que notre messager soit digne de nous. Un bain, une bonne coupe de cheveux et de barbe, et trouvez-lui quelques vêtements. Si nous n'avons rien à sa taille, qui est remarquable, prêtez-lui une bure et faites-lui coudre le nécessaire. »

Les moines de Saint-Germain-des-Prés savaient comment s'y prendre pour épouiller un pauvre hère, ils faisaient cela souvent avec ceux qui venaient leur demander le gîte. Ils ont emmené Oudin, qui est sorti non sans me lancer un regard quelque peu perdu. Maître Lefèvre m'a remercié de mon initiative (j'en étais déjà à me demander comment elle m'était venue), et je me suis hâté de rentrer rue Saint-Jean-de-Beauvais.

J'ai revu Oudin pas plus tard que le surlendemain. Il était venu rapporter les épreuves. Il a été tout surpris de me trouver là, je ne lui avais pas parlé de mes occupations. Quant à moi, j'ai commencé par ne pas le reconnaître en dépit de sa taille, qui n'est pourtant pas ordinaire. Tant qu'il a été à l'intérieur de l'imprimerie, il n'a pas pipé mot. Il m'a attendu dehors. Il s'était installé sur une borne en face de notre porte et contemplait les chars lourdement chargés qui montaient en peinant, ou ceux qui descendaient à tombeau ouvert. Cette artère très passante est toujours animée, et il faut prendre garde à soi lorsqu'on la traverse.

« Eh ! Gamin ! C'est là que tu bosses ? »

« C'est à moi que vous parlez ? »

« Mais quoi ? tu ne me reconnais pas ? Oudin ! »

« Ou… din… ! Mais… Ils ont opéré un miracle ! »

« Gamin, dis-moi ce que je peux faire pour te remercier. Maître Lefèvre est la bonté en personne. Il y a des moines que j'amuse et qui sont aimables avec moi, d'autres qui trouvent que je suis un gibier de potence et me traîneraient volontiers aux gémonies. Mais ceux-là, je ne leur prête pas plus d'attention que cela », et d'une chiquenaude de sa main en battoir il a envoyé *ad patres* une poussière imaginaire.

Sur le moment, il ne m'était rien venu. Mais au bout de quelques jours ou de quelques semaines (car, désormais, je le voyais régulièrement), je lui ai raconté mes espoirs de voyage et je lui ai demandé de m'apprendre à me battre. Il ne s'est pas fait prier. Et deux ou trois fois par semaine, il me donnait une leçon, dont je sortais généralement couvert de bleus. Il a vite remarqué que mon avantage, ce n'était pas la force, mais l'agilité, et m'a appris à me dépêtrer des situations les plus difficiles.

« Gamin », me disait-il régulièrement, « tutoie-moi. »

« Je ne tutoie pas mes aînés. »

« Je ne suis pas ton aîné, je suis ton serviteur. »

Cela me faisait rire.

« Je n'ai pas de serviteur, moi. Je ne suis pas un fils de riche. »

« Tu finiras bien par en avoir un, tu ne seras pas apprenti toute ta vie. Ce jour-là, moi, je te vousoierai. »

« Il n'est pas dit que je serai maître un jour. »

À son tour de rire. Il avait davantage de confiance en moi que je n'en avais moi-même.

Le printemps approchait à grands pas, et avec lui la date de notre départ.

Un jour mon père m'a prié, en vue de l'imminence de notre voyage, d'inviter Maître Antoine à dîner à la maison le dimanche suivant. J'ai transmis l'invitation joyeusement mais, à ma grande surprise, Maître Antoine a rougi et a commencé par se dérober. Il fallait qu'il aille se recueillir à Saint-Germain-des-Prés, il avait promis depuis longtemps d'y passer une nuit. J'ai proposé le dimanche suivant. Là aussi, il était occupé, il aurait fallu qu'il fasse ceci ou cela...

Mais, pour finir, il a dû lire mon sentiment sur mon visage, et comprendre qu'il ne pouvait pas se soustraire à ce qui était en fait une obligation: mes parents s'apprêtaient à me confier à lui pendant près d'un an, il était naturel qu'ils veuillent mieux le connaître. Il a cédé.

Ce qui m'a le plus surpris, ce jour-là, c'est la soudaine timidité de cet homme par ailleurs rieur et ouvert. Cela m'a même mis mal à l'aise. C'est pour cette raison que je ne l'ai pas oubliée. Il n'y a pas grand-chose à dire de ce repas; la conversation entre mon père et mon maître était convenue. Quant au regard que Maître Antoine a posé sur ma mère à un moment donné, alors qu'elle ne le voyait pas, un coup d'œil bref, mais d'une extrême intensité, je l'ai peut-être reconstruit plus tard.

Mon père a interrogé Maître Antoine sur ses origines.

«J'ai fait mes humanités à l'abbaye de Maillezais, et, ma foi, j'aurais pu plus mal tomber. Mes maîtres sont renommés pour leur science dans toute la contrée. Au début je pensais entrer dans les ordres, mais finalement, je n'ai pas prononcé de vœux. Le supérieur des bénédictins m'a conseillé d'attendre, et j'avais tant de doutes sur ma vocation que j'ai obéi avec empressement.»

«On m'a dit que Maître Bocard était votre beau-père.»

«Eh bien, on vous a dit vrai. À Poitiers, j'ai épousé sa fille.»

«Mais...» Cette soudaine révélation m'a laissé sans voix. «Mais où est-elle?»

Il a soupiré.

«Notre mariage n'a pas duré un an. Elle est morte en couches et...» sa voix s'est brisée, mais il s'est repris, «notre enfant est mort avec elle.»

Un silence.

«Il y a longtemps de cela. J'ai pensé que le Seigneur m'admonestait. J'ai même voulu entrer dans les ordres, mais le sage prieur de Maillezais n'a pas voulu de moi. "Tu n'es pas plus mystique aujourd'hui qu'hier", m'a-t-il dit. "Fais vœu de chasteté si tu y tiens, mais un vœu dont je puisse te relever, le jour où tu voudras te remarier. Car ce jour viendra, je le sais."»

«Et alors?»

«Alors j'ai fait ce vœu. Et Dieu m'enverra peut-être un jour une compagne, mais... Bon, laissons cela.»

«Pourquoi ne travaillez-vous pas chez Maître Bocard?»

«Je suis venu à Paris dans cette intention. J'ai commencé par être un de ses imprimeurs. Mais à un moment donné il n'y avait plus assez à faire. Maître Estienne cherchait quelqu'un, il parlait de graver des caractères et cela m'intéressait, et Maître Bocard m'a proposé de changer. Je suis en quelque sorte en prêt. Je retournerai peut-être un jour chez mon beau-père, mais je ne suis pas pressé. Les livres de droit qu'il publie m'intéressent moins que les traités que je produis chez Maître Estienne. Je peux mettre mes compétences à leur service, alors que je suis absolument ignare en matière de droit.»

«Et que pensez-vous pouvoir faire de ce garçon?» a dit mon père en me tapant sur l'épaule.

«Il est appliqué, vif et intelligent, il a un sens esthétique certain. Je pense que ce sera un excellent imprimeur. Et peut-être un bon graveur et un bon fondeur de caractères, tout ce qui est technique l'attire plus particulièrement.»

Nous étions sans aucun doute, à ce moment-là, en 1513. Nous n'avions entendu parler ni de Martin Luther, ni d'Ulrich Zwyngli – et guère de Noël Beda, qui était à l'époque simple principal du collège de Montaigu. Personne ne guettait encore l'hérésie comme ç'a commencé à être le cas une dizaine d'années plus tard, toujours plus, toujours plus, jusqu'à en arriver aux bûchers, et au décret absurde de Sa Majesté interdisant l'imprimerie. Comme si on pouvait arrêter la roue du temps ou, pire, lui faire faire marche arrière. Nous pouvons certes cesser d'imprimer des livres, mais d'autres prendront la relève.

Ce qui me reste de ce soir-là, c'est le souvenir d'une grande paix. Nous étions réunis autour de la table, mangions et parlions peu à la lueur de deux chandelles. Une liste d'objets, et surtout de vêtements, dont j'aurais besoin pendant mon voyage a fini par être établie.

Nous sommes finalement repartis, Maître Antoine et moi, pour la rue Saint-Jean-de-Beauvais. Nous avons marché en silence jusqu'à l'île de la Cité, et c'est là que Maître Antoine m'a demandé:

«Dis-moi, qui est Oudin?»

«Oudin? Mais...»

«Je sais que c'est le serviteur temporaire de Maître Lefèvre. Mais j'ai eu l'impression que tu entretenais avec lui des rapports particuliers.»

«Moi?»

«Oui, toi. Maître Lefèvre m'a proposé hier qu'il nous accompagne jusqu'à Bâle, pour qu'il puisse lui rapporter des livres qui l'intéressent, et il m'a semblé comprendre que c'est à toi qu'il doit cet homme que je qualifierai de véritablement colossal.»

«Euh... c'est que...»

«Ce n'est pas que tu aurais fait quelque chose de répréhensible qu'il s'agirait de cacher à tes parents?»

Là, je me suis décidé.

«Mais pas du tout! C'est vrai que je l'ai rencontré alors qu'il était pauvre et pouilleux, mais il m'a semblé si honnête que je l'ai recommandé à Maître Lefèvre. C'était pour leur rendre service.» J'ai fait une petite pause, et puis j'ai vidé mon sac jusqu'au bout. «Il m'a semblé que c'était la personne qu'il me fallait pour m'apprendre à me battre.»

Maître Antoine a lâché un de ses grands rires.

«Et il t'a bien enseigné?»

Tant pis, il fallait que je le fasse.

« Très bien, il m'a dit que mon fort c'était la vitesse. Que je pouvais surprendre mon adversaire. Comme cela. »

Et l'instant suivant Maître Antoine se retrouvait assis sur le sol, riant à tel point que les larmes lui sont venues aux yeux.

« Quel fieffé brigand tu fais, tout de même ! Un garçon tranquille, qui ne paie pas de mine... Bref, entre vous deux, je peux dormir sur mes deux oreilles. À nous les grands chemins. Ou plutôt à vous. »

« C'est pour cela que j'ai sollicité son aide. Avec toutes les histoires qu'on entend, je me suis dit qu'en voyage mieux valait savoir se défendre. »

Il a ri, une fois de plus, et a conclu en souhaitant, comme je ne cessais de le faire, que notre départ soit aussi prompt que possible.

Mais il faut dire que nous étions au beau milieu d'un féroce hiver qui me semblait ne pas vouloir se décider à accoucher du printemps. J'étais dans un état de fébrile impatience. Partir. C'est tout ce à quoi je pensais encore. Et tout obstacle au départ me paraissait une montagne. Aussi est-il fort possible que l'hiver ne fût pas aussi rigoureux que je le vois dans mes souvenirs...

Inutile de me demander à quoi je travaillais. J'alignais des lettres sans faire l'effort que mon maître attendait pourtant de moi de comprendre ce que je composais. Je sais seulement que, comme nous allions partir, Maître Antoine, et moi par conséquent, n'étions pas attelés à un ouvrage important, mais composions et imprimions de ces placards qu'on affiche à proximité de l'Université pour faire savoir aux escholiers que Maître Henri Estienne tenait à leur disposition à l'enseigne de Saint-Jean-Baptiste les ouvrages dont ils pourraient avoir besoin pour leurs études ou pour leur instruction personnelle.

Un jour, pendant ces semaines frileuses qui ont précédé notre départ, Oudin est venu me chercher ; comme d'habitude, il a frappé au carreau mais n'est pas entré. Il n'entrait presque jamais chez Maître Estienne et il m'avait semblé remarquer qu'il évitait autant que possible Maître Antoine. Je suis sorti pour voir ce qu'il voulait :

«Maître Lefèvre veut te parler.»

«À MOI ? Vous devez faire erreur.»

Un petit sourire entendu a passé sur son visage.

«Nullement. Il te prie de m'accompagner.»

«Bon. Attendez-moi là.»

Je suis revenu à l'atelier.

«Maître Antoine, excusez-moi. Le serviteur de Maître Lefèvre prétend que Maître Lefèvre veut me voir, moi. Je suis sûr qu'il y a erreur, et que s'il veut voir quelqu'un c'est vous, mais…»

Avec un sourire placide et un geste de congé, Maître Antoine a dit :

«Si c'est toi qu'il veut voir, vas-y. Et si c'est moi, tu viendras me le dire. Où est la difficulté ?»

«Euh… Nulle part, Maître. J'y vais, alors ?»

«Tu es sourd ? Oui, tu y vas.»

J'y suis allé. En route, Oudin n'a pas desserré les dents, ne répondant à mes questions que par des mimiques peu expressives.

À Saint-Germain-des-Prés, il a disparu dans les couloirs du monastère. Il a fallu que je trouve seul la porte de Maître Lefèvre. Il m'a accueilli avec sa bonté coutumière et m'a fait asseoir, un honneur inattendu pour un apprenti.

«Mon cher Claude, je suis ton obligé, tu m'as trouvé le meilleur serviteur que j'aie jamais eu, et ce serait à moi de te rendre service. Mais voilà que je vais encore te demander quelque chose.»

«Maître, si je peux…»

«Mais bien entendu que tu peux. Puisque tu vas te trouver pendant des semaines avec Oudin lorsqu'il vous accompagnera à Bâle, je voudrais que tu mettes ce temps à profit pour lui apprendre au moins à lire, et peut-être même à écrire.»

Je suis resté sans voix. J'avoue que je ne m'étais jamais demandé si Oudin savait lire. À la réflexion, je comprenais son comportement étrange; il devait être au courant de la nature de la démarche, mais n'avait pas voulu m'en parler lui-même, car ce colosse, qui avait la circonférence d'un des piliers du Palais, était un timide.

«Ne me dis pas», a ajouté Maître Lefèvre d'une voix douce, se méprenant sans doute sur mon silence, «que tu ne saurais faire cela. Oudin t'aime beaucoup, il t'est tout dévoué, et il est tout disposé à accepter ton enseignement. Je suis sûr que tu te souviens encore de la façon dont on s'y est pris avec toi.»

Mon père m'avait enseigné les lettres pratiquement avant que je sache marcher, mais je n'allais pas répondre cela. Je me suis contenté d'un:

«Je ferai de mon mieux, Maître.»

«Et si tu rencontres une difficulté insurmontable, Maître Antoine t'aidera. Il me l'a assuré.»

En somme, tout cela s'était décidé par-dessus ma tête, je n'avais plus qu'à dire oui.

«C'est entendu.»

Il m'a donné sa bénédiction, et je suis parti à la recherche d'Oudin, que bien entendu personne n'avait vu. Il était allé se cacher pour ne pas avoir à me parler après que j'ai accepté. J'avais compris que l'idée était venue de lui, et il le savait. C'était de sa part, ai-je pensé, une forme de délicatesse.

Ses compères étaient sortis de prison, ils étaient entrés dans Paris et avaient même donné un spectacle à la foire de Noël. Mais sans Oudin, qui était venu me chercher et m'avait emmené les voir.

«Figure-toi que Maître Lefèvre les a payés pour qu'ils me laissent rester chez lui», a-t-il dit d'une voix émue entre deux critiques acerbes à l'égard de l'homme qui l'avait remplacé et dont il trouvait la performance exécrable.

Mais bon, à partir de là il était définitivement le serviteur d'un clerc, et je comprenais son désir de se familiariser avec les lettres.

C'est vers début mars que le temps s'est enfin décidé à se réchauffer un tant soit peu. Cette fois, nous avons entrepris des préparatifs sérieux, qui ont encore duré plusieurs semaines.

Enfin, un matin à l'aube, nous avons chargé nos mulets, nous sommes joints à un convoi qui allait en Allemagne en passant par Bâle, et nous sommes partis.

V · Comment nous entamons notre voyage en direction de Bâle, rencontrons des personnes intéressantes, et même l'ombre de Maître Villon

C'était un petit matin pluvieux. Le convoi auquel nous nous étions joints avait pourtant choisi ce jour-là parce que le temps avait été radieux pendant au moins trois jours. Mais pendant la nuit précédente le vent avait tourné. Nous étions en mai, je me souviens que c'était le lendemain de la Pentecôte. Nous partions avec un convoi qui transportait les marchandises les plus diverses. Nous avions deux mulets pour nous trois, mais nous ne les chevaucherions qu'épisodiquement. Ils étaient déjà bien assez chargés.

«Il nous faudra huit bonnes journées pour atteindre Bar-le-Duc», avait prédit Oudin, qui s'y connaissait, pour avoir parcouru le royaume en long et en large en sa qualité de saltimbanque. «Et au moins autant de là à Bâle.»

Nous nous étions retrouvés au port Saint-Paul avant l'aube. Le départ était fixé pour six heures (il était interdit de naviguer avant cette heure-là). Ce quai est toujours très animé, mais ce matin-là il m'a semblé, peut-être parce que, au lieu d'être un simple passant, j'étais un acteur de l'événement, particulièrement chaotique.

En fait, nous aurions dû partir par la route, mais on nous l'avait déconseillé, car elle était encore en très mauvais état à cause de l'hiver finissant. Nous irions donc jusqu'à Meaux par la Marne.

Les cris des mariniers se mêlaient aux braiments des mulets, aux hennissements des chevaux, au clapotis de l'eau contre les barques et le quai. Cela sentait l'aube, la rivière et le fumier, le tout mêlé à un parfum de pain chaud venu on ne savait d'où. Une odeur composite que je hume parfois aujourd'hui encore, et qui me rappelle à chaque fois ce jour-là, le premier de mon premier départ en voyage.

Les jurons des charretiers lorsqu'un mulet ne voulait pas avancer auraient fait s'évanouir ma mère. La confusion était telle qu'il m'a semblé que nous ne partirions jamais. Tous ces sacs, ces tonneaux, ces malles, seraient-ils vraiment répartis sur les divers moyens de transport à notre disposition ? Au bout d'un temps infini, d'innombrables « Hue la rosse », et de « Avance, recule, arrête-toi, sale bête, viens donc, ma jolie ! » sur tous les tons, miraculeusement tout a fini par être chargé. Quelques cavaliers, qui attendaient immobiles sur leurs montures, enveloppés dans leur manteau, muets, le chapeau sur les yeux, ont, eux aussi, fini par embarquer. À notre tour, nous avons pu mener nos mulets à bord. Nous, c'est beaucoup dire. Dès le début, Oudin avait décrété :

« Laissez-moi faire, Maître Antoine. J'ai l'habitude. »

Et ainsi, lorsqu'il s'est agi d'embarquer, nous n'avons plus eu qu'à nous donner la peine de déplacer nos personnes. Maître Antoine avait suivi l'agitation d'un œil vif, prêt à agir, mais n'avait pas insisté pour intervenir. Quant à moi, après tant de mois passés à en rêver, la réalité du départ m'étourdissait, et je n'étais que trop heureux de ne devoir penser à rien.

Ce qui m'a le plus intéressé, c'est la manœuvre pour atteler nos embarcations aux bêtes qui, depuis le chemin de halage, leur ont fait remonter le courant. Les voiles avaient beau être gonflées par le vent soufflant d'occident, sans halage le courant contraire aurait été trop fort.

Le premier jour s'est ainsi passé sur la Marne, que nous avons remontée jusqu'à Meaux, non sans un transbordement compliqué à Charenton, où les arches du pont étaient trop basses pour que nos bateaux puissent passer. Les embarcations étaient faites tout exprès pour transporter non seulement des voyageurs, mais aussi des convois de marchandises – ceux des marchands les plus fortunés, m'a-t-on expliqué, les autres se contentant de marcher sur les chemins avec leurs bêtes.

C'est pendant ce voyage que mon respect pour Maître Antoine, tout naturel de la part d'un apprenti, s'est transformé en amitié profonde. Mon père était mon père, bien entendu, et je l'aimais par définition. Mais, justement, je n'avais pas eu à y réfléchir, c'était un devoir. Et puis mon père était un homme distant, perpétuellement occupé et préoccupé par ses étoffes. Il se contentait de me dicter les règles de la bienséance, et je crois que si je n'avais été un garçon réservé, un peu timide et somme toute docile, c'est à lui qu'il serait revenu de me punir. Je ne lui en ai guère donné l'occasion – et les rares fois où j'aurais mérité le fouet, ma mère m'avait d'abord houspillé, puis protégé de la colère paternelle. Bref, mes rapports avec mon père ont toujours été peu chaleureux; je suis certain qu'ils seraient devenus plus étroits si nous avions travaillé ensemble. Mais voilà, c'est avec Maître Antoine que j'ai travaillé – un homme affable, au tempérament égal, rarement tracassé par ses occupations au point d'être de mauvaise humeur. C'était le travailleur le plus sérieux qui soit, mais tout se passait avec lui dans une humeur sereine qui se transformait parfois en gaieté, mais jamais en tempête.

Nous nous retrouvions avec une quinzaine de jours à passer, et sans les soucis habituels de l'imprimerie. Nous avons parlé, beaucoup parlé. Ce n'est pas nécessairement à moi que Maître Antoine s'adressait, mais même en écoutant ce dont il débattait avec d'autres, je suivais ses pensées. C'est là que j'ai véritablement fait la connaissance de mon maître.

Le premier soir, nous nous sommes arrêtés à la sortie de Meaux dans une auberge au bord de l'eau, un lieu-dit dont j'oublie le nom : un bouquet de maisons blotties les unes contre les autres et entourées de champs, qui n'étaient là que pour profiter de ce qu'on était à une demi-douzaine de lieues de Paris, et que c'était l'endroit idéal, en été, pour faire halte pour la nuit.

On nous a logés au premier étage d'une bâtisse, au-dessus de nos mulets qui occupaient le rez-de-chaussée ; nous avons inspecté le lieu, nourri et abreuvé nos bêtes, puis nous sommes redescendus et nous sommes rendus dans la grande salle d'un bâtiment attenant, où étaient réunis nos charretiers, les quelques compagnons voyageurs qui faisaient partie de notre caravane, et quelques autres personnes qui nous étaient inconnues. Les cavaliers du matin occupaient une table un peu à l'écart ; ils mangeaient à belles dents, toujours aussi silencieux.

L'aubergiste servait la cervoise de la maison, pendant que sa femme s'affairait autour du foyer, d'où émanaient des odeurs fort engageantes.

« Où est Oudin ? »

« Dehors, Maître Antoine. Il ne viendra pas s'asseoir avec nous, il dit qu'il est un serviteur. »

« Il est peut-être un serviteur, mais ici nous ne sommes pas à la Cour, et je ne suis pas le roi de France. » Il s'est levé, et est bientôt revenu suivi d'Oudin, qui devait presque se plier en deux pour passer la porte.

« Qui va surveiller nos affaires ? » a-t-il grommelé en casant sa vaste personne sur le banc.

«L'aubergiste nous a dit que la maison était gardée, et puis j'ai pris avec moi les choses importantes.»

Notre plat arrivant, nous nous sommes plongés dans la nourriture.

«Vous ne vous souvenez absolument pas de moi», a soudain dit Oudin, lorsque nous avons été rassasiés.

«Moi? De toi? Comment pourrais-je me souvenir de toi? J'aurais dû voir un de tes divertissements? À Poitiers peut-être? Il m'a semblé qu'il y avait parfois quelque chose de poitevin dans ton parler, mais cela disparaît le plus souvent.»

Oudin a lâché un grand rire.

«C'est que je me suis employé à camoufler mes origines. Moi, je me souviens très bien de vous, et aussi de votre père. Je suis de Fontenay-le-Comte. J'étais avec vous chez les cordeliers.»

«Tu étais avec moi chez les cordeliers?»

«Oui. J'étais un des enfants trouvés. Vous autres qui appreniez le latin, vous ne vous occupiez pas de nous.»

«Et tu n'apprenais pas le latin, toi?»

«Si fait. Il le fallait bien, sinon c'était la trique, on nous battait même lorsqu'on obéissait au doigt et à l'œil. Mais nous, on était assis tout derrière et...»

«Attends...» Il a pris sa tête entre ses mains, cela a duré quelques instants. Soudain, il a claqué les doigts, a regardé Oudin d'un œil émerveillé.

«Tu étais... Tu étais l'Échalas!»

Oudin est presque tombé de son banc, tant il riait de plaisir.

«Par...fai...te...ment!» a-t-il hoqueté.

«Alors ça!» Il s'est tourné vers moi. «À cinq ans, il était déjà long comme un échalas, justement, mais il était mince comme un fil, à l'époque.»

«Et puis, vous vous en êtes allé, et moi peu après j'ai fini par faire l'apprenti forgeron.» Son visage s'est assombri. «Cela n'a pas duré le temps réglementaire.»

«Qu'est-ce qui s'est passé?»

«Il y a eu un vol à l'église Saint-Nicolas, et en partant le voleur a soi-disant assommé le sacristain. Qui s'en est vite remis, remarquez. Mais parce qu'il a prétendu que le voleur était très grand, très fort et jeune, on a dit que c'était moi.» Sa voix a tremblé. «Sans preuves. Mais qui sinon le bâtard, n'est-ce pas?»

«Et qu'as-tu fait?»

«J'ai passé deux jours au pilori de la place aux Herbes, et je vous assure que je ne souhaite cela à personne. On m'a battu, raillé, craché dessus. Mais pendant ce temps j'ai réfléchi. Quelle chance avais-je de m'en tirer? Aucune. Personne ne croit un orphelin.»

Il s'est tu, le visage sombre. Finalement il a levé les yeux et a dit à Maître Antoine:

«Lorsque j'ai compris que vous étiez Antoine Augereau, de Fontenay, je dois dire que j'ai eu envie de fuir. J'ai tout raconté à Maître Jacques Lefèvre. Il m'a rassuré en me jurant que vous n'étiez pas personne à me dénoncer.»

«Mon cher Oudin, même si tu avais été le pire des criminels par le passé, jamais je ne te dénoncerais aujourd'hui où tu es devenu un honnête homme. D'autant plus si tu étais un innocent accusé à tort.»

«Et qu'avez-vous fait?» ai-je demandé, car cela m'intéressait. «Vous vous êtes sauvé?»

«Il y avait une femme, on l'appelait "la Philippe", pauvre veuve d'un ouvrier tanneur, que les gens traitaient de folle parce qu'elle passait son temps dans les champs à chercher des herbes. Elle venait la nuit nous donner à boire. C'était interdit, mais tout le monde savait qu'elle le faisait. Le premier soir, j'ai *belàé couma in eùlàe chi at cassai sés cries.*»

«Vous avez fait quoi?»

Maître Antoine a ri.

«Il dit qu'il a pleuré comme un huilier qui a cassé ses cruches. Beaucoup, en d'autres termes. C'est le parler poitevin, mon cher Claude.»

«Ah bon. Et puis?»

«Et puis la femme m'a dit: "Oudin, ce n'est pas la peine de *belàé*. Le vin est tiré, il faut le boire. Songe plutôt à ce que tu vas faire lorsqu'on te sortira de ces fers." "Et que voulez-vous que je fasse? Je suis innocent, et on me traitera de coupable. On ne croit pas un enfant trouvé." "Personne n'a volé le sacristain de Saint-Nicolas. C'est lui qui a empoché les sous. Il est au *boes de binéte*. Mais tu as raison, c'est ta parole contre la sienne, et tu seras perdant. Moi, je sais que tu es un bon gars." "Et à quoi cela me sert-il?" "D'abord, je te cause. Ensuite, je vais te dire ce que tu dois faire au moment où on te détachera, avant qu'on ne t'emmène en prison, qu'on te marque au fer, ou que sais-je encore. Le mieux, c'est de prendre la poudre d'escampette. Il faut plus te montrer à Fontenay." J'étais d'accord, bien entendu. Alors elle m'a expliqué dans les moindres détails comment cela se passait. Il y avait un moment où on était laissé à soi-même, et comme le plus souvent, après deux jours de pilori, on n'était plus en état de faire un pas, on n'était pas particulièrement surveillé. Il fallait que je profite de cet instant. "Laisse-toi complètement aller dans les fers, essaie de dormir. Tends une jambe, puis l'autre, aussi souvent que tu le pourras. Tiens, mange cela. Et bois cette tisane." La nuit suivante elle est revenue, m'a nourri et m'a donné à boire une fois encore, elle m'a massé les jambes avec un onguent et, lorsqu'ils sont venus me chercher le matin du troisième jour, j'ai fait exactement ce qu'elle m'avait conseillé.» Il a ri. «Il faut vous dire qu'entre-temps j'avais grandi. Je n'étais pas aussi corpulent qu'aujourd'hui, je n'avais encore que seize ou dix-sept ans, mais j'étais presque aussi fort. Dès que j'ai été debout, j'ai écarté les deux gardes d'un geste, et avant qu'ils en soient revenus, j'avais dévalé la colline.»

«Qu'est-ce que c'est au *boes de binéte*?» ai-je demandé.

«C'est être aux abois, criblé de dettes», m'a expliqué Maître Antoine. Puis à Oudin: «On ne t'a pas arrêté aux portes de la ville?»

« Non, parce que ce n'est pas là que je suis allé. Je me suis dit que, pour peu qu'on me reconnaisse, je serais aussitôt repris. »

« Et alors ? »

« Alors j'ai couru jusqu'à la rivière, et j'ai plongé. Je peux rester longtemps sous l'eau sans respirer. J'ai nagé jusqu'à la Poissonnerie, et là je me suis caché dans une embarcation. Mes poursuivants ont cru que je m'étais noyé, je les ai entendus le crier aux quatre vents. »

« Ceux du bateau t'ont gardé ? »

Cela a fait rire Oudin.

« Ils auraient sans doute bien voulu, mais ils n'ont jamais appris que j'étais à bord. Ils ont appareillé au petit matin et, une fois que nous avons été suffisamment éloignés, je me suis glissé dans l'eau sans bruit, j'ai mis pied à terre dans un endroit désert. Après... Après, Dieu qui m'avait tant aidé jusque-là a continué à me protéger. »

« Et tu n'es plus jamais retourné à Fontenay ? »

« Non. J'aurais bien voulu, pourtant, pour remercier la Philippe qui m'a sans doute sauvé la vie. Je suis allé à La Rochelle, dans l'idée de m'embarquer sur un caboteur. En route, j'ai rencontré les forains. À eux aussi, j'ai tout dit. On est convenu que je resterais avec eux, et qu'ils n'iraient pas à Fontenay tant que je serais des leurs. Ou alors qu'ils iraient sans moi. Je suis devenu saltimbanque. Avant de passer au service d'un homme de Dieu, bien entendu. »

Un silence.

« Un homme de Dieu bien différent de ceux de notre enfance, vous ne trouvez pas ? »

Maître Antoine, qui avait écouté cette histoire avec le même intérêt que moi, s'est tapé les cuisses.

« Ça, tu peux le dire ! Il est même différent de tous les hommes de Dieu que je connais. »

Il a levé la main et a commandé à boire. Lorsque nous avons été servis, il a dit, d'une voix égale :

«Je suis très content d'avoir retrouvé un compagnon d'études. Mais comment se fait-il, puisque tu es allé en classe, que tu ne saches ni lire ni écrire?»

Oudin a écarté ses mains en battoirs.

«C'est entré par la force, alors c'est aussitôt ressorti. À l'époque, je ne voyais pas à quoi cela pourrait servir. Je n'ai jamais été très doué, j'apprenais surtout par cœur ce que d'autres récitaient, et comme on nous posait toujours les questions en dernier...»

«Tu veux dire que tu faisais semblant de lire en récitant ce que tu avais entendu?»

«Parfaitement. *I savae signàe coume ine treùe sét rimàe.* Pour toi, Claude: je savais signer comme une truie sait rimer. Je ne savais pas écrire, quoi. Ça faisait si longtemps que je n'avais pas osé avouer que je suis poitevin, je me laisse un peu aller. Mais je vais faire un effort. Bon, où en étais-je? Ah oui... J'ai bonne mémoire; et, dans le métier, ça m'a toujours servi. Je n'ai jamais appris les lettres. Mais Maître Jacques m'a dit que, d'ici la fin du voyage, vous m'aurez rendu savant.»

«Pour sûr. On va même commencer tout de suite. Aubergiste!» L'homme, pensant sans doute que nous voulions boire, s'est approché avec empressement. «Auriez-vous une ardoise et un crayon à nous prêter?»

«Mais oui.»

Ardoise et crayon d'ardoise sont arrivés, et c'est Maître Antoine qui a donné cette première leçon à laquelle j'avais beaucoup songé, et que j'avais même un peu préparée. Mais je me rendais compte que c'était important que cela se passe ainsi: c'était pour ces deux hommes un moyen de renouer une connaissance qu'ils avaient interrompue lorsqu'ils étaient enfants.

Sur le haut de l'ardoise, il a tracé les mots *Pater Noster*. Des lettres élégantes, comme à son habitude, on les aurait dites imprimées.

Bientôt, les deux hommes ont été complètement absorbés par leur occupation. Maître Antoine a vite passé le crayon à Oudin, qui a maladroitement tracé une première lettre, puis une seconde, puis le mot *pater* tout entier.

«Cela va tout de même plus vite qu'avec un enfantelet qui n'a jamais vu cela auparavant», a constaté Maître Antoine.

Oudin a rougi jusqu'à la racine des cheveux, tant le compliment lui faisait plaisir.

Cela a continué assez longtemps. Nous étions si occupés que nous n'avons pas remarqué qu'un des cavaliers qui étaient nos compagnons de voyage s'était approché et, campé derrière nous immobile comme une statue, nous observait. C'est Oudin qui l'a vu le premier. Il était assis face à lui, alors que nous lui tournions le dos. Il a levé les yeux, et son air alarmé nous a fait tourner la tête.

Le gentilhomme (car sans conteste c'en était un) nous a fixés un instant avec des yeux noirs perçants comme des couteaux. Il était dans la force de l'âge, adepte des arts martiaux sans aucun doute. Il était très large d'épaules, et ses cheveux étaient roux. Sa main, presque aussi puissante que celle d'Oudin, reposait sur son épée mais n'avait rien de belliqueux.

«Vous êtes clerc?» a-t-il fini par demander d'une voix sévère et sans autre préambule. Il s'adressait, c'était manifeste, au seul Maître Augereau.

Maître Antoine s'est levé. Debout, les deux hommes étaient de même taille, probablement de même âge.

«Pour vous servir, Monsieur», a dit Maître Antoine avec une légère inclinaison de la tête.

«Je vous ai vu ce matin à Paris. Vous enseignez dans un collège?»

Là, Maître Antoine a ri de bon cœur.

«Je ne suis pas de ces clercs-là, Monsieur. Je suis un humble imprimeur chez Maître Henri Estienne. Antoine Augereau, pour vous servir. Et voici Claude Garamond, mon apprenti, et Oudin, qui nous escorte et auquel nous apprenons les lettres. »

« Je vois. Vous emmenez des livres ? »

« Oui, nous en avons quelques-uns. »

La main du gentilhomme a quitté l'épée, et il m'a semblé que son dos jusque-là très militaire perdait quelque chose de sa raideur.

« Serait-ce indiscret de vous en demander le titre ? »

Maître Antoine n'a pas répondu tout de suite. Le regard qu'il a posé sur le gentilhomme était pensif.

« Pas du tout, Monsieur. Mais serait-il indiscret de vous demander votre nom ? » Le gentilhomme a eu un geste, auquel Maître Antoine a répondu sur un ton apaisant, prévenant ainsi une observation qui aurait sans doute été peu amène. « C'est que voyez-vous, Monsieur, ces livres, du fait que nous avons vécu dans leur intimité pendant tant de semaines pour les imprimer, sont devenus des amis auxquels nous manifestons des égards que nous n'aurions peut-être pas pour nous-mêmes. »

Le gentilhomme a enfin daigné sourire, et son visage en a été un instant doux, amical même.

« Soit. Je suis le chevalier de Berquin, moi-même quelque peu clerc, j'ai étudié le droit à l'Université d'Orléans. La malle avec mes livres a disparu je ne sais où, et l'idée de ne pas lire pendant huit jours ne me sourit pas. »

« Nous n'avons aucun traité de droit, Monsieur. Mais, si vous le désirez, je vous prête volontiers mon exemplaire des *Commentaires sur les Épîtres de saint Paul* par Maître Jacques Lefèvre. »

Cette fois, le gentilhomme s'est épanoui tout à fait.

« Jacques Lefèvre d'Étaples ? »

« Oui, Monsieur. Ce n'est qu'un exemplaire défectueux que nous n'avons pas vendu, relié à la va-vite, mais le texte y est complet. »

«C'est vous qui l'avez imprimé?»

«Oui, Monsieur. Avec Claude.»

«Et vous connaissez Maître Lefèvre?»

«Mais oui. Oudin qui nous accompagne est son serviteur.»

«Où allez-vous?»

«À Bâle.»

«Chez Amerbach?»

«Chez Amerbach et Froben. Le bruit court que Johann von Amerbach serait très malade. On m'a dit que Froben aurait repris son affaire.»

«Alors j'ai le temps de lire votre livre. Mais il va vous manquer?»

«Monsieur, lorsqu'on compose, corrige, met en forme un livre, qu'on discute pendant des semaines avec son auteur, on le sait presque par cœur. C'est bien volontiers que je vous le prête. Puis-je vous demander où vous vous rendez?»

«Je vais à Bâle, trouver un ami.»

Il y a eu un silence.

«Je crains de ne pouvoir vous prêter le livre ce soir, Monsieur, dans notre soupente il fait noir comme dans un four», a fini par dire Maître Antoine.

«Demain fera aussi bien l'affaire. Ce soir j'ai encore la compagnie de quelques camarades de régiment. Mais ils nous quittent demain, et alors je vous rappellerai votre promesse.»

Il a incliné la tête en signe d'adieu et il a tourné les talons. Sans se rasseoir, il a pris congé de ses compagnons et est parti par une porte à l'arrière – il dormait bien entendu dans l'auberge même, tout comme ses compagnons et les gens qui en avaient les moyens, je pense.

«Pourquoi ne voyagent-ils pas seuls, puisqu'ils ont des chevaux?» ai-je demandé à Oudin le lendemain au petit matin, pendant que nous nous apprêtions à repartir.

«Il y a plusieurs possibilités. Ils tiennent à leurs chevaux, et comme ils ne veulent pas en changer en route, ils les ménagent.

Ou alors ils transportent quelque chose de précieux, et ils préfèrent la sécurité d'un convoi aux aléas d'une route plus rapide mais plus solitaire. Ils pourraient aussi avoir envie, tout simplement, de voyager autrement que d'habitude. Mais je devine que dans le cas présent la première étape a été faite en bateau parce que la route était impraticable, et qu'une fois que les "camarades de régiment" seront partis ailleurs, Monsieur de Berquin préférera rester avec nous plutôt que vagabonder sur les routes avec pour toute protection quelques valets qui m'ont de toute façon l'air plutôt chétifs. »

Venant d'Oudin cette appréciation était à prendre avec réserve. Les valets en question (que je n'avais, moi, pas distingués dans la foule) pouvaient avoir une masse moitié moins importante que la sienne et être néanmoins de solides gaillards.

Avant de boucler les sacs, j'ai, sur ordre de Maître Antoine, sorti les *Commentaires* de Maître Lefèvre. J'ai mis le livre dans la besace qui ne me quittait pas, pour le donner au chevalier lorsque nous le rencontrerions.

Dehors, c'était une invraisemblable mêlée. Notre caravane s'apprêtait à partir, et une autre, venue de l'orient, s'apprêtait à prendre notre place sur les embarcations. Dans le brouhaha, aucun mot ne surnageait – juste quelques cris suraigus d'animaux. Une fois encore, je me suis demandé comment nous allions nous dépêtrer les uns des autres, et une fois encore cela a fini par réussir.

Dans la fraîcheur de l'aurore, nous avons laissé derrière nous les fortifications de Meaux. Pendant que nous nous éloignions, sur le chemin de terre cette fois, j'ai entendu un voyageur raconter à un autre que Meaux avait autrefois, du temps de la Pucelle, été assiégée par les Anglais, et avait résisté vaillamment, alors que partout ailleurs tout semblait perdu. Et que le roi avait accordé aux habitants, en signe de reconnaissance, l'exemption de la taille et de toutes les autres impositions. Et ce voyageur assurait que cela durait encore après tant d'années. Il a montré en passant à son compagnon une île qui était dans la rivière: c'est de là que les Anglais voulaient lancer leurs engins. Il me semble que, avec de telles fortifications, les gens de Meaux auraient dû être en sécurité. Mais il est vrai que mon opinion n'a jamais compté pour beaucoup en matière de guerre, je n'y connais rien et, contrairement à tant de mes camarades, je n'ai jamais rêvé d'aller me battre dans des terres lointaines. Mes batailles avec le haut et le bas de la casse, puis avec contre-poinçons, limes, équerres, matrices et autres poinçons m'ont toujours suffi.

La journée s'est passée de façon assez plaisante. Le ciel était redevenu bleu, il ne faisait pas trop chaud, et notre train marchait à un pas agréable. Le chemin était poussiéreux et inégal, et je commençais à comprendre le souci de ma mère, qui m'avait donné de l'argent, certaine qu'au bout de huit jours je devrais ressemeler mes chaussures. Les semelles s'usaient en effet à grande allure.

«Si nous prenions la même route au retour, nous embarquerions sur la Marne à Vitry-en-Perthois», m'a expliqué Oudin. «À la descente, la rivière est beaucoup plus rapide. Mais, à contre-courant, nous avançons plus vite à pied.»

Ce jour-là et le jour suivant nous avons fait six ou sept lieues, avons couché le premier soir en un lieu appelé Charly, et le second soir à Dormans (à moins que ce ne soit l'inverse, ce sont des localités qui n'ont rien de remarquable, je n'ai qu'à peine retenu leur nom).

Pendant ces premiers jours, Maître Antoine a beaucoup interrogé Oudin, on voyait qu'il avait du plaisir à avoir rencontré quelqu'un avec qui partager des souvenirs.

«Je suis ébahi de penser que tu as pu tromper ton monde pendant des années sans savoir ni lire ni écrire. C'est vrai que les cordeliers de Fontenay sont pour la plupart d'une ignorance crasse, mais enfin...»

«C'est ma mémoire, Maître Antoine. Chacun de nous reçoit de Dieu ses dons. Moi, j'ai reçu celui-là. Je me fais dire les choses une fois, je les écoute bien intensément, et je les sais. »

Il a fermé les yeux.

« Tenez, je peux vous réciter *La Farce de Maître Pathelin* en entier, tous les rôles.

Guillemette, ma pauvre femme,
J'ai beau chercher, par Notre-Dame,
Quelque ruse de fin matois!
On ne vient plus comme autrefois
Me confier la moindre affaire!
Et cependant, à part le maire,
Il n'est pas d'homme plus savant que moi.

Et Guillemette :

Toujours auparavant,
Les clients frappaient à la porte...

Et ainsi de suite, je la sais toute et, même si je voulais, je ne pourrais l'oublier. »

« Et si je te disais un livre en latin, tu t'en souviendrais aussi ? »

« Ce n'est pas impossible. Grâce à ma présence au dernier rang, je l'ai appris tant bien que mal. Je le comprends. Disons qu'il pourrait y avoir quelques erreurs. »

Nous avons marché un instant en silence.

« Mais *La Farce de Maître Pathelin*, c'est quelque chose que tu as répété cent fois dans les foires, je parie », a dit Maître Antoine, pour le taquiner sans doute, il avait cet air que je lui connaissais lorsqu'il était moqueur. Oudin n'a pas saisi la plaisanterie.

« Non, Maître Antoine, une fois suffit. Tenez, je vais vous réciter une ballade que son prétendu auteur m'a dite, une seule fois, je ne l'ai pas revu depuis près de dix ans. Première strophe :

Dites-moi où, n'en quel pays,
Est Flora la belle Romaine,
Archipiadès, ni Thaïs,
Qui fut sa cousine germaine,
Écho, parlant quand bruit on mène

Dessus rivière ou sur étang,
Qui beauté eut trop plus qu'humaine ?
Mais où sont les neiges d'antan ?»

Je ne sais trop pourquoi, dès le troisième vers mon cœur s'est mis à battre. Ce poème me plaisait infiniment, j'avais envie de le savoir – je ne trouve pas les mots pour exprimer une telle émotion. C'était la première fois de ma vie qu'un texte produisait sur moi cet effet-là. Avec sa voix profonde qui résonnait comme une grande cloche, Oudin avait une manière de dire les choses qui vous touchait, vous forçait à l'écouter.

«Deuxième strophe :
Où est la très sage Héloïs,
Pour qui fut châtré et puis moine
Pierre Abélard à Saint Denis ?
Pour son amour eut cette essoine.
Semblablement où est la reine
Qui commanda que Buridan
Fut jeté en un sac en Seine ?
Mais où sont les neiges d'antan ?»

Oudin ne prêtait aucune attention à son entourage. C'était comme si ses yeux étaient tournés vers l'intérieur. Nous buvions ses paroles ; impossible de faire autre chose.

«Et voici la troisième strophe :
La reine Blanche comme lis
Qui chantait à voix de sirène,
Berthe au grand pied, Biétris, Alis,
Haremburgis qui tint le Maine
Et Jeanne la bonne Lorraine
Qu'Anglais brûlèrent à Rouen ;
Où sont-ils, où, Vierge souveraine ?
Mais où sont les neiges d'antan ?

Et enfin voici l'envoi :
Prince n'enquerrez de semaine
Où elles sont, ni de cet an,

Qu'à ce refrain ne vous remaine:
Mais où sont les neiges d'antan?»

L'étonnement de Maître Antoine s'est vite transformé, j'en jurerais, en une émotion semblable à la mienne. Lorsque Oudin s'est tu, il a fallu qu'il cherche ses mots.

«Mais d'où tiens-tu une telle merveille?» a-t-il fini par demander.

«Lorsque mes compagnons de route allaient à Fontenay, je m'abstenais, je vous l'ai dit. Au bout de quelque temps, entre barbe et embonpoint je parie que personne ne m'aurait reconnu, mais il y a des risques qu'on préfère ne pas courir. Alors, lorsque depuis le Poitou nous nous sommes mis lentement en route vers Paris, pendant qu'eux allaient à Fontenay, je suis allé les attendre à l'abbaye de Saint-Maixent. C'est là que j'ai rencontré ce moine, il était très âgé et passait le plus clair de son temps assis sur un banc dans le cloître. Frère Francis, c'était son nom. Nous avons beaucoup parlé ensemble. Il m'a raconté qu'il avait monté des spectacles, m'a parlé d'un incident particulièrement drôle où il aurait voulu utiliser un vêtement sacerdotal pour habiller un comédien qui incarnait le roi.»

«Et il a réussi?»

«Bien sûr que non. Même s'il incarne le monarque, un saltimbanque reste un saltimbanque. Ce vieux moine ne voyait pas les choses ainsi, bien sûr, car, en matière de théâtre, ce n'était qu'un amateur, et il était clerc; il avait été écolier à Paris, autrefois, à ce qu'il disait. Il m'a raconté ses frasques, très exagérées, je parie. "Il aurait fallu que je m'en repente, en venant ici", disait-il en riant de sa bouche édentée. "Mais je ne l'ai jamais pu. J'ai changé de vie et pour rien au monde je n'aurais recommencé celle d'avant, mais à quoi bon se repentir du bon temps qu'on a eu? Ce qui est passé est passé."»

«Il était clerc, tu dis?»

«Il le prétendait. En tout cas, pendant les quinze ou vingt jours où j'ai attendu, il m'a récité ainsi toutes sortes de vers.

“L’idée que tu les réciteras dans les foires me plaît. Ils partiront aux quatre vents comme les pétales d’une fleur fanée. Qui sait? Ils pourraient même entraîner une graine, elle pourrait même germer un jour.” Et il riait comme un gosse. Il racontait que c’était lui qui les avait composés. Il disait avoir écrit son testament par exemple:

En l’an de mon trentième âge
Que toutes mes hontes j’eus bues,
Ni du tout fol, ni du tout sage,
Non obstant maintes peines eues,
Lesquelles...»

«Oudin! Comment s’appelait ce moine?»

«Frère Francis. Attendez, il m’a dit son nom.» Il s’est concentré un instant. «De Montcorbier. Il m’a dit qu’il s’appelait de Montcorbier.»

«Oudin, vas-tu me dire que tu as rencontré François Villon?»

«Je ne sais pas, Maître. Il est vrai que ce nom revient dans plusieurs de ses poèmes: *L’an quatre cent cinquante et six, Je, François Villon, écolier...* et ainsi de suite, celui-là est très long.»

«Tu ne sais pas qui est François Villon?»

«Si vous avez raison, et si ce que ce moine m’a dit est vrai, c’est un vieux qui chauffe ses os au soleil et qui radote des histoires à qui veut les entendre, pour autant qu’il vive encore. Ce dont je doute, cette rencontre date de plusieurs années. En tout cas, ces poèmes qu’il m’a appris plaisent aux gens. Lorsque je les récite, entre deux numéros de foire, il y a toujours des gens pour écouter, et pour applaudit.»

«Et tu ne les as pas oubliés? Ils sont encore – comment dire – intacts?»

«Je vous l’ai dit, cela reste. Il me les a dits, je les lui ai répétés, il m’a suggéré deux ou trois corrections et, depuis, ils sont gravés là. C’est un don que Dieu m’a fait, je n’ai aucun mérite.»

«Nous commençons ce soir à prendre note de tous ces poèmes. Je connaissais *Le Testament*, qui a été imprimé il y a longtemps. Mais je n'avais jamais entendu la ballade sur les neiges d'antan. Il se pourrait que tu saches des poèmes que personne d'autre ne connaît. Lorsque je disposerai d'une presse, je les imprimerai. En attendant, je vais voir si quelqu'un a du papier, je n'en ai que fort peu. Et la prochaine fois que je vais en Poitou, je m'arrêterai à Saint-Maixent. Avec les très vieilles personnes, on ne sait jamais. Elles s'éteignent d'un coup, mais elles durent parfois très longtemps.»

VI · Comment nous poursuivons notre voyage pour Bâle où nous arrivons bientôt, rencontrons de célèbres imprimeurs, et admirons de beaux livres

Nous sommes arrivés à Épernay un samedi. Ce qui signifiait que le lendemain, dimanche, nous ne nous déplacerions pas, ou guère. Au cours de mes quelques voyages, j'ai constaté que cela dépend; parfois il y a dans un convoi des gens très pressés, alors une fois qu'ils ont assisté à la messe, ils poussent à ce que, le dimanche après-midi, on fasse deux ou trois lieues. Cela n'a pas été le cas cette fois-là, et comme c'était la première fois que je sortais de Paris, j'en étais bien aise. D'autant plus que nous avons été logés dans l'auberge elle-même, dans une chambrette sous le toit. Nous étions près de la rivière, que je voyais par la lucarne en me hissant sur la pointe des pieds. Oudin a insisté pour coucher auprès de nos mulets, et Maître Antoine l'y a laissé.

«À condition que tu viennes me réciter quelques-uns des poèmes que t'a appris Frère Francis.»

«M'est avis, Monsieur, que ce Frère Francis n'est pas du tout le François Villon que vous dites. C'était un moine tout ce qu'il y a de plus ordinaire. Nous en croisions, du temps où je courais les routes, de ces paillards repentis», Oudin disait cela comme si cette époque datait des temps mythologiques et non de quelques mois. «Du moment qu'ils étaient impotents, ils se vantaient d'exploits passés fabuleux.»

«Mais ils n'inventaient pas des vers aussi beaux et aussi purs.»

«Ils ne sont même pas en latin.»

«Mon cher Oudin, si la Bible peut être lue en français, la poésie, qui selon Aristote exprime l'âme la plus noble de l'homme, peut bien exposer les choses dans la langue que les hommes emploient tous les jours pour se faire entendre. Quoi de plus beau que de faire comprendre aux gens dans leur langue une poésie qui élève l'âme?»

«Dans ces vers, il n'est question que de méfaits.»

«Pas vraiment. Écoute bien ces poèmes que tu récites: ils expriment la douleur de cet homme de ne pas pouvoir se conformer à ce qu'est censé être un écolier. Il préférerait ne point chagriner ceux qui ont été bons avec lui, mais toujours quelque chose le pousse à être différent. Sa nature est plus forte que toutes les coutumes et toutes les bienséances. Il n'est pas seul dans ce cas, mais son tourment, et la beauté de ses vers, viennent de ce que, lui, il le sait.»

Oudin n'a rien répondu, mais sa mine est restée dubitative. Il est parti en promettant de revenir dans la salle de l'auberge aussitôt que nos mulets seraient nourris, abreuvés et casés pour la nuit.

Nous étions installés à une des longues tables et l'attendions en buvant du cidre lorsque le chevalier de Berquin s'est approché. Ses compagnons, je l'avais remarqué, nous avaient quittés il y avait déjà un ou deux jours. Depuis, le chevalier avait chevauché pour son compte, et j'avais vu qu'il lisait souvent le livre de Maître Antoine. Il s'est assis sans plus de façons.

« Étonnant, ce texte que vous m'avez prêté », a-t-il dit avec brusquerie. Ce devait être sa manière habituelle d'aborder les gens. « Voilà enfin un homme qui s'est donné la peine de lire, de vraiment lire saint Paul. Ce n'est pas comme ces ignares qui se prétendent maîtres en théologie mais ne font que répéter des âneries. »

Le chevalier n'attendait pas de réponse, et il n'en a reçu aucune. Après un silence, Maître Antoine a dit :

« J'ai réfléchi, et j'ai trouvé où j'avais vu votre nom, Monsieur. C'est à vous que Josse Bade a dédié le second volume des œuvres de Politien l'été dernier. »

Le chevalier de Berquin a souri – enfin.

« Oui, j'aime beaucoup Josse Bade. Je me suis d'ailleurs toujours promis de passer voir votre Maître Estienne, mais j'ai si peu été à Paris que je n'en ai jamais eu le temps. Je vous y aurais trouvé, si je comprends bien ? »

« Très probablement. »

« Vous êtes savant, à ce que je vois. Votre travail est très soigné ; presque aucune faute. »

Maître Antoine a pris un air alarmé.

« Vous voulez dire qu'il en reste suffisamment pour qu'on les remarque ? »

« Ah, ah, un amoureux de la perfection ! Et que pensez-vous de ce texte ? »

« Il est capital, bien entendu. Après des siècles d'obscurantisme et de monopole de la vérité, l'imprimerie ôte aux théologiens le vernis de respectabilité qu'ils ne méritent plus. On peut enfin juger par soi-même. »

« Et la traduction est tout aussi importante. Il va falloir que tout cela soit dit aussi en langue vulgaire, pour ceux qui apprennent la lecture mais non le latin. Vous avez été ordonné prêtre ? »

« Non. Je m'en suis allé avant. J'avais trop de doutes. Lorsque j'étais enfant, j'ai passé quelques années chez les cordeliers de

Fontenay-le-Comte, d'où je viens. À huit ans j'avais déjà lu plus de livres que certains des moines qui se prétendaient mes maîtres. Sales, paresseux, paillards, prêchant la pénitence sans la faire, battant les enfants pour des vétilles, mais se faisant absoudre pour leurs péchés avec rien de plus douloureux qu'un Pater. Dieu merci, j'ai eu des parents intelligents, qui n'accordaient aucun crédit au fouet, et avaient une foi inébranlable en la raison. Mon père m'a changé d'école. Je suis allé chez les bénédictins de Maillezais, où cela se passait tout autrement, j'y ai beaucoup appris. Mais le mal était fait. Si on peut parler de mal. Je n'ai plus eu de goût pour les ordres, même s'il m'a fallu un certain temps pour m'en apercevoir. »

« Vous avez quitté Maillezais et vous êtes devenu imprimeur ? »

Maître Antoine a eu un de ses grands rires.

« Cela n'a pas été aussi simple. Nous ignorions tout de l'imprimerie, à Fontenay, et à Maillezais qui est à deux lieues de là, aussi. Lorsque j'étais enfant, j'avais manié le scalpel, mais je n'avais pas envie d'être tailleur de pierres. Puisqu'il avait constaté que j'avais la main sûre et que je dessinais passablement, mon père m'a proposé d'aller à Poitiers pour terminer mes études et apprendre l'orfèvrerie. Alors que tout le monde me poussait à être un savant, et rien que cela, mon père avait compris, plus encore que moi, que le Seigneur m'avait aussi fait le don de l'habileté, et que je ne supporterais jamais de ne pas travailler de mes mains. Je lui en suis à jamais reconnaissant. C'est à Poitiers que j'ai découvert l'imprimerie. Je n'ai plus pensé qu'à cela, plus aspiré qu'à cela. Toute mon habileté manuelle ne me servait à rien, en tant que docteur en théologie. Tout le latin, le grec, la philosophie, la théologie, la rhétorique que j'avais ingurgités ne me servaient à rien, en tant qu'orfèvre. Mais c'était exactement ce qu'il fallait pour être imprimeur. Au bout de quelques années, j'ai changé d'apprentissage. Mais l'orfèvrerie m'a été utile : on m'a montré comment en appliquer les règles pour dessiner et graver des poinçons. »

Le chevalier s'est reculé un peu sur son siège, comme pour mieux regarder Maître Antoine. Il y avait du respect dans son regard.

« Et vous gravez des caractères ? »

« J'ai commencé par ne faire que cela, en arrivant chez Maître Estienne, et maintenant que nous avons ce qu'il faut, je le fais encore à mes heures perdues, ou en cas de nécessité. »

Et il s'est lancé dans sa grande diatribe contre l'écriture gothique, expliquant, crayon en main, pourquoi une pensée nouvelle, en langue vulgaire, exigeait des caractères nouveaux. En moins de temps qu'il n'en faut pour le dire, ces deux hommes qui ne se connaissaient pas trois jours auparavant ont entamé une discussion comme s'ils avaient été de vieux amis, et à un niveau qui m'échappait entièrement.

Le lendemain, pendant que nous allions vers Châlons, et le surlendemain, alors que nous marchions sur Vitry-en-Perthois, le chevalier s'est approché de nous, sans son cheval que son valet tenait en bride, et la conversation a repris de plus belle. Les deux hommes comparaient les mérites de textes qui m'étaient inconnus, à l'exception près de l'*Éloge de la folie*, dont Maître Antoine m'avait fait cadeau pour que je le lise à fond. Le chevalier a raconté comment il correspondait avec Érasme, qu'il tenait pour un des plus grands penseurs vivants, et comment il lui avait proposé de réduire l'original latin de l'*Éloge* en langue vulgaire, afin que tout le monde puisse en profiter. Le chevalier professait à propos de la traduction des sentiments analogues à ceux de Maître Antoine pour les caractères romains : ils étaient nécessaires au progrès de l'humanité.

Ce qui m'étonnait le plus, c'était que ce gentilhomme s'entretînt aussi familièrement avec un artisan. Je crois d'ailleurs que Maître Antoine a dû lui faire une remarque dans ce sens, car je me souviens que le chevalier a beaucoup ri avant de s'expliquer.

« Certes, si j'étais comme mon oncle, Hector de Berquin, qui accablait ses sujets de vexations pour leur faire sentir qui était le maître, je vous écraserais sous mon auguste botte, mon bon ami. Mais vous avez de la chance. Il fait beau, la route est longue, j'ai une passion pour les livres, les imprimeurs sont mes amis et, lorsqu'ils sont à la fois artisans et clercs, ce sont vite de grands amis. J'aime participer à la confection des volumes. Je déroge allégrement, mon ami. Nous sommes tous égaux devant Dieu, comme le dit saint Paul et comme le souligne si bien notre ami Jacques Lefèvre. Bref, je suis différent de mon oncle Hector, que Dieu le garde. »

Et le chevalier avait raconté que sa famille venait des Flandres, où était sa terre. J'ai déduit de tout cela qu'il devait être riche. Au fil des jours, il a raconté également qu'il avait tâté des armes, mais que l'étude lui convenait mieux, c'était pour cela qu'il avait étudié le droit à Orléans, et qu'il s'était beaucoup penché sur la théologie, dont il trouvait l'exégèse surannée et souvent ridicule.

« Ce que vous me racontez des cordeliers, cela se retrouve dans l'Église tout entière. Je souhaite que le concile qui se tient actuellement à Rome discute d'une réforme en profondeur des mœurs du clergé, et non seulement de l'autorité du pape. Il dure depuis plus d'un an, il faut espérer que ces bons prélats se rendent compte que cela devient urgent. »

Après Vitry nous avons quitté les rives de la Marne et nous sommes dirigés vers Bar-le-Duc. Nous allions passer un autre fleuve deux jours plus tard, et je m'en souviens tout particulièrement parce que le cours d'eau, c'était la Meuse, et le lieu, c'était Domrémy, le village d'où venait la Pucelle d'Orléans, Jeanne d'Arc.

Tout le monde voulait s'arrêter pour voir la maison où elle était née, aussi les convoyeurs avaient-ils prévu que nous ferions halte un peu plus tôt dans la soirée à une auberge située à l'entrée du village. Je me suis rendu à la maison de Jeanne avec Maître Antoine et Oudin. Elle est petite, avec un toit en pente abrupte comme il y en a beaucoup dans cette région, et le devant est entièrement peint de fresques qui racontent les faits et gestes de la Pucelle. Ses descendants n'y vivent plus. Le roi les anoblis, et ils ont plus loin une fort belle maison sur le fronton de laquelle se trouvent les armoiries que le roi leur a accordées. Près de la maisonnette, on m'a fait voir un arbre, que l'on appelle Arbre de la Pucelle. C'est là qu'elle a entendu les voix qui lui ont ordonné de sauver la France.

Notre voyage s'est poursuivi, et nous sommes arrivés à Plombières, où nous nous sommes arrêtés tout un jour, car certains des marchands qui étaient avec nous y avaient à faire. Le paysage avait changé. Nous n'étions plus en plaine, peu à peu elle avait fait place aux collines, de plus en plus hautes. Et Plombières est enserrée par elles de tous côtés. Les gens parlent un langage que je comprends à peine, tant leur accent est différent. Il y a à Plombières des bains qui guérissent, à ce qu'il paraît, la gravelle et certaines humeurs, surtout scrofuleuses.

Encore trois jours de voyage, et nous sommes arrivés à Mulhouse, qui est déjà du canton de Bâle ; il était tard dans la journée, on nous a promis Bâle, qui est à huit ou neuf lieues, pour le lendemain.

C'est pendant la deuxième semaine de notre voyage, au cours d'une des discussions savantes entre le chevalier de Berquin et Maître Antoine, que j'ai, pour la première fois, entendu parler de ces indulgences qui allaient devenir, peu d'années après, une si grande pomme de discorde. En cette année 1513, on en parlait encore librement, Luther était inconnu de tous, et l'hérésie n'était pas l'obsession qu'elle est devenue aujourd'hui. J'ai parfois peine à me remémorer qu'il y a eu un temps, avant le roi François de Valois, où l'on disputait paisiblement de toutes choses.

Ce jour-là, Maître Antoine fustigeait la pratique des indulgences et des messes que l'on vend.

« Comment accepter que tout péché soit pardonné contre une somme d'argent qui servira à nourrir les vices de ceux qui sont censés nous donner l'exemple, ou à financer des guerres menées à des fins purement temporelles? Il me semble que le temps est venu de chasser les marchands du temple. Il est écrit, *Ma maison sera appelée une maison de prière; mais vous en faites un repaire de voleurs.* Maître Lefèvre ne dit pas autre chose, et j'en connais beaucoup, de Paris à Poitiers, qui pensent cela.»

Puis ils ont parlé de la définition même du péché; les commentaires de Maître Lefèvre, pensaient-ils, impliquaient une telle réflexion lorsqu'il écrivait que *tout ce qui n'est point fait en foi est péché.* Mais un homme d'Église qui absout par lucre peut-il encore juger si les actes sont *faits en foi*?

«Peut-être que nous seuls sommes à même de saisir cela, et que nous sommes seuls juges et seuls responsables face à Dieu», a dit le chevalier, qui était songeur. «N'est-ce pas ce que Lefèvre pense lorsqu'il écrit: *La véritable maison de Dieu ce sont le cœur, l'âme et la pensée du chrétien?*»

Ils ont cheminé longtemps en silence, puis le chevalier a dit:

«Je suis un fidèle sujet de Sa Majesté le roi très catholique, mon épée et ma personne sont tout à son service, cela ne se discute pas et je ne le trahirai jamais. Mais cela dit, je dois me demander si juges et seigneurs temporels ont un quelconque empire sur mon âme.»

Maître Antoine a ri.

«Comme vous y allez, Monsieur. Si vous ôtez aux hommes d'Église le droit d'absoudre, et aux hommes d'État celui de condamner, vous tarissez les sources de revenu du quart de la population, au bas mot.»

Quand je pense que ces propos mi-sérieux mi-facétieux étaient tenus ouvertement ou presque sur un chemin de terre battue au milieu d'une foule de cent personnes qui toutes avaient loisir d'entendre (encore que la discussion ne fût pas de nature à intéresser les valets et les marchands parmi lesquels nous cheminions), j'en ai le vertige. Aujourd'hui, le simple fait d'écrire ce compte rendu, dans lequel je ne fais que rapporter des paroles qui étaient loin d'exprimer mes pensées, me vaudrait, à Paris, de finir comme ces deux hommes qui marchaient paisiblement côte à côte, ignorant le terrible destin qui allait les faucher quinze ans plus tard pour l'un, vingt pour l'autre. Pourtant, à aucun moment ils n'ont condamné ou renié l'Église. Ils ne récusaient que les hommes qui en souillaient la pureté. D'une certaine manière, il en allait pour eux comme pour François Villon. En exposant les turpitudes des hommes, ils exaltaient la vertu de l'Église elle-même.

Et ils attachaient tous deux la plus grande importance au concile qui a duré encore deux ou trois ans, et qui porte depuis le nom de concile du Latran.

Nous sommes finalement arrivés en vue de Bâle. Il faisait beau (à part le premier jour, il n'avait plu que très rarement pendant tout le voyage), et la rivière luisait au soleil. Le Rhin est très large, et coupe la ville en deux parties, reliées entre elles par un très grand pont en bois. La première impression, la plus forte qui me reste de Bâle et des derniers lieux que nous avons traversés avant d'arriver, c'est de voir des carreaux de vitre à toutes les fenêtres, par lesquelles le jour pénètre beaucoup mieux que par les toiles ou les papiers cirés de chez nous. Et j'ai pu constater plus tard qu'elles protègent aussi mieux du froid. Beaucoup de ces vitrages sont très ornés; Bâle compte de nombreux artisans qui sont maîtres en cet art.

Nous avons pris congé de nos convoyeurs et, par la place du Marché où, en ce temps-là, on mettait la dernière main à un imposant bâtiment qui devait servir d'Hôtel de Ville, nous avons grimpé une des collines sur lesquelles Bâle est sise et nous avons marché jusqu'à une grande place boisée au coin de laquelle, non loin d'une des portes de la ville, est située l'imprimerie qui était le but de notre voyage.

Johann von Amerbach, l'imprimeur qui l'avait fondée, était un très vieil homme, de plus de soixante-dix ans à ce qu'on disait; il était malade, et nous a reçus en s'appuyant lourdement sur une canne, son fils l'a vite fait asseoir. On le consultait encore, car il était faible mais avait toute sa tête ; cependant, le travail était fait par ses fils, Bruno et Basile von Amerbach, mais surtout (on nous l'avait dit) par Johann Froben, un homme dans la quarantaine, très actif ; c'était lui qui, cela se voyait, menait la barque. On nous a dit qu'il y avait un autre fils, Boniface, qui étudiait dans une université, en Allemagne je crois. Tous ces gens parlaient peu ou prou le français et quand on n'arrivait plus à se comprendre on passait au latin.

Nous nous sommes arrêtés à Bâle quinze ou vingt jours. Maître Antoine est allé travailler à l'atelier avec Bruno von Amerbach, et je l'ai suivi. Leurs casses sont arrangées un peu différemment des nôtres pour les lettres allemandes, mais sont pratiquement comme les nôtres pour les caractères latins.

On préparait ici une grande édition de la Bible, nouvellement traduite du grec en latin par Érasme ; le texte latin et le texte grec y seraient côte à côte. Cela passionnait Maître Antoine, qui s'est longuement penché sur le texte grec qui servait de modèle.

« Vous verrez qu'on découvrira des sens insoupçonnés à l'Écriture », disait-il de temps à autre.

Pendant que Maître Antoine s'entretenait de choses savantes, je m'étais lié avec un garçon d'à peu près mon âge, le fils de Johann Froben, Jérôme. Il apprenait le métier d'imprimeur, lui aussi, et entre latin et français nous avons réussi à comparer nos expériences.

Johann von Amerbach l'obligeait à suivre des cours, pour perfectionner son latin, et Maître Érasme avait décrété de façon réitérée qu'il lui fallait apprendre le grec. Mais Jérôme était un peu comme moi. Pas adonné aux spéculations philosophiques.

« Je me réjouis d'être imprimeur. Je me suis demandé comment on pourrait améliorer la presse pour la rendre plus rapide. »

« Tous les pressiers et tous les imprimeurs se posent cette question. »

«Oui, mais moi j'aimerais lui trouver une réponse.»

Chez Amerbach et Froben, on imprimait encore certains textes, à cette époque, en gothique. Mais on utilisait aussi des caractères latins qui ont aussitôt attiré l'attention de Maître Antoine.

«Je les ai trouvés à Venise», nous a dit Johann von Amerbach lorsque Maître Antoine lui a posé la question. «Nous les avons reproduits et les utilisons pour les textes latins et pour certains textes en vulgaire.»

Ce sujet était le cheval de bataille de Maître Antoine, aussi la discussion a-t-elle été d'autant plus longue lorsque Maître von Amerbach a appris que nous allions à Venise.

«Vous verrez que les Italiens ont des caractères fort supérieurs aux nôtres. J'ai travaillé avec d'excellents orfèvres bâlois, mais aucun n'avait la passion de l'écriture. Lorsque mes fils apprenaient les langues anciennes, j'aurais voulu en faire venir à leurs cours. Mais cela n'intéressait aucun des orfèvres de chez nous. Alors nous gravons nous-mêmes, bien sûr. Mais ce ne sont pas des œuvres supérieures.» Son regard, qui avait dû être gris et qui avait beaucoup pâli, s'était fixé sur le jardin qu'on voyait à travers le carreau. «Vous savez, jeune homme, l'imprimerie, je l'ai vue naître. J'étais jeune à l'époque, capable de grandes passions, et la feuille imprimée a été ma passion dès le premier jour.»

«Et où étiez-vous, Monsieur?»

«J'étais à Paris, mon garçon.»

«À Paris?»

«Oui, c'est là que j'étais écolier ès arts. Et c'est là que j'ai vu arriver un jour Johannes Heynlein, un grand humaniste, le premier des maîtres imprimeurs allemands. Il avait installé son imprimerie à la Sorbonne, où comme de juste les maîtres ont commencé par être méfiants. Et je ne vous parle pas des calligraphes et des copistes, lorsqu'ils ont compris que ce qui débarquait là, c'était une machine qui allait balayer leur métier. Ils ont commencé par dire que c'était une invention du diable, à proscrire, évidemment. Mais c'était peine perdue. Autant vouloir arrêter un ouragan. Cela s'est répandu comme une traînée de poudre. Je ne suis pas resté longtemps. Mais lorsque je suis parti pour Bâle, pressé de m'installer à mon tour, bon nombre de copistes étaient sur le point de se transformer en imprimeurs.»

Lorsque nous avons quitté Maître von Amerbach, Maître Antoine a dit sur un ton ému:

«Cet homme a l'âge d'être mon père, peut-être même mon grand-père. Il est né alors que l'imprimerie n'existait pas, Claude. Peux-tu imaginer cela? Un monde où les lectures sont rares et précieuses, réservées à une infime minorité? Un monde sans livres imprimés?» Il a rêvé un instant. «Bien sûr, à Fontenay, c'est encore ainsi aujourd'hui. Il n'y a pas d'imprimerie, là-bas. Mais enfin, des livres y arrivent, on sait que cela existe. Qui sait, un jour je pourrais même aller m'y établir. Ce n'est pas pareil.»

Je n'ai plus parlé du chevalier de Berquin, qui nous avait quittés à l'entrée de Bâle pour aller voir son ami, mais il est vite venu nous rendre visite. En moins de temps qu'il n'en faut pour le dire, il était entré en grande discussion avec Maître von Amerbach père, puis avec Maître von Amerbach fils et Maître Froben à l'imprimerie. Il leur a fait maints compliments sur leurs livres:

«Vos éditions des Pères de l'Église circulent dans toute l'Europe, j'en possède moi-même des exemplaires. Nous avons envers vous une dette infinie. Et maintenant, on me dit que vous allez publier une Bible, avec son original grec, traduite par Érasme: c'est magnifique.»

Incroyable mais vrai, il a enlevé sa tunique, enfilé un tablier de cuir et est allé composer une page, pour voir les caractères de près.

«Maintenant que Maître Augereau m'a rendu attentif à leur importance, il faut que je les examine en détail, et rien ne vaut le travail pour ce faire.»

Quant à Oudin, il était déchiré entre son sens du devoir qui l'appelait à Paris, et ce qu'il considérait être une impossibilité: nous laisser continuer notre voyage sans lui.

«Oudin, nous n'allons pas nous perdre.»

«Je sais, Maître. Mais j'ai bien vu, vous avez besoin de quelqu'un. Claude, avec toute l'affection que j'ai pour lui, ne vous suffira pas. Il vous faut un vrai serviteur. Qui va s'occuper de vos mulets? Qui va vous défendre en cas de mauvais coup? Non, Maître, vous avez besoin de moi.»

«Maître Lefèvre aussi, a besoin de toi.»

«Maître Lefèvre a des moines pour l'aider, un autre serviteur, qui est vieux, certes, mais enfin qui est redevenu vaillant, et qui a toujours peur que je lui prenne sa place, le pauvre. Je suis là en surplus. Il faut apporter à Paris les livres que Maître Lefèvre attend. Mais s'il était là, il vous dirait aussi qu'il faut me garder.»

Le chevalier de Berquin a entendu une de ces discussions en passant. Lorsque Oudin s'est éloigné en secouant la tête, car nous ne l'avions toujours pas convaincu, il a dit:

«Votre bon géant a raison. Il vaudrait beaucoup mieux que vous ayez un serviteur, et celui-là plutôt qu'un autre.»

«Il n'est venu avec nous que pour rapporter des livres à Maître Lefèvre.»

«Je vais me permettre de vous faire une proposition. J'envoie à Maître Lefèvre un de mes valets, qui lui apporte les livres et peut le servir jusqu'à mon arrivée à Paris.»

«Mais il va vous manquer.»

«Je n'ai pas besoin de trois valets. Vous n'en avez vu qu'un, mais j'en ai deux autres. Il y a un jeune homme dont je parie qu'il sera tout content de rentrer seul. On lui confie le paquet de livres, et à lui la route.»

Maître Antoine a soulevé mille objections, mais en vain. Et finalement, le jeune homme en question, blond, sec, pas plus de vingt ans, est parti. Comme il allait descendre plusieurs cours d'eau, il serait à Paris en bien moins de temps qu'il ne nous en avait fallu pour venir.

En voyant la bouche rieuse et les yeux espiègles du jeune homme en question, prénommé Élie, Maître Antoine a encore demandé :

« C'est un homme sûr, au moins ? »

« Tout à fait. Je le connais depuis qu'il est enfant. Il m'est tout dévoué. »

Il est parti pour Paris. Nous sommes restés encore quelques jours à Bâle, discutant longuement quel itinéraire choisir pour aller à Venise. Il y avait deux possibilités : plein midi, Genève, un voyage assez long et, paraît-il, plus difficile, à travers le Valais et les Alpes, puis Milan, et de là la route de Venise. Ou alors, ce qu'on nous conseillait de tous côtés mais que nous n'avions pas envisagé : remonter le cours du Rhin jusqu'à Schaffhouse, puis descendre en longeant les montagnes vers Innsbruck, et de là prendre le col du Brenner qui mène en Vénétie. Il fallait aussi passer par les montagnes, mais c'était plus bref, et la route était très fréquentée et réputée moins hasardeuse. Maître Froben nous avait envoyés nous informer au port, et nous avions en effet appris que plusieurs groupes s'apprêtaient à prendre cette route-là, alors qu'un seul allait jusqu'à Genève, mais pas au-delà.

Nous avons fini par nous décider, et par un matin de la fin juin nous nous sommes rendus au chemin qui longe le Rhin et nous sommes repartis.

VII · Comment nous traversons les Alpes, arrivons à Venise et nous installons à l'enseigne

du Dauphin et de l'Ancre, où l'on se hâte lentement

De cette deuxième partie de notre voyage vers Venise je garde des impressions confuses, et des images saisissantes. Elle s'est révélée beaucoup plus fatigante. Nous avons commencé par longer le Rhin vers l'orient, puis un lac immense appelé lac de Constance et avons atteint la petite ville de Lindau. Jusque-là, rien de particulier, le paysage était riant, on voyait des montagnes au loin, mais nous étions toujours en plaine. Après Lindau, nous avons changé de direction et nous sommes dirigés vers le midi. Nous sommes alors entrés dans une région comme je n'en verrai sans doute jamais une seconde. Devant nous, ce n'étaient que montagnes. Les étapes étaient plus courtes, car de plus en plus nous marchions à la montée. Nous avions laissé un mulet à Bâle; on nous avait conseillé de voyager le moins chargés possible. La route était sûre, on nous l'a dit et répété, tout en ajoutant que, lorsqu'on serait dans les régions montagneuses et sauvages, mieux vaudrait ne pas tenter des hommes sans foi ni loi.

« En d'autres termes », a dit Oudin, « la route n'est pas si sûre, et je suis bien aise d'être resté avec vous. »

Il disait cela comme si par sa seule présence tout danger était écarté. Oudin est un être singulier : fort comme trois hommes, le sachant, faisant usage de sa force en cas de besoin impératif, mais incapable d'en tirer le moindre orgueil. Jamais il ne fait étalage de cette extraordinaire puissance physique, restée intacte à ce jour, vingt ans plus tard. C'est un doux. Mais, en même temps, il est absolument persuadé que tout inconnu tremble dès qu'il apparaît (il est vrai que l'on s'abstient, vu ses dimensions, de lui chercher querelle).

Lorsqu'on pénétrait dans ces vallées escarpées, où les maisons étaient rares et où les gens parlaient un langage que nous n'entendions pas, la sécurité devenait quelque chose de relatif sinon d'aléatoire, et on s'attendait à chaque instant à voir une bande de malfaiteurs dévaler les pentes boisées. N'ayant jamais vu Oudin se défendre, je n'étais pas certain qu'il serait véritablement d'un grand secours si la horde que j'imaginais s'abattait sur nous.

Mais ces peurs ne sont venues qu'après *Œnopontum*, ou Innsbruck comme ils disent. Jusque-là nous avions voyagé dans une vallée, certes surplombée de montagnes, mais passablement habitée. Deux à trois jours après Innsbruck, où nous ne nous sommes arrêtés que pour dormir, nous avons, après le village de Sterzing, commencé la montée vers le col. Le chemin était étroit, les roches escarpées (trop pour qu'on puisse dévaler sur nous par surprise, Dieu merci), des torrents s'écoulaient dans les failles entre les pierres, si je n'avais pas vécu moi-même dans un tel paysage, si je le voyais sur un retable, je dirais que c'est le fruit de l'imagination. Le plus étrange était de voir, par endroits, des maisons plantées là, comme tombées du ciel, au bord de ces rochers, à des centaines de pieds au-dessus de nous.

«C'est que là-haut il y a des plaines, et elles sont habitées par des paysans avec vaches et champs», nous a dit celui de nos guides avec qui nous pouvions échanger quelques mots en latin, dont il avait une connaissance approximative.

Nous longions une rivière bouillonnante, sur laquelle étaient jetés des ponts en bois, le chemin étant tantôt à sa droite, tantôt à sa gauche. Il a bien fallu trois ou quatre jours de voyage dans ce décor irréel pour que nous arrivions à Bolzano.

Hormis les montagnes, le souvenir le plus marquant de ce voyage, ce sont les légendes du Poitou que Maître Antoine nous a contées pour passer le temps. Il s'émerveillait toujours de la mémoire d'Oudin, qui savait tant de choses par cœur, mais lui-même n'était pas en reste: nous avons découvert pendant ce voyage qu'il disposait d'un réservoir inépuisable de ces légendes, dont il savait tirer des leçons inattendues. Deux ou trois d'entre elles mises à part, je les oublie et les confonds, moi qui n'ai pas la mémoire phénoménale de ces deux hommes.

Nous montions donc. Nous avions la chance de jouir d'un constant beau temps, et dans ces montagnes il ne faisait même pas si chaud, bien que l'on fût en juillet. La seule difficulté était la grande poussière des chemins. Et la montée, qui ralentissait la longue caravane.

Oudin nous avait récité, jouant tous les rôles, je ne sais plus laquelle des innombrables farces qui avaient formé son répertoire de baladin. Il avait des mimiques, des gestes, très expressifs. À tel point que certains de nos compagnons de voyage, tout en n'entendant pas un mot de notre langue, l'écoutaient – ou plutôt le regardaient – avec un intérêt égal au nôtre.

« Si nous étions coincés quelque part sans argent, tu te donnerais en spectacle et nous aurions bien vite de quoi poursuivre notre route », avait dit Maître Antoine sur un ton à la fois admiratif et quelque peu ironique.

Un sourire indéfinissable s'était dessiné sur les lèvres d'Oudin.

« Cela vous sied de vous moquer de moi. Non, ne protestez pas. Récitez-nous plutôt une ode de Cicéron, une diatribe d'Aristote, ou comment appelez-vous ces choses et ces gens-là. Cela nous amusera énormément. Si nous ne nous endormons pas, bien entendu. »

Cela faisait longtemps que Maître Antoine ne prenait plus ombrage de remarques de ce genre. Il s'est contenté de dire :

« On va laisser Cicéron pour l'instant. Que dirais-tu d'un conte du Poitou. J'en ai tout un répertoire, moi aussi. »

« Des contes du Poitou ? Cela me plairait. Je pensais qu'un savant comme vous était au-dessus de cela. »

« Un savant comme moi, sans aucun doute. Mais ma mère, qui est une femme remarquable, sachant lire et écrire, en connaît des centaines, et les a même écrits. Ce qui fait que c'est dans un de ses cahiers de légendes que j'ai moi-même appris les lettres et que, chaque fois que ma route m'amène à la maison paternelle depuis lors, je prie ma mère de me conter une de ses histoires. Elle en a toujours de nouvelles.»

«Elle ne vous les raconte pas en latin.»

«Elle pourrait, car elle a appris aussi le latin. Mais non, elle les raconte en langue poitevine.»

Les deux hommes se sont regardés et ont éclaté de rire en même temps.

«Alors cette légende?» me suis-je risqué à demander.

«Laisse-moi réfléchir... Laquelle vais-je choisir?»

Il a marché pendant un instant le nez au sol.

«Je m'en vais vous raconter celle du Merle blanc.»

«Mais un merle blanc, cela n'existe pas!»

«Mon ami, il faut bien qu'il y en ait un, pour que je puisse te conter son histoire. Donc. Il était une fois un homme bien riche et bien vieux – et comme tant d'hommes qui sont enfin riches mais déjà vieux, il aurait voulu redevenir jeune. Il avait trois fils. Deux qui étaient de sales caractères, orgueilleux et méprisants. Un qui était... qui était simple et bon. Le vieux leur a dit: "Allez donc me chercher le merle blanc, lui seul peut me rendre ma jeunesse. À celui qui le ramène, je donnerai la moitié de mes biens." Les deux aînés se sont remplis les poches de sous, ont enfourché leurs montures, et ils sont partis. Le cadet a pris son bâton, mais pour ce qui était de l'argent, il ne restait que trois deniers. Il part. À pied, il ne restait plus de monture. Et au milieu de la journée il voit sur un tas de fumier le corps d'un renard que les mouches mangeaient. Il a été pris de pitié. Il fait enterrer le cadavre, et cela lui coûte ses trois deniers.

Et il marche, il marche. Longtemps après, il rencontre un renard, vivant cette fois, qui lui demande où il va. Le garçon explique. "Ah, dit le Renard, je le sais moi, où il est, le merle blanc. Mais pour l'attraper il faut avoir la belle fille, et pour avoir la belle fille il faut avoir la mule, qui fait sept lieues à chaque pas. Je sais où elle est, cette mule, va à tel endroit, il y en a deux, tu choisiras la vieille. Et surtout ne prends pas la jeune, même si elle te paraît plus forte et plus belle." Il a obéi et il est revenu avec une très vieille mule. "Et maintenant, a dit le Renard, il faut la selle. Regarde à tel endroit, tu verras deux selles, prends celle qu'il te faut, sans t'y tromper." Il ne s'est point trompé. Voilà qu'il met la selle sur la mule, la monte, et d'un seul pas la mule fait sept lieues. Il retourne chez le Renard. "La fille qu'il te faut, elle est à tel endroit." Il y va, la voit, lui demande une poignée de main. La fille tend la main pour la lui serrer, il la tire sur sa selle, pique sa mule, et elle fait des lieues et des lieues en quelques pas.

Il explique à la fille qu'il ne lui veut pas de mal, il a besoin d'elle pour le merle blanc. Maintenant ils vont là où il est, ce merle, et demandent aux gens de le leur montrer. On leur montre la cage, ils la prennent, montent sur la mule et hop, en quelques pas ils sont bien loin. Ils sont sur le point de rentrer chez le père lorsqu'ils rencontrent les deux frères aînés qui reviennent bredouilles et bien fâchés. Quand ils voient leur petit frère avec le merle, la mule et la fille, ils se jettent sur lui et lui prennent tout. Et pour être bien certains de ne jamais le revoir, ils le jettent dans le puits. Mais le Renard, en se promenant, est arrivé au puits, et a entendu les cris du malheureux. "Accroche-toi à ma queue, qu'il dit, je te ferai remonter." Et il est remonté. "Je suis très content d'avoir enfin pu te rendre un vrai service", a dit le Renard. "Tu n'avais que trois deniers, et tu t'en es servi pour m'enterrer. Il fallait que je revienne pour te remercier. Quant au merle, ne t'en fais pas. Tes frères l'ont mal acquis, il ne rajeunit personne, la mule ne fait pas sept lieues, et la fille est triste. Il faut que tu arrives jusqu'à eux *de ratille*, comme on dit chez nous, c'est-à-dire en cachette." C'est ce qu'il fait. Et une fois qu'il s'est glissé par la porte de derrière, et qu'il a été dans la maison, voilà que toute la gaieté ressurgit, le merle retrouve son pouvoir et le père revient à la jeunesse. Il donne à son cadet la moitié de son bien; lui qui était méprisé est le plus riche après. Et bien sûr, il a épousé la belle fille, et la dernière fois que j'y ai regardé, ils étaient encore à la noce. Quant au Renard, sa bonne action accomplie, il est retourné au Paradis des renards, qui est au pays des fées.»

Personne n'a rien dit, c'était une belle histoire.

«Elle me fait penser à l'Évangile: les derniers seront les premiers», a dit Maître Antoine. «Les humbles de cœur trouvent même le merle blanc, que voulez-vous, et pour eux il existe.»

«Amen.»

Et à partir de ce jour-là, Maître Antoine nous en a raconté plusieurs, de ces contes de son pays.

Nous sommes finalement arrivés à une ville d'assez grande taille appelée Trento; encore une étape, et nous avons pu naviguer sur une rivière, l'Adige, très fréquentée par des embarcations de toutes sortes, la nôtre s'appelait *zattera*, ou radeau, car ce n'était rien de plus. Nous pouvions maintenant charger notre mulet, descendre avec le courant, et il me semble que le trafic était plus dense que dans celles de nos rivières que j'avais eu l'occasion d'observer. En peu de temps, nous avons quitté les régions montagneuses, et un ou deux jours après nous étions déjà à Vérone, sans fatigue.

À Vérone, on nous a conseillé d'aller par voie de terre jusqu'à Padoue, et de là d'embarquer pour Venise, où l'on pourrait arriver facilement par un canal jusqu'à un lieu-dit Ca'Fusina, et de là par la Lagune, c'est ainsi qu'on appelle la mer Adriatique devant la ville; c'est une immense baie qui, lorsqu'elle est calme, fait penser à un lac.

La nuit tombait, et je n'ai pas vu ce soir-là la splendeur de Venise, qui n'était qu'une silhouette sur un ciel rose-violet. Une embarcation nous a amenés non loin de l'adresse à laquelle nous devions nous rendre: Aldo Manuzio était connu de tous.

«Il est à l'enseigne du Dauphin et de l'Ancre, vous tournez à droite, puis... voyons, la troisième, non la deuxième à gauche, après quoi vous allez tout droit, vous vous retrouvez sur une grande place, et c'est en face de vous.»

Cette explication, que Maître Antoine a fini par arracher en latin à un religieux qui passait à pas pressés, ne nous a menés nulle part. Mais à force de tourner (presque) en rond, nous sommes finalement arrivés sur une place dont on ne distinguait, au centre, qu'un puits, visible parce qu'une chandelle y avait été fichée et où nous avons effectivement trouvé l'enseigne du Dauphin et de l'Ancre.

La nuit étant tombée (c'était l'été, il était donc fort tard), nous nous attendions à trouver l'imprimerie déserte. Mais lorsque la porte s'est ouverte après que nous avons frappé, nous avons vu, à la lueur de plusieurs chandelles, un atelier aussi actif qu'une ruche. Dans un coin, un homme écrivait, et passait ses feuilles à peine terminées à un compositeur, dans un autre un homme âgé lisait attentivement, crayon en main, d'autres feuilles qui étaient sans doute des épreuves. Personne ne parlait, le seul bruit qu'on entendît était le cliquetis des caractères dans les casses. Maître Antoine est entré le premier et, devant ce spectacle inattendu à une telle heure, il est resté, sans voix, sur le seuil. Il a fallu quelques instants pour que le vieillard qui était assis au fond lève la tête et nous voie.

Il a posé une question à Maître Antoine dans une langue que je ne comprenais pas. Maître Antoine a répondu en latin:

«Nous sommes recommandés par Maître Henri Estienne et arrivons de Paris.»

Aussitôt, le visage sévère s'est fendu d'un grand sourire.

«Ah! Antonius Augerellus! Cela fait des semaines que je vous attends. Nous nous disions pas plus tard qu'hier qu'il devait vous être arrivé quelque chose.»

«Non, non. Mais passer par Bâle a ralenti notre voyage.»

«Par Bâle? Vous avez vu mon ami Amerbach?»

« Oui. Il vous envoie même un présent, et Maître Estienne aussi. Nous vous les remettrons demain lorsque nous aurons ouvert nos bagages. Voici Claude Garamond, mon apprenti. »

« Et vous nous amenez deux bras supplémentaires ! Excellent. Vous savez composer, jeune homme ? »

« Oui, Maître. »

« Entrez, entrez, nous allons monter voir la famille. »

Il s'est tourné vers la salle et a crié quelque chose dont j'ai compris que c'était un ordre de finir la page en cours et de fermer boutique. À son allure autoritaire, à ces ordres aussitôt obéis, j'ai reconnu en cet homme voûté, le cheveu blanc et la mine fatiguée, Maître Aldo Manuzio en personne.

Nous sommes montés.

Il y avait pas mal de monde. La femme d'Alde Manuce (entre nous, c'est ainsi que nous l'avons toujours appelé) nous a accueillis très aimablement. On nous a montré un petit appartement sous le toit. Je dormirais sur un petit lit qui se rangeait sous le lit de Maître Antoine. Nous avions momentanément perdu Oudin, et ne l'avons retrouvé que le lendemain. Il s'était occupé de nos bagages et avait vendu notre mulet, en marchandant dur dans je ne sais quelle langue – son latin macaronique, probablement –, avec des résultats remarquables. Il avait financé son voyage de retour, qu'il avait l'intention de faire à pied et sur les cours d'eau.

« Ce qui nous intéresse au moins autant que les livres, mon cher Claude, ce sont les caractères dans lesquels on les imprime », m'a murmuré dans le noir de notre chambrette Maître Antoine lorsque enfin nous avons été couchés. « Mais nous ne le dirons pas trop ouvertement, car il paraît que le Maître Alde est fort chatouilleux, il craint qu'on ne lui vole ses formes, aussi allons-nous ouvrir les yeux, mais ne parler que littérature. »

Que dire des mois qui ont suivi ? Nous avons peu vu Venise. Il a fallu que Maître Antoine insiste pour que nous ne travaillions pas le dimanche dès la messe terminée. Il a fallu qu'il soit très ferme pour que moi aussi sois dispensé de labeur ce jour-là.

Tous les autres jours, des premières lueurs à neuf ou dix heures du soir, toute la maisonnée était à l'œuvre.

Pendant cette époque, j'ai plus appris de grec, et de latin (il a fallu des mois pour que j'apprenne à me faire comprendre dans la langue de Venise, qui n'avait que peu en commun avec l'italien du Pétrarque que nous avions un peu étudié chez Maître Estienne), que pendant toutes mes études: nous parlions latin à journée faite avec les différents typographes, et par moments nous finissions même par le parler entre nous.

Venise est une ville imposante, plus agréable que Paris parce que jamais la chaleur n'y est étouffante. Il suffit de mettre le nez dehors, et l'air de la mer vous chatouille les narines. Il suffit de faire quelques pas pour voir la Lagune. Lorsque j'ai commencé à comprendre comment les rues étaient organisées, je me suis arrangé pour sortir le plus souvent possible.

Les maisons ont des noms, comme chez nous, mais peu d'enseignes. Les Vénitiens me paraissaient connaître tous ces noms par cœur. Ils se trompaient tout de même souvent, eux aussi, et au début je me suis parfois égaré. Mais j'avais fini par plus ou moins comprendre le système de ses *calli*. Aussi ne manquais-je jamais une occasion d'aller faire les courses que l'on confie – dans le monde entier, je pense – à l'apprenti imprimeur.

Il y avait un lieu qui me plaisait particulièrement, c'était le chantier naval. On y construisait des embarcations immenses, et un marin a prétendu que, en le voulant, les chantiers pouvaient commencer et finir un navire en un seul jour.

Venise avait été en guerre à peine trois ou quatre ans auparavant, une guerre qui s'était mal passée pour elle, si j'ai bien compris, et pendant laquelle Maître Alde avait fermé son atelier. Il l'avait rouvert depuis deux ans, et disait souvent qu'il fallait mettre les bouchées doubles.

C'était un homme assez étrange, cet Alde Manuce. Sévère et dur à l'atelier, et charmant chez lui. D'une érudition prodigieuse, surtout pour moi qui n'avais jamais été aussi constamment en contact avec un si grand savant. On nous avait raconté qu'avant les guerres il tenait chez lui une Académie où venaient les plus beaux esprits de toute l'Italie; certains d'entre eux participaient à l'impression des livres. Mais cela n'existait déjà plus lorsque nous sommes arrivés.

Maître Antoine et moi travaillions à l'imprimerie, mais en même temps nous étions les hôtes de Maître Alde, et il nous traitait comme des gens de la famille.

Rassuré, Oudin avait enfin consenti à retourner à Paris, nous voyant en sécurité, mais il avait juré qu'il serait venu nous chercher, comme il a dit en nous quittant, l'œil humide, chargé comme le mulet qu'il n'avait plus de livres que Maître Alde et nous envoyions à Maître Lefèvre et à Maître Estienne.

Maître Alde avait chez lui une bibliothèque époustouflante. Des milliers d'ouvrages, me semblait-il. Il nous avait permis de nous servir à condition que nous ne sortions pas les volumes de la maison, et nous l'avons fait. Tous n'étaient pas imprimés: il y en avait passablement qui étaient faits à la main par des copistes. Nous avons lu des œuvres qui n'avaient représenté jusque-là, pour nous, que de vagues rumeurs: Virgile, Quintilien, Hésiode, Théocrite, Aristophane, Hérodote, Thucydide, Sophocle, Euripide, Démosthène, Platon, Plutarque, une édition d'Aristote dont on parlait paraît-il dans toute la chrétienté, et j'en passe. Un monde s'ouvrait à moi. Maître Antoine était comme fou, et n'en dormait presque plus. Il a dû dépenser, pendant notre séjour vénitien, une fortune en chandelles. Il était rare qu'il ait déjà éteint lorsque je m'endormais.

«Comment faites-vous pour avoir tant de livres de provenances diverses?» avait-il demandé à Maître Alde.

«Venise, mon cher ami. Les gens viennent des quatre coins du monde, ils apportent des choses qu'on ne trouverait nulle part ailleurs.»

Maître Antoine a souvent, pendant notre séjour, réparé, refondu, des poinçons: ceux d'Alde Manuce faisaient son admiration. Nous avons fini par apprendre que la plupart d'entre eux avaient été gravés par un certain Francesco Griffo, originaire de Bologne, avec qui Alde s'était brouillé et dont il ne parlait jamais. Mais, comme il vivait à Venise, un dimanche nous sommes allés le voir, aussi discrètement que possible pour ne pas mécontenter notre hôte.

Venise étant un lieu de potins encore plus que Paris, nous avions à peine dit que nous venions de France que Francesco Griffo savait qui nous étions.

« Voilà donc les Français de chez Alde. Il vous envoie espionner ? »

« Pas du tout, il ne sait pas que nous sommes là. Mais je m'intéresse à la gravure des poinçons, et... »

« Il ne suffit pas de s'intéresser, comme vous dites. Il faut des doigts et un œil d'orfèvre, et l'amour des belles lettres. »

« Je crois pouvoir dire que j'ai tout cela dans ma besace », a dit Maître Antoine avec un sourire.

« Vous êtes graveur ? »

« Je suis imprimeur. Mais les lettres m'intéressent. »

Et il a expliqué pourquoi les lettres lui semblaient importantes. Francesco Griffo a peu à peu perdu sa mine renfrognée, et la discussion s'est poursuivie à vive allure, dans un latin qui me dépassait quelque peu. Bien vite, les deux hommes étaient à une table et dessinaient l'un pour l'autre des lettres dont ils discutaient l'empattement et l'œil, les techniques de gravure pour que l'encre ne s'amasse pas trop dans les creux, les blancs et les noirs, les espacements et que sais-je encore.

« J'espère que tu suis, Claude. Cet homme est un génie. Tu peux beaucoup apprendre. »

Je ne sais pas combien j'ai appris, car tant de choses étaient nouvelles pour moi ; mais c'est Francesco Griffo qui a fini un jour par me laisser graver ma première, puis ma deuxième lettre avec ses propres contre-poinçons en m'expliquant que, si je voulais faire quelque chose de vraiment bien, c'étaient eux qu'il s'agissait de former en premier, en déterminant avec soin les courbures, les ronds, les lignes.

« Tu peux avoir le meilleur dessin du monde. Mais pour faire des caractères parfaits, il te faut les meilleurs *outils* du monde. »

C'est chez lui que j'ai copié un dessin de Maître Antoine, qui passait son temps à recopier les lettres de notre compatriote Nicolas Janson, celui que le roi Charles VII avait envoyé par le monde pour apprendre l'imprimerie, et qui n'était jamais revenu en France parce que son successeur, le roi Louis XI, n'aimait pas les livres imprimés.

« Réfléchis bien, Claude, regarde la tonalité générale du caractère de Nicolas Janson : elle est régulière, d'un aspect reposant pour l'œil ; par rapport aux gothiques, elle facilite la lecture, l'œil se délasse au lieu de se crisper. »

Il me montrait du doigt ce qui me paraissait alors un infime détail – de ceux dont je sais aujourd'hui qu'ils font toute la différence.

« Janson a conjugué de manière particulièrement heureuse la minuscule calligraphique avec la capitale latine, en donnant plus d'ampleur à la minuscule et en substituant le jeu des pleins et des déliés à la graisse uniforme de la lettre latine. Et tu vois ce que cela entraîne ? »

« Euh… Les lettres sont plus espacées. »

« Parfaitement. Ces blancs qu'il a introduits dans la page imprimée isolent de manière décisive la lettre, invitent à la lecture. »

De passer à l'acte, cela a été comme tomber victime d'un mal incurable. La passion m'a pris, et ne m'a plus lâché – je voulais être imprimeur, certes, mais aussi graveur. Maître Antoine le pouvait, pourquoi pas moi ?

Le simple fait de m'être posé cette question me donnait l'impression de soudain mieux respirer, il me semblait que ma poitrine s'était dilatée. Je crois que c'est là que j'ai définitivement quitté mon enfance. Maître Antoine a vu tout cela, mais il n'a rien dit. Simplement, il m'a associé à ses activités. Il me parlait désormais comme à un égal, même lorsqu'il m'enseignait – avec cette patience dont jusqu'au bout il a eu le secret – la gravure.

« Rappelle-toi, Claude, que sans graveur, pas d'imprimeur. »

Il m'a expliqué comment graver un caractère, comment déterminer les blancs et les noirs.

« Il faut que tu connaisses l'alphabet à l'envers sans hésiter, que tu t'habitues à le penser ainsi car, pour qu'un caractère soit comme tu as l'habitude de le voir, il faut le graver renversé sur le poinçon. »

Ce morceau de métal qu'on appelle poinçon, et où la lettre est dessinée puis gravée, j'ai appris à le rendre bien dur, en le cuisant, comme on dit dans le jargon. J'ai fait ensuite mon premier poinçon. Je revois mes mains tremblantes d'excitation pendant que je faisais rougir l'acier pour le rendre dur, que je le mettais aux bonnes dimensions, que j'en arrondissais la tête, que je limais, que je mesurais, que je marquais, puis chauffais encore une fois, serrais mon acier dans l'étau pour lui imprimer l'empreinte du poinçon. Et cette première lettre qui est sortie de là à la suite d'opérations qui ont commencé par me sembler très longues et complexes, encore toute à limer et à perfectionner, a été pour moi comme voir Vénus sortir des eaux, en dépit du fait qu'elle s'est révélée trop imparfaite, et inutilisable. J'étais prêt à recommencer autant de fois qu'il le faudrait.

Nous parlions déjà de rentrer à Paris lorsque Alde a dit un soir :

« Antoine, me rendriez-vous un service ? »

« Si je peux, Maître. »

« Avez-vous déjà lu *De re rustica* ? »

« J'en ai entendu parler mais, non, je ne l'ai pas lu. »

« Janson l'a publié il y a longtemps, et il est épuisé. J'ai dans ma bibliothèque les manuscrits d'après lesquels il avait fait le livre. En voici un exemplaire imprimé, c'est l'avant-dernier qui me reste. Je pense qu'il faudrait le collationner avec les originaux – ou plutôt avec mes sources premières, les originaux ont disparu depuis plus d'un millénaire. Giovanni Giocondo m'a apporté des manuscrits bien plus fiables que ceux dont s'est servi Maître Nicolas. Ce sont quatre traités d'agriculture très utiles et intéressants, qu'on me demande depuis longtemps de rééditer. Feriez-vous cela pour moi? Giocondo viendra vous aider. Il est à Venise en ce moment.»

«C'est un travail considérable, Maître. Nous voulions rentrer à Paris. Maître Estienne doit nous y attendre.»

«Écrivons-lui. J'ai énormément à faire, et cela me plairait que vous qui êtes si soigneux et docte fassiez cela pour moi avec Giocondo. Il a trouvé aussi un remarquable Jules César, le meilleur texte de cet auteur que j'aie jamais vu, il va avoir fort à faire. Vous ne serez pas de trop à deux, trois avec Claude. C'est l'affaire d'un mois ou deux.»

En réalité, ce fut l'affaire de six mois.

VIII · Comment nous nous familiarisons avec Venise, imprimons des livres, rencontrons des gens intéressants, et revenons à Paris

À plus de vingt ans de distance, il me reste de cette année à Venise des souvenirs impérissables mais discontinus.

J'avais toujours faim, par exemple. Un problème qui ne troublait pas Maître Antoine: lui qui avait envisagé d'être moine était sans doute mieux entraîné que moi à supporter les mortifications de la chair. Et je dois dire que cet homme par ailleurs si passionné n'a jamais manifesté de passion particulière, ni pour la nourriture ni pour la boisson; il appréciait à haute voix un bon rôti et un clairet gouleyant, mais il se contentait sans rechigner d'une croûte de pain, d'un plat de légumes, arrosés d'un bouillon clair et d'un gobelet de piquette, comme on nous en a servi souvent chez Alde Manuce. Pour moi, c'était différent. J'étais habitué à manger fréquemment de la viande, et elle me manquait. Un des apprentis d'Alde m'a dit un jour que je n'étais pas le seul, et que Didier Érasme, qui avait fait chez Alde un long séjour pour superviser l'édition de ses *Adages*, s'était beaucoup plaint, en termes très durs parfois, de ce régime spartiate.

Mais les Vénitiens ne comprennent pas cela: ce sont des mangeurs frugaux; chez eux, si chair il y a, c'est du poisson, la viande est un mets plutôt exceptionnel.

Un jour Maître Antoine s'est aperçu de mon envie de viande; le dimanche suivant il m'a amené dans une *trattoria* sur le port; nous étions entourés de marins et de pêcheurs, qui se sont moqués dans la bonne humeur de nos mains – grises en dépit de nos efforts.

«Vous maniez le charbon, mes petits jeunes gens? Vous n'avez pourtant pas la tête à ça», avait demandé un homme corpulent qui semblait avoir l'âge d'être notre père à tous deux.

«Le charbon de l'esprit», a répondu Maître Antoine dans cet italien laborieux qu'il avait, tout comme moi, appris à la volée, en dépit du fait que nous passions notre vie les oreilles dans le latin, ou les yeux dans le grec. L'intérêt de l'assistance étant aussitôt éveillé, nous avons dû répondre à une avalanche de questions: comment était le Maître Alde, dont on disait à Venise autant de mal que de bien? Et son beau-père Torresani, était-il aussi avare qu'on le prétendait? Et apprendre à lire? Est-ce qu'un homme fait pouvait encore apprendre?

Là, c'était la question favorite de Maître Antoine. Il sortait de la profondeur de ses poches un crayon et un minuscule chiffon de papier, et démontrait à son interlocuteur que c'était tout simple.

«Vous n’avez pas toujours su poser vos filets, mon ami. Et si moi je m’y essayais, je suis persuadé que j’en déchirerais un, ou que je laisserais échapper le poisson. C’est une affaire d’exercice. Vous pourriez tout au moins apprendre à lire. L’écriture suivra.»

«Et où voulez-vous que je trouve quelqu’un qui aura la patience de m’apprendre à lire?»

«Réunissez quelques personnes, et je m’engage à vous voir une heure ou deux tous les dimanches tant que je serai à Venise.»

Pendant tout ce temps, en riant beaucoup, Maître Augereau m’a fait servir poisson et volaille à satiété.

Tout Maître Antoine est dans cet épisode: son attention aux désirs des autres, sa promptitude à les aider. Je n’aurais jamais osé lui parler de mon appétit pour une bonne tranche de bœuf ou une cuisse de poulet. Mais il s’en était aperçu, et cela l’avait touché autant que la curiosité pour la chose écrite des hommes simples qui nous entouraient. Mon appétit n’avait rien à voir avec ses propres envies; mais j’étais son apprenti, il allait de soi qu’il allait puiser dans nos maigres gains pour que, au moins une fois de temps à autre, je sois satisfait. Et s’il y avait là des gens qui avaient soif d’apprendre, il allait tout autant de soi qu’il puise dans son temps libre pour les y aider.

«Je ne voudrais pas que tes parents me reprochent de t’avoir mal nourri», avait-il déclaré sur un ton amusé ce jour-là, en mangeant d’ailleurs avec *gusto*, mais avec davantage de modération que moi.

Nous étions revenus dans cette *trattoria* dimanche après dimanche et, si la plupart des marins avaient abandonné parce qu’ils étaient partis pour d’autres cieux, de nombreux pêcheurs qui avaient loisir de revenir avaient appris à lire. Certains avaient même rapidement maîtrisé l’écriture, qu’ils pratiquaient sur des bouts d’ardoise, avec des craies que Maître Antoine s’était procurées (en dépensant, une fois encore, quelques-uns de nos sous). Je participais de mon mieux à cet enseignement car, surtout pour l'écriture, nous n'étions pas de trop à deux.

C'est grâce à cette *trattoria* et à cette «classe» que nous tenions le dimanche autour d'une table que nous sommes véritablement entrés en contact avec les Vénitiens : des gens brusques et d'apparence renfermée, mais amicaux et généreux une fois qu'ils s'étaient habitués au commerce des étrangers que nous étions.

«Que voulez-vous, il en vient du monde entier, il faut que nous nous défendions, ne serait-ce que pour rester nous-mêmes. Et puis, ils ne font que passer, il n'y a pas de raison que nous nous attachions à eux. Mais vous, vous ne vous êtes pas contentés de venir prendre quelque chose à Venise – car bien entendu vous êtes venus pour prendre –, vous avez aussi donné.»

Je me souviens également que l'hiver m'avait paru rude, surtout parce que la maison des Alde était mal chauffée.

Mais ces inconvénients disparaissaient devant la beauté de Venise en toutes saisons.

Les souvenirs les plus indélébiles, pourtant, ont trait à mon travail. Aux discussions que Maître Antoine avait avec Francesco Griffo faisaient écho les recommandations de l'un et l'autre à mon endroit.

«L'imprimeur est loué pour la précision, la propreté de l'impression, pour la pureté de la correction, et tout ce qui s'ensuit», disait Francesco d'une voix courroucée. «Faut-il encore qu'il s'approprie les louanges qui appartiennent à des hommes qu'on a laissés dans l'oubli, quoiqu'on leur ait l'obligation de ce que l'Imprimerie a de plus beau ? Aujourd'hui, tout le monde admire mon italique, mais moi, on ne sait plus que j'existe. Il y a même des gens pour penser qu'il a été gravé par Alde, comme si ce savant penseur savait faire cela. Je m'étonne que tous ceux qui s'extasient sur le mérite des imprimeurs ne disent mot des graveurs de caractères ; pourtant, l'imprimeur, ou plutôt le typographe, n'est au graveur que ce qu'un habile chanteur est à un bon compositeur de musique. »

« Il est vrai que le caractère, c'est l'essence de l'imprimerie », répondait Maître Antoine d'une voix sereine. « Mais le métier de graveur fait partie de ces professions qui sont au service d'un art plus haut, auquel on doit céder le pas. Que serait un texte magnifique à voir qui ne contiendrait que des idioties ? Maître Estienne aussi oublie souvent que j'ai gravé pour lui des caractères qui me paraissent aujourd'hui devoir être entièrement revus, mais qui sont déjà meilleurs que ceux qu'il utilisait avant moi. Alde ou Estienne ne seraient peut-être rien sans nous. Mais sans les choix d'Alde Manuce, d'Henri Estienne, il se pourrait que personne n'ait remarqué notre travail. »

Lorsque nous nous retrouvions entre nous, mon maître me disait :

« Claude, si tu veux être la personne dont on parle, ne choisis pas le métier de graveur. La gravure des caractères est véritablement le secret de l'imprimerie. Mais, pour l'exercer, il faut être humble. Tous les imprimeurs vanteront tes beaux caractères, te les commanderont, te les achèteront, mais rares sont les lecteurs qui sauront que tu existes, et encore plus rares ceux qui parleront de toi. Si tu as envie d'être fameux, choisis une autre profession. »

Fort heureusement, je n'ai jamais eu le goût de me mettre en avant : la seule raison pour être imprimeur plutôt que graveur de lettres, c'est qu'on gagne davantage. Mais la manière dont le sort s'est acharné sur Maître Antoine et sur quelques-uns de ses collègues ne m'encourage pas dans cette voie : comme eux, je risquerais de me retrouver au gibet au moindre placard imprimé en toute bonne foi, mais qu'ils jugeraient séditieux. J'ai compris à cette époque lointaine que mieux valait se tenir dans l'ombre. D'ailleurs, je ne pensais pas en ces termes : ce qui me séduisait dans la gravure, c'était de faire naître quelque chose sous mes doigts, et si ce quelque chose était un alphabet, encore mieux. Rien ne me passionnait autant que l'explication que me donnait Maître Antoine des subtilités, mettons, du gros romain.

«Il caresse la vue», disait-il en plissant les yeux pour mieux voir une lettre qu'il avait dessinée vingt fois plus grande que nature. «Mais je me dis parfois qu'on pourrait faire encore mieux. De loin, il arrive qu'on confonde le c et le e, sans parler du O et du Q. Et ce ne sont que des exemples. Il faut mieux équilibrer les blancs et les noirs, mieux dessiner les œils.»

Le caractère de Francesco Griffo qui remportait le plus de succès était son cursif, qu'il appelait *cancelleresca* et qui a fini, à cause de son origine, par s'appeler «italique».

«Dans les chancelleries, il y avait toujours des scribes pour prétendre que l'imprimé était plus difficile à lire que l'écrit», disait-il. «Cela m'irritait profondément. Il y a une quinzaine d'années, je me suis posé la question: serait-il possible de créer un caractère d'imprimerie qui ressemble à l'écriture manuscrite? Cela m'a pris du temps. Et puis un jour, j'ai eu l'occasion de voir un manuscrit de Pétrarque, le grand poète italien du siècle dernier. Il avait une calligraphie absolument étonnante, d'une régularité et d'une simplicité rares, qui ont frappé tous ceux qui l'ont vue. Dans ce dépouillement, j'ai soudain vu comment faire les caractères.»

Il a soupiré et a fixé longtemps la paroi devant lui avant de poursuivre.

«À l'époque, Alde et moi étions de grands amis. Je lui ai proposé de faire un essai. On en a beaucoup discuté.» Il a ri. «Car en ce temps-là, Alde et moi discutions. Aujourd'hui, s'il me rencontre, il me couvre d'injures – et j'avoue que je les lui rends d'autant plus que je suis parfois un violent, je le reconnais.»

«Et alors, le caractère italique?»

«Cela faisait longtemps qu'Alde y pensait; son souci était de faire des livres qui prennent moins de place, qu'on puisse emporter avec soi. Et l'italique permet d'économiser l'espace tout en restant lisible. Nos préoccupations se sont rencontrées. Et ainsi, en 1501, Alde a sorti son Virgile en "aldine", comme ils disent tous au lieu de dire "francesquine" ou "griffine" comme ils devraient le faire si vraiment ils veulent lui donner un nom autre qu'italique, ou à la rigueur cursive.»

«Le Virgile a eu du succès?»

«Un succès in-cro-ya-ble au sens propre du terme. Tout le monde l'achetait – et ce n'est pas fini. Tenez, le voici. Je vous l'offre.»

«Mais je...»

«Si j'étais Alde je garderais cela sous le boisseau. Mais je ne suis pas Alde. Ne me remerciez pas. Étudiez tant que vous voudrez l'original de l'italique. Tout le monde l'a imité, et souvent massacré. Et pendant qu'on y est, je vais vous donner un autre petit livre.»

Et il nous a tendu un volume de petites dimensions, que Maître Antoine a feuilleté avec intérêt.

«Pietro Bembo: *De Ætna.* Quel splendide caractère romain!»

«*Griffino*, rappelez-vous, pas *aldino.*»

Il faut dire qu'Alde avait également inventé un nouveau moyen de plier la feuille que l'on met sur la presse. Cela semble une petite chose aujourd'hui où cela va de soi, mais personne n'avait pensé à le faire avant lui. Soudain, il existait des livres qu'on pouvait mettre dans sa poche, comme ce Virgile ou ce *De Ætna.* Ils quittaient les savantes bibliothèques. «Jamais nous ne produirions de si beaux caractères», a soupiré Maître Antoine. «Ils sont parfaits.»

«C'est ce que j'ai dit lorsque j'ai vu ceux de Janson. Et finalement, je n'ai même pas essayé de les copier. Je les ai interprétés. Interprétez donc les miens. Ils seront à vous. Ne parlez pas de cela à Alde, qui considère que les choses, même celles de l'esprit, lui appartiennent en propre, pour qu'il puisse en tirer tout le profit possible. Mais les choses de l'esprit appartiennent à Dieu, et à toutes ses créatures. Il faut les partager. Moi en tout cas, contrairement à Alde, je les partage. Inutile de lui expliquer cela, il ne comprendrait pas. Et inutile d'expliquer au lecteur notre cuisine. Mais vous, rappelez-vous : *griffino*. C'est le vrai nom de ces caractères. »

Après de tels récits, Francesco Griffo soupirait.

« Il faut admettre qu'Alde est un génie. S'il n'y avait pas sa belle-famille, ce beau-père Torresani qui est pingre et à mon sens ignorant, Alde serait différent. »

« Mais sans son beau-père, Alde n'aurait pas d'imprimerie. »

Francesco Griffo a haussé les épaules.

« Rien n'arrête les gens déterminés et talentueux comme Alde. Il aurait trouvé un autre moyen, il croit à l'imprimerie comme d'autres croient au Saint-Sépulcre. »

Bien entendu nous ne racontions pas à Alde nos escapades dominicales. Il est vrai que sans lui...

« Sans lui, je t'aurais déjà proposé de repartir », disait fréquemment Maître Antoine.

Notre vie était très dure, nos journées étaient beaucoup plus longues que celles de chez Maître Estienne, et qui plus est nous travaillions à un rythme frénétique auquel nous avons dû nous habituer. Je me sentais souvent à bout de forces, et il n'en allait pas autrement pour Maître Antoine. Je ne l'avais jamais vu fatigué avant que nous ne venions à Venise. Mais il était en excellents termes avec Alde lui-même, avec qui il discutait souvent. Et Alde discutait d'autant plus volontiers avec lui qu'il avait constaté que, tout en n'arrivant pas à sa hauteur, cet imprimeur qui lui était venu de Paris était un érudit.

Un jour où les deux hommes parlaient une fois de plus de l'importance de la typographie, Alde a remarqué en fronçant le sourcil :

« Vous savez, Antonio, je partage tout à fait votre souci de la belle lettre et du miroir de page impeccable, mais il me semble qu'il y a un élément vital du texte que vous négligez : la grammaire. Qu'allez-vous faire d'un texte d'aspect admirable, dont les contenus sont fort intéressants, qui serait lisible mais incompréhensible? Moi, la grammaire a été une de mes premières préoccupations.»

Il a lâché un grand rire.

«Il faut dire que j'avais eu la malchance, lorsque j'étais enfant, d'être mis entre les mains d'un pédagogue ignorant qui, au lieu de développer avec habileté les dispositions dont le Ciel m'avait doté, m'a presque tué de fatigue et de coups pour que j'apprenne le *Doctrinale* d'Alexandre de Ville-Dieu.»

«Je connais l'ouvrage», a répliqué Maître Antoine en riant. «Notre abbé à Maillezais en avait établi ce qu'il appelait une traduction latine tant il est confus. Si nous n'avions pas eu ce maître qui tenait à aplanir les difficultés, nous aurions dû apprendre par cœur un galimatias sot, absurde, incompréhensible. En d'autres termes, nous n'aurions pas appris le latin.»

«Moi, j'ai dû l'apprendre à force de coups», ai-je dit timidement.

«Preuve vivante de ce que je viens de dire», Maître Antoine m'a donné une tape sur l'épaule. «Lorsque j'ai connu ce garçon, côté latin il ne savait pas grand-chose.»

«Je n'oublie pourtant pas les raclées qui tenaient lieu de leçons.»

«Moi non plus», s'est exclamé Alde. «C'est pour cela qu'un de mes premiers travaux d'imprimeur a été la composition d'une grammaire latine. Si on veut apprécier les classiques dans leurs textes originaux, mieux vaut connaître la logique de leur langue, me suis-je dit. Le latin dont nous usons n'est plus qu'une macaronade. On me dit que ma grammaire remplace avantageusement le *Doctrinale*. Tant mieux.»

Un des avantages d'habiter chez Alde, c'était l'accès à sa bibliothèque. En plus des admirables manuscrits grecs et latins qu'il a sauvés de l'oubli en les collectionnant, puis en les imprimant en assez grand nombre, il gardait bien sûr un exemplaire de chacun de ses livres. C'est là que j'ai constaté que la grammaire était vraiment un de ses grands soucis, en grec, en latin et même en vulgaire : il en avait publié (et sans doute rédigé) plusieurs.

En feuilletant ces Virgile, ces Horace, ces Ovide, ces Pétrarque, ces Dante, tous ces grands poètes jusque-là si lointains, j'ai été saisi par un véritable enthousiasme : pour la première fois, je les voyais dans des volumes que je pouvais tenir dans une main, acheter pour un prix modique, emporter avec moi, corrects, bien imprimés ; et je m'étonnais une fois de plus que personne avant lui n'y ait pensé. Ah ! cela valait la peine d'apprendre à lire aux marins du port : bientôt, ces textes seraient à leur portée.

« Tout cela ne peut amener qu'à une conclusion : dessinons des lettres claires, imprimons des livres à qui mieux mieux ; je dois t'avouer que la hâte à l'ouvrage qu'Alde manifeste en dépit de son grand âge et de sa santé branlante me touche personnellement », a dit Maître Antoine lorsque je lui ai fait part de mon sentiment.

Et il faut dire que l'acharnement qu'il mettait à mettre en forme, à composer personnellement les *Libri de re rustica* (avec mon aide, me laissant faire seul de temps à autre, mais surveillant mon travail d'un œil d'aigle), confirmait son propos. Au bout de dix, douze heures de travail, je tenais parfois à peine debout. Il m'envoyait me coucher et continuait seul.

« Vois-tu, Claude, je suis déjà maître imprimeur. Mais ma véritable maîtrise, c'est maintenant que je la passe. J'apprends ici des choses que personne, dans tout le royaume de France, n'aurait pu m'enseigner. À Lyon, et même à Paris, Alde a des imitateurs. Mais l'esprit de l'entreprise… Ailleurs qu'ici, rien ne peut rendre l'esprit de l'entreprise. »

Ces *Livres des choses de la campagne* étaient la réunion de plusieurs écrits : cela commençait par un texte du grand Caton, le fameux tribun romain, sur l'agriculture, suivi d'un texte d'un autre Romain de la même époque, nommé Terentius Varro. Le gros du volume était constitué par le traité de Moderatus Columella, c'est aussi le texte que je trouvais le plus intéressant : il avait été écrit lorsque ce Romain (venu un ou deux siècles après Caton, je crois) était déjà âgé, sur un ton qui donnait parfois l'impression qu'il était là, dans la pièce, à nous parler. Cela se terminait par un traité d'un certain Palladius Emilianus.

Le savant qui en avait découvert le manuscrit sur lequel nous nous basions, Giovanni Giocondo da Verona, venait de temps à autre en apporter de nouvelles feuilles. Ces textes avaient déjà été imprimés une fois, mais mal, sur la base de manuscrits très corrompus. Giocondo en avait trouvé un plus ancien, plus pur aussi, et les amendements qu'il apportait au texte le rendaient limpide. Maître Alde et Giocondo discutaient parfois pendant des heures pour une phrase, ou même pour un seul mot.

Maître Antoine aussi donnait sa préférence à Columella, d'autant plus que cet auteur avait, douze ou treize siècles auparavant, exprimé des convictions auxquelles il souscrivait lui-même.

Le chef de famille qui tient à avoir une méthode sûre pour cultiver ses terres se donnera la peine de consulter les fermiers les plus expérimentés de son époque ; et il devrait étudier avec soin les manuels des Anciens, réfléchir sur les opinions, sur les enseignements de chacun d'entre eux, pour voir si la leçon reçue peut s'appliquer telle quelle à son cas ou si elle doit être revue. Et, un peu plus loin : *Nam multo plura reperiuntur apud veteres, quae nobis probanda sint, quam quae repudianda.* En d'autres termes : *Dans les travaux des Anciens on trouve bien plus de choses à approuver qu'à rejeter.*

« Exactement comme pour le terrain de l'esprit ! », s'est exclamé Maître Antoine lorsque nous avons lu cela pour la première fois. « Il faut consulter les Anciens, quitte à ne pas appliquer tous leurs préceptes. Nos ancêtres les agriculteurs l'avaient compris, on se demande pourquoi les docteurs de la Sorbonne trouvent cette pensée si difficile à accepter. »

«Je peux vous répondre», a rétorqué Alde. «La méthode de ces gens-là est l'inverse de ce que préconisent les messieurs des universités, qui citent à tort et à travers des textes anciens déformés, tout en se gardant bien de retourner aux originaux, de peur qu'ils ne leur donnent tort.»

Il s'est laissé tomber lourdement sur un escabeau.

«J'ai eu de la chance. J'ai, dans ma jeunesse, été le précepteur d'un prince éclairé. Toute ma vie, j'ai été protégé par lui et par les savants de son entourage, car sa Cour a le bras long. La Seigneurie me traite avec bienveillance. Mais je crains pour l'avenir. L'Église commence tout juste à s'apercevoir que l'imprimé menace son pouvoir absolu sur nos âmes. Le jour où elle en sera pleinement consciente, elle frappera sans pitié et de toute sa puissance. C'est toujours ainsi qu'elle a agi.»

Il a feuilleté le manuscrit et a pointé une phrase du doigt.

«Souvenez-vous de cette pensée de Cicéron que ce grand sage qu'est Columella rapporte à juste titre, mes enfants: *Eos, qui generi humano res utilissimas conquirere et perpensas exploratasque memoriae tradere concupierint, cuncta temptare. Celui qui désire véritablement explorer les sujets les plus utiles au genre humain et transmettre à la postérité ses découvertes une fois qu'il les a examinées, doit tout tenter.* Et probablement tout risquer. Même la vie lorsque l'Inquisition se mettra à décréter que Virgile ou Aristote dans leur texte original, c'est de la sorcellerie.»

J'ai alors eu une brève vision des livres d'Alde brûlant sur un bûcher. Elle m'a fait sourire. Malheureux naïf que j'étais! Je ne me doutais pas que je finirais par voir exactement cela, des classiques, Columella compris, qu'on brûlait parce qu'ils seraient «suppôts du diable et de l'hérésie».

Mon dessein étant de décrire la nature de Maître Antoine et non de raconter ma vie dans le détail, je passerai sur la fin de notre séjour à Venise; si je me suis quelque peu attardé sur ce voyage, c'est parce qu'il a si puissamment influé sur le travail subséquent de mon maître, et sur le mien.

À la fin du printemps, un message est parti pour Paris, et vers fin juin nous avons vu paraître Oudin, dont la carrure a rempli la porte de la boutique par un beau matin.

« Quel plaisir de vous revoir, Messieurs ! »

Maître Antoine s'est empressé d'aller à sa rencontre et de sortir avec lui – Maître Alde n'aimait pas trop qu'on vienne troubler l'assiduité de ses typographes.

Nous sommes restés encore quelques semaines. Les *Libri de re rustica* étaient terminés, les épreuves tirées, collationnées, corrigées, la typographie avait été retravaillée en conséquence, et les volumes étaient partis pour la reliure.

Stricto sensu nous ne faisions déjà plus partie de l'imprimerie, bien qu'Alde n'ait pas voulu que nous quittions la soupente que nous occupions depuis un an. Nous passions nos journées chez les libraires, dans les bibliothèques, nous écumions, recueillions des livres pour Maître Estienne. Ceux publiés par Alde autant que par d'autres : Horace, Juvénal, Lucain, Cicéron, Démosthène, Lucien, Homère, Sophocle, Euripide, des commentateurs d'Aristote dont nous n'avions jamais entendu parler. J'en oublie.

Alde nous regardait faire avec une certaine inquiétude.

« Vous allez publier nos livres, et nous ne les vendrons plus. »

« Maître, vous dites vous-même qu'il faut beaucoup de lecteurs. Je vous promets que nous respecterons le privilège que la Seigneurie vous a accordé pour les *Libri de re rustica*. Et si vos caractères nous intéressent, Claude et moi souhaitons surtout en dessiner et en produire de nouveaux, qu'ils soient romains ou grecs. Mais, à Paris, on a soif de nouveaux textes autant qu'en Italie. Or c'est d'Italie que viennent tous les grands classiques. »

Cet échange était régulier. Finalement, Giocondo qui l'a entendu un jour nous a glissé :

« Laissez tomber, achetez ce que vous ne pouvez trouver ailleurs, et arrêtez-vous chez moi à Vérone : je vous montrerai des choses magnifiques. De toute façon, je n'ai pas l'intention de rester à Venise, je suis fâché avec la République. »

Un des typographes m'a expliqué dans un murmure que Giocondo, homme à la culture encyclopédique, aussi bon architecte que savant philologue, était fâché parce qu'on ne lui avait pas confié la reconstruction du pont du Rialto, dont l'incendie avait fait sensation peu avant notre arrivée.

Avant de partir, je suis encore allé chez un marchand drapier, et je lui ai acheté deux coupes d'étoffe qui m'ont coûté presque tout ce que j'avais gagné : mais c'étaient des tissus rares, comme on n'en voyait pas à Paris, et je tenais à les rapporter à mes parents. Pour eux, cela valait les textes précieux que nous destinions à Maître Estienne.

Nous avons quitté Venise par un matin d'août, sûrs que nous ne reverrions plus Maître Alde, même si le destin nous y ramenait un jour : il était plus pâle, plus maigre, plus faible que jamais, le médecin venait le voir souvent. Seul son regard restait inchangé, profond, intense.

« Je n'ai pas peur de la mort », avait-il dit peu de temps auparavant, « ce qui me désole, c'est que tant de livres restent à imprimer, et mes enfants sont encore petits, ils ne pourront pas reprendre le flambeau. Pas tout de suite, en tout cas. »

En le quittant, nous étions presque certains qu'il mourrait bientôt – et nous ne nous trompions pas. Il allait s'éteindre moins de six mois plus tard.

Nous avons quitté Venise par la Lagune, dans une embarcation bourrée de paquets. Oudin avait mis le temps à profit pour retrouver un mulet, qui nous attendait au débarcadère de Ca' Fusina, et que nous avions chargé, pauvre bête, de tous les livres que nous avions trouvés, y compris un exemplaire des *Libri de re rustica*.

« Un souvenir précieux de Venise », avait dit Maître Antoine en l'emballant avec tendresse.

Nous avons bientôt embarqué une fois de plus, sur une *zattera*, mulet compris, et sommes arrivés jusqu'à Padoue. De là, nous nous sommes rendus à Vérone, où nous nous sommes arrêtés chez Giocondo, c'est-à-dire au couvent dominicain de la ville.

C'est ainsi que j'ai découvert cet homme qui, chez Alde, n'avait fait qu'entrer et sortir, n'échangeant que les paroles nécessaires au travail avec les uns et les autres. Ce moine était un vieil homme, le cheveu blanc mais abondant, le visage ridé mais vivace, toujours en mouvement, brusque au premier abord, exceptionnellement affable au bout du compte. Nous avons découvert à Vérone qu'il parlait parfaitement le français. Notre étonnement l'a fait rire.

« Mes chers amis, vous me connaissiez longtemps avant de m'avoir rencontré. Ou, pour mieux dire, vous connaissiez mon travail, vous en usez chaque jour, à Paris. Votre roi Louis XII m'avait fait l'honneur de m'accueillir à sa Cour. J'ai construit pour lui le bâtiment de la Cour des comptes. J'ai remis à neuf mainte salle, avec des artisans que j'avais amenés d'Italie. Et puis Sa Majesté m'avait confié l'édification du pont Notre-Dame et du Petit-Pont, car ma véritable profession est *architettore*, architecte dites-vous à Paris. Sur le pont Notre-Dame, il y a même mon nom. »

« Je sais ! »

D'habitude dans de telles discussions je ne pipais mot, mais là c'est sorti comme le cri du cœur.

« Qu'est-ce que tu sais ? » a demandé Maître Antoine sur un ton amusé.

« J'ai vu l'inscription sous le pont, un jour où j'y étais allé avec un camarade : *Jucundus geminum posuit sequana pontem*... quelque chose comme cela. »

Cela a fait rire Fra' Giocondo.

« Parfaitement. Je vois que tu as de bons yeux, car cela a été bien caché sous une arche ; les architectes français n'étaient pas particulièrement heureux que le travail ait été confié à un étranger, ils ont préféré ne pas étaler son nom au grand jour. »

Il occupait dans le couvent une vaste pièce, très haute, qui débordait de manuscrits de toutes sortes, plus nombreux encore que les livres imprimés.

«Je suis sur le point de partir pour Rome, le Vatican me demande d'aider à résoudre le problème des fondations de la basilique Saint-Pierre, qui risque de s'écrouler sur la tête des fidèles, ah ah! Ce n'est pas le danger que courent les fidèles qui me fait rire, ce sont ces gens qui pensent qu'on peut construire un si vaste édifice en étant artiste, sans être mathématicien. Quand je pense... D'abord, riches comme ils sont, ils font payer cela à la chrétienté en lui vendant des indulgences. Et puis ils font des économies stupides sur la construction. Bon, ne nous perdons pas en arguments oiseux, servez-vous, mon ami, je vous fais confiance, vous m'avez l'air d'avoir pour les livres la révérence que je réserve à la Sainte Vierge, je suis sûr que vous me ferez rendre ce que vous m'empruntez. Imprimez, imprimez. Votre Maître Estienne est un homme fort estimable, vous lui transmettrez mes hommages, cela me fait plaisir de lui fournir de quoi travailler.»

Nous avons passé à Vérone deux à trois semaines. Maître Antoine a à peine mis le nez dehors, il lisait à journée faite et il fallait le forcer à manger de temps à autre. Quant à moi, je me suis baladé parmi les écoliers. Comme à Venise, la rue est réservée aux hommes. Les femmes sont presque invisibles. Dans cette région-là du monde, elles ne sortent jamais, ou alors couvertes de la tête aux pieds et accompagnées. Si elles se mettent à la fenêtre, on les soupçonne aussitôt d'être de petite vertu. C'est une chose qui m'avait beaucoup choqué à Venise, et qui se répétait à Vérone.

Je me suis demandé si hommes et femmes se parlaient jamais, ce qui a fait rire Fra' Giovanni, comme on l'appelait ici.

«Ils trouvent toujours un moyen, on ne change pas la nature humaine par des règles absurdes. Fra' Matteo, un de nos jeunes moines, a recueilli toutes sortes d'histoires sur ce sujet», a-t-il déclaré, et il m'a mis entre les mains un opuscule manuscrit que j'ai dévoré avec passion, et qui était très différent de la plupart des livres que j'avais lus jusque-là : c'était l'histoire de deux familles de Vérone qui se haïssaient, mais dont le fils de l'une, Romeo, et la fille de l'autre, Giulietta, s'aimaient. Ils se sont même mariés en cachette mais, au moment où ils allaient fuir, les choses ont mal tourné, et ils sont morts tous deux, par imprudence, mais surtout par la faute de l'intransigeance de leurs familles.

J'étais enthousiaste. C'était la première fois que je comprenais qu'on pouvait aussi se marier par amour, hors du consentement de sa famille. Je l'ai fait lire à Maître Antoine, qui a secoué la tête.

« C'est très beau, cela exprime tout ce que je pense sur l'amour entre les hommes et les femmes, mais aucun de nos imprimeurs agréés par l'Université ne publierait une chose pareille. Un jour viendra sans doute, mais ce n'est pas encore le moment. »

Nous sommes repartis début septembre, et cette fois nous ne nous sommes pas attardés, car nous voulions être arrivés avant les intempéries de l'automne. Je ne raconterai pas notre voyage sur le Pô, sur des canaux, puis enfin à pied avec un convoi à travers les montagnes. Les premiers frimas arrivaient lorsque nous avons atteint Lyon, et les feuilles avaient entièrement quitté les arbres lorsque nous avons enfin rejoint Paris.

IX · Comment j'apprends les choses nécessaires pour terminer mon apprentissage, et comment mon père tombe malade au grand dam de ma mère

Difficile pour moi d'expliquer la période qui a suivi notre retour à Paris : je ne suis pas un savant, je l'ai dit, mais un humble artisan. Les idées complexes pour lesquelles ces hommes se sont battus se résument à mes yeux à quelques principes simples. Et tant que nous nous en tenions à ces principes, je comprenais, je comprends les luttes que mènent les uns et les autres. Mais aucune des idées dites nouvelles ne me paraît justifier les persécutions sanglantes dont font l'objet les luthériens, zwyngliens, évangéliques – quel que soit le nom qu'on veut donner à ceux qu'on qualifie d'hérétiques.

L'automne 1514 me paraît, rétrospectivement, crépusculaire. Le bruit courait que le roi Louis était malade. Mais il venait d'épouser Marie Tudor, la sœur d'Henri d'Angleterre, de trente ans sa cadette. Allait-elle lui donner un successeur ? Je n'irai pas jusqu'à dire qu'on ne parlait que de cela. Mais on en parlait beaucoup. Oudin, véritable gazette, l'oreille collée à toutes les portes, réelles ou figurées, me l'assurait :

« Les d'Angoulême sont jaunes, depuis ce mariage. Ils comptaient que le trône serait pour le jeune François, mais si l'Anglaise nous donne un prince, fini le beau gosse. Car il paraît qu'il est beau, en plus d'être jeune. »

« Et d'où tenez-vous cela ? »

« Des cuisines du Palais. Je cause avec valets et servantes, et eux, ils sont aux premières loges. Il paraît que le duc d'Alençon en a fait une véritable maladie, lorsque le roi s'est remarié. Personne ne s'y attendait, bien sûr, à son âge. »

« Quel âge a-t-il ? »

« Je ne sais pas. Trop vieux pour se remarier, en tout cas. »

« Et que vient faire le duc d'Alençon dans tout ça ? »

« Vous devriez sortir un peu, Maître Claude ; cessez donc de temps à autre de chatouiller vos poinçons. Le duc d'Alençon est le mari de Madame Marguerite. »

On remarquera qu'Oudin m'avait promu. Il ne me tutoyait plus. Il m'appelait même Maître avant l'heure.

«Ah bon? Et qui est Madame Marguerite?»

Oudin a roulé des yeux exaspérés vers le ciel.

«Décidément, vous ne savez rien de rien. C'est la sœur du peut-être futur roi. Marguerite d'Alençon. Vous comprenez, maintenant?»

«Mais en quoi le duc d'Alençon profiterait...»

«On dit que François et Marguerite sont très proches. Trop proches insinuent même les mauvaises langues, si vous voyez ce que je veux dire. Si François était roi, il couvrirait son beau-frère d'honneurs et de charges lucratives, cela tombe sous le sens.»

Ces ragots ne m'intéressaient pas plus que cela.

Il me semble que l'attente suspendue a duré une éternité, mais ce ne furent que quelques mois. Finalement Louis, douzième du nom, est mort sans que sa jeune femme soit en espérance. Dès la fête des Rois, François d'Angoulême était devenu François Ier, notre nouveau monarque. Ce n'étaient qu'entrées triomphales, que défilés solennels à travers les rues, que liesses populaires. J'ai entrevu le souverain à une de ces occasions, Oudin m'y avait entraîné.

«Cela ne vous arrivera qu'une fois dans votre vie, il faut assister à cela.»

Il était venu avec moi, et m'avait montré le roi François, un grand garçon, blond, splendide, et Marguerite, dans une litière proche de celle du roi. Le duc d'Alençon caracolait non loin de là.

Mais, la plupart du temps, mon esprit et mes préoccupations étaient ailleurs. Maître Estienne et Maître Augereau avaient décidé que, au bout de trois années d'apprentissage, je savais de tout un peu et qu'il fallait maintenant que j'approfondisse mes connaissances. Il a donc été décidé que je passerais quelque temps dans une manufacture de papier, et qu'à mon retour Maître Antoine m'apprendrait exclusivement, pendant quelques mois au moins, à graver les lettres.

Je passe comme chat sur braise sur les trois ou quatre mois que j'ai consacrés à apprendre comment l'on fabrique du papier.

J'ai compris que, comme me l'a expliqué à l'envi le maître papetier, «pour être bon le papier doit être bien collé, ferme et pesant; celui qui ne sonne pas clair, qui est mou, faible et lâche au maniement n'est pas bien collé, et conséquemment d'un mauvais usage; il faut qu'il ait le grain délié, qu'il soit net, uni, sans taches ni rides, qu'il n'y ait ni filets, ni poils. Il vaut mieux qu'il soit bien blanc. Mais le plus blanc, séché au soleil plutôt qu'à la fumée, n'est pas toujours le mieux collé.» Du délissage au pourrissage, de la cuve à la forme, de la flautre à la porce et de la porce à la rame, du trempage à l'encollage et à l'étendage, j'ai mis la main à tout, j'ai compris le chemin entre la matière brute et la feuille, ainsi que ce qu'il faut pour qu'un papier soit considéré «de qualité». Dans la mesure où, pendant tout ce temps, je n'ai pas rencontré Maître Antoine une seule fois, et que ce mémoire est destiné à parler de lui, je m'en tiendrai là. Il voulait que je comprenne le papier de façon tangible, je l'ai fait, et je m'en suis, par la suite, toujours bien trouvé: lorsque j'ai à réclamer auprès d'un papetier, je sais généralement de quoi je parle.

Après ce séjour en papeterie est venu le moment difficile. Mon père avait trouvé un orfèvre prêt à m'expliquer plus à fond le maniement des instruments pour la gravure. J'ai passé chez lui les derniers mois de cette année-là. Il m'en reste un savoir-faire dont je ne puis qu'être reconnaissant. Ici, ce que je faisais était une œuvre de patience, au cours de laquelle j'ai eu tout loisir de me féliciter de mon choix: faire un tel travail pour contribuer à l'impression d'un livre, oui. Mais créer des bijoux qui ne constituaient que le superflu, très peu pour moi. Les clients de mon orfèvre, que j'observais du fond de l'atelier, étaient de ces gens souvent vains et sots, suffisants et même méprisants vis-à-vis d'un artisan qui valait dix fois mieux qu'eux; ce sont des êtres qui ont toujours été étrangers à tout ce que je suis, et ne m'ont jamais donné aucune envie de les approcher.

En somme, pendant plus d'un an, j'ai été loin de l'atelier de Maître Estienne.

Lorsque je suis revenu, mon apprentissage a pris une tournure tout autre que lors des premières années. Il faut dire que j'allais désormais sur mes dix-huit ans et que mon enfance était derrière moi. J'étais traité partout comme un homme. Pendant toute une année, j'allais délaisser l'impression proprement dite pour me consacrer à la gravure des caractères, guidé d'une part par Maître Antoine, et d'autre part par Simon de Colines, un graveur et imprimeur de ses amis qui travaillait désormais chez Maître Estienne, qui s'était mis en tête de reproduire le fameux italique de Francesco Griffo et qui passait des journées à examiner le Virgile que nous avions rapporté de Venise, puis à dessiner des alphabets dont il jetait les esquisses avant de recommencer le lendemain.

Je me suis aperçu à cette occasion que Maître Antoine m'avait transmis quelque chose de son don : moi aussi, j'arrivais à dessiner des lettres. Pendant toute cette année, ces deux maîtres exigeants m'ont inculqué la précision, au quart de ligne près, l'harmonie des blancs et des noirs, la beauté de la justification.

Pendant que je me penchais ainsi sur l'infiniment petit, dans le vaste monde les événements se succédaient, des événements qui allaient influer sur ma vie plus tard, mais que, tout à mon souci de produire un poinçon parfait pour des lettres que Maître Antoine qualifiait de « modernes », je négligeais. « Nous » avons gagné la bataille de Marignan, et le roi a conquis bien davantage qu'une portion du territoire italien : partout on le louait, il n'était question que de lui. Nous avions de la chance, et cætera.

Personnellement, je trouvais étrange que mon roi ait soudain l'âge d'être mon frère (il devait avoir un an ou deux de plus que moi) après que j'ai, pendant toute ma vie, pensé à mon roi comme à un père.

Mon propre père n'allait d'ailleurs pas bien : le souffle de plus en plus court, le visage de plus en plus pâle, l'humeur égale dont cet impulsif avait tenté de faire preuve pendant toute sa vie disparue, il était tantôt apathique, tantôt coléreux. Ma pauvre mère ne savait plus à quel saint se vouer, à tel point qu'elle était venue un jour me le dire.

J'étais depuis quelque temps de retour à l'enseigne de Saint-Jean-Baptiste. Nous étions, je pense, en hiver. Il faisait froid et la nuit tombait. Maître Antoine et moi étions en train de fondre un caractère auquel nous travaillions depuis des jours et des jours : le Q majuscule, qu'il s'agissait de distinguer du O avec lequel on le confondait trop souvent. Soudain, la porte s'est ouverte avec force : c'était Robert. Il avait grandi, lui aussi, avait maintenant douze ou treize ans. Il passait ses journées entre étude et imprimerie, et portait le titre d'apprenti, mais je ne sais trop pourquoi : il savait tout faire, ayant absorbé depuis sa plus tendre enfance tous les processus.

« Je ne me souviens ni d'avoir appris à lire, ni d'avoir appris à utiliser la casse, cela s'est fait tout seul », aimait-il à dire. Et il faut admettre que l'imprimerie avait été pour lui un jeu, qui l'avait intéressé dès le premier jour. Ajoutez à cela une excellente mémoire, une curiosité inextinguible – Robert Estienne ne pouvait devenir que ce qu'il est devenu : un très grand imprimeur et un remarquable savant. Mais j'anticipe. Ce soir-là, il avait douze ou treize ans. À son habitude il était venu à l'imprimerie en rentrant de ses cours de latin, de grec, d'hébreu, de théologie, il acquérait à cette époque ce savoir qui lui permettrait plus tard d'embrasser le cercle entier des connaissances.

« Claude, mon père t'appelle. C'est très urgent. »

Lui toujours si rieur avait l'air si grave que je me suis alarmé.

« Que se passe-t-il ? »

Robert a baissé la voix. Le rapport d'amicale complicité qui s'était établi entre nous depuis les débuts de mon apprentissage n'avait pas changé, et persiste d'ailleurs à ce jour.

« Ta mère est là. Elle veut te parler. Mais comme en arrivant elle a éclaté en sanglots, je l'ai amenée chez nous. Ma mère s'occupe d'elle, et mon père m'a envoyé te chercher. Tu ne leur diras pas que je t'ai averti, j'étais censé ne rien te dire. »

À côté de moi, Maître Antoine s'est figé. Je l'ai regardé, un peu surpris. Il était tout pâle, mais il s'est vite repris.

«Qu'est-ce que tu as à me regarder ainsi. Cours, mon garçon, ne fais pas attendre ta mère.»

Je suis sorti, Robert sur les talons.

«Il connaît ta mère, Maître Antoine?»

«Oui. Pourquoi?»

«Tu n'as pas vu la tête qu'il a fait? Comme s'il l'aimait.»

«Tu dis n'importe quoi!»

«Pas du tout. Je peux aussi t'apprendre que Simon de Colines est amoureux de ma mère, par exemple. J'observe les gens.»

«Mais qu'est-ce que tu racontes? Tu n'est qu'un enfant.»

«Ah non, pas toi! Tu ne vas pas écarter mes arguments uniquement parce que je suis encore imberbe. Je n'en ai pas moins d'excellents yeux.»

«D'accord, excuse-moi. Alors explique-moi comment tu peux affirmer une telle ineptie.»

«Tu verras que ce n'est pas une ineptie. Tu ne t'intéresses qu'à tes lettres, il est normal que tu ne remarques rien. Mais, moi, je m'intéresse autant aux gens qu'aux livres. Mon âge ne fait rien à l'affaire. Oudin m'a raconté que Maître Alde Manuce était toujours fâché contre lui-même parce qu'il n'imprimait pas assez vite pour que les gens aient suffisamment à lire, mais que les gens en chair et en os, il les traitait très mal. Je n'agirai jamais de la sorte. Les gens, ce sont ceux pour qui je veux travailler. Alors je les respecte et les observe.»

Nous étions arrivés à l'étage, je n'ai pas eu loisir de poursuivre cette étrange conversation.

Ma mère était à moitié affalée à la table de la cuisine, et Maîtresse Guyone la soutenait de son mieux.

«Ah, te voilà, Claude. Viens donc embrasser ta pauvre mère qui n'en peut plus.»

«Mère, ma chère Mère, qu'y a-t-il?»

La voix tremblante, étranglée par les pleurs, ma mère a fini par raconter.

«Je ne sais plus que faire, mon petit Claude. Si cela continue, ton père finira par faire un malheur. Il est comme fou, par instants. Et à d'autres moments, il n'est plus là. Ton frère essaie de faire de son mieux, il fait marcher la boutique avec le commis, et cela va tant que ton père ne se mêle de rien. Mais il lui est arrivé de chasser des clients. Il voit des ennemis partout, Claude, je ne sais plus à quel saint me vouer. Monsieur le Curé m'a suggéré de venir t'en parler. Mais je ne sais trop ce que tu peux faire, toi. Parfois, pour retenir ton père, il faudrait avoir une force herculéenne. Une force que je n'ai pas. Il... Il... Je crois qu'il perd la raison, Claude.»

J'ai, moi aussi, fait de mon mieux pour la consoler. Nous lui avons passé de l'eau sur le visage, Maîtresse Guyone lui a fait boire quelques gouttes de cordial.

«Je vais vous raccompagner, Mère, si Maître Antoine permet que je parte. Vous êtes venue seule?»

«Oui, bien sûr. Nanette, notre servante, préparait le repas, et son mari Justin aidait comme il pouvait. Mais il faut que j'y retourne.»

Je me suis précipité à l'atelier.

Pendant que je dévalais l'escalier, je me suis demandé s'il ne faudrait pas avertir ma sœur. Elle s'était mariée peu de temps auparavant (j'ai omis de parler de cette fête, comme j'omets tout ce qui ne touche pas d'une manière ou d'une autre à Maître Antoine). À la réflexion, je me suis dit que mieux valait attendre.

Maître Antoine avait entendu le bruit de mes pas et, en entrant, j'ai reçu son regard: ses yeux étaient presque noirs, et son visage exprimait l'angoisse. C'était peut-être vrai, après tout, qu'il aimait ma mère. Mais était-ce possible, puisqu'il ne l'avait vue qu'une ou deux fois? Je n'avais pas le temps d'y réfléchir.

«Mon père va mal», ai-je dit. Et je lui ai tout raconté. Lorsque j'ai terminé, nous sommes restés là, à nous regarder en silence. Une seule question nous préoccupait tous deux : qui protégerait ma mère ? Étais-je assez fort ? J'avais grandi, mais j'étais resté fluet. Soudain, une idée a surgi. J'ai ouvert la bouche, mais Maître Antoine m'a devancé :

«Demandons à Maître Lefèvre de nous prêter Oudin pendant quelque temps.»

«C'est exactement ce à quoi je pensais. Je raccompagne ma mère, et je vais à Saint-Germain.»

«Faisons mieux : tu accompagnes ta mère et JE vais à Saint-Germain pendant ce temps. Nous avons de la chance que Maître Lefèvre y soit encore, il parle d'aller résider à Meaux.»

«C'est très généreux à vous, Maître. Mais je ne voudrais pas...»

Maître Antoine n'a jamais été de ceux qui mâchent leurs mots.

«Mon cher Claude, tu es pour moi comme un fils, ou un très jeune frère. Nous nous connaissons depuis si longtemps que je ne suis complètement heureux que lorsque tu vas bien. Ajoutons à cela que ta mère est une des femmes les plus charmantes que j'aie jamais rencontrées, et que depuis que je la connais je pense souvent à elle. L'idée de pouvoir lui rendre service me transporte. Aussi, je te prie de me laisser faire, et surtout ne lui parle pas de moi.»

Nous nous sommes séparés. Maître Estienne nous a autorisés à partir et a même ordonné à Robert de nous accompagner, pour le cas où ma mère viendrait à se trouver mal en route.

Mon père, lorsque nous sommes arrivés, était dans une de ses phases d'inertie. Il faisait peur à voir. En quelques semaines, il était devenu si maigre qu'il en était squelettique. Ses yeux étaient injectés de sang et, lorsque je suis entré dans l'appartement où il se tenait, je ne suis pas certain qu'il m'ait immédiatement reconnu.

Je suis descendu à la boutique.

Mon frère faisait bon visage contre mauvais sort, et discutait avec animation avec un client qui venait de lui acheter trois aunes de drap. J'ai attendu qu'il soit sorti.

Nous nous sommes embrassés.

«Mon cher Jehan, si tu me le demandes, je viendrai t'aider. Mais je ne sais pas si je serai d'un grand secours.»

Jehan était sans doute moins perdu que je n'avais pensé. Après tout, cela faisait cinq ans, sinon six, que nous apprenions nos métiers respectifs, ce n'était plus un novice.

«Non, non, mieux vaut que tu sois un bon imprimeur qu'un mauvais marchand de drap. Il faudrait surtout quelqu'un qui puisse aider notre mère, et la protéger, car je ne sais ce que Père fera le jour où il aura un couteau en main au moment d'une de ses crises. Lorsqu'il s'en prend à elle, il lui dit des choses abominables. Et si on l'aidait, Mère pourrait venir au magasin de temps à autre, pour rassurer les clients qui se méfient de ma jeunesse.»

Je lui ai parlé d'Oudin.

«Maître Antoine est allé le chercher, il sera là dans peu de temps, c'est l'homme de la situation.»

Nous avons attendu qu'il arrive, et bien nous en a pris. Car mon père est soudain sorti de son apathie. Dans un premier moment, il s'est comporté tout à fait normalement.

«Il doit être tard. A-t-on mis le volet à la boutique?»

«Jehan s'occupait encore d'un client, tout à l'heure, mais cela sera fait dans quelques instants.»

«C'est bien. Et toi, mon cher Claude, quel bon vent t'amène à la maison ce soir?»

«J'avais une course à faire dans le quartier, Père. J'en ai profité pour passer vous saluer.»

Il a voulu que je lui présente mon compagnon, qu'il était pardonné de ne pas reconnaître, depuis quelque temps Robert avait tant grandi que j'avais parfois de la peine à le reconnaître moi-même.

Ma mère est entrée pour nous prier tous de passer à table, elle insistait pour nous nourrir avant que nous ne repartions. Et alors j'ai assisté à la soudaine transformation de mon père.

«Vous nous interrompez, Françoise. Retournez à la cuisine.»

Le ton s'était fait menaçant. J'ai tenté un:

«Mais, Père...»

«Ne me contredis pas. Et toi, disparais! Traînée!»

Ma mère a fait un mouvement apeuré en direction de la porte, et Robert a tenté discrètement de se mettre sur la ligne droite entre mes parents. Mon père l'a écarté d'un geste et s'est mis à hurler des atrocités que je m'en voudrais de répéter, traitant ma mère de femme perdue, sans honneur et sans Dieu.

Il s'est levé. J'ai essayé de le prendre par l'épaule, mais il avait soudain une force herculéenne, et Robert et moi nous sommes retrouvés aplatis contre la paroi. Ma pauvre mère se tenait là, immobile, telle la souris figée de terreur devant le chat. Robert et moi nous sommes relevés et nous apprêtions à nous lancer sur mon père, dans l'idée de permettre au moins à ma mère de sortir, lorsque l'encadrement de la porte a été rempli par notre bon géant.

D'une main, il a pour ainsi dire soulevé ma mère, qu'il a mise à l'abri derrière lui sur le palier, de l'autre il nous a fait signe de ne pas bouger. Il s'est avancé d'un pas. Mon père a été interloqué juste le temps qu'il a fallu pour qu'Oudin le prenne dans ses bras.

«Mon cher Maître Garamond, comment allez-vous, quel plaisir de vous voir!»

Mon père est sorti de sa transe comme par enchantement.

«Je vous connais, Monsieur?»

«Mais oui, Maître. Enfin, c'est tout comme. C'est moi qui ai veillé sur votre grand fils pendant qu'il était en voyage, et nous avons tant parlé de vous. Venez, venez. On nous attend pour passer à table.»

Qu'on ne me demande pas de décrire ce repas, je l'ai oublié.

Lorsque enfin nous sommes sortis pour retourner rue Saint-Jean-de-Beauvais, une ombre s'est détachée de la maison d'en face. Maître Antoine.

«Elle est en sécurité?»

C'est Robert qui a répondu, je n'étais plus en état d'articuler le moindre son.

«Oui, Maître Antoine. Oudin va faire en sorte qu'il ne lui arrive rien. Vous pouvez être tranquille.»

Plus personne n'a rien dit pendant que nous rentrions par les rues désertes en cette soirée froide et brumeuse.

Le lendemain, Maître Antoine m'a envoyé chez Maître Lefèvre.

«Tu lui apporteras ces épreuves. Et surtout tu lui expliqueras la situation de tes parents. Hier soir, le temps pressait, je lui ai simplement dit que c'était une question de vie ou de mort. Sur le moment, il n'a pas discuté et n'a rien demandé. Mais, aujourd'hui, nous lui devons une explication.»

Cela faisait un bout de temps que je ne faisais presque plus de courses pour l'imprimerie. J'avais passé l'âge, les courses incombaient désormais à Robert et à Michel, l'apprenti qui avait remplacé Mathurin. En d'autres circonstances j'aurais été très heureux de parcourir ainsi ce qui avait été pour moi le chemin des écoliers. Mais là mon plaisir était mitigé par mon cœur lourd.

Je repensais à Maître Antoine. Cela devait être vrai qu'il aimait ma mère. Pendant que je marchais, il m'était revenu la manière dont il m'avait raconté la rencontre du grand poète Dante avec Béatrice, une femme à laquelle il n'avait jamais parlé. Mais un regard avait suffi pour qu'il l'aime toute sa vie, pour qu'il en fasse le centre de toute son œuvre. Et je me rappelais maintenant combien Maître Antoine avait insisté sur cet unique regard à partir duquel Dante a aimé Béatrice pour toujours.

«*In quello punto dico veracemente che lo spirito de la vita, lo quale dimora ne la secretissima camera de lo cuore, cominciò a tremare sì fortemente, che apparia ne li menimi polsi orribilemente*», récitait-il d'une voix émue. «*À cet instant, en vérité, l'esprit de la vie, qui demeure dans la chambre très secrète du cœur, a tant frémi qu'il battait horriblement dans mes poignets.*»

Et il me revenait certains de ses regards à lui… Le soir où il avait pris ma mère pour ma sœur. Le soir où il était venu pour le repas… La veille, il n'avait d'ailleurs même pas cherché à masquer son inquiétude. Il avait tout planté là pour voler au secours de ma pauvre mère.

Un instant, je me suis inquiété : pendant près d'un an après notre retour, je ne l'avais guère vu, et j'étais peu retourné chez mes parents. Se pouvait-il que quelque chose que j'ignorais se soit passé entre Maître Antoine et ma mère ? Quelque chose qui justifierait les qualificatifs déshonorants dont mon père avait fait usage ?

J'ai chassé cette pensée avec horreur. Maître Antoine vouait peut-être à ma mère une grande passion. Mais j'étais prêt à jurer qu'elle n'en savait rien et que, si passion il y avait, elle était aussi pure que celle de Dante pour Béatrice.

Je suis arrivé à Saint-Germain.

Maître Lefèvre m'a assuré qu'Oudin pouvait rester chez mes parents aussi longtemps que nécessaire.

«Je ne vous remercierai jamais assez, mon cher Claude, de m'avoir amené cet homme. Il est comme un diamant. Il a fallu le dégager de sa gangue, mais plus le temps passe, plus on remarque que ce n'est pas seulement son aspect qui est remarquable : il est rapide, sensé, diplomate. Depuis que vous lui avez appris à lire et à écrire, il s'est procuré des livres. Ce ne sont certes pas des traités de théologie, mais je suis très intéressé par ses lectures : il a lu tous les pamphlets que vendent les colporteurs, et il me divertit périodiquement en me les racontant. Par la même occasion, il me donne une vision intéressante de ce que les gens aiment lire ou se faire lire et raconter. Il est mes yeux, mes oreilles et mes jambes dans le vaste monde.»

«Il va lui falloir beaucoup de diplomatie pour calmer mon père, qui s'est mis en tête que sa femme le trahissait, et lui fait des scènes effrayantes. Ma pauvre mère est toute perdue.»

«À ce que vous me racontez, je me demande si quelque chose ne presse pas sur le cerveau de votre père. Un jeune homme qui étudie actuellement la médecine à Montpellier me racontait l'autre jour le cas d'un patient qui s'était comporté comme votre père. Après sa mort, on s'est rendu compte qu'une excroissance dans sa tête avait tant pesé sur ses fonctions vitales qu'il s'en était trouvé tout changé.»

«C'est possible, et j'ai moi-même pensé à cela. Mais cela n'en constitue pas moins un danger pour ma mère.»

«Bien entendu. Aussi vais-je me passer d'Oudin le temps qu'il faudra.»

Je suis reparti en pensant que Maître Lefèvre devait être persuadé que mon pauvre père n'en avait plus pour longtemps à vivre. Un sentiment que je partageais.

X · Comment, après la mort de mon père, nous entendons parler de Martin Luther, et comment tout le monde s'attend à la venue de temps meilleurs

Si mon père n'est pas mort dans d'atroces souffrances, c'est parce que Oudin – contre l'avis du charlatan se prétendant médecin qui est venu nous voir, et sur les conseils donnés dans le plus grand secret par une guérisseuse dont il avait fait la connaissance du temps où il était forain – s'est procuré du suc de pavot avec lequel, pendant les quelques semaines qui ont suivi, il a réussi à le calmer. Mon père s'est même trouvé, par instants, capable de décrire les douleurs insoutenables qui le rendaient fou. Il nous demandait pardon en pleurant, avant de sombrer dans une stupeur bienfaisante. En peu de temps, le mal l'a emporté.

Nous étions tristes et soulagés à la fois. Nous aurions préféré qu'il ne fût pas victime de ce mal qui l'avait rendu étranger à lui-même. Mais le mal étant venu, mieux valait pour mon père mourir que vivre dans l'état où la maladie l'avait réduit.

Ma mère s'est occupée avec Jehan de la boutique, Oudin est retourné chez Maître Lefèvre, et je suis reparti pour la rue Saint-Jean-de-Beauvais, que j'avais beaucoup délaissée les derniers temps.

Bientôt, j'ai été repris par le travail et les débats que je ne pouvais manquer d'entendre lorsque les clients discutaient avec Maître Estienne, ou avec Maître Augereau.

Un soir, le chevalier de Berquin était entré à la boutique au moment où elle allait fermer. Maître Estienne l'a invité à partager le repas de la famille. Depuis que nous avions fait sa connaissance, il était venu plusieurs fois, lorsqu'il passait par Paris. Peu à peu, il était devenu un des familiers de l'imprimerie. Maître Estienne et lui s'étaient liés d'amitié et Maître Antoine ne manquait jamais une occasion de débattre avec lui.

C'est, je crois, parce qu'il a été question des messes qui étaient dites pour le salut de l'âme de mon père, que la discussion a porté sur les indulgences.

Le chevalier, qui revenait d'Allemagne, nous a raconté l'indignation qui avait, dans certains cercles, suivi la bulle papale instaurant un supplément d'indulgences destiné à rembourser les banquiers Fugger qui avaient avancé les capitaux pour la construction de la basilique Saint-Pierre de Rome.

«Ah, ah», a dit Maître Antoine en riant, «notre ami Giocondo et ses mathématiques coûtent plus cher que prévu.»

Nous avons raconté notre rencontre avec le moine architecte et philologue, et tout le monde a partagé notre hilarité.

«Il n'en reste pas moins», a dit le chevalier soudain très sérieux, «que l'Église se disqualifie, par de telles pratiques. Ces prédicateurs qui vendent les indulgences sont des bonimenteurs de la Grâce divine. Comme si le Tout-Puissant avait besoin de cela! Vous savez ce qu'ils disent, lorsque vous payez? "Sitôt que dans le tronc l'argent résonne, du Purgatoire brûlant l'âme s'envole."»

Robert et moi avons ri, mais les adultes sont restés sérieux comme des portes de cathédrale.

«Cela pose une question théologique intéressante», a dit Maître Antoine d'une voix sarcastique. «Le Seigneur a-t-il approuvé les tarifs?»

«Des tarifs mis au point pour emplir une bourse qui doit servir à procurer des biens temporels.»

«Vous ne pouvez pas dire cela», a protesté Maître Estienne. «La construction de la basilique Saint-Pierre de Rome n'est pas un bien temporel. C'est un phare qu'on dresse pour toute la chrétienté.»

«L'architecte qui est actuellement occupé à faire en sorte que cette basilique tienne debout s'indignait déjà il y a quelques années de ce que le Vatican, qui est très riche, ne la construise pas avec l'argent qu'il possède déjà, et qui devrait être justement destiné à de telles œuvres.»

«Moi», a dit François Estienne, le frère de Robert, son cadet d'un an ou deux, aussi éveillé que lui, «j'ai cherché le Purgatoire dans l'Écriture, et je ne l'ai point trouvé.»

«Toi, mon fils, tu parleras lorsqu'on t'interroge.»

«Il a pourtant raison, Maître Estienne», est intervenu le chevalier. «J'ai cherché aussi, et ce n'est tout simplement pas prévu. Quelqu'un m'a appris que les indulgences ont été inventées au moment des Croisades: tous ceux qui participaient aux expéditions en Terre sainte étaient assurés du salut éternel par une indulgence plénière. Au moins, là, on l'avait méritée, car ce voyage n'était pas une sinécure. Depuis, on a remplacé la Croisade par une somme d'argent.»

«Ce qui signifie que, si vous n'aviez pas d'argent pour des messes, l'âme de votre père risquerait la damnation éternelle. Mais il suffirait que vous trouviez un écu sur le chemin et le tour serait joué.»

«Vous ne trouveriez l'écu que si telle était la volonté de Dieu.»

«Sauf que trouver un écu est une chance sur laquelle on ne peut pas compter. On ne peut pas jouer son salut aux dés. L'âme des pauvres n'est donc par définition pas digne du Paradis immédiat. Elle croupira au Purgatoire. Tandis que le riche qui aura eu des privilèges toute sa vie aura encore celui de monter en droite ligne au Paradis.»

Il y a eu un silence, puis Maître Estienne a dit, à voix basse et plus pour lui-même que pour nous:

«Qu'est-ce qu'une dévotion qui marchande le salut? Elle est contraire à tout l'enseignement de l'Écriture.»

«D'où», est intervenu Maître Antoine, «cette grande répugnance de l'Église à mettre les Écritures saintes à la portée de tout un chacun.»

«Je me suis laissé dire en Allemagne que dans certains couvents la révolte gronde. On m'a parlé d'un moine augustin qui prêche contre les indulgences. Il aurait dit que la prédication inconsidérée des indulgences rend difficile même aux hommes les plus savants de défendre le respect dû au pape. Comment s'appelait-il déjà? Son nom m'échappe.»

Cette discussion n'avait rien d'unique. Partout où l'on parlait de ces choses-là, on s'interrogeait. Il est vrai que la fin du concile du Latran avait laissé tout le monde sur sa faim: les évêques avaient décidé de ne rien décider, et de ne rien changer. La déception était immense.

Il faut dire qu'un vent nouveau soufflait sur Paris à cette époque-là: le jeune roi manifestait constamment son indépendance vis-à-vis de Rome, et il était possible, en dépit du soin jaloux que mettait la Sorbonne à préserver ses prérogatives de gardienne de la foi la plus orthodoxe, de discuter assez librement.

Nous savions que, à la Cour aussi, on discutait ferme, par un client de la boutique, ami de Maître Estienne : Jean Des Marets, valet du roi et poète de Cour, qui signait aussi Jean Marot.

Plus le temps passait, plus la sœur du roi faisait parler d'elle.

Elle était, tout le monde le disait, d'une grande générosité. C'était une savante, à l'instar de bien des hommes. Elle avait entre autres tenu à rencontrer Maître Lefèvre, et l'avait fortement impressionné.

Oudin, que je voyais régulièrement – car depuis la patience infinie avec laquelle il avait pris soin de mon père, il était devenu pour moi un véritable ami –, s'était fait un plaisir de nous relater la rencontre dans les moindres détails. Maître Antoine s'était joint à moi ; le compte rendu de cette rencontre l'intéressait.

« Elle est arrivée avec tout un train de seigneurs, et de demoiselles », Oudin a mimé leur démarche, et cela nous a donné le fou rire. « Elle a dit qu'elle était heureuse de rencontrer enfin un père spirituel de sa valeur. Elle l'a traité de second Socrate, de sauveur de la vraie dialectique et de la vraie philosophie par ses éditions dépouillées, fidèles aux originaux, des textes d'Aristote. Ils se sont fait des fleuves de compliments mutuels en latin et en vulgaire, je n'en ai retenu que quelques-uns. »

« Bon, alors, passons à l'essentiel. Ont-ils parlé des textes sacrés ? » Ça, c'était Maître Antoine, inutile de le préciser.

« Parfaitement. Elle lui a répété à ce sujet plus ou moins les mêmes choses : que grâce à lui elle a compris que la théologie doit se fonder sur une exacte connaissance de l'Écriture sainte. Que, depuis des siècles, on a encombré les textes de distinctions artificielles qui risquent de masquer le message évangélique. Maître Lefèvre a confirmé ; l'unique vérité salvatrice est dans la parole de Dieu. Il explique cela continuellement et à quiconque l'approche. Même à moi, il a prêché cela, pour que je comprenne ce à quoi il dédiait sa vie. Vous vous rendez compte? Il enseigne la sœur du roi de France, et à côté de cela Oudin le bâtard.»

«Admirable. Mais n'ont-ils rien dit d'autre?»

«Rien dit d'autre? Maître Antoine, je vous en prie! Ils ont passé tout une après-dînée ensemble, la duchesse n'est partie qu'au moment des Vêpres, vous pensez bien qu'ils ont parlé à n'en plus finir. Il y avait le Père Petit, avec elle, celui qui était l'aumônier de feu le roi Louis. Si vous m'aviez demandé de prêter attention à leurs propos, j'aurais fait un effort pour les retenir. Mais la moitié du temps ils parlaient en latin, et me souvenir verbatim d'une langue que je comprends à peine, ce n'est pas mon fort. Et puis je servais tout ce monde, je n'arrêtais pas d'entrer et sortir. En tout cas, je peux vous dire qu'ils ont parlé de tout. Mon maître est versé en astronomie, en musique, en arithmétique et, bien qu'il ne le fasse pas souvent, il est même capable de parler de la pluie et du beau temps.»

«J'aurais voulu entendre cela.»

«Oh, il est resté très prudent: "Il ne faut pas se contenter d'inciter les jeunes esprits à admirer ces superfluités, ces futilités, que sont la musique ou la poésie profanes; il faut faire en sorte que les livres des bons auteurs soient lus, mais il faut d'abord rejeter les gloses et les imaginations fades. Euclide, Ptolémée, Boèce, Aristote. De tous, il faut lire le texte, rien que le texte authentique."»

«Ah, ah! Il dit cela pour les livres profanes aussi?»

«Mais oui, Maître, il dit cela de tout texte imprimé. C'est le fondement de sa méthode. On m'assure qu'il a été le premier à redécouvrir les véritables textes d'Aristote, qui ont remplacé les versions corrompues dont tout le monde faisait usage. Il dit que l'époque a changé, que bientôt tout le monde pourra juger par soi-même, et que notre travail sur tous les textes, ce doit être de les débarrasser des scories qui les recouvrent. Que le temps n'est plus de les interpréter pour les ignares. Le temps est venu de faire des commentaires critiques, dans des livres à part, et non à l'intérieur même du texte sacré comme le faisait la scolastique. Il dit aussi qu'il faut apprendre la grammaire.»

«Comme feu Maître Alde?»

«Parfaitement. Il s'agit de comprendre avec plus d'assurance, et par conséquent il faut savoir comment cela est construit. Ces propos-là, il les tient même à moi.»

«Et la duchesse? Qu'est-ce qu'elle a dit?»

«Elle se tenait là, ainsi», il a mimé, drôle comme toujours. «Elle buvait ses paroles. Le Père Petit lançait sans cesse des objections en latin, pour finir elle lui a enjoint de se taire, et je vous jure qu'elle n'était pas amène. Il n'a plus pipé mot. À un moment donné, elle a demandé à Maître Lefèvre ce qu'il penserait d'elle si elle lisait Virgile. "Très bien, très bien, ma fille, lisez Virgile. Mais personne ne doit dire qu'il a compris Virgile tant qu'il n'a pas étudié le texte lui-même, y compris les poèmes, tels que l'auteur les a composés."»

«Elle a saisi le message?»

«Difficile pour moi de dire ce qu'une princesse saisit ou ne saisit pas. En tout cas, elle est repartie enchantée, et a souhaité revoir Maître Lefèvre, qu'elle a qualifié de forgeron de la pensée nouvelle.»

«Tu sais pourquoi elle lui a dit cela?»

«Oui, Maître Antoine, même si je ne suis pas un génie du latin, j'ai déjà compris que, en latin, Lefèvre, c'est Faber, et que cela veut dire forgeron. Faber Stapulensis, comme on le nomme souvent, c'est le Forgeron d'Étaples.»

Maître Antoine a ri.

«Je vois que tu progresses. Tu seras bientôt un grand lettré. Viens boire un pichet, tu l'as bien mérité.»

Le lendemain, je l'ai entendu qui rapportait tout cela à Maître Estienne, qui s'est déclaré enchanté de savoir que la sœur du roi avait compris l'enjeu.

Je ne me souviens plus du moment auquel le nom de Martin Luther a été prononcé pour la première fois, mais c'est à cette époque-là.

Je revois même assez précisément le moment où, moi, je l'ai retenu.

J'étais sur le point de terminer mon apprentissage, qui durait depuis bientôt huit ans. J'allais sur mes vingt ans. J'avais appris le métier d'imprimeur dans toutes ses opérations, et je perfectionnais celui de graveur. Maître Estienne nous encourageait, Maître Antoine et moi, à créer un alphabet qu'il qualifiait d'humaniste, et qui serait, côté clarté, à la hauteur des textes purifiés que nous imprimerions. Il y avait encore peu de graveurs de lettres à Paris à cette époque-là, et, Simon de Colines mis à part, je ne les connaissais que de loin.

Mais pour que je puisse parfaire mon métier de libraire, Maître Estienne m'encourageait également à m'occuper de la boutique. Depuis que mon père était mort, il mettait un zèle accru à faire de moi un «grand professionnel», comme il disait.

«Je ne connais pas de meilleure manière d'honorer sa mémoire que de faire de toi un imprimeur-libraire accompli.»

Il m'a donc prié de m'occuper aussi de la vente des livres, d'autant plus qu'il était fatigué: depuis quelque temps, il n'allait pas bien, ce qui ne manquait pas de tous nous inquiéter.

Un soir où je tenais boutique, il se faisait tard et je songeais à fermer, j'ai vu entrer un jeune homme inconnu dont j'ai jugé qu'il devait avoir à peine plus que mon âge, l'allure assurée, l'air vaguement familier.

«Je voudrais voir Maître Estienne et Maître Augereau», a-t-il dit en un latin teinté de... de quoi?

«Maître Estienne n'est pas là en ce moment, mais je peux peut-être vous servir?»

«Je viens de Bâle, de la part de Maître Froben. Je m'appelle Boniface Amerbach.»

«Boniface von Amerbach! Vous êtes le frère que nous n'avons pas rencontré! Nous avons passé dans votre imprimerie, il y a quelques années, et nous y avons fait la connaissance de votre père et de vos frères.»

«Vous êtes Maître Augereau?»

«Non, non. Je suis son apprenti, Claude Garamond.»

Nous nous sommes longuement serré la main, comme de vieilles connaissances qui se revoient après de nombreuses années. En fait, Boniface von Amerbach m'avait paru familier parce qu'il me rappelait ses frères, surtout Bruno, auquel il ressemblait beaucoup.

Robert Estienne est arrivé à ce moment-là, j'ai fait les présentations, et en quelques instants les deux jeunes gens étaient en grande conversation.

Il faut dire que Robert Estienne était devenu, en dépit de son jeune âge, un véritable savant. Il travaillait désormais avec son père qui ne lui intimait plus de se taire. Il fréquentait également le collège de Navarre. Mais après les cours, pendant que les autres écoliers couraient les rues et s'adonnaient à toutes les frasques possibles et imaginables, Robert passait son temps à l'imprimerie. L'imprimé, c'était sa passion. La seule chose à laquelle il ne s'intéressait que de loin, c'était la gravure des poinçons. Ce n'était pas dans son caractère d'apprendre un art qui demande autant de patience. Il fréquentait pourtant quotidiennement Simon de Colines qui ne rêvait que d'italiques.

Mais Robert ne s'en souciait point.

«Je vous laisse cela», disait-il. «Lorsque j'aurai besoin de belles lettres, je vous les demanderai.»

Maître Antoine nous a rejoints, et bientôt nous sommes montés avec notre hôte chez Maître Estienne, qui a accueilli Boniface comme un fils.

Et c'est Boniface qui nous a parlé de Martin Luther. Il nous a raconté comment ses quatre-vingt-quinze thèses avaient été affichées à la porte de son église paroissiale, copiées, répandues comme une traînée de poudre, à tel point que, en moins de temps qu'il ne fallait pour le dire, elles avaient atteint Bâle, où Maître Froben les avait imprimées.

« Il demande à ce que l'on cesse de prêcher les indulgences. Il faut vous dire qu'en Allemagne, avec ces indulgences, les prédicateurs saignent les pauvres gens. »

« On nous l'a dit. Mais que demande-t-il, précisément ? »

« Ce que demandent des voix de plus en plus nombreuses. Il veut que cessent la corruption, les mœurs dissolues, il demande qu'on s'occupe véritablement du salut de son âme. »

Il est allé fouiller dans sa besace et est revenu avec un mince pamphlet.

« Tenez, lisez vous-mêmes. »

Il y avait là un original latin, et une traduction allemande. Robert a ouvert le latin et s'est mis à lire à haute voix.

« *Dominus et magister noster Iesus Christus dicendo "Penitentiam agite &c." omnen vitam fidelium penitentiam esse voluit. En disant "Faites pénitence...", Notre-Seigneur et Maître Jésus-Christ a voulu que toute la vie des fidèles soit une pénitence.* »

Nous écoutions tous avec ferveur. J'ai commencé par fermer les yeux, pour mieux entendre. Lorsque je les ai rouverts, j'ai vu le visage de Maître Antoine : il était comme illuminé. Sa tête était celle d'un homme qui vient de trouver la source alors qu'il allait mourir de soif. Méthodiquement, thèse après thèse, le moine augustin traçait, par-delà le problème des indulgences, une sorte de morale chrétienne complètement différente de celle qui a généralement cours. Ce que j'entendais là, c'était ce que j'avais entendu répéter par Maître Antoine depuis le jour où j'étais devenu son apprenti.

Martin Luther retournait le problème de la vente des indulgences dans tous les sens et, par un implacable raisonnement, il en montrait les erreurs.

« *N'importe quel chrétien, vraiment repentant, a pleine rémission de la peine et de la faute* », lisait Robert. « *Elle lui est due même sans lettres d'indulgences. Il faut apprendre aux chrétiens que le rachat des indulgences est libre, et non pas requis.*»

«Enfin, enfin...», a murmuré Maître Antoine. Il était comme transporté. Il s'est levé, a pris l'écrit des mains de Robert, et il a lu à son tour :

«*Il faut apprendre aux chrétiens que si le pape connaissait les exactions des prédicateurs d'indulgences, il préférerait que la basilique Saint-Pierre s'en aille en cendres plutôt que de la voir édifiée avec la peau, la chair et les os de ses brebis... Le pape pense nécessairement que si l'on prêche les indulgences – qui sont très peu de chose – au moyen d'une cloche, d'une procession et d'une cérémonie, il faut célébrer l'Évangile – qui est la plus grande des choses – avec cent cloches, cent processions et cent cérémonies.*»

Un instant, il a parcouru le texte en silence.

«Écoutez ceci : *le vrai trésor de l'Église, c'est le sacro-saint Évangile de la gloire et la grâce de Dieu.* Et ceci : *Pourquoi le pape ne vide-t-il pas le purgatoire pour l'amour de la très sainte charité et du besoin le plus impérieux des âmes, ce qui est le motif le plus juste de tous, alors qu'il rachète les âmes en nombre infini pour l'amour très funeste de l'argent en vue de l'érection de la basilique Saint-Pierre, ce qui est le motif le plus inconsistant ?* Et encore ceci : *Étouffer, en ayant recours à la puissance, ces questions tout à fait lucides des laïcs et ne pas les éclaircir en donnant ses raisons, c'est exposer l'Église et le pape au rire inévitable de ses ennemis et rendre les chrétiens malheureux. Si donc les indulgences étaient prêchées selon l'esprit et la pensée du pape, toutes ces difficultés seraient facilement résolues ; bien plus, elles n'existeraient pas.*»

Il a refermé l'opuscule, et l'a agité au-dessus de sa tête.

«Et lui aussi demande pourquoi le pape ne paye pas la basilique Saint-Pierre de ses propres deniers.»

«C'est contradictoire», a remarqué Maître Estienne. «D'un côté il assure que le pape ne serait pas d'accord s'il savait ce qui se passe, et de l'autre il l'accuse presque de cupidité.»

«C'est de bonne politique», a dit Boniface von Amerbach. «Il aimerait secouer un peu le chêne, mais il n'aimerait pas que l'arbre lui tombe sur la tête. Je vous préviens que les autorités ecclésiastiques réagissent partout très défavorablement. Ce sont les gens qui font le succès du texte. Et le bas clergé.»

«J'aimerais voir la tête que fera Noël Beda en lisant ce texte», a dit Robert. C'était la première fois, ce soir-là, que j'entendais parler de Noël Beda comme d'un censeur intransigeant.

«Moi, j'aimerais autant ne pas la voir», a répliqué son père. «Je suis persuadé que sa réaction sera redoutable. Il s'oppose à tout changement, fait des esclandres au moindre texte publié en vulgaire. Je n'imprimerai pas ces thèses, merci. Je ne veux pas d'histoire.»

«Vous n'êtes pas d'accord avec elles?» a demandé Charles, le frère aîné de Robert.

«Il faut que je les relise, il se pourrait que je sois assez d'accord. Mais si je refuse de les imprimer, c'est pour sauvegarder mes intérêts et les vôtres, pas parce que je suis d'un autre avis. J'imprime tous les jours des textes auxquels je ne souscris pas.»

Ni Robert, ni Charles, ni Maître Antoine n'approuvaient cette manière de faire. Cela se lisait sur leur visage, mais ils n'ont rien dit. Moi aussi, à ce moment-là, je trouvais cette prudence excessive.

Le lendemain, Boniface est reparti, il allait étudier à Avignon. Je suis persuadé que Robert a passé la nuit à copier les *Thèses* de Martin Luther avant de les lui rendre.

Lorsque je raconte tout cela à plus de quinze ans de distance, je vois à quel point nous avons été innocents. Nous n'avions pas compris que ce texte était comme un boulet de canon lancé dans nos vies, qu'après lui rien ne serait plus comme avant lui. Il a été pris par tous comme matière à discussion, et les discussions ont été vives. Car nous avons eu beau ne pas le publier, il est tout de même arrivé dans notre bonne ville. D'autres l'ont reçu et ne se sont pas gênés. En quelques semaines, il circulait dans Paris, imprimé sans nom d'éditeur. Lorsqu'on en parlait, il y avait quelque chose de joyeux dans les propos. Aucune crainte. Comme si une solution avait été trouvée : le pape en prendrait connaissance, et tout changerait.

Pendant toute la fin de mon apprentissage, il en a été ainsi : on lisait les textes de Martin Luther (car ils ont vite commencé à arriver), le chevalier de Berquin parlait de les traduire en langue vulgaire, pour enrichir les débats, disait-il.

Il faut dire que, pendant plusieurs années, l'Église a discuté avec Luther sans l'exclure. On pensait qu'il ferait amende honorable. Mais ils étaient très nombreux, ceux qui réclamaient la pureté de l'Évangile, à l'instar de Maître Lefèvre et, si on en jugeait par les échos que nous avions de la Cour par nos clients, de nombreux savants qui gravitaient autour du roi. Et le roi les appuyait d'autant plus qu'il était, à ce moment-là, en mauvais termes avec le pape pour des raisons politiques complexes que je me sens incapable de détailler ici.

Monseigneur Briçonnet, autrefois un des clients assidus de notre boutique, était devenu évêque de Meaux où il vivait désormais, et il insistait pour que Maître Lefèvre devienne un de ses vicaires. On parlait du cénacle de Meaux, et je comprenais par les échos que j'en avais qu'on y discutait fort de la grâce et du libre arbitre.

Rétrospectivement, je vois cette période comme le moment où tout se tait avant la tourmente. Personne, sauf quelques visionnaires, n'a prévu ce qui allait arriver, personne n'a prêté attention aux gesticulations de Maître Beda qui, déjà, criait à l'hérésie.

Nous avions tous, et Maître Antoine plus que tout autre, confiance en l'Église : elle accepterait la discussion, elle serait une mère aimable pour ses fidèles, elle écouterait ce grand élan vers une réforme des mœurs anciennes et, dans quelques années, tout irait beaucoup mieux.

« Ceux qui ne veulent rien changer resteront au bord du chemin », disait Maître Antoine, « le besoin de transformation est trop grand, trop universellement exprimé. »

Pauvre Maître Antoine ! Il a eu confiance en l'Église jusqu'au bout, lui a trouvé des circonstances atténuantes jusqu'à la fin, et elle l'a laissé tomber. En refusant de se réformer, de reconnaître l'amour que les gens comme lui lui portaient, elle les a trahis.

Elle nous a tous trahis.

XI · Comment nos vies sont bouleversées par de tristes événements, puis par la joyeuse intervention de Cupidon

Pour moi, les événements qui ont suivi sont comme un tourbillon. Je parle ici avant tout de ma vie personnelle. La grande mutation qui se préparait à l'extérieur n'a percé jusqu'à moi qu'au hasard de petites choses quotidiennes, et il m'a fallu des années pour vraiment comprendre que l'irruption des luthériens, bientôt des zwyngliens, des évangéliques – bref, de ces gens qui n'avaient plus la patience d'attendre que l'Église change d'elle-même – avait une profonde influence aussi sur ma vie, moi qui ne suis qu'un artisan que les problèmes théologiques occupent fort peu.

Mon apprentissage s'est terminé, et presque au même moment Maître Henri Estienne est mort. Il a été longtemps malade avant de s'éteindre, et je ne suis même plus certain de ma chronologie.

C'est Simon de Colines qui a repris l'imprimerie, où il travaillait déjà, en bonne entente avec nous tous. Robert était de plus en plus impliqué dans les affaires. Nous avions toujours respecté Simon, tout le monde savait qu'il avait un faible pour Maîtresse Guyone, et personne ne doutait qu'il l'épouserait bientôt : cela se faisait dans des cas où l'imprimeur n'était pas amoureux de la veuve, cela se ferait d'autant plus ici où le penchant mutuel était apparent pour tous (je crois bien qu'il l'avait été aussi pour Maître Estienne, qui avait cependant préféré ne jamais faire la moindre remarque : sa femme était une bonne mère, elle aimait peut-être ailleurs mais lui était fidèle, je devine qu'il a préféré ne pas rompre l'harmonie).

Quant à moi, avant de pouvoir songer à une quelconque maîtrise, il fallait que je passe quelques années chez un imprimeur, puis chez un graveur, comme compagnon.

Mon apprentissage étant terminé, j'avais l'intention de me mettre à la recherche d'un nouveau maître. C'est ainsi que cela se pratique habituellement. Mais lorsque j'ai dit cela à la table familiale, les sourcils se sont levés très haut, et Maître Simon s'est exclamé d'une voix théâtrale :

« *Tu quoque, Brutus ? Toi aussi, Brutus ?* » Allusion au fils de Jules César qui avait trahi son père en participant à sa mise à mort. Je me suis senti rougir jusqu'à la racine des cheveux, car cette exclamation était à la fois un reproche et un compliment.

« Tu ne vas pas me faire ce coup-là ? » a renchéri, plus prosaïque, Robert Estienne.

Quant à Maître Antoine, il écoutait cet échange avec un petit sourire en coin. Comme à son habitude, il ne voulait pas décider à ma place, sachant probablement que sur un mot de lui je n'aurais pas hésité à rester.

« Mais... C'est que... Je voulais perfectionner ma technique de la gravure. »

« Et où cela se fera-t-il mieux que chez nous ? Admettons que Maître Antoine t'ait transmis tout ce qu'il sait, ce dont je doute. Il y a Maître Simon, qui caresse le projet d'une nouvelle italique, à laquelle il va travailler avec Maître Tory, et sans doute avec Maître Antoine. Trois maîtres d'un coup! Des hommes que nous avons l'honneur d'entendre nous assommer à longueur de journée avec des discussions sur la manière d'améliorer le cursif de Francesco Griffo que vous avez rapporté de Venise. Et tu voudrais te priver de tout cela?»

Il s'est levé et a pris la voix et les attitudes de Noël Beda dont il a reproduit jusqu'à la légère bosse. Il a levé un doigt vengeur vers Maître Antoine et Maître Simon:

«Ô vous, sacrilèges, qui voulez faire mieux que ces savants qui vous ont précédés et dont rien ne saurait mettre en doute la sagesse! Vous qui dévoyez notre jeunesse!»

Il s'est rassis d'un coup en riant aux éclats, nous avons ri avec lui, après quoi il m'a donné un grand coup de coude.

«Si tu t'en vas, tu n'es plus mon ami.»

À cela, il n'y avait évidemment qu'une réponse: je suis resté.

Le travail était si abondant que, hors de l'imprimerie, j'ai fréquenté peu de monde. Il faut dire que la mort de Maître Estienne n'avait pas ralenti la production de la maison. Maître Simon n'a pas failli aux traditions: il s'est entouré d'érudits, n'a jamais rien imprimé sans être sûr et certain que le texte était parfaitement correct. Tant Robert que son frère aîné Charles et son frère cadet François travaillaient peu ou prou à l'imprimerie. Maître Antoine se rendait plus souvent chez Maître Bocard parce que, m'avait-il expliqué, son beau-père commençait à vieillir et qu'il avait parfois besoin d'un soutien. Mais le reste du temps, il travaillait chez Maître de Colines.

Pendant les quelques années que j'ai encore passées rue Saint-Jean-de-Beauvais, nous avons produit de nombreux volumes. Maître Simon a continué les séries commencées par Maître Henri Estienne de philosophie, de théologie, de médecine, de mathématiques. Mais il a également commencé à publier, avec l'aide enthousiaste de Robert, des volumes moins imposants, faciles à transporter, à mettre dans sa poche même, pour écoliers et étudiants. Là où Maître Henri s'était contenté d'opiner du bonnet lorsque nous lui parlions des principes d'Alde Manuce, Maître Simon et Robert se les faisaient expliquer en détail et les mettaient en pratique : le Virgile de Maître Alde, que Maître Antoine portait toujours sur lui, a cessé d'être une curiosité pour devenir un objet d'études intensives, tant pour le format que pour le caractère.

J'ai enfin appris ce qu'écrivait Érasme, dont on parlait partout mais dont je n'avais jamais rien lu, si l'on excepte l'*Éloge de la folie* : Maître Simon a publié, en ces premières années où ils n'étaient pas encore interdits, certains de ses traités.

À côté de cela il a publié aussi Cicéron, Aristote et j'en passe. Sans parler des œuvres de Maître Lefèvre.

Robert – il n'avait pas vingt ans – s'était mis en tête de publier une version impeccable de la Bible en latin, dans un format facile à manier : il me parlait avec enthousiasme de son idée.

« Je vais la diviser en six parties, six petits livres, on pourra ainsi la lire où qu'on soit. Et je vais m'attacher à une vérification pédante du texte, tu verras. »

Maître Antoine aussi travaillait avec une énergie renouvelée.

« Enfin, à Paris aussi, les livres cessent d'être l'apanage du riche, le lourd meuble fixé par une chaîne aux pupitres des bibliothèques. Vive l'in-quarto, l'in-octavo, l'in-seize ! »

Qu'on ne pense pas pour autant que, parce que je vivais dans un atelier d'où je sortais peu, je ne rencontrais personne – au contraire. Tout ce que Paris comptait de savants passait par la Maison aux Lapins.

Maître Tory venait quasi quotidiennement pour une de ces discussions sans fin sur le nouvel italique, comme on commençait à l'appeler. Nous pouvions passer une soirée entière à discuter la courbure d'un C, et j'ai bientôt eu honte d'avoir pensé un jour que je savais graver une lettre. J'ai compris qu'il ne suffit pas de manier quelques contre-poinçons pour être un bon graveur. Le plus exigeant des trois maîtres était Geoffroy Tory. Il suffisait de voir ces deux hommes de trente-cinq à quarante ans qu'étaient Maître Antoine et Maître Simon lui obéir sans discuter pour comprendre qu'il avait raison. Moi qui n'étais, comparé à eux, qu'un garçonnet, je me contentais de me taire et de les suivre.

J'étais à tel point absorbé par tout cela de l'aube à la nuit que j'ai même perdu de vue ma propre famille. Je n'allais rendre visite à ma mère que très rarement. Elle travaillait toujours à la boutique avec mon frère, mais moins, car il venait de prendre femme, et ma mère préférait se retirer.

« Il n'y a rien de pire pour une bru qu'une belle-mère qui s'impose », m'avait-elle murmuré.

C'était l'époque où moi aussi je commençais à être sensible aux femmes. Et les voyant d'un autre œil, je constatais aussi combien ma mère était juvénile, le visage lisse, le corps droit et élancé, le cheveu cuivré, les yeux d'un bleu intense que seule ma sœur Geneviève avait reçus en partage.

J'ai dû penser, très vaguement, qu'elle aurait pu se remarier. Mais lorsqu'elle est venue me voir pour me parler précisément de cela, j'ai été aussi surpris que si je n'y avais jamais songé moi-même.

« Votre mère vous demande à la boutique », m'a appris un jour l'apprenti de Maître Simon.

Je me suis hâté. Maître Simon l'avait déjà fait asseoir, et lui avait offert à boire.

« Raccompagnez votre mère chez elle, Garamond, elle a besoin de vous parler. »

Je l'ai raccompagnée. Tout d'abord en silence.

« Mon petit Claude », a-t-elle fini par dire, « j'ai décidé de quitter la maison paternelle, que je laisse à ton frère. Je vais m'installer rue des Carmes, dans la maison que nous y avons, et que je voudrais te prier de me laisser. J'ai déjà consulté ta sœur, elle m'appuie. »

«Cela va de soi, Mère, la maison ne m'appartient pas.»

«Elle pourrait t'appartenir un jour. Ma bru trouve qu'on devrait la vendre et partager l'argent, mais je ne veux pas rester à la boutique. Je préfère la rue des Carmes.»

«Voulez-vous que je vous aide à déménager?»

«J'aimerais que tu m'assistes auprès de ton frère et de sa femme, que tu m'aides à remettre en état la maison, qui n'est pas très grande, mais plus que suffisante pour moi. La vieille femme qui l'habitait est morte, et il faut tout reblanchir. Et enfin si tu pouvais m'aider à y transporter l'indispensable, je t'en serais reconnaissante. Je t'y réserverai toujours une chambre, tu pourras y venir quand tu voudras.»

Un silence. Je sentais que l'essentiel n'était pas dit. Cela a coûté à ma pauvre mère un effort visible, et lorsqu'elle a repris la parole, elle était écarlate.

«Si je le pouvais», a-t-elle murmuré d'une voix à peine audible, «j'épouserais Maître Augereau.»

Je me suis arrêté net. Je m'attendais à tout, sauf à cela. J'étais incapable du moindre mot. Il me semblait avoir vu Maître Antoine tous les jours et je ne comprenais pas comment cela avait pu arriver sans que je m'en aperçoive. Mais il est vrai que Maître Antoine et moi ne travaillions plus dans le même atelier et qu'à y bien réfléchir des semaines entières passaient sans que je le voie.

«Mais... Comment...?», ai-je fini par balbutier.

«Je crois que j'ai aimé Antoine dès la première fois où je l'ai vu, le jour où il est venu dîner juste avant votre départ pour Venise, tout comme il dit m'avoir aimée du simple fait de m'avoir aperçue l'espace d'un instant, un soir, sortant de la maison. Mais chacun de nous a gardé ce sentiment pour soi, persuadé que, même s'il n'y avait pas eu d'autres obstacles, il n'était de toute façon pas partagé. Je n'ai revu ton Maître Antoine que récemment. Et cette fois nous nous sommes parlé.»

« Et qu'est-ce qui vous empêche de vous marier ? Vous êtes veuve, vous n'avez ni parents, ni frères et sœurs, ni cousins, en un mot vous êtes libre. Vous pourriez avoir des enfants. »

J'avais vingt et un ou vingt-deux ans, et ma mère n'en avait que trente-six ou trente-sept. Pas un fil blanc dans ses cheveux, pas une ride visible, toutes ses dents. Elle paraissait véritablement plus ma sœur aînée que ma mère.

« Antoine a fait un vœu... »

« Je sais. Mais, ce vœu, il pourrait demander qu'on l'en dispense. »

« Il croit à la parole donnée, et je le respecte. Une dispense, cela prend du temps. Il faut aller en Poitou, où il s'est engagé. Espérer un mariage rapide, ce serait comme vouloir mordre la lune avec les dents. »

Pas sûr, ai-je pensé in petto. Je connaissais mon Maître Antoine. C'était un passionné. Il allait tout faire pour que cela aille vite.

Pendant une quinzaine de jours, je me suis absenté de l'imprimerie, et j'ai installé ma mère. Pendant que j'accomplissais ces tâches qui ne demandent qu'un peu d'adresse mais qui vous laissent la tête libre de penser, j'ai réfléchi en silence. Je n'avais qu'à me réjouir : ma mère aimait un homme qui avait davantage été un père pour moi que mon propre père naturel. De lui, j'avais tout appris : l'art de la composition et de la presse pour commencer. Plus tard celui de la préparation des manuscrits pour le compositeur, de leur correction. Il m'avait initié à l'art du dessin et de la gravure de lettres. Sans parler de l'éducation humaniste que m'avait donnée et continuait à me donner cet homme aussi savant (et patient, quand il s'agissait de ces choses-là) qu'un de ces moines bénédictins qu'il avait failli être.

J'aurais voulu que ma mère et lui puissent se marier immédiatement. Mais je comprenais le sentiment de Maître Antoine. Au cours des ans, nous avions parlé plus d'une fois d'amour et de mariage.

«J'ai eu une chance extraordinaire», m'avait-il dit et répété. «Tout d'abord, mes parents s'aimaient. Ils ne s'étaient pas choisis. Leurs parents les avaient promis au berceau. La chance a voulu qu'ils soient faits l'un pour l'autre. Et ensuite j'ai moi-même été marié à une femme que j'ai aimée de tout mon cœur. Cela n'a pas duré, bien sûr, et comme nous étions fort jeunes, nous pourrions être devenus, au fil des ans, des étrangers l'un pour l'autre. Dieu n'a pas voulu me mettre à l'épreuve. Mais j'en ai côtoyé, de ces gens que seul l'intérêt avait rapprochés, qui vivaient dans la plus complète indifférence, quand ce n'était pas dans la plus totale mésentente. Ma mère a une sœur, Jeanne, dont le mari l'a tant battue que nous avons dû la recueillir chez nous à moitié morte. Elle n'est jamais retournée chez lui, car chaque fois qu'il en était question elle perdait ses esprits. Mes parents ont décidé de la garder, et cela a fait une histoire à n'en plus finir, avec le curé, avec l'évêque, avec les juges. J'étais enfant, mais c'est là que je me suis dit que rien n'était pire qu'un mariage de convenance.»

«Mais alors, les femmes ne vous intéressent pas?»

«Si. Elles m'intéressent au plus haut point. Mais après la mort de Lucie, j'ai fait solennellement vœu de lui rester fidèle. Je suis même allé jusqu'à Maillezais pour cela.» Son regard s'était fait rêveur. «Le jour où j'aurai rencontré une femme avec qui je pourrai être raisonnablement certain de vivre en parfaite entente, j'entreprendrai peut-être des démarches pour qu'on me relève de ma promesse.»

A posteriori, je comprenais qu'il pensait déjà à ma mère en ce temps-là. Mais jamais il n'aurait dit le moindre mot à son propos tant qu'elle a été la femme de mon père. Son amour pour elle s'est traduit en un souci de faire de moi le meilleur imprimeur possible.

Pendant cette quinzaine toute remplie de travaux pratiques, j'ai subi un autre de ces chocs qui ébranlent un homme. J'ai revu Guillemette Gaultier.

Je n'ai jamais parlé d'elle, car il n'y avait tout simplement rien à en dire. Lorsque nous avions deux ans, mon père et le sien avaient décidé que nous serions mari et femme. C'était une petite fille que je trouvais laide et quelconque. Je l'avais à tel point oubliée que je n'avais jamais réfléchi au fait qu'elle sortait d'une famille d'imprimeurs (ce qui avait dû compter pour mon père lorsqu'il a accepté que je n'exerce pas la même profession que lui). J'avais d'ailleurs cessé de penser à elle comme à une promise le jour où j'avais renoncé à la boutique paternelle, persuadé que Guillemette épouserait mon frère. Mais quelques mois auparavant mon frère avait préféré épouser une autre femme, fille d'un marchand avec qui mon père avait travaillé, et avec qui Jehan avait continué à faire des affaires.

Je ne m'étais pas enquis de ses motifs, et il m'avait suffi de savoir que ma mère approuvait l'union. Après avoir fait la connaissance d'Élise, ma belle-sœur, je m'étais dit que ce mariage pourrait ne pas être le plus heureux du monde : elle était criarde, égoïste, autoritaire, et je la soupçonnais d'être pingre. En quelques jours, elle avait mis ma mère d'autant plus mal à l'aise que, pour des raisons que je ne saurais expliquer, elle n'avait jamais été aussi proche de Jehan qu'elle l'avait été de Geneviève, ou de moi.

Cela dit, je n'ai plus pensé à Guillemette, me sentant délié de toute obligation à son égard.

Et puis, un jour où je me rendais chez un menuisier qui devait venir voir notre toit, cette très jolie jeune femme croisée par hasard m'a souri si chaleureusement que je me suis arrêté, tout ébahi. Elle aussi s'est arrêtée, et mon étonnement s'est multiplié lorsqu'elle s'est adressée à moi en m'appelant par mon nom.

« Bonjour Claude Garamond. Vous ne me reconnaissez pas ? »

« Pardonnez-moi, Demoiselle, mais je ne crois pas vous avoir jamais vue. »

Elle a beaucoup ri.

«Que si, nous nous sommes vus souvent, mais nous ne nous aimions guère, alors nous nous sommes oubliés. Je ne vous aurais pas reconnu non plus si je ne vous avais vu de loin, l'autre jour, avec votre mère. Je suis Guillemette.»

J'étais planté là comme un benêt, incapable d'articuler un mot. Comment reconnaître en cette belle jeune fille brune aux grands yeux noirs et au timbre harmonieux la fillette à la voix suraiguë de mon enfance?

«Comment se portent vos parents?» ai-je fini par bafouiller.

«Ma mère va on ne peut mieux, et mon père est mort il y a déjà deux ans. Rassurez-vous, vous n'êtes plus tenu par votre promesse de mariage. Il a réussi à nous ruiner avant de mourir, et je n'aurais aucune dot.»

«Mon père aussi est mort, et j'ai quitté sa boutique.» Ayant dit cela, j'ai retrouvé mes esprits et j'ai même réussi à sourire. «Alors, vous voyez, notre mariage ne dépend que de nous-mêmes.»

«Oh! je vous délie de toute promesse, vous trouverez sans peine un parti meilleur que moi.»

«Sans doute», ai-je dit, sérieux comme un pape. En dépit de sa déclaration, elle m'a regardé d'un air offensé, puis a vu la lueur dans mes yeux et a éclaté de rire. Je me suis joint à elle. Guillemette a toujours été une grande rieuse.

«En dépit de votre pauvreté, puis-je vous revoir?»

«Et quand voulez-vous que nous nous revoyions?»

«Je pourrais venir vous chercher dimanche pour aller à l'église par exemple.»

«Non. Cela équivaudrait aux yeux des gens à renouveler vos promesses de mariage. Ce ne serait convenable ni pour vous ni pour moi. Je viendrai plutôt rendre visite à votre mère dans sa nouvelle demeure, je l'ai revue souvent, elle m'a beaucoup parlé de vous.»

À moi, elle n'avait jamais soufflé mot de Guillemette. Je lui ai demandé pourquoi.

«Parce qu'il faut qu'il y ait des intérêts communs, pour un mariage. Et là, les intérêts n'avaient plus rien de commun. Tu n'allais plus être marchand, et son père n'avait même plus d'imprimerie.»

«C'est parce qu'elle n'avait plus de dot, alors?»

«Non. Vos chemins avaient divergé, il me semblait idiot de vous soumettre à une obligation que vous ne ressentiez pas comme telle et qui n'avait plus sa raison d'être. Ce qui me paraît intéressant, c'est que tu la trouves avenante.»

«C'est-à-dire, Mère, que j'avais gardé d'elle une image peu attrayante, et que j'ai rencontré aujourd'hui une jeune fille charmante.»

Il ne m'a pas fallu longtemps pour être fort amoureux de Guillemette, et les choses se sont faites facilement: nous étions promis, nous nous sommes fiancés. Nous n'avions plus qu'à nous marier. Il fallait simplement attendre un peu: je n'en étais qu'à mon premier compagnonnage, je gagnais peu, n'avais pas de maison à moi. J'habitais toujours chez les Estienne.

Au rez-de-chaussée de la maison de ma mère, il y aurait eu la place pour une petite imprimerie. Mais je n'étais pas encore maître, et je préférais, avant de rechercher la maîtrise, avoir une expérience suffisante. Je voulais surtout exercer la gravure de caractères. En attendant, sur une suggestion de Maître Antoine, ma mère avait loué le local à Maître Bocard, qui y entreposait ses livres. Cela donnait à Maître Antoine un motif honorable pour aller la voir sans faire jaser.

Lorsque nous nous sommes, lui et moi, croisés pour la première fois après que ma mère m'a parlé de lui, il a presque fallu que je le rassure.

«Maître Antoine, rien ne me fait davantage de plaisir que l'idée que vous soyez mon beau-père.»

Il a lâché un grand soupir.

«J'avais peur que tu penses que j'avais profité d'une situation…»

«Je sais depuis longtemps que vous aimez ma mère. Oudin et moi nous en sommes rendu compte le soir où mon père avait eu cette crise de folie où elle a failli perdre la vie. Maintenant, elle est veuve, elle vous aime aussi. N'est-ce pas la situation idéale dont vous avez toujours rêvé?»

Pour manifester son soulagement, il m'a entouré l'épaule de son bras.

«Je suis sans doute un imbécile. Maintenant, il va falloir que j'aille à Maillezais où j'avais prononcé mon vœu. Ta mère et moi pensions y aller ensemble, pour nous marier tout de suite, dans ma famille, puisque à part vous, ses enfants, elle n'a plus personne.»

Quelques semaines plus tard, ma mère m'a demandé timidement si je l'escorterais jusqu'à Fontenay-le-Comte, où elle irait faire la connaissance de sa future belle-mère en attendant que Maître Antoine revienne de Maillezais.

«S'il ne réussissait pas à se faire relever de ce qu'il considère être un vœu, et que nous ne rentrions pas mariés, je serais une femme perdue», a-t-elle dit avec un sourire de jeune fille. L'argument était imparable. J'ai consulté ma sœur. Elle a aussitôt été enthousiasmée par l'idée que notre mère se remarie. Elle aurait volontiers fait le voyage, et ses yeux pétillaient à cette idée.

«Hélas! regarde dans quel état je me trouve!» a-t-elle dit en avançant son ventre très arrondi. «C'est une fatigue que je ne peux pas encourir en ce moment. Une fois que j'aurai accouché, je ne dis pas... Et s'ils attendaient un peu?»

J'ai expliqué qu'attendre n'était pas le fort de Maître Antoine, et elle a renoncé en soupirant.

Quant à mon frère, il m'a déclaré sur un ton sec ne pas avoir de temps à perdre. Il désapprouvait ce mariage, pour des raisons que je soupçonnais, mais que j'ai préféré ne pas connaître – quelles qu'elles fussent, elles ne pouvaient être que mauvaises.

J'ai donc redemandé un congé à Maître Simon.

« On ne peut pas laisser votre mère voyager seule », a-t-il acquiescé, « mais si vous trouviez quelqu'un qui vous remplace, je vous en serais reconnaissant. »

Je savais où il était possible de croiser cet oiseau rare : à la Sorbonne. Cela peut paraître étrange, mais on y trouvait plus d'un étudiant familier des métiers de l'imprimerie. Robert Estienne, lui-même à la fois étudiant et imprimeur, s'était lié d'amitié avec un certain Hans Froschauer, fils d'imprimeur venu de Zurich qui avait – tel Robert – avalé l'imprimerie avec le lait nourricier.

Hans a été enchanté à la perspective de gagner quelques deniers. Il s'employait de temps à autre en tant que correcteur, mais personne ne lui avait jamais offert la possibilité de s'occuper de caractères qu'il appelait « français ». Ce grand garçon au visage d'enfant, les yeux perpétuellement rieurs, s'est empressé de courir chez Maître Simon, et l'affaire a été conclue. C'était moi, bien entendu, qui le payais – ou pour mieux dire qui lui cédais mes gages.

Depuis notre voyage à Venise, je n'étais plus sorti de Paris sinon pour aller à Charenton, et une fois à Meaux, où vivaient désormais Maître Lefèvre, et par conséquent Oudin. Comme il était inutile d'espérer que Maître Antoine prendrait le temps d'organiser son déplacement (ses activités multiples ne lui en laissaient point), je suis parti à la recherche d'un convoi. Je pensais que, peu familier de voyages comme je l'étais, j'aurais de la peine à en trouver un, mais je me suis rendu compte que les marchandises les plus diverses voyagent sans répit – et comme elles ne peuvent pas partir seules, il y a des gens pour les escorter. On trouve par conséquent toujours un train de mulets avec lequel cheminer. J'ai vite déniché un marchand de vin, un dénommé Hugues Desfosses dont on m'a dit que, en toute saison, c'était un grand voyageur ; cette fois-ci il allait à La Rochelle avec un chargement et autour de lui un train s'organisait.

Je suis allé le voir, je lui ai donné le moins d'explications possible, mais enfin je voulais le prévenir que je voyagerais avec ma mère.

« Avec plaisir, mon bon Monsieur, avec plaisir. J'espère que Madame votre mère se contentera du modeste confort des auberges, mais cela dit, pas de problème. Des moines m'ont demandé hier de pouvoir rentrer à leur couvent avec nous, ils vont à Fontenay-le-Comte, eux aussi, vous serez en bonne compagnie. »

Il pensait pouvoir partir huit jours plus tard : j'ai acquiescé (dans ces cas-là, il n'y a rien d'autre à faire – surtout lorsque la destination du convoi coïncide aussi parfaitement avec la sienne propre), et je suis rentré, un brin mélancolique à l'idée qu'Oudin ne serait pas de la partie.

C'était mal connaître Maître Antoine. Lui non plus ne concevait pas un voyage sans Oudin, surtout parce que nous allions à Fontenay. Comme à son habitude, plutôt que de rêver en silence, il a agi. Il a fait tenir un message à Maître Lefèvre, avec lequel il était en relation constante pour son travail, le priant de nous « prêter » Oudin le temps du voyage.

« Vois-tu », m'a-t-il expliqué lorsque je suis allé le voir pour lui communiquer la date de notre départ, « Oudin, qui est le meilleur homme du monde, a fui Fontenay comme un criminel. Je me suis dit que le temps était venu qu'il y retourne la tête haute. Après tout ce qu'il a fait pour nous, nous pouvons aussi faire un petit quelque chose pour lui. »

« Ne court-il plus le danger de se retrouver en prison ? La justice a, dit-on, la mémoire tenace et le bras long. »

« D'abord, nous n'allons pas claironner sur les toits de quel Oudin il s'agit. Ensuite, il est maintenant le valet d'un grand clerc, il bénéficie des privilèges du clergé, et enfin tu peux compter sur moi pour que, avec l'aide de mes frères – et l'un d'eux est homme de loi, sais-tu –, je me répande en louanges sur cet homme tout à fait remarquable. D'ailleurs, je vais te dire : il a tellement changé depuis vingt ans que personne ne se souvient de lui. À l'époque, c'était un grand échalas sec et imberbe. Depuis, il a pris des dimensions telles que jamais je ne l'aurais reconnu, moi. Après tout, lorsqu'il est parti, il n'avait que seize ou dix-sept ans. »

« Il y a toujours quelqu'un... »

« C'est vrai. Il faudra veiller au grain. Mais s'il y avait un danger sérieux, Oudin n'aurait pas accepté avec autant d'empressement de venir avec nous. Et puis il aimerait avoir l'occasion d'exprimer sa reconnaissance à la femme qui l'a sauvé, pour autant qu'elle vive encore. »

« S'il vient avec nous, c'est plutôt parce qu'il pense que nous ne pouvons nous passer de lui. Il veut nous protéger. »

Nous avons ri en chœur mais, personnellement, j'étais enchanté. Oudin, qui n'avait rien perdu de sa verve et de ses talents de saltimbanque, était un compagnon de voyage des plus plaisants.

Mon plus grand regret en quittant Paris, c'était de devoir prendre congé de Guillemette. D'autant plus qu'elle imaginait que nous croiserions un brigand derrière chaque buisson de la route. Elle ne connaissait la campagne que par ouï-dire. Même l'abbaye de Montmartre était pour elle « loin ».

« Tu vas te faire étriper, et je serai veuve avant d'être mariée. »

« Viens avec nous », ai-je fini par proposer. Cela a aussitôt séché ses larmes.

« Mais tu n'y songes pas ! Moi, quitter Paris ? Jamais ! »

« À Paris aussi, il y a des brigands. Au coin de toutes les rues, au dire de certains. »

« Cela, c'est tout autre chose. Bien sûr, il y a des coupe-jarret, des ivrognes, des étudiants prêts à tout. Mais ceux-là, on les connaît, on les repère de loin, et il est exclu que je me laisse surprendre par l'un d'eux. »

« Nous aurons Oudin. Il écarte les bandits de grand chemin d'une chiquenaude. »

«C'est vrai. Il vaut une petite armée à lui tout seul, si j'en juge par sa masse.»

«Et je serai bientôt revenu.»

«Ne fais pas de promesses que tu ne pourras tenir. Pour aller à Poitiers il faut huit jours. Je ne sais pas combien de temps il faut pour aller à ton Fontenay mais, entre une chose et l'autre, si je te revois dans deux mois, j'ai de la chance.»

Elle a fini par se calmer, et j'ai pu la quitter, à regret certes, mais rasséréné.

Il faut que je fasse ici une parenthèse pour dire que Guillemette m'avait demandé un jour si «mon» Maître Antoine, comme elle disait, accepterait de prendre son jeune frère comme apprenti.

«Nous avons un oncle imprimeur, mais il a déjà un apprenti, et puis il ne nous aime pas.»

Après des pourparlers infinis avec Maître Bocard, Maître Antoine avait pris le jeune Pierre Gaultier pour la raison qu'il s'intéressait à la gravure et à la fonte des caractères - heureusement pour lui, car hormis cela il avait une réputation de chenapan, presque de mauvais garçon.

«S'il n'est pas mort sous les coups de toutes les corrections qu'on lui a administrées, c'est qu'il est solide. Moi, je n'y aurais pas résisté», m'a dit sa sœur.

Maître Antoine l'a jaugé d'un regard, et en un rien de temps (après une seule correction physique - à ma grande surprise, car jamais Maître Antoine n'avait levé la main sur moi) il avait su canaliser son énergie dans les activités typographiques. Parenthèse fermée.

Je suis allé dormir chez ma mère pendant les quelques jours qui restaient, dans l'illusion que j'y serais plus tranquille, mais ce n'était qu'une illusion.

Il a fallu des courses frénétiques pour terminer les travaux que j'avais en cours, pour préparer nos bagages, pour retenir nos places, pour... pour... pour...

Pourtant, je ne me plaignais pas. Ma mère chantait du matin au soir, elle était d'une beauté lumineuse que je ne lui avais jamais vue, et son rire retentissait dans la maison comme une musique : rien que pour cela, j'aurais travaillé deux fois plus dur. Elle avait beaucoup souffert. Si Dieu lui donnait maintenant un peu de bonheur, c'est volontiers que je lui en faciliterais la jouissance.

XII · Comment nous voyageons à travers la douce France en direction de Fontenay-le-Comte, rencontrons Frère François et trouvons quelques obstacles sur notre route

On passe ses journées dans un atelier, et on se croit au courant de tout du simple fait qu'on entend le bruit de la ville sous ses fenêtres. Mais on a beau être au cœur de Paris, en réalité, on ne sait rien.

Lorsque nous nous sommes enfin mis en route, le vaste monde a été pour moi comme un coup de poing en plein visage. J'avais eu quelques échos, bien sûr : la reine avait mis au monde un dauphin, le roi était allé à la rencontre de Henri VIII d'Angleterre au Camp du Drap d'or, j'avais entendu parler de cela. Robert Estienne avait (déjà) ses premiers ennuis, mineurs pour l'instant, avec la Faculté. Le chevalier de Berquin, que j'avais croisé un dimanche, avait exprimé son soulagement du fait que Maître Lefèvre vécût à Meaux plutôt qu'à Paris, « où vouloir publier la Bible en français est chose mal vue, qui peut exposer au danger ».

« Noël Beda est déchaîné », disait-il en roulant les yeux vers le plafond. « Si on le laisse faire, il dressera des bûchers à la moindre pensée de travers. Que dis-je! À la moindre velléité de penser hors de ces textes bibliques corrompus qu'il tient pour la seule vérité possible.»

Des navigateurs intrépides, qu'aucun Beda ne bridait, découvraient sans cesse, de l'autre côté de l'Océan, de nouveaux pays, immenses, dont on parlait dans les tavernes – où par ailleurs j'allais rarement.

Mais c'étaient là des bribes faciles à digérer, car elles venaient une à une. Sur la route, le flot des nouvelles est bientôt devenu impétueux.

D'autant plus impétueux que nous voyagions avec une caravane assez particulière. Le marchand de vin accompagnait son convoi en personne, ce qui n'était pas courant.

«Non seulement j'apporte du vin du Rhin à La Rochelle, d'où il ira en Angleterre et à Bordeaux, mais je vais aussi jusqu'au bout du voyage pour goûter aux vins du Bordelais que je ramènerai à Paris. Je ne confie jamais ce soin à personne.»

Il y avait donc le marchand de vin, et les solides gaillards qui veillaient à ce qu'il n'arrive aucun mal aux tonneaux. Il y avait nous quatre, et les six moines dont le marchand m'avait parlé à Paris – quatre cordeliers et deux bénédictins.

«Les cordeliers vont à Puy-Saint-Martin, près de Fontenay», nous a dit Oudin qui, comme je l'avais vu toujours faire à chacun de nos voyages communs, avait tenu à tout savoir de chacun de nos compagnons de voyage avant que nous ne nous mettions en route. Il appelait cela être préparé à d'éventuelles mauvaises surprises. «Les deux bénédictins vont à Maillezais. Le cordelier qui parle le plus fort me disait tout à l'heure qu'il aimerait changer d'ordre, si on le lui permet. En tout cas, c'est ce qu'il souhaite. C'est un savant.»

«Comment savez-vous cela?»

«Parce qu'il est venu voir Maître Lefèvre il y a quelque temps, et il a à tel point animé une discussion qui promettait d'être terne que mon maître s'est intéressé à lui.» Il a gloussé.

«Imaginez un cordelier qui affirme haut et fort que la théologie l'ennuie! Mon maître a commencé par en perdre la voix. Mais ensuite, ils sont partis dans un débat qui a duré plusieurs jours. Et un soir où Frère François (c'est son nom) était allé se reposer, Maître Lefèvre m'a dit, pendant que je l'aidais à se coucher à son tour: "Ce moine fera parler de lui. Je ne sais pas si ce sera parce qu'on le pendra ou parce qu'on l'admirera. Mais une chose est sûre: il est remarquable. Sa mémoire est solide et vorace, sa pensée est plus rapide que l'éclair."»

«D'ailleurs, je me demande s'il s'est confiné à la théologie», a ajouté Maître Antoine, qui s'était approché pendant cette explication. «Il donnait des conseils à Maître Hugues, notre marchand, qui se plaignait de douleurs aux genoux, et il parlait de cartilages, de jointures – les vertus des simples ne sont venues que par la suite.»

Nous n'avions qu'une mule, que chevauchait ma mère et qui, en plus, portait suspendus à ses flancs nos modestes bagages. Le marchand avait un cheval, qu'il enfourchait parfois. Il possédait par ailleurs deux chevaux d'escorte que Maître Antoine, l'un ou l'autre des bénédictins ou Maître François montaient de temps à autre à tour de rôle.

«Inutile qu'ils paressent à ne rien faire», avait dit Maître Hugues, en les leur offrant. Je m'étais récusé, car j'étais piètre cavalier. Je me contentais de marcher au rythme des chevaux de trait et du mulet. J'ai pensé m'asseoir sur le bord d'un des chariots. Mais une tentative m'a convaincu que mieux valait marcher. Le chemin était irrégulier et avec les cahots il m'a semblé que tous les os me brimbalaient dans le corps.

Comme nous étions peu nombreux, nous avons vite fait connaissance. On remarquait d'emblée que les moines étaient nettement divisés en deux groupes: il y avait les trois cordeliers que je qualifierai de tranquilles d'un côté, et de l'autre le quatrième cordelier et les deux bénédictins. Les trois cordeliers étaient visiblement hostiles au quatrième, tandis que les deux bénédictins, qui à vrai dire se manifestaient peu, souriaient avec indulgence à la faconde intarissable de ce cordelier qu'Oudin avait qualifié de savant : Frère François.

L'homme m'intriguait. Je sais aujourd'hui qu'il intrigue tout le monde. Mais, à l'époque, il n'était pas encore « Alcofribas Nasier », alias François Rabelais, médecin habile et écrivain admiré ou voué aux gémonies, selon les points de vue. Il n'était qu'un moine de taille à peine supérieure à la moyenne, qui devait avoir une trentaine d'années, grand rieur et grand parleur. Oudin nous a assuré que c'était un grand prédicateur, et à l'entendre parler, d'une voix ronde et sonore qui étonnait dans ce corps plutôt famélique, on le croyait volontiers.

Maître Antoine a commencé par le regarder quelque peu de travers.

« Les cordeliers n'ont pas bonne réputation, dans notre famille. J'ai passé chez eux les pires années de ma vie. »

Mais une discussion, lancée par notre marchand, s'étant engagée sur les prédictions des astrologues, Frère François a conquis Maître Antoine en se lançant dans une diatribe féroce contre les charlatans.

« Les Français ont toujours été curieux de savoir les choses nouvelles », a-t-il commencé par dire, en haussant une épaule. « César le constate déjà dans ses *Commentaires*. Vous entrez quelque part venant d'ailleurs, et aussitôt vous êtes assailli de questions : "Quelles nouvelles ? Que dit-on, de quoi bruit le monde ?" Et gare à vous si vous n'amenez pas une pleine bougette de nouvelles : vous n'avez plus qu'à vous laisser traiter de veau ou d'idiot. Résultat : on brode. Et les charlatans s'en donnent à cœur joie. Ils vous prédisent tout ce que vous voulez, dans le genre : cette année les aveugles ne verront pas bien, les sourds ouïront assez mal, les muets ne parleront guère, les riches se porteront un peu mieux que les pauvres, et les sains mieux que les malades. Comme vous le voyez, je suis moi-même assez fort. »

Maître Antoine riait aux larmes, et Frère François en a profité pour continuer.

« Et la crédulité des Français est à la hauteur de leur curiosité : plus ils sont prompts à demander des nouvelles, plus ils croient ce qui leur est annoncé. Vous savez quoi, Maître... Antoine, n'est-ce pas ? Vous savez quoi, disais-je ? on devrait mettre à l'entrée du royaume des douaniers de la pensée, occupés uniquement à examiner les nouvelles qu'on y apporte, et voir si elles sont vraies. On fait bien quelque chose d'équivalent aux barrières avec les marchandises ! »

Là-dessus il a levé les yeux au ciel, a regardé les ombres que nous faisions, et a continué sur le même ton.

« C'est l'heure de sexte, je vous quitte un instant pour faire mes dévotions. »

Je suis persuadé que Frère François tenait à montrer à ses trois compagnons qu'il était aussi assidu qu'eux à la prière. Ils marchaient en groupe, priant la plupart du temps à mi-voix, serrés les uns contre les autres comme pour parer à un danger. Ils ne réagissaient aux plaisanteries qu'avec des regards hostiles.

« Chaque fois que je parle de cul, de couilles et de con, ils se signent. Ils sont persuadés que je suis en proie au malin, comme si ce n'étaient pas là des parties du corps à l'instar du nez et de la main », avait murmuré Frère François à notre adresse, entre deux plaisanteries auxquelles tout le monde sauf les cordeliers avait ri.

Pour peu nombreux que nous fussions, pendant la première partie du voyage il n'y a pas eu de véritable cohésion entre nous. Nous nous observions de loin. Ma mère était la seule femme, et chacun se demandait ce qu'elle faisait là. Pour ne pas la compromettre, Maître Antoine gardait ses distances, évitait même de lever les yeux sur elle depuis qu'Oudin lui avait dit que son regard le trahissait, et on ne se serait pas douté de la véritable passion qu'ils se vouaient. Ma mère avait résolu le problème avec grâce en répondant à Frère François, qui avait pris la bride de sa mule et s'était mis à lui poser des questions sans la moindre gêne:

«Je vais à Fontenay pour raisons de famille, et mon fils m'y accompagne.»

C'était dit assez fort pour que tout le monde entende, avec la plus grande aménité, mais avec une fermeté qui a intimidé même Frère François. Personne n'a osé s'informer sur la nature des raisons de famille. Et il n'y a plus eu de questions.

La cohésion de notre groupe s'est faite un peu avant Étampes. Nous en étions, je pense, au troisième jour de notre voyage, peut-être au quatrième.

Nous longions la vallée du Torfou et avions l'intention de faire étape à Châtres. Notre marchand, qui avait souvent fait la route, y connaissait une auberge qu'il qualifiait de propre et honnête. Il faut dire que cette vallée était bordée d'une épaisse forêt qui, même dans la lumière de cet après-midi de printemps, n'avait rien de rassurant. La réputation du coin était sinistre, et tant Maître Hugues et ses hommes qu'Oudin le savaient. Elle n'a pas tardé à être confirmée.

Trois hommes à cheval nous sont tombés dessus à la vitesse de la foudre.

J'ai alors vu surgir un Maître Antoine que je ne connaissais pas. Il s'est précipité sur ma mère, l'a arrachée de selle et l'a littéralement jetée au milieu des moines.

«Vous en répondez sur votre vie!», a-t-il crié. Puis, avec la même fougue, il s'est lancé dans la mêlée. Le marchand avait pris les rênes d'un des attelages et s'employait à calmer les chevaux. Ses hommes sont allés se poster, bâtons en main, à l'arrière du convoi. Oudin m'a crié, sans se retourner: «Vas-y, gamin, montre-leur tout ce que je t'ai appris!», après quoi il a foncé sur les trois hommes, au mépris de tout danger. Si je ne l'avais pas vu faire, je ne croirais pas ce qui s'est passé ensuite. Oudin s'est lancé sous les sabots du premier cheval et a, de ses mains, fait tomber la bête soudain terrifiée. Avant que le cavalier n'ait le temps de se relever, Maître Antoine l'avait assommé.

On a entendu le grand rire de Frère François qui avait imité Oudin et avait réussi à désarçonner le deuxième brigand. L'homme a bien essayé de fuir, mais là je suis intervenu avec un de ces crocs-en-jambe dont je devais l'art à Oudin, un art qui m'a souvent servi. Je l'ai assommé sans remords. Les deux bénédictins avaient barré la route au troisième larron, ils avaient eux aussi réussi à le désarçonner, et étaient fort occupés à l'attacher à un arbre. Ils avaient l'air aussi tranquilles que s'ils avaient été dans leur couvent, et faisaient tout cela en récitant un psaume à voix haute. Quant aux trois cordeliers, ils avaient calmé le deuxième attelage tout en protégeant ma mère, qui se tenait parmi eux un bâton à la main, prête à assommer le premier qui l'approcherait. Fugitivement, je me suis dit que je connaissais décidément mal ma génitrice. Elle n'était peut-être pas tout à fait cet être fragile que j'avais imaginé. Mais le temps n'était pas à la réflexion.

Je me suis d'abord étonné de ne plus apercevoir les hommes du marchand. Ils avaient disparu. J'ai vite constaté que Maître Antoine et Oudin avaient disparu avec eux. Dans le bref moment d'accalmie qui a suivi, Maître Hugues est allé prendre ma mère par la main et l'a assise à côté de lui. Il avait l'air le plus calme du monde. J'ai compris pourquoi lorsque les hommes sont revenus, Maître Antoine et Oudin parmi eux: ils tenaient quatre ou cinq chevaux par la bride et poussaient devant eux deux gaillards hirsutes et crasseux. Un autre avait été placé sur l'une des bêtes, jambes pendant d'un côté, tête et bras de l'autre. Mort sans doute.

«Je crois que nous tenons toute la bande», a dit Maître Antoine qui, pour sa part, traînait par le collet un homme à moitié mort comme s'il s'était agi d'un jouet. Je n'ai pas pu m'empêcher de penser aux tailleurs de pierres de la famille Augereau: je me rendais compte pour la première fois que

Maître Antoine avait beau ne pas étaler sa force lorsqu'il était dans un atelier d'imprimeur, elle était bien là.

«Ventredieu», s'est exclamé Oudin comme en écho à mes pensées, «pour un imprimeur, Maître Antoine, vous n'y allez pas de main morte!»

«Imprimeur?» s'est exclamé Frère François, qui avait relevé sa robe de bure dans la ceinture et retroussé très haut ses manches, tant et si bien qu'il n'avait plus du tout l'allure d'un moine.

«Oui, imprimeur», a répondu sarcastique Maître Antoine, «et en ce moment, je voudrais imprimer au front de ce malandrin que, lorsqu'on veut boire du vin, on le cultive. On ne le vole pas.»

Nous tenions six hommes. Sept avec le mort. Trop pour être sûrs que nous réussirions à les garder avec nous jusqu'à Châtres. Nous les avions saucissonnés avec tous les liens dont nous disposions. Les quatre cordeliers ont même donné les cordes à trois nœuds qui leur servaient de ceinture. Mais tout attachés qu'ils fussent, rien n'empêcherait ces hommes de fuir à toutes jambes pour peu qu'ils s'y missent tous les six à la fois.

«Si vous nous amenez à Châtres, on nous pendra.»

«Et méritez-vous autre chose?» s'est écrié Maître Hugues.

«Sans doute pas. Mais même si nous voulions être honnêtes, plus personne ne voudrait de nous. Alors on vit en forêt, et on vole pour vivre.»

Ce discours a paru émouvoir Oudin, et aussi, m'a-t-il semblé, quelques-uns des gaillards du marchand. C'est d'ailleurs lui qui s'est passé une main dans la barbe tout en toisant les hommes comme l'aurait fait un maquignon qui évalue les qualités d'un cheval.

«Et si je vous engage pour assurer la sécurité de mes convois, qu'est-ce qui me dit que vous ne pactiserez pas avec des bandes de mécréants pour tout me voler?»

Les trois hommes les plus vaillants (les autres étaient encore tout étourdis des coups reçus) sont tombés à genoux:

«Mettez-nous à l'épreuve, Seigneur!»

Le marchand continuait à les mesurer du regard. Maître Antoine s'est approché et l'a pris par la manche.

«Puis-je vous dire un mot, Maître?»

Ils se sont apartés, et je les ai suivis, par curiosité.

«Si ces hommes sont des étourdis qui une fois ont eu à faire avec la justice, mais qui au fond reviendraient volontiers au sein de la communauté, bien. Mais si ce ne sont que de beaux parleurs, vous risquez gros», a-t-il dit.

«À vrai dire, la moitié de mes vignerons et tous les gaillards qui nous accompagnent sont de ces gens-là. Je hais de voir gaspiller des hommes valides en en faisant des pendus. Mais il est vrai que je n'ai jamais recueilli six bandits de grand chemin d'un coup.»

«J'ai un plan.»

«Je vous écoute.»

«D'abord, nous allons garder les chevaux. À pied, ils seront moins dangereux.»

«Jusqu'au jour où ils en auront volé d'autres.»

«C'est vrai. Mais ce ne sera pas ce soir.»

«Bon. Et ensuite?»

«Ensuite, nous leur donnons un rendez-vous demain à la sortie de Châtres. S'ils veulent vraiment changer de vie, ils seront là. Je vais même prédire que nous verrons les deux plus âgés, peut-être un des jeunes. Les autres préféreront la forêt à l'honnête labeur. Avant de quitter la région, nous dénoncerons ceux qui n'auront pas reparu.»

«Cher ami, vous êtes un véritable Salomon. Essayons.»

Nous avons rejoint le groupe, et Maître Antoine a tenu son petit discours. À le voir et à l'écouter, j'ai été encore une fois frappé par quelque chose que j'avais probablement été trop jeune pour remarquer lorsque j'étais son apprenti: c'était un meneur d'hommes, et il n'avait peur de rien. C'est lui qui a parlé, qui a ordonné à Oudin de détacher les six hommes et de les relâcher.

« Vous avez toute la nuit pour réfléchir, nous vous attendons demain matin à la croisée de Châtres. Ou pour mieux dire, nous passons par là. Si vous n'y êtes pas, l'un de nous reviendra sur ses pas et signalera votre présence aux sergents de ville, pour autant qu'ils ne vous connaissent déjà, du moins de réputation. Allez, maintenant. Et ensevelissez votre malheureux camarade. »

La caravane se remettait déjà en route lorsque les trois cordeliers, qui depuis un instant chuchotaient entre eux, ont fait un signe.

« Attendez un instant. »

Nous nous sommes arrêtés. L'un des cordeliers s'est penché sur le corps que nous avions étendu sur le sol, a marmonné quelques prières et fait deux ou trois signes de croix.

« Voilà. Il ne sera pas dit que nous aurons failli à notre devoir : nous avons béni son trépas, et avons demandé à Dieu de l'accueillir malgré ses péchés. »

Je devais repenser plus d'une fois à cette petite scène dans les années qui ont suivi : nous avions tué et cela n'avait nullement ému les hommes de Dieu. À aucun moment ils ne nous ont considérés comme coupables de quoi que ce fût. Mais à la moindre pensée différente des leurs, nous étions bons pour le bûcher.

Le lendemain matin, nous sommes repartis de Châtres avec le jour. À la sortie de la ville, là où les routes se séparent, deux hommes nous attendaient. Ils avaient taillé barbe et cheveux, s'étaient lavés et étaient presque méconnaissables. Il a fallu qu'ils nous disent que c'était nous qu'ils attendaient.

Maître Antoine les a regardés un instant d'un œil froid, puis sans un mot il a enfourché un des chevaux et il est parti au galop. Il nous a rejoints une heure plus tard. Il avait fait ce qu'il avait promis : signalé les absents aux sergents de ville.

Après Châtres, tout le monde a chevauché, puisque nous avions désormais neuf chevaux, sauf moi qui cédais volontiers la monture qui me revenait à Oudin, car lorsque je montais je n'avançais, pour ainsi dire, qu'accroché à la crinière de ma bête.

Un jour où je marchais avec Maître Antoine qui me narrait un conte du Poitou où il était question d'une princesse qui se muait en grenouille, Maître François s'est approché. Il a écouté avec intérêt la fin du conte, puis il s'est mis à le bombarder de questions.

« Vous êtes imprimeur, Maître Antoine ! »

« Mais oui, mon frère, pour vous servir. De même que Claude, qui a d'abord été mon apprenti et qui est désormais imprimeur à part entière, qui fera un jour sa maîtrise. »

« Et chez qui travaillez-vous ? »

« À moitié chez Maître de Colines, et à moitié chez Maître Bocard, qui est de mes parents. Comme lui, je suis poitevin, et j'ai appris le métier à Poitiers. »

« Vous connaissez Maître Lefèvre ? Je l'ai rencontré récemment. »

« Très bien. Claude et moi avons imprimé les *Commentaires sur les Épîtres de saint Paul*, du temps où nous travaillions pour Maître Estienne, et si je suis toujours chez son successeur, Maître de Colines, c'est parce que Maître Lefèvre prépare une nouvelle traduction de la Bible en français qu'il fera publier à l'enseigne de Saint-Jean-Baptiste. Il y travaille d'arrache-pied, et bientôt nous y travaillerons avec lui. »

« Vous êtes de ses intimes, alors ? »

« Je ne dirais pas cela. Nous sommes ses serviteurs. Tout comme son valet personnel, qu'il a la bonté de laisser nous accompagner lorsque nous partons en voyage : c'est un de nos amis. »

« Et qui est-ce ? »

Maître Antoine a désigné Oudin du doigt.

« C'est Oudin, un sage. Il connaît mille histoires par cœur, et mille chansons. »

« Le géant ? »

«C'est vrai qu'il est exceptionnellement volumineux.»

«Je l'ai aperçu chez Maître Lefèvre, mais je n'avais pas mesuré sa taille.»

«Vous étiez tout à votre débat, et cet imposant personnage a l'art de se faire tout petit à l'occasion. Mais lui, il vous a vu, et reconnu.»

«Il a tout d'un homme dont on imagine qu'il est susceptible de manger trois vaches entières à lui tout seul.»

Maître Antoine a ri: décidément, Maître François l'amusait.

«Et pourquoi pas un ours qu'il dépècerait comme un poulet?»

«Ah, ah, pourquoi pas, en effet?»

Ils ont continué à deviser ainsi sur un ton badin lieue après lieue. Maître François semblait réellement inspiré par la prodigieuse carrure d'Oudin auquel il prêtait mille faits et gestes. Très loin devant, l'objet de tant d'invention n'entendait pas ce qu'on imaginait pour lui.

Mais Maître Antoine et Maître François ne s'en sont pas tenus au badinage. Ils ont aussi mené de savants discours sur la philosophie et la théologie que je serais bien en peine de rapporter. Nous avons voyagé ainsi pendant une bonne dizaine de jours.

Toujours préoccupée de préserver sa réputation, ma mère gardait autant ses distances à l'égard de Maître Antoine que Maître Antoine d'elle. Elle parlait peu, et lorsqu'elle le faisait, c'était pour exprimer son émerveillement: elle n'aurait jamais imaginé que le monde fût aussi vaste et varié. Nous avons en effet passé par des campagnes que le printemps rendait particulièrement riantes. En arrivant à Poitiers, notre convoi s'était par ailleurs allongé. D'autres marchands, avec d'autres marchandises, s'étaient joints à nous. Des cavaliers rencontrés à Blois fermaient désormais la marche, et il aurait fallu une petite armée pour que nous nous retrouvions en danger comme nous l'avions été près de Châtres. Orléans, Blois, Tours, toutes ces belles villes nous ne les avons qu'entrevues. Tout le monde était pressé d'aller de l'avant. Et ainsi, par un soir de juin, nous sommes arrivés à Poitiers.

«Il va falloir que nous quittions notre marchand s'il veut à tout prix repartir demain à l'aube», a dit Maître Antoine à notre petit trio au coin de la table de La Rose, une auberge qui se vantait de ce que Jeanne la Pucelle y avait dormi, en 1428, on vous précisait bien l'année, gravée dans les esprits comme dans du granit. Et on vous invitait à contempler avec révérence la pierre fameuse où, disait-on, la Pucelle tout armée de blanc avait pris appui pour monter à cheval. Moins de cent ans après avoir été injustement tuée, elle était l'héroïne des descendants de ceux qui l'avaient laissée mourir.

«L'Église l'a condamnée, puis l'Église l'a réhabilitée. À se demander où est son infaillibilité», a dit Oudin à mi-voix.

Le marchand n'avait, heureusement, aucune hâte. Ses tonneaux étaient bien gardés, nous étions en route depuis pas mal de temps, il nous a demandé combien de jours nous comptions rester.

«Si c'est raisonnable, nous vous attendrons.»

«Deux jours, cela vous va? Je crois que, dans deux jours, nos amis les bénédictins aussi voyageraient volontiers avec nous.»

«Eh bien, soit. Deux jours.» Il s'est tourné vers moi. «Ayez à cœur de faire visiter à Madame votre mère l'amphithéâtre romain».

Il s'est éloigné et, tout étonné, je me suis tourné vers Maître Antoine, qui ne m'a pas laissé le temps de poser ma question:

«Tu verras. Les Romains étaient bien installés, à Poitiers. Et aujourd'hui, nous vivons dans une ville que nous avons construite au-dessus de la ville romaine.»

Là-dessus, il a pris congé avec une moue résignée.

«Pour les raisons que vous connaissez, ma mie, j'irai dormir chez un de mes ex-compagnons imprimeurs.»

Ma mère s'est contentée de sourire.

«Que Dieu vous bénisse, mon ami. À demain.»

L'auberge de La Rose était une hôtellerie qui me paraissait fort luxueuse. Sa grande salle en particulier était somptueuse, avec des roses sculptées partout, sur les poutres noircies par d'innombrables chandelles, sur le manteau de la cheminée, sur les encadrements de fenêtres, qui étaient même pourvues de vitres. Et je ne parle pas des tapisseries, tout aussi ornées. J'estimais qu'un tel faste était au-dessus de nos moyens, mais ma mère n'a rien voulu entendre.

«C'est un peu mon voyage de noces, même si toutes les circonstances n'en sont pas réunies pour l'instant. C'est déjà folie de venir jusqu'ici – au point où nous en sommes, ne lésinons pas.»

XIII · Comment je vois Poitiers à travers les yeux de Maître Antoine, et comment j'ai un aperçu de ses années d'apprentissage

Nous avions à peine terminé notre déjeuner, le lendemain matin, que nous avons vu paraître Oudin. Il avait dormi à La Rose, mais avec les valets. Comme à son habitude, il avait refusé d'entrer dans les logements réservés aux maîtres voyageurs.

«Maître Antoine m'a prié de vous faire un peu visiter la ville, ensuite de quoi nous irons le rejoindre. Je connais le chemin.»

J'étais impatient de voir les arènes romaines.

«Ne vous faites pas trop d'illusions», a aussitôt interjecté Oudin. «Les siècles ont passé, depuis que les Romains sont partis, et comme personne n'a entretenu leurs grandes constructions, elles se sont peu à peu écroulées. Le forum, par exemple, n'existe plus, et si un moine ne m'avait expliqué un jour, place du Marché-Vieil, que ce forum était enseveli juste sous nos pieds, je ne m'en serais jamais douté.»

«Mais les arènes, alors?»

«On comprend en les voyant pourquoi il en reste quelque chose. Ce fut une construction gigantesque.»

À vrai dire, cela avait, à première vue, l'allure d'une colline verdoyante. Et puis on approchait, et on s'apercevait que c'était un grouillement de gens de toutes sortes et que, entre les arbres et les buissons, il y avait des pans de murs, des colonnes plus ou moins intactes, de grosses pierres éparpillées au sol. Des pauvres vivaient là, ils avaient fait leur demeure sous les anciennes voûtes de l'arène elle-même. Aux étages supérieurs, là où autrefois ce n'étaient (j'imagine) que toges et cothurnes, il y avait aussi du monde: des marchands du voisinage y avaient créé des dépôts de toutes sortes. Sur le haut des ruines, des lavandières étalaient leur lessive. Partout croissaient la vigne, la giroflée, le baume et le romarin, des plantes qui pour moi n'avaient été, jusqu'à ce jour-là, que des noms, mais qu'Oudin semblait connaître, et repérait d'un œil infaillible dans le verdoyant fouillis. Il a fallu que nous grimpions la colline pour dominer les ruines – et pour apercevoir, enfin, le dessin majestueux de l'ensemble. Nous l'avons contemplé en silence.

«Puisque nous sommes là, je vous propose un tour au marché», a fini par dire Oudin. «Ce n'est pas très loin.»

Nous nous sommes dirigés vers la place où il se trouvait par une rue hérissée d'enseignes, toutes plus belles les unes que les autres: Les Trois-Trompettes, Le Sauvage, La Truie, L'Oison-Bridé, La Pie, Le Mouton... Et ainsi, en cheminant au milieu d'une foule faite de gens et de charrettes, en prenant garde de ne se faire écraser par aucun des cavaliers très pressés qui faisaient irruption de temps à autre insoucieux des cris de frayeur et d'indignation, sans parler des bousculades, nous sommes arrivés au Marché-Vieil, celui-là même qui recouvrait ce qui autrefois avait été le forum, et qui grouillait de monde encore plus que les rues.

C'était (c'est sans doute) une vaste place à ciel ouvert, avec des rangées de bancs où s'assoient marchands et marchandes, entourés de leurs paniers et autres récipients, dans lesquels on peut admirer les produits du sol et ceux de l'art du lieu, qu'ils offrent au chaland. En face de nous, sur un des côtés de la place, nous avons aperçu une halle couverte: la boucherie.

«Les bouchers ne chôment pas», nous a dit Oudin, «il y a quatre mille étudiants à l'Université, et ils font grosse chère.»

Ma mère était tout étonnée de voir les quartiers de bœufs, de veaux, de porcs, de moutons, de chevreaux, de daims qui pendaient aux crocs en rangs serrés, pêle-mêle avec poules et poulets, lièvres, lapins, perdrix et bécasses.

«Jamais je n'en ai vu autant en une fois et pourtant, à Paris, je vais parfois aux Halles.»

En nous retournant nous avons aperçu, à l'autre bout de la place, une autre halle couverte. Ici, c'étaient les étalages des chaussetiers, des chapeliers, des chaudronniers, des potiers, des passementiers, des tailleurs et j'en oublie. Nous avons admiré les zibelines et les petits-gris des fourreurs. Et nous avons tâté d'un doigt resté expert les lainages et les soieries de drapiers venus d'un peu partout, il y avait même un marchand des Flandres.

«On se dirait au pays de Cocagne», s'est exclamée ma mère, qui ouvrait de grands yeux. Il y avait tant de marchands agglutinés en un même lieu que cela prenait une tout autre allure qu'à Paris.

Nous avons enfin quitté la place et nous sommes dirigés vers la boutique de l'imprimeur où Maître Antoine avait passé la nuit.

À Poitiers aussi, comme à Paris, les boutiques des imprimeurs sont proches de l'Université et des collèges. Ils ne sont pas aussi nombreux, et certains d'entre eux, tel Maître Bocard, ont migré vers la capitale.

Mais la boutique où nous avons passé le plus clair de notre temps était celle de Maître Jacques Bouchet. Cet imprimeur était le neveu de celui, mort depuis, chez qui Maître Antoine avait fait son apprentissage. En fait, les deux hommes avaient appris le métier côte à côte et étaient de grands amis.

En ce premier matin, nous l'avons retrouvé chez Maître Jean Augereau, le cousin de son père. Sa parenté avec Maître Antoine était visible, sauf qu'au lieu d'avoir les cheveux et la barbe de jais de son cadet il était poivre et sel. Mais ils avaient en commun les yeux gris, enfoncés et rieurs, le calme où se lisait une passion sous-jacente.

«J'avoue avoir eu des doutes, lorsque sa mère a insisté pour que je lui trouve une place d'apprenti. Je n'en avais pas moi-même, mais Maître Jean Bouchet en cherchait un. Et pourtant, j'ai hésité à le lui recommander. Un moine défroqué... Je me suis dit qu'il ne saurait pas travailler. Mais à part sa marotte pour la gravure des lettres, il a été parfait.»

«Maître Bouchet l'a envoyé dans une papeterie, lui aussi?»

«Pourquoi? Il a fait de même avec vous?»

«Parfaitement.»

«Et il a eu raison. Moi-même, j'ai commencé par faire un apprentissage de papetier, et lorsque je suis passé à l'imprimerie, j'ai mesuré la chance que j'avais eue. Maître Jean Marnef, qui m'a enseigné le métier, a par la suite obligé tous ses apprentis à aller dans une papeterie. Maître Bouchet a fait de même. D'autant plus que nous avions des moulins à proximité. Il y en a un au pont Achard, à peine une promenade, cela nous permettait d'avoir le moinillon à l'œil. Mais je dois dire qu'il ne s'est jamais dévergondé, en dépit du déplorable exemple que donnent certains étudiants de l'Université, dont on dirait qu'ils ne sont venus à Poitiers que pour faire la fête et importuner nos filles. On se demande parfois quand ils trouvent le temps d'apprendre. »

Cela avait fait rire Maître Antoine aux éclats. À son habitude, ma mère n'avait rien dit. Mais le plaisir qu'elle prenait à voir tout cela était si intense qu'il se dégageait de sa personne comme un parfum de bonheur. Maître Antoine ne se privant pas ici de lui lancer des regards d'affamé, son cousin avait compris la situation sans qu'on la lui dise (d'ailleurs Maître Antoine lui avait peut-être tout expliqué).

Lorsque ma mère et moi sommes arrivés, accompagnés du fidèle Oudin, il y avait là, outre Maître Antoine et son parent, l'imprimeur Jacques Bouchet en personne, homme rond et débonnaire qui paraissait enchanté de revoir son vieil ami Augereau et qui, entre deux doctes pensées, ne perdait pas une occasion de le proclamer.

Nous sommes tombés en pleine discussion.

Elle ne peut porter que sur une chose, me suis-je dit en entendant le ton des échanges : la typographie. Rien d'autre ne passionne ainsi Maître Antoine. Et je ne me trompais pas. Les caractères latins n'étaient pas inconnus à Poitiers, mais le cousin Jean se tâtait encore – et usant de toutes les ressources de la rhétorique, Maître Antoine développait son plus ardent plaidoyer en faveur des caractères latins.

« Antoine, tu m'agaces, à la fin. Si vraiment tu estimes que nous devons révolutionner toute notre casse, fais-nous de nouveaux caractères, et n'en parlons plus. »

Et Maître Jacques Bouchet a renchéri :

« Je t'assure que le jour où tu viens ici avec de nouveaux poinçons romains, je te les achète aussitôt. Jusque-là je continue avec mes gothiques. »

« La tête et les yeux dans l'obscurité et le brouillard ! »

« Fais-nous les poinçons du futur, je te dis, je les achèterai. »

« Promis ? »

«Promis. Tope-la.»

Ils se sont serré la main. Le sourire de Maître Antoine était radieux, mais un pli au front marquait néanmoins un certain scepticisme, qu'il a exprimé:

«Il est vrai que les promesses ne coûtent rien. Je pourrais vous faire tenir dans deux mois les caractères que j'ai taillés pour Maître Estienne il y a quelques années, mais ils sont imparfaits. Il faut que je m'attelle à quelque chose de mieux. Mais avant que j'aie fini tout un alphabet comme j'aimerais qu'il soit, ce n'est pas demain la veille.»

Sur ces entrefaites, nous sommes partis avec Maître Bouchet. Maître Antoine voulait absolument revoir, et nous faire visiter, l'imprimerie où il avait appris le métier. Elle était près du couvent des augustins, à Saint-Hilaire-de-la-Celle, en direction de la rivière, et à une certaine distance de la boutique où Maître Bouchet vendait ses livres, qui était située, elle, à deux pas du palais et non loin de l'Université. Maître Jacques en avait hérité de son oncle.

«Installer les presses près de l'Université aurait coûté trop cher, je les ai laissées à Saint-Hilaire-de-la-Celle. D'ailleurs on est tout près des collèges de Montanaris, du Puygarreau, de Sainte-Marthe. Par ici aussi, c'est bourré d'étudiants, et lorsque l'un d'eux demande à acheter un livre en passant, nous le lui vendons.»

L'imprimerie était grande, le travail particulièrement soigné («une tradition», a dit Maître Antoine), et je comprenais où l'apprenti qui était sorti de là et que j'avais ensuite eu pour maître avait appris cette précision méticuleuse à laquelle il tenait tant.

Là-dessus, nous sommes remontés à la boutique, sise à côté du couvent des Cordeliers. À peine étions-nous entrés que la discussion a repris de plus belle. Les uns voulaient que tout soit désormais traduit en langage vulgaire, les autres qu'on édite la Bible d'après le texte grec, à l'instar d'Érasme. D'autres encore étaient contre tout cela. Une manière comme une autre, je le devinais, pour ceux qui connaissaient Maître Antoine, d'accueillir cet ami qu'on n'avait pas revu depuis longtemps, et pour les autres de prendre part à la discussion.

Nous avons fini par nous en aller, car Maître Antoine souhaitait encore nous montrer quelques curiosités qu'il jugeait indispensables.

En entrant, nous avions laissé Oudin devant la porte. Il avait une fois de plus refusé de nous accompagner à l'intérieur. Nous l'avons retrouvé en grande conversation avec un homme au visage tout rond, au nez d'une longueur impressionnante accentuée encore par le fait qu'il était retroussé, et sous lequel une bouche grande et rieuse lui fendait le visage jusqu'aux oreilles. Les deux hommes étaient entourés d'un large cercle de badauds qui riaient aux larmes en les écoutant s'interpeller et débiter des histoires dans un langage qui m'était incompréhensible, mais que les spectateurs paraissaient goûter.

Maître Antoine s'est illuminé.

«Ah ça, ma parole, mais c'est Maître Jean Formond!»

«Maître Jean Formond? Qui est-ce?»

«Vous n'allez pas me croire en le voyant là jouer au bateleur, mais c'est un sacristain. C'est même le sacristain le plus célèbre de la région. Il officie à Notre-Dame-la-Petite, lorsqu'il officie. Car sa passion, ce sont les *bazochiens*, comme on dit chez nous, les farceurs et les *rithmaires* qui passent et donnent des spectacles. Eh! Maître Jean, comment va?»

L'homme s'est arrêté net, s'est retourné d'un mouvement exagérément outragé, il a dirigé vers le gêneur un œil faussement courroucé qui a fait rire l'assemblée, et a ouvert la bouche pour le faire taire. Mais sa bouche est restée béante, et la repartie n'est pas venue.

«Antoine! Mon petit Antoine!», a-t-il fini par s'écrier.

Il a fendu la foule et les deux hommes se sont donné l'accolade. Maître Antoine dépassait Maître Jean d'une tête.

« Alors ça, alors ça... », a dit le sacristain au moins une douzaine de fois, d'une voix émue. Oudin regardait cela avec intérêt, et comme plus personne ne se donnait en spectacle, la foule s'est dispersée.

« Tu connais Maître Jean ? », a demandé Maître Antoine lorsqu'il s'est dégagé.

« Et comment ! » Oudin s'est tapé sur les cuisses. « Lorsque j'étais bateleur et que nous passions par Poitiers, il repartait toujours avec nous. Il jouait, il dessinait nos costumes, il peignait nos décors. Au bout de quelques semaines il rebroussait chemin, et il revenait s'occuper de son église. Vous vous souvenez de cette splendide tapisserie que mes compagnons avaient à Paris lorsque je les ai quittés, Maître Claude ? Le jour où nous sommes allés les voir jouer ? »

« Oui, je m'en souviens. »

« C'est lui qui l'a peinte. Et il joue à la perfection. Ah ! vous devriez le voir en avocat Pathelin ! Si nous ne craignions pas un attroupement, nous pourrions vous donner un échantillon. N'est-ce pas, Maître Jean ? »

Le sacristain s'est contenté d'acquiescer sans un mot. Il était aux anges.

« Je connais tout cela », a dit Maître Antoine, qui avait l'air tout aussi réjoui. « *La Nef des fous*, où je l'ai vu jouer lorsque j'étais apprenti, cela ne s'oublie pas. Et puis cet homme-là m'a appris à dessiner. »

Maître Jean Formond avait écouté avec un intérêt faussement admiratif, comme si on parlait de quelqu'un d'autre. Là, il est intervenu :

« Oh, mon petit Antoine, j'accepte tous les compliments. Mais celui-là... Vous saviez déjà dessiner, lorsque vous êtes arrivé à Poitiers. Les bénédictins vous avaient convenablement éduqué, ils vous avaient enseigné l'enluminure et tout ce qui s'ensuit. »

« Oui, j'avais quelques notions de dessin. Mais tout ce qui me sert aujourd'hui encore, c'est vous qui me l'avez appris. »

«Et que dessinez-vous?»

«Des lettres.»

«Vraiment? Curieux choix.» Il s'est approché et lui a pris le bras. «Venez. Vous allez me raconter cette histoire de lettres.» Il s'est tourné vers nous. «Venez tous. Allons casser la croûte à l'Éléphant.»

Il a fait un grand geste et, solidement accroché à Maître Antoine, il s'est mis en route. Nous allions le suivre lorsqu'il s'est arrêté net.

«L'Éveillé!», a-t-il crié à la cantonade.

Je pensais voir arriver un domestique, mais c'est un serviteur d'un genre particulier qui est accouru au trot: un âne. Sans plus s'occuper de lui, Maître Jean a entraîné Maître Antoine, et l'Éveillé a suivi docilement, comme nous tous.

Nous sommes descendus quelques rues, toutes hérissées d'enseignes blotties les unes contre les autres (elles me frappaient sans doute particulièrement parce qu'elles étaient différentes de celles de Paris, plus colorées, plus naïves peut-être). Et nous sommes arrivés à l'auberge, encore plus vaste que celle de La Rose. Des fenêtres de la salle on entrevoyait la rivière, le Clain, m'a appris Maître Antoine, et un pont. Tout près de nous s'étalait un superbe verger. Mais la vue était attirée tout d'abord par des remparts, édifiés par Henri II Plantagenêt, roi d'Angleterre, nous a-t-on expliqué de toutes parts. Car Poitiers avait été un temps anglais, à l'époque où rois et reines venaient à la fois de la grande île, d'Aquitaine et du Poitou. Ces belles fortifications n'avaient pas empêché Poitiers de revenir à la France (en deux jours j'ai entendu dix histoires, concordantes ou contradictoires, sur les faits d'armes, les trahisons et les beaux gestes des Poitevins à cette époque-là). On voyait aussi, au-delà du pont, la porte de la ville sous la voussure d'une grande tour surmontée de son échauguette et de ses mâchicoulis.

Et pendant que je regardais cette vue, si peu habituelle pour moi qui passais mes journées dans une salle basse, noircie par l'encre et les chandelles, dans une maison enserrée parmi d'autres bâtisses qui vous obscurcissaient le jour et vous coupaient l'air (toutes choses auxquelles je ne pensais que maintenant en contemplant un si vaste espace depuis une seule fenêtre), derrière moi Maître Formond faisait rire tout le monde en racontant une de ses innombrables soties. Pendant ce temps des servantes s'affairaient autour d'une table où l'on empilait les plats. À se demander si nous n'étions pas un régiment plutôt qu'une modeste demi-douzaine de citadins à l'appétit somme toute modéré.

Jean Formond a insisté pour offrir ce plantureux repas à ses deux chers amis retrouvés, Antoine Augereau et Oudin (qu'il avait réussi à convaincre de rester avec nous).

«Je lève mon verre à ces amis qui ont reparu dans ma vie comme par enchantement», a dit le sacristain. «Je ne sais lequel des souvenirs qu'ils évoquent m'est le plus cher: est-ce Maître Oudin jonglant avec mes pinceaux devant un public hilare un jour où un farceur avait caché ses balles de cuir? Est-ce le jeune Antoine encore imberbe, dont j'ai fait la connaissance fusain en main devant de vieilles pierres romaines, qu'il copiait avec assiduité en s'attardant sur les inscriptions? Est-ce ce même Antoine que j'avais fâché par je ne sais quelle remarque, auquel j'avais donné pour tâche de faire mon portrait, histoire de s'exercer à autre chose qu'à des lettres, et qui en un rien de temps m'a présenté une parfaite effigie... de mon postérieur? Santé, prospérité, et beaucoup de beaux enfants si par hasard ici quelqu'un se mariait prochainement. Et surtout, ne suivez pas mon regard, c'est un secret.»

Ma pauvre mère est devenue écarlate, tout le monde a ri, on a trinqué, et j'ai bu en priant silencieusement le ciel d'être bon avec elle.

«Je ne savais pas que tu jonglais, Oudin», a dit Maître Antoine, histoire de faire diversion.

«Un saltimbanque doit savoir tout faire, Maître.»

«Mais n'est-ce pas un art qu'on perd en ne l'exerçant pas?»

«Oui-da, c'est pourquoi je l'exerce», et sans plus de façons, Oudin s'est levé, a attrapé une pile d'assiettes et s'est lancé dans la jonglerie la plus étourdissante que j'aie jamais vue d'aussi près. Comme par magie, il a fait faire les trajectoires les plus folles à ses nombreuses assiettes, sans en perdre une seule.

Après ces agapes, ma mère a exprimé le désir d'aller se reposer. Maître Jacques Bouchet nous a proposé, à Maître Antoine et à moi, que nous le raccompagnions à sa boutique.

J'en ai plus appris sur Poitiers en un après-midi que dans tout le reste de ma vie: bien sûr, notre discussion a porté aussi sur les livres qu'on y produisait, sur ceux qui venaient de Paris. On a immanquablement repris le débat sur les vertus respectives des caractères latins et gothiques.

«Je ne vois pas pourquoi il faut continuer à imiter une manière d'écrire compliquée que nous utiliserons de moins en moins. Vous verrez que l'imprimé remplacera peu à peu le calligraphié. Maître Érasme, m'a-t-on raconté, va dans les imprimeries où il compose lui-même des textes qui sortent tout droit de son esprit.»

«Antoine, je t'en prie, ne dis pas de sottises. La plume reste un intermédiaire indispensable. Certes, on imprimera de plus en plus. Mais, pendant que tu composes, tu dois être à ton affaire de compositeur, tu ne peux pas vraiment réfléchir. Ça va lorsqu'on est Didier Érasme, c'est-à-dire un génie. Mais tout le monde n'a pas son calibre.»

«Mettons. Pourtant, tu verras qu'inversement notre manière d'écrire va être influencée par la chose imprimée. Tu as vu l'italique?»

«Qu'est-ce que c'est que ça?»

«Ah, ah! Tu entends cela, Claude? Il ne connaît pas l'italique!»

Il a fouillé dans ses vastes poches et en a tiré le petit Virgile qu'il avait reçu à Venise et qui ne le quittait guère.

«Regarde. C'est l'alphabet italique de Francesco Griffo, fait tout exprès pour imiter la calligraphie italienne. On parie qu'il change la calligraphie française? Personnellement, je n'écris plus que comme cela, les rares fois où j'écris à la main.»

Jacques Bouchet était aussi impressionné que nous l'avions été lorsque nous avions vu le livre pour la première fois, tant par le caractère que par le format. Pour qu'on puisse l'emporter partout avec soi, Alde avait plié les feuilles en seize, et ainsi on pouvait le mettre dans sa poche. Cela avait déjà été imité en France, mais pas très souvent, et la vue d'un volume comme celui-là frappait encore les esprits. Aujourd'hui, de tels ouvrages sont chose courante, surtout grâce à Simon de Colines et à Robert Estienne, qui en ont fait un usage constant depuis le premier jour de leur carrière.

Il a fallu raconter notre voyage vénitien dans le détail. Nous l'avions entrepris plusieurs années auparavant, mais Maître Antoine n'était pas revenu à Poitiers depuis lors. Je me suis rendu compte à cette occasion qu'il avait une mémoire d'une précision étonnante. C'était chez lui comme chez Oudin: les conversations, les événements, les lectures, se gravaient dans son esprit.

«C'est parce que nous venons d'un monde où l'imprimerie n'existait pas encore», a-t-il rétorqué lorsque j'ai exprimé tout haut mon étonnement. «Nous étions forcés d'exercer notre mémoire. Maintenant, pour vous, c'est la belle vie. On imprime les choses, et puis on peut les laisser s'estomper. On n'a plus qu'à consulter les livres.» Il a poussé un soupir à faire tourner un moulin. «Je crains que les narrateurs comme Oudin...»

«...ou comme vous, Maître Antoine!»

«Pas vraiment. Moi, j'ai toujours pu compter sur la chose écrite, et même chez les moines, à une époque où j'ignorais pratiquement que l'imprimerie existât, l'écrit était tout autour de nous. Mais un Oudin, qui a appris à lire à vingt-cinq ans et qui vivait de son art, a développé sa mémoire à l'extrême. Il devait pouvoir compter sur elle absolument. Je suis sûr que plus il y aura de livres, moins il y aura des Oudin.»

Le soir tombait, et on allumait les premières chandelles lorsque nous avons quitté la boutique de Maître Jacques. Maître Antoine tenait à me raccompagner, pour que je ne me perde pas, disait-il. Je me sentais revenu à mon adolescence, lorsqu'il me reconduisait chez mes parents pour qu'il ne m'arrive rien.

Dehors, les cloches des églises sonnaient à toute volée. C'était un véritable concert, comme si de gigantesques doigts se promenaient sur les touches géantes d'un immense clavier. Nous étions enveloppés d'un tourbillon d'harmonie.

Maître Antoine m'a agrippé le bras.

«Écoute», a-t-il dit d'une voix vibrante. «Écoute Poitiers qui chante. Tu entends? Cela, c'est la basse bourdonnée de la cathédrale. Et celle-là? C'est la haute-contre modulée par la maîtresse cloche de Notre-Dame-la-Grande.» Les grosses cloches ont fait une pause. On n'entendait plus que des tintements argentins. «Et maintenant que les dessus se taisent, entends-tu les humbles notes des chapelles?» Il m'a lâché le bras. Dans l'obscurité, je distinguais à peine sa silhouette, et son sourire. «Que veux-tu, les cloches de Poitiers m'exalteront toujours. La première fois que je les ai entendues, je venais tout droit d'un couvent situé en plein marécage. Il y a un jeu de cloches là-bas aussi, mais ce n'est pas un concert comme ici. Ça m'a rendu à moitié fou, le premier soir. C'est un des moments inoubliables de ma vie. Presque aussi fort que lorsque j'ai vu ta mère pour la première fois, et Dieu m'est témoin que, ce soir-là, j'étais foudroyé d'émotion.»

Il a dû sentir que j'étais touché. Et comme dans mon trouble je ne savais que dire, il a poursuivi gaiement:

«Sais-tu que les Poitevins, qui s'appelaient en des temps lointains les Pictes, et qui étaient sans doute une tribu sauvage parmi les tribus sauvages qui parcouraient ce vaste territoire qu'on nomme aujourd'hui la France, croient dur comme fer être les descendants d'Hercule? Ils ont les explications les plus étonnantes pour te prouver la chose. Entre autres des histoires de cloches que les plus braves parmi les Pictes allaient décrocher dans les clochers grâce à leur force, herculéenne justement, c'est le cas de le dire. Jean Formond te raconterait cela à te faire pâmer. Inutile de lui faire remarquer qu'à l'époque d'Hercule, et même à celle des Pictes, il n'y avait ni clochers ni cloches.» Son rire sonore a retenti dans le noir. «Et puis évidemment», a-t-il poursuivi, «lorsque les gens voient Oudin, et qu'ils apprennent qu'il est poitevin, ils sont confortés dans leur opinion. Qui peut-il être, sinon un descendant d'Hercule? J'ai pensé cela moi-même le jour où je l'ai prié de m'aider à porter des caisses pleines de plomb: il m'a écarté d'un geste et les a soulevées tout seul alors que moi j'arrivais tout juste à les déplacer un peu en les traînant sur le sol. Il faut que tu te fasses à cette idée, Claude, nous autres Poitevins sommes différents de vous autres Parisiens.»

Il a fait une pause. Au bout d'un instant il a repris, de la tendresse plein la voix.

«Ce qui ne nous empêche pas de vous aimer, mon cher Claude, et vice versa.»

J'ai eu soudain le sentiment d'avoir touché du doigt au cœur d'Antoine Augereau, et aujourd'hui je ne puis penser à cet instant-là sans un spasme de chagrin. Il était si vivant, si joyeux, si – comment dire? Il était heureux. C'est le plus beau souvenir que je garde de Poitiers.

XIV · Comment nous arrivons à Fontenay-le-Comte, où Maître Antoine Augereau est né et où sa famille est honorablement connue

Sur la deuxième journée que nous avons passée à Poitiers, je ne m'attarderai pas. Nous avons rencontré des connaissances de Maître Antoine; j'oublie autant leur nom que nos discussions.

Vers le milieu de la journée, alors que nous sortions, une fois de plus, de la boutique de Maître Jacques Bouchet, nous sommes tombés sur Frère François Rabelais, qui sortait du couvent des cordeliers sis dans la même rue (la boutique y était adossée) et où, bien sûr, il résidait en attendant de repartir avec nous pour Fontenay. Il a tenu à me montrer un lieu curieux dit de la Pierre-Levée, sur lequel on raconte, m'a-t-il dit, d'innombrables légendes. Pour lui faire plaisir, j'ai parcouru la demi-lieue jusqu'à cette pierre, il est venu avec moi et m'a parlé sans discontinuer de géants fabuleux. Il avait mille explications sur la raison pour laquelle cette vaste pierre se tient là d'une manière vraiment miraculeuse; elle est comme une table dont un des pieds aurait plié sous le poids. À première vue on pourrait croire que la Pierre-Levée va s'écrouler mais, en fait, il n'en est rien, on assure – ou plutôt Frère François assurait – qu'elle est là depuis des siècles.

«Preuve irréfutable que les géants sont parmi nous», a dit Maître François, «si une telle preuve était encore nécessaire une fois qu'on a fait la connaissance de votre ami Oudin.»

«Maintenant que tu as vu la Pierre-Levée, c'est comme si tu avais fait tes études dans cette belle ville», a commenté Maître Antoine avec un sourire moqueur à notre retour. «Il y a à Poitiers des étudiants qui ont passé toute leur vie universitaire à festoyer autour d'elle, à l'exclusion de tout autre occupation. Ils rentrent chez eux doctes ès vins et bonne chère, ce qui ne nous empêchera pas de les retrouver ensuite dans les plus hautes fonctions du royaume.»

Le lendemain matin, nous nous sommes remis en route à l'aube, le marchand nous ayant fait dire qu'il partirait à cinq heures.

Le départ s'est fait dans l'habituelle confusion mais, comme toujours, nous nous sommes finalement retrouvés en bon ordre sur le chemin.

Lorsque au bout d'une lieue nous sommes arrivés à la première localité, le soleil se levait : la journée s'annonçait belle.

Le marchand nous a fait arrêter près d'une fontaine.

« Remplissez vos gourdes à la source caballine de Croustelle, elle est connue dans tout le royaume. »

Cela a fait rire Maître Antoine.

« Oui, les étudiants lui font une réputation d'enfer. Je disais hier que la Pierre-Levée était le lieu où certains passaient leurs années d'études, mais j'aurais dû y ajouter cette fontaine, c'est un autre lieu où l'on perd son temps. Je m'étonne de ne point voir ici d'étudiants endormis, certains matins on en trouve des groupes entiers. Et comme ces messieurs jouissent de toutes sortes de privilèges et qu'ils sont pratiquement intouchables, les paysans ne peuvent même pas les chasser à coups de bâton comme ils le mériteraient. »

Nous avons bu, fait provision d'eau et nous sommes remis en route.

Nous avions toujours les chevaux capturés lors de notre escarmouche avec les brigands. Dans le matin frais, cela a donné une idée à Maître Antoine.

« Claude, est-ce que tu accepterais que je sois de nouveau, pour quelques jours, ton maître ? »

« Avec le plus grand plaisir », ai-je répondu, sincère et surpris, sans me douter de ce qui m'attendait.

« Alors je vais t'apprendre une science très utile : celle de monter à cheval comme un cavalier accompli. »

J'ai eu un mouvement de recul.

« Mais, Maître... »

« Tu avoueras que les voyages sont quelque chose de fort plaisant ? »

« Certes, mais... »

«Par conséquent, pourquoi ne pas savoir user du moyen de transport le plus rapide, et autrement plus agréable que les mules que tu enfourches de temps à autre.»

Lorsque Maître Antoine ne tenait aucun compte des objections qu'on pourrait émettre, il n'y avait qu'une chose à faire. Obtempérer.

Qu'on ne me demande pas de décrire la route entre Croustelle et Lusignan, où nous avons fait étape pour la nuit. Le marchand avait mis une selle à ma disposition, j'avais tant bien que mal enfourché un cheval, et... Je préfère ne pas penser à cette journée. J'ai profité de toute la rigueur pédagogique de Maître Augereau et subi tous les caprices de ma bête. Nous sommes arrivés à destination bien avant les vêpres et je n'avais qu'une envie: coucher mon corps rompu.

Mais Frère François ne l'entendait pas de cette oreille.

«Il est impossible que vous ne veniez pas visiter ce beau château, si admirable et si ancien qu'on peut dire que c'est la plus belle forteresse antique, la plus noble et la plus vieille décoration de toute la France. Vous ne pouvez pas manquer la chapelle, le jeu de paume, le logis de la célèbre reine Mélusine, sans parler des salles lambrissées d'où l'on découvre le parc et la prairie. Je connais le capitaine du château depuis l'époque où je venais ici prêcher, il m'a même appris les noms des tours: voici la tour de l'Horloge, la tour de la Fontaine; là-bas c'est la tour Poitevine; et la plus haute, la plus belle et la plus forte, c'est la tour de Mélusine.»

Là-dessus il a repris son souffle et a continué, comme s'il prêchait à une foule.

«Et ne manquez pas, sur le portail, l'effigie de Geoffroy à la Grand'Dent en très grande stature, dont je vous ferai plus tard des contes fabuleux, que j'ai recueillis, auprès des bonnes vieilles qui lavaient la lessive à la fontaine de la Font-de-Cé, pendant mes errances de prédicateur.»

«Tout ce qu'il y a de plus sérieux, par conséquent», a interjecté Maître Antoine.

«Ni plus ni moins sérieux que les histoires qui courent à Maillezais où le terrible homme était cantonné. Ce pays est riche en contes, recueillons-les et ne les mettons pas en doute. Cela colore l'existence.»

«C'est ce qu'a toujours dit ma mère, qui en a couché sur papier de pleins cahiers.»

«Votre mère les a écrits?»

«Elle en a écrit beaucoup, oui.»

«Ah, Maître Antoine, il faut que je fasse sa connaissance, je suis friand de ces histoires-là.»

«Avec plaisir, cher ami, vous la trouverez sans doute à l'œuvre parmi les tailleurs de pierres fines de la rue des Orfèvres, ou dans sa maison à l'ombre de l'église Saint-Nicolas.»

«Suis-je stupide. Augereau! Bien sûr! Cette dame-là est votre mère? Et Jeanne, sa sœur, est votre tante? Mais je les connais! Ce sont les sœurs de Maître Goupil. Vous êtes donc parent de mon ami Tiraqueau, puisqu'elles sont quelque chose comme ses cousines.»

«Parent et ami, nous nous sommes connus enfants.»

«Extraordinaire! À force d'appeler votre mère Maîtresse Françoise, j'avais oublié que vous portez le même nom de famille. Elle et moi avons parlé de simples, il y a peu.»

«Vous avez plus de chance que moi. Il y a des années que je ne l'ai vue. Aux lettres qu'elle me fait tenir, je devine qu'elle est toujours aussi vive et active. À propos de contes, êtes-vous allé à Saint-Maixent, récemment?»

«Pas récemment, mais j'y suis allé souvent depuis plus de dix ans que je prêche.»

«Oudin me parlait d'un vieux moine édenté qui lui a appris les plus beaux poèmes et prétendait être...»

«...François Villon? C'était François Villon, mon cher Augereau. Il ne le criait pas sur les toits car, si la vieillesse l'avait finalement assagi, sa vie n'avait pas été des plus tranquilles entre le moment où il a préféré disparaître de Paris pour ne pas finir sur le gibet et celui où les forces ont commencé à lui manquer.»

«Vous lui avez parlé, vous aussi?»

«Une fois. Il est mort peu après. Il m'a raconté les histoires les plus fantastiques. Il aurait passé du temps en Angleterre, à la Cour de Londres. Fait la guerre... Bref, je ne sais, aujourd'hui encore, ce qu'il faut croire et ne pas croire de ses contes. Je n'ai douté de rien à haute voix, bien sûr. Vraies ou pas, c'étaient de belles histoires.»

On voyait que Maître Antoine était déçu. Il avait vraiment espéré pouvoir, par je ne sais quel miracle, rencontrer François Villon. Maître Rabelais l'a consolé:

«Il était à bout de forces, savez-vous. D'abord il avait quatre-vingts ans au bas mot et puis, avec la vie qu'il avait menée, il était usé.»

«Il a appris à Oudin des poèmes que je n'ai vu écrits nulle part.»

«Vous en avez pris note, vous, j'espère?»

«Bien entendu. Je me propose de les imprimer un jour.»

Je ne m'attarderai pas sur la halte de Lusignan. La ville tenait toutes les promesses faites par Maître Rabelais, mais j'étais trop fatigué pour goûter la vue splendide qu'on avait depuis les tours, que notre prédicateur avait réussi à nous faire ouvrir et visiter.

Il nous a étourdis d'histoires à propos de la reine Mélusine, que d'autres appelaient la fée Mélusine, être fabuleux, mi-femme, mi-serpent. Ma mère a fini, en riant, par me pousser vers ma paillasse – mes yeux se fermaient, et j'avais la sensation d'être la proie d'une ankylose qui rendait douloureux chacun de mes mouvements.

À Saint-Maixent, nous sommes allés voir, dans le cloître, le banc où Oudin avait, quinze bonnes années auparavant, appris les poèmes qu'il récitait depuis lors à qui voulait les entendre.

Maître Antoine s'est assis à la place du mort et a fermé les yeux un instant.

«Ce contact me sera peut-être de quelque secours le jour où j'imprimerai ses poèmes.» Il nous a regardés. «Et dire que je suis venu ici plusieurs fois, à l'époque où j'étais novice. Contrairement à toi, Oudin, je n'ai pas remarqué le loquace vieillard. Et pourtant il doit avoir été là.» Il a secoué la tête. «Il est bien vrai que, lorsqu'on est jeune, on est écervelé.»

Oudin a eu un sourire en coin.

«M'est avis, Maître, qu'il n'aurait pas plus songé à bavarder avec vous que vous avec lui. Je l'intéressais parce que j'étais saltimbanque. Ce sont des gens comme moi qui l'attiraient. Il avait été un vrai mauvais garçon, souvenez-vous-en. Je n'arrive toujours pas à me faire au respect que vous lui manifestez tous. Récemment, Madame Marguerite, la sœur du roi, est venue voir Monseigneur Briçonnet et Maître Lefèvre. Elle avait avec elle un de ses secrétaires, un certain Clément Marot. Il parlait de recueillir les poèmes de ce vieux moine comme si ç'avaient été les reliques du saint Prépuce, dont on discutait beaucoup, dans la même réunion.»

Des sourcils se sont levés.

«Et pourquoi parlait-on du saint Prépuce?» a demandé Maître Antoine.

«Parce que Maître Rely, qui fut le premier à traduire la sainte Écriture, a ajouté de son cru une glose après le récit de saint Luc sur la circoncision de Notre-Seigneur Jésus.» Oudin a fait appel à sa formidable mémoire: «*Le maître en histoires qui sont appelées scolastiques dit que l'ange porta à Charlemagne le prépuce de la circoncision de Jésus-Christ qui lui fut tranché quand il fut circoncis.* Maître Lefèvre dit que ce sont là sornettes de bonne femme, et duperie pour conforter tous ces monastères qui prétendent avoir hérité du prépuce de Jésus – pourquoi pas du miroir aux alouettes, disait Maître Lefèvre. Il pense que ces gloses n'ont pas leur place dans l'Évangile.»

Maître Villon un instant oublié, la discussion s'est portée sur la pureté des saintes Écritures, et nous avons quitté le cloître.

Tout cela avait lieu à la fin d'une autre journée passée à cheval : j'avais fait des progrès, mais j'étais presque aussi fourbu que la veille. Je suis donc allé me coucher tôt.

Le lendemain nous étions à Niort, où nous n'avons fait que dormir, puis enfin nous nous sommes mis en route pour Fontenay, où Maître Antoine nous rejoindrait plus tard. Quelque part en route, lui et les deux bénédictins ont bifurqué pour aller à Maillezais. Des embarcations attendaient sous un pont. Dans la lueur de l'après-midi finissant on aurait pu croire être au bord d'une rivière, mais on était en fait aux abords du Marais poitevin. Ma mère a exprimé quelque anxiété à l'idée que Maître Antoine et les deux bénédictins voyagent seuls, et cela les a fait rire.

« On ne peut pas se rendre à Maillezais à pied, depuis ici. Nous y allons en barque. Et les bateliers sont des gens honorablement connus, qui tiennent à garder les clients, non à les assommer. »

Avant de nous quitter, Maître Antoine nous a bombardés de conseils, de recommandations. Il a fallu que Frère François le tranquillise en lui rappelant que lui aussi connaissait assez bien Fontenay. Quant à moi, il m'a accablé d'indications et de messages pour sa famille.

« Ma mère est avertie de votre venue. Et pas un mot sur le mariage tant que je n'ai pas été relevé de mon vœu. Vous êtes venus en visite. C'est tout. »

Lui d'habitude si serein, si maître des situations, ce jour-là il était nerveux.

Finalement, avec un dernier regard dans notre direction, il a embarqué.

« Cet homme-là aurait fait un grand prédicateur », a dit Frère Rabelais une fois que nous nous sommes remis en route.

«Il a de la chance d'avoir été un élève des bénédictins. Ils le laisseront aller. Surtout ceux de Maillezais. Les cordeliers l'auraient mis au pain et à l'eau, l'auraient fait juger par un tribunal ecclésiastique, et cela se serait peut-être mal terminé.»

«Pour un vœu fait dans un moment de grande affliction?»

«Même pour cela. Ils sont bornés, que voulez-vous.»

J'ai pensé pouvoir me permettre une question.

«Pourquoi donc avez-vous choisi les cordeliers, vous-même?»

Il a eu un rire sans gaieté.

«Je n'ai pas choisi, cher ami. J'étais un cadet de famille, je n'avais aucun choix. Dans ma petite enfance, on m'a fait étudier avec des princes, mais ensuite mon père m'a casé où cela était le plus commode pour lui. Plus tard, on m'a envoyé à Fontenay parce que, dans le monde franciscain, c'est un couvent important. Mais sa réputation est surfaite. Il a peut-être été exceptionnel un jour, mais c'est fini. Aujourd'hui, les moines ignorants y sont légion.» Il a cherché les trois autres cordeliers du regard, mais ils étaient trop loin pour entendre. «Je ne sais pas si vous avez appris que la Sorbonne va interdire Martin Luther et tout ce qui est vu comme émanant de lui. Les livres grecs, notamment – on se demande un peu pourquoi.»

«Non, je ne le savais pas.»

«Ce n'est pas encore fait, mais cela ne saurait tarder. Ce jour-là, mes supérieurs feront la preuve de leur imbécillité avec un zèle incomparable. Les bénédictins sont différents. Et j'aurais déjà demandé une dispense pour changer d'ordre, n'était-ce que j'ai aux cordeliers de Fontenay un ami, Frère Pierre Lamy. C'est un saint, il m'encourage à ignorer les algarades. Et c'est un grand savant. Ces dernières années il a rendu au monastère de Puy-Saint-Martin une réputation qu'il ne mérite plus depuis longtemps. On y vient pour le voir. Mais à part lui...»

«... il y a vous.»

«Ne me flattez pas, jeune homme. Moi, je suis un bavard, et un bavard très doué, même. Je n'hésite pas à commettre le péché d'orgueil pour vous le dire. Grâce à ma faconde, je vais prêcher dans les campagnes, tant qu'on ne me l'interdit pas. Mais cela pourrait encore venir.»

«Comment se fait-il que vous connaissiez si bien les simples?»

«Je les étudie depuis ma plus tendre enfance. D'abord les paysannes puis les moines herboristes m'ont tout appris. Le corps humain m'intéresse. Je n'arrive pas à me défaire de l'idée que nous pourrions éviter certaines maladies.» Il a baissé la voix. «Frère Pierre et moi avons mis la main sur un texte d'Hippocrate de derrière les fagots – c'est-à-dire d'avant les manipulations des bigots. Je l'ai appris presque par cœur.» Un soupir à décoiffer un parterre de béguines. «Si on me laissait faire, je serais médecin.»

Il a regardé un instant droit devant lui, puis a changé de discours:

«Mais vous, et votre savant Maître, parlez-moi un peu de vous.»

Je n'avais pas le don d'éloquence qui était effectivement le sien. J'ai dépeint tant bien que mal mon apprentissage. Oudin s'était approché de nous et complétait de temps à autre par un détail.

Ils ont fini par discuter entre eux des vertus de Maître Lefèvre, avant que Frère François ne pose à Oudin la question qu'il redoutait:

«Comment se fait-il que vous ayez l'accent poitevin?»

«Euh... j'ai quitté la région il y a longtemps.»

«Mais vous êtes d'ici?»

Oudin lui a lancé un regard indéchiffrable.

«Je suis un enfant trouvé. On ne sait pas trop d'où je viens. Lorsque j'étais plus jeune, des gens comme ceux qui vous empêchent de lire le grec prétendaient que je devais être issu du diable, pour être aussi grand. Je ne peux rien vous dire de plus.»

«Aussi, cher Oudin, racontez-moi plutôt une de vos excellentes histoires.»

«Je vais vous raconter celle... Non, après tout, celle-là, tout le monde la connaît.»

Maître Rabelais (j'ai beaucoup de peine à appeler cet homme-là «Frère François»; déjà, à l'époque, il avait si peu de l'homme d'Église) a serré le bras d'Oudin avec force.

«Je vous arrêterai si elle m'est familière. De quoi traite-t-elle?»

«De la Grand'Goule. Vous la connaissez?»

«Il y a à Poitiers une fête de la Grand'Goule, c'est celle-là?»

«Précisément celle-là. Je tiens l'histoire de Jean Formond, le sacristain.»

«Merveilleux conteur. Je l'ai entendu, une fois. Bon, alors?»

«Cela se passe au temps de jadis, au couvent de Sainte-Croix, où vivent les filles de sainte Radegonde. Un beau jour, la Dame Abbesse envoie une nonnette chercher une bouteille de vin de messe à la cave. La nonnette est descendue. Le soleil chemine longtemps dans le ciel, et encore une fois longtemps, elle ne revient pas. La Dame Abbesse envoie une deuxième nonnette à la recherche de la première. Le temps passe, elle ne revient pas. Tout le couvent est en émoi. Une troisième nonne décide de descendre. Elle y va et pfft! Elle est comme engloutie.»

Oudin a fait une pause pour nous faire savourer l'horreur de la situation. Personne n'a pipé mot, il a poursuivi, satisfait de l'effet produit:

«Les pauvres femmes étaient paralysées de terreur, et plus personne n'osait descendre dans les caves. Plus personne sauf une vieille nonne pleine de bon sens, qui s'est dit qu'il y avait là anguille sous roche: toutes les sœurs qui disparaissaient étaient jeunes et mignonnes. Elle est donc descendue dans les caves en se demandant ce qu'elle y verrait – et à vrai dire elle a commencé par ne rien voir, car il faisait noir comme dans un four. Mais au bout d'un instant, venue de loin, elle a vu approcher une lumière, puis deux, et soudain elle a compris ce que c'était: des yeux flamboyants, qui précédaient le corps monstrueux d'un énorme dragon aux ailes de chauve-souris, aux écailles vertes, à la queue de scorpion recourbée, qui ouvrait sa large gueule et dardait sa langue.»

«C'était la Grand'Goule?»

«C'était la Grand'Goule. La pauvre vieille a commencé par être épouvantée. Mais c'était une femme de bon sens, je vous l'ai dit. Sans plus tarder elle a recommandé son âme à Dieu et s'est signée dévotement: au nom du Père, du Fils et du Saint-Esprit. D'un seul coup le dragon a poussé un grand cri, a battu des ailes et a disparu.»

«Aussi facilement que cela?»

«Aucun diable ne résiste au signe de la Croix, vous le savez mieux que moi.»

«Ce dont nous déduirons que les précédentes nonnettes n'avaient pas fait preuve de toute la dévotion voulue», a observé, sarcastique, Maître François. «À moins qu'en touchant de la jeune chair féminine le dragon ne se soit soudain transformé en prince charmant. Tous les miracles sont dans la nature. Alors le dragon a disparu?»

«Attendez. La vénérable nonne a rendu compte de son exploit à sa Mère Abbesse. On ne savait pas si le dragon avait disparu à tout jamais, ou s'il reviendrait. Dans l'émoi général, on a décidé de commencer une neuvaine. Aussitôt dit, aussitôt fait. Et au huitième jour, comme le coq chantait annonçant les matines, sainte Radegonde, émue des lamentations de ses filles, a prié si fort Notre-Seigneur pour qu'il délivre le couvent qu'il l'a exaucée. Sa prière, partie du haut du ciel à la manière d'un projectile, a atteint la Grand'Goule dans les airs, comme un coup d'arquebuse. Et le dragon est tombé raide mort sur terre.»

Comme d'habitude lorsque Oudin racontait une histoire, les voyageurs s'étaient approchés, et sauf les hommes qui étaient tout devant et ceux qui étaient tout derrière, chacun avait écouté le conte.

«Raide mort?» a dit Maître Hugues d'une voix pleine d'admiration après un petit silence.

«Oui, raide mort. Du moins c'est ainsi que la chose m'a été racontée par le sacristain de Notre-Dame-la-Petite, et son récit m'a paru véridique.»

La voix d'Oudin s'était faite si solennelle que tout le monde a éclaté de rire.

«Et pourquoi avez-vous hésité à nous faire ce conte?» a demandé, facétieux, Frère François.

«Vous savez ce que c'est. On ne sait pas ce que ce dragon faisait avec ces jeunes femmes. Il les a peut-être mangées toutes crues, auquel cas elles auraient été des martyres. Mais s'il les avait dévergondées?»

«Peut-être étaient-elles nonnes contre leur gré. De pauvres filles dont la famille avait voulu faire l'économie de la dot.»

«Possible.»

«Je ne trouve pas convenant de plaisanter avec le signe de la Croix», a grommelé un des cordeliers.

Oudin a regardé de mon côté et a levé les sourcils comme pour signifier: «Je l'avais bien dit.»

Mais un autre des moines a fait un geste d'apaisement en direction du premier:

«Laissez, mon frère. Cette histoire raconte, en somme, le triomphe du Bien sur le Mal, et si la description du mal a quelque chose de lascif – eh bien, c'est parce que c'est le Mal, justement.»

Plus personne n'a rien dit pendant longtemps. C'est Oudin qui a finalement repris, d'une voix quelque peu émue.

«Nous allons arriver à Fontenay, dans une heure au plus.»

Bientôt, nous avons été au carrefour où nous nous séparions. Nous bifurquions à droite, pour entrer dans le faubourg des Loges où, si j'en croyais les indications de Maître Antoine, nous arriverions bien vite chez les Augereau. Le reste de la caravane a continué tout droit. Le marchand allait à l'auberge de Fontarabie. Et les moines poursuivaient quelques minutes au-delà de cette auberge, jusqu'à leur couvent.

«Que Dieu vous bénisse, qu'il bénisse Maîtresse Augereau, et annoncez-lui ma visite», a dit Maître Rabelais en prenant congé.

Nous nous retrouvions, nous aussi, soudain très seuls. Il faisait déjà nuit, et les seuls bruits qu'on entendît étaient le tintement d'une cloche et des piaillements de volaille. Mais la présence d'Oudin était rassurante. Nous avons laissé l'église Saint-Nicolas sur notre droite et là, à gauche, au coin de la rue des Loges, nous avons trouvé la maison.

Ma mère a été soudain prise d'un accès de timidité.

«Peut-être aurions-nous dû aller à l'auberge, nous aussi.»

«Mais non, Mère! Nous sommes attendus.»

«Mais nous ne savons pas ce qu'ils en pensent.»

«Mère, il suffit qu'ils vous voient, que peuvent-ils penser de vous sinon du bien?»

«Je ne sais pas, je...»

«Vous savez quoi, Maîtresse Garamond? Je vais faire comme si vous étiez Maître Lefèvre. Je vais frapper et annoncer votre arrivée. Si colère il doit y avoir, c'est moi qui la prendrai, et j'ai la poitrine assez large. Je pense aussi que la mère de Maître Antoine ne peut pas se fâcher en vous voyant, mais autant prendre nos précautions. Tenez-vous à l'écart, j'y vais.»

J'ai pris la bride des chevaux (car j'avais continué à monter, et je commençais même à savoir m'y prendre) et celle du mulet, et Oudin est allé frapper.

Une servante est venue ouvrir, une chandelle à la main.

«Veuillez prévenir Maîtresse Augereau que j'arrive de Paris avec un message de son fils, je vous prie», a-t-il dit de sa voix la plus ronde, avec une inclination de tête du plus bel effet.

«Je vais voir», a marmonné la servante. Elle a laissé Oudin sur le seuil et lui a refermé la porte au nez. Mais cela n'a pas duré. Cette même porte s'est rouverte avec violence et une voix impérieuse a dit:

«Où est-il?»

«Je suis là, Maîtresse Augereau», a dit Oudin d'une voix paisible – et même s'il n'avait rien dit, on n'aurait pas pu le manquer. «J'ai quitté votre fils ce matin, il allait à Maillezais, mais Maîtresse Garamond et son fils Claude sont ici et…»

Maîtresse Augereau n'était encore pour nous qu'une vague silhouette dans l'ombre. Elle s'est retournée, a pris la chandelle et l'a levée haut. Cela a éclairé un visage fin, des traits autoritaires sous une coiffe blanche.

«Où est-elle? Où est-elle, cette pauvre femme à laquelle mon fou de fils a fait traverser le royaume juste pour que je la voie? Pauvre créature! Et cette sotte qui vous laisse dehors.»

J'ai poussé ma mère (qui essayait de se cacher derrière nos montures) vers la porte et j'ai suivi à deux pas, en tenant les brides.

Maîtresse Augereau a tourné la tête au bruit que nous avons fait et s'est précipitée. Oudin l'a suivie et l'a délicatement débarrassée de la chandelle, qu'il a tenue assez haut pour éclairer la rencontre.

Les deux femmes se sont fait face en silence, ma mère parce qu'elle était paralysée de peur, la mère de Maître Antoine parce qu'elle examinait la nouvelle venue d'un regard intense. Enfin elle a souri, a ouvert les bras en disant:

«Soyez la bienvenue, ma chère Françoise.»

Et elle l'a prise dans ses bras. Sur quoi ma mère, qui pendant tout le voyage avait sorti oui et non dix phrases par jour, a fondu en larmes – de soulagement, je gagerais.

Maîtresse Augereau lui tapotait le dos.

«Elle est vraiment charmante», a-t-elle dit à Oudin d'une voix attendrie. Puis son regard s'est porté sur moi. «Et voilà votre fils, l'apprenti de mon Antoine, je pense.»

«Madame...»

«Allons, ne restons pas là, entrons.»

«Je m'occupe des chevaux et des bagages», a dit Oudin.

Maîtresse Augereau nous a poussés vers la maison.

«Je ne sais pas si on trouvera un lit pour vous, Monsieur.»

«Pas Monsieur: Oudin, tout simplement, Maîtresse Augereau. C'est un problème que je dois résoudre souvent. Je dors généralement par terre et m'en trouve fort bien.»

Nous sommes entrés. Nous sommes montés à l'étage où, dans une grande cuisine, la servante s'affairait autour de l'âtre. Il y avait là une femme qui ressemblait fort à Maîtresse Françoise, qui nous l'a présentée:

«Ma sœur cadette, Jeanne.»

Ce devait être la femme que son mari avait tant battue dont Maître Antoine m'avait parlé.

Cela sentait bon la soupe et le rôti.

«Je ne savais pas si vous arriveriez hier, aujourd'hui ou demain, aussi avons-nous décidé de préparer le pot hier déjà. Allez vous défaire, Victorine va vous montrer vos lits.»

Quelques minutes, et nous étions de retour. Oudin était arrivé aussi, et Maîtresse Augereau nous a fait asseoir autour d'une table chargée de succulentes victuailles.

«Nous ferons une vraie fête lorsque mon fils arrivera, surtout s'il amène la bonne nouvelle que nous espérons tous, mais dont nous ne parlerons pas tant que cela ne sera pas fait. Je ne vais pas non plus envoyer chercher mes autres fils pour ce soir.»

«Vous n'avez que des fils?»

«Il me reste une fille qui a épousé un orfèvre et vit à Bordeaux, les deux autres sont mortes en bas âge. Et j'ai quatre fils. À part Antoine, il y a François, mon cadet, qui est homme de loi, Louis qui est maître maçon et tailleur de pierres et Charles qui est orfèvre. Allons, assez de bavardages, venez vous asseoir.»

Nous nous sommes mis à table. J'avais l'étrange impression, en ce lieu qui m'était parfaitement inconnu une heure auparavant, d'être arrivé chez moi, et je voyais que ma mère perdait peu à peu sa timidité: Maîtresse Augereau avait su nous mettre à l'aise.

XV · Comment, à Fontenay-le-Comte, Maître Antoine Augereau, veuf Bocard, épouse Françoise Barbier, veuve Garamond

Quelles que fussent nos occupations, pendant quelques jours nos esprits n'étaient remplis que d'une seule chose: nous attendions l'arrivée de Maître Antoine. J'ai fait la connaissance des frères Augereau, ils m'ont parlé de leur travail, ils m'ont amené chez eux, à l'autre bout de la rue des Loges, près du pont; l'avocat m'a amené au tribunal, et chez lui. Il vivait Grand-Rue, à l'intérieur des murs, comme la plupart des gens de robe. Lui aussi avait étudié à Maillezais, puis à Poitiers. J'étais pour les Augereau comme un jeune frère, puisque j'avais été l'apprenti de leur frère. On voyait que l'orfèvre et le maître maçon étaient plus âgés que Maître Antoine. Ils étaient grands et carrés comme lui, et comme leurs oncles les maîtres maçons, dont nous avons également fait la connaissance; l'homme de loi, le cadet, était aussi grand que ses frères, mais sans leur carrure. Cependant, ils avaient tous les trois les yeux gris, le sourire, le cheveu noir (avec quelques fils blancs pour les aînés) de Maître Antoine.

Pour mon exploration de Fontenay, j'étais seul. Ma mère n'est pour ainsi dire pas sortie de la maison. Oudin, qui une fois à Fontenay n'a même plus songé à avoir peur d'être reconnu, s'est éclipsé avec un: «Ne vous occupez pas de moi, je reviendrai.»

J'ai appris par la suite qu'il s'était mis en quête de la femme qui l'avait sauvé, qu'il l'avait retrouvée, qu'en quelques jours il avait remis en état la cahute où elle vivait misérablement et l'avait meublée. Elle l'avait présenté comme son neveu : le geste de reconnaissance d'Oudin a finalement été le meilleur des camouflages. Personne n'a reconnu en lui le fugitif d'antan.

Je savais cela parce que la femme en question (une petite vieille, les yeux rieurs sous une coiffe immaculée) m'avait arrêté rue des Loges et m'avait dit que si j'avais besoin d'Oudin, je n'avais qu'à demander « la Philippe » à la boutique qu'elle me désignait du doigt.

Je suis monté dans la ville proprement dite, me suis attardé aux abords du pont des Loges, au bord de la Vendée, à contempler le trafic des embarcations qui allaient vers la mer ou en venaient.

Je suis allé prendre congé de Maître Hugues, notre marchand, qui continuait sur La Rochelle avec sa caravane et ses hommes. Les deux bandits de grand chemin s'étaient fondus dans le groupe, et plus personne ne se souciait de leur provenance. L'un d'eux avait, au bout de quelques jours, commencé à chanter d'une belle voix tout un répertoire de chansons populaires de Picardie, dont il nous avait dit que sa mère était originaire.

Mais le temps était comme suspendu. Nous attendions Maître Antoine. Fêterions-nous? Le retour serait-il heureux? Il me semblait qu'un vœu fait dans un moment de grand chagrin ne pouvait pas être définitif. Ce n'est pas ainsi que les Augereau voyaient les choses. Je l'ai réalisé le matin du troisième ou du quatrième jour, lorsque, après le déjeuner, et avant d'aller s'enfermer avec ma mère, Maîtresse Augereau m'a dit d'un ton brusque :

« Allez donc jusqu'à l'église Notre-Dame prier pour la réussite de l'entreprise. J'ai tant prié saint Nicolas qu'il doit être fatigué de m'entendre. Plus le temps passe, plus je me dis qu'il nous faut l'intercession de la Vierge. »

Elle était dans le secret du mariage projeté et, pour que rien ne transpire, elle n'en parlait que par litotes. À elle aussi, comme à moi, et sans doute encore plus à ma mère, chaque heure paraissait une éternité. Je préférais rester optimiste, à l'instar de Frère Rabelais, à qui Maître Antoine avait fini par se confier et qui nous avait rassurés : à Maillezais, on était plus ouvert qu'ailleurs.

« L'évêque de Maillezais, c'est Geoffroy d'Estissac, un garçon charmant, avec qui j'ai fait une partie de mes études. Je ne doute pas qu'il comprendra dans quel esprit le vœu de Maître Antoine a été fait, et qu'il sera favorablement impressionné par ses scrupules. D'autres auraient fait ce genre de vœu in petto et se seraient empressés de l'oublier le jour où ils auraient eu envie de se marier. »

J'ai parcouru le faubourg des Loges, une longue rue pleine de marchands de toutes sortes, aux enseignes encore plus serrées les unes contre les autres qu'à Poitiers (et c'est tout dire). François, le frère avocat de Maître Antoine, m'a expliqué que c'était là la rue la plus marchande de Fontenay. À l'intérieur des murailles il y avait des échoppes, et le marché. Mais on trouvait là-haut surtout l'artisanat le plus spécialisé, les orfèvres par exemple. C'est là que les frères Augereau avaient leur boutique. J'ai bientôt constaté, par ailleurs, que si l'on comptait un nombre impressionnant de tanneurs – l'odeur de leur commerce se répandait partout – il n'y avait pas à Fontenay un seul imprimeur.

À l'église, j'ai supplié le Seigneur d'exaucer les vœux de ma mère. Dans la pénombre, je me suis dit qu'elle ne devait pas avoir été très heureuse avec mon père. Jamais elle ne s'était plainte, elle avait toujours été d'une gaieté qui m'avait paru inaltérable. Mais maintenant que je n'étais plus un enfant, je voyais à quel point elle tenait à Maître Antoine ; je doutais qu'elle ait jamais éprouvé semblable sentiment pour mon père.

À la sortie de l'église, j'ai rencontré Frère Rabelais. Je me suis exclamé :

« Quel heureux hasard ! »

« Mon cher ami, ne parlez pas de hasard. » Il a désigné du doigt un point au-delà de la fortification. « Notre couvent est juste au pied de ces murailles, à quelques pas d'ici. Vous savez la nouvelle ? »

« Quelle nouvelle ? »

Il a baissé la voix et m'a confié :

« Votre Maître Antoine a été relevé de son vœu. Ceux de Maillezais sont raisonnables, je vous l'avais bien dit. Il n'y a même pas eu besoin de recourir à Monseigneur d'Estissac. Lorsque sa bénédiction est arrivée, tout était déjà arrangé. » Et il a ajouté avec une nuance d'amertume dans la voix : « Heureusement pour Maître Antoine, il n'était pas cordelier. »

Il m'a semblé que c'était la réponse immédiate à mes prières et j'ai mentalement remercié le Seigneur. Il m'enlevait un grand poids du cœur, et il m'a fallu un instant pour trouver mes mots.

« Mais il est toujours clerc ? »

Cela a fait rire Frère François.

« Bien sûr. On ne peut pas lui ôter le savoir qu'il a acquis au cours de longues années d'études. »

« Comment connaissez-vous la nouvelle ? Maître Augereau est revenu à Fontenay ? »

« Non, pas encore. C'est moi qui suis allé à Maillezais hier. Le prieur lui a proposé une retraite de trois jours avant de repartir. Je ne l'ai donc pas rencontré. Mais tous les moines en parlaient, avec sympathie, je suis heureux de vous le dire. Il ne saurait tarder. Un jour ou deux au plus. Vous allez pouvoir fêter le mariage. »

Il a pris congé en me lançant :

« Ne manquez pas de m'inviter. Je suis un joyeux convive. Faites simplement dire au frère portier que Maîtresse Augereau me demande. »

« Comptez sur moi. »

Je n'ai rien dit à ma mère. Et si Frère François s'était trompé ? Autant attendre que Maître Antoine revienne. Il est arrivé le lendemain de ce jour-là, sur le cheval que Maître Hugues avait absolument voulu qu'il garde :

« Nous l'avons pris à des voleurs, et vous avez autant de mérite qu'un autre. Il est à vous ! »

« À Fontenay, ou en voyage, c'est facile. Mais à Paris… je ne saurais où le mettre. »

« À Paris, vous me le ramènerez. J'ai une étable. Et puisque vous y êtes, gardez aussi un cheval pour parfaire l'éducation de Maître Claude. Vous me l'amènerez avec l'autre. À la Halle au Vin, tout le monde me connaît. »

J'étais incapable de faire quoi que ce fût. J'ai erré sans but. Cela m'a permis de constater que, outre les tanneurs, il y avait à Fontenay un nombre considérable de marchands de drap. Je suis entré chez l'un d'entre eux parce que son échoppe, située au milieu de la rue des Loges, était plus grande que les autres. La tête ailleurs, j'ai commencé à tâter les étoffes d'une main qui devait avoir gardé quelque chose de son savoir-faire, car soudain le marchand s'est trouvé près de moi.

« Puis-je vous montrer ce qui vous intéresse, Messire ? »

J'ai senti le sang me monter au visage.

« Excusez-moi, je ne suis pas acheteur. C'est que… J'ai travaillé à la boutique de mon père qui était marchand de drap lorsque j'étais enfant et cela a été plus fort que moi. Aujourd'hui je suis imprimeur. » Je lui ai tendu la main. « Claude Garamond, pour vous servir. »

« Garamond ? Vous êtes le fils de Maître Garamond, à l'enseigne de Sainte-Anne à Paris ? »

« Si fait. Vous connaissiez mon père ? »

« Et où croyez-vous qu'il achetait ses étoffes ? Il venait souvent pour les foires, à la Saint-Jean, à la Saint-Pierre, ou pour la plus grande de toutes, la Saint-Venant, en octobre. Je lui ai vendu des étoffes tissées dans la région. D'autres marchands m'ont dit qu'il avait succombé à un terrible mal. Vous avez ma sympathie. »

« Merci. »

« Mais si vous êtes imprimeur, qu'en est-il de votre boutique de drapier ? »

« C'est mon frère qui l'a reprise. Nul doute que vous ne fassiez un jour sa connaissance. »

Je suis parti en le laissant sur sa faim, il ne comprenait pas ce que je faisais là. Je suis allé m'enquérir auprès de ma mère, qui avait encore plus besoin que moi qu'on la distraie un peu.

« Mais oui, ton père venait régulièrement à Fontenay. Tu ne t'en souviens pas ? »

« Je me souviens qu'il partait, mais j'avoue n'avoir jamais prêté attention à sa destination. »

« Il considérait que Fontenay était un des plus grands marchés de France pour les étoffes, il s'en tisse beaucoup dans la région et, au moment des foires, il en vient de partout, même des pays les plus lointains. Moi, je n'étais jamais venue parce qu'il fallait bien que quelqu'un fasse marcher la boutique. »

Ces petits échanges ne nous distrayaient que pendant un instant, nous étions tous l'oreille aux aguets pour surprendre le trot d'un cheval.

Mais c'est finalement au galop que Maître Antoine est arrivé le lendemain de ce jour-là, peu avant les Vêpres – et toute la maison l'a entendu.

J'étais à la cuisine. Malgré mon envie, je ne suis pas allé à la porte. J'ai laissé ce soin à ma mère, ou à la sienne. La servante m'a regardé sans rien dire, nous sommes restés là, tendant l'oreille pour tenter de comprendre quelque chose dans le brouhaha des voix. Enfin ils sont entrés. Maîtresse Jeanne soutenait ma mère, qui était en larmes. Maître Rabelais se serait-il trompé ?

Et puis j'ai vu les yeux de Maître Antoine, et j'ai poussé un soupir de soulagement : ma mère pleurait d'émotion, et non de chagrin. Je me suis avancé et je les ai embrassés tour à tour. Moi aussi, j'avais les larmes aux yeux.

Maîtresse Augereau, que tout le monde appelait Maîtresse Françoise, ce qui n'arrangeait rien, car ma mère aussi s'appelle Françoise, a fait son entrée.

«Nous allons fêter ma future bru ce soir», a-t-elle dit d'une voix rieuse. «Claude, pensez-vous que vous pourriez aller avertir mes fils que leur frère est arrivé?»

«Avec plaisir, Madame.» J'ai attrapé mon couvre-chef et me suis précipité.

Charles et Louis, généralement discrets et plutôt effacés, ont poussé un hurlement de joie qui doit s'être entendu à une lieue. Ils ne pouvaient pas venir immédiatement, mais que leur mère compte sur eux, leurs femmes et leurs enfants: ils seraient là sous peu.

Quant à François, le jeune François comme l'appelait toujours sa mère, il a expédié un client à une vitesse époustouflante, a attrapé son chapeau et m'a entraîné:

«Je veux embrasser immédiatement ma future belle-sœur. Je suis très heureux. Très. Très heureux.»

J'ai été obligé de courir pour le suivre. Aussi, lorsqu'au bout de quelques pas il s'est arrêté pile, j'ai été si surpris que j'ai failli le bousculer. Il a ri de mon air perplexe.

«Vous savez, dans notre famille, nous sommes très proches les uns des autres. Cela fait des années que je n'ai revu Antoine mais, lorsque j'étais enfant, il s'est beaucoup occupé de moi. À Maillezais, il veillait sur moi, m'aidait dans mes études. Mais ce n'est pas pour vous raconter cela que je me suis arrêté, c'est parce que je me suis dit tout à coup qu'il fallait avertir André Tiraqueau. C'est un parent de notre mère, et c'est surtout un grand ami d'Antoine. J'espère qu'il n'est ni à Poitiers ni à Paris, il me semble l'avoir entrevu hier.»

Il empoignait déjà le heurtoir.

Une servante est venue ouvrir.

«Maître Tiraqueau est-il là?»

«Je vais voir s'il peut vous recevoir.»

Une jeune femme est arrivée en courant.

«Maître François! Venez, venez!»

«Ma chère Marie, je n'avais pas l'intention d'entrer. Comment allez-vous?»

«Très bien. Je suis en espérance.»

«Déjà?»

«Pourquoi, déjà? Votre filleul a quatre mois, après tout. D'ici à ce que celui-ci arrive, il aura plus d'un an. Entrez, entrez tout de même.»

François a fait les présentations et elle est repartie en courant comme elle était venue.

André Tiraqueau est arrivé sur ces entrefaites. C'était un homme grand et maigre, l'air solennel jusqu'à ce qu'il sourie. On remarquait alors ses yeux rieurs.

«Comment? Antoine à Fontenay! Libéré de son vœu! Sur le point de se marier! Mais il faut que je vienne chez vous immédiatement.»

En un tournemain il était dehors, et nous avons eu de la peine à le suivre. En route, il m'a soumis à un véritable interrogatoire, on se rendait vite compte qu'on avait affaire à un avocat.

«C'est magnifique», a-t-il fini par conclure. «J'ai toujours pensé que vouloir rester veuf à vie, c'était une erreur, et qu'Antoine était fait pour le mariage, je connais peu d'hommes aussi paternels que lui, il a sans doute été pour vous un maître d'apprentissage parfait.» Il ne m'a pas laissé le temps d'acquiescer. «J'ai rarement vu quelqu'un apprendre le grec avec une telle promptitude. Et puis, ce que j'aime chez lui, c'est qu'il a à la fois la sagesse de l'artisan et le raisonnement du clerc. C'est rare. Nous autres gens ordinaires sommes ou l'un, ou l'autre. Il faut qu'il vienne à un de nos cénacles, pendant qu'il est là.»

«Un de vos cénacles?»

«Nous nous réunissons sous la tonnelle de mon jardin lorsque le temps est beau, à l'intérieur lorsqu'il est inclément, et nous discutons. Vous serez le bienvenu, jeune homme.»

J'ai remercié, me disant qu'en si belle compagnie on s'apercevrait vite que tout en ayant été son apprenti je n'étais pas l'égal de Maître Antoine : comme Maître Tiraqueau, je n'avais qu'une forme de sagesse, et la mienne n'était pas celle du clerc.

La soirée s'est passée en fête, on aurait cru que c'était déjà la noce, mais la cérémonie a été fixée pour le dimanche suivant. Maître Tiraqueau a suggéré que le mariage soit célébré par Frère Rabelais, mais la mère Augereau y a mis le holà :

« Il n'en est pas question. Ce sera le curé de Saint-Nicolas, c'est déjà lui qui a baptisé Antoine et François, il était tout jeune à l'époque ; il a été notre bon ami depuis, et nous ne lui ferons pas cet affront. »

Maître Antoine a avancé une main :

« Maître André voit en Frère François un choix symbolique, Mère, mais quelque bonne que soit son idée, je ne voudrais être marié par personne que notre bon curé. Je n'aurais accepté un autre ministre que si le prieur de Maillezais avait insisté pour célébrer la noce lui-même. Mais il ne l'a pas fait. »

Lorsque l'heure est venue de s'en aller, Maître Antoine s'est levé pour partir avec eux.

« L'usage veut que les mariés ne se voient pas pendant les trois jours qui précèdent la noce. Comme vous n'avez pas de famille à Fontenay, ma mie, vous restez ici avec votre fils, et je vais ailleurs. Avant que je ne vous quitte, permettez-moi de vous offrir cette paire de gants. C'est aussi l'usage. »

Et il a chanté :

Vous ne les porterez, ma belle
Rien que trois fois l'an :
La première à Pâques,
L'autre à la Saint-Jean,
La troisième à vos no-o-oces.

Et vous, ma mie, devriez répondre :

Les vôtres et les miennes
Se feront en même temps.

Il lui a solennellement remis ces gants blancs au crochet, avant de se lever pour partir.

« Vous venez chez moi, Antoine, je n'accepte pas le refus », a dit Maître Tiraqueau. Les trois frères ont assuré que chez eux aussi... Mais c'est finalement Maître Tiraqueau qui a gagné.

« Viens me voir, toi », m'a lancé Maître Antoine en partant.

Le lendemain, Maîtresse Jeanne m'a tiré du lit à l'aube et j'ai passé la journée à courir des uns aux autres, porteur de messages, d'objets divers. Je me suis demandé plusieurs fois quel cadeau je pourrais bien faire aux époux, et c'est finalement le marchand de drap dont j'avais fait la connaissance qui m'a inspiré ce qu'il fallait. Maintenant que je pouvais lui donner la raison de ma présence, je la lui avais expliquée et il m'avait suggéré :

« Vous devriez offrir à votre mère une coiffe poitevine de mariée, d'autant plus que vous êtes, ici, sa seule famille. C'est la mère de la mariée qui la donne le plus souvent. Mais son fils fera l'affaire. J'ai une superbe dentelle de Bruges exprès pour cela, et nous avons juste le temps de la coudre d'ici dimanche. »

J'ai accepté, après qu'on m'a montré un dessin qui m'a beaucoup plu. Il est allé, *de ratille*, comme aurait dit Maître Antoine, examiner ma mère à distance pour se faire une idée des dimensions de sa tête, et a exécuté un petit chef-d'œuvre.

Lorsque enfin je suis arrivé chez Maître Tiraqueau, l'après-midi était déjà bien avancé. J'ai trouvé Maître Antoine en grande discussion avec le maître de céans, et un médecin nommé Jean Brisson.

Pendant qu'on discutait, Maître Antoine façonnait un morceau de bois dont je ne comprenais ni la forme ni l'usage.

« Regarde bien ces deux hommes, Claude », m'a-t-il dit. « Ils sont en train de faire pour le droit et la médecine ce que Maître Lefèvre fait pour les saintes Écritures : leurs commentaires les débarrassent des scories d'un autre âge. Ils adaptent ces sciences aux Temps Nouveaux. »

« Et vous n'avez pas d'ennuis avec la Sorbonne ? » me suis-je enquis timidement.

Maître Tiraqueau a fait un grand geste.

« Nous pourrions en avoir, mais ce ne sera probablement pas le cas tant que nous ne toucherons pas directement à la religion ; il faut avoir l'esprit subtil pour voir en quoi nous faisons évoluer les choses. »

Et la discussion a repris, plus souvent en latin qu'en français. Trop subtile en effet pour que j'en retienne quoi que ce soit.

Avant de partir, j'ai tout de même demandé à Maître Antoine ce qu'il faisait avec le morceau de bois qu'il n'avait pas cessé de travailler, tout au long des débats les plus vifs.

Il me l'a présenté et j'ai alors constaté qu'il était magnifiquement sculpté.

« C'est encore un usage du pays, sais-tu. Le marié offre une quenouille à sa mie. Je ne sais pas si ta mère filera la laine à Paris. Mais qu'elle le fasse ou non, j'ai pensé que je ferais comme mon père, comme mon grand-père, et son grand-père avant lui. » Il a souri. « Vois-tu, Claude, pour aller vers les Temps Nouveaux d'un pas assuré, il faut être solidement enraciné dans la tradition, sinon le premier coup de vent emporte tout. »

« Maître Antoine a cet avantage sur nous », a commenté Maître Brisson, « qu'avec ces mains habiles qu'il a, sa quenouille, il la crée lui-même. Nous, nous la faisons exécuter par d'autres. »

J'ai encore assisté à deux de ces réunions. Une fois en présence de Frère Rabelais et d'un autre cordelier, dont le nom était Frère Pierre Lamy, celui à cause duquel Frère François hésitait à changer d'ordre. Ce Frère Lamy était très grand et d'une maigreur à côté de laquelle Frère François paraissait tout en rondeurs. Il avait un don qu'il partageait avec Maître Antoine : il savait expliquer très simplement des choses très compliquées. Maître Tiraqueau m'a glissé à l'oreille que cet homme-là parlait l'hébreu et que, dans la cellule qu'il occupait avec Frère Rabelais, il y avait plus de science que dans tout Fontenay.

Enfin, dimanche est arrivé.

La veille, Maîtresse Françoise m'a envoyé chercher Oudin, qui est arrivé de bon matin et s'est mis à déplacer en se jouant meubles et objets volumineux; il allait et venait les bras chargés, tout cela avec cette agilité et cette rapidité qui m'étonnent toujours de la part d'un homme aussi corpulent. C'est comme si son poids pourtant considérable ne comptait pas pour lui.

C'est étrange, un fils qui assiste au mariage de sa mère. Je ne sais comment le raconter.

La tradition voulait que les invités aillent à l'église en procession, mais ici l'église n'était qu'à quelques pas. La procession a été courte. Il y avait d'abord un sonneur avec sa *veze*, comme ils disaient, moi j'appellerais cela une cornemuse. Puis venait ma mère à mon bras, entourée des dames et demoiselles d'honneur : Maîtresse Jeanne, les femmes des deux frères Augereau qui étaient mariés et leurs filles ; suivaient les invités ; et enfin, en tout dernier, venait le futur, conduit par sa mère.

L'église Saint-Nicolas débordait de monde : une petite foule a dû attendre dehors.

Pendant la messe, le prêtre a béni treize pièces d'argent. Oudin m'a expliqué qu'il en garderait trois pour lui, qu'il donnerait le reste au marié, qui les offrirait ensuite à sa compagne. Il a également béni un gâteau de mariage, apporté par Charles Augereau, dont les mariés devraient manger un morceau en sortant de l'église, et distribuer le reste. C'était la tradition.

Pendant que les paroles rituelles s'égrenaient, des images défilaient dans ma tête. Ma mère chantant pour moi lorsque j'étais tout petit. Ma première rencontre avec Maître Antoine, lorsque je n'envisageais ni d'être son apprenti ni même d'être imprimeur. À Venise, son sourire lorsque nous avions fumé la première lettre que j'avais gravée et que nous avions pressé le métal ainsi noirci à la chandelle sur un chiffon de papier pour en vérifier la forme, et son « Bravo, Claude ! » alors même que cette forme était fort imparfaite. Son visage le soir où mon père avait eu sa crise de folie. Ou lorsqu'il avait entendu pour la première fois les propositions de Maître Luther. Ou... Ou... Des moments qui se mêlaient dans ma tête comme un tourbillon et auxquels se superposaient les visages de ma mère et de Maître Antoine ce matin, en entrant à l'église. J'ai fini par ne plus rien distinguer, car les larmes m'obscurcissaient la vue. J'aurais souhaité que mon frère et ma sœur fussent là, eux aussi. J'aurais souhaité pouvoir me marier immédiatement avec Guillemette – bref, il me semblait que je me conduisais non comme un homme, mais comme un garçonnet.

Heureusement, à la sortie de l'église il fallait être à son affaire. La maison des Augereau n'était qu'à deux pas et, entre la porte du temple et celle de la maison, la foule était compacte. À quelques-uns, nous avions pour tâche de distribuer douceurs et boissons.

Plus tard, nous nous sommes retrouvés à vingt ou trente dans une grande salle. Le repas était somptueux, au sonneur de cornemuse s'était joint un joueur de flûte, ma mère était éblouissante sous sa coiffe de mariée, et Maître Antoine avait des allures de grand seigneur. C'était soudain comme s'il était un autre homme, un homme à qui on aurait ôté un immense poids des épaules. Il donnait la sensation d'avoir grandi.

Cette légèreté nouvelle a été particulièrement apparente lorsque avec ma mère, dont j'ai découvert qu'elle dansait fort gracieusement, il a ouvert le bal au son de ce que Frère Rabelais a appelé un branle double.

Attablé non loin de là, le moine racontait avec force gestes à une jeune fille qu'il semblait bien connaître et à laquelle, s'il n'avait été moine, j'aurais juré qu'il faisait la cour, une histoire dont je n'entendais que des bribes :

« Le Borgne de Py-Chabot, l'âme damnée de la Grand'Dent, a enlevé la fille de Thibault-le-Manchot, vieillard privé du bras droit, perdu à la guerre, ce qui le met hors d'état de tirer vengeance d'un tel affront. Dans sa détresse, l'infortuné père implore le secours du roi, occupé alors à rosser les Anglais dans le voisinage. Le roi accourt sans plus tarder ; mais le Borgne trouve asile, avec sa proie, dans le château de Fontenay, dont le siège est immédiatement entrepris et poussé avec tant de vigueur que le chevalier manchot, à la tête de mille bons compagnons, pénètre le troisième jour dans la forteresse. Déjà les cris de victoire se font entendre, déjà la porte du donjon cède sous les efforts des assaillants, lorsque à leurs yeux étonnés s'élève dans les airs la Mélusine, à califourchon sur une *acouette*, un manche à balai, portant en croupe son terrible fils, Py-Chabot, et sa captive, les sept cent soixante-dix-neuf gibiers de potence qui défendaient la place, et son gros matou noir, fort occupé à *ressouner* d'un moineau venu trop près de sa griffe. L'*acouette*, rapide comme l'éloise, franchit coteaux, bois et ravines, et va déposer sa charge sur la motte de Vouvent, où Mélusine se hâte de ramasser une dornée de pierres, dont elle bâtit plus bas la grosse tour, *pr'y caller, sans bourder, tot le drigail qu'a trainait dare lé*.

À peine la tour achevée et la porte fermée, on voit arriver le roi à bride abattue. Mieux édifié cette fois sur l'espèce d'ennemis qu'il a à combattre, il fait signe à l'armée de s'arrêter. Suivi d'un seul moine avec un bénitier, il arrose la tour de tant d'eau bénite qu'elle s'écroule aussi vite qu'elle s'était construite. »

Et le conte se perdait ensuite dans le brouhaha. J'ai juste entendu la morale de la fin :

« La légende n'apprend pas », a dit Frère François d'une voix sentencieuse, « si la jeune beauté, cause première de tant de bruit et de combats, se trouva heureuse d'échapper aux mains de son ravisseur ; elle dit seulement qu'elle épousa le lendemain Gilles Mussaprès, le plus beau garçon du Poitou. Depuis cette mésaventure, Mélusine a cessé de hanter ses anciens domaines, et Mervent, Vouvent et Lusignan, privés de leur fée, s'en sont allés en devallant. »

Je me suis dit que ma mère aussi avait épousé le plus beau garçon du Poitou et que…

C'est là que mes réflexions ont été interrompues par une des jeunes filles de la noce, qui est venue me tirer par la manche:

«Venez donc danser, fils de la mariée!»

Je me suis laissé entraîner et bientôt j'ai, moi aussi, été emporté par le tourbillon du branle double.

XVI · Comment nous revenons à Paris, commençons à mettre en pratique les Temps Nouveaux et rencontrons les premières difficultés

Nous sommes revenus à Paris, et du voyage de retour je ne dirai qu'une chose: que j'ai eu la satisfaction de voir ma mère et mon maître d'apprentissage heureux. C'est alors que j'ai compris le sens du mot félicité. Ces deux êtres s'étaient aimés en silence pendant des années, et maintenant qu'ils avaient – à grands frais, car un si long voyage avait pesé lourd sur les cordons de toutes nos bourses – rendu les choses publiques et officielles, et qu'ils avaient pu laisser éclater leurs sentiments au grand jour, un changement extraordinaire s'était opéré en eux. Je ne sais pas s'il était apparent pour tout un chacun. Mais pour moi qui les connaissais tous deux fort bien, il était manifeste.

C'était comme s'ils respiraient mieux. La chevelure rousse de ma mère était plus rousse, ses yeux d'un bleu profond plus bleus. Le sourire de Maître Antoine, qui lui avait toujours conféré un éclat particulier du fait qu'il avait, chose assez rare pour un homme proche de la quarantaine, une denture intacte, était encore plus éclatant, et l'impression que j'avais eue qu'il avait grandi est devenue permanente.

Maintenant que ma mère n'avait plus besoin de la caution d'honorabilité que j'avais été pour elle, je me suis un peu éloigné, et j'ai passé le plus clair de mon voyage de retour à discuter avec Oudin et avec l'un ou l'autre des voyageurs. Nous étions dans un train un peu différent de celui du voyage d'aller. Il avait été constitué à Fontenay par plusieurs marchands : étoffes, peaux, objets et vêtements de cuir et j'en passe. Chacun de ces marchands avait un ou deux hommes avec lui pour protéger son bien et sa personne, et nous étions ainsi gardés par une petite armée, qui a dû décourager toutes les tentatives, même sur les chemins réputés les moins sûrs, car nous avons regagné Paris sans encombre.

Le charroi entier a fait une halte à Poitiers, où nous sommes arrivés un jour alors que l'angélus de midi carillonnait aux églises, et sommes restés jusqu'au lendemain à l'aube, car plusieurs marchands avaient des affaires à y régler. Nous en avons profité pour aller à la boutique de Jacques Bouchet, et chez Maître Jean Augereau. Les félicitations et les vœux d'usage ont été adressés aux mariés. Mais l'heure n'était pas à la réjouissance : ils nous ont appris que la Sorbonne s'apprêtait sans doute à interdire les textes de Luther, et que beaucoup de ses idées seraient désormais bannies.

« Impossible », a commenté Maître Antoine. « Si ses idées sont bannies, alors la chrétienté tout entière est criminelle, car c'est par millions que les croyants sont outrés par les agissements de l'Église. »

Chacun a acquiescé. Nous ne mesurions pas ce jour-là la portée de l'événement.

Nous en appréciions d'autant moins les conséquences que, une fois nos pénates réintégrées, la vie n'a d'abord que peu changé. Les discussions ont continué comme auparavant : on comparait les mérites respectifs de Luther et d'Érasme, ouvertement et assez publiquement. Maître Lefèvre, je l'ai dit, préparait une nouvelle publication des saintes Écritures en français.

Quant à moi, je suis retourné chez Maître de Colines. Maître Antoine aussi, sauf lorsqu'il aidait Maître Bocard.

C'est à cette époque-là que j'ai, pour la première fois, pris conscience de la différence entre nous que je tiens aujourd'hui pour un fait. Je suis un artisan, lui était un savant. Je repensais souvent à ce que m'avait dit, avant même que je ne commence mon apprentissage, mon camarade Pierre Deau : nous n'étions pas assez instruits pour être des imprimeurs du calibre des Maîtres Estienne (Henri le père, mais aussi Robert le fils, qui gagnait quotidiennement en stature), de Maître Badius ou de Maître Augereau, pour ne mentionner qu'eux.

J'ai eu mes premières discussions sur ce thème avec Maître Antoine peu après notre retour de Fontenay. Je me plaignais de mon ignorance.

« N'exagère pas, Claude », s'est exclamé le Maître. « Tu n'es pas clerc, d'accord. Mais enfin tu parles et écris le latin couramment. Je te signale que Maître Lefèvre ne sait pas un mot de grec non plus, ce qui ne l'empêche pas d'être un savant. »

« Oui, mais lui il est versé en mathématiques, en astronomie, en médecine. Il a d'autres cordes à son arc. »

« Et toi ? Tu n'as pas une autre corde à ton arc, peut-être ? Tu as appris à graver les poinçons. »

« Mes poinçons ne sont rien à côté des vôtres. »

« Premièrement, j'ai quinze ans de plus que toi, j'ai eu le temps de les parfaire, et tu n'en es qu'à tes débuts. Deuxièmement, je t'avoue que je n'ai pas l'ambition d'entrer dans l'histoire comme un bon graveur de poinçons. »

« Et pourtant... »

« Si on devait se souvenir de moi, j'aimerais qu'on dise que j'étais un de ceux qui ont compris que nous sommes au seuil de Temps Nouveaux, où tout sera différent, et que par conséquent le texte, la grammaire, la typographie, l'impression, la reliure, la vente – tout sera différent. Sans parler de la langue. Je te prédis que, lorsque tout Paris saura lire, savoir le grec, cela n'aura plus beaucoup d'importance. C'est le vernaculaire, la langue française que ces Messieurs de la Sorbonne appellent aujourd'hui “le vulgaire”, qui sera la noble expression de nos pensées et de nos sentiments. »

Il s'est arrêté net, a fixé un point devant lui, perdu dans ses pensées, puis a éclaté de rire.

« Suis-je idiot ! La vérité, c'est qu'on ne se souviendra ni de moi ni, pardonne-moi de te le dire, de toi. Nous sommes des artisans, et la gloire d'un artisan doit être que son travail passe inaperçu, qu'il soit assez bon et assez discret pour que personne n'y prête une attention qui ne doit à aucun moment être distraite du contenu. Et cela, tes caractères le font dès aujourd'hui. Tu as encore besoin de te perfectionner, mais tu as des doigts de magicien. Tu avais compris les instruments une semaine après avoir commencé ton apprentissage. Ce n'est pas le cas de tout le monde, crois-moi, et j'ai aujourd'hui un apprenti dont j'ai le regret de dire, même si c'est ton futur beau-frère, qu'il ne sera jamais qu'un médiocre artisan. Je n'ai jamais pensé cela de toi, c'est pour cette raison que j'ai essayé de te transmettre tout ce que je savais. Parce que, en matière d'imprimerie et de gravure, j'ai très vite compris que je pouvais faire de toi mon héritier. »

Encore une longue pause.

« Vois-tu, Claude, un homme comme moi ne peut laisser à ceux qui viendront après lui ni sa parfaite connaissance du grec, qui ne me sert que pour ma satisfaction personnelle, et qui peut à la rigueur être un gagne-pain, ni ses études de théologie, qui n'ont jamais suscité en moi la moindre envie d'écrire. Il ne peut donner que son savoir-faire. C'est même, mon père l'a toujours dit, le devoir sacré de l'artisan que de passer à la postérité ce qu'il a appris. À nous bien sûr d'aller plus loin que nos aïeux n'ont pu le faire. Tu sais quoi ? »

«Quoi?»

«Tu devrais songer à faire ce que jusqu'ici personne n'a eu l'idée de mettre en pratique: te spécialiser. Être graveur et fondeur, et non imprimeur, puisque tu ne te sens pas assez savant. Tu as le don, le sens pratique, tu es jeune, et tu as la chance de vivre à une époque où tout est en ébullition.»

«Si cela ne s'est jamais fait, c'est pour de bonnes raisons. Le miel de l'édition, ce sont les libraires qui le récoltent. On ne peut pas vivre de la gravure et de la fonte. Vous n'y avez jamais songé, vous-même.»

«Parce que, moi, je suis venu au monde à une époque où les livres étaient une rareté. Chaque imprimeur faisait tout, c'est à peine s'il ne fabriquait pas lui-même le papier, mais je te signale que, lorsqu'ils font une commande, les patrons imprimeurs sont théoriquement encore censés fournir aux papetiers les chiffons nécessaires à son exécution. Cela va disparaître, j'en suis persuadé, pour la bonne raison qu'il va falloir inventer d'autres manières de faire le papier: on imprime de plus en plus de livres. Par conséquent, les artisans qui taillent un cicéro par-ci, un saint-augustin par-là, pour leurs besoins personnels, et qui à côté s'occupent de trouver des textes, de les remettre en état, de les imprimer et de les vendre, cela va disparaître. Tiens, l'autre jour Robert Estienne réfléchissait à la possibilité de te commander des poinçons pour un saint-augustin et un cicéro.»

«Pourquoi ne demande-t-il pas cela à Maître Simon? Ils se sont disputés?»

«Disons qu'ils ont des désaccords. Simon est plus respectueux du pouvoir, plus prudent que Robert. Et puis Simon est fixé sur son italique, en ce moment. Et Robert, tu le sais, s'est lancé dans un grand dictionnaire, dans des travaux philologiques, théologiques, scientifiques même maintenant que son frère Charles a décidé d'étudier la médecine; bref, il travaille dans toutes sortes de domaines, mais il n'a ni le désir ni le loisir de s'occuper de ses caractères, tout en ayant envie qu'ils soient neufs et beaux. Et quelle est sa première pensée? Je vais demander à Claude, qui en fait de très beaux...»

«Je parie que ce qu'il a dit c'est: je vais demander à Maître Antoine, qui fait de très beaux caractères, de me fournir une fonte dans chaque corps.»

Maître Antoine a eu un sourire embarrassé.

«C'est vrai, tu as raison, il a dit cela. Mais je n'ai pas l'intention de faire commerce de mes caractères. Jusqu'ici ils ne sont d'ailleurs qu'à l'état de projet, tout comme les tiens. Seulement, moi, j'ai autre chose à faire, je m'intéresse à des textes nouveaux, à..., à..., bref à trop de choses. Toi tu es beaucoup plus raisonnable. J'ai dit à Robert que je taillerais ces caractères pour honorer une promesse que je lui ai faite alors qu'il était à peine plus qu'un enfant, mais que je ne ferais cela qu'une seule fois, et que par la suite il faudra qu'il fasse appel à quelqu'un d'autre. Et c'est spontanément qu'il a alors dit: je travaillerai avec Claude.»

«Je ne suis qu'un modeste compagnon.»

«Il faut bien que tu prépares ta maîtrise. Et d'ailleurs Robert est toujours chez Simon de Colines et lui aussi doit faire sa maîtrise. Mais en attendant tu pourrais produire un alphabet. Tu pourrais en faire ton chef-d'œuvre, par exemple. Qu'en dis-tu?»

J'ai tout de suite vu l'intérêt que l'activité de graveur-fondeur pouvait avoir pour le médiocre latiniste que j'étais. Mais je n'ai jamais été un impétueux comme mon maître, et il a peut-être pris ma retenue pour du doute.

«Je t'assure, Claude, que nous allons vers des temps vraiment nouveaux. Chez Maître Bocard, je m'occupe depuis un certain temps avec lui de la publication de la *Summa theologica* d'Antonin de Pierozzi. C'est un archevêque qui est mort il y a plus d'un demi-siècle, et qui toute sa vie s'est battu pour une réforme de l'Église. Déjà. Cette Somme, qui est vraiment gigantesque, est un traité de morale comme personne n'en avait conçu auparavant. Et il y a tant de gens qui veulent la lire, que même Maître Bocard a fini par accepter de la publier, lui si réservé et prudent d'habitude. Il présente cela comme un traité de droit, mais il n'est pas dupe. Il a vu l'intérêt du texte sans que je lui dise le moindre mot. Il a même observé que cet Antonin avait écrit en 1450 à Florence des choses que je dis à Paris depuis qu'il me connaît.»

«Je vous crois, Maître. Tout le monde parle de Temps Nouveaux. Maître Rabelais était intarissable à ce sujet. Le chevalier de Berquin n'a que cela à la bouche. Je vois bien qu'on assiste à de grands changements. Je me demande seulement si la vogue du livre se répandra et durera au point qu'on ait besoin d'un graveur de lettres dont ce serait l'unique occupation.»

Cela l'a fait rire.

«Mais qu'est-ce que tu racontes? Le roi Louis XI n'aimait pas l'imprimerie et notre Nicolas Janson, un artiste incomparable, est resté à Venise où il a complètement refait l'alphabet, et n'a pas ramené chez nous le grand savoir-faire qu'il avait acquis. Tu as vu le résultat: à peine trois décennies plus tard, ce savoir-faire, nous sommes allés à Venise le chercher chez celui qui en était le dépositaire, pour le rapporter en France. Je t'assure qu'on n'arrêtera pas le livre. Que tout le monde finira par apprendre à lire. Même les femmes: on a longtemps été persuadé qu'une telle science était trop complexe pour elles, et on s'est aperçu depuis, n'en déplaise à mon ami André Tiraqueau, que si tu les mets devant des lettres, elles apprennent aussi vite que n'importe quel garçon. C'est une chose qui est évidente pour moi, car ma mère, qui est issue d'une remarquable famille de médecins, sait lire, écrire, et même raconter par écrit. Son petit-cousin Tiraqueau, qui la fréquente pourtant régulièrement, n'en a tiré aucun enseignement et a préféré dépeindre la femme comme un être si ignorant et soumis qu'il a besoin de la protection de l'homme, sans laquelle, selon lui, elle n'existe pas. Mais moi qui, grâce à cette forte et savante femme qu'est ma mère, n'ai jamais pensé ainsi, je te parie que les femmes seront un jour nos clientes les plus assidues. Et comme elles sortent moins dans le monde, elles auront davantage de temps pour lire.»

«Ce ne sera peut-être pas des sommes théologiques.»

«Il n'est pas non plus nécessaire de ne produire que cela. C'est à nos poètes d'écrire de façon intelligible. Elles liront, je le sais, parce que tout le monde lira.» Il a fait un geste. «Je ne verrai pas cela de mon vivant; le processus va prendre du temps. Si j'en crois mon propre raisonnement, je suis d'ailleurs déjà un fossile, moi qui ai appris tous les métiers de l'imprimerie, et qui sais faire tout le processus de A à Z. Vous autres, vous diviserez ce métier. Vas-y, toi. À Paris, tu seras un des premiers, sinon le premier.»

«On m'a dit que Sa Majesté ordonne à ses courtisans de parler en français.»

«On me l'a dit aussi. Et l'exemple d'en haut est souvent suivi. Connais-tu Clément Marot?»

«Oudin en parlait, mais je ne le connais pas personnellement.»

«Il écrit de fort jolies choses, et uniquement en français. Tout comme François Villon, qui aurait sans doute pu rimer en latin s'il l'avait voulu, mais qui préférait le français, et même le poitevin – parce que ceux à qui il s'adressait étaient – déjà! – ceux qui ne savent pas le latin. À une époque où l'imprimerie était inconnue de presque tous dans ce pays.»

Je m'attarde sur cette discussion parce qu'elle a probablement été la première, mais nous en avons eu un grand nombre, et pendant des années elles ne pouvaient être que théoriques. Je n'avais pas le temps de graver des poinçons pour mon compte, je travaillais dur pour d'autres – cela était nécessaire tant que je ne serais pas maître. Mais c'est de ces discussions que j'ai tiré l'idée de graver un gros cicéro pour imprimer le livre qui constituerait le chef-d'œuvre que je présenterais à la corporation afin d'accéder à la maîtrise.

Il faut dire que mes loisirs pour mettre mon projet en pratique étaient limités.

Car si Simon de Colines était un homme industrieux, toujours occupé et d'une grande efficacité, si François Estienne s'intéressait déjà de près à la boutique de librairie, si Charles contrôlait avec soin les épreuves des livres scientifiques à côté de ses études de médecine, que dire de Robert ? Un tourbillon, un fleuve en crue, un feu follet, un... Je ne sais à quoi le comparer. Il voulait publier les Écritures en latin en format portatif. Il avait commencé à compiler un dictionnaire latin-français. Il relisait toutes les notes et les esquisses que son frère Charles rapportait de ses cours et partait à la recherche de traités de médecine qui pourraient être utiles aux étudiants ou aux hommes de l'art. Il avait lui-même suivi des cours de droit (l'École de Décret était en face de la maison) et de théologie ; il poussait à la production de petits manuels que les étudiants s'empressaient d'acquérir.

« Avec ça », m'a expliqué un jour l'un d'eux, « je peux rentrer chez moi entre deux séries de cours, à la fin des semestres, et travailler dans de bonnes conditions. »

Ces manuels n'étaient pas toujours des modèles de typographie, mais Robert n'en avait cure.

« Ils sont propres, agréables à l'œil et *utiles* », disait-il avec décision. « Commençons donc par nous soucier de cela. Continuez à travailler à de nouveaux caractères, vous autres. J'espère qu'ils seront prêts pour le jour où j'imprimerai enfin une belle Bible portative en français. »

Qu'on ne pense pas qu'on se contentait de livres pour les étudiants. Nous avons continué à publier ou à réimprimer les traités savants que la maison avait produits dès ses débuts.

Nous aurions tous été contents : les Estienne et Maître de Colines que leur imprimerie prospère, Maître Antoine de s'occuper de textes qui l'intéressaient, moi de travailler et d'apprendre dans un milieu à la fois plaisant et savant qui me faisait oublier la dureté du travail qu'il fallait abattre pour que tout marche ainsi parfaitement.

Mais il y a vite eu un *mais*.

La Sorbonne.

L'attitude de la Faculté de théologie était ambivalente. Je me souvenais moi-même d'avoir entendu, pendant mon enfance, des prêtres louer l'imprimerie, qui porterait partout la parole de Dieu. Vingt ans plus tard, cette même imprimerie était devenue un objet de méfiance. D'instrument de la divine Providence, elle était passée au rang de suppôt de l'hérésie, de Satan lui-même. Mais les savants de la Sorbonne n'étaient pas tous obtus. Il y avait aussi ceux qui voyaient dans le livre l'instrument du savoir qu'il est effectivement, d'où, pendant quelque temps, une certaine hésitation dans les condamnations. Ainsi des propositions de Luther étaient condamnées, mais d'autres ouvrages du moine augustin étaient publiés. Le chevalier de Berquin nous avait fait savoir qu'il en traduirait certains, et nous a appris que Madame d'Alençon, la propre sœur du roi, en avait également commandé des traductions. Certains se méfiaient déjà du grand Érasme, mais Simon de Colines avait obtenu sans peine un privilège pour l'un de ses ouvrages.

Le chemin s'est peu à peu rétréci, mais cela ne s'est pas manifesté d'un coup, et il ne régnait pas encore cette atmosphère angoissante de constante persécution qui s'est installée quelques années plus tard.

Il est impossible de citer toutes les misères dont nous harcelaient ceux que, lors d'une visite aussi hâtive que tonitruante, Frère Rabelais a qualifiés de Sorbonnagres et de farfadets : il n'avait toujours pas réussi à changer d'ordre, mais il m'a assuré dans un murmure (car il lui arrivait de parler à voix basse) que cela ne saurait tarder.

« Mon évêque et ami d'Estissac travaille pour moi à la chose. J'ai fait toutes les démarches, il ne reste plus qu'à attendre. »

Le plus flagrant des ennuis que nous avons eus est venu de l'impression de deux ouvrages liés à la prédication : les saintes Écritures in-seize dont j'ai déjà parlé, en six ou sept volumes, je ne sais plus, et les *Commentaires introductifs aux Quatre Évangiles* de Maître Jacques Lefèvre.

Maître Lefèvre, je l'ai dit, était à Meaux, dont Monseigneur Briçonnet était l'évêque et où il avait fondé un cercle d'érudits qu'on appelait à Paris « le cénacle de Meaux ».

Comme il l'avait fait du temps où il était à Saint-Germain, il s'était adressé à nous pour imprimer ses *Commentaires*. Mais si le voyage de la rue Saint-Jean-de-Beauvais à l'abbaye Saint-Germain nécessitait une heure de route pour mes jambes d'apprenti, des aller et retour jusqu'à Meaux étaient une autre paire de manches. Maître Lefèvre se faisait vieux, les voyages ne l'attiraient plus autant qu'à l'époque où il avait parcouru le monde.

Les discussions avaient été vives. Comment faire ? Maître Simon ne voulait pas renoncer à l'honneur qui lui était fait, car c'est ainsi qu'il prenait le choix de Maître Lefèvre. Et puis nous savions tous qu'il n'y avait pas d'imprimeur à Meaux. Au bout de quelques jours de soupirs et de grattage de crânes, Maître Simon m'avait interpellé à la table familiale :

« Claude, que diriez-vous d'un petit séjour à Meaux ? »

« À Meaux ? »

« Toute réflexion faite, c'est l'endroit le meilleur pour imprimer les *Commentaires* de Maître Lefèvre. Robert ou Maître Antoine viendraient vous voir de temps à autre si vous le demandez. Mais je pense que vous êtes parfaitement apte à faire le travail avec Maître Lefèvre et les érudits dont il est entouré. Ce qui leur manque, c'est une presse. »

« Excusez du peu. Et comment comptez-vous arranger cela ? »

« Vous partez avec Placide et Jacques qui sont d'habiles artisans, expérimentés dans tous les domaines. On transporte une presse, ce qui n'a vraiment rien d'impossible, et le tour est joué.»

Je n'avais jamais, jusque-là, imprimé un livre sous ma seule responsabilité.

«Mais, mon latin...»

Toute la tablée a gloussé. Chez les Estienne, on avait toujours parlé latin, les servantes le savaient aussi bien que nous; et même elles le lisaient et l'écrivaient parce que ni Maître Estienne ni Maître Simon après lui n'avaient transigé là-dessus. Si elles voulaient faire partie de la maisonnée, elles devaient accepter de commencer par l'abécédaire. D'ailleurs, Maîtresse Guyone, femme et mère de plusieurs imprimeurs, était elle-même une véritable érudite. Son latin était parfait. Sans être aussi impeccable que le sien, le mien, depuis plus de dix ans que j'étais dans la maison, était devenu une langue vivante. Mais le latin châtié de Maître Lefèvre était une autre paire de manches. Je n'y excellais pas.

«On ne te demande pas d'écrire les *Commentaires*», a dit Robert, gouailleur, «juste de les imprimer. Et si vraiment tu rencontres des problèmes, Maître Antoine ou moi viendrons à ton secours. Il suffit d'un message.»

«Je viendrai même sans message, au moins une fois», a renchéri Maître Antoine. «Fais une liste de questions, tu me les poseras alors. Mais entre-temps, j'aimerais vraiment rester ici, il faut que nous finissions l'*Épitome* que Maître Lefèvre a écrit avec Josse Clichtove. Je me suis donné beaucoup de peine pour comprendre l'arithmétique qu'ils y expliquent, je ne voudrais pas laisser cela à quelqu'un d'autre.»

«Quant à Robert, personne ne peut l'arracher à sa Bible in-seize», a observé, ironique, Maître Simon.

«Sauf si Maître Lefèvre me trouve nul.»

Il y a eu quelques gestes de la main et quelques haussements d'épaule, mais personne n'a rien ajouté. Il faut croire qu'ils appréciaient mieux que moi ce dont j'étais capable.

J'avoue par ailleurs que l'idée de ce voyage ne me déplaisait pas. L'hiver finissait, les routes devenaient à peu près praticables, et puis il était facile d'atteindre Meaux par voie d'eau ; mes deux compagnons et moi sommes donc partis un matin à l'aube, remontant la Seine jusqu'à Charenton, puis la Marne jusqu'à Meaux, derrière un charroi chargé de la presse, d'une fonte, du matériel indispensable pour imprimer et de quelques rames de papier.

Nous avons été accueillis par Oudin, qui a transporté nos affaires en se jouant, sous les yeux ronds de Placide, qui s'était toujours considéré comme un homme fort. Dans la salle basse qu'on avait préparée pour nous, Oudin a dit à mes compagnons :

« J'attends vos ordres. Dites-moi comment faire. »

Placide s'est assis et, d'une voix gouailleuse, a commencé à expliquer comment monter la presse. Avec cette habileté que personne ne soupçonne jamais chez le colosse, il a exécuté les instructions en peu de temps, et a remarqué en finissant :

« Eh bien, on en apprend à tout âge. »

Il saurait probablement monter une presse jusqu'à la fin de ses jours.

Que dire de ces mois passés à Meaux ? L'évêché y était une ruche bourdonnante de savants de toutes sortes, qui voletaient autour de moi tout contents d'avoir un imprimeur à portée de main. Beaucoup de ces prélats n'avaient jamais vu de près mon travail et les premiers jours nous n'avons que peu avancé, car nous étions constamment assiégés de questions.

Finalement, Maître Lefèvre a mis les curieux à la porte, et nous avons pu nous dédier tout entiers au travail. Je ne peux que le répéter : je ne suis pas et n'ai jamais été doué pour la théologie. Je n'en ai pas moins vite compris que Maître Lefèvre enfonçait une fois de plus le coin : *La Parole de Dieu suffit*, écrivait-il. *Elle est assez claire pour faire connaître la vie qui n'aura pas de fin. C'est elle l'unique règle, la maîtresse de la vie éternelle.* Et il concluait sur la nécessité qu'elle soit à la portée de tous. *Il faut mettre le saint Livre en un langage qu'on entend, afin que même les simples clercs mal instruits dans la langue classique en aient plus facilement l'intelligence que lorsqu'ils lisent en latin.*

Les discussions allaient bon train autour de moi et, si je n'en saisissais pas le détail, je voyais tout de même qu'il y avait à Meaux beaucoup de sympathie pour Martin Luther.

Il se trouvait toujours un timide pour dire que Monseigneur Briçonnet serait bien inspiré d'être prudent, que déjà la Sorbonne avait interdit cent quatre des propositions de Luther, et qu'il y avait fort à parier que le reste suivrait.

Mais plus d'un des savants qui se réunissaient régulièrement était d'un autre avis.

«Certes, Martin Luther a écrit quelques aberrations. Mais là où il a bien dit, personne n'a mieux dit», disait par exemple Maître Martial Masurier, un prédicateur d'une éloquence qui vous emportait. Et, après un silence, il ajoutait: «Il est vrai que là où il a mal dit, personne n'a fait pire.»

«C'est un saint homme», renchérissait un autre des savants qui fréquentaient l'évêché. «Il a commis des erreurs, certes, mais que celui qui est infaillible lui jette la première pierre. Saint Augustin, saint Jérôme aussi, se sont parfois trompés.»

Maître Lefèvre écoutait tout cela en soupirant.

«Il paraît que pour certains je suis l'antéchrist en France comme Luther l'est en Allemagne et Érasme en Hollande», a-t-il dit avec une amertume inaccoutumée de sa part à Maître Antoine lorsqu'il est, comme il l'avait promis, venu nous voir. «Je pense que ce qui arrive ne nous mènera nulle part – pire, cela pourrait nous mener au bûcher.»

Maître Antoine (lui, justement lui!), optimiste par nature, s'est récrié.

«Tout Paris, toute la France veulent une Église pure et belle.»

«Nous sommes sur des plans différents, mon cher Augereau», insistait Maître Lefèvre. «Nous voulons seulement nous battre pour des textes aussi véridiques et fidèles que possible. Nous nous battons contre l'ignorance, contre elle seule. Mais nous sommes confrontés à des gens pour qui l'ignorance que nous combattons est l'orthodoxie, et la perfection que nous cherchons, l'hérésie. Si Monseigneur Briçonnet n'était pas protégé par la remarquable sœur de Sa Majesté, je ne sais trop ce que nous serions devenus. Et ne vous y trompez pas: si nous ne convenons pas à sa politique, le roi n'hésitera pas à déplaire à sa sœur, et à nous sacrifier. Farel, mon doux Guillaume Farel, en est à tel point persuadé qu'il nous a quittés pour aller là où, selon lui, l'Évangile se prêche déjà dans toute sa pureté.»

«Sans parler du fait que Sa Majesté n'est pas présentement à Paris, et que la Sorbonne n'hésite jamais à agir rapidement lorsqu'elle s'absente.»

Dans les cabarets de Meaux, où je me rendais de temps à autre avec Oudin, qui y allait essentiellement pour engranger des ragots («Très utiles, mon cher Claude. Le peuple a toujours en quelque sorte une oreille contre terre. Il entend les rumeurs de loin.»), on commentait abondamment les événements religieux, surtout dans le quartier du Marché, où se tenaient les artisans que l'Église écrasait de redevances et d'interdits et qui auraient bien voulu la voir s'amender. Ils savaient que l'Évêché penchait dans leur sens. Les cordeliers de la ville avaient beau les mettre en garde contre l'hérésie et les menacer du feu autant temporel qu'éternel, cela les faisait (encore) rire.

Oudin m'avait chanté un refrain qu'ils aimaient à fredonner dans leurs ouvroirs.

Ne prêchez plus la vérité
Maître Jacques (ou Maître Michel, ou Maître Guillaume)
Contenue dans l'Évangile
Il y a trop grand danger
D'être mené
Dedans la Conciergerie

Lire, lire, liron pha,
Il y a trop grand danger
D'être mené
Dedans la Conciergerie.

Nous avons fini le travail avec un soin particulier, Maître Lefèvre était pour nous bien plus qu'un client : cela faisait vingt ans qu'il donnait ses textes à imprimer rue Saint-Jean-de-Beauvais, cela faisait plus de dix ans que Maître Antoine s'occupait de ces textes – Maître Lefèvre était devenu un ami.

De l'entendre être aussi pessimiste, cela angoissait tout le monde. Mais quoique pessimiste, il était non moins déterminé. Les *Commentaires* terminés – nous étions début juin –, il a aussitôt repris son travail sur les Évangiles. Leur traduction était d'avance fustigée par la Faculté, mais il ne plierait pas.

« La Parole sainte ne peut pas être réservée à quelques-uns, tous doivent pouvoir l'entendre – et la lire s'ils en sont capables. »

L'Évêché a profité de notre présence pour nous faire imprimer quelques opuscules et quelques placards ; mais nous n'avions pas loisir de nous attarder. Maître de Colines avait besoin de sa presse.

Nous avons porté les feuilles imprimées chez un relieur (l'édition restait à Meaux hormis quelques exemplaires que nous gardions, comme nous le faisions pour tous les livres) et nous sommes rentrés à Paris.

XVII · Comment les premières difficultés se muent en ennuis et comment mes maîtres me conseillent de changer d'employeur

Cela n'a pas tardé. À peine les *Commentaires introductifs aux Quatre Évangiles* étaient-ils arrivés à la boutique qu'un suppôt de l'Université, un certain Maître Animus que les deux apprentis se sont empressés de baptiser Maître Asinus, s'est présenté flanqué de deux sergents à pied pour en saisir les exemplaires: Maître de Colines était accusé d'avoir publié l'ouvrage sans l'avoir fait approuver préalablement par la Faculté.

«Cette très grave erreur est punissable, le Parlement pourrait décider de la fermeture de cette officine.»

Nous étions tous dans la boutique, muets devant le prétentieux personnage – chacun de nous réfléchissant à ce qu'il fallait répondre –, lorsque la porte de la rue s'est ouverte dans un joyeux tintement et un jeune homme est entré. Un peu étonné, il a regardé tour à tour chacun de nous:

«Qu'est-ce qui se passe?»

Nous ne le connaissions pas, mais le pompeux Maître Asinus l'a pris pour l'un de nous, aussi a-t-il répété ses accusations.

L'inconnu a écouté en silence puis s'est adressé à la ronde.

«À quelle date votre livre a-t-il été terminé?»

Maître Simon a regardé dans ma direction.

«Le 6 juin», ai-je dit.

«Nous ne le vendons pas», a complété François Estienne. «Nous avons laissé toute l'édition à l'évêché de Meaux.»

«Et comment vous aurait-on soumis un livre le 6 juin pour obtempérer à un arrêt pris le 13 juin?»

«Pris le 18 mars, Monsieur!»

«Le 18 mars, votre arrêt n'était pas clair. Il a donc fallu le récrire, le préciser, et, même pour celui publié le 13 juin, il reste des points à définir. Je sais cela parce que je viens du Palais, mais cet arrêt n'est pas encore connu de tout le monde. Un peu de patience, que diable! Allez, Monsieur, Maître de Colines, je vous l'assure, aura à cœur de se mettre en règle avec l'Autorité. Mais ne lui demandez pas l'impossible. Il n'a pas la science infuse.»

Vaincu par la voix impérieuse de son interlocuteur, Maître Asinus a fait un pas vers la porte. Notre inconnu n'a pas perdu de temps : il l'a ouverte toute grande et s'est incliné avec une politesse exagérée. Son air d'autorité était tel que Maître Asinus est sorti sans un mot, les sergents à pied, qui retenaient avec peine leur hilarité, sur ses talons.

Lorsque la porte a été refermée nous avons tous commencé par nous regarder sans rien dire.

Puis le jeune homme s'est incliné encore une fois.

« Je suis arrivé juste à temps, il faut croire. Comme j'ai longtemps été clerc au Palais, je sais deux ou trois choses en matière de lois. Et, par hasard, je viens de croiser un ami qui m'a parlé de ce décret du 13 juin. »

Il a pouffé. Du coup, tout le monde s'est mis à rire ce qui a détendu l'atmosphère.

« Lequel d'entre vous est Maître Simon de Colines ? »

« C'est moi. »

« Je viens de la part de ma maîtresse, la duchesse d'Alençon. Je m'appelle Clément Marot. »

Tout le monde s'est incliné.

« Que pouvons-nous pour vous, Monsieur ? »

« Je pars demain avec le duc d'Alençon pour le Hainaut, où nos affaires ne sont paraît-il pas au mieux. On dit par ailleurs que les Milanais se révoltent, et nous irons peut-être de leur côté par la suite. En attendant, Monseigneur Briçonnet a écrit à Madame Marguerite pour lui parler du nouvel ouvrage de Maître Jacques Lefèvre, et elle m'a prié de lui rapporter un exemplaire des *Commentaires introductifs aux Quatre Évangiles* avant que je ne parte. »

Il a tiré une bourse de la poche de son manteau et l'a posée sur le comptoir.

« De la part de ma maîtresse, qui vous fait dire qu'elle admire votre travail, Messieurs. »

Tout le monde s'est incliné face à Maître Marot en signe de respect pour la duchesse. Même par personne interposée, le compliment que nous adressait la sœur de Sa Majesté était un grand honneur. Les exemplaires que nous avions rapportés de Meaux n'étaient pas destinés à la vente. Mais on ne pouvait dire cela à l'envoyé de la duchesse d'Alençon.

Pendant qu'on emballait le volume, j'ai examiné celui que Maître Antoine (qui était absent) appelait le poète des Temps Nouveaux – il l'avait même comparé à son idole François Villon, c'est tout dire.

Clément Marot devait avoir mon âge. Il avait le visage régulier, portait la barbe courte; son nez était un peu épaté, ses cheveux noirs bouclés. Il avait l'assurance de celui qui est au service d'une noble maison. Mais c'était sans la moindre onction. Il se dégageait de lui une espièglerie, une légèreté qui ne l'ont jamais quitté, et qui aujourd'hui encore font penser à ceux qui l'approchent qu'il n'est «pas sérieux», alors même qu'il traduit les classiques, que ses écrits ont un succès foudroyant chaque fois qu'ils sont publiés et que des savants, des hommes et femmes de Cour – y compris Leurs Majestés – l'encensent de louanges.

Sa présence d'esprit et sa faconde l'ont souvent servi. Il juge des situations d'un coup d'œil, et c'est ce qui l'a fait fuir dès le lendemain de l'affichage des Placards contre la messe, car il sait qu'il est depuis longtemps suspect à la Sorbonne – évidemment, rien de ce qui est neuf ne trouve grâce aux yeux de la Faculté de théologie; si Maître Antoine avait accepté de partir avec lui, il aurait sans doute eu la vie sauve, et... Assez! Me voilà encore en train d'anticiper.

Maître Clément était à peine sorti que Maître Antoine est arrivé.

«Ah, quelle malchance!» s'est-il exclamé. «Je l'ai croisé récemment alors qu'il s'entretenait avec Maître Tory, et nous avons parlé d'orthographe. J'aurais bien rediscuté cela avec lui.»

«Il part en campagne, et il n’aurait pas eu le temps.»

Et tous se sont mis à parler ensemble de ce qu’on savait sur la situation dans le Nord et en Italie. Après la victoire éclatante de Marignan, il semblait impossible que la couronne de France perde le Milanais. Et pourtant, des bruits circulaient depuis quelque temps, colportés par des voyageurs, sur les désordres provoqués par des mécontents. Nous n’étions pas étonnés d’apprendre que des corps d’armée partaient pour la région.

J’étais sur le point de sortir lorsqu’une nuance dans l’expression de Maître Antoine m’a arrêté net.

Je l’ai regardé avec attention.

«Quelque chose s’est passé?»

Il m’a fixé un instant, puis sa bouche s’est distendue en un sourire éblouissant.

«À vrai dire, je suis censé t’inviter à la maison pour ce soir sans te donner de raison. Mais je ne crois pas que je puisse garder cela pour moi jusque-là: ta mère a mis au monde un fils.»

Je ne suis pas particulièrement observateur, et avec sa réserve coutumière sous une gaieté sans faille ma mère s’était bien gardée du moindre commentaire, mais je me souvenais tout d’un coup m’être dit en passant qu’elle prenait du poids (j’attribuais cela à l’âge), je me suis remémoré certaines allusions – avec de tels indices, Guillemette aurait deviné depuis longtemps ce qui se passait. Moi, je n’y avais pas pensé.

J’ai embrassé mon maître, tout le monde a oublié le Milanais pour le couvrir d’attentions. Le soir même, je suis allé faire la connaissance de ce frère surprise.

Ma mère était encore couchée, entourée de femmes. En principe, les hommes sont bannis de la chambre d’une femme relevant de couches, mais les sages-femmes ont fait une exception pour moi parce que j’étais le frère du nouveau-né. Ma mère a soulevé l’enfantelet étroitement emmailloté:

«Voici ton frère, nous aimerions le baptiser demain, seras-tu son parrain, mon petit Claude? Et je vais demander à ta Guillemette d'être sa marraine. On l'appellera Guillaume, en son honneur, et en l'honneur d'un oncle d'Antoine qu'il a beaucoup aimé. »

Devant cette évidente félicité, qui ne s'exprimait pas par des mots, mais par les gestes, par le regard de ma mère, il eût été impossible de lui refuser cela.

Et le lendemain nous l'avons baptisé.

Je ne reviens pas sur le Milanais, et sur sa perte par les Français, survenue peu de temps après.

J'ai parfois la sensation que c'est là que s'est mise en route la chaîne de ces événements qui ont fini par tuer (entre autres) mon maître. Je ne suis pas assez savant pour décrire, et encore moins commenter, les besoins politiques de notre roi, qui un jour résistait à Rome et le lendemain faisait alliance avec elle.

Plus près de nous, les vexations de la Faculté de théologie contre le peuple des libraires et des imprimeurs se sont multipliées à un rythme effarant. Pas un jour sans que l'on n'entendît quelqu'un se plaindre qu'on lui avait séquestré un livre, qu'on l'avait empêché de publier un traité, qu'on l'avait menacé de la prison et même (cela a été le cas pour Robert Estienne) de la potence et du bûcher.

Luther n'avait pas été interdit en son intégralité, je l'ai dit, mais la Sorbonne se comportait comme si tel était le cas. D'ailleurs, ainsi que l'avait prédit Maître Lefèvre, même Érasme, grand défenseur de Rome, était de plus en plus souvent considéré avec suspicion parce qu'il se permettait des critiques.

Le sommet a été atteint avec le chevalier de Berquin.

On le voyait de temps à autre pour deux raisons. D'une part il était un très grand ami de Josse Badius, qui tenait boutique dans la même rue que nous, quelques pas plus bas. Et d'autre part il s'était lié d'amitié tant avec Maître Antoine, depuis que nous avions voyagé ensemble, qu'avec Robert Estienne, qui allait souvent chez Maître Badius depuis qu'il était amoureux de sa fille Pierrette, une jeune femme presque aussi savante que Robert lui-même, car comme lui elle était tombée dans l'imprimerie – et quelle imprimerie – en naissant.

Après une période de critique prudente, le chevalier avait décidé que, si on voulait juger les propositions de Martin Luther et de ceux qui étaient d'accord avec lui, il fallait les lire. Aux discussions que j'entendais, je pensais que c'était là pour lui une question de principe et non le signe d'une attirance pour les idées luthériennes. C'est même de lui que j'ai appris que, pour condamner une chose, il faut savoir de quoi on parle. Les docteurs de la Sorbonne s'adjugeaient le droit exclusif de connaître ce qu'ils condamnaient.

Erreur, répondait le chevalier.

« Pour être rejetés, les arguments doivent être connus de tous. Ainsi tous les rejetteront et la Sorbonne n'aura plus de peine à se faire obéir. Mais, évidemment, pour cela il faut avoir une certaine confiance dans le peuple, et ne pas prendre les gens pour une masse d'imbéciles. »

L'idée était trop neuve – et il faut croire qu'elle reste trop neuve aujourd'hui puisque, à la différence d'alors, le roi lui-même, qui a tant défendu le chevalier contre les attaques, interdit désormais toutes les activités des imprimeurs et laisse la bride sur le cou à la Faculté de théologie. Une telle idée est pourtant populaire dans les milieux de l'évangélisme. Traduire la Bible en français, en donner un texte aussi proche que possible des originaux – c'est le souci principal d'honnêtes gens de toute extraction. Or elle est honnie de ceux qui devraient en être les avocats naturels.

Après des tiraillements sans fin, la Sorbonne a fini par obtenir l'arrestation du chevalier de Berquin.

Les théologiens se plaignaient que certaines traductions de Berquin du latin en français fussent inexactes et l'accusaient d'y avoir introduit des idées absentes de l'original. Selon eux, le chevalier arrangeait le texte latin afin qu'il dise qu'on avait tort d'invoquer la Vierge Marie dans les prières ; il aurait fallu plutôt invoquer le Saint-Esprit. À quoi bon implorer la Vierge? Il fallait s'adresser à notre Sauveur. Sur la base de ces théories, que la Sorbonne a attribuées au seul chevalier, et non au texte qu'il avait traduit, il a été arrêté pour hérésie. Autant dire qu'il était en grave danger.

Il a passé quelques semaines ou quelques mois en prison, et cela s'est terminé par un feu en place publique. Dieu soit loué, ce sont seulement ses livres et ses écrits qui ont été brûlés. Le chevalier a échappé à la mort grâce à l'intervention du roi, dont il était l'ami.

J'ai suivi cela d'assez loin – sauf l'immolation des livres, qui a eu lieu sur le parvis de Notre-Dame. Maître Antoine, qui avait horreur des exécutions capitales autant que moi, et qui comme moi faisait un détour chaque fois que son chemin croisait un pilori ou une potence, avait tenu à y aller. Il avait insisté pour que j'y aille avec lui.

Il y a généralement foule lorsqu'on punit quelqu'un. À part les oisifs et les curieux impénitents, il y a toujours ceux qui ont un rapport quelconque avec la raison de la punition, qui sont là parce qu'ils espèrent apprendre quelque chose d'utile ou parce qu'ils pensent que leur vue réconfortera le condamné. Dans le cas particulier, nous étions là pour une autre raison.

« Le chevalier sera présent. On brûle ses livres devant lui. Mais je sais de source sûre qu'il sera libéré. Il a reçu de Sa Majesté une lettre qui le protège absolument. »

« D'où tenez-vous cela ? »

« De Clément Marot que j'ai rencontré hier soir chez Maître Tory. Entre deux réflexions sur la langue française, nous avons discuté de ces choses-là. C'est lui qui a insisté pour que les amis du chevalier soient nombreux. Si un bourreau trop zélé voulait lui faire du mal... »

Nous étions un peu à l'écart, à l'ombre, car il faisait une grande chaleur. Maître Clément est venu se joindre à nous. Au coin de la place, il y avait une petite troupe d'archers de la garde royale, à cheval, et prêts à intervenir. On ne pouvait pas dire que Sa Majesté fît confiance à sa justice.

Il y a d'abord eu la cérémonie de l'abjuration.

Le représentant de la juridiction ecclésiastique a longuement condamné les livres que le chevalier avait lus autant que ceux qu'il avait écrits.

«Ce sont livres faits seulement pour défendre, porter et soutenir les erreurs et les hérésies de Luther!» s'est-il écrié dans une grande envolée de manches.

«C'est cela, il ne reste plus maintenant qu'à traiter Érasme et Lefèvre d'Étaples de luthériens, et le tour est joué», a ricané Maître Marot. «Motus et tête cousue, surtout pas une seule pensée critique.»

Ensuite, le chevalier a dû abjurer ses erreurs, et renoncer «à translater les livres dudit Luther»; on lui a fait répéter une phrase (car il ne disait rien de son propre chef dans cette abjuration, se contentant de répéter d'un air absent les paroles qu'on lui dictait) selon laquelle il «ne hanterait plus ni luthériens ni gens mal sentants de la foi».

«Autant l'envoyer vivre dans le désert...», a commenté Maître Antoine, qui suivait cela tout pâle et les dents serrées.

Lorsque, après le long discours d'un moine qui m'était inconnu sur la vraie foi et l'hérésie, les livres et les papiers sont partis en fumée devant le chevalier (qui se tenait là fièrement, mais dont au moment décisif les yeux se sont remplis de larmes, car en dépit de son abjuration on brûlait sa bibliothèque parisienne tout entière, pas seulement ceux de ses livres que la Sorbonne avait interdits), les archers se sont avancés, et leur chef a poussé sa monture dans la foule jusqu'au bord de la plate-forme.

«Je suis le capitaine Frédéric, de la garde royale. De par le roi, j'ai ordre d'escorter Monsieur de Berquin, gentilhomme, à la prison épiscopale, où Sa Majesté souhaite le voir arriver en bon ordre.»

Sans attendre, deux archers ont soulevé le chevalier comme une balle de foin, l'un d'eux l'a fait asseoir en croupe, et ils sont partis au grand galop. La foule s'est dispersée.

«C'est ainsi qu'on sauve les riches», a murmuré à notre coude un pauvre hère en tendant son escarcelle. «À la place aux Pourceaux on n'a pas tant fait de compliments et on a brûlé tout à l'heure un saint ermite pour avoir prêché que le Christ n'était pas né d'une Vierge immaculée. De lui, il ne reste rien à emmener.»

Maître Clément a sorti une pièce de sa poche et l'a tendue à l'homme, qui s'est éloigné en remerciant, puis il a soupiré.

«Je ne sais pas comment tout cela finira. La Sorbonne cherche l'épreuve de force avec le roi. Elle n'est pas loin de considérer que Sa Majesté elle-même est hérétique. Elle accuse la Cour d'avoir employé tous les moyens pour empêcher la Faculté de donner son jugement sur les livres de Berquin; selon elle, cela est fait pour le bien de la foi, pour l'extirpation de la doctrine de Luther, pour l'honneur du roi très chrétien et l'utilité du royaume. Ce sont les propres termes de ces Messieurs. Leur plus grande méfiance va à Madame Marguerite – et si elle n'était pas la sœur de Sa Majesté, elle aurait déjà mal fini.»

«Mais tout Paris se pose des questions sur les superstitions, sur les indulgences, sur… sur tout!» a dit Maître Antoine d'une voix contenue. «On ne va pas brûler tous ceux qui en énoncent une à haute voix. L'ermite de la place aux Pourceaux n'était pas le seul à mettre en doute l'importance de la Mère de Jésus dans nos dévotions.»

«Je sais, mon ami. Mais j'ignore comment on va pouvoir résoudre cela. Pour l'instant le chevalier de Berquin est sauf, c'est déjà une victoire.»

Nous nous sommes quittés. Maître Clément, dont le valet et le cheval attendaient à quelque distance, a enfourché sa monture et s'est éloigné dans les ruelles. Quant à nous, nous avons longé la Seine jusqu'au pont Notre-Dame, que nous avons traversé à pas lents dans la foule. Maître Antoine était pensif. Moi, comme toujours lorsque je traversais le pont depuis que j'étais rentré de Venise, j'ai repensé à Frère Giovanni Giocondo qui l'avait dessiné, et j'admirais les maisons régulières, toutes faites de pierre de taille et de brique, qui le bordaient. Au-dessus de chacune des portes, il y avait un numéro doré, pair d'un côté, impair en face, qui tenait lieu d'enseigne. Ces chiffres nous apprenaient qu'il y avait trente-quatre maisons de chaque côté du pont.

Je me suis dit que c'était probablement plus simple de retenir un nombre que le nom d'une enseigne, et qu'un jour toutes les maisons pourraient avoir un numéro. J'ai exprimé cela tout haut.

« Pourquoi pas ? » a dit Maître Antoine. Il m'a fixé un instant. « Mais comme cela ne se fait pas, je pourrais dire que tu es un hérétique. »

De surprise, je me suis arrêté net.

« Comment entendez-vous cela ? »

« C'est ce qui s'appelle une démonstration par l'absurde, mon cher Claude. Il se pourrait qu'un jour il y ait trop de maisons, qu'on n'arrive plus à les distinguer par enseignes, et qu'on ait recours à des numéros. Le monde change. Les idées naissent, se transforment. Mais, en matière de pensée, nous sommes régis par une entité qui veut arrêter le temps. Heureusement, ces gens-là, qui sont si préoccupés du salut de notre âme, ne s'occupent pas de la construction des ponts. Sinon, gare à ton idée de numéroter les maisons. Elle pourrait subir le sort des livres du chevalier de Berquin. »

Et nous avons repris notre marche dans la cacophonie des cris de marchands, dominés par les notes aiguës d'un pipeau surgi on ne savait d'où.

Il me semble que c'est le lendemain que les ennuis sont arrivés jusque chez nous. Le lendemain ou peu après, en tout cas.

Robert Estienne venait de terminer l'impression du deuxième fascicule de sa Bible latine en six ou sept parties. La

Faculté lui a aussitôt interdit de continuer. Cette Bible était corrompue, selon elle.

«C'est un comble», s'est écrié Robert. «Ce sont des textes très anciens que j'ai retrouvés à l'abbaye Saint-Germain-des-Prés, ou à celle de Saint-Denis. Chez nous! Nous vénérons ces livres depuis des siècles. Mais quoi? nous en avions oublié le contenu, alors?»

Toutes ces démonstrations pour prouver qu'il était plus que jamais fidèle aux originaux ont été vaines.

Ayant déjà raconté en quelque détail les tracasseries subies par le chevalier de Berquin, je m'abstiendrai de me répéter au sujet de Robert. Les tracasseries dont il est à son tour l'objet depuis ce moment-là sont continuelles, il a failli, lui aussi, plusieurs fois mal finir – et sans la protection du roi, je n'ose envisager ce qui lui serait arrivé.

À l'époque, les premiers fascicules de la Bible ont rencontré un succès foudroyant, ils étaient lus partout. Et il y avait de nombreuses personnalités à la Cour pour parler en sa faveur: leur horizon était suffisamment large pour comprendre qu'il était impossible de cacher à une population de lecteurs chaque jour plus nombreuse le contenu des saintes Écritures. Quelle que soit la répression exercée, je suis certain aujourd'hui que l'Église finira par perdre cette bataille-là, qu'elle mène depuis lors avec une férocité croissante.

Avec le temps, Robert a tout de même terminé sa publication, mais il a dû louvoyer. Et la crise passagère dans laquelle cette pause dans la publication de la Bible en fascicules a plongé la maison de Colines a eu pour moi une conséquence inattendue.

Pendant quelques jours ou quelques semaines, je n'ai pas eu grand-chose à faire. Maître Antoine de son côté était plus souvent chez Maître Bocard, pour qui il terminait l'impression d'un livre dont j'oublie le titre.

J'en étais à me demander si je n'aurais pas dû chercher un autre travail lorsqu'un matin j'ai rencontré Pierre Haultin.

Pierre Haultin était un garçon de mon âge que je connaissais depuis notre commune enfance, car sa famille vivait non loin de la mienne. Nous avions été à l'école ensemble, puis nous nous étions perdus de vue, mais pas complètement. Je savais que lui aussi avait fait un apprentissage d'imprimeur, chez un oncle à lui me semblait-il.

Lorsque je l'ai croisé ce jour-là, nous nous sommes arrêtés, et avons échangé des nouvelles. Je lui ai parlé de mon intérêt pour la gravure des caractères, et il s'est illuminé.

« Ah, mais c'est formidable ! Tu ne voudrais pas venir travailler chez moi ? »

« Comment, chez toi ? »

« Mes cousins et moi avons hérité du bien de notre oncle, et nous l'avons partagé, parce que la fonderie de caractères ne les intéresse pas. Je l'ai reprise et, si ça marche, je voudrais me consacrer davantage aux caractères qu'à l'imprimerie proprement dite. Alors à quelqu'un comme toi, qui as appris avec Maître Augereau dont on me dit que c'est un artiste, avec Maître de Colines, et même un peu avec Alde Manuce, je dis : viens donc travailler avec moi. »

J'ai aussitôt pensé : pourquoi pas ? Mais la décision était trop importante. Il fallait que j'en parle d'abord avec d'autres. J'ai demandé à Pierre quelles conditions il me ferait, nous avons discuté cela quelques instants, et je lui ai promis de lui donner une réponse le lendemain ou le surlendemain.

« Essaie », m'a suggéré Robert Estienne. « Si cela ne te plaît pas et si nous reprenons le cours normal des choses, ce dont je ne doute pas, tu peux revenir. Mais tu es dans la maison depuis plus de dix ans, un changement sera peut-être bon pour toi. »

Le conseil m'a fait sourire de la part d'un garçon qui, lui, était dans cette même maison depuis sa naissance, mais je voyais le bien-fondé de son argument.

Rue des Carmes, où j'allais très souvent voir ma mère, mon demi-frère qui commençait à gazouiller et même à marcher, et discuter avec Maître Antoine de choses autres que le trantran quotidien, j'ai rencontré une approbation tout aussi chaleureuse.

«Je te l'ai dit, Claude», s'est-il exclamé. «Il va falloir des graveurs de caractères, des fondeurs professionnels qui ne fassent que cela. C'est une chance pour toi. Tout pas dans cette direction est positif.»

À mesure que la soirée avançait, ma décision prenait forme. Et je n'ai plus eu d'hésitation lorsque Maître Antoine a dit:

«Maître Tory m'a proposé l'autre jour de travailler à un nouveau caractère, une lettre véritablement basée sur l'homme. Tu connais Maître Tory, il s'intéresse toujours à dix choses à la fois. Lorsque je le rencontre, Clément Marot se joint souvent à nous; avec lui, je discute surtout d'orthographe. Maître Tory a proposé que, de cela aussi, nous discutions ensemble. D'un certain point de vue, il a raison, car orthographe, graphie, facilité de la lecture, ce sont là des choses qui se tiennent.»

«Maître Alde le disait déjà lorsque nous étions chez lui.»

«Parfaitement. Aussi je propose que nous quittions pour un temps le cœur du typhon biblique et que nous nous consacrions à cela. Garde un après-midi libre pour pouvoir le faire, ton ami Haultin comprendra que c'est dans son intérêt autant que dans le tien.»

Les choses se sont arrangées facilement; un mois plus tard je déménageais chez Pierre Haultin, à l'enseigne de la Queue-de-Renard, rue Saint-Jacques.

Et une fois par semaine, je me rendais aux réunions entre Maître Tory et Maître Antoine. Clément Marot y venait lorsque ses devoirs d'homme de Cour ne le forçaient pas à être ailleurs. Nous pensions nous être éloignés de la zone dangereuse. En fait, tel n'était pas le cas, car c'est justement cette activité-là qui allait finir par nous ramener au cœur de la tempête, mais pendant quelques années nous avons ignoré le danger et eu l'illusion d'être à l'abri.

XVIII · Comment nous travaillons à créer les caractères des Temps Nouveaux et nous apercevons que tout est lié et qu'il est difficile de quitter l'œil du typhon

De Maître Tory, je n'ai parlé jusqu'ici qu'en passant. Il faut pourtant que je l'introduise mieux dans ce récit, car il a été pour nous tous une sorte de trompette de Jéricho. Maître Antoine et Maître de Colines avaient préparé le terrain. Mais c'est avec lui que ce terrain est devenu un champ de blé. Maître Marot lorsqu'il venait, Maître Antoine, le plus assidu, et même très modestement Pierre Haultin et moi, y avons apporté notre contribution. Je dirais même que, si l'on excepte Pierre et moi, le résultat n'aurait pas été le même si l'un ou l'autre des savants n'avait été là. Qu'on ne voie d'ailleurs pas dans cette assemblée un cénacle fermé. Au contraire : au fil des ans – car cela a duré – on a vu défiler toutes sortes de gens, imprimeurs ou savants, médecins ou artistes distingués, qui tous ont posé leur brin de pollen dans ce vaste champ fleuri qu'est devenue peu à peu l'entreprise.

Maître Tory était un homme que je qualifierai de compact, le cheveu foncé, grisonnant et bouclé, la barbe toujours taillée au carré avec beaucoup de soin. Il était de stature modeste, mais il tranchait toujours dans une foule tant il se tenait droit. Son port de tête était impérieux, et il avait un regard bien à lui : des yeux très noirs, très enfoncés, qui vous vrillaient comme pour vous voir jusqu'au cœur. Sa voix un peu rauque était décidée et sûre. Bref, il avait tout du condottiere. Cela dit, c'était un homme d'humeur égale, d'une politesse exquise. Il s'exprimait toujours dans un français très soigné. Son autorité lui venait de ce qu'il savait convaincre tout en étant d'une fréquentation des plus agréables.

Il était citoyen de Bourges. Il devait être un peu plus âgé que Maître Antoine. Il disait volontiers, avec fierté, qu'il sortait d'une famille de vignerons. Une famille pourtant qui n'avait pas lésiné sur les moyens pour le faire étudier. Il avait fréquenté l'Université de Bourges et en parlait souvent. Il était allé en Italie, et c'est là, comme il aimait à le répéter, qu'il s'était vraiment éveillé à la vie. Il en avait ramené à Paris une grande érudition, un amour sans pareil des auteurs latins et italiens. Je le connaissais de loin depuis que j'avais entrepris mon apprentissage. Il avait été un des savants correcteurs de Maître Estienne, et il était à cette époque professeur, au collège de Bourgogne si je ne m'abuse. Il passait souvent à la boutique. Nous l'avions perdu de vue pendant quelque temps car vers 1516 il était retourné en Italie, où il est resté un an ou deux. Dans nos cénacles, il nous parlait souvent de ce séjour, qui l'a beaucoup inspiré.

C'est grâce à Maître Tory que nous avons su qu'il existait tout près de nous un homme, « excellent philosophe, grand peintre et exceptionnel mathématicien, un nouvel Archimède » selon lui, nommé Léonard de Vinci. Aucun de nous ne l'a connu car il est mort avant une rencontre que Maître Tory s'était pourtant promis d'organiser chez Maître Henri Estienne qui vivait encore à l'époque. Selon Maître Geoffroy, qui avait eu l'occasion d'admirer ses travaux en Italie, Léonard de Vinci aurait pu nous être fort utile pour le dessin d'un alphabet véritablement humaniste, lui qui s'était soucié de la proportion des lettres.

« Il faudra s'inspirer de ses travaux, mais combien mieux il eût valu d'en discuter avec lui », disait-il souvent, le dépit dans la voix.

Après son retour à Paris, Maître Tory avait renoncé à être professeur. Il s'était adonné à la gravure de lettres et de motifs ornementaux pour les livres. Maître Estienne puis Maître de

Colines l'avaient souvent employé, mais de nombreux autres imprimeurs aussi lui demandaient de contribuer à la beauté de leurs éditions. À côté de cela, il avait ouvert une librairie.

Il avait éprouvé un grand chagrin lorsque son enfant unique, une fille qui était la prunelle de ses yeux, est morte à l'âge de dix ans. Après ce deuil, il n'est pas sorti de sa librairie pendant un an ou plus. Il est devenu sombre et taciturne.

Et puis un soir d'hiver où j'étais rue des Carmes (j'y étais souvent), il est venu frapper à la porte: son affabilité retrouvée, il voulait s'entretenir avec Maître Antoine.

«J'ai eu une idée», nous a-t-il expliqué. «Je me suis dit qu'on pourrait dessiner les lettres romaines en respectant en elles les proportions du corps humain.»

«Vous croyez que...»

«Ne faites pas cette moue sceptique. J'ai essayé de parler de cela à plusieurs personnes aujourd'hui, et tout ce que j'obtiens d'elles c'est que mon projet est beau, mais quel besoin ai-je de le claironner? Je devrais le garder pour moi et surprendre mon monde. Sauf que j'aime mieux accomplir un tel travail en compagnie. Cela m'aidera à sortir de mon chagrin. Alors dites-moi que vous accepterez d'en discuter avec moi. Une discussion, c'est tout ce que je veux. On pourra toujours passer aux travaux pratiques par la suite, si nos entretiens donnent quelque chose.»

«Va pour la discussion. Elle m'intéresse», a dit Maître Antoine. «Je suis certain que Claude, qui est sur le point de devenir fort habile, pourra nous y aider.»

«Je compte écrire un petit traité, au bout de l'exercice.»

«Excellente initiative!»

Maître Tory s'est frotté les mains.

«Et je compte même avoir la sacrilège outrecuidance d'écrire cela en français.»

La veille, Maître Noël Beda (qui occupait depuis quelque temps la nouvelle fonction de syndic de la Sorbonne dont il assurait, nous disait-on, qu'elle avait été créée pour récompenser ses mérites de grand censeur) était parti en guerre contre le vernaculaire, et avait déclaré en public que tout ce qui s'écrivait en français devrait être proscrit. Cela avait aussitôt fait le tour du quartier, et son propos avait été plutôt mal reçu. D'où la précision de Maître Tory.

« Et comment avez-vous pris cette décision, cher Maître ? »

« Pour moi, cher ami, quoi qu'en dise le vénéré syndic de la Sorbonne, nous devons écrire en français car Français nous sommes. C'est le langage que nous connaissons le mieux, et le mettre en pratique nous permet à la fois de faire honneur à notre pays et d'enrichir notre langue domestique qui, lorsqu'elle est bien couchée par écrit, est aussi belle et bonne qu'une autre. »

Il n'y avait rien à répliquer à cela.

Depuis lors, nous nous sommes vus tous les jeudis après-midi. Les trois personnes les plus assidues étaient Maître Tory lui-même, Maître Antoine et moi. Mais j'ai vite excité la curiosité de Pierre Haultin, qui est venu de plus en plus fréquemment. Nous voyions également régulièrement Maître de Colines. Lorsque venaient Maître Marot et, plus rarement, Robert Estienne, on parlait davantage d'orthographe et de grammaire. Lorsqu'ils n'étaient pas là on ne négligeait certes pas ces matières, qui passionnaient Maître Tory autant que le dessin, mais, en partant du principe sacro-saint de Maître Antoine que les lettres sont le véhicule privilégié des idées, leurs dessins prenaient une très grande place.

Qu'on ne pense pas que nous avons aussitôt commencé à créer un alphabet.

« Ici, nous discutons d'un principe », disait Maître Tory. « Chacun de nous l'interprétera à sa manière. Je constate par exemple, cher Claude, que vos lettres sont actuellement très proches de celles de votre maître. Mais je gage que d'ici une dizaine d'années vous aurez votre personnalité propre. »

Maître Tory avait une théorie à propos de l'alphabet qu'il nommait «attique» parce que selon lui il était issu tout droit du grec: pour lui, toutes les lettres romaines venaient de l'I et de l'O. En disant IO, en écrivant IO, on sous-entendait l'alphabet entier.

J'avoue que ses explications, qui me paraissaient limpides et convaincantes au moment où il les énonçait, me semblent aujourd'hui si lointaines que je ne suis pas à même de les restituer. Si j'étais à Paris, j'y retrouverais peut-être le beau *Champ Fleury*, que Maître Tory qualifiait de «petit traité» avant de l'écrire et de le graver; il résume le travail qu'ont fourni essentiellement Maître Marot, Robert Estienne, Maître Antoine et lui. Nous tous – et je ne nous énumère pas, car au fil des ans nous avons été nombreux – n'avons été que les observateurs, au mieux les élèves, de ces maîtres.

Malheureusement, les archers qui ont saccagé la maison où Maître Antoine a vécu comme ils ont saccagé son imprimerie se sont avant tout attaqués à ses livres. Son *Champ Fleury* existe-t-il encore?

Mais revenons à des temps plus heureux.

Maître Tory se servait, pour plaider en faveur d'un alphabet conforme aux proportions du corps humain, d'un dessin qu'il avait trouvé, je crois, dans un traité de Maître Léonard de Vinci. Ce dessin montre un homme bras et jambes écartés. Son corps est un I, et la circonférence de ses membres étendus un carré entouré d'un cercle. Ce cercle, c'est l'O, le rond parfait, le commencement et la fin de tout.

«Une fois que tu as compris la perspective, apprends à connaître les mesures de l'homme, voilà la maxime de Maître Léonard», martelait Maître Tory.

Je ne donnerai qu'un exemple de sa théorie, celui qui me donne le plus de mal dans le dessin d'une lettre: l'empattement.

Les caractères qu'on pose sur le composteur doivent avoir un empattement pour qu'on puisse les aligner correctement.

Cela, tout apprenti imprimeur l'apprend avec le b.a.-ba du métier. Mais la théorie de Maître Tory voulait que cet empattement s'inspire des proportions du pied humain.

«Il faut que la lettre repose sur le composteur comme le pied sur le sol», aimait-il à répéter. Et il nous incitait à ne pas faire nos empattements trop petits.

«Dans ce cas-là, il faut aussi que l'empattement ait une petite voûte sous la plante du pied, pour ainsi dire», a observé un jour Maître Antoine. Et le jeudi suivant, il a amené un I qu'il avait gravé et à l'empattement duquel il avait donné une légère courbure.

«Personne ne la verra à l'œil nu», a-t-il dit. «Mais ce sera plus agréable pour la lecture. Maître Griffo dans *De Ætna* l'a fait aussi.»

Un même principe s'appliquait selon ces maîtres à des lettres telles le S. Il fallait que la partie inférieure soit imperceptiblement plus grande que la partie supérieure, pour que le regard ne s'en trouve pas déséquilibré.

«La lettre S est faite d'un rond sur un rond; et si le rond supérieur veut être stable et rester sur le rond inférieur, il faut qu'il soit plus petit, croyez-moi. C'est comme pour l'homme: lorsqu'il se tient droit sur ses pieds, il y est plus large et mieux empatté que du côté de la tête.»

De temps à autre, nous discutions aussi des accents.

«Ce serait tout de même plus simple de signifier É au moyen d'un accent qu'en y accolant une lettre inutile», ronchonnait parfois Maître Antoine. «On fait bien quelque chose de semblable en grec. Imaginez le travail que cela économiserait.»

Nous étions tous de son avis, mais finalement ce n'est pas dans cette première phase de notre travail commun que nous avons défini l'usage des accents, des apostrophes, de la cédille.

Pendant que nous avions cette discussion, nous continuions bien entendu tous à vaquer à nos travaux habituels. Maître Antoine se partageait entre Maître de Colines et Maître Bocard.

J'étais toujours compagnon chez Pierre Haultin, pour qui et avec qui je gravais des caractères, encore bien imparfaits, mais enfin dans lesquels nous tentions de mettre en pratique nos leçons du jeudi après-midi. Et nous avions des clients qui les achetaient.

Nous vivions peut-être trop penchés sur nos dessins et nos poinçons pour percevoir les nuances du changement pourtant radical qui se produisait autour de nous. Car, pendant que nous songions à un alphabet conforme à l'être humain, des événements graves se passaient sous nos fenêtres.

Le réveil est venu, en ce qui me concerne, avec une certaine brutalité.

Nous savions depuis pas mal de temps que Maître Lefèvre avait des ennuis avec la Faculté. Et quand je dis Maître Lefèvre, je veux en fait dire le cénacle de Meaux tout entier. La pression qu'exerçait la Sorbonne sur Monseigneur Briçonnet était ininterrompue. La Faculté de théologie, incarnée pour l'occasion en la personne de Maître Beda (qui devenait peu à peu la bête noire de toutes les honnêtes gens), était possédée par l'obsession de l'hérésie. Tout était hérétique à ses yeux. On en avait eu un avant-goût avec le chevalier de Berquin, qui malheureusement pour lui ne s'était pas discrètement retiré sur ses terres après son procès, mais avait continué son travail de traduction, pour l'éducation du bon peuple selon lui. On lui avait interdit Luther? Il avait obtempéré, et s'était mis à traduire Érasme. Quoi de plus respectable? Mais Beda ne plaisantait pas. Érasme aussi était suspect à ses yeux. Sans parler de ce Lefèvre qui traduisait les saintes Écritures en français.

Par un jour funeste, Sa Majesté est partie pour l'Italie faire la guerre à l'empereur. Mais cette fois elle n'a pas eu de chance: à Pavie, elle a été battue et même faite prisonnière par Charles Quint. On se demandait beaucoup à Paris ce que notre roi était allé faire dans cette galère. Je ne me suis pas posé ce genre de question. En revanche, j'ai eu l'occasion de voir de près les conséquences de l'absence royale.

Un soir où je m'étais attardé à l'atelier pour terminer une gravure complexe, on a frappé au carreau. J'ai ouvert. On était en automne et il faisait un temps de chien. La pluie et le vent se sont aussitôt engouffrés dans la pièce; l'encadrement de la porte était tout entier rempli par Oudin.

Il est entré et s'est ébroué. Il était trempé jusqu'aux os, et à la manière dont sa chevelure était collée à son crâne (Oudin ne portait jamais de couvre-chef) j'ai déduit qu'il était venu à cheval, et à bride abattue. Dans la lueur de la chandelle, j'ai vu à son visage que quelque chose de grave se passait.

«Oudin, qu'y a-t-il?»

Il m'a d'abord regardé longuement, incapable du moindre mot.

«Tu sais que j'ai un ami intime à la Conciergerie.»

J'ignorais cela, mais ce n'était pas le moment de m'attarder là-dessus. L'émoi d'Oudin était tel qu'il s'était remis à me tutoyer comme lorsque j'étais enfant.

«Et alors?»

«Lui-même a un ami au Palais. Bref, à eux deux, ils savent toujours tout. Mon ami m'a fait prévenir qu'on parlait d'arrêter Maître Lefèvre.»

«Quoi?»

«Oui, mon cher Claude, la folie de ces hommes n'a plus de limites. Monseigneur Briçonnet a bien essayé d'éviter le pire en proclamant toutes sortes d'interdictions. Mais Maître Lefèvre a commis le péché de rendre le Nouveau Testament accessible à ceux qui ne connaissent pas le latin, et on le lui pardonne d'autant moins qu'il continue depuis sa traduction. On disposera bientôt aussi de l'Ancien Testament en français. Il semblerait qu'on veuille l'arrêter demain, avec Maître Roussel qui est auprès de lui.»

«Et que puis-je pour vous?»

«On me connaît trop, et moi je suis quelqu'un qu'on remarque. Je voulais te demander d'aller voir Maître de Colines, de lui apprendre ce qui se passe, et de le prier de te remettre le manuscrit de la traduction d'une partie de l'Ancien Testament que je lui ai portée il y a une quinzaine de jours.»

«Mais que comptez-vous faire?»

Oudin a regardé autour de lui, puis s'est approché pour me souffler à l'oreille:

«Nous partons pour Bâle ou pour Strasbourg. C'est là que nous ferons imprimer cette Bible en vulgaire, puisque Paris ne la veut pas. Et Maître Lefèvre ne souhaite pas que ses ennuis rejaillissent sur la maison de Colines.»

Il s'est redressé.

«Et, à ce propos, demande à Maître de Colines de te donner deux exemplaires du Nouveau Testament. Et de mettre le reste à l'abri. On parle également de venir saisir son édition.»

«Il va avoir des ennuis, lui aussi?»

«Je n'en sais rien. Qu'il se méfie.»

À cet instant Pierre est entré, une chandelle à la main. Oudin a fait un pas vers la porte, je l'ai retenu. Depuis le temps que je travaillais pour lui, je connaissais Pierre par cœur: c'est un honnête homme, généreux et courageux.

«Oudin a un gros problème. Ou plutôt c'est Maître Lefèvre qui en a un. Si tu permets, je fais un saut jusque chez Maître de Colines, pendant ce temps tu pourrais nourrir cet homme, il doit en avoir besoin.»

Pierre n'a rien voulu savoir de plus.

«Venez, Maître Oudin. Vous allez passer la houppelande qui a appartenu à mon oncle qui était aussi grand que vous, et pendant que nous attendrons le retour de Claude nous sécherons vos vêtements dans la cheminée.»

Oudin m'a encore lancé un regard, je me suis enveloppé dans mon manteau et je suis sorti.

Pluie, vent, feuilles mortes qui me giflaient le visage, c'était comme si la nature voulait m'empêcher d'avancer. J'ai tant dû lutter pour parcourir la courte distance jusqu'à la rue Saint-Jean-de-Beauvais que j'en ai oublié d'avoir peur.

Dans la Maison aux Lapins, j'étais encore un peu chez moi. J'ai donc frappé et poussé la porte sans attendre qu'on vienne m'ouvrir.

C'est Maître Antoine, que je ne m'attendais pas à trouver là à cette heure tardive, qui est sorti de l'atelier.

« Claude ! Qu'est-ce qui se passe ? »

Il me connaissait trop bien, il a tout de suite compris mon alarme. J'ai raconté. En cours de récit, nous avons été rejoints par Maître de Colines, puis par les frères Estienne.

Lorsque j'ai terminé, nous nous sommes regardés longuement, incapables de parler.

« Lefèvre arrêté ! Un saint ! » a fini par dire d'une voix étranglée Maître Antoine, pour qui le Maître d'Étaples, il l'avait souvent dit, était un père.

« Il faut que j'y retourne avant le couvre-feu », ai-je fini par dire. « Sinon on ne laissera plus passer Oudin aux barrières. »

« Je vais voir si j'ai du papier ciré », a dit Maître de Colines.

« Et moi, je viens avec toi », a dit Maître Antoine dans la foulée.

« Mais non, je passerai mieux inaperçu seul. »

« Si un malfaiteur s'en prenait à toi alors que tu portes ce précieux manuscrit... Non, non. Je t'accompagne. »

L'idée d'être accompagné de mon beau-père ne me déplaisait pas. Bientôt, Maîtresse Guyone nous a apporté le paquet, ficelé, enveloppé de papier ciré et d'une peau pour éviter qu'il ne soit mouillé.

Robert l'a confié à Maître Antoine, qui avait déjà mis son manteau, puis il s'est adressé à moi.

« Tu diras à Oudin que nous lui donnons la minute que j'ai préparée pour la composition. Avec cela, Maître Lefèvre peut aller tout droit chez un imprimeur. Je garde l'original par mesure de précaution. Mais est-ce qu'à Bâle ou à Strasbourg ils sauront suffisamment de français ? »

«Plus qu'on ne pense», ai-je dit pour le rassurer, et aussi parce que, lors de notre passage à Bâle, nous l'avions parlé souvent.

Nous sommes sortis. Il me semblait que la pluie avait redoublé. Nous sommes descendus jusqu'à la rue des Noyers, que nous avons péniblement longée, car le vent s'y engouffrait avec une force inouïe. Maître Antoine portait le paquet serré contre lui, et je le précédais d'un pas pour tenter de couper la pluie, qui tombait presque à l'horizontale.

Par beau temps, le trajet n'aurait pas duré plus de quelques petites minutes. Ici, il a pris du temps, mais nous avons fini par arriver. On nous guettait, car la porte s'est ouverte à notre approche; nous nous sommes engouffrés dans la maison.

Lorsque nous avons été assis, un peu plus secs qu'en arrivant, tous pourvus d'un gobelet fumant qu'elle nous avait mis entre les mains, Maîtresse Marie, la femme de Pierre (ils s'étaient mariés peu auparavant), a dit tout en s'affairant pour que le feu brûle mieux, d'une voix sans réplique:

«Si quelqu'un s'avise encore de vouloir sortir d'ici ce soir, il faudra qu'il m'assomme d'abord.»

«Mais...»

«Vous avez vu le temps qu'il fait? Vous voulez mourir d'un coup de froid, tous tant que vous êtes? Cela ferait trop plaisir à Maître Beda, cet épouvante-enfants.»

«Mais Maître Lefèvre...»

«Votre Maître Lefèvre est un homme sensé, Messire Oudin, il ne va pas disparaître. Vous avez fixé un point de rencontre?»

«Plusieurs même. Mais c'est un vieil homme...» Oudin avait serré les poings. «Dire qu'ils font fuir un homme aussi vénérable, la crème des chrétiens!»

«Il ne voudrait pas vous perdre, vous lui êtes plus utile en bonne santé. Et avec quelle célérité allez-vous avancer dans une tempête pareille? Il y a une chance pour que le vent tombe avant l'aube, vous partirez à l'ouverture des portes.»

Elle nous a dévisagés un à un.

«En somme, si je comprends bien, il y a ici ce soir une bombe à mèche, et si un quelconque sergent à pied s'avisait d'y venir la chercher, nous pourrions tous mourir dans l'explosion.»

«Ce n'est pas certain», a dit Pierre. «Si Sa Majesté savait...»

«Mais Sa Majesté est toujours prisonnière de l'empereur Charles Quint, et, en attendant qu'elle apprenne tout ceci et qu'elle intervienne pour sauver Maître Lefèvre, on pourrait tous avoir fini sur le bûcher.»

Personne n'a répliqué. C'était vrai.

«Par conséquent, je m'en vais aller demain matin de bonne heure, sur notre mule, trouver ma grand-mère à Charenton, où je vous rencontrerai par hasard, Maître Oudin, et vous remettrai le paquet compromettant que vous pourriez, vous, vous faire arracher par le premier archer venu.»

«Il n'en est pas question», s'est exclamé Maître Antoine. «Si quelqu'un devait faire cela, ce serait moi.»

Elle l'a regardé d'un œil noir d'encre. Elle n'avait certainement, à l'époque, pas plus de seize ou dix-sept ans, mais son autorité était déjà époustouflante.

«Mon cher Maître Augereau, je ne cours aucun danger, moi, car il ne viendra à l'idée de personne de s'inquiéter de mon baluchon. Tandis qu'il suffit que n'importe lequel d'entre vous lâche la bride à son cheval, qu'il rencontre un argousin qui le connaît de vue et lui veut du mal, et vous perdez vos papiers. Sinon votre vie.»

Elle a fini par tous les amadouer. Nous sommes restés là, assis autour du feu, à attendre que la tempête se calme.

Pendant longtemps, personne n'a rien dit. Nous somnolions. Je ne sais combien d'heures ont passé ainsi. À un moment, Maître Antoine s'est mis à parler à voix basse. C'est probablement à moi qu'il s'adressait, mais on aurait presque dit qu'il parlait seul.

«Je ne comprends plus ce qui se passe. Nous découvrons des continents, Dieu nous fait don du livre, une invention fabuleuse, tout change. Et derrière ce chariot tiré par quatre chevaux fougueux vers l'avenir, quelques médiocres s'accrochent en criant arrêtez, arrêtez, revenez à avant, lorsque nous vivions dans les brouillards de l'époque gothique. Pourquoi les gens ont-ils peur de lever la tête vers le soleil du savoir? Comment ne pas vouloir purifier la sainte Parole? Personne ne veut quitter l'Église de Rome: ils nous en chassent. Vous vous rendez compte? Laissez venir à moi les petits enfants, disait le Seigneur. Et lorsque nous avons trouvé le moyen de faire connaître l'Écriture à tous, un Beda vient nous dire que de la traduire, nous sommes hérétiques. Dans quel monde vivons-nous?»

Personne n'avait de réponse à cette question.

Vers le matin, comme prévu, le vent est tombé. Lorsque la trompe du guet a retenti et que les premières cloches ont tinté, indiquant que les portes de la ville allaient ouvrir, Oudin était prêt. Pierre a amené sa monture, et celle de sa femme (qu'il n'a à aucun moment tenté de faire se désister – il l'adorait, et avait en elle une confiance aveugle). Ils se sont donné rendez-vous à Charenton. Elle est partie vers le Petit-Pont accompagnée de la servante. Oudin nous a tour à tour serrés dans ses grands bras. Mon cœur était lourd. Le reverrais-je jamais? Il était trop ému pour prononcer la moindre parole. Il s'est mis en route pour la porte Saint-Jacques. Sa monture enfourchée, il s'est retourné et nous a dit:

«À propos. Ils n'attendent qu'une occasion pour arrêter le chevalier de Berquin, et pour le brûler vif, pendant que le roi n'est pas là.»

Il est parti au galop.

XIX · Comment le bonheur de mon mariage est gâché par les premières persécutions dont sont victimes nos amis et qui pourraient nous menacer

Ma fiancée Guillemette et moi nous sommes mariés.

C'est bien la seule nouvelle vraiment lumineuse que je puisse donner de cette malheureuse période.

Car une fois que nous avons constaté que même ceux que le roi ou sa sœur protégeaient nommément étaient molestés et poussés à la fuite, cela a, chez nous aussi, été le branle-bas de combat. Tous tant que nous étions refusions l'étiquette d'hérétique. Nous nous considérions de bons chrétiens hier, comme nous affirmons être de fidèles serviteurs de l'Église aujourd'hui.

Maître Marot venait d'exprimer admirablement notre détresse croissante dans un poème qui circulait. Il l'avait adressé à un certain Nicolas Bouchard, qu'il connaissait un peu, un des Sorbonnagres (pas le plus acharné, mais il représentait la corporation). Ce bon docteur en théologie l'avait fait emprisonner sur la foi d'une dénonciation anonyme.

« Une femme dépitée sans doute », plaisantait Maître Marot en levant les yeux au ciel. Mais il n'y croyait pas lui-même : à travers lui, on visait Madame Marguerite, à qui on envoyait un message. Il considérait avoir eu de la chance. Nul ne sait ce qu'il aurait subi s'il n'avait été au service de la duchesse, et surtout si tant elle que Jehan Marot, son père, n'étaient intervenus avec vigueur.

Point ne suis Luthériste, proclamait Maître Marot,
Ni Zwynglien, & moins Anabaptiste :
Je suis de Dieu par son fils Jésus-Christ.

Je suis celui qui ai fait maint escrit,
Dont un seul vers on n'en saurait extraire,
Qui à la loi divine soit contraire.
Je suis celui qui prend plaisir et peine
À louer Christ & sa Mère tant pleine
De grâce infuse : & pour bien l'éprouver,
On ne pourra par mes escrits trouver.
Bref, celui suis, qui croit, honore & prise
La saincte, la vraie & catholique Église.
Autre doctrine en moi ne veux bouter :
Ma Loi est bonne.

Et puis il posait une question à laquelle nous aurions tous voulu recevoir une réponse :

Que quiers-tu donc, ô Docteur catholique ?
Que quiers-tu donc ?

C'était peut-être aussi la question que se posait le chevalier de Berquin. Il a été arrêté, au même moment que Maître Marot ou à peu près. On avait profité de l'absence du roi pour aller le faire prendre jusque chez lui, dans le Nord, et pour l'enfermer à la Conciergerie. Une fois encore ses livres ont été saisis, et on en a avidement lu les annotations en marge pour trouver des propositions hérétiques à censurer. Et lorsqu'on regarde avec ces yeux-là, on en trouve.

Il fallait se rendre à l'évidence : en dépit de la protection du souverain (qui s'était déjà intéressé aux travaux de Robert Estienne), et de celle de sa sœur, la peur rôdait. Maître de Colines avait été vertement tancé par le pouvoir, et pris de peur il avait accepté coup sur coup d'imprimer deux ou trois livres très violemment anti-luthériens. Robert et lui ont eu à ce sujet une altercation qui s'est entendue dans toute la maison. Robert reprochait à Simon sa pusillanimité, et Simon reprochait à Robert sa témérité.

Finalement, Maître de Colines a décidé de prendre une mesure extrême.

Il nous a réunis un samedi. Il y avait là les frères Estienne, Maître Augereau, Maître Tory, Pierre Haultin et moi. Maître Marot, que nous avions averti, est arrivé tout essoufflé, à la dernière minute.

«Nous ne pouvons pas tous partir pour Bâle ou pour Strasbourg», a constaté Maître de Colines d'une voix amère. «Et en même temps je ne sais pas comment nous pouvons vivre ici et continuer à faire ce que nous faisons. Tant que Sa Majesté sera en prison, nous sommes en danger, même si nos ennemis ne sont pas les mêmes.»

Robert Estienne a haussé les épaules.

«Je me suis laissé dire que, en matière de foi, l'empereur était aussi obtus que Noël Beda.»

Simon a insisté:

«Raison de plus pour que nous prenions nos précautions.»

«Je n'arrêterai pas de publier la Bible», a dit Robert sur un ton décidé. «Je suis persuadé que cette publication est nécessaire, et ce n'est pas ce petit homme qui me fera plier.»

«Ce petit homme, comme tu dis, a le pouvoir de t'envoyer au bûcher demain», a répondu Maître Antoine. «C'est un fanatique. Il ne se contente pas de traiter d'hérétiques les disciples de Martin Luther. Il suffit d'avoir l'esprit indépendant, d'oser étudier l'Écriture sainte et de proposer qu'une traduction manifestement fautive soit remplacée par une autre, plus exacte, et nous voilà gibier de potence.»

«Le problème essentiel», est intervenu Maître Tory, qui jusque-là s'était contenté d'écouter en dessinant au dos d'une feuille de maculature, «me semble être que Maître Beda et les siens ne voient de degrés ni dans l'hérésie ni dans le châtiment qu'elle mérite. Aux pseudo-crimes qu'ils dénoncent, ils ne proposent qu'un remède: le bûcher.»

«Vous savez ce que disait de lui mon père?» s'est enquis François Estienne. Et comme personne ne pipait mot, il a poursuivi: «Il l'avait bien connu, du temps où Beda était principal du collège de Montaigu. À l'époque, il avait commencé par être un penseur hardi. Croyez-moi si vous voulez, mais Père assurait que c'était un ami d'Érasme, qui a passé quelque temps dans ce collège. Et il était lié avec Maître Lefèvre, aussi.»

«Je ne te crois pas.»

«Attends que je te raconte la fin. Ils avaient de grandes discussions, peu ou prou sur les thèmes qui préoccupent bien des gens aujourd'hui encore: le libre arbitre, la réforme de l'Église. Il était le plus acharné de tous – Beda ne fait jamais rien à moitié. Et finalement il s'est fait réprimander par ses supérieurs, par l'évêque, je ne sais plus. Et, du jour au lendemain, il a tourné casaque. D'opposant, il s'est fait délateur. Érasme ne lui a plus adressé la parole, et Maître Lefèvre l'a méprisé. On l'a qualifié de traître.»

«Il paraît qu'il aurait écrit une réfutation de ses deux anciens condisciples», a observé Maître Clément. «Le bruit en circule dans l'entourage de Madame Marguerite.»

«Quels condisciples?»

«Parbleu! Érasme et Lefèvre. À qui d'autre veux-tu qu'il s'attaque? Il lui faut de la célébrité à se mettre sous la dent. Car, en plus, ce petit monstre est vain. Mais il faut dire une chose: Beda ne pourrait pas exercer sa malfaisance sans les manœuvres actuelles du Parlement.»

«C'est vrai», a observé Maître Tory. «Depuis que François a été fait prisonnier, ils essaient d'arracher des pans entiers de pouvoir à la royauté. Et la chasse à l'hérétique est une occasion d'autant plus rêvée qu'elle laisse le roi, qui n'est pas sot, fort sceptique. Ils font tout ce qu'ils peuvent pour prendre Sa Majesté en faute. Il leur faut donc voir des hérétiques partout, à tout prix. Ce n'est qu'ainsi qu'ils gardent le souverain, ce cher homme qui ne distingue pas un luthériste d'une alouette, sous leur coupe. C'est un plan diabolique. Des dizaines, des centaines de vies sont sacrifiées. Regardez le pauvre chevalier de Berquin. Ils lui cherchent noise avec obstination. Ce serait ridicule, si sa vie n'était pas en jeu. Vous savez qu'ils l'ont condamné. Hérétique relaps. Il a dû faire amende honorable et tout ce qui s'ensuit. Mais dans les faits, encore un mot de travers, et ils peuvent le brûler sans autre forme de procès.»

«Et dites-nous, Maître Clément: que pense Madame Marguerite de tout cela?»

«Elle se démène, elle écrit, elle crie, elle rappelle à l'ordre. La mort de son mari ne l'a pas détournée de ce qu'elle considère comme un devoir.»

«On dit que le duc d'Alençon est mort de dépit de n'avoir pas été capable de secourir le roi son beau-frère à Pavie.»

«Le duc d'Alençon a toujours été un sot qui n'arrivait pas à la cheville de sa femme. Mais je vous le dis: si cette femme n'était pas la sœur du roi, elle aurait déjà été brûlée vive. Elle le sait, mais elle continue. Elle est très courageuse, car s'il arrivait quelque chose au roi, elle pourrait aussitôt être en grave danger.»

«Tout ceci me conforte dans l'idée», est intervenu Maître de Colines, «qu'il faut à tout prix prendre des mesures.»

Robert l'a fixé d'un œil peu amène et, lorsqu'il a parlé, il y avait dans sa voix du mépris, ou de la dérision.

«Comment voyez-vous cela?»

«J'en ai le cœur lourd, mais je vais vous proposer que nous nous dispersions.»

Nous nous sommes regardés avec effarement. Nous étions un groupe soudé, de gens qui se connaissaient et travaillaient ensemble depuis longtemps.

«Ainsi vous serez débarrassé du danger que nous représentons pour la bonne marche de vos affaires», a lancé Robert d'une voix dure.

Un froid.

«Si c'est pour parler de la proportion des lettres, nous pouvons cesser de nous rencontrer, mais j'en serais marri», s'est empressé de dire Maître Tory. «Mon livre est prêt. Je vais l'appeler *Champ Fleury*, comme nous en avions décidé. J'ai presque fini de graver les images, et quant au texte, il ne me reste plus qu'à le composer. »

« Simon a peut-être raison. Il ne faut pas donner l'impression que nous conspirons », a dit Maître Antoine, sans doute pour calmer les esprits. « N'avais-tu pas l'intention de te mettre à ton compte, Robert ? »

« Oui, j'y pense, mais… »

Maître de Colines a renchéri.

« Si nous ne formons plus un groupe compact, on nous remarquera peut-être moins. Le Soleil-d'Or, plus bas dans la rue, en face du collège de Beauvais, vous voyez ? »

« Oui, et alors ? »

« Il va se libérer. Je vais le louer et m'y installer. Ainsi nous serions deux maisons séparées, mais voisines. » Il a eu un sourire. « Il faut bien que la route soit courte, mes enfants, sinon votre mère m'étriperait. Elle n'entend pas vous perdre de vue. »

« Vous avez la trouille au point de nous laisser cette maison ? »

Cette fois, l'hostilité de Robert était ouverte. Il ne pardonnait pas à Simon la publication d'un livre de Josse Clichtove, un ancien disciple de Maître Lefèvre qui avait tourné casaque et écrit un traité appelé l'*Anti-Luther* où, selon Robert, il reniait tout l'enseignement du Maître d'Étaples. Maître de Colines a fait comme s'il n'avait rien remarqué et a répondu aimablement.

« Mon cher Robert, la Maison aux Lapins vous appartient, à vous et à vos frères, il est naturel que ce soit moi qui m'en aille. »

Maître Marot a soupiré.

« J'espère que cela servira à quelque chose. Mais il faut que je vous dise que si on m'a accusé de manger du lard, et si on m'a mis dans une prison dont je ne suis sorti que grâce à la duchesse, une fois de plus, ce n'est pas à cause de vous ; ni uniquement parce que je suis son serviteur, à elle, bien que cela ait sans doute joué un rôle. C'est parce que je me suis mis à traduire les Psaumes de David en beaux vers français. Je le fais pour que tout le monde puisse les chanter en les comprenant, pour la plus grande gloire de Dieu. Mais les bédaïques considèrent que c'est de la lèse-majesté divine. Hérétique et à proscrire.»

Maître Antoine a eu un geste.

«Je profiterai de l'occasion pour retourner chez Maître Bocard à plein temps. Il se fait vraiment vieux, il a besoin de moi, et j'ai trop d'affection pour lui pour ne pas me sentir son obligé.»

J'ai pris mon courage à deux mains.

«Quant à moi, j'ai décidé de me marier, Guillemette m'a mis en demeure de le faire. Elle ne veut plus attendre, et à vrai dire moi non plus.»

Il y a eu un petit brouhaha de félicitations.

«On m'a dit hier que Maître Chevallon cherche quelqu'un pour s'occuper de son imprimerie», a dit Charles Estienne. «Je te le dis parce qu'il parlait de loger cet homme dans une suite de pièces sous son toit. Si la construction est passable, ce serait une occasion pour toi. Il ne publie que des ouvrages pieux et parfaitement orthodoxes, tu disparaîtras derrière son catalogue.»

Cela m'a fait sourire.

«Maître Chevallon? Et où habite-t-il?»

«Au Soleil-d'Or, celui de la rue Saint-Jacques. Il a aussi une librairie rue Saint-Jean-de-Latran, à l'enseigne de Saint-Christophe. Je ne saurais te dire à laquelle de ces deux adresses il a l'intention de loger son futur prote.»

Il n'y avait qu'une chose à faire: je suis allé le trouver.

Claude Chevallon était rond et blond. D'une affabilité déconcertante parce que inattendue. Il m'a reçu chez lui, m'a fait servir un repas, un verre de vin, avant toute question.

«Mon cher Garamond», a-t-il dit après que j'ai bafouillé quelques mots sur mes origines, «un homme qui sort de l'imprimerie des Estienne et qui a eu pour maître Antoine Augereau ne peut être que le bienvenu. Vous avez de la chance. Je ne me suis pas encore mis en quête du prote dont j'ai besoin, j'en ai juste parlé l'autre soir en passant. Aussi je vous engage sans plus de façons. À l'essai, pour voir si nous nous convenons mutuellement.»

Je me suis incliné.

«Vous vivez seul, jeune homme?»

«Heu... Justement. Je comptais me marier. Guillemette Gaultier et moi sommes fiancés depuis plusieurs années, et dans un premier temps je voulais attendre d'être mon propre maître, mais...»

«Non, non, n'attendez plus. Je vous donne l'appartement qui est au-dessus de la librairie, à l'enseigne de Saint-Christophe, il est vide en ce moment, mon fils a déménagé dans la maison du Rouet, que je viens d'acheter à deux pas d'ici.»

Et ainsi Guillemette et moi nous sommes mariés. À Paris la cérémonie a été moins fastueuse que le mariage poitevin de ma mère et de mon beau-père, mais elle a tout de même été belle.

Je suis allé trouver la bouquetière qui se tenait chaque jour de l'année (me semble-t-il) depuis dix ans que je vivais là, au coin de la rue des Noyers, et qui avait tant de fois égayé de tristes journées par sa chanson.

À mon pot d'œillets
Il est plantureux,
Pour faire bouquets
Pour les amoureux.

Elle avait tout un répertoire de ces cris charmants auxquels je me reproche de ne jamais prêter suffisamment attention.

Je l'ai donc priée de nous faire des chapeaux de fleurs, de parer notre maison – en somme, je lui ai donné du travail pour plusieurs jours. Elle a accueilli la requête avec enthousiasme et s'est mise à l'ouvrage.

À la faveur d'un involontaire regard indiscret, j'ai vu que Maître Antoine sculptait une quenouille, nul doute qu'il allait en faire cadeau à Guillemette.

J'ai découvert que pour se marier il fallait proclamer des bans. Il y avait la corbeille de mariage, dans laquelle plusieurs choses étaient obligatoires – un paternoster, un nombre déterminé de jupons, une cuillère en argent... J'avoue avoir laissé cela à ma mère, qui s'employait avec une énergie sans pareille à organiser la fête.

«Mon petit Claude», je dépassais ma mère d'une tête depuis longtemps, mais pour elle je serai à tout jamais son petit Claude, «tu as fait un long voyage pour venir me donner à Antoine, permets-moi de me dépenser à mon tour. C'est un rendu pour un prêté, pourrait-on dire.»

Et elle a ri de son rire de jeune fille. Ma sœur et son mari (ils avaient eu entre-temps deux enfants) venaient la voir de temps à autre et lui donner un coup de main. Ils se sont donné le mot pour commander un repas qu'on qualifierait aujourd'hui de pantagruélique – mais à cette époque, Pantagruel n'était pas encore né. Ou, s'il était né, nous l'ignorions.

La cérémonie a eu lieu à l'église Saint-Jacques-du-Haut-Pas, qui est petite et qui était pleine, bien que nous ne fussions pas si nombreux.

Il y avait là mon frère et ma sœur avec leurs familles respectives, ma mère, qui m'a accompagné à l'autel, Maître Antoine, bien sûr, avec son apprenti, mon beau-frère Pierre, et le reste de la famille Gaultier (que je connaissais mal). La famille Estienne était venue au grand complet, de même que Maître de Colines ainsi que Maître et Maîtresse Tory.

J'avais beaucoup dit pendant les jours qui ont précédé la cérémonie qu'Oudin me manquerait. C'était mon ami fidèle, en qui je voyais depuis longtemps un frère aîné en dépit de ses répétés: «Je ne suis qu'un serviteur.»

Maître Marot, qui pour les nouvelles de la Cour était l'homme le mieux informé qui fût, nous avait appris que, à son retour de prison, la première chose que le roi avait faite ç'avait été de vouloir tirer le chevalier de Berquin de la Conciergerie où il croupissait toujours, et de rappeler Maître Lefèvre et Maître Roussel. Selon lui, Maître Lefèvre se trouvait présentement sous la royale protection à Blois.

«Donnez-moi un message pour lui, je verrai si je peux le lui faire tenir.»

Cela avait marché. Au petit matin du jour de mes noces, ma mère et Maître Antoine avaient trouvé Oudin sur le pas de leur porte. En distinguant sa haute silhouette, son bon visage, dans la cohue qui entrait à l'église, j'ai senti me monter aux yeux des larmes de joie.

Il faut dire que ce jour-là j'étais encore plus ému que lors du mariage de ma mère et de mon beau-père. Après la cérémonie, nous avons festoyé tout un après-midi, rue des Carmes. Oudin, à son habitude, a fait danser les assiettes, pour la plus grande joie des convives. Il a joué une de ses farces, changeant tour à tour de rôle, il a servi de monture à tous les enfants qui couraient entre nos jambes. Un des plus vifs était mon jeune frère, qui avait quatre ou cinq ans. Avec tous ces graveurs autour de lui, inutile de dire qu'il savait déjà son alphabet par cœur; il écrivait d'une main maladroite, mais il écrivait. Et Maître Antoine lui apprenait les rudiments du latin. Il nous a bombardés de comptines et de petits poèmes, faisant montre d'une mémoire que je lui enviais.

Le soir venu, j'ai quitté à la fois mon état de célibataire et, provisoirement, ma vie de graveur. Le lendemain, je commençais à travailler chez Maître Chevallon.

«Quel dommage que tu t'en ailles de chez moi», m'a murmuré Pierre Haultin au moment où il partait, un peu éméché, comme moi d'ailleurs, «demain je commence à expérimenter.»

«Qu'est-ce que tu expérimentes?»

«La gravure des notes de musique.»

«La quoi?»

«Tu m'as bien entendu, les notes de musique, *la, la, la, la, laaaa-la*.»

«Je viendrai voir.»

«Je compte sur toi. De toute façon, la dissolution de notre petit groupe ne trompera pas les fins limiers. Cela leur donnera tout juste un peu plus de travail pour nous surveiller.»

«C'est toujours ça de pris.»

«C'est vrai, autant les occuper.»

Marie, sa femme, est venue l'arracher à la conversation, et ils sont partis tous les deux en riant très fort.

Comme à mon habitude, je m'attarde sur les moments heureux par couardise: j'appréhende d'affronter le malheur. Il s'est pourtant abattu sur nous bien vite. Par «nous» je n'entends pas notre petit groupe, mais les libraires en général.

Intrépide, Robert avait réorganisé sa maison, et lui avait même donné un nouveau nom: l'enseigne de Saint-Jean-Baptiste était devenue L'Olivier. Il continuait son travail sur la Bible, multipliant les nouveautés sans tenir compte du danger.

Personnellement, j'étais à l'abri. Cela me changeait d'être prote: je n'avais jamais fait cela auparavant. Maître Chevallon imprimait de façon fort ostentatoire des livres religieux à la chaîne. Le premier auquel j'ai travaillé a été les *Opera omnia* de saint Bernard de Clairvaux.

Parallèlement, j'ai encore eu à m'occuper d'un traité imposant qui était presque achevé, et qui était si enfoui dans la production sans reproche de Maître Chevallon que la Faculté de théologie ne s'est probablement pas rendu compte de son contenu pourtant hétérodoxe; les Sorbonnagres étaient si aveugles aux changements qui se produisaient qu'ils ne s'apercevaient pas que tous les domaines de la vie étaient touchés, et pas seulement la religion; dans le cas particulier, il s'agissait du *Methodus medendi* de Galien, un traité de médecine. Ce livre m'a valu de revoir quelqu'un que j'avais perdu de vue mais à qui je pensais souvent: Frère François Rabelais.

Guillaume Budé était un grand savant que même Noël Beda n'avait pas réussi à intimider. Et c'est lui qui a exhumé le traité de Galien, l'a édité et commenté.

Pendant qu'il discutait avec Maître Chevallon de problèmes de vocabulaire et de mise en pages, je me suis aparté un instant avec Maître Rabelais, et lui ai demandé des nouvelles.

Son ami Pierre Lamy et lui avaient finalement pu quitter les cordeliers de Fontenay, mais il avait fallu l'énergique intervention de Maître Budé et même de Monseigneur du Bellay (si je ne m'abuse), car tout d'abord les deux moines avaient été traités d'hérétiques, on leur avait confisqué leurs livres grecs, et ensuite Maître François s'était retrouvé au cachot. Pierre Lamy, lui, avait réussi à fuir avant d'être enfermé, et avait couru jusqu'à Maillezais pour alerter Monseigneur d'Estissac, qui avait été un des compagnons de jeunesse de Maître Rabelais et qui tenait les deux moines en très haute estime.

« Il a envoyé à Paris un messager qui a chaussé les bottes de sept lieues, je ne vous dis que ça », a dit Maître Rabelais dans un grand rire. « J'ai à peine eu le temps de me fabriquer une soif à boire un tonneau à moi tout seul, d'éprouver une faim à me manger les mains ou à me ronger les foies, et de subir un froid à en rester à jamais transi, qu'il arrivait à Fontenay en personne, en grand apparat, avec une lettre de Monseigneur du Bellay, et entouré d'hommes en armes pour faire bon poids. Le prieur a tenté de résister, mais Monseigneur d'Estissac, qui est aussi bon soldat qu'humaniste, a ordonné à ses hommes d'enfoncer la porte de mon cachot, et le tour a été joué. Ils ont ouvert sans plus attendre. Et vous savez ce qu'a dit d'Estissac ? »

« Il a dit son plaisir à vous revoir ? »

« Tout le contraire. Il a dit : "Par saint Foutin l'apôtre, Rabelais, comment osez-vous paraître devant moi sale, hâve et puant comme l'incarnation d'un cul-de-basse-fosse." Je n'ai eu que la force de répondre : "J'ai revêtu ce costume pour vous marquer mon respect, Monseigneur. Sinon, dans l'état d'esprit où je suis, j'aurais encore été tenté de vous embrasser sans façon sur les deux joues." Il était temps. Je n'avais plus rien eu, ni à manger, ni à boire, depuis huit jours, je crois que ces saints hommes avaient tout bonnement décidé de me laisser trépasser. J'avais déjà de ces hallucinations qui viennent de ne rien absorber pendant longtemps. Il a fallu des semaines pour que je sois remis en état. Bref, j'ai payé cher ma sortie de chez les cordeliers.» Il avait pirouetté à l'instar d'une dame pour nous faire admirer la bure bénédictine. «Ma seule tristesse, c'est que dans tout cela j'ai été séparé de Frère Pierre Lamy le bien-nommé, car c'est à lui que je dois mon salut. On m'a dit qu'il était à Lyon. Je m'y suis précipité, mais il était déjà parti pour Bâle. Et maintenant, aux dernières nouvelles, il serait au plus mal, là-bas, tout seul. Il n'a jamais été en grande santé, tout ça lui aura ébranlé ce qui lui en restait.»

Il a cherché des yeux Maître Budé.

«Il m'a amené ici pour que je l'aide à contrôler ce texte, ne le faisons pas attendre. Un texte capital, d'ailleurs. Je me propose de l'étudier mot à mot. Si j'arrive à être médecin comme je le souhaite, il me sera de la plus grande utilité. Pensez que l'interprétation d'un mot de Galien peut sauver une vie, ou la perdre. Allons, cher ami, je m'en vais auprès de ces messieurs. Je ne doute pas que nous nous reverrons.»

Si moi j'étais à l'abri, d'autres ne l'étaient pas.

Je ne saurais dire dans quel ordre exact les choses se sont passées. On a brûlé vif un imprimeur coupable d'avoir imprimé je ne sais plus quel livre qualifié de séditieux, un jeune avocat accusé d'être luthérien, un artisan qui se serait demandé s'il était juste de vénérer la Vierge. On a de même exécuté un gentilhomme poitevin, Monsieur de la Tour (Maître Antoine, qui connaissait sa famille, en a été malade), sur un ouï-dire: il aurait prêché le luthéranisme lorsqu'il était en Écosse au service du roi. On a brûlé un batelier qui n'était pas assez dévot. Ce sont là les premiers cas qui me viennent à l'esprit, sans que je doive chercher, mais ce ne sont pas les seuls. Cette sinistre litanie pourrait se poursuivre. Quant au chevalier de Berquin, on ne l'exécutait pas encore et, si cela signifiait qu'il en réchapperait une fois de plus, le moins qu'on puisse dire est qu'il tardait à être libéré.

Dans cette ambiance étouffante, Maître Beda a publié un traité dont nous avions entendu parler mais auquel personne n'avait vraiment cru en raison de l'énormité de son propos : ses *Annotationes in Jacobum Fabrum Stapulensis libri duo, et in Desiderium Erasmus Roterdamum liber unus*.

Les deux grands savants y étaient accusés, en même temps que le chevalier de Berquin (à cause de ses traductions d'Érasme), d'être des « hérétiques cachés ». Maître Lefèvre s'attirait toutes sortes de noms d'oiseau, comme par exemple « arien » ou « macédonien ». Qu'on ne me demande pas d'expliquer ces épithètes.

Maître Antoine avait réussi à se procurer un exemplaire du livre.

« En fait, Maître Beda confond en une même réprobation les schismatiques et les humanistes qui aspirent aux Temps Nouveaux, au nombre desquels je me permets de me compter ; pour lui, si schisme il y a, nous en sommes responsables. Pour lui, humaniste et luthérien sont tout simplement synonymes. »

J'ai parcouru l'ouvrage, et je dois dire que, par moments, je n'en croyais pas mes yeux. Maître Beda n'y est pas allé de main morte : dans la préface déjà, il insulte les humanistes à grands coups de *sabelliens, eunomiens, donatistes, hérétiques honteux, vaudois, hussites, wiklefistes déclarés, blasphémateurs, impies, immoraux*.

Qui plus est, il se vantait de ne pas avoir lu les livres qu'il condamnait. Douze ans après leur parution, il découvrait soudain cent quarante-trois propositions hérétiques, pas moins, dans les *Commentaires sur les Épîtres de saint Paul*, qu'il prétendait pourtant ne pas avoir lus !

Dans le corps de son livre, il s'adressait directement aux victimes de son torrent d'éloquence creuse (mais non moins dangereuse).

Il accusait Érasme de jouer *une comédie qui ne trompe que des sots*. Pour Maître Beda, le Maître de Rotterdam était *schismatique* du simple fait qu'il écrivait des choses qu'on n'avait jamais lues jusque-là. Or tout propos *qui s'écarte des traditions intellectuelles que la Sorbonne a consacrées est pernicieux*.

En lisant cela, Maître Antoine a bondi.

« C'est ça. Restons coincés à tout jamais dans les brouillards des temps primitifs. Nions les conquêtes du temps. Arrêtons l'horloge du Palais, pendant que nous y sommes ! »

Maître Lefèvre en prenait aussi pour son grade. S'il stigmatisait la corruption des moines, à en croire Beda, c'était pour laisser entendre que la vie religieuse est incapable d'observer la loi divine. La preuve ? *J'ai entendu cela*, écrivait l'auteur, *il y a trois ans, par un de ses disciples, qui assurément s'exprimait dans les termes mêmes de son maître*. Irréfutable, bien entendu… Parler, à l'instar de saint Paul, des respects dus à la puissance civile, cela sous-entendait qu'on voulait *supprimer la puissance ecclésiastique*.

Inutile de poursuivre la liste de ces inepties.

La méthode du sinistre théologien était si primitive que même moi en voyais la grossièreté. Il jugeait en bloc, extrayait de l'ouvrage des propositions qu'il condamnait. Peu importait le contexte, peu importaient les intentions de l'auteur et le sens véritable du texte.

Ces *Annotations contre Jacques Lefèvre d'Étaples et Didier Érasme* ont provoqué chez ce dernier une furieuse colère qui s'est entendue, de Bâle où il se trouvait, jusqu'à Paris. Pour dénoncer ceux qu'il appelait les *beddaici*, Érasme s'est adressé au Parlement, de même qu'au roi, désormais rentré d'Espagne où il avait été prisonnier, et d'où il n'avait pu partir qu'en laissant ses deux fils aînés en gage, pour ainsi dire.

Sa Majesté n'a pas hésité une seconde : elle a interdit les *Annotations*. Trop de ses amis y était couverts d'injures grossières.

Le chevalier de Berquin, que Madame Marguerite avait enfin réussi à faire libérer une fois encore, avait la sensation de triompher. Il s'est aussitôt mis en devoir de dénoncer, dans les *Annotations* mêmes, douze propositions hérétiques. Il a même dû réussir à faire peur à Maître Beda puisque, lorsque le livre a tout de même été republié (dans je ne sais quelle ville allemande), ces douze propositions avaient disparu. Mais bien entendu l'essentiel n'était pas là : l'essentiel était que le chevalier s'était fait de Maître Beda un ennemi impitoyable, voyant « l'erreur » partout et ne cessant de se dresser contre elle partout où elle lui apparaissait.

Maître Budé, qui venait encore souvent chez Maître Chevallon pour son livre, était aussi indigné que Maître Antoine.

« Maître Érasme m'écrit que *dans Beda il y a mille moines* ; que les assauts de ces gens-là, *c'est la conspiration de l'audace, de l'ignorance et de la peur* ». Il a soupiré. « Il a raison. Ces gens obtus et paresseux, qui s'accrochent à une pensée surannée, mettent en péril les lettres humanistes, mes amis. »

Le soir, lorsque je rentrais chez moi, je parlais de tout cela avec Guillemette. Comme tant d'autres filles d'imprimeur, elle savait lire et écrire depuis son plus jeune âge. Elle n'avait d'ailleurs pas résisté à l'appel de la librairie Chevallon qui était juste sous nos pieds, et s'y rendait souvent. Elle a même fini par y aider le fils Chevallon et sa femme à vendre les ouvrages.

Et lorsque je rentrais le soir, elle m'attendait toujours avec un livre sur les genoux.

Notre union était sans nuages. Ou plutôt elle aurait été sans nuages si nous avions eu un enfant. Mais deux grossesses consécutives se sont mal passées. Guillemette avait perdu l'enfant très tôt, avant qu'il ne puisse vivre. Après ces deux naissances avortées, elle n'a même plus été en espérance ; aujourd'hui, nous sommes toujours heureux ensemble, mais nous avons dû nous faire à l'idée que nous n'aurons pas de descendant.

XX · Comment, pendant que nous travaillons à créer l'alphabet des Temps Nouveaux, les forces de l'époque gothique anéantissent le chevalier de Berquin

Dans ce mémoire destiné à parler de Maître Antoine Augereau, je serais presque tenté de sauter à pieds joints par-dessus les quelques années qui ont suivi. Nous avons travaillé, beaucoup travaillé.

Chez Maître Chevallon, je ne suis pas resté longtemps prote. Je lui ai expliqué que je désirais passer maître à mon tour, et que pour mon chef-d'œuvre je comptais graver un nouveau caractère romain. Je lui ai également expliqué que je souhaitais me mettre à mon compte non pas en tant qu'imprimeur mais, si mes caractères avaient suffisamment de succès, en tant que graveur. Maître Chevallon est à la fois un commerçant avisé et un homme très affable. Il a compris mon vœu, a cherché une solution qui fût avantageuse pour lui autant que pour moi, et m'a proposé de travailler comme imprimeur une partie de mon temps, et comme graveur pour le reste. S'il lui plaisait, il se réservait le droit d'utiliser en primeur le caractère que je graverais. Au bout d'un an ou deux, j'ai cédé la place de prote à un autre.

J'ai travaillé au chef-d'œuvre, Maître Chevallon s'en est servi lorsque ses clients lui demandaient du romain, et j'ai passé maître. Mais si la corporation était satisfaite, j'estimais ne pas avoir travaillé avec suffisamment d'assiduité, et je n'étais pas heureux du résultat.

Pire : j'ai vu le visage de Maître Antoine lorsqu'il a examiné cette première tentative de travail solitaire.

«Tu permets que je te fasse quelques observations?», a-t-il dit.

«Vous pouvez même me dire de recommencer, si vous voulez, Maître Antoine. Je n'ai pas eu suffisamment de temps pour pouvoir me consacrer comme je l'aurais voulu à ce délicat travail, je ne suis que trop conscient de ses faiblesses.»

«Alors trouve-toi un commanditaire, mets-toi à ton compte et grave quelque chose de vraiment nouveau, tu as tout ce qu'il faut pour cela: connaissances et habileté. Je suis certain que Robert Estienne te commanderait une fonte s'il savait que tu es prêt à la faire.»

Je suis allé voir Robert, qui a tout de suite été enthousiaste.

«Je viens de m'entendre avec Maître Antoine pour qu'il grave à mon intention un caractère exclusif, dans l'esprit de celui dont vous vous êtes entretenus avec Maître Tory, mais le prochain sera pour toi. Une fois que tu auras créé un alphabet romain ou grec...»

«Je ne sais pas le grec.»

«Tu le lis, tu as pour maître un homme qui sait le graver, ne me dis pas que tu n'as pas observé comment il fait?»

«Bien sûr, j'ai regardé.»

«Tu sais donc comment il fait?»

«Oui, d'abord il l'écrit, et puis il copie son écriture. Mais son écriture grecque est admirable. La mienne est inexistante.»

«Le jour où cela se posera, on trouvera un artiste du grec pour te l'écrire, va. Et comme tu as un œil et une main très sûrs, je ne doute pas que tu feras un travail splendide. Sans compter que nous serons là pour t'aider. Je suis certain que je ne serai pas le seul à me servir de tes caractères, qu'ils soient romains ou grecs. Maître Augereau et toi ne serez pas de trop pour tous ceux que cela intéresse; vos fontes ne seront pas pareilles, mais elles seront deux interprétations venues d'une même source, celle du savoir éclairé.»

«La mienne pourrait n'être qu'une pâle imitation de la sienne.»

« Tu m'agaces, Claude. Tu passes ton temps à douter de tes capacités. Il faut être hardi, surtout lorsqu'on a autant de dons que toi. Tu n'as pas les mêmes que moi mais, par ailleurs, je serais bien incapable de faire ce que tu fais. Tu as été l'élève de Maître Antoine, pour l'instant il fait encore un peu mieux que toi. Cela n'a rien de déshonorant, et je me permets de deviner qu'il n'en sera pas toujours ainsi. Et puis, lui, ce qui l'intéresse, c'est l'édition. Il grave ses poinçons tout d'abord pour lui-même. S'il fait une exception, c'est parce qu'il m'a promis un jour, alors que je devais avoir douze ans, qu'il ferait cela pour moi, et que c'est un homme de parole. Tu connais Maître Galiot du Pré ? »

« En passant. Lorsque j'étais apprenti il tenait boutique au Palais. Je me souviens qu'on y trouvait des livres de toutes sortes. Pas seulement des traités de théologie ou de droit. »

« Oui, c'est un homme aux intérêts divers, doté d'une habileté que je lui envie pour passer entre les orages. Si je t'en parle, c'est parce qu'il veut que Maître Antoine utilise pour lui sa fonte dès qu'il l'aura faite. Et, même là, Augereau est réticent, alors que depuis quelque temps Galiot et lui sont devenus de grands amis à travers Maître Bocard qui le connaît bien. »

Maître Antoine travaillait désormais à temps plein chez Maître Bocard, qui était moins actif que par le passé, mais qui n'en imprimait pas moins de gros livres. Il trouvait tout de même le loisir de peaufiner des caractères entièrement nouveaux, qui ne ressemblaient plus guère à ceux qu'il avait gravés autrefois pour les Estienne. Il se proposait d'en livrer une version à Robert, et d'en graver aussitôt une deuxième pour lui-même. Je le trouvais souvent penché sur ses dessins, ou un contre-poinçon à la main.

« Cette fois, je suis retourné à la source : personne n'a fait mieux que Maître Griffo pour le bas de casse, Maître Tory a beaucoup travaillé, mais c'est surtout sur les capitales. Tu te souviens de Maître Griffo ? »

« Bien sûr. »

«*De Ætna*. Je l'ai toujours, et je m'en inspire.»

Je sais qu'il rencontrait de temps à autre Maître Marot et que les deux hommes discutaient beaucoup. Les rares fois où j'étais présent, j'ai constaté que cela allait de la religion à l'orthographe en passant par la typographie. Et parfois Maître Clément se laissait aller à des envolées au sujet de son Marotteau, le petit garçon que venait de mettre au monde la femme qu'il avait épousée l'année précédente – et qu'il appelait régulièrement sa «Marotte».

Ma mère vivait en harmonie avec son second mari. Elle n'a plus eu d'enfants.

«Guillaume a été pour moi la surprise de dernière minute», aimait-elle à dire plaisamment, «le cadeau que le Seigneur nous a fait pour nous signifier que notre union était bénie et qu'elle Lui était agréable.»

Mon demi-frère Guillaume grandissait, son père lui apprenait avec patience lecture, écriture, latin, arithmétique, et la gravure des lettres était pour lui comme un jeu, même si les résultats (gravés pour l'instant dans le bois) étaient encore fort approximatifs.

En quelques lignes, j'ai résumé un tran-tran qui a duré trois ou quatre ans.

Si je m'attarde quelque peu sur cette période, c'est à cause des événements qui se passaient hors de notre cercle familial ou professionnel. Et s'il faut évoquer ces événements, c'est parce qu'ils ont non seulement marqué le destin de tous les Parisiens, mais aussi parce que ce sont eux qui ont, directement ou indirectement, abouti à la mort de Maître Antoine et de toutes les victimes de la répression qui sévit aujourd'hui encore.

Un tournant a été atteint le jour où un fou, un de ces êtres qui, une fois qu'ils ont adopté une idée, veulent à tout prix l'imposer à tout le monde par la force, a mutilé une statue de la Vierge placée à l'angle d'une maison près de l'église du Petit-Saint-Antoine. À mes yeux, un tel homme ne valait pas mieux que Maître Beda. Le peuple s'est soulevé. De toutes les paroisses de Paris sont parties des processions nombreuses qui allaient réciter des prières et proférer des menaces sur le théâtre de la mutilation. Tous les suppôts de l'Université, docteurs, licenciés, bacheliers, maîtres ès arts, écoliers, conduits par leur recteur, ont fait de même. Finalement, le roi y est allé en personne, escorté de ses gentilshommes, de son clergé, de ses archers, tête nue et tenant un cierge à la main. Et le spectacle de l'indignation populaire a durci sa position : si jusque-là il avait manifesté de l'indulgence pour les idées nouvelles, cela n'a plus été le cas ensuite. Du moins pendant un temps, car Maître Marot assurait que le roi changeait souvent d'humeur et d'opinion. La persécution a repris, pire qu'à l'époque où il était prisonnier, d'autant plus violente qu'elle succédait à une accalmie.

Bientôt, les crieurs publics ont proclamé au coin des rues que quiconque connaissait des luthériens cachés devait les dénoncer au Parlement : s'il le faisait, il recevrait vingt écus d'or, s'il s'abstenait ou, pire, les cachait, il serait brûlé.

Nous étions à la merci d'un voisin cupide ou querelleur.

Le bruit et la fureur tout proches ont assourdi les échos de ce qui se passait au loin. Nous n'avons su qu'à peine que le connétable de Bourbon, parent et ami du roi qui avait tourné casaque et avait fait perdre son royal parent à Pavie comme il l'avait fait gagner à Marignan, avait envahi Rome au nom de l'empereur Charles Quint, et l'avait pillée. C'était assez difficile à comprendre pour nous, petites gens, que ceux qui se proclamaient les serviteurs les plus assidus de l'Église de Rome puissent mettre la Ville éternelle à sac et, si les bruits qui couraient à Paris étaient avérés, garder le pape prisonnier, ou en tout cas dans l'impuissance d'agir. Nous aurions mieux compris, après tout ce qui avait été dit d'eux, si cela avait été le fait des luthériens.

La contradiction ne semblait pas troubler le moins du monde la Sorbonne, elle se délectait de tout autre chose : la persécution à l'endroit du chevalier de Berquin.

Maître Beda avait décidé de se venger de lui en le tuant, et cette fois il n'a eu de cesse jusqu'à ce que cela réussisse.

Maître Chevallon, qui a toujours eu le don de tirer le meilleur de ses gens, avait compris mon profond intérêt pour la gravure de caractères et, pour que je ne le quitte pas, il m'avait installé dans un local attenant au Soleil-d'Or, qu'il appelait son «annexe» (et que j'ai bientôt appelé *mon* annexe), où il y avait une presse, desservie par deux hommes, mais surtout un établi, un creuset et tout ce qu'il fallait pour créer des fontes. Je m'occupais plus qu'autre chose de gravure et de fonte, pour lui ou pour d'autres. Je n'étais pas mon propre maître, mais c'était tout comme. Tout cela pour dire que, placé comme je l'étais rue Saint-Jacques, pour ainsi dire en face de la Sorbonne, les échos de ce qui se passait me parvenaient comme jamais auparavant.

Je ne parlerai pas ici des censures dont les traductions que le chevalier avait faites du grand Érasme faisaient l'objet. Ce n'étaient que des traductions, et ce savant était un fervent partisan de l'Église de Rome, il avait condamné à voix haute, ou dans des écrits qui circulaient largement, les doctrines de Luther. Mais la Faculté de théologie avait pris Érasme en grippe. Et c'était une excellente excuse pour persécuter son traducteur. Ainsi, profitant de l'indécision du roi et de l'absence de Madame Marguerite, qui soit dit en passant avait épousé le roi de Navarre et avait même tenté (mais en vain) de mettre le chevalier à l'abri en l'engageant au service de son nouvel époux, un des bédaïques, un nommé Nicolas d'Authuile, a demandé qu'on refasse le procès Berquin. D'autres se seraient éclipsés, en Navarre par exemple, pour être hors d'atteinte. Pas le chevalier. Il était persuadé d'être dans son droit – il l'avait dit à Maître Marot qui nous l'avait répété – et il faisait face: un soldat ne bat pas en retraite, c'était son principe.

Chaque jour, il se rendait ainsi, sans gardes, de son logis au Palais où, à ce qu'il paraît, il était traité avec honneur.

J'avais convaincu Maître Chevallon de faire mettre à l'ouverture qui donnait sur la rue Saint-Jacques de ces vitres comme j'en avais admiré à Bâle et comme il commençait à y en avoir à Paris. Il avait acquiescé en dépit de leur coût. Elles me protégeaient mieux du froid et j'y voyais plus clair ; et cela m'économisait tant de bois et de chandelles que mon maître a vite compris que son argent était bien placé : il a fait vitrer toutes ses ouvertures. Et puis, il suffisait que je lève les yeux de mon travail pour voir l'activité de la rue. Je trouvais cela très plaisant.

J'oublie de dire qu'on m'avait confié un apprenti, nommé Dieudonné, auquel j'enseignais, pour l'instant, seulement la fonte des caractères, car je ne me sentais pas apte à lui enseigner la gravure. Pas encore, en tout cas. Son père avait été en affaires avec le mien, et il nous avait été envoyé par mon frère Jehan, avec qui je n'avais par ailleurs plus beaucoup de rapports.

Mon apprenti avait du sens pratique et l'envie d'apprendre. Il était doté d'une curiosité dévorante dans tous les domaines, s'intéressait à toutes les facettes du métier d'imprimeur. Et cela ne s'arrêtait pas là : rien de ce qui se passait autour de nous ne lui échappait. Si je voulais savoir quelque chose, il suffisait que je l'envoie courir les rues.

« Je reviens bientôt, Maître », disait-il, en plissant sa frimousse aux taches de son, le sourire malicieux sous des cheveux, des cils et des sourcils d'un rouge abricot. Il enfonçait son chapeau sur sa tignasse flamboyante, et il disparaissait dans la foule. Il réapparaissait toujours assez rapidement, avec l'information désirée. Il avait des oreilles comme des entonnoirs : tous les potins semblaient s'y déverser, et si je l'avais laissé bavarder, j'aurais probablement été au courant de tout ce qui se passait à Paris.

Un jour, Robert Estienne, qui passait devant la boutique, a ouvert la porte, a passé la tête dans l'entrebâillement pour me saluer, et m'a lancé :

«On me dit que le chevalier de Berquin serait prisonnier à la Conciergerie.»

De saisissement, j'en ai laissé tomber mon contre-poinçon.

«Ah, mon Dieu! Cette fois on le brûlera, c'est sûr.»

«Ce n'est qu'un bruit qui court. Prions le Seigneur qu'il soit faux.»

Et il a pris congé aussi vite qu'il était arrivé.

«Dieudonné, va voir.»

Il a posé son instrument.

«Je descends à la Conciergerie, Maître.»

«Prends garde à toi.»

Il a haussé une épaule insouciante, a attrapé son chapeau, s'est enveloppé dans sa houppelande, car il faisait froid, et il a disparu.

Le jour commençait à baisser lorsqu'il est parti, il n'était pas encore complètement tombé lorsqu'il est revenu en courant.

«Oui, Maître, c'est vrai. Il est à la Conciergerie. On a saisi tous ses livres et on espère y trouver de quoi le censurer, le condamner comme hérétique relaps, m'a-t-on dit.»

«Et le chevalier?»

«Il attend. Je l'ai vu.»

«Comment ça, tu l'as vu? Ne me fais pas languir!»

«Un des apprentis de la Conciergerie est un camarade d'école. Il m'a amené en catimini jusqu'à l'appartement où il est retenu. Il donne dans la cour du préau, celle qui est réservée aux détenus pour "matière civile". Selon mon ami, on y jouit de quelque liberté et on peut y recevoir ses amis et ses domestiques. Dans la pièce elle-même, il y a un brasier, mais il y fait diablement froid tout de même.»

«Et que faisait le chevalier?»

«Il se tenait devant le brasier, enveloppé dans son manteau, le chapeau sur les yeux, l'allure d'un gentilhomme, très bien vêtu, et calme comme s'il était chez lui. Il dormait peut-être, car il n'a pas bougé. Mais je crois plutôt qu'il réfléchissait. Nous ne l'avons vu que par le soupirail, bien sûr.»

«Et que dit-on?»

«On dit qu'un gentilhomme dont je n'ai pas compris le nom a appris que le chevalier était en prison et qu'il a fait un boucan de tous les diables. C'est un saint homme, qui fait Pâques et carême et qui a horreur de Luther, comment peut-on le persécuter pareillement? Le roi sera informé! Pour l'instant, on ne sait rien de plus.»

Lorsque nous avons fermé boutique et que nous avons fait les quelques pas jusqu'à l'enseigne de Saint-Christophe, où nous vivions toujours et avions aménagé un coin pour Dieudonné, je l'ai envoyé chez Maître Antoine et chez Robert pour les mettre au courant.

Maître Antoine est passé par chez moi le soir-même.

«J'ai vu la liste des juges au procès. C'est Beda qui y représente la Faculté de théologie. Pour moi, le chevalier est perdu.»

Le lendemain matin, Dieudonné, que j'avais envoyé me chercher je ne sais quel instrument dont j'avais besoin chez Pierre Haultin (nous en échangions souvent), est revenu avec l'objet, et avec une histoire qui confirmait les pires craintes.

«Maître, vous savez la dernière? Celle du miracle?»

«Quel miracle?»

Dieudonné a vite compris de quel côté souffle le vent de la maison, et si je n'ai pas su lui apprendre la gravure comme il aurait fallu, je suis fier d'avoir su lui faire comprendre, avec l'aide de mes amis et de ma famille, la différence entre une idée nouvelle, humaniste, et l'hérésie. Il ne s'est jamais exprimé sur le sujet, c'est surtout à ses actes que je devinais où allaient ses sympathies.

«Le miracle», a-t-il expliqué ce jour-là, «c'est que le chevalier a confié des lettres et des livres à un valet, peut-être pas le plus fidèle parmi les siens, pour qu'il les mette en sécurité, et que ce valet, estourbi par la somme qu'on lui aura donnée pour qu'il trahisse son maître, je parie, s'est évanoui sur le pont au Change, devant une image de la Vierge, comme par hasard.»

«Et les lettres, les livres?»

«Recueillis par des passants, Maître. Et par eux portés à un moine jacobin, ce qui est proprement miraculeux, vous en conviendrez, puisque la plupart de ces gens ne savaient ni lire ni écrire et qu'ils ont tout de suite su que cela avait trait à la religion. Et on m'a dit que le jacobin a tout transmis sur-le-champ à Maître Beda. Justement à lui.»

Nous nous sommes regardés en silence. Vraie ou pas, cette histoire ne pouvait signifier qu'une chose. Le chevalier était perdu.

«Les livres se trouveront être chargés d'annotations hérétiques révélées sans aucun doute par ce miracle qui va émouvoir tout Paris», ai-je dit, avec peine, car l'émotion m'étouffait.

Quelques jours, quelques semaines peut-être, je ne sais plus, ont passé.

Nous savions par la rumeur populaire que le chevalier de Berquin avait été reconnu coupable et avait été transféré dans la tour de la Conciergerie, c'est-à-dire dans un cachot.

On ne parlait plus que de cela. J'avais de la peine à travailler, mon esprit vagabondait sans cesse, et chacun des gibets, des piloris, que je croisais sur ma route me donnait des frissons. Je n'arrivais plus à les ignorer.

«Moi non plus», a dit Maître Antoine lorsque je lui en ai parlé. «Pour aller rue de la Bûcherie le matin, je dois passer par la place Maubert. Mon estomac se retourne. Et c'est encore pire le soir quand je rentre. L'autre jour on y exécutait un assassin qui avait tué toute sa famille, et même cela m'était insupportable. Depuis l'atelier, j'entendais la foule qui assiste toujours à ces choses-là, et mon cœur était envahi par la pitié.»

Il s'est tu un instant.

«Œil pour œil. Une vie pour une vie. Passe encore, bien que cela aussi se discute. Mais une vie pour une idée? Pour un mot malheureux, pour une observation critique ? Je ne sais plus que penser, mon cher Claude. »

Un matin, j'ai vu Maître Rabelais passer devant ma boutique. Je me suis levé pour aller l'interpeller. Il est entré. Il résidait sans doute en notre bonne ville car, de loin, je l'avais vu plus d'une fois. Il avait quitté la bure du moine et revêtu l'habit d'un prêtre séculier. Nous avons parlé quelques instants – et immanquablement, nous en sommes arrivés à ce que tout le monde appelait l'affaire Berquin.

« Regardez-vous », m'a dit Maître Rabelais dans un grand geste. « Vous êtes en face de la Sorbonne. Dans la gueule du loup. Si on veut continuer à penser sans tomber comme des mouches, il faut prendre de la distance. Travestir ce qu'on a à dire. Aller ailleurs. Pourquoi votre Maître Antoine n'est-il pas à Fontenay-le-Comte, où l'on n'attend qu'une chose : que l'imprimerie s'y installe ? Je ne dis pas qu'on le laisserait penser ce qu'il veut. Mais la justice y est plus lente, moins inexorable qu'à la Sorbonne. Et puis, là-bas, Monseigneur d'Estissac veille, et il a un pouvoir autre qu'à Paris. »

« On espère toujours que l'orage passera. »

« Celui-là, mon cher ami, ne passera pas. Lorsque Beda mourra, il en naîtra un autre. L'Église de Rome n'acceptera jamais qu'on la défie. Jamais. Si elle doit tenir bon mille ans, elle le fera. Elle saura séduire les ouailles égarées par des sourires trompeurs, des promesses creuses. Mais derrière cela, elle sera inexorable. Car pour elle, “tout ce qui n'est pas moi est contre moi ; tout ce qui n'est pas moi n'est pas digne d'être, tout simplement.” »

« Vous qui fréquentez plutôt la Faculté de médecine, Maître François, avez moins à craindre. »

« Ces Messieurs les juristes et les médecins des facultés n'aiment pas plus les idées neuves que les sorbonnicoles théologiens. Moi, j'ai opté pour la tactique du caméléon. Vous avez déjà vu un caméléon ? »

« Non, jamais. »

«À Fontenay, un marin en avait rapporté un de ses voyages. Ils prennent la couleur du milieu où ils sont. Ils restent immobiles tant qu'on ne les approche pas et, avant qu'on ne les ait vus, ils vont ailleurs, et changent encore une fois de couleur. C'est ce que je fais. J'étudie la médecine à Paris. Mais aussi à Lyon. Et également à Montpellier. Je bouge. Lorsqu'on me cherche, je suis déjà ailleurs.»

«Vous n'écrivez pas, vous. La médecine, ce n'est pas la même chose.»

Il a lâché un rire tonitruant.

«Mon cher ami, j'ai commencé par être théologien, moine, je le suis même encore. J'ai l'écriture chevillée au corps, et plus Maître Beda s'acharne, plus je me demande comment appliquer ma tactique à l'écrit sans me mettre à sa merci.»

«Vous avez trouvé une solution?»

«Le caméléon, cher ami. D'abord, je ne vais pas rester à Paris. Ensuite, je vais écrire en français. Et enfin, je vais m'adresser non pas à la Faculté, mais au petit peuple, celui qui écoute au coin du feu les histoires fantastiques que lui amènent les colporteurs. Je ne vais pas critiquer de savants docteurs, pas en apparence, en tout cas. *Allegoricus interpres*, comme dit saint Paul. En ces temps difficiles, la lettre tue, mais l'esprit vivifie; je vais donc me servir de l'esprit. Je vais faire parler les géants fabuleux. J'y songe sérieusement.»

«Et vous croyez que…»

«Mon cher Maître Claude, on ne sait jamais si l'on réussira mais, comme disait Cicéron si je ne m'abuse, lorsqu'on veut réussir, il faut tout tenter. J'ai pensé que ma meilleure chance serait de mettre les rieurs de mon côté. Je m'y emploie.»

Peu après cela, le Parlement a rendu son arrêt à propos du chevalier. Oudin était ce matin-là de passage à Paris; il était venu chercher des livres pour Maître Lefèvre, qui était désormais à la Cour, où il était un des précepteurs de Charles, un des princes du sang.

Je l'ai vu remonter à pas pressés la rue Saint-Jacques, en grande discussion avec Maître Antoine. À leur mine, on comprenait que quelque chose de grave les préoccupait.

Ils ont poussé ma porte.

«Le Parlement a rendu son arrêt», a dit Maître Antoine en guise de bonjour. Inutile de demander à quel propos.

Oudin m'a enseveli un instant dans ses grands bras, puis il a longuement secoué la tête.

«Je l'ai entendu, cet arrêt», a-t-il fini par articuler.

«Et que dit-il?»

«Il dit: *Le condamné sera d'abord dégradé; on le dira déchu de ses honneurs, de ses titres; pour avoir abusé de sa doctrine, il ne sera plus docteur. Ensuite, il sera conduit, la tête nue et une torche de cire ardente à la main, d'abord au parquet civil du Parlement, puis dans la grande cour du Palais, devant la pierre de marbre, criant merci à Dieu, au roi, à la justice, à toutes les puissances du ciel et de la terre, qu'il a si criminellement outragées en écrivant des livres et des notes où sont énoncées des opinions conformes à celles de Luther.*»

Il a fallu que j'interrompe.

«Mais ce n'est tout simplement pas vrai. Je l'ai entendu moi-même maintes fois dire que Luther se trompait.»

«Quand on veut noyer son chien, on dit qu'il a la rage, mon cher Claude.» Et il a repris sa récitation. «*Ensuite on le mènera sur la place de Grève, où ses livres seront brûlés en sa présence, et où il criera de nouveau qu'il abjure ses erreurs. De la place de Grève, le pénitent et son cortège se dirigeront vers l'église Notre-Dame, où recommencera la palinodie. Toutes les cérémonies de cette abjuration étant achevées, le condamné sera mis aux mains du bourreau, qui lui transpercera la langue avec un fer rouge, et sur son front imprimera l'insigne de la flétrissure, une fleur de lis. Enfin il sera livré tout sanglant à l'évêque de Paris, qui le gardera prisonnier jusqu'à sa mort. Cette sentence sera exécutée aujourd'hui même, à trois heures du soir.*»

Dans le silence qui s'est ensuivi, nous nous sommes regardés tous les quatre, d'abord incapables d'un seul mot.

«Et le roi? Et Madame Marguerite?»

«Madame Marguerite est à Nérac, un de ses gentilshommes est parti à bride abattue pour la prévenir. Mais Nérac, c'est loin, croyez-en mon expérience de baladin.»

Dieudonné, qui était resté coi à son établi, s'est soudain levé et a dit:

«Je vais voir ce qu'il en est.»

Oudin, qui l'avait à peine regardé en entrant, a fixé un sourcil haut levé sur sa tignasse abricot.

«Et qui es-tu, mon petit?»

C'était le cas de le dire. Dieudonné, qui avait à l'époque quatorze ans à peine, devait lui arriver à la taille.

«Je suis Dieudonné, l'apprenti, Monsieur.»

Et il a filé comme une flèche.

«Vous êtes un vrai maître, à ce que je vois», a dit Oudin. «Un apprenti. Comme le temps passe. Il m'a l'air éveillé.»

«Il l'est.»

Je n'ai pas eu le temps d'en dire plus. Dieudonné a poussé l'huis avec violence.

«Ils se dirigent par milliers, vers les ponts, vers les rues, vers les places que le cortège doit traverser. "Je veux voir cette édifiante expiation", m'a dit le bedeau de Saint-Jacques-du-Haut-Pas qui y courait à toutes jambes.»

«Inutile d'espérer que la protection des grands sera constante», a murmuré Maître Antoine d'une voix amère. «Le chevalier les aura lassés, parce qu'il ne change pas ses idées à la moindre virevolte d'une girouette, lui. Tandis que le roi est une plume au vent. Et Madame Marguerite n'est pas là pour l'engager sur le chemin de la fermeté.»

Oudin et lui s'en sont allés jusqu'à la boutique de Robert Estienne où ils avaient à faire. Je me suis rassis. Il aurait été ridicule de dire qu'un gentilhomme comme le chevalier était mon ami, à moi qui n'étais qu'un simple apprenti à l'époque où je l'avais d'abord connu, un artisan anonyme depuis. Mais c'était un homme avec qui j'avais partagé des repas, dont j'avais maintes fois entendu les propos, et pour lequel j'avais toujours eu le plus grand respect.

«Vous n'assisterez pas au supplice, Maître?»

«Non. J'exècre les exécutions capitales, et celle-ci plus que d'autres. Je ne veux pas voir mourir un homme que j'aime.»

«Vous voulez que j'aille me renseigner?»

«Tu veux dire que, toi, tu as envie de voir l'exécution?»

«Du moment que vous me dites que c'est un de vos amis, même si je ne le connais pas c'est un peu comme si c'était un ami pour moi aussi. Non, vu qu'il n'est pas encore mort, je me proposais simplement d'aller aux renseignements.»

La journée ne serait pas fructueuse, quoi que nous fassions. J'étais trop bouleversé.

«Bon vas-y. Mais reviens vite.»

Pendant son absence, j'ai essayé de travailler. Mais je ne voyais pas mes mains. J'avais devant les yeux le feu dans lequel on avait brûlé les livres du chevalier quelques années auparavant. Je revoyais le chevalier à Bâle, en tablier de cuir, composant une page. Je repensais à une histoire qu'il m'avait incité à lire, *Amadis de Gaule*. Je pensais à lui vivant, en un mot. J'essayais de chasser de mon esprit l'image d'un chevalier flétri, la langue percée. Et plus je pensais à lui, à la personne qu'il était, plus il me semblait impossible qu'il accepte une telle humiliation, qui le réduirait à une loque humaine. Je ne savais pas comment il ferait. Mais je savais que cela ne se passerait pas comme Oudin l'avait décrit.

Dieudonné est bientôt revenu et a confirmé mon sentiment.

À l'heure assignée, le lieutenant criminel Maillard, assisté par le commissaire du Châtelet, s'était rendu au Palais avec une escorte nombreuse d'archers, d'arbalétriers et d'arquebusiers. Ils étaient venus chercher le chevalier dans sa prison pour l'accompagner aux lieux où, suivant les termes de la sentence, il devait se rendre.

«Mais le chevalier de Berquin leur a répondu avec calme qu'il venait de faire appel de cette sentence, et qu'il ne les suivrait pas.»

«Va raconter cela à Maître Estienne, et demande-lui ce que cela signifie.»

Robert est arrivé bientôt en personne, suivi de Maître Antoine. Oudin était déjà reparti.

«Un hérétique relaps, déjà condamné, qui fait appel», a dit Robert, «c'est la mort certaine. Plus rien ne peut l'empêcher.»

«Berquin préfère mourir en soldat, d'un seul coup, qu'à petit feu dans le déshonneur», a complété Maître Antoine. «À sa place, je ferais comme lui.»

J'abrège. Le premier président a convoqué le tribunal le soir même. Nous avons tout appris par Oudin, qui est venu frapper à notre porte le lendemain. Nous le croyions parti, mais il était revenu.

«Je me suis demandé s'il y avait un moyen de faire évader le chevalier, ne serait-ce que pour donner une leçon à l'horrible Beda», a-t-il dit d'une voix tranquille. «Je suis allé à la Cour des Miracles du Saint-Sauveur, où j'ai quelques bons amis du temps où j'étais vagabond, pour voir si c'était possible.»

«Et alors?»

Il a secoué la tête.

«Ils y sont allés à plusieurs. Ils ont bien étudié le terrain. Hélas, une fois qu'on est dans un cachot de la Conciergerie, c'est impossible. Ou plutôt, ce serait possible si on disposait de temps. Mais ainsi, à la hâte... Ils ont tout prévu. Il y a toujours des failles dans tous les dispositifs, mais on ne les trouve pas en quelques heures. On reste sur le qui-vive, et on verra. Un de mes amis a tout entendu, cependant, ne me demandez pas comment il s'y est pris, je vous en prie.»

Ce n'étaient pas les manigances d'Oudin et de ses amis qui m'intéressaient.

«Tout quoi?»

« Tout ce qui s'est passé dans la cellule du prisonnier. »

« Ne nous fais pas languir, Oudin. »

« Après une courte délibération, le président du tribunal s'est rendu à la prison, et a fait signer au chevalier le papier sur lequel était écrit son appel. Aujourd'hui, de grand matin, le tribunal s'est encore assemblé. Le président est retourné voir Berquin pour lui demander s'il persistait dans sa résolution. Maître Budé est allé essayer de le raisonner, de lui dire qu'il avait le devoir de vivre, qu'il pouvait encore fléchir les juges par quelque soumission. Mais le chevalier ne s'est pas laissé émouvoir. "Je persiste", a-t-il dit. Cet homme-là est trop résolu pour craindre la mort, et trop religieux pour abjurer des lèvres des opinions qu'il croit vraiment chrétiennes. » Il a poussé un grand soupir. « Le tribunal a donc réformé la sentence : à la peine de la prison perpétuelle, il a substitué celle du bûcher. »

Son point s'est abattu sur mon établi et a fait danser les instruments.

« "Il faut hâter le supplice de cet hérétique opiniâtre", voilà ce qu'ils ont dit. "Que ni Marguerite, ni la reine mère, ni le roi, ne soient avertis. Quand Berquin aura cessé de vivre, il n'inspirera plus qu'un vain intérêt." »

« Alors, c'est pour aujourd'hui ? »

« C'est pour aujourd'hui. Nous n'avons pas encore renoncé tout à fait, j'y vais. Je vous donnerai de mes nouvelles. »

Il est sorti. En le voyant s'éloigner, je me suis dit que lui aussi courait un grave danger. Et si ce qu'il allait tenter échouait (et comment en serait-il autrement ?), mais qu'il se faisait prendre ? J'ai été tenté de courir le retenir, mais autant arrêter un torrent en crue. Je connaissais mon Oudin.

« Votre ami, c'est vraiment quelqu'un », s'est exclamé Dieudonné, d'une voix admirative.

« Oui, c'est un homme comme on n'en fait que deux ou trois par siècle. Demande-lui de t'apprendre à jongler, à l'occasion. Il fait cela très bien. »

En disant cela, il me semblait conjurer le danger qu'il courait.

Mais il est revenu, tard dans la soirée. J'étais à la maison et nous nous apprêtions à nous coucher lorsqu'il a frappé. Je savais qu'il avait échoué, car les potins de la rue Saint-Jacques m'avaient appris la mort du chevalier. Mais c'est de lui que j'en ai tenu les détails.

Vers trois heures, il avait été conduit dans un tombereau sur la place de Grève, où son bûcher était déjà préparé.

« Aucun signe de trouble, Maître Claude, ni sur son visage ni dans l'attitude de son corps. Il avait le maintien d'un homme qui médite dans son cabinet sur l'objet de ses études. Même lorsque le bourreau a proclamé d'une voix farouche son crime et sa peine, la sérénité de ses traits n'a été en rien altérée. Quand on lui a ordonné de descendre de la charrette, il a obéi vivement, sans hésiter, sans rien de l'audace, ou de l'arrogance, dont font quelquefois preuve les malfaiteurs ; il manifestait la tranquillité d'une bonne conscience. »

La voix d'Oudin s'est altérée.

« Il avait son habit de velours, sa chaîne d'or de gentilhomme au cou. Il était comme lorsque nous l'avons connu, Claude. Serein. Avant de mourir, il a voulu faire un discours à la foule, mais personne n'a rien entendu. Son attitude commençait à inspirer de la sympathie, et l'inquiétude des sbires allait croissant. Ils ont fait grand bruit pour qu'on ne distingue pas ses paroles. »

Oudin s'est essuyé les yeux d'un revers de la main.

« Il n'a cessé de parler que lorsque la corde le liant au poteau a étouffé sa voix. Il est mort d'un coup. C'est tout ce que nous avons pu obtenir pour lui. Lorsqu'on l'a brûlé, son âme avait déjà quitté son corps. Il y avait là le grand pénitencier de Paris, Merlin. En s'éloignant du bûcher qui fumait encore, il a dit qu'il n'avait jamais vu personne mourir plus chrétiennement que lui. »

Le tremblement dans sa voix s'est accentué.

«Il est mort comme le gentilhomme catholique qu'il n'avait jamais cessé d'être. Et si on a réussi à le tuer, alors personne, vous m'entendez, personne n'est plus à l'abri. Demain, ce pourrait être le tour de Maître Lefèvre en dépit de toutes les déclarations du roi.»

Et Oudin, le grand Oudin, cette incarnation de la force, s'est accoudé à la table, a posé sa tête sur ses avant-bras et a éclaté en sanglots. Guillemette, dont les larmes coulaient silencieusement depuis quelques instants, est allée lui mettre une main sur l'épaule. Ma vue s'est brouillée, je me suis levé et je suis allé chercher des gobelets et du cidre. Lorsque je suis revenu, Oudin et Guillemette étaient à genoux et récitaient la prière des morts. Je me suis joint à eux.

Nous pensions avoir touché ce jour-là le fond du malheur. Mais nous ne venions de vivre que la répétition générale du drame qui nous a frappés au cœur depuis lors.

XXI · Comment Maître Bocard décide de passer la main à Maître Antoine, qui devient peu à peu seul responsable des livres qu'il imprime

Dans ma vie, Maître André Bocard avait été jusque-là une figure à la fois présente et lointaine. J'ai su son nom avant de connaître celui de Maître Antoine. C'est parce qu'un de ses apprentis était mon camarade d'école que Maître Antoine m'a remarqué, à une époque où j'ignorais tout de ce qui liait les Augereau et les Bocard.

J'avoue pourtant que, pendant la très longue période où Maître Antoine a travaillé pour Maître Estienne, je n'ai guère pensé au vieux maître, que je n'avais jamais rencontré. J'ignorais, par exemple, que Maître Antoine allait très souvent le voir le dimanche.

Je n'ai pas su que sa femme mourait, que ses filles (il n'avait que des filles) se mariaient. Maître Antoine, ai-je fini par découvrir, avait participé à tous ces événements, pendant que j'étais apprenti. Mais il n'en avait jamais parlé. Cela ne faisait pas partie de mon apprentissage.

J'étais sans doute trop jeune pour saisir la nuance dans la voix de mon maître lorsqu'il parlait de Maître Bocard : une chaleur qui, je le sais aujourd'hui, dénotait l'affection. Il me semblait que quelqu'un qui éditait en majorité des traités de droit dont Maître Antoine s'était plu à dire qu'ils ne l'intéressaient pas outre mesure ne pouvait qu'être ennuyeux. Bref, je n'avais pas compris que, entre le vieil homme et le jeune imprimeur, il y avait un lien très fort.

Une des filles de Maître Bocard avait épousé un marchand de la rue Saint-Martin, une autre, un imprimeur-relieur que je connaissais un peu car Maître de Colines lui donnait de temps à autre un livre à relier. Mais seul Maître Antoine, le mari de sa défunte fille aînée, avait paru à Maître Bocard être l'héritier spirituel qu'il souhaitait avoir.

Lorsque j'ai commencé à être sensible aux propos de Maître Antoine sur son beau-père, j'ai compris enfin que l'affection mutuelle entre les deux hommes ne passait pas uniquement par la mémoire d'une morte.

« Cet homme-là connaissait déjà l'imprimerie à fond avant que je ne sois né », nous disait-il, l'émotion dans la voix. « Pensez donc, il a fait son apprentissage à Poitiers, à l'école Saint-Hilaire. Avec Maître Pierre Bellesculée ! »

« Et qui est Maître Pierre Bellesculée ? »

« Ce fut le maître de mon propre maître, mon cher Claude. C'est à Saint-Hilaire qu'a été installée la première presse, et c'est encore là que travaillait Pierre Bellesculée lorsque l'abbé

Bouyer et Maître Bocard ont commencé à apprendre le métier. Ces hommes-là inventaient tout, mes amis. Ils nous ont ouvert la voie, avec cette foi qui déplace les montagnes.»

«Maître Bellesculée, vous l'avez connu?»

«Non. Mais j'en ai tant entendu parler que c'est comme s'il avait été un ami. C'est lui qui a poussé son apprenti à s'inscrire à la Faculté de droit et à celle de théologie. À côté de cela, Maître Bocard a terminé son apprentissage. Je n'ose penser à la célérité avec laquelle il a dû travailler à cette époque. À trente ans, il était déjà installé à Paris en tant que maître – vous voyez qu'il a fallu qu'il se hâte. Rien d'étonnant qu'il n'ait pas eu le temps d'apprendre le grec.»

«Et depuis quand est-il installé à Paris?»

«Depuis près de quarante ans. Maître Bouyer a été pour moi un excellent maître. Mais Maître Bocard, qui n'a jamais eu la prétention de m'enseigner quoi que ce fût bien qu'il soit fort conscient de sa valeur, m'a énormément appris. C'est un correcteur infaillible, par exemple. Parfois, il voit déjà les erreurs sur les galées, et ce n'est pas donné à tout le monde, je t'assure.»

Il a souri.

«Il n'est pas avare de compliments sur lui-même, il faut bien le dire. J'ai examiné la plupart des ouvrages qu'il a imprimés, plus de cent, et dans les notices il s'y qualifie volontiers de très habile typographe – les *artis impressorie solertissimu*, et autre *calcographus peritus* pleuvent, en veux-tu, en voilà. Tu verras le jour où tu auras à le fréquenter au-delà d'un salut.»

Et, effectivement, j'avais vu.

La première fois où j'étais, si l'on peut dire, entré en conversation avec Maître Bocard, c'était du temps où Maître Antoine travaillait encore une partie de son temps chez Maître de Colines. Tous les apprentis étaient partis en course, je m'étais offert pour apporter de sa part un livre à Maître Bocard; de même que je n'ai jamais pu appeler Maître Antoine «Père», et encore moins «Antoine», de même je n'ai jamais pu m'empêcher de me sentir jusqu'au bout son apprenti. Faire une course pour lui, c'était pour moi une sorte de seconde nature.

Même si je n'y étais jamais entré, je connaissais bien la maison du Lion-Enferré rue de la Bûcherie. J'y allais chercher et raccompagner Pierre Deau lorsque j'étais enfant. J'ai donc descendu la rue Saint-Jean-de-Beauvais jusqu'à la rue des Noyers, que j'ai traversée, ai bifurqué sur la place Maubert (vide à cette heure-là), et je me suis dirigé vers la Seine, dans un brouhaha croissant – c'est toujours ainsi lorsqu'on approche les abords de la rivière, l'activité y est plus intense qu'ailleurs.

Avec le temps, j'ai remarqué particulièrement un petit groupe de femmes, installées à peu de distance du Lion-Enferré, dont la voix remplissait l'échoppe à journée faite (ce qui ne semblait pas incommoder Maître Bocard), mais dont on ne distinguait les cris que lorsqu'elles ne les hurlaient pas toutes ensemble:

«Ah mes bons navets, navets!

Chicorée, chicorée!

Beaux marrons à l'escaille vive!

Citrouilles, porreaux, porreaux!»

Je digresse, je digresse, c'est un de mes grands défauts. Bon, je suis donc allé chez Maître Bocard.

À mon entrée, il n'a pas bougé. J'ai pensé qu'il ne m'avait pas entendu, et j'avoue avoir attribué cela à son âge, qui me paraissait avancé. En effet, il avait les cheveux d'un blanc argenté, la barbe taillée court (comme Maître Antoine, qui n'a jamais cédé à la mode de la barbe en pointe, arguant que ce n'était pas commode pour travailler) et le visage marqué de rides profondes.

Il portait des besicles, c'était la première fois que j'en voyais.

Il a fini par lever les yeux, par déchausser ses verres, et à son absence de surprise j'ai compris qu'il m'avait parfaitement entendu entrer, mais qu'il ne s'était pas laissé distraire.

«Bonjour, jeune homme, que puis-je pour vous?»

« Bonjour, Maître. Je suis Claude Garamond, je vous apporte ce livre de la part de Maître Augereau. »

« Ah ! Et que m'envoie mon excellent beau-fils ? »

Je lui ai donné le livre, qu'il a feuilleté un instant.

« Magnifique, magnifique. Vous le remercierez de sa promptitude. Et merci à vous, mon garçon. C'est vous l'apprenti très habile, je suppose ? »

« Très habile ? Je ne sais pas si... »

« Apprenti d'Antoine, oui ou non ? »

« Oui, Maître. »

« Exceptionnellement adextre à la gravure, me suis-je laissé dire, *calcographus peritissimus*. »

À l'époque, je n'étais que compagnon, et mon travail me semblait d'une affligeante médiocrité. Je me suis donc contenté de le regarder sans mot dire. Maître Bocard était un homme des superlatifs, Maître Antoine m'avait prévenu.

Il s'était alors levé, et j'avais constaté qu'il était petit et sec, que ses yeux étaient gris pâle, et que son âge, que dans ma jeunesse je jugeais canonique, l'avait à peine raidi. La tape qu'il m'a assenée sur l'épaule, en tout cas, était de celles qui vous font chanceler.

« De toute façon », avait-il dit avec cordialité, « que peut être d'autre qu'expert un jeune homme intelligent qui sort des mains de mon très docte Antoine ? Heureusement que je l'ai, sinon mes citations grecques ne seraient pas à la hauteur de mon travail, que je veux parfait. »

Il m'avait examiné de près avec des yeux myopes.

« Sans compter que vous ressemblez à votre merveilleuse mère. J'ai toujours dit à Antoine qu'il n'était pas bon qu'il vive seul, encore moins après une perte comme celle qu'il a subie lorsque ma fille et son nouveau-né nous ont été repris. Je lui ai même proposé d'épouser une autre de mes filles, qui n'était pas mariée en ce temps-là, lorsqu'il s'est retrouvé veuf. Mais, que voulez-vous, Antoine est un homme moderne. Il ne lui suffisait pas d'une femme, il fallait qu'elle soit comme ci et comme ça, bref, il fallait que ce soit votre mère. Il a donc fallu qu'il la rencontre, puis qu'il attende qu'elle soit veuve.»

J'étais un peu étourdi par ce flot de paroles, mais Maître Bocard ne semblait pas s'en apercevoir.

«Et si le Seigneur n'avait pas rappelé à lui votre pauvre père, je suis sûr et certain qu'Antoine serait resté seul jusqu'à la fin de ses jours. Votre mère vous est très attachée.»

«Elle a toujours été très bonne pour moi, et j'ai pour elle respect et affection. Vous la connaissez donc?»

«Bien sûr que je connais votre mère, mon garçon; Antoine est resté mon fils, il m'a invité chez lui, comme je l'ai invité chez moi. Je me dis que votre mère est une fille de plus que le Seigneur m'a donnée. Cela dit, je m'en vais retourner à la lecture de mon Justinien, je veux qu'il soit impeccable.»

Je me suis dirigé vers la porte.

«Merci, très aimable jeune homme», a-t-il encore dit dans mon dos. «Que Dieu vous garde, et revenez me voir.»

J'étais retourné de temps à autre chez Maître Bocard, pas tout de suite, car mon chef-d'œuvre, je devais le faire seul. Mais ensuite, je suis souvent allé discuter de fontes nouvelles avec Maître Antoine, et à chaque fois, ou presque, j'ai aussi discuté avec Maître Bocard. Lui qui avait vraiment le don de s'isoler au milieu des conversations les plus vives lorsqu'il avait un travail à faire, était tout aussi empressé à participer aux débats lorsqu'il n'était pas en pleine lecture. Et la discussion sur les fontes le requérait tout particulièrement. Maître Antoine m'avait dit qu'il avait toujours pris un soin particulier à choisir des caractères clairs, mais qu'il ne croyait pas que les romains le fussent.

«Je commence à le convertir, depuis que je grave mon nouveau cicéro. Il m'a grondé parce que je le fais pour Robert, figure-toi. C'est un comble. Je ne me suis pas gêné pour lui faire remarquer que, s'il n'avait pas été si réticent, il y aurait longtemps qu'on imprimerait chez lui aussi avec mes caractères romains. Maintenant que ce gamin, comme il dit, veut mon alphabet, il est tout à coup pressé de s'y mettre, lui aussi. Il me paie pour que j'y travaille, même. Il est partagé entre l'affection, la confiance qu'il a en moi, et le doute sur une écriture dont il dit que les gens ne sont pas habitués à la lire.»

«Et quel argument lui opposez-vous?»

«Que nous ne travaillons pas pour ceux qui savent déjà lire, ceux-là s'adapteront, s'ils ont la curiosité. Nous œuvrons pour tous ceux qui liront, d'autant plus facilement que, pour eux, les caractères nouveaux seront plus simples à retenir. Et comment Maître Bocard pourrait-il être en désaccord, au fond? Tu connais sa déclaration?»

«Quelle déclaration?»

«*Que le livre vive jusqu'à ce que la fourmi ait bu les flots de la mer, et que la tortue ait fait le tour de la terre.* Maître Bocard aime les images. Tu vois qu'il a confiance en l'avenir du livre, et par conséquent en l'avenir des lecteurs. Continuons à leur proposer des romains plus clairs et plus harmonieux que les gothiques.»

J'ai pu constater que Maître Bocard était un imprimeur trop expérimenté pour ne pas apprécier ce que faisait Maître Antoine.

«Il est vrai que le saint-augustin qu'il prévoit, que le cicéro qu'il propose, et qu'il vous a appris à faire, est d'une force, d'une clarté, bien plus grandes que le saint-augustin romain que j'ai utilisé une ou deux fois dans le cours de ma vie. Il finira par me convaincre.»

J'avais pris l'habitude, lorsque j'allais demander conseil à Maître Antoine pour mon cicéro, de soumettre à Maître Bocard les résultats de mon labeur. Étant sceptique, il était d'autant plus critique. Presque aussi dur que Maître Antoine lui-même, qui était impitoyable, et répétait sans se lasser que, comme j'étais son élève, au bout du compte il fallait que mon cicéro et mon saint-augustin soient meilleurs que les siens.

J'en reviens au point où j'avais interrompu mon compte rendu afin de parler de Maître Bocard.

Pendant les quelques jours qui ont suivi la mort du chevalier de Berquin, je crois que toute la Montagne Sainte-Geneviève a été écrasée par l'événement. La plupart des imprimeurs ont compris le message que leur adressait la Sorbonne : lorsque nous disons qu'un livre ne doit pas être traduit, il reste en latin, ou en grec, et gare à vous, qui n'êtes même pas gentilshommes, et même pas protégés par le roi, si vous contrevenez.

Maître Tory, qui depuis des années citait Érasme toutes les trois phrases, et qui semblait connaître ses *Adages* par cœur, était particulièrement affecté.

« S'il faut mourir parce qu'on publie des livres en français, je vais droit au bûcher avec le *Champ Fleury* », a-t-il répété plusieurs fois. Non seulement cet ouvrage, qui était enfin vraiment sur le point de paraître, et dont nous avions à plusieurs lu les épreuves, était en français, mais il prônait l'usage de notre langue, et il était parsemé d'adages d'Érasme, qualifié de *noble personnage qui nuit et jour veille et écrit pour l'utilité du bien public et l'exaucement de la parfaite science*.

Lorsque le chevalier est mort, le *Champ Fleury* était achevé, composé même, mais non imprimé. Il eût été aisé d'en retirer les allusions à Érasme, et les citations. Maître Tory n'y a même pas songé, et je crois pouvoir dire que cela a symbolisé l'attitude de toute la profession à ce moment-là. Érasme n'avait pas été excommunié, l'Église de Rome ne l'avait pas décrété hérétique. C'est vers elle que regardaient les libraires parisiens ; ils étaient inquiets, certes, mais ils ne se laissaient pas dicter leur conduite par Maître Beda. Le *Champ Fleury* est sorti tel quel peu après la mort du chevalier.

Pourtant, Maître Bocard se faisait du souci pour nous. Il s'en ouvrait à Maître Antoine, il me l'a dit.

« Je suis vieux et, qu'on me brûle ou pas, ma vie est finie. Mais vous, vous êtes jeunes, pleins d'idées. Il faut prendre garde à vous. »

Finalement, il nous a conviés chez lui un dimanche, quelques semaines après le supplice du chevalier, et il nous a demandé de faire également venir les frères Estienne et leurs épouses. Nous nous sommes rendus à son logis et il a commencé par nous servir un excellent repas, convenablement arrosé.

«Mes amis», nous a-t-il dit au dessert, «je vous ai conviés chez moi parce que vous formez d'une certaine manière une famille et, dans la mesure où vous êtes tous les amis de cet homme que je considère comme mon fils, vous faites partie de *ma* famille. Mon ami Henri Estienne étant trépassé, je me suis dit que j'étais votre aîné à tous, et qu'il fallait que je vous parle.»

La surprise, et une certaine émotion, se faisaient jour sur les visages.

«Je suis bien vieux, mes amis, j'ai survécu à deux souverains, et j'ai été le témoin de nombreux changements dans les opinions. Celui qui se dessine actuellement est plus radical qu'aucun autre. J'en suis conscient depuis longtemps, grâce à Antoine, que nous pourrions considérer comme un des éléments moteurs d'un tel changement, puisqu'il en parle depuis que je le connais, et qu'il était à l'époque à Poitiers où presque rien ne laissait présager les bouleversements actuels.»

Un peu gêné d'être ainsi traité de précurseur, Maître Antoine a croisé et décroisé ses jambes, puis ses bras.

«Il vous faut faire plusieurs choses, si vous voulez survivre. D'abord déclarer à voix ferme et haute que vous êtes les serviteurs du bien public. *Honneur au roi et à la Cour. Salut à l'Université dont notre bien procède et sourd. Dieu garde de Paris la Cité.* C'est ma devise, et pour que tout le monde sache quelle est ma position, je l'ai longtemps mise sur les livres que je publiais pour mon compte. Il faut que vous disiez clairement où vous vous situez. Je ne dis pas qu'il faille surseoir à ce que vous considérez être votre devoir. Je dis qu'il vous faut faire cela derrière la protection de vos intentions déclarées. Et si possible derrière la protection de quelque puissant personnage.»

« Au chevalier, cela n'a servi à rien », a dit Charles Estienne.

« Et Maître Lefèvre doit faire imprimer sa Bible en français à Anvers », a renchéri Maître Antoine.

« Et ils étaient protégés par Sa Majesté », a ajouté Robert. « Comme moi. Sa Majesté m'a fait dire que mon travail était remarquable. Je suis invité à aller enseigner ses enfants, les princes de France. Cela n'empêche en rien la Sorbonne de m'étourdir de menaces, de petites persécutions quotidiennes, de chicanes sans fin. On parle de ma fin par le feu à la moindre occasion. Toutes mes déclarations d'intentions sont nulles et non advenues. »

Maître Bocard a fait du regard le tour de l'assemblée. On voyait qu'il hésitait à parler, mais il a fini par se lancer.

« Je vous entends bien. Mais le fait est que l'on ne vous arrête pas, qu'on ne vous exécute pas. Croyez un vieil homme et ne vous indignez pas de ce que je vais vous dire. Le chevalier a péri parce qu'il l'a bien voulu. » La pièce entière a été secouée d'un sursaut. Mais, par respect, personne n'a rien dit. « Il aurait pu aller à Nérac, on m'a dit que le roi et la reine de Navarre l'y avaient convié. Ou à Strasbourg, ou à Bâle, où l'on m'assure qu'on est libre de penser autrement qu'à la Sorbonne. Le grand Érasme a compris cela il y a longtemps, de même que Maître Lefèvre, dont j'ai appris qu'il allait se retirer à Nérac en prévision du jour, qui ne saurait tarder, où un exemplaire de sa Bible entièrement traduite en français atteindrait Paris. Le chevalier a jugé tout cela indigne d'un gentilhomme à la conscience tranquille. Il l'a payé. Mais nous, nous ne sommes pas gentilshommes. Le malheur s'abattrait sur un bourgeois bien plus vite que sur un noble. Nous devons plier comme le roseau, et laisser passer les tempêtes. »

Il s'est tourné vers le petit groupe que formaient, près d'une fenêtre, Robert, ses deux frères et Maître Antoine.

« C'est à vous que je m'adresse tout spécialement, mes enfants. Je ne serai plus là longtemps pour te protéger, mon

Antoine, qui m'es aussi cher qu'un fils. Le bail de cette maison expire avec moi ; si je n'étais pas aussi vieux, on m'aurait déjà mis à la porte. Le peu de bien qui me restera ira à mes filles du sang. Tu es un homme intrépide, qui n'a jamais su être prudent. Je t'en supplie, comme je vous en supplie, Maître Robert, prenez garde à vous. Les frelons, comme les appelle Maître Érasme, ont la vie plus courte que les idées. Et vos idées, qui sont pures et précieuses, ont besoin de vous pour vivre longtemps. N'hésitez pas à vous en aller, si le malheur devait frapper à votre porte. Soyez prêts à le faire. Votre devoir, c'est de vivre. Ce ne sera pas de la couardise. Ce sera une mesure nécessaire à faire vivre vos idées. Le Seigneur n'a jamais demandé à personne des sacrifices inutiles. »

D'un geste furtif, il s'est passé une main sur les yeux, puis a pris sur la table un gobelet qu'il a vidé d'un trait.

Nous étions émus, et nous sommes tous mis à parler à la fois. Personne n'a répondu au vieux sage, il ne le demandait d'ailleurs pas.

Le lendemain, la vie a repris son cours.

Avec le caractère que Maître Antoine venait de terminer, Robert Estienne se proposait de publier le grand *Dictionarium* auquel il travaillait depuis qu'il était à peine plus qu'un enfant. Mais comme il était impatient de faire usage d'une fonte à la création de laquelle il avait un peu participé, il l'a utilisée pour les *Paraphrasis in Elegantium libros Laurentii Vallae Erasmus*, qu'il a publiées juste après la livraison de « ses » nouvelles lettres. Je me suis empressé d'en acquérir un exemplaire. C'est en feuilletant ce livre, écrasé littéralement par la beauté et la nouveauté de ses lettres, que j'ai pris une résolution : Robert avait sans doute raison, je ne me faisais pas suffisamment confiance. Je me suis juré de faire un jour honneur à tout ce que mon maître m'avait enseigné.

« J'en suis très heureux pour toi », a dit Maître Antoine lorsque nous en avons parlé. « Robert a une telle réputation que, lorsqu'il emploiera tes caractères, tu seras lancé. Tu verras que tu gagneras ta vie mieux que tu ne le pensais.»

Après un volumineux ouvrage dont l'auteur était le pape Grégoire IX, Maître Bocard s'apprêtait à entreprendre une *Imitation des saints,* par Guillaume Pépin, dont Maître Antoine m'assurait qu'elle était très complexe.

«Il me verse un salaire extravagant, pour que j'aie de l'argent de côté lorsque je me mettrai à mon compte. C'est sa manière de me procurer un héritage, comme il dit. Il est toujours aussi exigeant, toujours aussi savant, mais si son esprit est agile, son corps vieillit. Il me fait courir, je t'assure. J'ai de la peine à tout faire. J'ai presque fini mes caractères, mais il me reste encore du travail, et puis il faut que je les fonde...»

«On les fondra pour vous, si vous voulez.»

«Si tu fais cela pour moi, Claude, je t'en serai vraiment reconnaissant.»

«Un rendu pour un prêté, comme dit ma mère, cher Maître. Finissez vos caractères, demandez-moi de l'aide si vous voulez, et apportez-nous vos poinçons pour la fonte.»

Il m'a embrassé sur les deux joues.

Mais pendant toute cette année-là, je ne l'ai vu que rarement. Il était inutile de vouloir l'aider à tailler ses lettres, et le moment de les fondre n'était pas encore venu. Et puis Guillaume Pépin et son *Imitation des saints* avaient la priorité.

Pendant tout ce temps, j'ai pris l'habitude d'envoyer Dieudonné chez Maître Bocard, voir si nous pouvions faire quelque chose pour lui. Le vieil homme était respecté de toute la profession, et Maître Chevallon approuvait cela «de tout cœur». Sans gêne aucune, Maître Antoine a plus d'une fois mis Dieudonné à l'ouvrage sur-le-champ, et je ne le revoyais que le soir à la maison, souriant et fourbu.

Cela a duré quelques mois – assez longtemps, me semble-t-il.

«Tu pourrais venir nous donner un coup de main chez Maître Bocard», a suggéré Maître Antoine un dimanche où j'étais allé dîner chez ma mère et lui. « Il a besoin de quelqu'un qui imprime pour lui diverses choses, et moi-même j'ai plusieurs ouvrages dans mes tiroirs dont je ne parle même plus tant je me sens frustré du plaisir de les voir en belles lettres romaines. »

« Pensez-vous que Maître Bocard… ? »

« Maître Bocard est un homme compliqué, parfois merveilleux et parfois difficile. Tu ne connais que ses bons côtés, mais il peut être très dur. Je te le dis pour te prévenir. Et il a de la peine à délier les cordons de sa bourse. Mais si on avait un imprimeur expérimenté de plus, on récupérerait deux fois son salaire. Galiot du Pré m'offre des livres à imprimer, d'autres aussi. »

Je me suis étonné qu'il ne fasse pas appel à son ex-apprenti, devenu entre-temps compagnon.

« Ton beau-frère a changé d'imprimerie, et je ne tiens pas à lui au point de le rappeler. C'est un brave garçon, mais ce n'est pas l'homme qu'il me faut. »

Pierre Gaultier était un souci constant pour sa sœur, qui trouvait qu'il ne mettait pas à l'ouvrage le cœur qu'on aurait pu souhaiter. Maîtresse Gaultier, ma belle-mère, que je voyais rarement, ne parlait de lui qu'en soupirant. Personnellement, je le trouvais sympathique en dépit du fait qu'il m'énervait souvent par une insouciance dont j'étais moi-même incapable et dont Guillemette et moi subissions fréquemment les conséquences. Maître Antoine ne m'avait jamais beaucoup parlé de lui, mais j'avais compris qu'il n'était pas satisfait de son élève.

Maître Bocard m'avait dit un jour, en me parlant de Dieudonné (auquel il reprochait son incapacité à tenir en place tout en lui reconnaissant une intelligence vive) :

« Quoi que je vous dise de ce chenapan, mon cher Garamond, vous ne m'écouterez que d'une oreille. Avec le premier apprenti qu'on a, le rapport est toujours particulier. Vous êtes devenu l'ami d'Antoine avant même d'être son beau-fils. J'ai eu un apprenti nommé Martial à mes débuts : il est mort depuis longtemps, je pense, vu la vie qu'il a menée après être sorti de mon atelier. Mais j'ai toujours eu pour lui une indulgence que je qualifie moi-même de coupable. Votre Dieudonné deviendra d'autant plus votre ami que, à part sa vivacité, c'est un très bon garçon. »

Pour en revenir à mon pauvre beau-frère, il n'était probablement pas aussi discipliné que je l'avais été, mais sa turbulence aurait suffi pour que Maître Antoine fasse des comparaisons défavorables, même s'il avait été un imprimeur parfait (j'avoue qu'il ne l'était pas; il était trop insouciant).

Maître Chevallon, toujours arrangeant, m'a encouragé, dans la mesure où il n'avait pas un besoin urgent de mes services, à aller servir Maître Bocard.

« Dieudonné suffit pour répondre aux demandes. Si un client voulait vous parler personnellement, il prendrait ses jambes à son cou, et il viendrait vous chercher. »

Maître Bocard m'a d'abord accueilli assez froidement; mais cet homme-là était plus bougon que méchant et, quand il m'a vu travailler à sa convenance, il a fini par devenir aimable.

Je ne sais trop combien de temps je suis resté là, quelques mois je pense. Je me suis occupé de quelques nouvelles émissions de livres que Maître Bocard avait déjà imprimés: *Anima fides*, d'un certain Leonardo di Matteo, l'*Imitation des saints*, de Guillaume Pépin, qui avait été épuisée en peu de temps, le *Doctrinale mortis*, de Jean Raulin... J'en oublie sans doute.

La grande affaire de l'atelier, même pour moi qui travaillais à autre chose, c'était l'introduction du cicéro romain que Maître Antoine avait entièrement retaillé, pour laisser à Robert celui dont il lui avait promis l'exclusivité, dans des travaux dont il s'occupait essentiellement avec Maître Bocard. Le vieux maître était désormais conquis par un caractère auquel il prédisait même « un grand avenir ».

Cela a été comme la dernière flambée d'un grand feu: dans le courant de l'été, il a commencé à baisser de façon inquiétante. Il ne souffrait de rien, n'était pas malade. Il était juste victime d'une grande fatigue – à tel point qu'un moment est venu où il a commencé à ne plus vouloir se lever le matin. L'effort était trop grand.

Nous étions tous préoccupés, mais Maître Antoine était fou d'inquiétude.

«C'est étrange», m'a-t-il avoué un soir où nous nous étions attardés sur la composition d'un feuillet dont il n'était pas content et pour lequel il m'avait demandé conseil. «J'ai toujours assumé la responsabilité de ce que je faisais. Chez Maître Estienne, je prenais les initiatives, et on peut dire que nous faisions les choses ensemble, à égalité. Idem chez Maître Bocard. Mais maintenant qu'il vient à manquer, je suis presque effrayé.»

Il me semblait impossible qu'un homme comme lui doute de lui-même.

«Vous avez peur de ne pas être à la hauteur?» ai-je osé demander.

«Franchement, mon cher Claude, je sais que je suis un bon imprimeur, un érudit à qui on peut se fier, et un graveur de caractères digne des Temps Nouveaux. Mais, jusqu'ici, j'ai toujours fait cela sous la protection d'un père, pour ainsi dire, car Maître Bocard a été autant mon père que mon père naturel. Lorsque j'avais un souci, je venais le lui raconter. Il est le seul à qui j'avais confié mon amour pour ta mère et...»

Il a remarqué mon expression, sans doute.

«Qu'y a-t-il?»

«Vous en aviez parlé à quelqu'un?»

«Pas "à quelqu'un". À mon beau-père. Et tu me croiras si tu veux, il est allé à votre boutique pour la voir et, au retour, c'est lui qui m'a dit: "Elle ne sera peut-être jamais veuve, mais elle est digne de toi. Je t'approuve de l'attendre."»

Comme quoi, même si on croit bien connaître un homme, il y a à son sujet des choses qu'on ignorera toujours.

«Bref», a-t-il repris, «j'ai la sensation que lorsqu'il mourra je me retrouverai sans protection face au monde. C'est peut-être ridicule, mais c'est ainsi. Robert me tenait un discours à peu près semblable lorsque son père est mort, Simon ne représentait pas un père pour lui, je crois qu'il ne l'a jamais respecté suffisamment. C'est maintenant que je comprends ce qu'il voulait dire. »

Aujourd'hui où je n'ai plus le père qu'il a représenté pour moi, je ne saisis que trop son propos. Sur le moment j'ai voulu, maladroitement, le rassurer.

« Maître Bocard va se remettre. »

Il a secoué la tête.

« Non. Je suis persuadé qu'il va s'éteindre tout doucement. J'ai déjà assisté à une ou deux morts de ce genre, dans ma vie, et tous les signes sont là. Un jour, il ne se réveillera pas. »

Et c'est ce qui s'est produit.

Par un matin d'hiver, alors que nous travaillions à des œuvres d'Aristote qui devaient être mises en vente de toute urgence car elles allaient servir à des cours, la servante a trouvé Maître Bocard raide dans son lit. Il était parti sans crier gare.

XXII · Comment Maître Antoine Augereau imprime des livres pour savants et étudiants et se pose de nombreuses questions

En prison, Maître Antoine a rédigé un mémoire que Maître Tiraqueau lui avait suggéré d'écrire, et dont il a tenté de se servir pour le sauver. Il y explique ses activités d'imprimeur et de libraire. Les actes de son procès ont été brûlés avec son corps – cela se fait pour les hérétiques. Cela montre que jusqu'au bout, en se servant de la Sorbonne, le Parlement n'a reculé devant rien pour asseoir son pouvoir face au roi (comme le disait Maître Tory et comme le répète Robert Estienne); il n'a pas changé d'avis en dépit des preuves accumulées de l'innocence de Maître Antoine. Deux juristes estimables n'ont pas craint de se compromettre en le défendant : Maître François Augereau, ce qui peut paraître naturel, puisqu'il s'agissait de son frère, et surtout Maître Tiraqueau.

Il nous est resté du texte de Maître Antoine deux bribes d'un brouillon qui, officiellement, n'aurait jamais dû sortir de la Conciergerie. Je m'en sers ici. Il était en latin ; ma traduction ne rend peut-être pas justice à son style personnel, mais je préfère ne pas le laisser en latin pour que ma mère aussi puisse le lire, si un jour elle en trouve la force.

Après la mort de Maître Bocard, je suis retourné dans mon atelier, et ce qu'avait prédit Maître Antoine s'est réalisé : une fois que les *Paraphrasis in Elegantium libros Laurentii Vallae Erasmus* sont sorties des presses de Robert, des imprimeurs ont aussitôt voulu que l'on grave des lettres pour eux aussi. Mais, cette fois, Maître Antoine a tenu bon. Il voulait continuer à éditer des textes classiques, il voulait finir les grecs auxquels il travaillait depuis des années, il ne voulait pas être exclusivement graveur.

« Je suis trop vieux pour changer mes habitudes et mes préférences », déclarait-il à qui venait le voir. « Mais il y a quelqu'un qui fera l'affaire aussi bien, et bientôt mieux, que moi. Allez donc voir Maître Garamond au Soleil-d'Or. »

Maître Chevallon voyait bien sûr d'un œil favorable cette pratique qui lui arrivait. Et moi, je commençais à me dire qu'il faudrait peut-être que je songe à me mettre à mon compte.

Bientôt, Dieudonné et moi avons eu tant de travail qu'il a fallu que je trouve un fondeur pour nous aider. J'ai laissé Maître Antoine aux prises avec l'éventualité de son déménagement.

Déménagement bien involontaire, il faut le souligner. Mais comme l'avait dit Maître Bocard, Maîtresse Chauveau, qui tenait de l'abbaye Saint-Éloy le bail de la maison, n'attendait, depuis quelques années, que l'occasion de se la réapproprier.

Dans un premier temps, Maître Antoine a pu aller travailler à la Grand-Rue Saint-Jacques, chez Nicolas Prevost, à l'enseigne de Saint-Georges : cet imprimeur venait de mourir et sa veuve avait besoin de quelqu'un qui fasse fonctionner ses presses.

Maître Antoine avait commencé par voir là le bras de la providence. Il attendait que les héritières de Maître Bocard décident de ce qu'elles feraient avec le matériel de leur père : Maître Bocard avait stipulé dans son testament qu'il reviendrait à Maître Antoine, mais ces choses-là ne sont jamais simples ; auparavant, il fallait que les filles Bocard et leurs maris acceptent de céder leur part de ces presses à celui qui avait été l'époux d'une sœur morte depuis longtemps, et l'époux de la morte ne voulait pas s'imposer.

« Je me suis remarié. Pour elles, je ne fais plus partie de la famille. Ce n'est pas comme pour Maître André : il m'avait adopté en son cœur, avait fait de moi son fils, de ta mère sa fille, et j'ai travaillé avec lui jusqu'à son dernier jour. Contrairement à ses autres gendres, pour qui Maître Bocard n'avait pas grande sympathie. Mais je ne me suis jamais fait d'illusion. Heureusement, je n'ai pas besoin d'héritage. Les caractères que j'ai taillés m'appartiennent en propre, grâce à mon beau-père j'ai un petit pécule, je peux m'installer ou aller travailler dans un atelier où l'on imprime des livres qui m'intéressent. »

Lorsque Maîtresse Prevost lui avait proposé de venir chez elle, il avait pensé pouvoir à la fois être utile à la veuve et donner aux filles Bocard le temps de se décider.

Je crois que si Maître Antoine n'avait déjà été marié, Maîtresse Prevost lui aurait fait les yeux doux : elle cherchait un imprimeur pour son lit au moins autant que pour ses presses. Elle était très jeune (son mari, qui était mort, dit-on, de la peste qui sévissait ci et là dans Paris, avait mon âge, nous nous étions connus enfants) et ce n'était pas le genre de femme à rester veuve longtemps.

« Elle me met mal à l'aise, avec des attitudes aguichantes que je trouve fort déplacées », avouait Maître Antoine. « Je suis un homme marié. Même si je ne l'étais pas, j'ai l'âge d'être son père, et non son époux. Je sais que cela n'arrête pas les faiseurs de mariages, mais moi, cela ne m'attire pas. »

Finalement, à force de pourparlers, et après une intervention de l'abbé de Saint-Éloy de Noyon, propriétaire des lieux, le bail a été prolongé le temps pour Maître Antoine de trouver un autre lieu qui lui convienne. Là-dessus, mon beau-père a embauché un compagnon et s'est mis à produire des livres. Les œuvres d'Aristote, celles de Maître Coquillart. Le texte du concordat entre le pape Léon X et le roi François Ier. De petits livres d'étude. J'en passe et j'en oublie. Pour ce qui est des commandes, on le connaissait, Maître Galiot du Pré, Maître Petit et d'autres n'attendaient qu'une chose de lui : qu'il se mette à l'ouvrage. Maître Galiot, surtout. Il s'était lié d'amitié avec son imprimeur, et on le rencontrait souvent auprès de Maître Antoine. Il était par ailleurs un grand admirateur de son nouveau cicéro, l'utilisait partout où il pouvait, et en vantait les mérites à qui voulait l'entendre, même à moi.

« Pardonnez-moi, Maître Claude, de vous dire cela, mais il y a dans sa gravure une fermeté qui vous manque encore. Vous y arriverez, car il vous a bien enseigné. Ce n'est qu'une question d'expérience. »

Je ne sais pas s'il avait raison d'avoir confiance : car, en plus de l'expérience, il y avait entre Maître Antoine et moi une différence de carrure. Sa force était sans comparaison avec la mienne, qui est fort médiocre. La puissance et la fermeté de sa main se perçoivent dans ses lettres.

Et puis il mettait à son travail, quel qu'il fût, une passion qui se voit jusque dans ses défauts, et dont je serai à jamais incapable. Car pour Maître Antoine, comme cela avait été le cas pour Maître Alde Manuce, imprimer des livres était un devoir sacré, une sorte de sacerdoce.

Ce qui m'a toujours gouverné a été ma soif de faire comprendre au lecteur que depuis l'excommunication de Martin Luther nous vivions en France dans une grande confusion de l'esprit, écrit Maître Antoine. *Avec les grands savants pour lesquels j'ai l'honneur de travailler depuis les débuts de ma carrière d'imprimeur, je souhaite certes ardemment que les saintes Écritures soient plus pures, compréhensibles pour tous, même pour les lecteurs qui ne savent pas le latin – et ils sont chaque jour plus nombreux, ceux qui apprennent à lire, à écrire et à compter sans avoir accès aux humanités. Mais dans mon esprit cela se déroule dans le cadre de l'Église. Je n'ai jamais objecté aux formes du culte, n'ai jamais espéré qu'une chose : que l'Église soit un modèle que nous puissions tous suivre avec une ardente piété dont elle nous donnerait l'exemple. Or, j'ai parfois la sensation que l'Église nous exclut, comme si notre amour pour elle était trop exigeant. Alors que nous ne souhaitons qu'une chose : être les fils d'une Église belle et forte.*

Mes premières alarmes sont venues le jour où j'ai entendu un moine franciscain déclarer, en chaire, le plus sérieusement du monde : « On a trouvé une langue nouvelle qu'on appelle grecque. Il faut s'en garantir avec soin, cette langue enfante toutes les hérésies. Je vois dans les mains d'un grand nombre de personnes un livre écrit en cette langue ; on le nomme Nouveau Testament : c'est un livre plein de ronces et de vipères. Quant à la langue hébraïque, tous ceux qui l'apprennent deviennent juifs. »

Que dire devant tant d'ignorance, de préjugés stupides ? Comme si l'hébreu n'était pas la langue originelle d'innombrables textes sacrés ! Comme si la langue grecque portait l'hérésie en elle par essence ! Pour des esprits aussi primitifs l'apparition de Luther a été un désastre, et par contrecoup le désastre retombe sur nous. Les savantes études promettaient de fleurir en dépit des méfiances, mais la tragédie luthérienne a tout bouleversé, et aujourd'hui, si cela continue, les sciences nouvelles risquent de disparaître. Les ignares confondent tout. Et comme ils n'ont rien compris à Luther, qui au début a fait des critiques sensées, car les indulgences sont un véritable scandale, ils amalgament à l'hérésie tout ce qu'ils ne comprennent pas. Pour eux, un homme qui veut débarrasser Virgile ou Aristote des scories qui les encombrent est un hérétique au même titre qu'un homme qui met en doute l'excellence de la Bible latine telle que l'a rédigée saint Jérôme. Qui ose dire qu'après tout saint Jérôme était un homme, lui aussi, qui pouvait se tromper, puisque errare humanum est. *Quel remède à cela, sinon la discussion et la lecture, pour que l'ignorance recule ? Je n'en veux pas à quelqu'un qui agit par manque de connaissances, je n'en veux à cet homme-là que pour son refus d'en acquérir, ou parce qu'il ne sait pas – ne sait plus – se servir de celles qu'il a.*

Tout cela me préoccupait aussi, bien entendu. Mais contrairement à Maître Antoine ou à Robert, je n'avais pas la sensation d'être quotidiennement confronté à un choix. La typographie nouvelle faisait et fait partie de l'enjeu. Mais c'est un terrain que les Sorbonnagres n'ont pas exploré. Ils ne voient pas que la typographie est un élément de cet ensemble qu'ils abhorrent. Ils n'en ont, Dieu merci, pas compris le véritable poids. Quant au reste, ils préfèrent provoquer un schisme plutôt que de lâcher une once de leur pouvoir et de leurs habitudes. Toute pensée qui les dérange est hérétique. Mais les graveurs de lettres romaines menacent moins ce pouvoir, selon eux, que les imprimeurs, qui en font usage.

Reprenons notre récit.

Je suis donc retourné à mon atelier. Parmi ceux qui voulaient que je leur grave des lettres, il y avait bien sûr Maître Chevallon. Il réclamait à cor et à cri une fonte « encore plus belle que celle que Maître Antoine avait faite pour Robert » (il avait demandé de pouvoir l'utiliser, mais Robert avait refusé). Il a bien fallu que je me mette au travail. Maître Antoine m'y a d'ailleurs encouragé :

« Ta dévotion filiale est admirable, mais tu ne peux plus sacrifier ta vie à la mienne. Va et œuvre pour toi. »

« Vos caractères sont beaucoup plus beaux que les miens. »

« À vrai dire, nos caractères se ressemblent. On voit qu'ils viennent de la même source. Mais, moi, je vais vers la vieillesse, et je suis au sommet de mon art. Et puis mon intérêt va aux textes, à la librairie. Toi, tu es jeune, tu as une habileté exceptionnelle, tu vas faire beaucoup mieux que moi avec le temps, c'est dans l'ordre des choses. Je prédis que tu seras un plus grand graveur que nous, parce que, contrairement à nous qui faisons mille choses, tu concentres tout ton talent sur une seule, et tu verras qu'il brillera aux yeux de tous. » Il a poussé un grand soupir. « Et par les temps qui courent, il vaut peut-être mieux graver des lettres qu'imprimer des livres. »

Bien entendu, même en travaillant dans des lieux différents, nous ne nous sommes pas perdus de vue. Guillemette et ma mère étaient de bonnes amies, elles se voyaient souvent et se racontaient ce que faisaient leurs maris. Lorsque nous rentrions chez nous, elles nous en parlaient. Ce qui fait que mon maître et moi étions toujours informés l'un sur l'autre.

Sans compter que nous nous rendions fréquemment les uns chez les autres pour un repas, et que mon annexe était souvent sur le chemin de Maître Antoine, qui manquait rarement l'occasion d'entrer et de m'entretenir de ses préoccupations.

C'était l'époque où Sa Majesté avait institué les lecteurs royaux.

C'est quelque chose de merveilleux que ces lecteurs. Ils enseignent le grec – n'en déplaise au moine franciscain qui avait tant scandalisé Maître Antoine –, l'hébreu et les mathématiques. Tout récemment, on parlait même d'ajouter le latin à leur enseignement. Les imprimeurs qui connaissaient le grec et qui pouvaient l'imprimer n'étaient pas si nombreux. Parallèlement à son grand travail pour graver des caractères romains (travail dont j'ai largement profité), Maître Antoine avait gravé un alphabet grec. Je n'ai jamais su qui lui avait appris cette langue, mais j'avais remarqué plus d'une fois des savants discutant longuement avec lui, et écoutant attentivement ses opinions, que je serais bien incapable de restituer – en grec j'en suis resté à une identification des lettres de l'alphabet et à la lecture de quelques textes traduits en latin. Parmi eux, il y avait désormais le lecteur royal Pierre Danès, un ecclésiastique que nous connaissions depuis longtemps ; à l'époque de Maître Henri Estienne il était traité comme un fils de la maison, et appelait François, Charles et surtout Robert Estienne, ses frères. Son amitié pour Maître Antoine datait de ce temps-là.

Les cours des lecteurs royaux étaient libres, et gratuits. Tout le monde pouvait y aller, et Maître Antoine s'y est rendu, au début, plus d'une fois.

« Je crois que nous pouvons trouver là une clientèle », aimait-il à répéter. « Il faut que j'en mesure les besoins, pour ensuite les satisfaire. »

Et même si je n'étais pas à la recherche de livres à imprimer, moi aussi suis allé un jour à un cours de grec au collège de Navarre. Dès qu'on entrait dans les subtilités de cette langue j'étais perdu, bien sûr. Mais Maître Antoine me traduisait *sotto voce* les détails les plus importants, et cela m'intéressait, je l'avoue, de voir cet auditoire plein à craquer, ces visages tendus, assoiffés de savoir. Il y avait là des étudiants qui venaient d'un peu partout : Maître Antoine m'a montré un Hollandais, un Bavarois, un Milanais qu'il avait rencontrés précédemment et avec qui il me disait être entré en conversation. J'ai reconnu un Suisse que nous avions logé chez nous pendant quelque temps.

À la sortie, c'était un grand brouhaha, de ceux, je pense, auxquels les étudiants sont habitués, mais j'avoue que j'en étais tout étourdi.

« Vous avez entendu la dernière de la Sorbonne ? » a dit une voix près de moi. Je me suis retourné. Un moine augustin et un étudiant devisaient.

«Laquelle? Il y en a tant...»

«Ils ont décrété que les lecteurs de grec étaient des hérétiques.»

«Mais pourquoi donc? Je les trouve très modérés.»

«Pour les lecteurs *la sainte Écriture ne se peut bien entendre sans la langue grecque et hébraïque*; ils prétendent également qu'*il ne se peut faire qu'un prédicateur explique véritablement les Épîtres ou l'Évangile sans ces langues.*»

«Cela me semble sensé. Ce sont les langues dans lesquelles ces textes ont été écrits, et on peut approcher encore mieux leur sens en les connaissant. C'est d'ailleurs la raison pour laquelle je viens à ces cours.»

«Vous êtes un hérétique, mon cher Abbé. La première proposition a été jugée *téméraire et scandaleuse*, et la seconde *fausse, impie et susceptible de détourner le peuple chrétien de la parole de Dieu.*»

«Vraiment? Sommes-nous sûrs que la Faculté de théologie jouit de l'infaillibilité romaine?»

«Non, mais elle a l'oreille du Parlement, or le Parlement n'aime rien tant que prouver son pouvoir face à Sa Majesté et les lecteurs sont, leur nom le dit bien, royaux. Donc... je vous laisse conclure. La Faculté, elle, a conclu de ces deux assertions que leurs auteurs sont suspects de luthéranisme.»

Ils s'étaient éloignés, l'abbé soupirant comme une forge, l'étudiant ajoutant des détails avec force envolées de manches.

C'est à cause de ces leçons que j'ai revu Maître Rabelais. Il avait réalisé son rêve, et était devenu médecin. Il travaillait à Lyon. Mais il n'avait rien perdu de cette curiosité qui le faisait s'intéresser à tout, du moindre geste d'un humble graveur de lettres à la conduite de l'État. Il avait tenu à venir à Paris pour assister à quelques cours de Maître Oronce Finé, le lecteur royal qui enseignait les sciences mathématiques. En sortant d'un de ces cours, il avait été surpris par une averse à deux pas du Soleil-d'Or, et il était venu s'abriter dans mon annexe.

«Je prépare un petit pamphlet qui fera du bruit», a-t-il dit en se frottant les mains. «J'ai des choses à dire qu'il ne fait pas bon articuler trop fort, je les laisse donc prononcer par quelqu'un qui n'est pas sans rappeler notre ami Oudin. *Qui potest capere capiat*, comme disait Notre-Seigneur. Ha ha ha! Comment va-t-il, à propos? Je parle d'Oudin, bien sûr, pas de Notre-Seigneur, dont je pense savoir qu'il va mal; il endure probablement un deuxième martyre en entendant toutes les idioties qu'on dit en son nom.»

«Bien, je crois. Il est en Navarre avec Maître Lefèvre et ne vient que rarement à Paris, malheureusement.»

«C'est un homme qui m'a beaucoup inspiré. Un bateleur, un comédien, un homme instruit, un brigand qui a échappé de peu à la flétrissure...» Il a remarqué mon geste. «Ne vous en faites pas, personne n'apprendra jamais cela de moi. C'est lui-même qui m'a confié ses mésaventures. Bref, maintenant que je me suis occupé de géants, j'aurais volontiers revu celui que je connais.»

«Vous vous êtes occupé de géants? Comment cela?»

«Connaissez-vous Gargantua?»

«Il me semble...»

«Moi, je connais», s'est écrié Dieudonné du fond de la boutique. «J'ai lu cela dans un petit livre que j'ai acheté à un colporteur.»

«Dans certains cantons, sais-tu... Comment t'appelles-tu, à propos?»

«Dieudonné.»

«Joli nom. Je le retiens. Dans certains cantons, mon cher Dieudonné, Gargantua est un héros mythique. Eh bien, je les leur ai empruntés, lui et Pantagruel, son fils, et ils vont vivre de nouvelles aventures.»

«Véridiques, sans doute?»

«Puissiez-vous tomber dans l'abîme de soufre de Sodome et Gomorrhe si vous ne croyez pas tout ce que je vous raconte dans cette chronique. Rien n'y est inventé. Juste un peu augmenté. Je lui ai même trouvé un imprimeur sérieux.» Il a ri et s'est tapé les cuisses avec force. «Je veux dire par là sérieusement disposé à gagner de l'argent. Grâce à votre assiduité, à toi Dieudonné et à tes amis, on a vendu plus de *Chroniques gargantuines* en deux mois qu'il ne s'achète de Bibles en neuf ans.»

«Et ces chroniques vont paraître à Paris?»

«Non, je les publie à Lyon, pour les avoir sous la main. Maître Nourry, qui a imprimé cela pour moi, est un spécialiste de ces choses-là, et il me fait l'honneur de m'appeler son ami. Et puis je pense vraiment qu'à Paris on est trop exposé. Lyon est dangereux aussi, mais on n'est pas au cœur de la tempête. À propos de tempête, la pluie a cessé, je m'en vais continuer mon chemin.»

Il s'est levé. Mais Maître Rabelais n'a jamais quitté un lieu quel qu'il soit la première fois qu'il en a manifesté l'intention. Au moment de sortir, il a toujours une «dernière» question à poser. Cela n'a pas manqué ce jour-là.

«Dites-moi, comment va votre très charmante mère?»

«Elle va bien. Mon jeune frère aussi. Et Maître Antoine imprime un nombre impressionnant d'ouvrages, depuis qu'il travaille à un rythme qui est le sien.»

«Je l'ai aperçu au cours de Maître Oronce Finé, mais nous ne nous sommes vus que de loin, nous nous sommes contentés de nous faire signe. C'est incroyable, ces cours. Ils sont pleins à craquer, parfois il y a plusieurs centaines d'auditeurs. Et pendant ce temps, la Sorbonne est vide. Ces Messieurs les capets ne vont pas tarder à réagir, et je parie que ce ne sera pas beau. Je préfère décidément être à Lyon.»

«Il paraît qu'ils ont déjà taxé les lecteurs de grec et d'hébreu de luthéranisme.»

«On m'a dit cela. Pour l'instant, je crois que nos savants n'ont rien à craindre. C'est quand le roi se fatiguera de ce jouet-là qu'on pourra se faire du souci.»

Il s'est dirigé vers la porte, a avancé la main pour l'ouvrir, s'est retourné.

«Maître Marot m'a dit que Maître Augereau imprimait ses poèmes. Il intitule cela *L'Adolescence clémentine.*»

«Oui, Maître Augereau me l'a dit également. C'est une seconde édition, car la première s'est arrachée. Il ne l'a pas encore terminée, et m'a promis de m'en donner un exemplaire. Malheureusement, il doit travailler seul, Maître Clément se remet à peine de la peste, il a été très malade.»

«Pauvre Clément! Je vais essayer de passer chez lui. Et si je le manquais, dites-lui de venir me voir, si vous le rencontrez. Je suis au logis de Monseigneur du Bellay, qui a la bonté de me recevoir, en souvenir de notre jeunesse commune sans doute. Peut-être puis-je lui conseiller quelques remèdes.»

«Je n'y manquerai pas.»

Encore un pas vers la porte. Encore une reculade.

«La peste sévit beaucoup, en ce moment?»

«Oui. Plus qu'à d'autres périodes. Je vois souvent des maisons avec la croix, et on dit que la maladière de Saint-Germain est pleine.»

Il a soupiré, a secoué la tête et s'est dirigé d'un pas décidé vers la sortie.

«Que Dieu vous en préserve! À bientôt, cher ami.»

Il a poussé la porte, et il est parti pour de bon.

Quelques jours plus tard, ma mère et Maître Antoine sont venus dîner chez nous et nous avons parlé de cette édition de Maître Marot.

«Ce n'est pas drôle», a dit Maître Antoine. «Je dois l'imprimer seul, et un livre nouveau, en langue française, serait une occasion inespérée de travailler avec son auteur. Mais ce pauvre Clément est dans un tel état qu'il est à peine capable de relire ce que je lui prépare. Il s'est plaint que l'édition de Pierre Roffet comporte trop d'erreurs, et puis c'est Maître Tory qui l'a imprimée, Maître Clément n'aime pas les caractères qu'il a utilisés – et je le comprends. Avec toutes ses belles et utiles théories, Maître Tory devrait pour le moins utiliser nos caractères. Mais pas du tout, il imprime avec des lettres médiocres, qui datent d'avant nos discussions. Marot est furieux. Je refais l'ouvrage pour lui, Galiot est prêt à le vendre, et le risque est minime, on s'est à tel point jeté sur la première édition que, erreurs ou pas, elle a disparu en un tournemain. Le pauvre Clément déplaît peut-être à certains, mais le public l'adore. »

« Il déplaît ? »

« Tu n'as pas su l'affaire du jeûne ? »

« L'affaire du jeûne ? Non. »

« Il était malade, faible comme un chaton nouveau-né, le médecin lui a ordonné de prendre du bouillon. Sa servante a tué une poule pour en confectionner, mais, comme on était en carême, Clément a été arrêté aussitôt. J'en arrive à me dire qu'il y a des gens qui l'espionnent à journée faite. »

« Et que s'est-il passé ensuite ? »

« La reine de Navarre a envoyé un des siens le libérer. Je pense d'ailleurs que, en réalité, c'est à elle qu'on en voulait. C'est toujours elle qu'on vise lorsqu'on moleste un des siens. »

Ma mère a posé sur lui des yeux plissés par le souci.

« Et une fois qu'on l'aura molesté, lui, on regardera qui a imprimé son livre, et on viendra s'en prendre à vous, qui n'êtes protégé par personne de puissant. »

« Je comprends votre crainte, ma mie, mais je suis vraiment trop loin des centres pour qu'on s'attaque à moi. Je n'ai jamais rien imprimé que la Sorbonne n'approuvât. »

« Vous imprimez Maître Marot, dont chacun dit que c'est un luthériste. Je l'ai même entendu affirmer à la fontaine, pas plus tard qu'hier. On disait que si la reine de Navarre ne l'avait pas sorti de prison, il aurait fait la fin du chevalier de Berquin. »

Il a haussé une épaule.

« Je vous assure, Françoise, que je prends garde à moi. Mais je suis persuadé que le chevalier de Berquin a été se jeter dans la gueule du loup, ce que je ne ferai jamais. »

Lorsque je repense aux discussions que j'ai eues avec ma chère femme à cette époque-là, je me rends compte qu'elles étaient prémonitoires. Mais si son inquiétude était plus grande que la mienne, ma conscience était si pure qu'il m'a semblé impossible qu'elle puisse avoir raison. Le charme de Maître Luther s'était, pour moi, dissipé depuis longtemps. J'avais certes critiqué, mais ma critique allait, et va, à l'instruction qui est donnée dans certains collèges. Sa pauvreté est affligeante. Mais cela n'a rien à voir avec une critique de la sainte Église. Sur ce terrain-là, il aurait été difficile de me prendre en défaut. Depuis mon enfance, j'entends la messe presque quotidiennement, la prière m'est naturelle comme l'air que je respire – il est resté en moi quelque chose du moine bénédictin. Aujourd'hui encore, je demeure persuadé qu'on s'est trompé. On n'a pas trouvé chez moi de placards séditieux, ni de livres interdits.

À vrai dire, la grande affaire de Maître Antoine à l'époque était l'impression d'un gros livre intitulé *Novus orbis regionum ac insularum*. Il en parlait avec enthousiasme.

« Cela contient les voyages de tous ceux qui ont eu le courage d'aller à la découverte du Nouveau Monde : Marco Polo, Amerigo Vespucci, Christophe Colomb, Pedro Álvarez Cabral, l'Indien Joseph Camanor... Ils décrivent leurs expéditions, leurs aventures, leurs malheurs, et le bonheur exaltant de la découverte. Maître Oronce Finé a même fait un planisphère, sur lequel les critiques ne s'accordent pas, mais qu'importe. D'autres suivront et reprendront le travail là où les premiers l'auront arrêté. C'est exaltant. J'ai de la peine à m'arracher aux feuilles, et il faut que je les relise plusieurs fois pour m'assurer que je n'y ai pas laissé d'erreurs, tant elles m'intéressent. »

Le livre, il en était certain (et cela a été confirmé), allait être un grand succès.

Le soir, Guillemette me l'avait dit, il en racontait des passages à son fils, ou il lui apportait des feuilles de maculature pour qu'il les lise. Résultat : le jeune Guillaume, dix ans ou à peu près, ne rêvait plus que d'être capitaine au long cours.

«Si je vais à Fontenay où il y a des bateaux, je peux arriver à la mer.»

«Oui, mais tu y arriveras comme mousse, et c'est un destin que je ne souhaite à personne.»

«Mais à la fin...»

«Si ton père, ta grand-mère, ses cousins de La Rochelle et ceux de Poitiers interviennent, tu finiras par connaître les choses de la mer, par posséder un navire, ou du moins par le commander pour le compte d'autrui, et tu seras condamné à le faire rapporter de l'argent, on attendra cela de toi. Contre vents et marées. Contre brigands, infidèles et pirates. Et si tout cela te réussit, il faudra encore te battre contre les Espagnols ou les Anglais, qui te disputeront les ports autant que les mers. À ta place j'y réfléchirais à deux fois.»

Guillaume n'allait toujours pas au collège, son père l'instruisait à la maison et lui promettait l'école pour plus tard. Parfois, il l'avait même amené aux cours de grec ou de mathématiques des lecteurs royaux:

«Pour que tu voies que se remplir la tête de choses savantes, cela sert.»

À côté de ses travaux d'imprimerie, Maître Antoine s'occupait avec constance du problème des accents. Depuis que j'étais son apprenti, je l'entendais dire qu'il aurait été plus simple d'utiliser des accents, des apostrophes, des signes, plutôt que de multiplier les lettres muettes. Il y voyait une simplification pour l'œil autant que pour le travail de l'imprimeur. Lorsqu'il m'est arrivé de passer le voir, je l'ai souvent trouvé penché sur le dessin de lettres accentuées.

«Mon plus grand regret est de ne pouvoir en discuter à fond avec Maître Tory, qui en avait le premier suggéré l'idée», disait-il. «Il est très pris par son travail, et avec cela sa santé décline, je l'ai rencontré l'autre jour, il m'a fait peur.»

«Qui voudra de telles lettres, pensez-vous? À part Robert, je veux dire.»

«Robert a toujours été un garçon sensé. Tu verras qu'une fois que nous les aurons mises sur le marché, les lettres accentuées vont s'arracher. Elles sont tout simplement logiques. Et pour répondre à ta question, Clément Marot rêve de son *Adolescence clémentine* accentuée.»

Une des premières choses que Galiot du Pré avait demandées à Maître Antoine, ç'avait été une édition de François Villon. Maître Antoine avait plaidé pour un délai. Il voulait que cette édition fût parfaite. Il possédait quelques poèmes transmis par Oudin que personne n'avait jamais lus. Mais Maître Galiot n'avait rien voulu entendre. Maître Augereau s'en était plaint auprès de Maître Marot. Celui-ci avait pris le livre imprimé (dont Maître Antoine était si dissatisfait qu'il avait même refusé d'y apposer son nom), et avait décidé de l'amender.

«J'ai beaucoup appris en lisant les œuvres de Villon, et, pour l'amour que je lui porte, je vais tenter de faire pour lui ce que j'aimerais qu'on fasse pour moi si mes écrits étaient négligés à l'instar des siens.»

«Il y a peut-être des vieillards qui connaissent des poèmes qu'Oudin ne sait pas?»

«J'ai ma petite idée là-dessus. J'ai repéré un aveugle qui est toujours au coin de la rue de la Harpe. Il prétend avoir cent ans, ce que je ne crois guère. Mais il est vieux, et parce qu'il est aveugle il a très bonne mémoire. Il récite souvent des poèmes de Villon. Il n'est peut-être pas le seul.»

«Vous permettez que je vous accompagne?»

«Comment donc, mon ami, ce sera avec plaisir. Nous ne serons pas trop de deux. Ainsi, le texte sera encore plus parfait, et les jeunes poètes qui s'inspireront de lui pourront cueillir ses sentences comme de belles fleurs. À part quelques lais que nous ne comprenons plus aujourd'hui, l'œuvre de Villon est si pleine de bonnes doctrines, de mille belles couleurs, que le temps qui tout efface ne l'a pas oblitérée. Et il l'effacera d'autant moins que dorénavant les lettres françaises seront de plus en plus lues et appréciées. »

Maître Antoine écoutait tout cela en acquiesçant avec un de ces sourires qui valaient chez lui mille discours pour dire son plaisir.

Bref, la vie de Maître Antoine était une vie ordinaire d'imprimeur savant, qui s'entretenait de textes et se préoccupait de l'authenticité de ses sources, que ce fût pour les Écritures ou pour les poèmes en français d'un homme dont la réputation avait été douteuse, un docteur, comme il disait, ès arts de la pince et du croc.

Nous vivions une époque dangereuse, surtout pour une corporation comme la nôtre. Mais nous avions la sensation que le danger était loin de nous.

XXIII · Comment, en dépit de sa volonté de rester dans l'ombre, Maître Augereau se voit confronté par l'excellence de son travail aux périls de la notoriété

Par le plus grand des hasards, le jour où la vie ordinaire de Maître Antoine Augereau a basculé dans l'exceptionnel je me trouvais dans sa boutique. Sa nouvelle boutique.

Une fois que la répartition de l'héritage avait péniblement été réglée avec les filles de Maître Bocard, il avait fini par déménager.

« J'ai autre chose à faire que me battre contre des personnes qui toutes, les unes pour récupérer un bail, les autres de peur que je ne leur enlève leur bien, n'ont qu'une envie : me voir disparaître. »

Aussi, après une querelle particulièrement virulente avec Maîtresse Chauveau à propos de son loyer, Maître Antoine est parti à la recherche d'un local.

En remontant la Grand-Rue Saint-Jacques d'un pas rageur, il a croisé Galiot du Pré.

« Vous m'avez l'air hors de vous, Antoine. »

« Parfaitement. »

Et lui d'habitude si réservé a raconté à Maître du Pré les chicanes dont il faisait l'objet.

« Vous devriez aller voir à l'enseigne de Saint-Jacques, en face du couvent des jacobins. On me disait hier que Maître Toubon en a déménagé car il préférait, lui qui n'est pas libraire, s'installer dans une rue plus proche de ses compagnons de métier. »

Maître Antoine s'était précipité. Une heure plus tard, il poussait ma porte en se frottant les mains.

« J'ai trouvé une boutique et un atelier. Juste ce qu'il me faut. Lorsque j'avais la sensation d'avoir le temps je n'ai jamais rien déniché, et puis ce local-là m'est tombé tout rôti dans le bec. Je serai quasiment ton voisin, mon cher Claude. »

Le temps de faire reblanchir la boutique, et nous les avons aidés, son compagnon et lui, à transporter les presses et le reste. Nous avions tout juste terminé et je m'apprêtais à m'en aller lorsque Maître Marot a poussé la porte.

« Bien le bonjour à vous les amis. Il a fallu que je vous cherche. La furie qui m'a accueilli rue de la Bûcherie prétendait ne pas connaître votre adresse, et j'ai dû la quémander. » Il a examiné les locaux. « Très bien. Vous êtes vraiment votre propre maître, désormais, mon cher Maître Antoine. »

« À près de cinquante ans, c'était le moment ou jamais. Je serai bientôt aux vêpres de ma vie. »

« À vous voir, je parlerais plutôt de zénith. Vous êtes plein d'énergie, et vous produisez avec une célérité qui m'ébahit. C'est d'ailleurs la raison qui m'a poussé à venir vous voir. »

Il a sorti deux livres de sa poche.

«Regardez-moi ça!» s'est-il exclamé d'une voix joyeuse.

Il nous a d'abord tendu un petit livre qui ne payait pas de mine, assez mal ficelé pour tout dire. Maître Antoine l'a pris, l'a ouvert, et a lu:

«*Les horribles et espouvantables faicts & prouesses du très-renommé Pantagruel roi des Dipsodes, fils du grand géant Gargantua, Composés nouvellement par maître Alcofribas Nasier. On les vend a Lyon en la maison de Claude Nourry, dict le Prince, pres Notre Dame de Confort.*» Il a souri. «*Maître Rabelais a tenu parole!*»

«Le caméléon a frappé», ai-je dit.

Les sourires sont devenus de grands éclats de rire, car nous avions tous entendu une fois ou l'autre la théorie de Maître François.

«Vous ne croyez pas si bien dire. Au moment où tout le monde parle de l'auteur de ces joyeuses chroniques, Maître Rabelais s'apprête à être nommé médecin de l'Hôtel-Dieu de Notre-Dame-de-la-Pitié du Pont-du-Rhône, si ce n'est déjà fait. C'est en tout cas ce qu'il m'a dit.»

Encore tout hilare, Maître Antoine a feuilleté l'opuscule.

«Prologue de l'auteur. Voyons ce qu'il nous dit: *Trèsillustres & trèschevaleureux champions gentilshommes & autres, qui volontiers vous adonnez à toutes gentillesses et honnêtetés, vous avez naguère vu, lu, et su les grandes & inestimables chroniques de l'énorme géant Gargantua, & comme vrais fidèles les avez crues tout ainsi que texte de Bible ou de saint Évangile, & y avez maintes fois passé votre temps avec les honorables dames et damoiselles, leurs en faisans beaux & longs narrés, alors qu'étiez hors de propos: dont étiez bien dignes de grand louange. Et à la mienne volonté qu'un chacun laissât sa propre besogne & mît ses affaires propres en oubli, afin d'y vaquer entièrement sans que son esprit fût d'ailleurs distrait ni empêché jusqu'à ce que l'on les sût par cœur, afin que si d'aventure l'art de l'imprimerie cessait, ou en cas que tous livres périssent, au temps à venir un chascun les puisse bien au net enseigner à ses enfans...* C'est magnifique! Vous entendez comme cela sonne? Vous faites cela avec la poésie, Maître Clément. Mais ici, c'est de la prose!»

«On m'avait dit que c'était un grand prédicateur», a commenté Maître Clément. «Mais en lisant ce livre, j'ai pu m'en convaincre. Et quelle imagination! Je suis surpris que Maître Rabelais s'étonne...»

«Et de quoi s'étonne-t-il?»

«J'étais à Lyon récemment, et il se plaignait de ce que tout le monde se bat pour lire *Pantagruel* qu'il prétend avoir écrit de la main gauche pour se distraire et pour faire plaisir à son ami Claude Nourry, alors qu'il s'est voué corps et âme à une superbe translation des *Aphorismes* d'Hippocrate du grec au latin dont personne ne parle.»

«Gageons que son traité latin fait du bruit chez les médecins. Mais celui-ci est en français. Vous nous le laissez pour une petite lecture?»

«Non, mon cher ami, je ne peux pas. Si je vous dis à qui appartient cet exemplaire, vous ne me croirez sans doute pas.»

«A qui donc?»

«Au roi lui-même, mon cher ami. Il est allé à la chasse et l'a laissé à sa sœur qui insistait. Elle l'a lu, et m'a confié l'ouvrage jusqu'à ce soir. Comme je devais venir vous voir, j'en ai profité, puisque je sais que vous êtes un des bons amis de Maître Rabelais. Mais depuis que j'ai rapporté cela de Lyon, Sa Majesté ne s'en sépare pas. Lorsqu'elle lit, on l'entend rire jusqu'aux cuisines. Elle le met même sous son oreiller pour dormir. Je ne peux donc pas vous le laisser.»

«J'imagine que j'aurai bientôt l'occasion d'acquérir mon propre exemplaire. Je vais aller voir à l'Homme-Sauvage, sur le pont au Change. On y trouve toujours les nouveautés», a dit Maître Antoine.

«Nul doute», et Maître Clément a rangé le livre dans sa poche avec le même soin que s'il s'était agi d'une Bible enluminée. « Ce qui m'amène à la raison de ma visite. De Lyon, j'ai aussi rapporté ceci. »

Il lui a tendu un petit livre, encore plus mal ficelé que le précédent. Maître Antoine l'a ouvert avec précaution, pour qu'il ne tombe pas en pièces :

« *Le miroir de l'âme pécheresse, auquel elle reconnaît ses fautes et péchés, et aussi les grâces et bénéfices à elle faits par Jésus-Christ son époux. La marguerite très noble et précieuse s'est proposée à ceux qui de bon cœur la cherchaient. À Alençon, chez Maître Simon du Bois.* »

Maître Antoine a levé un sourcil interrogateur, puis a repris sa lecture, en silence cette fois. Au bout d'un instant, il nous a regardés.

« Pas mal... *voyant que c'est d'une femme l'ouvrage, qui n'a en soi ni science ni savoir...* C'est vrai ? L'auteur est une femme ? » Une pause, et soudain son visage s'est illuminé de compréhension. « La reine de Navarre ! C'est elle qui a écrit ceci. »

« Bravo, mon cher, vous avez deviné. »

« Et que voulez-vous que je vous dise ? »

« Rien. Ou plutôt : dites "oui" lorsque je vous aurai demandé, de la part de Sa Majesté la reine, de le réimprimer. »

« Moi ? Vous devez faire erreur. »

« Pas du tout, mon cher. Madame Marguerite possède un exemplaire des *Œuvres* de Virgile que vous avez imprimées il y a un an ou deux, et elle trouve vos caractères magnifiques, c'est son mot. Elle souhaite voir *Le Miroir de l'âme pécheresse* imprimé avec les mêmes, car comme vous le constatez celui-ci est en lettres gothiques. Je lui ai parlé de vous, et elle a dit : "Très bien. Allez le voir, et passez-lui commande." »

C'est comme si Maître Antoine avait pressenti le danger, et peut-être l'a-t-il vraiment perçu à cet instant-là.

« Mais... Je ne peux pas... »

« Vous ne pouvez surtout pas vous dérober à un ordre de la reine de Navarre. Cela ne se fait pas. »

Cette affirmation péremptoire a sorti Maître Antoine de sa perplexité.

«Maître Clément, je suis très honoré, et si Sa Majesté de Navarre veut mes caractères, j'en fondrai un jeu pour l'imprimeur qu'elle me désignera. Mais je ne suis qu'un obscur artisan et tiens à le rester. Et même si je voulais obtempérer, je ne pourrais pas. Mon compagnon Philippe Lore et moi-même avons trop de travail, plusieurs libraires comptent sur nous pour la rentrée universitaire.»

J'abrège, car entre arguments et contre-arguments, ils ont continué longtemps. Maître Antoine a conclu sur un ton décidé:

«Je dois finir d'emménager, j'ai énormément à faire, et nous tournons en rond. Merci pour l'honneur, mais je suis débordé.»

Maître Clément s'en est allé en secouant la tête.

La suite, je l'ai apprise le dimanche suivant, à la table familiale.

Le lendemain de la visite de Maître Marot, un seigneur en tenue de cheval avait poussé la porte de Maître Antoine, suivi de deux serviteurs. Il s'était campé au milieu de la pièce, les bras croisés, et avait examiné l'atelier d'un regard gris, circulaire et froid comme du marbre dans un visage fin, imberbe, au menton pointu. Maître Antoine avait commencé par se dire que la reine de Navarre avait envoyé ces hommes pour tout détruire afin de le punir de son refus.

Mais de cette bouche était sortie une voix surprenante. Haut perchée.

«Alors, Maître Augereau, vous refusez de travailler pour la reine de Navarre?»

Maître Antoine était réservé, mais pas timide.

«Monseigneur, si la reine de Navarre vous a envoyé pour que je vous le répète, je le fais bien volontiers. J'ai énormément de travail, et je ne peux pas. Il y a rue Saint-Jacques des dizaines d'imprimeurs qui n'attendent qu'un tel honneur. Je confie à celui que la reine de Navarre choisira une fonte de mon cicéro.»

«C'est la reine de Navarre elle-même qui vous demande d'imprimer son livre. N'êtes-vous pas sensible à sa requête? On me dit pourtant que vous êtes homme du monde, que vous sortez d'une très bonne famille poitevine.»

Maître Antoine n'a pu s'empêcher de sourire.

«Certes, Monsieur, je suis parent des Tiraqueau, des Goupil, mais j'ai passé mon enfance dans un monastère, et mon adolescence dans des imprimeries. Je suis un artisan, et je n'ambitionne pas d'être autre chose.»

«On nous a dit que vous êtes un savant. Que vous connaissez le grec. Que vous avez une vaste culture. Que vous vous préoccupez de typographie nouvelle, et notamment que vous travaillez à l'introduction d'accents dans la langue écrite. Bref, il me paraît que vous êtes l'homme de la situation.»

«Monsieur, je vous prie de dire à Sa Majesté la reine de Navarre que j'ai trop de travail pour imprimer en ce moment un livre que, si je l'entreprenais, je voudrais parfait, et qu'en plus mes caractères accentués ne sont pas encore prêts.»

«Eh bien, Monsieur, vous venez de le lui dire vous-même, et elle vous a entendu, mais elle n'accepte pas.»

D'un geste, le gentilhomme a enlevé son couvre-chef devant un Maître Antoine figé de stupéfaction; il a vu la petite coiffe qui retenait, bien cachée sous le chapeau, une longue chevelure de femme.

«J'ai commencé par penser: une femme déguisée en homme», m'a-t-il raconté. «Et puis en un éclair, je me suis dit: mais c'est ELLE, imbécile!»

Et il avait plié le genou.

«Que Votre Majesté me pardonne.»

Elle lui avait donné sa main à baiser.

«Parce que, maintenant que vous avez compris à qui vous avez à faire, vous allez changer d'avis?»

Il avait levé les yeux et avait souri pour atténuer sa réponse.

« Non, Votre Majesté, j'ai toujours autant de travail. »

Elle avait tenté de le fixer d'un œil sévère mais, en voyant la mine contrite et pourtant résolue de Maître Antoine, elle avait éclaté de rire, et il s'était permis de rire avec elle. Elle l'avait fait se relever, s'était assise sans façon et avait commencé à s'entretenir avec lui de son travail, de textes grecs et latins, de son opinion sur les saintes Écritures en langue vernaculaire, lui avait posé des questions sur sa famille.

En partant, elle avait pris quelques-uns des petits livres qu'il préparait et avait tenu mordicus à les payer. Elle avait laissé une bourse sans même en compter le contenu. Et, au moment de sortir, elle avait fait une dernière tentative.

« Vous refusez toujours d'imprimer mon livre ? »

En un éclair, il a compris qu'il n'avait pas le choix.

« Non, Votre Majesté. Je refuse dans le moment présent. Je me suis engagé, et je dois tenir parole. Mais je vous promets que s'il y avait besoin d'une nouvelle édition, et que cela arrive lorsque j'aurai fini de graver les caractères accentués, c'est bien volontiers que j'accéderai à votre vœu. En attendant, je donnerai mes caractères à quelqu'un qui a le temps. »

C'est ce qui a fini par être fait. Dieudonné est allé aider à préparer les matrices pour gagner du temps, et Pierre Haultin a fondu les caractères. La reine de Navarre a payé tout cela. Et enfin c'est Guillaume Le Masle, un compagnon qui allait passer maître dans je ne sais quelle ville de province et qui cherchait quelques travaux à faire avant de partir, qui a procédé à l'impression. Sans nom de lieu, sans nom d'auteur ni d'éditeur, sans date. Juste pour faire plaisir à la reine de Navarre.

Elle avait envoyé à la boutique de Maître Antoine Jean de Vauzelles, un de ses gentilshommes, et lui avait fait dire que, mis à part les caractères, cette édition n'était pas meilleure que celle de Simon du Bois à Alençon.

« Vous direz à Sa Majesté que je le sais », avait répondu Maître Antoine. « Mais je n'ai vraiment pas pu m'en occuper, je l'avais prévenue. Et puis il faudra que je termine mes caractères accentués, cela prend du temps. C'est seulement alors que je pourrais faire quelque chose de vraiment digne d'elle. Maître Marot, Maître Tory et moi travaillons à la chose depuis des années. Maître Estienne a utilisé quelques accents dans certains de ses textes, Maître Tory a placé des accents et des cédilles dans son édition de l'*Adolescence clémentine* de Maître Marot, mais ils ne sont pas beaux. Les miens ne sont pas encore prêts. Je voudrais faire encore mieux, aller jusqu'au bout de la démarche. »

Monsieur de Vauzelles avait souri.

« Je dirai à Sa Majesté que nous avons affaire à un adepte de la perfection. »

« Et pendant que vous y êtes, dites-lui aussi que l'adepte de la perfection serait bien aise de travailler avec un manuscrit de sa main. Tant l'impression d'Alençon que celle de Paris me semblent pleines de fautes. »

Le gentilhomme s'était incliné et avait pris congé.

Je suis persuadé que les choses en seraient restées là sans les événements qui ont suivi, que ce petit livre se serait vendu moyennement, qu'il n'aurait jamais été nécessaire de le réimprimer et que peu de monde en aurait remarqué l'existence sans la Sorbonne.

Il faut dire que nous vivions une époque particulièrement agitée. Rétrospectivement, je dirais même que nous vivions les prémices de nos troubles actuels, mais en ce temps-là, bien entendu, nous ne nous en rendions pas compte.

Cela a commencé par une visite des sergents à pied à mon échoppe. J'entendais parler d'inspection des boutiques de libraires depuis des années. Robert Estienne avait dû s'y soumettre plus d'une fois, de même que Simon de Colines, Josse Bade ou d'autres. J'avoue que je ne m'attendais pas à voir ces messieurs s'occuper de moi. Mais j'avais un voisin, homme bilieux à qui la corporation avait refusé la maîtrise, qui en voulait à tout le monde et qui se vengeait en dénonçant à tort et à travers. J'imagine que de voir passer dans mon humble annexe des gens comme Maître Antoine, Robert Estienne ou Maître Rabelais, pour ne citer qu'eux, lui déplaisait. Il avait dû dire à qui de droit que j'étais suspect.

Trois hommes avaient poussé ma porte, et j'avais tout de suite vu que leurs intentions n'étaient pas amicales.

« Maître Claude Garamond? »

« Pour vous servir, Messieurs. »

Celui qui était leur chef a déplié un papier qu'il m'a lu et dont j'avoue ne rien avoir retenu, tant mon cœur battait fort dans ma poitrine.

« En conséquence », a-t-il conclu, « nous avons ordre d'effectuer une perquisition de cette boutique pour nous assurer qu'il ne s'y trouve pas de livres interdits. »

J'ai passé en revue dans mon esprit les quelques livres qui étaient dans un rayon au-dessus de ma tête. Une Bible latine très ancienne, qui me venait de mon père. Les quelques livres imprimés avec mes caractères. *Le Roman de la Rose* publié sous la responsabilité de Maître Marot (il n'était pas en odeur de sainteté auprès de ces Messieurs, mais son nom n'y figurait pas). Le *Champ Fleury* de Maître Tory. Rien que de très innocent. Mon exemplaire des *Commentaires sur les Épîtres de saint Paul*, le premier livre auquel j'ai travaillé au début de mon apprentissage, était chez moi, heureusement, il faudrait que je pourvoie à mieux le dissimuler, les fouilles du domicile, cela s'était déjà vu. Maître Lefèvre n'avait pas été excommunié, mais Maître Beda ne cessait de répéter qu'il était luthérien, je préférais ne pas avoir à m'expliquer avec des hommes qui n'étaient pas venus là pour discuter.

J'ai conclu ma réflexion (tout cela m'a passé par la tête en un éclair) par un geste.

« Cette boutique vous est ouverte, Messieurs. Je n'imprime pas de livres, et je n'en ai que quelques-uns qui me servent pour mon travail, ou qui ont été imprimés avec mes caractères. »

Ils les ont tous sortis un à un. J'ai fini par comprendre qu'un des trois hommes n'était pas un sergent mais un théologien, un petit homme à l'air important dont la pâleur famélique et la mine dure me faisaient frémir. Un capet du collège de Montaigu, sans doute.

Pendant une heure peut-être, on n'a pas entendu un bruit autre que leurs respirations. Ils ont ouvert les armoires, déplacé tout ce qui n'était pas immobilisé par le poids. Dieudonné et Thomas, le fondeur qui travaillait avec nous, n'ont pas levé le nez de leur travail et, Dieu soit loué, personne n'a poussé notre porte pour une visite amicale. Je me suis dit, que dans des boutiques où il y avait des dizaines, des centaines de livres, cela devait se passer tout autrement, et sans doute moins paisiblement.

Ils sont partis sans autre commentaire. Ils ont passé le reste de la journée chez Maître Chevallon, qui a pris le parti de fermer sa boutique et de laisser faire.

« Inutile de s'opposer à un fleuve en crue », avait-il dit avec un haussement d'épaules.

Lorsqu'ils ont enfin quitté la maison, Dieudonné a poussé un grand soupir.

« Je me suis vu au fond d'un cachot. »

« Nous n'avons rien ici qui puisse nous amener à la Conciergerie. »

Il m'a regardé de ses grands yeux verts. Il était encore imberbe, mais il avait beaucoup grandi, depuis qu'il était arrivé chez moi, c'était presque un homme. Il était toujours doté de la même vivacité et de la même curiosité. Récemment encore, il avait bombardé Maître Tory de questions qui allaient au-delà de la typographie. Il ne m'a surpris qu'à moitié lorsque, au lieu de me répondre, il a chanté :

Je me plains fort qu'on m'y veut ruer jus
La vraie doctrine qui est du bon Jésus
Et qu'on a oppressé aussi ses bons ministres
Pour ce qu'ils ont parlé de la sainte Évangile.
Ils ont mené de cité en cité
Les pauvres membres dont Jésus est le chef,
De prison en prison avec ignominie,
Las, ce n'est pas raison de telle vilénie.

«Tu es fou, ce n'est pas le moment de chanter des choses pareilles», a murmuré Thomas. «Cette chanson est interdite.»

«Je ne suis pas allé la chercher. Si tout le monde ne la chantait pas, je ne la saurais pas.»

«Dieudonné, tout ceci n'est pas une plaisanterie...»

«Je sais, Maître, et je garde mes idées pour moi. Mais le jour où ils fouilleront nos têtes, on sera mal arrangés.»

«Tu veux dire que tu es évangélique?»

«Moi? Pas du tout. Je suis en train de me faire une opinion. J'ai déjà compris qu'il est plus confortable d'ânonner bien sagement ce que dicte l'Église de Rome. Parce que pour ce qui est de jouir d'une quelconque liberté de jugement, ce n'est pas fameux. Aussitôt qu'on ne pense pas comme elle, l'Église décrète qu'on est hérétique, alors vous voyez...»

Il avait raison, bien sûr, mais j'étais son maître, je ne pouvais pas l'approuver ouvertement.

«Dieudonné, je t'en prie. Des hommes ont déjà fini sur le bûcher pour avoir tenu de tels propos.»

Mon apprenti me connaissait et savait ce que je pensais. Aussi s'est-il remis au travail sans autre commentaire, en sifflotant l'air sur lequel il avait chanté.

Cette visite de l'autorité, pourtant inoffensive, m'a troublé, et pendant plusieurs jours j'ai été écrasé par des appréhensions aussi vagues que difficiles à supporter.

Quelques semaines ou quelques mois après cela il y a eu l'épisode des sermons de carême.

Le roi était absent, mais Madame Marguerite était à Paris. Lors du carême, son aumônier, le Père Gérard Roussel (celui-là même qui avait dû fuir à Strasbourg avec Maître Lefèvre quelques années auparavant pour échapper à la vindicte sorbonnicole), avait prêché au Louvre des sermons dont tout le monde parlait, certains en bien, d'autres – beaucoup plus nombreux – en mal. Mais des milliers de fidèles allaient les écouter, alors que maintes églises paroissiales étaient vides. Cela piquait la vanité de curés vains et ignorants ; au lieu de se dire qu'ils auraient dû prêcher de meilleurs sermons, ils ont crié haro sur le baudet et ont appelé les bédaïques, toujours prêts à frapper les amis de Madame Marguerite, à leur secours.

Maître Antoine avait assisté à un des sermons de Maître Roussel.

« Il dit qu'il faut lire l'Évangile, et que seule la parole du Seigneur débarrassée des scories du temps compte pour le chrétien. Et il ne dit que cela. Je continue à ne pas comprendre pourquoi la Faculté de théologie et le Parlement ont si peur de ce qu'ils appellent une hérésie ; à force d'interdire aux gens de réfléchir, ils finissent par les encourager à le faire. S'ils étaient ouverts à la discussion au lieu de lui opposer une telle résistance, tous les problèmes seraient réglés depuis longtemps. » Il a soupiré et a répété quelque chose que tout le monde disait autour de moi depuis des années. « Nous voulons changer l'Église parce que nous l'aimons. Nous voulons la débarrasser de ce qui la corrompt. Mais nous ne voulons pas la quitter. »

Ce « nous » m'a inquiété tout particulièrement ce jour-là. Il signifiait plus clairement que jamais que Maître Antoine s'impliquait dans le mouvement.

Par Maître Marot, notre gazette, nous avons appris que Madame Marguerite avait réussi à convaincre son frère de protéger Maître Roussel, que la Faculté s'apprêtait à censurer. Le roi, qui se trouvait dans la région lyonnaise, s'était, disait-on, mis dans une colère noire. Il avait crié aux quatre vents qu'il en avait assez de toutes ces persécutions, qu'il n'était pas dupe et qu'il savait bien qu'en s'attaquant à l'aumônier de sa sœur, donc à sa sœur elle-même, on s'attaquait à lui personnellement. Il a dicté un décret mettant Maître Roussel sous la protection de la reine de Navarre et, dans son suprême agacement, il a ordonné d'exiler plusieurs membres parmi les plus pointilleux de la Faculté de théologie, dont Maître Beda et Maître François Le Picard, une sorte de deuxième Beda, plus jeune et, hélas, beaucoup plus habile.

Je me souviens que lorsque la nouvelle est arrivée nous devions être vers fin mai, car les géranions commençaient à fleurir, et les vignes autour de Paris à être en feuilles. Elle a provoqué un véritable tumulte.

Il y avait ceux qui étaient contents d'être enfin débarrassés de Maître Beda, ceux qui soupiraient que la Faculté aurait vite trouvé un Beda de remplacement, et enfin il y avait ceux qui, excités par les moines de la plupart des couvents pour qui tout changement même minime à leurs habitudes était péché mortel, s'indignaient qu'on exile un saint homme alors même qu'on protégeait un hérétique.

Une véritable bataille verbale a fait rage, encouragée et facilitée par la Sorbonne autant que par les curés de la plupart des paroisses de Paris. Et bientôt, on a pu lire à tous les coins de rue des placards comme celui-ci, que j'ai trouvé un matin sur ma porte, et que j'ai, dans un accès d'indignation après avoir lu la première ligne, arraché et jeté dans un coin où je l'ai retrouvé par la suite. Certains passages se sont imprimés dans ma mémoire :

Au feu, au feu, cette hérésie
Qui jour & nuit trop nous grève :
Dois-tu souffrir qu'elle moleste
Sainte Écriture & ses Édits ?
Veux-tu bannir science parfaite
Pour soutenir Luthériens médits ?

Ou encore:

Prions tous le roi de gloire
Qu'il confonde ces chiens maudits
Afin qu'il n'en soit plus mémoire
Non plus que de vieils os pourris.
Au feu, au feu, c'est le repère
Fait en justice, Dieu l'a permis.

Autrement dit, inutile de discuter. Au bûcher. Bien vite, un autre placard a fleuri sur les murs, les portes et les troncs des arbres en réponse à ce véritable appel à l'hécatombe par le feu:

En l'eau, en l'eau, ces fols séditieux,
Lesquels en lieu de divines paroles,
Prêchent au peuple un tas de monopoles
Pour émouvoir débats contentieux.
Le roi leur est un peu trop gracieux,
Que n'a-t-il mis en bas ces têtes folles
En l'eau.
Ils aiment tant les vins délicieux
Qu'on peut nommer cabarets leurs écoles
Mais refroidir faudrait leur chaudes colles,
Par rebours de ce qu'ils aiment mieux,
En l'eau.

Récemment, j'ai appris que cette réponse aux placards haineux des suppôts de la *parisine orthodoxalité*, pour reprendre un mot de Monsieur de Vauzelles, le gentilhomme qui venait apporter les messages de la reine de Navarre à Maître Antoine et que j'avais fini par connaître, était de la plume de Maître Marot. Mais, à l'époque, cela est resté un secret bien gardé.

L'agitation s'est poursuivie encore quelques semaines. Le bruit s'étant répandu que la reine de Navarre était en espérance, certains allaient, par un excès de charité chrétienne digne de leurs placards, jusqu'à prier pour qu'elle meure.

D'autres pensaient que les idées nouvelles avaient vaincu, et que le roi y était gagné une fois pour toutes, puisqu'il avait débarrassé Paris de Beda. Je n'arrivais pas à partager l'enthousiasme de ces gens, qu'on appelait de plus en plus souvent, désormais, les Évangéliques, désignation qui englobait des Robert Estienne ou des Gérard Roussel, ainsi que tous ceux qui rêvaient de textes précis, et qui aspiraient à sortir du latin scolastique, de plus en plus figé, de moins en moins apte à exprimer les réalités de l'époque moderne.

«Les classiques disposaient d'une langue à la mesure de leur monde», disait souvent d'une voix vibrante Maître Antoine. «Leurs textes sont magnifiques, mais ils sont faits pour leur époque. Nous sommes forcés de forger tous les jours des mots nouveaux, que nous greffons sur une syntaxe percluse des rhumatismes de l'âge. Notre langue, c'est le français. Le latin dont nous nous servons pour ce que nous avons à dire aujourd'hui est du charabia; ce n'est plus ni chair ni poisson. Ce qui m'amène à remarquer que votre ragoût est particulièrement réussi, ma chère Guillemette.»

Ce jour-là, nous étions chez nous, et c'était dimanche. Guillemette l'a regardé pensivement. On voyait qu'elle hésitait à parler. À côté d'elle, ma mère était toute pâle et immobile. Ma femme a fini par se décider.

«Maître Antoine, je me mêle sans aucun doute de ce qui ne me regarde pas, et vous avez une femme admirable qui mourrait plutôt que de vous dire un seul mot de ses soucis, mais...»

«Guillemette, je vous en prie!» s'est écriée ma mère d'une voix étranglée.

«Ma chère Mère, il faut réveiller les noctambules avant qu'ils n'arrivent au bord du gouffre.»

«Laissez-la parler, Françoise», est intervenu Maître Antoine amusé. Cela a eu le don d'agacer Guillemette – je sais par expérience que ce genre de ton protecteur la met hors d'elle.

«C'est cela, moquez-vous. Niez donc que vous vous apprêtez à imprimer *Le Miroir de l'âme pécheresse*, ou comment la reine de Navarre appelle-t-elle son poème?»

«Ma chère Guillemette, je ne nie rien. Au contraire: Sa Majesté m'a fait promettre que j'imprimerais son texte le jour où j'aurai des accents et des apostrophes dignes de ce nom, et j'y travaille. Le jour où j'aurai l'impression d'avoir réussi à faire quelque chose de mieux que le regretté Maître Tory...»

«Comment, le regretté Maître Tory?», ai-je interrompu.

«Tu ne savais pas? Il est mort hier, ou avant-hier. On le met en terre demain à la première heure. Une apoplexie. Cela faisait des semaines qu'il respirait avec peine. Il était de plus en plus pâle et transparent, et...»

«Ne changez pas de discours», est intervenue Guillemette, dont les yeux lançaient des éclairs.

«Pardonnez-moi. Je disais que le jour où j'aurai l'impression d'avoir réussi à faire quelque chose de mieux que le regretté Maître Tory, j'imprimerai le texte de Sa Majesté. Je ne vois pas pourquoi je ne le ferais pas. C'est une commande comme une autre.»

Ma mère a été incapable de se taire plus longtemps.

«Vous avez vu ce qui arrive à tous ceux qui servent Madame Marguerite? Maître Lefèvre exilé, Maître Briçonnet isolé, on m'a parlé de prêtres de Meaux qui ont dû fuir à Strasbourg, à Bâle, à Genève et je ne sais où encore. Et le chevalier de Berquin? Mort comme l'hérétique qu'il n'était pas! Et Maître Roussel? Persécuté! Il a fallu tirer Maître Marot de prison je ne sais combien de fois, c'est vous qui me l'avez raconté.»

«Ma mie! Mais que craignez-vous donc? Maître Beda est exilé, ses textes sont examinés par des docteurs...»

«Des docteurs qui sont ses amis. Et vous, qui êtes un si bon relateur des discussions que vous avez lorsque je ne suis pas là, m'avez dit vous-même ce que pense Maître Rabelais qui connaît l'Église de l'intérieur: que si un Beda meurt, il en viendra un autre, et que l'Église ne lâchera jamais prise.»

La véhémence de ma mère était si inhabituelle que nous sommes restés un instant bouche bée à la regarder. Il y avait des larmes dans ses yeux, mais elle n'a pas pleuré. D'une voix à peine plus basse, elle a profité du silence pour poursuivre :

« Si vous ne voulez pas prendre garde à vous, pensez à nous, mon ami. À Guillaume, qui a le plus grand besoin de vous. À moi qui... » et là sa voix s'est enfin cassée, mais elle a continué à se maîtriser. « À moi qui mourrais s'il vous arrivait quelque chose. Ne tentez pas le destin, je vous en supplie, Antoine. »

Elle s'est tue, et est restée là, toute raide, pâle comme un linceul.

Maître Antoine était ému aux larmes. Il s'est levé, il a fait le tour de la table, l'a tirée par la main, et une fois qu'elle a été debout il l'a entourée de ses bras et s'est mis à lui murmurer des mots à l'oreille.

Guillemette a poussé un grand soupir, s'est levée, m'a fait signe, a pris la main de mon frère, qui était presque aussi pâle que notre mère, et nous a entraînés à la cuisine. Elle a fermé la porte avec douceur pour qu'on ne nous entende pas.

« Mon père est en danger, Guillemette ? », a-t-il demandé d'une voix tremblante.

« Espérons qu'il a pris conscience de ce qu'il y a des chemins plus périlleux que d'autres. À cette condition, ton père n'est pas plus en danger que n'importe lequel d'entre nous, je t'assure. Les temps sont difficiles, je ne vais pas te mentir. »

Plus difficiles encore que nous ne le pensions nous-mêmes. Les événements allaient bientôt nous le prouver.

XXIV · Comment *Le Miroir de l'âme pécheresse* subit les premières persécutions dans un Paris où règne désormais la méfiance

Plus le moment de faire le récit du malheur approche, plus la rédaction devient difficile. Pourquoi ai-je la sensation qu'en racontant ce qui est arrivé depuis un an et demi je tue mon maître une seconde fois? Mon cœur se fait d'autant plus lourd que je vois maintenant clairement comment le tournant a été pris. Je vois – maintenant – que nous étions à la merci d'une provocation. À ce moment-là, il semblait que les choses s'arrangeraient. Avec des hauts et des bas, certes, car personne ne pensait que la Sorbonne lâcherait prise sans se battre jusqu'au bout. Mais je crois que l'opinion générale de l'époque était que la Faculté de théologie menait un combat d'arrière-garde. Les signaux d'alarme ont pourtant été nombreux et graves.

N'anticipons pas. Je reviens à mon histoire.

Le tumulte s'est un peu calmé, la Faculté continuait à proclamer des censures, mais c'était un peu comme si cela ne nous regardait pas. Et elles ne m'auraient pas concerné personnellement sans mon beau-père.

Un jour d'août ou de septembre, je ne sais plus, un des prévôts chargés des perquisitions chez ceux qu'on suspectait d'hérésie a, dans le courant de la fouille d'une des nombreuses librairies qui étaient examinées, découvert *Le Miroir de l'âme pécheresse*. Ce petit livre, dont je ne dois pas être le seul à trouver les mérites peu évidents, dormait paisiblement dans un coin, et je suis convaincu qu'il ne serait jamais sorti de l'ombre sans les théologastres de la Sorbonne. Beda n'était pas à Paris en ce temps-là, mais il n'en était pas loin, et on ne se gênait pas pour le consulter: en esprit, il était omniprésent.

Maître Antoine était entré en trombe dans mon échoppe.

«Est-ce que Dieudonné a le temps d'aller tendre ses grandes oreilles?»

«Dieudonné? Tu as le temps?»

«Dites-moi ce que vous voulez, Maître.»

«On m'a appris que *Le Miroir de l'âme pécheresse* a été saisi et qu'il va être soumis à la censure. Ils ne savent pas d'où cela vient, qui l'a écrit. Mais la Bible y est citée en français, il y est beaucoup question de Notre-Seigneur et fort peu, ou pas du tout, de la Vierge et des saints, c'est suffisant pour que le livre soit censuré. »

Dieudonné a attrapé son couvre-chef et il est sorti.

Pendant qu'il attendait, Maître Antoine faisait les cent pas comme un animal en cage. C'était la première fois, depuis plus de vingt ans que je le fréquentais, que je le voyais aussi préoccupé. Depuis quelque temps, sa barbe et ses cheveux, qui avaient été d'un noir que je n'avais jamais vu chez personne sinon chez son frère cadet et lui, puis chez son fils Guillaume, avaient commencé à blanchir. Ses yeux en paraissaient encore plus gris, et je trouvais que son visage s'était beaucoup creusé. Ma mère m'avait dit en passant qu'il avait des sueurs, une mauvaise toux, et un jour elle m'avait appris tout affolée qu'il avait craché du sang.

« Je crois que, d'avoir promis de s'occuper du livre de cette femme, cela le ronge par l'intérieur », avait-elle dit avec une amertume dont je ne la savais pas capable.

J'avais tenté de la rassurer. Mais l'inquiétude rôdait et, Grand-Rue Saint-Jacques, nous nous attendions tous, je crois, à ce que le ciel nous tombe sur la tête. Quels que fussent les livres qu'on publiait, le métier d'imprimeur était devenu aussi dangereux que celui de soldat.

Je pensais à tout cela en regardant Maître Antoine tourner en rond, les nerfs à fleur de peau, lui si calme d'habitude.

« À Genève, à Strasbourg, à Bâle, on parle de créer une Église qui ne serait régie que par la parole de l'Évangile », m'a-t-il dit soudain.

« Ah... Et alors? »

Mon cœur se serrait. Allait-il vraiment basculer dans ce que l'on appelait l'hérésie?

« Alors rien. Je ne crois pas que j'aurais le courage de faire ce pas-là, car je ne veux pas quitter l'Église catholique, même si en ce moment elle nous persécute. J'espère toujours que nous arriverons à lever les malentendus. Mais si tout le monde lui tourne le dos, cela n'arrivera jamais.»

«Vous croyez que c'est possible?»

«Je ne sais pas. Maître Érasme, Maître Lefèvre, nos grands aînés, attendent depuis bien plus longtemps que nous. Mais je sais que, moi, je ne peux pas faire table rase.»

Dieudonné a poussé la porte.

«C'est Maître Le Clerc, le curé de Saint-André-des-Arts, qui veut cette censure», a-t-il aussitôt déclaré. «Il ne sait pas qui est l'auteur du livre. Il a vu des citations de l'Évangile en français et ça lui a suffi.»

J'avais appris à ne pas mettre en doute les affirmations que Dieudonné faisait d'une voix assurée, et qui jamais n'ont été prises en défaut. Il m'avait dit une fois qu'Oudin lui avait présenté quelques-uns de ses amis, et que c'était avec eux qu'il «travaillait». Dans les moments de grande détresse qui avaient précédé la mort du chevalier de Berquin, Oudin avait un jour laissé échapper qu'il avait des amis à la Cour des Miracles, un de ces lieux d'exécrable réputation où aucun honnête homme ne s'aventurait – en principe. Il est vrai qu'Oudin avait, de par ses origines, accès à deux mondes, celui de la rue et celui des savants. C'était rare. J'ai donc toujours supposé, sans vouloir approfondir, que Dieudonné (dont, si j'avais voulu en savoir plus, je n'aurais sans doute tiré que des mensonges) avait, grâce à une intercession d'Oudin, été agréé par quelques-uns des mendiants et des mauvais garçons qui hantaient les rues et qui étaient rarement pris par les archers, surtout occupés à la chasse aux hellénistes, aux gallicistes et autres «hérétiques».

«Et que va-t-il se passer?»

«L'histoire ne le dit pas encore. J'ai juste pu savoir que sur la liste que va examiner la Faculté de théologie on a également mis le *Pantagruel* de Messire Rabelais. Pas encore pour hérésie. Pour obscénité, pour le moment.»

Il s'est interrompu pour rire, mais le regard de Maître Antoine l'a arrêté. Il a ôté son chapeau et s'est remis au travail sans un mot.

Pendant quelques instants, Maître Antoine a continué à marcher en silence, puis il s'est campé devant Dieudonné.

« La reine de Navarre a-t-elle été avertie ? »

Dieudonné l'a d'abord regardé en silence. Il hésitait à répondre, mais il a fini par se décider en voyant l'air malheureux de mon beau-père.

« Je crois que ceux qui l'aiment, car il y en a même à l'Université, se sont empressés de communiquer avec elle. »

Le visage de Maître Antoine s'est détendu en un sourire de soulagement.

« Pas de chance », a-t-il dit de sa voix redevenue habituelle. « Je viens de terminer des lettres accentuées dont je suis satisfait. On n'imprimera probablement plus jamais ce livre, maintenant. »

Et il a sorti de sa poche une feuille sur laquelle il avait imprimé l'épreuve fumée de ces lettres. On voyait effectivement au premier coup d'œil, même avec une impression à la suie de bois, qu'elles étaient infiniment supérieures à tout ce qui avait été fait jusque-là, par lui ou par d'autres.

La période qui s'est ensuivie a été chaotique.

Les curés continuaient à être d'une grande violence contre Madame Marguerite. De jeunes fous avaient profané une statue de la Vierge dans son fief d'Alençon. Bon prétexte pour les bigots : ils l'accusaient de toutes les hérésies, c'était une sans Dieu ; pendant une messe à laquelle j'assistais, le curé de Saint-Jacques-du-Haut-Pas a dit dans son sermon qu'il aurait fallu la mettre dans un sac et la noyer en Seine, et si Guillemette ne m'avait retenu d'une main ferme je serais sorti séance tenante. D'autres l'ont fait et, une fois rentré chez nous, je me suis reproché ma lâcheté.

« À quoi cela vous sert-il ? » s'est fâchée Guillemette. « Juste à donner un prétexte pour qu'on vous estampille, et cela n'aide pas la reine de Navarre. Encore si toute l'église s'était levée comme un seul homme. Mais vous avez bien vu que ce n'était pas le cas.»

«Mais enfin, ma mie, toute cette persécution... Pourquoi? Je ne suis pas grand clerc, mais il me semble que la question se résume à deux choses: nous voulons lire les saintes Écritures de nos propres yeux, dans notre langue mère, et nous les voulons aussi fidèles que possible à la parole du Christ.»

«Oui, mon ami, cela paraît simple, je vous l'accorde, et parfaitement raisonnable. Mais cela implique probablement une perte de pouvoir pour les membres du clergé dont dans notre ignorance nous ne nous rendons pas compte, sinon pourquoi des États entiers se battraient-ils autour de cette idée-là? Il faut bien qu'elle soit insupportable pour eux, pour qu'ils se défendent avec autant d'acharnement. Ce sont eux les plus forts, Claude. Cette belle idée si simple ne triomphera pas à Paris tant qu'il y aura une Faculté de théologie. En d'autres termes jamais.»

«Mais elle est soutenue par la reine de Navarre...»

«La reine de Navarre! À Paris, la Rei-ne-de-Navar-re-compte-pour-rien, combien de fois faut-il le dire. J'entends les bavardages à la fontaine, ou au marché, et je vois bien ce qu'ils font. Ils sont en train de déconsidérer Madame Marguerite aux yeux des gens comme nous. Et, à la longue, cela la déconsidérera aux yeux de son frère, vous verrez! Déjà maintenant, lorsque cela contrarie ses intérêts, le roi ne la suit pas. Ce n'est pas elle qu'il écoute, la plupart du temps.»

«Comment savez-vous cela?»

«Vous autres hommes appelez cela des bavardages de bonne femme, et vous avez tort. Nous écoutons les serviteurs, les servantes. *Leurs* serviteurs, *leurs* servantes. Eux, ils ne les voient même pas, mis à part quelques servantes qu'ils engrossent distraitement, et ils parlent librement devant eux. Quand ces gens-là sortent pour aller dans les rues, ils racontent. Et cela se répète. C'est pour cela que, j'en suis sûre et certaine, le jour où cela deviendra vraiment sérieux, la protection de la reine de Navarre se révélera être un leurre. Si le roi veut autre chose qu'elle, elle pliera. Elle devra plier.»

Guillemette et Dieudonné arrivaient, à eux deux, à me faire penser que j'avais tort de ne pas me préoccuper des caquetages de la rue, qui ne m'avaient jamais intéressé.

Comme en écho aux propos de ma femme, Dieudonné est arrivé un matin à la boutique les yeux cernés. Je me suis reproché en silence de n'avoir pas vérifié qu'il fût rentré se coucher le soir précédent.

«Ah! Maître!» a-t-il dit sans même prendre la peine de s'asseoir. «Quelle nuit j'ai passée!»

«Tu n'as rien fait de répréhensible, j'espère.»

«Je vais vous dire: hier soir en sortant d'ici, j'ai rencontré un garçon de ma connaissance, il m'a offert de me faire entrer au collège de Navarre où ils donnaient une mômerie. J'ai un faible pour les spectacles, vous le savez. J'y suis allé.»

«Au collège de Navarre? Et cela a duré toute la nuit?»

«Non, Maître. Laissez-moi vous raconter. On y jouait une farce du plus mauvais goût, dont le personnage principal était la reine de Navarre. Au début, elle était représentée en paisible fileuse. Puis apparaissait une furie déguisée en mégère, et tout le monde murmurait que c'était Maître Roussel, l'aumônier de la reine: il incitait la fileuse à abandonner sa quenouille, ce qu'elle finissait par faire après une molle résistance. Ensuite elle s'oubliait tout à fait, saisissait l'Évangile latin, le jetait loin d'elle et se mettait à proférer les plus épouvantables attaques contre la religion catholique, des attaques auxquelles la véritable reine de Navarre ne s'est jamais livrée, j'en suis certain.»

Dieudonné, qui était d'habitude la jovialité personnifiée, a essuyé une larme.

«Ce n'était pas gai du tout, Maître, c'était sordide. Les écoliers riaient à gorge déployée. Moi, j'ai fait le benêt – un simple apprenti ne comprend rien, n'est-ce pas – mais je n'avais qu'une idée : fuir. C'était oppressant. »

Il a ôté son chapeau qu'il a jeté distraitement loin de lui. J'étais comme figé, j'aurais dû lui faire des reproches : son apprentissage touchait à sa fin, mais enfin j'en étais encore responsable, et j'étais heureux que nous soyons seuls. Ainsi personne ne saurait que j'avais manqué à tous mes devoirs. Dieudonné, lui, ne s'apercevait même pas de mon silence.

« Vous savez, Maître », a-t-il fini par murmurer, « j'ai été soulagé lorsque les archers sont arrivés pour interrompre la représentation et en arrêter les auteurs. Ce n'est pas tous les jours... »

« Les ARCHERS ? Que me dis-tu là ? On t'a arrêté ? »

« Non, justement. Il y avait dans cette assemblée une seule personne, pour autant que je sache, qui trouvait tout cela indigne. Mon camarade, un nommé Paul. Il connaissait le collège, heureusement. Il m'a entraîné, et nous avons fui par une petite porte près de laquelle nous nous trouvions, il m'a fait courir le long de couloirs qui n'en finissaient plus, nous avons abouti dans une sorte de cave. Il y avait une porte qui donnait sur la rue, mais les archers sont restés plantés devant elle jusqu'après le début du couvre-feu. Par le soupirail, on voyait les écoliers leur lancer des pierres, mais ils n'ont pas bougé. Je n'avais aucune envie de m'affronter à ces pauvres argousins, ils n'auraient peut-être pas fait la distinction entre un étudiant et moi. Lorsqu'ils sont partis, j'ai préféré attendre l'aube, et me voici. Je suis désolé, Maître, et je vous prie de ne pas me punir. Je suis déjà bien puni comme cela. »

« Je ne te punirai pas, Dieudonné, mais à une condition. Deux même. »

« Dites, Maître. »

« Que tu ne te mettes plus jamais dans une telle situation. Et que tu ne parles à personne de ce qui est arrivé. »

« C'est promis, Maître. Je vous jure que si j'avais imaginé ce que j'allais voir je n'aurais jamais mis les pieds au collège de

Navarre. Un tel manque de respect pour leur propre reine ! Pour ce qui est de n'en parler à personne, vous pouvez compter sur moi pour que jamais je n'avoue que j'y étais. Mais l'histoire de cette représentation a déjà fait le tour de Paris. On en parlait à la fontaine des Bouchers lorsque j'y suis passé. »

« Et que disaient les gens ? »

« Cela dépendait. Les porteurs d'eau disaient que les étudiants étaient gens à qui on ne pouvait se fier. Qu'ils travaillent un peu de leurs mains, et cætera. Les servantes écoutaient avec de grands yeux, et les deux ou trois bourgeois qui étaient là par hasard disaient qu'ils espéraient bien que la reine de Navarre mourrait en couches, punition de Dieu ! »

Et, d'un geste rageur, il avait lacé son tablier de cuir et s'était mis au travail. Ni lui ni moi n'avons desserré les dents jusqu'à l'heure du dîner.

Tout Paris a retenti de la censure contre *Le Miroir de l'âme pécheresse*. J'aurais payé cher pour voir la tête de Maître Le Clerc lorsqu'il s'est aperçu que l'auteur de cet ouvrage était la reine de Navarre !

Le roi est intervenu. Pourquoi donc censurait-on, maintenant, un livre qui se vendait depuis plus de deux ans, que les théologiens avaient déjà examiné, deux ans auparavant, et auquel ils n'avaient rien trouvé à redire à l'époque ? Le Père Le Clerc avait donné de sa bévue toutes sortes d'explications qui n'ont convaincu personne. C'est en fait à l'imprimeur et non à Madame Marguerite qu'on faisait des reproches. Il n'avait pas soumis le livre à la Faculté avant de l'imprimer, c'est lui qu'on estimait devoir punir. Personne n'était tranquille, dans le petit monde de l'imprimerie : ni le maître qui avait fourni les presses, ni Maître Antoine qui avait fourni les caractères, ni le compagnon qui avait exécuté l'impression, ni les libraires qui avaient vendu les livres.

J'ai appris que Maître Le Clerc se défendait d'avoir voulu comparer le livre de Madame Marguerite, « mère de toutes les bonnes vertus» (un peu tard pour s'en apercevoir), à celui, ordurier, de Maître Rabelais. C'était là bien entendu détourner le discours, ce n'était pas ce qu'on lui reprochait. Et je me demande par ailleurs ce que pensait le roi de la censure de *Pantagruel*, sachant par Maître Marot combien ce livre lui avait plu.

Le résultat de tout ce remue-ménage a été qu'on s'est arraché le livre de Madame Marguerite, et que cette fois Maître Antoine n'a pu se soustraire à sa promesse. Il l'a imprimé une première fois, un peu hâtivement, pour satisfaire à la demande, et pendant ce temps, avec Maître Marot et l'un ou l'autre des gentilshommes qui servaient d'intermédiaires, il a mis au point une édition vraiment soignée. Après l'unique visite qu'elle a faite à son échoppe, il n'a jamais revu la reine de Navarre, mais elle lui faisait toujours transmettre de très aimables messages; pour rendre hommage à son désir de perfection, lui avait-elle fait savoir, elle avait accédé à son vœu et entièrement récrit le texte du *Miroir* de sa main. Elle avait tenu par ailleurs à ce qu'il joigne à son poème quelques textes de ses amis, dont un des psaumes que Maître Marot avait traduits du grec (et que, soit dit en passant, la Faculté de théologie vomissait). Il en a profité pour y adjoindre également des explications sur son travail, sous la forme d'un petit traité sur l'usage inédit qu'il avait fait de virgules, accents, aphorismes, apostrophes, cédilles; c'est un texte qu'il avait rédigé en accord avec Maître Marot, et qu'il a intitulé *Briève doctrine pour dûment écrire selon la propriété du langage français*.

Nous avons été plusieurs à lui demander si c'était bien prudent de publier autre chose que le texte de la reine, mais il a écarté nos objections. Il avait l'illusion d'être protégé.

Le livre est sorti en décembre (il y a à peine plus d'un an, il me semble qu'une éternité a passé depuis lors) et s'est arraché jusqu'au dernier exemplaire en quelques jours. Guillemette aurait voulu que je lui en offre un, et je n'en ai plus trouvé.

Pendant tout ce temps, l'inquiétude continuait à me tarauder. C'était comme une migraine sourde et tenace. Je voyais peu

Maître Antoine, mais je savais ce qu'il faisait : entre gravure de caractères (il préparait un nouveau saint-augustin) et imprimerie, il travaillait d'arrache-pied. Rétrospectivement, je me dis que c'était comme s'il s'était hâté pour faire tout ce à quoi il tenait avant de partir, comme s'il avait pressenti sa fin prochaine.

Cette sensation avait encore été accrue par une remarque que m'avait faite ma mère au sujet de sa santé.

« Il va bien, mais il mange moins qu'à son habitude, il est amaigri et, par deux fois déjà, il a craché du sang en ma présence ; cela a dû arriver aussi lorsque je n'étais pas là mais, si je lui en parle, il rit. Son humeur chez nous reste inaltérée, il est la bonté même tant avec Guillaume qu'avec moi, mais je vois une tension chez lui, comme s'il serrait les dents pour tenir le coup. Je ne sais pas comment exprimer cela. »

J'ai passé un jour dans sa boutique (j'y allais souvent) et je l'ai trouvé plongé dans les épreuves de l'*Institution oratoire* de Quintilien, dont de temps à autre il lisait une phrase à haute voix en faisant des gestes de curé en chaire. Il était d'excellente humeur, mais pour la première fois, peut-être justement parce que son visage était rieur, j'ai remarqué que ses rides étaient beaucoup plus profondes que quelques mois auparavant.

« Lorsque ces Messieurs auront étudié ce texte, ils parleront comme de véritables tribuns. J'espère que ce sera pour prêcher la bonne parole. »

Je ne savais par où commencer ; il m'a regardé d'un air espiègle.

« Serais-tu venu me faire la leçon, mon cher beau-fils ? Me recommander la prudence ? Me demander de ne plus éditer de textes suspects ? Rassure-toi, mon ami. J'ai déjà décidé tout seul qu'il est inutile de mettre en danger cette jeune entreprise, et je compte bien m'abstenir à l'avenir. Je n'imprimerai que des classiques, tel notre ami Columelle, tu te souviens, celui que nous avions rapporté de Venise. Il n'y est question que d'agriculture. Avec cela, je suis tranquille. »

«Si j'avais l'air soucieux, Maître, ce n'était pas à propos de votre travail. C'est parce qu'il me semble que vous avez mauvaise mine.»

Il a soupiré.

«Il est vrai que quelque chose tracasse mes humeurs. Je tousse, de temps à autre je crache du sang, et par moments je me sens fatigué. Mais cela n'affecte que mon appétit; ni mon énergie ni mes facultés ne sont touchées.»

«Vous êtes-vous préoccupé de ces saignements?»

«J'en ai parlé avec un docte médecin qui est passé me voir, il m'a prescrit une potion que je prends scrupuleusement et qui me fait sans conteste du bien. Mais il m'a dit que rien ne guérissait ce genre de toux. Je prends mon mal en patience.»

Son visage s'est fait sérieux, et il a fixé sur moi un regard d'une grande intensité.

«Claude, je voudrais te demander expressément quelque chose qui, je le sais, irait pour toi de soi. Mais je tiens à te le demander tout de même.»

«Dites, Maître.»

«S'il m'arrivait quelque chose...»

«Maître!»

«Par les temps qui courent, on peut m'arrêter demain, mon cher Claude. Je ne suis pas idiot. J'ai décidé de ne plus me mêler de débats doctrinaux, mais je ne peux pas retirer mon nom de mes éditions du *Miroir de l'âme pécheresse*. La reine de Navarre m'a fait convoquer par l'évêque de Paris... Qu'as-tu à me regarder comme cela?»

«L'évêque de Paris, Maître!»

Il a ri aux éclats.

«Ne fais pas cette tête-là! Monseigneur du Bellay a eu la bonté de me dire que tant Maître Rabelais, qui comme tu le sais est son ami et même son médecin, que Sa Majesté de Navarre lui avaient dit le plus grand bien de moi, qu'il ne voudrait pas qu'il m'arrive quelque chose, et que je devais lui promettre de ne plus me mêler de publications suspectes. Je lui ai donné ma parole. Il m'a rendu mes privilèges de clerc en me disant que, si le pire arrivait, il fallait que je me réclame de lui, et que je demande à être jugé par son tribunal.»

«Ce qui signifie qu'il vous sait en danger.»

«Non. Il a pris les précautions qui s'imposent dans la situation présente, mais je ne suis pas plus en danger qu'un autre. Pourtant, nous vivons des temps difficiles. Pour cette raison, j'aimerais que, si le pire arrive, tu mettes à l'abri ta mère, ton frère, mes poinçons et mes outils.»

«Cela va effectivement sans dire, Maître.»

«Mon frère François est averti. Si je devais mourir, il s'occuperait de l'éducation de Guillaume. Mon fils pourrait devenir un excellent imprimeur. Mais il pourrait aussi devenir un bon médecin ou un bon juriste. Dieu merci, il n'a pas de penchant pour la théologie. Tant que l'Église ne change pas, autant lui éviter l'apprentissage du mensonge et de la stupidité. L'idée de le voir décider de la mort de pauvres gens au nom du Seigneur ne me sourit pas.»

Nous nous sommes regardés.

«Parole, mon cher Claude?»

«Je vous le jure devant Dieu, Maître.»

«Amen.»

Nous avons scellé le pacte par une accolade.

À quelques jours de là le recteur de l'Université, Maître Cop, a prononcé un sermon dont je ne puis rien dire, je ne l'ai ni entendu ni lu par la suite. Je sais seulement que Paris, qui était constamment comme une marmite toujours prête à bouillir, a débordé une fois de plus. Ce sermon était hérétique. C'était une attaque en règle contre la Faculté de théologie. On disait cela dans toutes les paroisses. Je ne peux en rapporter, et sans doute très imparfaitement, qu'un fragment qu'un client indigné citait à Maître Chevallon, qui écoutait comme toujours avec ce sourire qui faisait penser à son interlocuteur qu'il était d'accord avec ce qu'il lui disait.

«Alors que la Faculté était réunie, il s'est permis de dire... Attendez... Il disait: *Ces sophistes qui se paient de mots vides n'ont rien à dire sur l'amour de Dieu, rien sur le pardon des péchés, rien sur la grâce, et les véritables bonnes œuvres. Pire, ils ergotent sur tout, abîment tout avec leur orthodoxie sophiste.* Et il a eu l'outrecuidance d'ajouter: *Je supplie les présents de ne pas être indifférents à de telles hérésies, à de tels blasphèmes.* Lui, parler de blasphème! La présomption de cet homme! Il attaquait l'assemblée même qui était réunie autour de lui. Encore un coup des luthéristes, Maître Le Picard le clamait à la sortie.»

Le sourire de Maître Chevallon est resté bien en place. Ce n'est que plus tard, lorsque le client était parti, qu'il a murmuré: «Je hais ces gens qui ne savent que répéter ce que pensent les autres.» Et il est passé à autre chose.

On a dit dans la rue que le sermon de Maître Cop avait en fait été écrit par un «infernal luthériste» nommé Jean Cauvin, ou Calvinus, un jeune homme avec lequel j'avais eu l'occasion d'échanger quelques amabilités un jour où je passais à la boutique de Robert, et dont je gardais l'image (floue) d'un garçon réservé que j'aurais sans doute oublié, n'était que pendant quelques jours on a tant parlé de lui, et que Robert m'a rappelé notre rencontre. Dieudonné m'a appris un beau matin que Cauvin avait fui Paris, se sous-trayant avec peine à la chasse à l'homme lancée contre lui à la suite d'une dénonciation. Quant à Maître Cop, il n'a dû qu'à d'énergiques interventions, de Monseigneur du Bellay, de Madame Marguerite et de je ne sais qui encore, de ne pas se retrouver sur un bûcher, en dépit du fait que, à ce qu'on disait, le roi aurait été particulièrement contrarié par son sermon, qu'il aurait qualifié d'«inutile provocation». D'ailleurs il n'a pas attendu son reste et, en moins de temps qu'il n'en faut pour le dire, il avait quitté Paris.

C'est à cette époque-là, je ne sais plus pour quelle raison, que Maître Beda a été rappelé à Paris. Peut-être à la suite du sermon de Maître Cop, peut-être à cause de la publication clandestine d'un très amusant opuscule intitulé : *La Confession et raison de la foi de Maître Noël Beda*. Quelques colporteurs inconnus l'ont largement vendu, avant de disparaître comme ils étaient venus. J'en ai moi-même acheté un.

Bien entendu, ce petit ouvrage n'était pas de Maître Beda. C'était une moquerie : les ressassages de l'envahissant théologastre étaient tournés en ridicule par le pseudo-auteur lui-même, tous ses arguments détruits un à un.

Je me souviens d'un passage qui m'avait amusé tout particulièrement.

Il faudrait avoir un bon concile général, écrivait le pseudo-Beda, *par lequel la chrétienté serait dûment réformée, et tous les abus des ecclésiastiques corrigés, juste et selon la parole de Dieu : afin que les Luthériens n'eussent plus l'occasion de crier contre nous. Car sans cela nous n'aurons jamais paix avec eux, à cause qu'ils ne cherchent que la parole de Dieu, et que nous autres, nous nous sommes plus occupés pendant notre jeunesse de disciplines humaines que divines.*

Cet ouvrage a eu un si vif succès qu'il a aussitôt disparu ; après l'avoir lu je l'ai passé à quelqu'un d'autre, et je ne l'ai jamais revu. C'est qu'il est plein de tels passages subtilement moqueurs. En tout cas tout le quartier en a fait des gorges chaudes. Que les gens fussent pour ou contre les idées nouvelles qu'il combattait, tous les imprimeurs sans distinction en avaient plus qu'assez des tracasseries qu'ils subissaient sans cesse par la faute de la Faculté de théologie. Et si la Faculté de théologie était si pointilleuse, tous imputaient cela à Maître Beda.

Le bon peuple considérait peut-être Maître Beda comme un saint homme. Pour le petit monde des imprimeurs, c'était tout bonnement un fâcheux.

Quoi qu'il en fût, tout soudain Maître Beda était de nouveau à Paris : pour rendre compte de son écrit au roi, disait-on. Mais pour d'autres, le roi n'avait attendu qu'un prétexte pour le rappeler. Il ne fallait pas être grand clerc pour comprendre que la *Confession* était un faux Beda. Si j'en juge par la différence avec l'ennuyeux ouvrage contre Maître Lefèvre que j'avais eu l'occasion de parcourir, c'était bien mieux écrit, aussi. Sans compter que je n'étais pas sûr du tout que Maître Beda sût écrire en français.

Tout cela s'est passé avant la fin de l'année. Je suis certain qu'à la Noël nous avions déjà eu connaissance de la contrefaçon de Maître Beda, car j'ai de terribles raisons de me souvenir de ce qui s'est produit tout de suite après l'Épiphanie.

XXV · Comment les ennuis se rapprochent et comment Maître Antoine Augereau se tire de justesse d'un très mauvais pas

Tout le froid de la rue a envahi notre annexe : la porte s'était ouverte en coup de vent, et à ma grande surprise j'ai aperçu sur le seuil, tout essoufflé, Guillaume, aussi pâle qu'une page blanche. Ce matin de début janvier était glacial, mais il ne portait ni couvre-chef ni cape.

« Guillaume, qu'est-ce qui se passe ? »

Mon frère cadet ne venait que rarement jusqu'à cette boutique qui, comparée à celle de son père où il se rendait presque quotidiennement, n'avait pour lui aucun charme.

Il a eu de la peine à trouver ses mots.

«Ils... Ils ont arrêté Père! Et Philippe Lore aussi.»

Dieudonné, Thomas et moi avons bondi ensemble de nos sièges.

«Comment? Pourquoi? Guillaume, vite!»

«À cause de l'Aristote en grec, je crois.»

Sa voix s'est remplie de larmes.

«Mère ne le sait pas encore, je n'ose aller l'avertir.»

Il fallait agir. Vite.

«Dieudonné, va à la maison, préviens Guillemette. Ramène-la ici, et elle accompagnera Guillaume chez lui. Ne traîne pas, parce que ensuite il faut que tu ailles t'informer.»

«C'est moi qui vais chez Maîtresse Guillemette», a dit Thomas. «Que Dieudonné aille s'informer tout de suite.»

En un instant il s'était enveloppé dans sa cape et il était parti.

«Pourquoi dis-tu "à cause de l'Aristote en grec"?» a demandé Dieudonné à Guillaume.

«C'est ce que j'ai compris. Ils ont aussi arrêté Maître Danès, et Maître Vatable. À cause d'un livre d'Aristote qu'ils voulaient commenter en grec.»

«Il y a longtemps?»

«Non. J'ai d'abord couru après les archers et, quand j'ai compris qu'ils allaient à la Conciergerie, je suis venu ici.» Sa voix s'est brisée. «Notre mère va en mourir.»

Je lui ai entouré les épaules. Il allait sur ses douze ans, et il était très grand, tout à coup, presque aussi grand que moi. En le voyant pousser si soudainement, j'avais souvent repensé à l'histoire que m'avait racontée Maître Antoine, de comment, lui aussi, était resté longtemps petit, puis avait grandi d'une traite. Mais ce matin-là, je me suis comporté avec mon frère comme s'il avait été un poupon, je lui ai embrassé les cheveux, l'ai tenu serré dans mes bras pour qu'il arrête de trembler, non de froid, car il avait beaucoup couru, mais d'émotion.

Je me suis dit qu'il aurait fallu aller voir à l'enseigne de Saint-Jacques. Le pressier, le compositeur, le fondeur de Maître Antoine étaient sans doute dans tous leurs états. Mais avant que je ne me mette en route, Guillemette est arrivée, Thomas sur ses talons. Ils avaient dû courir, eux aussi.

«Thomas m'a dit que tu n'avais pas de manteau, Guillaume, je t'en ai apporté un. Tu me le rendras. Et maintenant, allons chez notre mère.»

«Attendez-moi un instant. Je vais prévenir Maître Chevallon.»

J'ai fait les quelques pas jusqu'à la grande boutique. Maître Chevallon est venu à ma rencontre comme si j'étais un client. Il a toujours été ainsi, je ne sais pas s'il est possible de rêver d'un maître plus courtois que lui.

«Vous m'avez l'air soucieux, cher Garamond.»

«Venez un instant à la petite boutique, Maître. C'est urgent.»

«Mais bien sûr, cher ami.»

Dans la rue, je lui ai dit:

«Je préférais ne pas vous parler devant tout le monde.»

«Mais qu'y a-t-il?»

Nous avons poussé la porte.

«Ma chère Maîtresse Garamond! Mon petit Guillaume, comme tu as grandi...» Une pause. «Que se passe-t-il de si terrible?»

Ma voix a eu de la peine à sortir.

«Maître Beda a fait arrêter Maître Augereau.»

«Quoi?»

«Oui, c'est un archer qui me l'a dit», a expliqué Guillaume. «Ils l'ont emmené à cause d'une édition d'Aristote en grec qu'il a faite. Il est interdit de publier en grec.»

«Comment, interdit? Qu'est-ce que c'est que cette inanité? La Bible, passe encore. Mais Aristote!»

J'ai soupiré.

«Maître Beda en veut à Maître Antoine, je le crains. On dit qu'il le rend responsable des ennuis qu'il a eus depuis la publication du poème de la reine de Navarre. Des ennuis qui ne lui ont pas ôté une once de son crédit auprès du Parlement. Il faut que je m'absente, Maître. Dieudonné est parti s'informer, il ne reste que Thomas.»

«Eh bien, Thomas, gardez les meubles. Et vous, envoyez-nous des nouvelles aussitôt que vous en aurez. Allez, allez.»

Lorsque ma mère nous a vus arriver, tous les trois, elle a compris tout de suite.

«Il est arrivé malheur à Antoine!»

Guillaume s'est jeté dans ses bras, et il a éclaté en sanglots.

«Ils... Ils l'ont arrêté, Mère.»

Le visage si constamment doux de ma mère est soudain devenu d'une dureté insoupçonnée.

«Je savais que cette femme serait sa perte.»

«Ce n'est pas à cause d'elle.»

«Quelle que soit la cause apparente, ils n'auront de cesse qu'Antoine soit brûlé sur le bûcher, je vous le dis. Pour faire savoir à cette femme que, si elle n'était la sœur du roi, c'est elle, qu'ils jetteraient au feu. Quel est le motif, aujourd'hui?»

«Une... une édition d'Aristote en grec.»

Elle a eu un rire amer. Et c'est alors que le contrecoup est venu. D'abord une tempête de larmes. Nous nous y attendions, et Guillemette était allée se placer près d'elle. Elle s'est affaissée dans ses bras comme une poupée qu'on casse.

C'est la seule fois où elle s'est laissée aller à une manifestation de faiblesse. Depuis lors, plus un gémissement, plus une larme.

J'ai attendu qu'elle revienne à elle puis, après quelques mots hélas bien vains, je me suis hâté vers... Vers quoi? Je me sentais impuissant. Comment faire pour avertir Madame Marguerite? Ma mère avait raison. Que la reine de Navarre tire son imprimeur du mauvais pas où elle l'avait mis. J'ai décidé d'aller voir Robert Estienne d'abord, c'était à deux pas, puis Galiot du Pré pour qui Maître Antoine travaillait souvent. J'ai couru rue Saint-Jean-de-Beauvais.

Robert, déjà informé, était noir de colère, comme si on lui avait fait un affront personnel. Que dis-je? On lui *avait* fait un affront personnel.

«Ce Bêta. Ce chien. Cette bête fauve. Ce triste personnage au cerveau grand comme un pois et qui prétend réduire celui des autres à la taille du sien! Cet assassin. Ce cuistre. Ce douteux personnage qui n'est à Paris que pour se disculper et qui se permet d'attaquer des savants dont il n'est pas digne de brosser les chausses!»

Et ainsi de suite. Lorsqu'il se met en colère, Robert est intarissable. Il était doublement touché: Maître Antoine était pour lui un deuxième père, Maître Pierre Danès un frère.

«Ma mère pense que Maître Antoine paie pour Madame Marguerite.»

«Ta mère a raison, c'est par conséquent encore plus urgent de tirer de là Maître Antoine que Maître Pierre Danès. Il faut que je réfléchisse.»

Je suis ensuite descendu à pas pressés jusqu'au Palais. Maître du Pré y tenait librairie au deuxième pilier, autant dire qu'il savait déjà tout. Chez lui, c'était le branle-bas.

«Ils vont nous arrêter tous. Nous aussi, publions des livres pour les lecteurs royaux.»

À quelque distance, j'ai soudain aperçu un visage connu: Maître Tiraqueau, plongé dans un livre. Il a fini par poser son volume et lever les yeux.

«Si ce que les imprimeurs ont compris est vrai, nous avons un argument imparable: Aristote n'est pas un Père de l'Église, ses textes ne doivent pas être soumis à la Faculté de théologie, donc les lecteurs royaux et leur imprimeur n'ont commis aucune faute. Je dois malheureusement repartir pour Poitiers, mais je vais mettre l'affaire entre les mains de Maître Marilhac; pour ces choses-là, il sera plus expérimenté que moi. Il est d'ailleurs impossible qu'on arrête ainsi les lecteurs royaux. Je gage que le roi fera libérer tout le monde avant ce soir. Bonjour, jeune homme. Vous êtes… Ah oui, je vous remets, vous êtes le beau-fils d'Antoine.»

Je me suis incliné.

Galiot du Pré m'a tapé sur l'épaule.

«Nous ferons tout ce qu'il faut pour libérer Maître Antoine en même temps que les lecteurs royaux. Vous verrez qu'ils ne resteront pas en prison longtemps. Maître Beda va payer très cher cette initiative, je le sens.»

Je suis sorti. Sous l'horloge, j'ai croisé Dieudonné.

«Ils sont à la Conciergerie, Maître. Tous ensemble. Je ne crois pas que cela durera, tout ce qui compte à Paris crie au scandale.»

Nous nous sommes regardés.

«Et si nous envoyions un message à Oudin?», a-t-il dit soudain. «C'est un homme de ressources.»

«Mon cher ami, il est à Nérac, il faut au moins huit jours pour y aller, et autant pour en revenir.»

Dieudonné a eu un sourire entendu.

«J'ai un moyen de le prévenir. Un moyen aérien.»

«Comment, aérien?»

«Si vous ne craignez pas de me suivre, je vous montrerai.»

Je me suis abstenu de tout commentaire: Dieudonné est certes étrange, mais c'est un garçon profondément bon et droit. Je l'ai suivi.

Nous sommes allés au coin du pont Notre-Dame, du côté de la rue Saint-Martin. Il y a là un borgne manchot qui tient généralement près de lui, dans une cage, deux pigeons. Je le vois depuis des années. Lorsqu'il n'est pas occupé à geindre pour qu'on lui fasse l'aumône, c'est parce qu'il est en grande discussion avec ses oiseaux, dont le magnifique plumage contraste avec ses guenilles. Une des raisons pour lesquelles je l'ai remarqué plus que d'autres, c'est que, les rares fois où j'étais passé par là, il m'avait toujours salué en m'appelant par mon nom, et que j'ai parfois eu la sensation de lire dans son regard un intérêt qui jusqu'à ce jour-là, je l'avoue, m'a fait parfois craindre pour ma bourse. Comme beaucoup d'autres infirmes, il avait sans doute des alliés, des complices.

En ce jour de janvier, il y a à peine plus d'un an, Dieudonné s'est arrêté devant le borgne accroupi au sol.

« Bonjour, père Boiteux. »

« Bonjour, jeune Don du Seigneur, bonjour Maître Garamond. »

« Vous connaissez la nouvelle ? »

« L'arrestation des lecteurs royaux ? Impossible de ne pas savoir cela. »

« Et l'arrestation de Maître Antoine Augereau avec eux ? »

« Ventredieu ! Non, celle-là je l'ignorais. »

Il s'est levé avec une agilité insoupçonnée.

« Je n'ai pas les pigeons, ils n'aiment pas l'immobilité par ces grands froids. »

Il nous a fait un signe impérieux de la tête.

« Suivez-moi. »

Nous avons pris la rue Saint-Martin, sommes passés devant la boutique de mon frère Jehan, avons bifurqué sur Saint-Jacques-de-l'Hôpital. Jamais, dans ma vie d'enfant sage, je n'étais allé plus loin. Je savais que quelque part dans l'enchevêtrement de constructions il y avait des repaires de criminels et de brigands. Cette fois nous nous sommes enfoncés dans un dédale de ruelles, de passages borgnes, de culs-de-sac, de voûtes ouvrant sur des venelles où le jour n'arrivait qu'avec peine. Le père Boiteux, dont j'ai appris qu'il avait été charpentier, et qu'était tombée un jour une poutre qui lui avait estropié tout le côté gauche, marchait tout en me racontant son histoire avec une rapidité étonnante pour un homme gêné par une jambe raide.

Je comprenais pourquoi Dieudonné m'avait incité à ne rien craindre. Nous étions désormais bien loin du monde des libraires. Nous passions littéralement de coupe-gorge en coupe-gorge.

Finalement, au cœur de ce labyrinthe, nous sommes arrivés sur une place dont on n'aurait, quelques pieds avant d'y arriver, pas soupçonné l'existence. Elle était vaste, irrégulièrement triangulaire et le pavé n'y était plus que le souvenir de fastes révolus. Sur deux côtés, elle était entourée de maisons aux façades vermoulues, sauf à un endroit où une paroi de pierre me paraissait appartenir à une église, et sur le troisième côté par un mur, ou plutôt un rempart, un de ceux qui ceignent Paris.

« Où sommes-nous ? »

Dieudonné a pointé du doigt le mur d'église.

« Là derrière il y a le couvent des Filles-Dieu. »

La Cour des Miracles du Saint-Sauveur, me suis-je dit. À cette heure-ci, elle était presque déserte. Une femme d'âge canonique tentait de rentrer du linge qui avait gelé sur une corde et qui était aussi raide que du carton. Une autre balayait, sans résultat apparent. Dans un coin un jeune garçon, assis, une jambe enserrée dans deux attelles, s'exerçait à jongler avec un nombre étourdissant de balles que ramassait pour lui, si par exception elles tombaient, une vieille femme. Deux vieillards étaient accroupis près d'un feu rachitique au centre de la place.

« À cette heure-ci, ce n'est rien », m'a murmuré Dieudonné. « Il n'y a que les impotents, les autres sont tous au travail. Vous devriez voir la nuit. Cela fourmille d'êtres tous plus étranges les uns que les autres. »

Nous nous sommes approchés de ce que j'ai pris d'abord pour une cavité dans la muraille. C'était en fait une porte qui ouvrait sur les vestiges d'une maison détruite depuis longtemps. La pièce dans laquelle nous sommes entrés était tenue dans un ordre parfait, qui contrastait avec le désordre au-dehors ; la propreté y était irréprochable. À mon grand étonnement, j'ai aperçu, dans un trou du mur, des livres.

« Vous savez écrire ? » a demandé le père Boiteux.

« Oui, bien sûr. »

« Alors écrivez à Oudin un message qui ne le compromette pas pour lui apprendre ce qui se passe. »

Il a produit une bouteille d'encre, une plume, un taille-plume, un sablier et un chiffon de papier. La stupéfaction a toujours eu le don de me paralyser, je suis donc resté un instant sans réaction.

« Mais... Maître Antoine a le temps de mourir dix fois avant qu'Oudin n'ait reçu le message. »

« Si on l'exécutait à la va-vite comme ils l'ont fait pour d'autres, peut-être. Mais s'il est avec les lecteurs royaux, cela prendra au moins huit jours. Vous voulez écrire, oui ou non ? »

« Bien sûr que je veux écrire, mais huit jours vont tout juste suffire à lui faire parvenir le message. »

« Eh non ! Le message, il l'aura ce soir, demain matin au pire. »

Il a sorti un des pigeons de sa cage, s'est mis à le caresser.

« N'est-ce pas, mignonne, que tu iras prévenir ton maître ? »

« Un pigeon ? Et comment... ? »

Il a désigné du doigt la cage que je lui avais souvent vue au pont Notre-Dame.

« Ces pigeons appartiennent à Oudin, qui est un vieil ami. Ils sont dressés pour faire le voyage. » Un silence, il hésitait à poursuivre. « Il nous a chargés de vous protéger lorsqu'il serait absent, vous et la famille Augereau », a-t-il fini par ajouter. « Malheureusement, il est quasi impossible de faire évader ces pauvres pseudo-hérétiques, nous avons déjà essayé ; pour organiser une évasion, il faut du temps, et entre leur arrestation et leur exécution il n'y en a jamais assez. Sans compter que les archers eux-mêmes sont terrorisés. Un prisonnier qui leur échappe, ils le paient de leur vie – ils sont brûlés à sa place. Mais enfin, Oudin tient à être là si le danger se précise, et je pense que c'est le cas aujourd'hui. Allons, écrivez ! »

J'ai écrit : AA *emprisonné*. CG. Cela suffisait.

Le Boiteux a approché le papier de son œil valide.

« Ajoutez : *il faut de l'oseille*. On ne sait jamais. »

Je me suis exécuté.

« Parfait. Tout est dit. Avec cela, il viendra. »

Il a découpé mon message, pris un fragment creux de roseau où il l'a glissé, a bouché l'ouverture, a fixé tout cela à la cire, puis a attaché solidement le petit tube à la patte du plus dodu des deux pigeons.

« Tu vas voir ton maître, mignonnette, n'est-ce pas ? »

Il est sorti en murmurant des mots doux à l'oiseau. À travers l'encadrement de la porte je l'ai vu arriver au centre de la cour. Il a tendu son unique bras et a ouvert la main. L'oiseau a levé sa petite tête comme pour mesurer le ciel, a déployé les ailes, a disparu au-dessus des toits.

Je n'avais pas une confiance exagérée dans l'efficacité de ce messager. Dieudonné a dû lire mes pensées sur mon visage.

« Vous savez, Maître, on pourrait envoyer des missives à l'autre bout du monde, avec des pigeons dressés. Ils ne se perdent jamais. »

Je me suis contenté d'un geste résigné. À situation désespérée, pourquoi pas des moyens désespérés, après tout ?

« Je dois retourner au quartier de l'Université », me suis-je contenté de dire.

« Il faut que nous attendions le père Boiteux pour revenir sur nos pas, sinon on se fera égorger avant d'y arriver. »

Le père Boiteux était aussi pressé que nous de retourner à son poste, et nous sommes bientôt repartis. Cette fois, il a emporté la cage avec le pigeon qui restait, en marmonnant qu'on ne savait jamais. Nous sommes sortis du dédale sinistre des ruelles et nous avons fini par nous retrouver rue Saint-Martin.

« Je vais me rendre chez mon frère Jehan », ai-je dit, « puis chez Geneviève, ma sœur, pour les avertir de ce qui arrive. »

« Et moi je vais aller rôder du côté du Palais et de la Conciergerie », a dit Dieudonné.

Le père Boiteux est retourné s'accroupir au coin du pont Notre-Dame avec son pigeon esseulé.

J'ai averti Jehan, qui ne m'a pas manifesté de sympathie – il n'en avait jamais eu aucune pour le deuxième mari de sa mère. Ensuite, je me suis rendu chez Geneviève, qui a aussitôt donné des ordres aux quatre vents, a confié le dernier de ses enfants aux servantes, a mis sa cape et est partie au pas de course pour aller voir notre génitrice : il aurait été vain de prétendre la retenir. Quant à moi, je suis retourné au Palais.

Du plus loin qu'il m'a vu, Maître Galiot du Pré m'a tendu une feuille. Un petit placard, ai-je constaté en approchant.

« Voilà le corps du délit », a-t-il dit. « Et c'est bien Maître Beda qui a demandé l'arrestation de toutes les personnes nommées sur cet avis. »

Je l'ai parcouru.

Les cours des différents lecteurs royaux y avaient été annoncés la veille pour le jour même ou pour le lundi suivant. Pour le troisième de ces cours, le placard disait :

P. Danès, professeur royal en langue grecque, le même jour [lundi], à deux heures, commentera, au Collège de Cambrai, le livre d'Aristote Haec insunt in hoc libro *[en grec]. Cet ouvrage, imprimé le plus diligemment qu'il a été possible, se vend chez Antoine Augereau, rue Saint-Jacques, à l'enseigne de Saint-Jacques.*

Ce qui m'a frappé, c'est que deux autres imprimeurs étaient nommés, Chrétien Wechel et Jérôme de Gourmont, mais je n'avais entendu dire nulle part qu'ils fussent à la Conciergerie. Cela m'a alarmé plus que tout le reste. C'était vraiment au seul Maître Augereau qu'on en voulait, outre les lecteurs. Peut-être supposait-on, comme je l'ai fait, que c'était lui qui avait imprimé ce placard. Il n'y avait que lui pour estimer nécessaire de dire au lecteur qu'il imprimait *le plus diligemment possible*.

En remontant la Grand-Rue Saint-Jacques, je suis passé voir chez Wechel. Chrétien était en voyage, de même que Jérôme de Gourmont, parti avec lui. Ceci expliquait cela.

Le lendemain, les lecteurs royaux ont été libérés, comme prévu. Mais sous prétexte qu'il fallait payer pour eux une caution de mille cinq cents livres (somme exorbitante), les imprimeurs sont restés enfermés.

Aussitôt, Maître Antoine nous a fait tenir un message dans lequel il nous interdisait formellement de vendre le matériel d'imprimerie pour tenter de le sauver.

Si on me privait de mes presses, je serais plus mort que si on me brûlait tout vif, disait-il en substance.

J'allais deux fois par jour chez ma mère, où Geneviève s'était pratiquement installée, elle ne rentrait chez elle que pour dormir. Un de ces soirs-là, j'y ai trouvé Maître Danès.

« Je considère que la libération de Maître Augereau m'incombe. Demain, nous sommes convoqués au tribunal. Mais après-demain, si Dieu le veut et si on ne nous arrête pas derechef, je me rends à la Cour, et je n'en repars qu'avec l'argent de cette caution. Je veux l'obtenir soit du roi soit de sa sœur. »

« Et si on ne vous le donne pas ? », a demandé ma mère, qui était d'une pâleur effrayante mais restait parfaitement calme.

« Robert Estienne fera jouer ses relations. Et Maître du Pré m'a dit que nous n'avions aucun souci à nous faire. » Il s'est adressé à Guillaume. « Petit, veux-tu venir au Parlement, demain ? »

« C'est possible ? »

« Je te présenterai comme mon disciple. »

« Si Mère veut bien, j'aimerais beaucoup. »

Non seulement notre mère voulait bien, mais cela lui semblait une occasion inespérée pour être renseignée. Et c'est ainsi que nous avons eu un compte rendu de ce qui s'était passé au tribunal. Guillaume avait même réussi, avec un bout de crayon, à prendre des notes dans un carnet minuscule qu'il s'était confectionné.

Cela avait duré deux jours. Le premier jour, le procureur l'avait déclaré, la Faculté de théologie, par la bouche de son syndic, Noël Beda, avait demandé que *défense formelle soit faite aux lecteurs, simples grammairiens et rhétoriciens, qui avaient usé du procédé indigne des affiches pour racoler des auditeurs à leurs cours, de lire et d'interpréter publiquement la sainte Écriture.* Cela, résumé pourtant en quelques mots, a occupé toute la première journée. Le soir venu, Maître Danès est allé raccompagner Guillaume rue des Carmes et a tenté de rassurer ma mère.

« La journée de demain se déroulera en présence de Maître Budé, qui est notre véritable père et qui a l'oreille du roi, et je vous assure qu'il saura mettre bon ordre à tout cela. J'ai par ailleurs rencontré Monseigneur du Bellay. La caution de Maître Augereau va être payée, ou demain, ou après-demain. »

Il est reparti en promettant de revenir chercher Guillaume le lendemain, très tôt, car la séance commençait à sept heures du matin.

J'oubliais de dire qu'en deux jours le pigeon du père Boiteux était vraiment revenu, avec le petit tube et un message : *J'arrive. O.* Ce qui était pour moi un véritable miracle a semblé aller de soi pour Dieudonné.

« Chaque fois qu'on parle de ces pigeons, on se fait rire au nez. Tant pis pour les rieurs. Nous, on en profite. Remarquez qu'il faut beaucoup de patience pour les dresser, et si Oudin n'avait pas fait le voyage avec eux à plusieurs reprises, je ne sais pas si ce que vous appelez un miracle aurait eu lieu. »

Mais revenons à cette deuxième journée d'audience qui allait marquer une véritable déroute pour les bédaïques.

Guillaume, dont Maître Antoine exerçait la mémoire depuis qu'il était tout petit, aurait pu, avec l'aide de ses quelques notes, restituer les débats pratiquement verbatim. Nous le savions, et la famille était réunie rue des Carmes pour attendre son retour.

Il est arrivé, comme la veille, avec Maître Danès, a sorti ses notes, et il est parti dans son récit.

« D'abord, tout le monde était très impressionné parce que Maître Budé est venu assister aux débats. Il a commencé tout de suite par exiger de participer aux délibérations. Cela lui a été accordé.» Guillaume imitait tour à tour les divers interlocuteurs, et cela aurait été drôle si nous n'avions pas été aussi inquiets. «Puis ce terrible Maître Bêta, dont on me parle depuis que je suis au berceau et dont j'avais fait un loup-garou, a parlé.» Il s'est tassé, a contrefait la bosse et l'allure pateline du syndic de la Sorbonne, et a suscité quelques sourires. «Il loue le savoir et la doctrine des langues grecque et latine, mais il craint principalement *que les professeurs desdites langues, qui peut-être n'entendent la théologie, ne taxent ou dérogent à la translation de la sainte Écriture dont use l'Église romaine et occidentale, et par icelle approuvée il y a onze cents ans, et que les savants en sciences humaines, qui se sont mis à traiter de théologie, et ont présumé de corriger ladite translation, comme Érasme, Lefèvre et autres l'ont fait, ne fassent une grande plaie en la Chrétienté*. Et item, et item, et item. Et enfin pour conclure ces translations sont toutes différentes les unes des autres, donc il supplie la cour que *lorsque les lisants emploient l'Écriture, il faut que ce soit les translations dont use l'Église, et défense doit leur être faite d'en déroger, ils se garderont ainsi de dire ou semer choses favorables à la secte luthérienne*. C'était beaucoup plus long, mais je vous ai donné là la substantifique moelle.»

«Eh bien, jeune homme», a dit Maître Danès, «tu as en toi l'étoffe d'un grand prédicateur ou d'un grand magistrat.»

Même ma mère a souri.

«Je peux vous raconter la plaidoirie de Maître Marilhac», a aussitôt répliqué Guillaume.

«Non! Elle était trop longue. Mais sachez qu'il a prouvé sans conteste que les lecteurs avaient annoncé des leçons de grammaire et non d'exégèse, et que pour ma part j'entendais faire la lecture d'un texte d'Aristote, sur lequel l'Église n'a pas le monopole.»

«Et ensuite Monsieur le procureur général de Montholion et Maître Beda se sont longuement entretenus en aparté. Et enfin le procureur a présenté les conclusions, précédées d'une longue liste d'erreurs que des interprètes de l'Écriture auraient commises, ce sont elles qui expliquent le souci de la Faculté. Et enfin le syndic Bêta de ladite Faculté a soudain fait marche arrière, il accepte de n'avoir aucune souveraineté sur lesdits lecteurs, et il laisse à Sa Majesté le soin de les censurer si tel est son bon plaisir.» Il a contrefait la voix onctueuse d'un homme de loi. «*La cour a ordonné que dedans aujourd'hui les parties pourront corriger et ajuster à leur plaidoyer tout ce que bon leur semblera de part et d'autre, pour faire ce qu'il appartiendra par raison*. En termes clairs, chère Mère, il a dit: oublions tout cela, voulez-vous?»

«Il ne reste plus maintenant qu'à libérer votre époux, Maîtresse Augereau. Je vous donne ma parole solennelle que cela sera fait d'ici demain, au plus tard après-demain.»

Le lendemain à l'aube, nous étions à peine sortis du lit qu'on frappait à notre porte. La servante était occupée à faire du feu, je suis descendu. C'était Oudin, crotté jusqu'aux yeux, il venait d'attacher un cheval à l'anneau. Il est entré et m'a serré dans ses bras. Je l'ai entraîné à la cuisine. Il était si transi qu'il a fallu du temps pour qu'il desserre les dents. Quelques mots ont fini par sortir. Les plus urgents.

«Il est libéré?»

«Pas encore. Il y a une affaire de caution à régler…»

«Elle est là.» Il a montré une bourse qu'il portait autour du cou. «Maître Lefèvre a écrit à la reine de Navarre, et elle me l'a fait tenir. Elle voudrait qu'on fasse en sorte que cela paraisse venir de Maître du Pré qui n'est suspect à personne. Mais elle a tenu à fournir la somme.»

Une fois qu'il a été réchauffé, nourri, et lavé tant bien que mal – nous avions bien un puits derrière la maison pour ces choses-là, mais il était gelé –, nous nous sommes mis en route.

Maître du Pré habitait à la Cité, rue des Marmousets; il n'était, heureusement, pas encore sorti.

Oudin lui a donné la bourse, qu'il a ouverte: elle était pleine de pièces d'or. Galiot les a comptées pour être sûr qu'il n'en payait pas une de trop, a rangé le surplus (car il y en avait un) dans une petite bourse qu'il a tendue à Oudin, a pris son manteau et nous a ordonné :

« Restez où vous êtes, attendez-moi. »

Par beau temps, la Conciergerie aurait été à dix petites minutes. Mais le sol était gelé, glissant, bosselé, le vent vous coupait le souffle. Nous avons dû attendre près de deux heures. J'ai essayé de poser des questions à Oudin sur ses pigeons. Mais je n'avais pas vraiment envie d'entendre des réponses qu'il n'avait pas, à ce moment-là, envie de me faire. J'ai essayé d'ouvrir quelques-uns des innombrables livres qui remplissaient la maison des Du Pré, qui leur sert de dépôt. Mais les mots dansaient devant mes yeux sans vouloir prendre de sens. J'ai renoncé et j'ai attendu, tout simplement. Oudin s'était endormi sur sa chaise. Il avait dû venir à bride abattue, pratiquement sans s'arrêter en route, pour être déjà là en dépit du mauvais temps.

Finalement, des pas ont retenti dans l'escalier, la porte s'est ouverte, et Maître Galiot a poussé devant lui Maître Antoine et Philippe Lore. Ils étaient sales et hirsutes. Maître Antoine a souri et a dit d'une voix paisible, comme s'il revenait de promenade :

« C'est bon de pouvoir compter sur ses amis. »

Nous les avons embrassés tour à tour, j'avais les larmes aux yeux et j'étais incapable du moindre mot.

Maître Galiot a appelé sa femme.

« Ma mie, nous n'allons pas présenter ces messieurs à leurs épouses dans cet état ; ils viennent de passer huit jours dans un cachot. »

Elle les a jaugés du regard, est sortie et est bientôt revenue avec deux couvertures qu'elle leur a tendues.

« Allez donc vous dévêtir complètement, nous allons nettoyer tout cela. Et si vous en avez le courage par ce froid, il y a de l'eau pour vous laver dans la cour. »

« Mais… »

« Maître Augereau, je ne souffrirai pas la moindre contradiction. Exécutez-vous en silence. » Elle s'est tournée vers un

Oudin enfin souriant. « Et je vous prie, Maître, de les contraindre par la force si nécessaire. »

Philippe Lore a lâché un soupir théâtral.

« C'était bien la peine de sortir de prison ! »

Cela a mis tout le monde de bonne humeur. Bientôt la maison de Galiot du Pré est devenue une véritable ruche. Des feux ont été allumés dans toutes les cheminées, et partout il y avait des vêtements fraîchement lavés qui séchaient. On n'y aurait pas cru, mais, en deux ou trois heures, tout a été sec, sauf les manteaux, que Maîtresse du Pré a gardés.

« Prenez ceux de mes fils, vous ferez l'échange plus tard. »

Et ainsi, vers midi, Maître Antoine et Philippe Lore, vêtus de frais, reluisants de propreté, le cheveu et la barbe courts et peignés, sont partis vers leurs demeures respectives. Oudin s'en est allé en m'assurant qu'il passerait me voir bientôt.

Quant à moi, après ces longues journées d'agitation, je suis retourné chez Maître Chevallon et j'ai repris mes occupations d'imprimeur.

XXVI · Comment l'affichage de placards sacrilèges contre la messe a été imputé à Maître Antoine Augereau, qui pourtant les réprouvait et qui s'est défendu en vain

Après cela, hiver, printemps et été ont été si paisibles qu'il n'y a pas grand-chose à en dire. Maître Antoine a toujours refusé de parler de son séjour en prison. Philippe Lore n'a pas été beaucoup plus loquace, mais il m'a tout de même dit plus tard qu'ils avaient été interrogés de nombreuses fois, ensemble et séparément, et que Maître Antoine avait été convoqué quotidiennement par les théologiens qui ont tenté de le prendre en faute. On l'a traité de renégat parce qu'il avait répudié ses vœux pour se marier. Cela avait touché Maître Antoine, qui avait raconté à Philippe avoir répondu qu'on peut être aussi vertueux marié à une femme qu'au Christ, à quoi son interrogateur l'aurait traité de sacrilège. Pour tout le reste, il avait expédié ces quelques jours à la Conciergerie d'un geste.

« Ils ont fait une erreur, ce n'est pas la peine qu'on y revienne. »

Et il faut bien dire que les quelques mois paisibles qui ont suivi semblaient lui donner raison.

Oudin n'est pas reparti pour Nérac.

« Maître Lefèvre tient à ce que je sois là, pour le cas où vous auriez besoin de moi. »

« Je ne sais pas si j'ai les moyens, Oudin... »

« Je suis déjà payé, cher ami. Maître Lefèvre savait bien que vous n'auriez pas la possibilité de rémunérer mes services. Si vous me laissez la soupente où je suis, je ne vous demande rien d'autre. »

« Votre seule présence me sera un soutien. »

Au début du printemps, Maître Beda et Maître Le Clerc (le censeur du *Miroir*), ainsi que Maître Le Picard, le jeune émule bédaïque, ont été arrêtés pour lèse-majesté parce qu'ils s'étaient attaqués aux lecteurs d'abord, et peut-être aussi parce que, ayant eu tort au tribunal, ils ne se gênaient pas pour geindre partout :

« Tout le monde va écouter les sermons du Louvre qui sont hérétiques, c'en est fait de nous. Nos chaires sont désertes, dans les véritables églises chrétiennes il ne vient plus que quelques vieilles femmes. »

Cela dit, nous vivions un temps d'apaisement. On disait que le roi était en pourparlers avec les luthériens d'Allemagne et les zwyngliens de Suisse, et qu'un rapprochement n'était pas exclu.

Maître Chevallon remarquait à juste titre que la Bible revue et corrigée par Robert Estienne se vendait avec privilège royal sans que personne ne s'en offusque, alors que Robert avait, quelques années auparavant, été menacé du bûcher au cas où elle arriverait aux boutiques.

Maître Augereau a taillé un saint-augustin qui est un véritable chef-d'œuvre, et a imprimé quelques livres avec ce splendide nouveau caractère. Il toussait toujours, et les dix jours dans l'humidité d'un cachot – ce n'était pourtant pas le pire de la Conciergerie, Philippe Lore me l'avait assuré – n'avaient pas arrangé sa santé. Mais cela dit il travaillait avec son ardeur habituelle, et sa production pendant les quelques mois qui ont précédé sa fin a été impressionnante : éditions de saint Augustin, des Pères de l'Église, d'ouvrages grecs. Il parlait de publier une édition de Villon avec ses nouveaux caractères.

« Ils sont enfin dignes de ce grand poète, et Maître Marot a établi un texte à la hauteur de son génie. »

Son arrestation et l'intervention de Maître Tiraqueau lui avaient valu une certaine notoriété dans un cercle aux affinités poitevines. Des savants bien vus à la Cour venaient lui apporter leur pratique. Il y avait parmi eux le chanoine de Paris, Maître Germain de Brie, ou Maître Jean Salmon qui était un des valets de chambre du roi. Il y avait également un savant de Niort en Poitou, Maître Antoine Macault, valet de chambre du roi lui aussi, qui avait traduit un discours de Cicéron ; il avait reçu de Sa Majesté elle-même le privilège de le faire imprimer « par Galiot du Pré, Antoine Augereau ou tout autre imprimeur qui bon lui semblerait ». Il avait choisi Antoine Augereau. Et, une fois imprimé, son petit livre avait été largement répandu, et loué, à la Cour.

Guillaume passait désormais tout son temps à la boutique. Ou il travaillait aux presses, où il était déjà fort habile, ayant fait cela comme un jeu depuis sa plus tendre enfance, ou son père lui apprenait à lire les textes latins et grecs, les lui expliquait, les discutait avec lui; ce qui fait qu'il était, en dépit de son jeune âge, déjà savant: il me rappelait Robert enfant.

Je commençais à penser à me mettre à mon compte: Simon de Colines m'avait suggéré de tailler pour lui un caractère à la manière de Maître Augereau.

«Et pourquoi ne demandez-vous pas à Maître Augereau de faire cela pour vous?»

«Parce qu'il a déclaré qu'il n'avait pas le temps. Il m'a offert ses caractères, et nous allons publier ensemble *De Evangelica Praeparatione*, du vénérable Eusèbe Pamphile de Césarée, avec ce merveilleux saint-augustin qu'il a taillé, mais j'en aimerais un qui soit à moi, et seulement à moi.»

«Il faudra que j'en discute avec Maître Chevallon. Si vous vous décidez, je me déciderai de mon côté à ouvrir le petit atelier auquel je songe depuis quelque temps, et le premier caractère que je signerai de mon nom sera pour vous.»

«Je vous prends au mot. Vous aurez bientôt ma réponse.»

Cette conversation m'a donné l'élan qui me manquait. Je me suis entretenu avec Maître Chevallon et j'ai trouvé un arrangement avec lui. Je partage mon temps entre son service et un atelier à mon nom que j'ai trouvé à deux pas de sa boutique, à l'enseigne des Quatre-Fils-Aymon; Simon, lui, réfléchit toujours.

Le malheur a frappé au moment où nous l'attendions le moins.

Un jour, Oudin est venu me voir à ma boutique, l'air si sérieux qu'il m'a effrayé.

«M'est avis qu'il va se passer quelque chose qui n'est pas bon pour la santé des Parisiens.»

«Quoi donc?»

«J'ai appris de sources diverses que des évangéliques enhardis par l'arrestation de Maître Beda et par la tolérance générale s'apprêtaient à frapper un grand coup contre la messe. Si Maître Lefèvre était ici, je sais ce qu'il dirait: un tel acte, c'est ce que les plus bigots attendent pour écraser dans l'œuf les réformes indispensables, et à tout jamais. C'est aussi l'opinion de nombreux savants.»

«Et comment vont-ils faire cela?»

«Samedi, pendant la nuit, ils vont afficher des placards. Je les ai lus. C'est de la folie.»

«Mais que pouvons-nous faire?»

«Je ne sais pas. J'ai essayé de raisonner ceux que je connais, mais ce sont des fanatiques, s'ils en avaient eu le pouvoir, ils m'auraient brûlé vif pour me punir. Je vous le dis, Claude, si cet affichage a lieu, ce sont eux qu'on va brûler vifs.»

«Vous qui avez tant d'amis de toutes sortes, ne serait-il pas possible de voler ces placards? Et d'en faire un feu de joie à la Cour des Miracles du Saint-Sauveur?»

Cela a fait rire Oudin.

«Exactement ce que j'ai pensé moi-même. Malheureusement mes amis et moi n'avons appris la chose que sur le tard, et les placards ont déjà été répartis dans diverses villes du royaume. On ne les rattraperait jamais tous.»

«Mais à Paris, au moins?»

«Si j'avais une liste de ceux qui les ont reçus, je ferais cela immédiatement, mais je ne l'ai pas.»

Pendant toute la fin de cette semaine-là, j'ai espéré. Je n'ai pas revu Oudin qui, avec d'autres, a continué à tenter d'empêcher la folie qui se préparait. En vain. Le dimanche matin, lorsque nous sommes sortis pour aller à l'église, il y avait un de ces placards jusque sur notre porte.

Articles véritables sur les horribles grands et insupportables abus de la Messe papale: inventée directement contre la sainte Cène de Jésus-Christ. J'invoque le ciel et la terre en témoignage de vérité: contre cette pompeuse et orgueilleuse messe papale par laquelle le monde (si Dieu bientôt n'y remédie) est et sera totalement ruiné, abîmé, perdu et désolé: quand en icelle Notre-Seigneur est si outrageusement blasphémé: et le peuple séduit et aveuglé: ce que plus on ne doit souffrir ni endurer. Et ainsi de suite. Une collection d'horreurs.

C'était ce qu'attendait la Sorbonne pour relever la tête, et j'ai même pensé plus d'une fois depuis qu'il s'était agi d'une provocation orchestrée par elle.

Pendant des jours et des semaines, le Parlement a fait arrêter les gens par centaines. On cherchait l'imprimeur de ce placard maudit. Et, pour mieux le trouver, on promettait des récompenses mirobolantes à qui dénoncerait toute personne suspecte.

Je ne compte pas les vengeances personnelles dont j'ai moi-même eu vent. Tous ces pauvres gens n'ont pas été brûlés: certains ont été bannis avec les vêtements qu'ils avaient sur le corps et rien d'autre. Ce n'était qu'une autre forme de mort.

Dieudonné m'a dit un matin que Maître Marot était parmi les personnes recherchées, et qu'il avait fui.

Je me suis précipité chez Maître Antoine, qui travaillait comme si de rien n'était à la composition et à la correction d'un ouvrage de Maître Salmon.

«On recherche Maître Marot comme complice, Maître Antoine. On m'a dit qu'on arrête des gens uniquement parce qu'ils sont allés écouter les sermons qui se prêchaient au Louvre. Et vous aussi y êtes allé parfois. Vous devriez aller vous mettre à l'abri pendant quelque temps.»

«Et où veux-tu que j'aille? Ma vie est ici.»

«À Fontenay-le-Comte, par exemple. On va forcément s'en prendre à Madame Marguerite. Même elle a fui, à ce qu'on dit. Elle serait allée à Nérac.»

«Je sais. Elle m'a fait dire que j'y étais en tout temps bienvenu.»

«À Nérac ou à Fontenay, qu'importe. Mais partez, Maître. Je ne suis pas tranquille pour vous.»

Il a lâché l'instrument qu'il tenait, s'est levé et a posé ses deux mains sur mes épaules.

« Mon petit Claude, mon fils, je suis un vieil homme, vois-tu. Je ne me sens pas aussi fort qu'autrefois, et je pense que, n'ayant rien fait, n'ayant aucun rapport avec ces placards, je resterai ici et je continuerai à travailler. Robert n'a pas été inquiété, lui qui est si mal vu. On l'a menacé dix fois du bûcher. Moi, je te le signale, jamais. »

Je le revoyais se lancer à mains nues contre des brigands armés, alors que j'étais paralysé de peur. Comment raisonner un homme qui, comme lui, avait toujours été intrépide jusqu'à la témérité ?

Il me regardait avec cette hardiesse dans le regard qui m'a toujours tant intimidé. À cet instant, je ne sais pourquoi, j'ai été particulièrement frappé par ses yeux. Chez la plupart des gens ils rapetissent avec l'âge, et la couleur en pâlit. Rien de tel chez lui. Ses pupilles grises étaient comme des lacs juste avant l'orage – immenses, intenses, vivantes.

Il a rompu le silence par une question surprenante :

« Tu te souviens de ce conte du Poitou à propos du pauvre Jehan ? »

« Euh... Je ne vois pas... »

« C'est vrai que je t'en ai beaucoup raconté, et que tu dois en avoir oublié. »

Un silence. Et lorsqu'il a enfin entamé son récit, je crois que c'était plus pour lui-même que pour moi.

« Le pauvre Jehan avait été bon et très pauvre toute sa vie, et saint Pierre a décidé de le récompenser en lui faisant un cadeau. Il lui a donné une nappe. "Elle n'a l'air de rien, mais elle est magique. Lorsque tu la déplieras elle t'offrira un repas somptueux. Alors ne dis *Nappe, sers-moi* que lorsque tu auras faim. Et surtout fais-en profiter ceux qui t'entourent." Le pauvre Jehan tout content se met en route. Le soir, il arrive à une auberge, où on l'assure qu'il sera en sécurité et qu'on prendra bien soin de lui. Il confie ses bagages à l'aubergiste et lui dit: "Surtout ne dites pas: *Nappe, sers-moi*." Dès qu'il est seul, l'aubergiste sort la nappe, dit la phrase magique. Lorsqu'il s'aperçoit de ses vertus, il la remplace par une autre. La nappe magique, il veut la garder pour lui, rien que pour lui. Lorsque Jehan se retrouve chez lui et qu'il s'aperçoit de la catastrophe, il se remet aussitôt en route et revient chez saint Pierre. "On m'a volé la nappe!" "Tu as été trop confiant. Mais comme ta faute partait d'un bon sentiment, je te pardonne: je vais te donner un âne. Lorsqu'on lui dit: *Âne, lève la patte!*, il chie de l'or. Garde-le avec soin, et fais le bien autour de toi." Le pauvre Jehan se remet en route, doit s'arrêter pour la nuit, il choisit une auberge dont on lui a dit qu'elle était vraiment sûre. Pour aller dormir, il doit confier sa bête à l'aubergiste. Il lui paraît nécessaire de lui recommander: "Surtout ne lui dites jamais: *Âne, lève la patte!*" Mais l'aubergiste, à peine resté seul, se hâte de désobéir. Ce qui fait que, le lendemain, le pauvre Jehan repart avec un âne qui n'est pas le sien. Lorsque chez lui il s'aperçoit de la supercherie, il est désespéré. Il décide que la meilleure chose à faire, c'est d'aller voir saint Pierre. Il y va. Saint Pierre a secoué la tête. "Mon pauvre Jehan, je ne sais pas si je dois dire que tu es trop bon, trop confiant ou trop stupide. Mettons que tu sois trop confiant. Je vais te faire un dernier cadeau, mais c'est vraiment le dernier." Il lui tend un bâton. "Lorsque tu lui dis: *Bâton, danse!* il frappe. Et toi seul peux lui dire: *Bâton, arrête*. Même si on te tuait, il continuerait à frapper. Et maintenant va: sois malin avant d'être bon." Il y est allé et il est retourné à l'auberge où il avait laissé la nappe. Il a donné son bâton à garder à l'aubergiste avec la recommandation de rigueur. Évidemment, dès qu'il a été seul, l'aubergiste a dit: *Bâton, danse*. Et le bâton s'est mis à frapper. Et il avait beau dire arrête, ça ne marchait pas. Alors il a couru chez Jehan, le bâton aux trousses. Jehan attendait tranquillement. "Fais-le arrêter!" "D'abord rends-moi ma nappe." Et il lui a rendu sa nappe. Et alors le pauvre

Jehan est allé à la seconde auberge avec son bâton et a fait le même manège, avec le même résultat. “Rends-moi mon âne”, a dit Jehan lorsque l’aubergiste est venu le supplier d’arrêter. Il lui a rendu l’âne. Et le pauvre Jehan est rentré chez lui avec ses richesses, et tout le monde a été joyeux, et toute la contrée en a profité. Le pauvre Jehan a tenu à remercier saint Pierre. “Ne me remercie pas, a dit saint Pierre, ces gens qui voulaient garder les profits de la nappe et de l’âne n’en auraient pas joui longtemps. Et toi non plus, si tu avais été aussi égoïste qu’eux. Parce que les choses utiles, il faut les mettre en commun.” “Et si j’étais mort pendant que le bâton frappait?” “Le bâton aurait continué à frapper, et ils auraient tout perdu, même la vie.”»

Maître Antoine s’est tu. J’avais un nœud dans la gorge. En racontant, beaucoup mieux que je ne peux le restituer ici, il avait réussi à faire renaître la magie de ces moments où, à Venise les pieds ballants au-dessus d’un canal, à Paris à la fin d’une dure journée, en route pendant que nous allions quelque part ensemble, il m’avait raconté un de ces contes de son pays. Il m’avait fait oublier les angoisses de l’heure présente. Il a souri.

«Tu comprends la morale de cette histoire?»

«Sans doute. Cela ne sert à rien de garder pour soi le monopole de la Bible et d’interdire les classiques.»

«Oui. Et cela ne sert à rien de nous tuer. Nous mourrons, sans doute. Mais le bâton continuera à frapper. Et je gage que saint Pierre trouvera quelqu’un d’autre pour faire le bien avec sa nappe et son âne. Ce n’est peut-être pas tout à fait la morale qu’entendaient les anciens Poitevins, du moins dans le détail. Mais, dans ses grandes lignes, ce conte convient à l’heure présente.»

Hélas, dès qu’il s’est tu, toutes les angoisses sont revenues d’un seul coup.

«Néanmoins, permettez-moi de vous supplier, Maître: partez, je vous en prie. Faites-le pour nous. Pour votre fils. Pour votre femme qui vous aime jusqu'à la déraison. Souvenez-vous de ce que vous disait Maître Bocard : notre devoir est de survivre. »

« Monseigneur du Bellay me protège, je suis couvert par les privilèges des clercs, que veux-tu de plus ? »

« Je veux que nous ne vivons pas en un temps raisonnable, et à votre place je m'en irais, je laisserais passer l'orage. »

Il m'a regardé pensivement.

« Bon, je vais réfléchir à ce que tu viens de me dire. »

Mais il n'a pas eu le temps de réfléchir. Le lendemain ou le surlendemain, on l'arrêtait. Il était accusé d'avoir lui-même imprimé les placards.

Oudin est arrivé au pas de course, je n'avais jamais vu cela : généralement, il cache sa force et son adresse sous des allures onctueuses et faussement essoufflées d'obèse.

« Maître Augereau est en prison. On va tout tenter, mais il est perdu. »

« Comment en êtes-vous si sûr ? »

« C'est cette méchante femme qui l'a dénoncé, cette... cette catin, pardonnez-moi. Elle ne lui a jamais pardonné. C'était déjà elle qui le calomniait partout en janvier dernier. Il avait fallu que j'envoie quelques amis la menacer. Ce matin, elle s'est empressée de réclamer le quart des biens de Maître Antoine, avant même qu'il ne soit accusé. Mais elle ne l'emportera pas en Paradis, croyez-moi. »

Je n'ai jamais, jusqu'ici, réussi à extraire d'Oudin de quelle femme il parlait. Maîtresse Prevost ? Maîtresse Chauveau ? Qui ? Tout ce que j'ai fini par tirer de lui plus tard, c'est :

« J'avais dit qu'elle ne l'emporterait pas en Paradis, où elle n'ira d'ailleurs jamais. Nous lui avons réglé son compte. »

Pour en revenir à ce matin-là, je me suis hâté d'aller avertir ma mère. Je savais que Guillaume était avec elle, il était incommodé depuis quelques jours.

Elle m'avait dit que, depuis le matin de janvier où « son Antoine » était sorti de prison, elle s'était attendue chaque jour à ce qu'il y retourne.

« Si on le mettait à mort, c'est ma vie qui s'en irait. Mais je n'ai pas le droit de mourir. Il y a Guillaume, il lui faut une famille. Alors chaque jour, depuis janvier, j'ai essayé de me préparer à vivre dans un monde où Antoine ne serait plus. »

En entendant la nouvelle, elle a juste pâli un peu plus. Son visage était ravagé.

« On va tout tenter, Mère... »

« Mon petit Claude, tu m'es aussi précieux que lui, alors je te prie de ne prendre de risques que lorsqu'ils valent vraiment la peine. Si je vous perdais tous deux, je crois vraiment que je succomberais. »

« Je ferai de mon mieux, Mère. »

Guillaume s'était tenu là, immobile, ses grands yeux gris semblables à ceux de son père lui mangeaient le visage, il était rouge de fièvre, et si enroué qu'il pouvait à peine murmurer quelques mots. Comme notre mère, il ne pleurait pas.

« Je vais guérir vite, pour être utile », a-t-il croassé avec peine.

Je les ai embrassés tous deux, et je suis parti faire une tournée des amis.

Mais, cette fois, ce n'était pas comme en janvier. Le roi avait laissé la bride sur le cou à la Sorbonne, et elle sévissait avec une cruauté que jamais on n'avait vue à Paris. Pas une semaine sans son lot d'arrestations, d'emprisonnements, de bannissements, de bûchers. Même les meilleurs des amis étaient prudents.

Et puis plusieurs d'entre eux étaient en fuite, Maître Marot en tête, qui était encore allé à l'enseigne de Saint-Jacques la veille même de l'affichage. C'était pour discuter de l'édition de Villon, mais qui sait ce qu'on irait croire maintenant ?

Les seuls qui soient restés inébranlables, à part Oudin, ont été Maître du Pré qui est allé dire à ma mère qu'il mettait sa bourse à son service, Robert Estienne qui, sans se soucier des périls qu'il encourait lui-même, remuait ciel et terre pour sauver non seulement Maître Antoine, mais aussi d'autres amis, et enfin Maître Chevallon, qui m'a d'entrée dit franchement qu'il n'était pas fait pour ce genre de luttes, que de toute façon les hérétiques méritaient les pires châtiments, et que la seule raison qui lui faisait prendre la défense de Maître Antoine, c'est qu'il n'était justement pas hérétique, seulement curieux, et que Maître Chevallon en était convaincu.

« Vous pouvez compter sur mon aide matérielle, et si vous ne venez pas travailler du tout pour essayer de sauver ce saint homme qui n'a jamais fait de mal à une virgule, je ne vous en tiendrai pas rigueur. Je prierai pour le salut de Maître Antoine et pour votre succès. Et disposez de Dieudonné, mais soyez prudents, tous les deux. »

J'ai aussitôt envoyé Dieudonné en Poitou. Il m'avait dit cent fois avoir grandi à la campagne, que chevaucher c'était pour lui comme marcher, avec ou sans selle, et les deux ou trois fois où j'avais eu l'occasion de le voir monter il m'avait paru très à l'aise. Je lui ai demandé d'aller avertir Maître Tiraqueau à Poitiers, et Maître François Augereau à Fontenay-le-Comte. Et je lui ai donné suffisamment d'argent pour qu'il s'arrête aux meilleurs relais.

Huit jours ont passé ainsi. À Paris, ce n'étaient que processions expiatoires, que messes d'intercession, que mises en scène macabres et insupportables.

Finalement Oudin (qui ne prenait pas une minute de repos et qui, j'en suis persuadé même s'il ne m'en a jamais rien dit, préparait une impossible évasion de Maître Antoine de la Conciergerie) m'a demandé un jour :

« Avez-vous une pièce d'or ? »

« Il me reste toujours celles de la caution. Maître Antoine ne les a pas voulues, et vous non plus. Je les ai mises de côté, et actuellement je m'en sers. Elles ont déjà financé les relais de Dieudonné.»

«On va en avoir besoin. Pour le moment il m'en faut une. La Cour des Miracles du Saint-Sauveur, qui est pleine de faux estropiés, de faux borgnes, de faux soldats et j'en passe compte aussi un faux archer. Il est très bon, et il a volé un uniforme complet. Pour une pièce d'or, il est prêt à aller à la Conciergerie. Et il en veut une autre au retour. Ce n'est pas cher payé. Allez voir Maîtresse Augereau, et faites-lui écrire un court billet. C'est pour mettre Maître Antoine de bonne humeur, pour lui donner l'énergie de se défendre. Mais ils sont acharnés.»

«Ils... Ils lui font du mal?»

«Vous voulez dire, est-ce qu'ils le torturent? Non. En fait, comme tout le monde sait, ils en veulent à la reine de Navarre et, s'il n'avait pas été son imprimeur, j'en suis persuadé, ils ne se seraient pas souciés de lui. Mais paradoxalement, parce qu'ils connaissent le roi, ils n'osent pas le maltraiter, car s'il changeait d'humeur, comme cela lui arrive si souvent, il pourrait tout à coup le leur reprocher, c'est l'imprimeur de la reine de Navarre, après tout. Et alors le roi pourrait arrêter leur bras aussi pour d'autres. Ils veulent le brûler, ils veulent brûler tous ceux qui leur résistent. Ils feront tout pour cela. Voilà pourquoi ils ne molestent pas Maître Antoine outre mesure. Et puis vous savez bien que leur mot d'ordre est qu'on ne discute pas avec les hérétiques. Sans compter qu'il se réclame de Monseigneur du Bellay, et que l'évêque demande qu'on le lui livre, même s'il n'insiste pas assez, à en croire ceux qui m'informent.»

«Mais ce n'est pas un hérétique.»

«L'imprimeur de la reine de Navarre? Qui cite à chaque page, en français, la Bible proscrite de Maître Lefèvre? Allez donc le leur faire comprendre.»

Ce que j'écris est confus, je sais. Mais c'est que j'en suis maintenant au récit d'événements qui ne se sont déroulés qu'il y a quelques semaines, les plus terribles de ma vie. Ils sont encore tout proches. Je me sentais dépassé pendant que je tentais de sauver la vie de Maître Antoine, je me sens dépassé maintenant que j'ai lamentablement failli à mon devoir filial et que je tente de raconter cela.

Je me reproche surtout de ne pas avoir réussi à convaincre Maître Antoine de s'en aller tout de suite (et Maître Marot n'a pas hésité, lui) ; il vivrait encore aujourd'hui, et la perte de son atelier, contrairement à ce qu'il a dit, n'aurait pas été irréparable. Il y a des presses ailleurs, ses poinçons étaient faciles à transporter. La preuve : nous les avions mis en lieu sûr – aussi sûr que possible – dès le premier jour ; ils passeront quelque temps dans l'antre du père Boiteux. De son côté, Maître du Pré a mis en sécurité chez lui, mêlés à son fatras de livres, de défets et de feuilles non reliées, toutes les éditions de Maître Antoine. Pour les vautours, il n'est pas resté grand-chose à part des fontes de lettres faciles à reproduire, puisque les poinçons à partir desquels elles sont fabriquées sont saufs, et les presses. Robert Estienne en a même racheté une pour la donner à Guillaume, mais Guillaume… Non, il ne faut pas que j'anticipe.

J'ai été étonné de voir Dieudonné revenir avec au moins trois jours d'avance sur mes prévisions, accompagné de Maître François Augereau. À tort, tout le monde traitait ma mère comme une malade, et les gens passaient d'abord par ma boutique. C'est donc là qu'ils ont fait halte.

En mettant pied à terre, Dieudonné a failli s'écrouler. Je me suis précipité pour le soutenir, et Maître Augereau s'est écrié :

« Ce garçon doit aller dormir. Il ne s'est reposé ni à l'aller ni au retour. Il m'a fait galoper à un rythme de forçat. Sommes-nous encore à temps ? »

« Oui. Oudin a réussi à introduire un archer au Châtelet, et nous avons des nouvelles : Maître Antoine est au cachot, mais ils l'en tirent chaque jour, et il répond à leurs questions. Selon l'archer, qui n'est bien sûr pas théologien, ils lui tendent des pièges. Et selon l'apprenti d'un clerc que nous connaissons par ailleurs, ils attendent simplement une occasion pour le tuer. Ils aimeraient que le roi traite sa sœur d'hérétique, et ils auront alors leur excuse: il a édité *Le Miroir de l'âme pécheresse.*»

«Et où est-elle, cette sœur?» a-t-il demandé d'une voix peu amène.

«À Nérac, à ce qu'on dit. Les premiers jours, elle a tenté d'intercéder pour ses protégés, puis, lorsqu'elle a vu que c'était inutile, elle est partie. C'est alors que des gens comme Maître Augereau ont été arrêtés.»

«Elle n'était donc pas absolument inutile à Paris. Elle a déserté ses gens.» Il était furieux. «Je vais voir ce que je peux faire. Menez-moi chez ma belle-sœur.»

Ma mère avait réussi, à force d'insistance, à voir son mari deux fois. Elle ne vivait que pour ces quelques instants; Guillemette et Geneviève se relayaient pour s'occuper de Guillaume et pour faire marcher sa maisonnée (la plupart du temps, l'unique servante pleurait au point d'être inutile). Maître François Augereau l'a aussitôt accompagnée à la Conciergerie et il a, grâce à une lettre de Maître Tiraqueau, réussi à voir son frère.

Maître Tiraqueau est d'ailleurs arrivé peu après; je ne peux pas dire – je n'ai jamais su – tout ce qui a été fait dans les allées du Parlement, mais il faut avouer que, en voyant le temps passer, j'ai repris espoir.

Le procès a eu lieu à huis clos, malheureusement. Maître François a récusé le tribunal, arguant que la loi et la coutume étaient claires: son frère devrait être jugé à Poitiers ou à Maillezais par un tribunal ecclésiastique. On lui reprochait des idées et non des faits.

Il a démontré que Maître Antoine ne pouvait pas avoir imprimé les placards. Dans son atelier, il n'avait jamais possédé les caractères gothiques avec lesquels ils avaient été composés. Il a fait remarquer que le papier n'était pas d'une sorte qui se vendait à Paris. Il a démontré également, lorsque cela lui a été reproché, que lorsqu'il avait publié *Le Miroir de l'âme pécheresse* en 1533, ce livre existait depuis deux ans et avait déjà été examiné par l'Église lors de sa première parution.

«Cela ne sert à rien», a-t-il dit avec rage à la sortie. «Ils n'écoutent pas. Ils sont obstinés. C'est un hérétique, on le sait. Il a déjà imprimé de damnables placards en janvier, donc il ne peut qu'avoir exécuté ceux-ci. Comme si on ne produisait pas des placards chaque jour! C'est un ami de Clément Marot, qui a conspiré avec lui la veille même de l'affichage. Je leur ai montré une épreuve préparée de Villon. Ils ont aussitôt dit qu'il n'avait pas demandé de privilège ni le *nihil obstat* de la Faculté, comme si cela avait été un texte sacré. Pas encore, dis-je. Il ne l'aurait pas demandé, me répond-on. Il ne l'a pas non plus demandé pour *Le Miroir de l'âme pécheresse*, et cette fois il sera puni pour cela aussi. En ce moment, cela suffit pour une condamnation à mort. Antoine a beau dire qu'il est un serviteur fidèle de l'Église, que jamais il n'a manqué aux sacrements, qu'il observe jeûnes et fêtes. Rien n'y fait. Sa femme a raison de penser qu'il faut qu'ils le tuent pour envoyer un message à Madame de Navarre.»

Finalement, le Parlement a refusé de laisser le procès se faire par un tribunal ecclésiastique, en dépit d'un plaidoyer (vibrant, selon Maître François) de Maître Tiraqueau. Il avait souligné que ni lui ni Maître François n'avaient craint de prendre sa défense, tant ils étaient convaincus qu'il y avait erreur, et que Maître Antoine était innocent de toute hérésie. Rien n'y a fait.

Antoine Augereau a été chargé d'avoir dit et proféré plusieurs propositions erronées, blasphèmes scandaleux, contre la sainte doctrine et foi catholique, et aussi d'avoir contrevenu aux inhibitions et défenses du Parlement; on a mis en délibération pour savoir s'il jouirait de cléricature par lui allégué, a-t-il décrété. *Sur quoi a été délibéré qu'il ne jouirait pas dudit privilège clérical, et le Parlement l'a débouté et déboute, et on ne fera aucun renvoi par devant le juge de l'Église dudit prisonnier; soit pour raison de la qualité du crime, qui est vrai crime de rébellion et désobéissance, attendu la contravention aux défenses faites, proclamées et publiées de par le Parlement, perturbation de l'état public et occulte conspiration contre le bien de celui-ci, crime par ce moyen non seulement de lèse majesté divine, mais aussi humaine.*

Le 22 décembre la condamnation à mort a été prononcée, en toute illégalité puisque le *privilège clérical* est irrévocable par les tribunaux civils. L'exécution a été fixée au 24. Monseigneur du Bellay a encore essayé de protester, de réclamer le prisonnier pour l'Église, inutilement. Seul le roi en personne aurait pu le sauver, et sa sœur n'était pas là pour l'y inciter. Il était sourd aux objurgations de l'évêque de Paris qui avait fait, m'a-t-on dit, quelques tentatives pour obtenir sa grâce.

Cette nuit-là, grâce à une manigance dont je n'ai pas su les détails, ma mère, Guillaume et moi avons pu aller jusqu'à Maître Antoine, qui attendait la mort dans une pièce haute. Ses protections lui valaient tout de même quelques privilèges. Pendant ce mois de détention, ses cheveux étaient devenus parfaitement blancs. Il n'était plus que l'ombre de lui-même, toussait sans arrêt et ne cachait plus le fait qu'il crachait du sang presque à chaque fois. Seul son regard était inchangé.

Il ne nous attendait pas. Lorsque nous sommes entrés, il s'est levé d'un bond, et il a ouvert les bras. Nous avons laissé notre mère se jeter contre lui. Ils sont restés enlacés un temps infini. Puis il a insisté pour la faire asseoir, et est allé prendre Guillaume par l'épaule.

« Mon fils », a-t-il dit d'abord, « comme nous n'avons pas beaucoup de temps, je vais droit à l'essentiel. Claude et toi êtes mes héritiers. Claude immortalisera mes recherches en matière de caractères, mais toi, en plus, tu es mon fils du sang. Combats pour la justice. S'ils ne m'avaient pas condamné, je serais sans doute mort bientôt de cette méchante fluxion. Mais il n'en reste pas moins que ma condamnation est injuste. Même si Monseigneur du Bellay réussissait à me faire gracier, ma condamnation aurait été injuste. Toi, bats-toi toujours pour la justice. Non une justice au service du pouvoir, où l'on fait payer le petit à la place du grand, mais pour une justice où les hommes seront aussi égaux que lorsqu'ils se présentent devant le tribunal du Seigneur.»

«Oui, Père.» Sa voix était étranglée.

«Tu n'oublieras pas que, depuis le Paradis, je veillerai sur toi toute ta vie. Je ne suis qu'un pauvre pécheur, mais je crois que le Seigneur miséricordieux m'accueillera à sa droite.»

Sans lâcher Guillaume, qu'il tenait serré contre lui, il m'a regardé.

«Robert continuera le combat pour de beaux textes, je le sais. Toi, continue celui pour de beaux caractères. Tu es mon autre fils, je t'ai appris tout ce que je savais faire de mes mains. À toi de faire fructifier ce savoir, que nos lettres soient utilisées par tous. Ils ne penseront pas à nous, car on oublie le graveur, mais ils auront du plaisir à lire et, à chaque fois, ce sera comme si on nous offrait une fleur.»

Il a toussé, longuement. Une toux qui lui déchirait la poitrine. Ma mère s'est précipitée.

Il a lâché Guillaume, l'a prise dans ses bras et s'est mis à lui parler à l'oreille.

Nous nous sommes éloignés de quelques pas, et les avons laissés se murmurer leurs adieux.

L'archer a fini par entrer.

«Il faut que vous vous en alliez.»

«Encore un instant.»

Il est sorti à moitié, sans fermer la porte, il était nerveux, et j'ai compris que le moment de la séparation était vraiment venu. Maître Antoine a compris aussi. Il s'est détaché de sa femme, sans cesser de lui sourire, de nous sourire.

«Maître Tiraqueau espère encore», ai-je dit. «Il paraît que la reine de Navarre a écrit à son frère pour qu'il vous gracie.»

Il a secoué la tête.

«Les rois ne se soucient guère d'un simple imprimeur, mon cher Claude. Il faut que quelqu'un paie, je suis au bout de la chaîne, ce ne peut être que moi.»

«Allons-y, je vous en supplie», a dit l'archer.

«Partez, mes chers, on ne va pas faire des ennuis à cet homme à qui nous devons de la reconnaissance.»

Il nous a serrés un à un dans ses bras, a tracé une croix sur chacun de nos fronts en murmurant une prière, et nous sommes partis.

Dehors, nous avons trouvé Oudin, qui nous a escortés jusque chez nous.

XXVII · Comment un juste meurt injustement et comment les événements se chargent de le venger mais trop tard

Et puis il y a eu ce 24 décembre. La reine de Navarre avait vraiment écrit au roi pour qu'il gracie Maître Antoine, le messager qui avait apporté sa lettre en avait fait une copie pour Oudin, qu'à Nérac tout le monde connaissait. Jusqu'à la dernière seconde, j'ai espéré que Maître Antoine ne mourrait pas ainsi, sur la place publique. Mais cette fois le roi était sourd aux demandes de grâce d'où qu'elles viennent. Peu importait le crime. Il avait laissé exécuter même un de ses valets de chambre, sans preuves et sur une simple dénonciation.

Je ne sais comment décrire cette après-dînée. L'exécution avait été fixée pour trois heures, le temps était si mauvais que la nuit était déjà presque tombée.

«Mère, vous ne pouvez pas...»

«Il peut bien mourir, lui. Alors, je peux assister à sa mort. Je veux que les derniers visages qu'il voit soient le mien, le tien et celui de Guillaume.»

Elle a été inflexible.

Et Guillaume de même.

«Il souffrira moins, s'il nous voit», a-t-il dit au moins dix fois.

J'avais naïvement voulu leur épargner cette douleur. Je n'ai plus rien dit.

La force me manque pour écrire la suite.

Nous sommes allés à la Conciergerie attendre la sortie du tombereau. Il y avait du monde, mais pas autant que d'autres fois; il faisait sans doute trop froid.

Maître Antoine portait une chemise propre, il s'était coupé la barbe et les cheveux. On lui avait attaché les mains dans le dos.

«Il s'est préparé pour le tribunal divin», a murmuré ma mère.

La petite foule, dans laquelle j'ai aperçu la tignasse flamboyante de Dieudonné ainsi que Maître François Augereau, était silencieuse. Les cris d'hérétique, parfois assourdissants, étaient rares. Personne n'a craché sur le condamné, personne ne lui a jeté des pierres, comme cela arrive aussi.

Devant l'église Notre-Dame, Maître Merlin, le grand pénitencier de Paris, attendait. Maître Antoine est descendu de la charrette. Il était très calme. Il a souri à Maître Merlin, qui a énoncé les paroles rituelles.

«Mon fils, te repens-tu de tes fautes?», a-t-il demandé après une longue tirade en latin.

«Je me repens de mes péchés, et je demande humblement pardon à Dieu de l'avoir offensé.»

«Et tu répudies toute hérésie?»

«Je crois en la parole du Christ et de ses disciples, je vénère sa mère Marie, et jamais je n'ai eu l'intention d'offenser l'Église catholique romaine.»

Je n'étais pas tout près, les paroles se perdaient dans le vent, mais j'ai compris que l'amende honorable de Maître Antoine n'était pas un reniement. Il ne disait que ce qu'il avait toujours dit. Il a vécu et il est mort par cette foi qu'il avait que l'Église comprendrait qu'en acceptant de corriger ses travers, de se réformer, elle serait aimée et acceptée de tous.

Le tombereau s'est rendu place Maubert.

Lorsque la petite foule, toujours assez silencieuse, est arrivée sur la place, il y avait des gens qui attendaient, alertés par le bûcher déjà allumé.

Oudin a soudain surgi de nulle part. Il a pris ma mère par l'épaule d'une main, Guillaume de l'autre et m'a murmuré de m'accrocher à lui. Il s'est frayé un chemin dans la foule et nous a fait arriver près de la potence.

Il a fallu que je me fasse à cette idée. Il n'y aurait pas de grâce, Maître Antoine allait mourir.

«Il va mourir d'un seul coup, Maîtresse Augereau, j'ai payé le bourreau pour cela. Il est malade, et si quelqu'un se pose la question, c'est ce qu'il dira, et que nous confirmerons. Il ne voulait que l'étrangler un peu, mais voilà qu'il est mort tout de suite.»

J'ai compris alors pourquoi Oudin avait tenu à être devant avec nous: pour que le bourreau le voie. D'un seul geste, il a levé Guillaume très haut.

«Assieds-toi à califourchon sur mes épaules.»

Ensuite, avec un «Je vous demande pardon, Maîtresse Augereau», il a saisi ma mère par la taille, et il l'a soulevée, pour que Maître Antoine la voie bien. Pendant tout ce temps, ses yeux n'ont jamais quitté le bourreau qui, cela se voyait, savait parfaitement que le géant le regardait. Il était là, immobile, portant ces deux personnes comme si c'étaient des fétus de paille.

Maître Antoine est descendu de la charrette en souriant. Ses lèvres remuaient: il priait. Son regard a cherché celui de ma mère et de mon frère, et il ne les a plus quittés. Il leur a souri jusqu'au bout. À moi, il a même fait un dernier clin d'œil, comme ceux qu'il me faisait autrefois, lorsque Maître Henri Estienne nous tenait des prêches à n'en plus finir sur une question que nous avions comprise depuis longtemps.

Il est monté sur le gibet.

Il a dit:

«Je meurs injustement, mais je ne crains pas la mort, car mon cœur est pur. Que le Seigneur m'accueille et me pardonne mes péchés.»

Le grand pénitencier s'est approché. Maître Antoine ne l'a même pas regardé. Il l'a laissé réciter son Miserere, qu'il n'a pas repris. Il fixait sa femme et son fils. Tout s'est brouillé devant moi. C'était insupportable.

Finalement le prêtre l'a absous, du moins je le pense, et il est descendu du gibet. Le bourreau a passé la lanière autour du cou du condamné. Il a fait signe à ses aides et...

Maître Antoine est mort en un instant, d'un seul coup.

«Le bourreau a respecté le contrat», a constaté Oudin dans un murmure. Deux larmes coulaient lentement sur ses joues.

Il a lâché ma mère, que j'ai aussitôt soutenue, a descendu Guillaume de ses épaules et l'a serré contre lui. Ma mère avait le souffle court, comme si elle avait couru, mais à part cela, rien. Ses yeux ne quittaient pas le cadavre affaissé au pied du poteau.

Les aides du bourreau l'ont soulevé, l'ont montré un instant à la foule et l'ont jeté dans le feu.

«Que tous les hérétiques meurent comme celui-ci, et qu'avec leurs livres, suppôts du diable et de l'hérésie, ils soient anéantis par le feu.»

Après le cadavre, ils ont jeté également les actes de son procès, et enfin est arrivée une charrette avec quelques-uns des livres que Maître Antoine avait publiés (ceux que nous avions laissés à sa boutique pour faire illusion), et eux aussi sont partis dans les flammes.

Il m'est impossible de décrire cette vision infernale, que je n'oublierai pourtant jamais, et qui m'empêche, depuis, de dormir. Je dirai seulement que, avant que le corps de Maître Antoine ne disparaisse complètement, ma mère a lancé dans le feu les gants blancs qu'il lui avait offerts trois jours avant leur mariage.

Le timbre vibrant du Maître Augereau de ce soir-là a résonné à mes oreilles:

Vous ne les porterez, ma belle
Rien que trois fois l'an:
La première à Pâques,
L'autre à la Saint-Jean,
La troisième à vos noces.

«Je veux qu'une des choses auxquelles je tiens le plus au monde brûle avec lui», a dit ma mère d'une voix méconnaissable.

J'ai cru que mon cœur se déchirerait dans ma poitrine.

Oudin nous a entraînés.

Nous sommes montés en silence jusqu'à la rue des Carmes, en soutenant ma pauvre mère, dont les genoux pliaient à chaque pas. Maître François Augereau s'était joint à nous. Nous étions à quelques pas de la maison lorsque nous en avons vu la porte béante.

«Attendez, je vais aller voir», a dit Oudin.

La maison avait été saccagée. Tout avait été fouillé, cassé, déchiré, détruit. Le condamné payait jusqu'après la mort.

Une voisine a passé la tête par une fenêtre. Il faisait presque nuit, mais on se voyait encore.

«C'est vraiment fini?»

«Oui.»

«C'est une honte! Ce sont les quadruplateurs qui ont fait enfoncer votre porte. Même pas la décence d'attendre. Maîtresse Guillemette vous fait dire qu'elle vous attend chez elle.»

«Qu'est-ce que c'est, les quadruplateurs?» s'est enquis Guillaume d'une toute petite voix. Il faisait un gros effort pour ne pas pleurer. Oudin ne lui lâchait l'épaule que pour lui caresser les cheveux d'un geste presque maternel. Ma pauvre mère n'aurait pas pu s'occuper de lui, elle était proche de la pâmoison.

« Ce sont ceux qui ont dénoncé un supposé hérétique. Ils ont le droit de s'approprier le quart des biens du condamné le jour de l'exécution. »

Nous sommes redescendus jusqu'à l'enseigne de Saint-Christophe. Pendant ce trajet, j'ai pris conscience que, cette nuit, ce serait la Noël. J'ai alors compris pourquoi il y avait moins de monde, et moins de cris, que d'habitude. Depuis l'arrestation de Maître Antoine nous avions tous, je crois, vécu hors du temps.

À la maison, Guillemette était en larmes. Maître Tiraqueau essayait de la consoler, mais il était triste à mourir, lui aussi. Ils avaient assisté de loin à la mort de Maître Antoine, puis ils étaient montés jusqu'à la rue des Carmes. Guillemette avait eu l'intention de préparer le repas. Ils avaient surpris des hommes qui se prétendaient officiers de police. La servante avait été enfermée à la cuisine et sévèrement battue.

« J'ai essayé de les arrêter », a dit Maître Tiraqueau. « Des bêtes féroces. Si je n'avais pas emmené ces deux pauvres femmes, je crois qu'ils nous auraient tués. »

Guillemette sanglotait sans retenue. Je l'ai prise dans mes bras, me reprochant de ne pas assez penser à elle, mais il a fallu du temps pour la calmer.

Oudin est allé voir nos servantes. Celle de ma mère versait toutes les larmes que retenait sa maîtresse.

« Allons, allons, ce n'est pas le moment de geindre. Il faut nourrir ces braves gens. »

Lorsque nous avons été installés autour de la table, Maître François a dit avec force :

« Françoise et Guillaume, vous venez à Fontenay avec moi. Si on pouvait s'en aller ce soir, nous repartirions ce soir. »

« Mon ami, c'est impossible. »

Maître Tiraqueau n'a pas mâché ses mots.

«C'est encore plus impossible de vous exposer à la vindicte de la Faculté de théologie ou à celle du populaire. Vous reviendrez à Paris plus tard.»

«En attendant», a dit Maître François, «j'ai promis à mon frère que je veillerais sur vous, et j'entends veiller sur vous. Vous venez à Fontenay. Ma mère et tante Jeanne vivent seules dans la grande maison de mon père, elles sont bien vieilles, et auront du plaisir à vous accueillir, elles vous attendent, même, et auront besoin qu'on les console. Je prendrai Guillaume dans mon étude et, lorsqu'il sera prêt, nous l'enverrons étudier à Poitiers.»

«Je veux étudier le droit.»

Et deux grosses larmes ont coulé sur ses joues.

«Tu l'étudieras, mon fils. C'était prévu. Le droit ou la médecine, c'est ce que ton père souhaitait. Ce sera donc le droit.»

«Et toi, mon petit Claude?» a demandé ma mère.

«Je pense que Guillemette et moi ne risquons pas grand-chose. On ne nous a jamais inquiétés, et je ne suis pas imprimeur. Je vis dans l'ombre de Maître Chevallon qui publie par toises entières des textes sacrés approuvés par la Faculté et qui, la seule fois où une question s'est posée, s'est porté garant pour moi. Je crois vraiment que je ne risque rien.» J'ai soupiré. «Je vais faire ce que Maître Antoine souhaitait: tailler de nouveaux caractères que j'essaierai de faire encore plus beaux que les siens, en son honneur. Je ne sais pas si je réussirai, car je ne suis qu'un disciple.»

Pendant un instant, personne n'a rien dit. Nous pensions tous, je crois, à notre prochaine séparation. Et soudain je me suis demandé comment ma mère allait pouvoir quitter Paris.

«Mon souci le plus immédiat, c'est la crainte que vous ne trouviez pas de chevaux le matin de la Noël.»

«J'en ai réservé», a dit Oudin, «ils nous attendent. Ce ne sera peut-être pas un départ tout à fait habituel, mais nous partirons.»

Ils ont quitté Paris le lendemain à l'aube. Non pas seuls, mais mêlés à une troupe bigarrée de bateleurs. En quelques instants ma pauvre mère et mon frère ont été absorbés, déguisés – invisibles dans la petite foule. Maître François Augereau était arrivé là «par hasard» au même moment, avec son valet, à cheval, et il est sorti de Paris avec eux sans montrer qu'il les connaissait. Oudin, qui avait tout organisé, a décidé de les escorter jusqu'à Fontenay.

«Je descendrai ensuite à Nérac voir Maître Lefèvre et reviendrai m'occuper de vous, si vous en avez besoin. Vous savez maintenant comment me joindre.»

Il ne faisait pas un temps à voyager, mais Maître François avait été aussi intraitable que Maître Tiraqueau, et les événements leur ont donné raison.

Je ne crois pas que j'oublierai jamais le visage de ma mère lorsque je lui ai fait mes adieux dans la pénombre de l'aube et le brouhaha des saltimbanques. Il était d'une blancheur cadavérique. Ses yeux étaient comme deux pierres serties dans du marbre.

«Je n'ai jamais cessé de croire en une Église de miséricorde. Jusqu'à hier, je n'ai jamais cessé de partager la croyance d'Antoine en une ouverture de l'Église romaine. Mais c'est fini. Il y a à Paris, et dans des villes de province, une autre Église, qui ne craint point la confrontation, les discussions, les changements. Désormais, j'en ferai partie. Plus jamais je ne pourrai me confesser à un prêtre. Que Dieu te bénisse, mon petit Claude. Prends bien garde à toi.»

Elle s'est détournée et s'est mêlée aux baladins. Ses paroles me hantent depuis lors.

Dieu merci, ma mère avait quitté Paris depuis quelques heures lorsque est venu l'ordre de la bannir après qu'elle aura demandé pardon pieds nus devant. Notre-Dame. Cette humiliation lui a été épargnée. Un instant, j'ai pensé qu'on viendrait peut-être me prendre pour que je le fasse à sa place mais, sans doute parce que je ne portais pas le nom d'Augereau, on m'a ignoré.

C'est au bout de quelques jours qu'a surgi une idée que je n'avais jusque-là pas eue. J'étais retourné à l'atelier de Maître Chevallon; autant éviter le mien, pendant quelque temps, j'y étais seul et, si on devait m'arrêter, je préférais que cela se fasse en un lieu où il y avait du monde. J'étais d'autant plus inquiet que Thomas, notre compagnon, avait disparu le lendemain des placards contre la messe. Personne ne s'était mis à sa recherche, mais sa fuite ne pouvait avoir qu'un sens: il avait quelque chose à voir avec ces placards. Maître Chevallon nous avait invités à ignorer son absence, comme il le faisait lui-même.

Conséquence de tout cela: Dieudonné et moi travaillions pour trois, et n'échangions guère que les quelques mots indispensables. Je vivais comme entouré de brouillard, voyais constamment le cadavre de Maître Antoine se tordre dans les flammes, et toute parole me demandait un effort inouï.

Finalement, Dieudonné a rompu le silence. Il a posé son travail, m'a regardé un instant, puis a dit:

«Puisque ce n'est pas Maître Augereau qui a imprimé ces maudits placards, j'aimerais tout de même savoir qui c'est.»

Oui, c'était vrai, qui était-ce?

«Vous ne croyez pas qu'on devrait tenter de l'apprendre?»

Cette idée m'a un peu sorti de mon apathie.

«Pourquoi pas? Mais comment, où?»

Dieudonné a souri. Un de ces sourires qu'il avait lorsqu'il s'apprêtait à sortir un truc de sa manche.

«On va mettre en branle notre armée. Mais ce sera délicat. En ce moment, le seul mot de placard vous fait taxer d'hérétique.»

Il lui a fallu deux ou trois jours.

«Ce n'est pas certain, mais on dit que des placards pourraient être arrivés tout imprimés de Neuchâtel, ils auraient été produits par un certain Pierre de Vingle, un Lyonnais qui est réfugié là-bas.»

Il n'a rien pu apprendre de plus précis.

À part cela, je ne sais plus ce que j'ai fait, je ne sais plus ce que j'ai pensé.

La furie théologastre s'était un peu calmée, et on pouvait espérer que le pire fût passé. Mais les têtes brûlées qui avaient provoqué un si terrible ouragan ne se contentaient pas d'avoir fait le malheur de toute une communauté. Il leur en fallait plus. J'ai encore peine à le croire en l'écrivant, mais ils ont affiché une deuxième série de placards séditieux. Je ne les ai pas vus. Mais Dieudonné n'aurait pas été Dieudonné s'il n'en avait connu le contenu. Il l'avait lu à la Cour des Miracles du Saint-Sauveur où des mendiants en avaient rapporté des exemplaires qu'ils avaient volés.

Il était arrivé à la boutique au pas de course:

«Vous savez quoi, Maître?»

«Quoi, Dieudonné?»

«L'auteur de ces nouveaux placards s'accuse, ou pour mieux dire se vante, d'avoir écrit les Placards contre la messe.»

«Et contre quoi sont ces nouveaux placards?»

«Contre l'Eucharistie. Ce sont plutôt des opuscules que des placards. Il paraît que le roi est fou de rage. On a bravé son autorité et tout ce qui s'ensuit.» Il a soupiré. «Ils ont déjà arrêté je ne sais combien de suspects, et ils annoncent qu'ils les feront mourir dans les pires supplices.» Son ton s'est fait amer. «La persuasion par la terreur.»

«Ce qui signifie que Maître Antoine est disculpé?»

«Oui, d'avoir rédigé et imprimé les placards. Il reste l'imprimeur de la reine de Navarre, et cela ils ne le lui pardonneront jamais. Si vous pensez à une réhabilitation, vous pouvez l'oublier tout de suite.»

De fait, la répression s'est faite d'une cruauté qui dépassait encore celle de l'année dernière. Je ne peux pas la décrire, ma main se bloque lorsque j'essaie. J'ai vu passer une procession pompeuse, on portait le saint sacrement de je ne sais où à je ne sais où, en costumes d'apparat, en présence du roi, de la reine, des princes du sang, de la Cour, de l'Université, des corps constitués en un mot, dans une profusion de cierges en cire vierge. À la fin de la procession, m'a-t-on raconté, tous ces beaux messieurs sont allés manger et boire copieusement, et ensuite en guise de distraction ultime, ils sont allés voir brûler tout vifs, à petit feu, dans des tourments inouïs, six suspects qu'on avait condamnés pour la distribution de ce nouveau texte, dont j'ai fini par apprendre le titre: *Petit traité très utile et salutaire contre l'Eucharistie.*

On m'a même rapporté qu'on avait fait voler des oisillons autour de la tête du roi, qui portaient la devise, dans leur bec peut-être: *Ils périront, toi seul restes.* Quel programme!

Je n'ai pas le cœur à décrire des fastes auxquels je n'avais pas le cœur à participer. Nous avions fermé boutique, tout Paris s'étant arrêté, mais je suis resté là, dans le noir.

Le lendemain matin, j'étais à peine assis à ma place que j'ai vu un prévôt sortir de la grande boutique de Maître Chevallon. Mon cœur s'est mis à battre la chamade. S'était-on aperçu de l'absence de Thomas?

Il s'agissait de bien autre chose. Avant que j'aie eu le temps d'aller m'enquérir, c'est Maître Chevallon qui est arrivé à pas pressés.

«Maître Garamond, très mauvaise nouvelle: le roi interdit l'imprimerie.»

«Le... QUOI?»

«Oui, vous m'avez bien entendu. Toute activité d'imprimerie est interdite.»

Dieudonné est entré sur ces entrefaites, tout essoufflé.

«Vous avez entendu les crieurs publics?»

«Sur l'interdiction de l'imprimerie? Oui. J'ai même eu droit à une visite du prévôt qui me l'a signifiée. Tout arrêter dans l'heure, et fermer boutique. Indéfiniment.»

La porte s'est ouverte avec violence et Maître Danès est entré à son tour. Lui aussi venait d'entendre les crieurs publics.

«Le roi a dit hier en parlant de l'hérésie: *Si mon bras droit était infecté de telle pourriture, je le séparerais de mon corps, et si mes propres enfants étaient si malheureux qu'ils tombaient dans ces exécrables et maudites opinions, je les sacrifierais à Dieu de mes propres mains*. Vous avez toute l'explication. Il coupe. Madame Marguerite n'a plus qu'à bien se tenir.»

Dieudonné, qui avait ôté son manteau et son chapeau et s'était assis, s'est relevé et avec calme il s'est rhabillé.

«Maître, pardonnez-moi, mais je m'en vais.»

Maître Chevallon l'a regardé de ses bons yeux tristes.

«Et où veux-tu aller, mon pauvre petit?»

«À Londres. Il paraît qu'ils manquent d'imprimeurs, là-bas. Le roi d'Angleterre a rompu avec le pape, c'est un soulagement, car je ne supporte plus cette Église, ce roi de France qui change d'avis à tout moment, qui s'est laissé manipuler par les pires éléments de l'Université, qui…»

«Dieudonné, mais tu es fou? Baisse la voix!»

Les yeux de Dieudonné se sont remplis de larmes.

«Vous voyez à quoi sert cette terreur? À nous empêcher de penser. Si tous ces hommes, et même ces femmes, meurent en priant Dieu, sans avoir peur de l'Enfer, c'est que leur religion doit avoir quelque chose de bon, n'est-ce pas? Eh bien, je veux avoir le loisir de l'examiner sans craindre la mort immédiate. On m'a parlé de Genève, mais c'est trop près. Et à Londres on manque d'imprimeurs, un étudiant anglais me l'a dit récemment.»

«Attends, Dieudonné. Ne pars pas sans rien», ai-je dit d'une voix faible. Je suis très attaché à Dieudonné. Le voir partir, c'était un chagrin de plus. Mais après ce que nous avions vécu, comment aurais-je pu le retenir?

«Si j'emporte un baluchon, on verra que je pars, Maître. Il faut que j'aie le courage de m'en aller mains nues.»

«Prends au moins quelques-unes des pièces d'or qui me restent de la reine de Navarre.»

«Vous avez du papier et une plume?» a demandé Maître Chevallon.

«Si fait.»

Le bon Maître a écrit pour Dieudonné une lettre du «représentant de la corporation des imprimeurs» attestant que le porteur, Dieudonné Lhôte, avait passé toutes les épreuves de fin d'apprentissage et que c'était, depuis quelque temps déjà, un «vaillant compagnon» dont il n'avait qu'à se louer.

«C'est un petit mensonge, mais tu me feras honneur, j'espère. Tu es bon latiniste et, curieux comme tu es, tu sauras vite la langue anglaise.»

Dieudonné a empoché lettre et écus, nous a embrassés avec une émotion qui, pour une fois, lui coupait la parole, et il a disparu. Le père Boiteux m'a dit plus tard qu'il était sorti de Paris avec une troupe de forains, lui aussi. Je prie pour que rien ne lui soit arrivé. Je n'aurai peut-être plus jamais de ses nouvelles.

Maître Danès m'a raconté que le roi avait été très fâché de découvrir que les placards du mois d'octobre n'étaient pas l'œuvre de Maître Antoine.

«Il a dit: "J'ai laissé tuer l'imprimeur de ma sœur alors qu'il était vraiment innocent." Et l'on a découvert alors que Maître Antoine avait été désigné par Maître Beda; il a incité une personne de l'extérieur à aller le dénoncer, mais il faut croire que cela n'a trompé personne. Il vitupérait contre Maître Augereau depuis l'affaire du *Miroir de l'âme pécheresse*, qui lui a valu la prison et l'exil, en assurant qu'il "l'aurait". C'est sur lui que s'est déversée la colère royale.»

Je ne suis pas sûr du jour exact, tant je vis hors de moi-même depuis ce funeste 24 décembre, mais Maître Beda a dû faire amende honorable, après quoi il a été banni, et quelqu'un – je ne sais plus qui – m'a dit qu'il avait été contraint de retourner au Mont-Saint-Michel dont il était venu. Je ne suis pas le seul à croire que depuis sa résidence très surveillée il a dû désigner à la vindicte des théologiens plus d'un condamné car, même emprisonné, il restait très écouté de certains. Quoi qu'il en soit, moi je l'ai tenu pour l'assassin de Maître Antoine. Je me suis donc fait un plaisir d'aller assister à son humiliation.

Maître Danès partait pour l'Italie, et m'a offert d'aller avec lui.

J'ai décliné.

Mais je n'avais d'autre choix que de plier bagage et rentrer chez moi, me demandant si je ne devais pas aller mendier, chez mon frère ou chez un autre, un emploi de drapier.

Le lendemain, j'ai été m'occuper de la maison de la rue des Carmes. Par bonheur, elle m'appartenait. Maître Antoine à qui j'avais voulu la donner l'avait refusée, avait tenu à ce que nous ayons un contrat, je pouvais donc réclamer en toute quiétude, ce que j'ai fait. J'avoue m'être demandé si je n'étais pas trop audacieux. La seule idée qui m'a soutenu, c'est celle d'un possible retour de ma mère.

Mais le prévôt m'a écouté avec bienveillance, m'a assuré avoir puni sévèrement les pillards, d'autant plus sévèrement qu'ils s'étaient réclamés de lui. Quant à la dame qui les avait envoyés, elle avait mystérieusement disparu. Le problème était donc réglé, et il m'a signé un papier qui reconnaissait mes droits sur la maison. Je suis allé m'assurer qu'elle était solidement fermée puis, en descendant, je me suis arrêté à la Maison aux Lapins. La boutique était close, bien entendu, mais Robert était dans son étude, entouré de livres ouverts comme à son habitude, et il travaillait.

« Je gage que le roi reviendra sur son interdiction avant trois jours. »

« Mais en attendant? »

« Tu n'as pas de travail? »

« Non, évidemment. »

« Que dirais-tu d'un petit voyage à Bâle pour mon compte? Je n'ai pas le temps d'y aller moi-même, mais il me faut des textes que les Amerbach m'ont promis de me procurer. Nous correspondons depuis longtemps. Et comme ils te connaissent, ils te feront confiance.»

«Tu crois que...»

«Je crois. Jérôme Froben te donnera même du travail, si tu veux rester là-bas, j'en suis sûr.»

J'ai réfléchi un instant. Si j'allais à Bâle, je pourrais ensuite me rendre à Neuchâtel et confondre ce Pierre de Vingle, auteur des Placards contre la messe et contre l'Eucharistie.

«Est-ce que je vais pouvoir partir sans avoir l'air de fuir?»

«Trouve un marchand qui a un impérieux besoin d'aller de ce côté-là, et joins-toi à lui. Viens ensuite me dire si cela a marché, je te donnerai quelques livres pour les Amerbach. Et tu me rapporteras ceux qu'ils m'avaient promis.»

«Mais cela peut durer un certain temps.»

«Je sais, mon ami, je ne te demande pas d'y aller à bride abattue. Je te demande d'y aller. Tu me rendras service, et je serai plus tranquille si tu es à l'abri pendant que le roi est fâché.»

«Mais toi?»

«Je suis un des maîtres du prince Charles. L'affection qu'a pour moi cet enfant me protège doublement, tu le vois bien. Si on avait voulu m'envoyer au bûcher, ce serait déjà fait. Va, va!»

Le soir même, j'ai discuté de cette possibilité avec Guillemette. Elle m'a encouragé à partir mais a catégoriquement refusé de partir avec moi. Jamais, sauf en cas de danger imminent de mort, on n'arrachera Guillemette à Paris.

Je suis allé à la Halle au Vin, voir si Maître Hugues Desfosses avait l'intention d'aller chercher des tonneaux dans la région du Rhin. Je l'avais fréquenté régulièrement depuis notre commun voyage lors du mariage de ma mère, et nous étions en excellents termes. Nous étions à la saison où il commençait ses périples, et j'ai eu de la chance: il allait partir. Il ne m'a posé aucune question.

«Je me mets en route par voie fluviale, cher ami, comme d'habitude lorsque je vais de ce côté-là en cette saison. Ce sera moins plaisant qu'en été, mais vous êtes le bienvenu. Et si je peux faire quelque chose pour Maîtresse Augereau...»

«Merci. Elle est à Fontenay. En sécurité, pour l'instant.»

Avant de partir, je suis allé voir le père Boiteux pour récupérer les poinçons d'un des jeux de caractères de Maître Antoine. Je venais d'avoir l'idée de ce mémoire. Je les ai emmenés avec moi.

Quinze jours plus tard, j'étais à Bâle.

Pendant ce voyage, des souvenirs de celui que j'avais fait avec Maître Antoine m'assaillaient. C'était à chaque fois comme un coup de couteau dans la poitrine.

Les Amerbach, Boniface surtout, m'ont accueilli comme un frère. C'est chez eux que j'ai logé au début. Après quelques jours, je suis allé vivre chez Jérôme Froben, qui dirige l'imprimerie depuis la mort accidentelle de son père. Nous nous sommes retrouvés comme si une vie n'avait passé depuis notre enfance. Je lui ai demandé une presse, le coin d'une fonderie, et j'ai d'abord fabriqué une fonte, puis, pour tenter de retrouver le sommeil, je m'en suis servi pour raconter l'histoire de mon amitié pour Maître Antoine. Depuis deux mois, je ne fais que cela.

De temps à autre je m'interromps, et je me force à fréquenter la maisonnée, en dépit du fait que chaque mot que je dois prononcer me coûte. C'est ainsi que j'ai eu un honneur inattendu: je me suis trouvé face à face avec le grand Érasme. Ma surprise a été totale: lorsque j'étais arrivé, Jérôme ne m'avait rien dit.

«Il faut un peu de doigté, que veux-tu, c'est un illustre catholique en pays protestant. Et pour compliquer les choses, il n'est pas commode. Mais les autorités bâloises savent qu'il est là, elles voient bien que je publie ses œuvres.»

«Et il ne t'arrive rien?»

«Nous sommes dans un pays où penser est un droit. Nous n'avons pas ici de Sorbonne, même si nous avons aussi nos censeurs.»

«Et que fait Érasme ici?»

«Nous sommes un peu sa famille. Il est vieux, malade, je me dis parfois qu'il est venu ici pour mourir parmi les siens. En attendant, il écrit un livre sur la prédication.»

Je croise le Maître de temps à autre: il est vraiment vieux, et faible. Ses yeux bruns dans un visage très pâle et très creusé sont toujours comme tournés vers le dedans. Je crois qu'il souffre énormément. Par respect, je ne me suis jamais permis de lui adresser la parole.

Chez Jérôme Froben, j'ai fait une deuxième rencontre inattendue: celle de Maître Cauvin qui, contrairement à Maître Érasme, est très loquace, même avec moi qui ne le suis pas. Il est tout occupé à rédiger un texte sur le culte. Lui aussi considère que les Placards contre la messe ont été une terrible erreur: il tempête contre ces gens, qui sont «morts comme des héros après avoir agi comme des imbéciles», et ont entraîné dans leur perte tant d'innocents.

«Ces petits livres malheureux sont pleins de mensonges. Ils sont l'œuvre de fraudeurs sans scrupule, de traîtres à notre cause; ils ont fait à la doctrine évangélique une réputation de sédition et de maléfice. Ce n'est pas ainsi qu'on résoudra les conflits», dit-il.

Si je parle de lui, c'est qu'il m'a fait comprendre quelque chose que, dans le milieu où j'ai vécu, il m'était jusqu'ici impossible de saisir: qu'il n'y a pas de conciliation possible entre ceux qu'il appelle les orthodoxes et ceux qui veulent réformer l'Église, pour la bonne raison qu'il existe déjà deux Églises, une catholique et une réformée. Le monde a été coupé en deux, entre autres parce que des princes ont adhéré à l'une ou à l'autre.

«À Paris, on ne voit pas les choses ainsi.»

«C'est vrai. C'est pour cela que les persécutions y sont si cruelles. La Sorbonne vit dans l'illusion de pouvoir empêcher la naissance de quelque chose qui existe en fait déjà. Et si l'Église catholique n'avait pas été aussi obtuse, ce ne serait pas ainsi. Mais regardez autour de vous, mon ami. Je pourrais vous énumérer toute une liste de villes ou d'États où on ne dit plus la messe. À Zurich, cela fait dix ans qu'elle a été supprimée. On a un culte, une communion, mais on a remisé toutes les fanfreluches de la superstition. Votre Maître Augereau le pensait autant que moi.»

«Vous le connaissiez?» J'étais stupéfait.

«Mais bien sûr! Tous les partisans des idées nouvelles admiraient sa rigueur intellectuelle et son habileté.»

«Il a protesté de sa fidélité à l'Église romaine jusqu'au bout. De son respect pour la Vierge Marie.»

«Oui, mon ami. Jusqu'à hier, j'ai fait de même. Et je respecterai toujours Marie comme je respecte toutes les mères. Mais je conteste qu'on en fasse une idole dont on se sert pour encourager la superstition du peuple et pour lui soutirer des deniers sonnants et trébuchants. La pensée du Fils de Dieu est claire: foin des idoles, gloire à Dieu et à lui seul. Si Augereau avait été plus prudent et s'il s'était éclipsé à temps, s'il était ici aujourd'hui, il ne vous dirait pas autre chose. Et depuis ici, il verrait comme moi, et maintenant comme vous, qu'il y a désormais deux Églises distinctes.»

J'avoue n'avoir pas eu de réponse à tout cela.

«Croyez-vous vraiment qu'il n'a pas compris qu'il publiait un livre très dangereux, lorsqu'il a accepté d'imprimer une émission signée du *Miroir de l'âme pécheresse*? Un érudit de la trempe d'Augereau n'aurait pas vu cela, selon vous? Allons donc, cela crève les yeux.»

«Mais...»

Les mots m'ont soudain manqué. Il aurait fallu expliquer trop de choses: la promesse faite imprudemment par Maître

Antoine à la reine de Navarre, le fait qu'il était fidèle à la parole donnée, son caractère, son intrépidité…

Maître Cauvin était lancé, il a écarté d'un geste ce que j'aurais pu dire.

«La paix qui régnait à Paris jusqu'au jour où on a affiché les placards pouvait faire illusion. Mais dès le lendemain du sinistre affichage, il aurait dû fuir.»

«Il se disait bon chrétien…»

«Excellent chrétien. Un homme d'action qui ne se perdait pas en discours et en déclarations intempestives.»

«Est-ce que cela signifie qu'il savait que les placards allaient être affichés?»

«Cela, je l'ignore. Je dirais plutôt qu'il ne se sentait pas compromis dans cette affaire-là. Comme d'autres, il a pris un risque calculé. Sans *Le Miroir de l'âme pécheresse*, il aurait probablement réussi à rester en vie. Je sais de lui qu'il considérait inopportun que tous ceux qui déplaisent à la Sorbonne fuient. Il me reprochait ce qu'il appelait ma désertion après le sermon que j'ai écrit pour Maître Cop. Si tout le monde s'en va, disait-il, qui défendra la cause de l'Évangile en France? C'est ce qu'on m'a rapporté à son propos, en tout cas.»

Il avait fixé un point dans le lointain et ajouté, plus pour lui-même que pour moi:

«Je m'étonne que la Sorbonne, que le Roi et son entourage, n'aient pas mesuré l'effet des supplices qu'ils ont ainsi multipliés. Nous aurons beau prêcher, les mieux écoutés, ce seront les martyrs; leurs cendres, jetées au vent, feront naître des légions d'hérétiques en retombant à terre. Leurs bourreaux ne font que souiller leurs propres noms par d'inutiles supplices.»

Fallait-il que je croie Maître Cauvin? Qu'avait pensé Maître Antoine de l'évangélisme? Et moi? Où en suis-je?

On m'a appris il y a quelques jours que le roi a autorisé quelques imprimeurs, dont Maître Chevallon, à reprendre leurs activités, mais sous un contrôle très strict. Lorsque j'aurai fini d'imprimer cette histoire, je vendrai cette fonte, embarquerai mes poinçons et me mettrai en route pour Neuchâtel. Je me confronterai à l'inconscient qui a plongé le royaume dans le malheur, et enfin je rentrerai à Paris. Je crois que je ne m'occuperai plus de religion, tout cela est trop complexe pour moi, et je ne sais que penser. Je travaillerai dur, tout simplement, pour mettre en pratique le vœu que j'ai fait à Maître Antoine : créer des caractères qui lui fassent honneur.

IMPRIMÉ À BÂLE,
À L'ENSEIGNE DE L'AIR
PAR CLAUDE GARAMOND,
DEMEURANT À PARIS
RUE SAINT-JACQUES,
À L'ENSEIGNE
DES QUATRE-FILS-AYMON
1535

Dans lequel Maître Claude Garamond, imprimeur à Paris, fait d'importantes découvertes et règle ses comptes avant de se mettre en route pour rentrer chez lui

Ils montaient la pente en silence, à pas lents, Pierre de Vingle tenait la bride du mulet.

«Je vais aller voir si le papier que nous attendons est arrivé à l'octroi, Maître Garamond», avait-il dit. «Voulez-vous m'accompagner?»

Cela lui avait paru le meilleur moyen de parler avec cet homme au visage tourmenté dont il comprenait désormais la peine. Depuis une semaine, le nouveau venu s'était appliqué à la composition d'un des cahiers de la Bible avec acharnement, et dans un silence qui avait fini par devenir oppressant. Même pour le travail qui lui avait été confié, il n'y avait rien eu à discuter: il avait saisi au premier coup d'œil ce qu'il devait faire, il était rapide, efficace, et d'une extraordinaire précision.

Mais lorsque Pierre de Vingle lui avait proposé qu'ils aillent ensemble chercher le papier, il avait dû comprendre que le moment de la discussion était venu. Sa réponse avait été spontanée.

«Volontiers, Maître. Espérons que ce papier sera arrivé, il ne vous en reste presque plus.»

Ils s'étaient mis en route. En silence.

«J'ai fini de lire votre mémoire, Maître», avait-il dit au bout d'un temps.

«Ah!»

«Et j'aimerais vous le dire, maintenant. J'étais absolument opposé à l'affichage de ces placards.»

«Pourtant vous les avez imprimés.»

«Oui. Mais au début, nous pensions qu'ils seraient distribués sous le manteau, individuellement, à des intéressés sous forme d'opuscule. Et puis, peu à peu... L'idée de l'affichage est venue graduellement, et tant ici qu'à Paris elle avait de nombreux adversaires. Pas assez déterminés, je vous l'accorde.»

«Vous aviez l'air de ne même pas savoir ce qu'ils étaient, lorsque je suis arrivé.»

«Vous auriez pu être un espion. Nous nous méfions du roi de France, qui se répand en déclarations auprès des princes protestants, des déclarations qui arrivent jusqu'ici. Mais les réformés...»

«Les réformés? Les protestants? qu'entendez-vous par là?»

«C'est ainsi qu'on appelle ceux qui trouvent que l'évangélisme ne suffit plus, qu'il faut vraiment une nouvelle Église. Maître Viret, ou Maître Farel, d'autres encore...»

«J'ai connu Maître Farel autrefois, chez Maître Lefèvre, dont il était l'élève, je crois. C'était un évangélique fervent.»

«Depuis, il a évolué. Vous le rencontrerez peut-être un de ces jours, et vous verrez.»

«Vous disiez donc que les réformés...?»

«Je disais qu'ils ne font plus aucune confiance au roi François Ier. D'une main il flatte les princes allemands, de l'autre il allume les bûchers. Comme on dit en pays de Neuchâtel, il veut le beurre et l'argent du beurre. Mais les princes protestants ne sont pas dupes, et nous non plus. Un homme ainsi pétri de duplicité, un homme qui mourra en n'ayant jamais pensé qu'à travers les derniers qui lui ont parlé, en n'ayant jamais vu que par les yeux de deux ou trois personnes de son entourage, un tel homme ne peut être que dangereux. Il hait l'empereur Charles Quint, et pour le battre il ferait n'importe quoi. Il manque d'intelligence, il n'a pas de vision d'ensemble, il est sans scrupules et il est roi. Une mixture mortelle. Voilà pourquoi nous sommes prudents. Ce n'est que lorsque vous avez parlé de Maître Augereau que j'ai compris d'où vous veniez.»

Claude Garamond s'était arrêté et l'avait regardé de ces yeux étranges qu'il avait. Des yeux qui semblaient aller au-delà des objets sur lesquels ils se posaient.

«Vous avez une bien piètre opinion du roi de France!»

«Oui, je lui en veux. On a vu naître chez lui un mouvement extraordinaire, qui aurait pu faire de la France le phare de la science, un aimant pour tous les savants du monde. Sa sœur a compris cela. Hélas, c'est une femme, et les femmes ne règnent pas dans notre pays. Elle est même presque aussi persécutée que tous ces pauvres gens qui ont fini sur le bûcher. Mais avec ce comportement, la France ne gagne rien. Je vois passer tous les jours ceux qui fuient. Et croyez-moi, je suis désolé que votre Maître Augereau ne soit pas parmi eux. Car son renom était tel que des fuyards ont parlé de lui. Il a tenté jusqu'à la dernière seconde d'empêcher le funeste affichage.»

Ils s'étaient remis lentement en route. Mais, à ces mots, Claude Garamond s'était arrêté net. Le sang lui était monté au visage.

«Comment, il a tenté... Mais il n'en savait rien.»

«Mais si, mon ami, il savait. Il ne vous a rien dit, comme il n'a sans doute rien dit à sa femme, à son fils, pour vous protéger. Mais Philippe, son compagnon, était un des afficheurs, et il a passé par ici, depuis lors. Vous ne vous êtes pas rendu compte qu'il avait disparu trois jours après le fatidique dimanche? Il est à Anvers, ou à Louvain, je ne sais plus.»

«Il... Il... Et en dépit de tout cela, Maître Antoine n'est pas parti! Je l'ai supplié...»

Les larmes l'avaient étouffé, il s'était tu.

«Robert Estienne non plus n'est pas parti, et chez lui aussi, il y avait un afficheur. Il y en avait même un chez vous, n'est-ce pas? Vous l'écrivez.»

«Oui, mais nous n'avions pas été les imprimeurs de la reine de Navarre, nous n'avions pas déjà été emprisonnés pour une affaire de placards.»

«Il ne vous est jamais venu à l'esprit que le simple fait de rester était déjà une déclaration en soi? Avoir des idées différentes n'est pas un péché. Maître Augereau avait Dieu pour lui, il ne fuirait pas. Et, de plus, il protégeait la fuite de ceux qui étaient partis. Pendant qu'on s'occupait de lui, on ne s'occupait pas d'eux.»

Encore une fois, ces yeux vert et jaune s'étaient posés sur lui.

«S'il avait été en bonne santé, s'il avait été l'homme d'il y a vingt ans...», avait-il murmuré.

«Sans doute serait-il parti, si j'en crois votre récit, j'en conviens avec vous. Mais il était malade, et il a dû penser qu'il n'avait plus rien à perdre. Il n'en a pas moins été mis à mort pour des motifs spécieux. Et il symbolise parfaitement la raison pour laquelle j'en veux au roi François. Il laisse anéantir des savants, des poètes, des artisans, des commerçants, les forces vives du royaume, ou alors il les pousse à l'exil, et ils vont vivifier d'autres terres que la leur. Beaucoup n'étaient même pas évangéliques, au début. Ils ont été accusés à tort. Certains ont fui sans qu'on s'en aperçoive. D'autres ont été bannis, à moitié morts d'avoir été fouettés jusqu'au sang. Et que croyez-vous qu'il leur arrive, lorsqu'ils atteignent Genève, Berne, Bâle ou Neuchâtel? Ils répudient ce roi et cette religion au nom de laquelle ils ont si injustement souffert.»

Les deux hommes s'étaient remis en route.

La voix de Claude Garamond était étranglée.

«Je ne sais pas que penser, je ne sais plus que croire...»

«Mon cher Maître Garamond, vous allez dire que je suis présomptueux, mais je le sais, moi, ce que vous croyez: vous êtes évangélique, corps et âme.»

«Ah non! Jamais je n'ai renié les saints, le culte de la Vierge. Je crois que la messe est le véritable sacrifice du Christ.»

«C'est vrai. Comme vous écrivez vous-même que vous l'a dit Maître Cauvin, vous respectez Marie comme vous respectez toutes les mères. Et les saints, pardonnez-moi, mais ce n'est qu'un détail. Quant à la messe, les réformés ne sont pas tous d'accord là-dessus. Pas encore, faut-il peut-être dire. Depuis votre enfance, vous êtes nourri d'évangélisme, vous avez vécu immergé dans ce milieu: quand je pense que vous avez participé à l'impression des *Commentaires sur les Épîtres de saint Paul*, des imprimés de Meaux, que vous avez grandi avec Robert Estienne, que vous avez suivi de près l'impression de sa Bible...»

À cela, Garamond n'avait rien à répondre. Il s'était remis en route, et Pierre de Vingle avait suivi.

Ils marchaient encore plus lentement qu'au début, car la montée était plus raide. Peu à peu le lac se découvrait à eux dans toute sa beauté. Pierre de Vingle ne s'était jamais rassasié de cette vue, mais Maître Garamond ne semblait même pas la voir. Il marchait les yeux au sol, perdu dans ses pensées.

«Et dites-moi, que vous a raconté d'autre Philippe Lore?», avait-il fini par demander, sans lever les yeux.

«Rien que vous ne sachiez déjà, je pense. Lui aussi a incité Maître Augereau à partir. Dites-vous bien que cet homme-là a marché vers son destin les yeux grands ouverts. Personne n'aurait pu le détourner de la voie qu'il avait choisie. Il a sans doute espéré qu'on ne l'arrêterait pas. Et une fois arrêté, il a lutté pied à pied pour être absous. Mais il n'ignorait pas qu'être le protégé de la reine de Navarre était plus dangereux que d'être, comme Robert Estienne, celui du roi.»

Ils étaient arrivés à l'octroi.

«Maître de Vingle», avait crié le garde de loin, en l'apercevant, «votre papier est là!»

Ils s'étaient approchés, et le garde avait pointé du doigt les paquets sous l'auvent.

«Il est arrivé hier soir. Nous avons suivi vos instructions. Entrez, on va régler les questions administratives.»

Accomplir les formalités de l'octroi, charger le mulet, s'assurer que les paquets étaient solidement attachés, tout cela avait pris un certain temps. Au moment de repartir, il avait proposé qu'ils cassent la croûte avant de se remettre en route.

« J'ai surtout une grande soif. »

Maître Garamond avait acquiescé d'un signe de tête.

Une fois qu'ils avaient été rassasiés, le Parisien avait enfin desserré les dents. Et il l'avait étonné.

« J'ai terminé le cahier que vous m'avez confié. Ce Nouveau Testament me paraît revu à la hâte. Il n'est en rien différent de celui de Maître Lefèvre, alors que je perçois des différences claires dans l'Ancien Testament. » Une pause. « Quel dommage que je ne sois pas venu plus tôt. On aurait pu imprimer cette Bible avec les caractères de Maître Antoine ; au lieu de quoi, le texte sacré de demain est écrit avec les lettres gothiques d'hier. Et puis, Maître Augereau est mort parce qu'il croyait en cette Bible. Et il a créé ce qu'il appelait les caractères des Temps Nouveaux pour que chacun puisse la lire plus facilement. Cela aurait été un juste hommage que de l'imprimer avec ses fontes. »

Pierre de Vingle s'était contenté d'un hochement de tête. Il avait jugé inutile de dire que ces Messieurs les théologiens n'auraient peut-être pas accepté, et que lui-même aurait été réticent. Autant parler d'autre chose.

« Nous avons pressé Maître Olivétan pour qu'il termine. Cette Bible en français est très attendue. Vous avez vu à quel rythme travaillent les imprimeurs, les correcteurs, ceux qui compilent des listes de mots permettant de s'y retrouver. Mais vous avez raison : il a été plus soigneux avec l'Ancien Testament. » Il l'avait regardé par en dessous, avec un sourire malicieux. « Mais dites-moi, Maître Garamond, comment se fait-il que vous connaissiez si bien la Bible de Maître Lefèvre ? Je croyais qu'elle était interdite ? Et que vous n'étiez en rien théologien ? »

Claude Garamond avait esquissé un de ses rares sourires, et on avait alors vu passer sur ses traits l'ombre d'une espièglerie qui devait être, en temps normal, habituelle à ce visage fin, fait pour le rire.

« Figurez-vous que j'avais déjà travaillé sur cette Bible du temps où elle s'imprimait pour la première fois et où il a fallu s'interrompre parce que Maître Lefèvre avait dû fuir à Strasbourg. Et puis vous ne pensez pas qu'on puisse être l'ami de Robert Estienne et ne pas posséder un exemplaire de cette Bible ? Je la lis depuis des années. »

« Dans votre mémoire, vous n'en parlez pas. »

« Parce que j'ai essayé de ne parler de ma vie que là où elle touchait celle de Maître Augereau. Je n'ai que trop parlé de moi. Et puis cette Bible est interdite, et depuis que le Parlement perquisitionne boutiques et logements, ma femme l'a cachée, et bien cachée. »

« Et vous ne pensez pas que lire la Bible en français fait de vous un évangélique ? »

« Pas à mes yeux. Ce sont les autres qui m'estampillent ainsi. Personnellement, comme je suis un piètre latiniste, je voulais seulement mieux comprendre la Parole du Seigneur. J'aime le mot qu'utilise Maître Olivétan, je dois dire. L'Éternel. Cela convient à l'Être suprême. »

« Ne vous avisez pas d'en user trop fort à Paris. »

Maître Garamond avait soupiré.

«Je suis un homme qui hait les conflits. C'est peut-être de la lâcheté, mais l'idée de me battre pour de telles choses... Je vous répète d'ailleurs que, même si j'aime la Bible en français, je n'ai renoncé ni à la messe ni à beaucoup de ces choses que vous appelez superstitions. »

Ils avaient vidé leurs gobelets, étaient remontés jusqu'à l'octroi, avaient repris leur bien et s'étaient remis en route.

Ils avaient à peine fait quelques pas et, cette fois, c'était Claude Garamond qui tenait le mulet par la bride, lorsque dans leur dos une voix forte avait dit :

« Bien le bonjour à vous, Pierre de Vingle ! »

Les deux imprimeurs s'étaient retournés. Longue barbe presque blanche, le cheveu rare, visage émacié et haute stature, le nouveau venu avait tout du prédicateur. Et Claude Garamond n'avait pas eu l'air étonné de l'entendre accueillir :

« Bonjour, Maître Marcourt. »

Pierre de Vingle s'était demandé fugitivement si Garamond avait reconnu dans le nouveau venu l'homme auquel il avait l'intention de faire avaler un placard. L'hostilité qui s'était peinte sur le visage du Parisien avait été une réponse suffisante : il regardait d'un œil dur celui qu'il tenait pour responsable du malheur des Parisiens.

Insensible à son regard, Maître Marcourt avait dévisagé le nouveau venu d'un œil franchement curieux.

« Une nouvelle recrue ? »

La voix de Claude Garamond avait soudain été méconnaissable, coupante comme une lame. Pierre de Vingle ne l'aurait pas cru capable de parler sur un tel ton.

« Que non pas. Je suis imprimeur à Paris, et je suis venu à Neuchâtel expressément pour vous rencontrer. Mais ce n'est pas pour adhérer à vos doctrines. »

« On pourrait aller chez vous pour vous expliquer », s'était empressé d'interjecter Maître de Vingle, redoutant un esclandre en pleine rue. Il connaissait son Marcourt.

« Très bien. Mais je n'aurai pas beaucoup de temps. »

Ils étaient remontés jusqu'à la cure. Maîtresse Marcourt leur avait ouvert avec sa vivacité habituelle, les avait installés dans ce qu'elle appelait le parloir.

Maître Pierre s'était assis dans un coin et n'avait plus ouvert la bouche.

Antoine Marcourt et Claude Garamond s'étaient trouvés face à face.

« Alors, vous vouliez me parler ? »

« Si je vous avais rencontré il y a huit jours, lorsque je suis arrivé, je vous aurais peut-être tué, même, dans ma rage. Mais aujourd'hui ma colère est un peu retombée. Ma douleur n'en est que plus grande.»

«Et quel a été mon tort?»

«D'avoir rédigé un texte aussi extrême que celui des Placards contre la messe, et d'avoir permis qu'on l'affiche. Vous avez ainsi envoyé à la mort des dizaines de personnes, dont certaines qui m'étaient particulièrement chères.»

«Moi? Non mais, vous voulez rire! Je n'aurais pas écrit de placard si les Frères de Paris ne me l'avaient pas demandé. Ce devait être un opuscule. Ce n'est pas moi qui ai décidé d'afficher ce texte à tous les carrefours. Quant à mon langage trop violent, je vous réponds ce que je dis à tous ceux qui me le reprochent: rien n'est assez fort pour le service du Seigneur. Si vous n'êtes pas sensible à l'appel, c'est que vous n'êtes pas un élu.»

Drôle d'argument pour quelqu'un qui désirait convaincre et qui voulait que son message soit entendu et compris jusqu'au bout de la terre.

«Vous ne vous êtes pas rendu compte que vous provoquiez une véritable hécatombe? Une terrible catastrophe?»

«Ah non, s'il vous plaît, ne confondons pas. Ne m'imputez pas les mauvaises actions des suppôts de la Faculté de théologie et de leurs argousins, d'un roi qui s'est toujours si mal occupé de ses pauvres sujets. Il est à la botte de l'Antéchrist – sinon pourquoi aurait-il rencontré le pape, pourquoi aurait-il donné un de ses fils en mariage à cette Catherine de Médicis, qui est la nièce du pontife. Vous vous rendez compte que cette femme peut devenir reine de France? Une créature du Vatican! Non, croyez-moi, ses persécutions n'ont été que la poursuite d'une pratique ancienne. Un coup à main droite, un coup à main gauche, suivant les besoins de sa politique du moment. Vous n'avez pas oublié le chevalier de Berquin, tout de même?»

«Non, je ne l'ai pas oublié. Mais, là, on était sur le point de trouver une conciliation, un compromis...»

« C'est cela, un compromis entièrement en défaveur des réformés. Entièrement en défaveur de la véritable Église du Christ. Il était grand temps de mettre le holà à ces manigances. Comment pouvez-vous me faire le moindre reproche, petit homme ? Il est de notre devoir de démontrer à son prochain les erreurs et les mensonges, sans craindre les risques. »

« Mais vous, vous êtes ici, et les risques, ce sont d'autres qui les ont encourus. »

« C'est allégrement que je marcherais à la mort, pour défendre la parole divine. Rien ne doit arrêter sa propagation. J'ai été l'œil de l'aveugle : c'est pour éclairer les esprits que j'ai rédigé les articles contre les abus de la messe, et ils ont été un avertissement. »

« Oui, ils ont averti le Parlement et les théologiens qu'ils pouvaient sévir. »

« Où est ta foi, mon frère ? Il faut offrir sa vie à Dieu dans l'allégresse, pour témoigner de sa foi ! »

Claude Garamond s'était levé. Ses lèvres étaient pincées et dans ses pupilles on ne voyait plus que le jaune. Pierre de Vingle s'était levé aussi, instinctivement. Mais la rage de son hôte était tout intérieure.

« Maître Marcourt, on m'a dit que vous êtes un grand prédicateur, un savant théologien, on m'a même raconté que vous aviez été un moine augustin. Aussi moi, pauvre artisan sans éloquence, ne suis pas de taille à répondre à vos arguments. Mais je vous déclare que ma foi est mon affaire et non la vôtre. J'ai toujours eu horreur des gens qui me disaient ce que je devrais faire sans que je les y invite. Sachez que je réprouve les extrêmes où qu'ils se trouvent. Oh, je ne me fais pas d'illusions. Lorsqu'on n'est ni d'un bord ni de l'autre, on est parfois victime malgré soi. Mais je refuse néanmoins votre philosophie. Je la considère aussi séditieuse que celle des docteurs en Sorbonne qui n'ont que la potence pour argument. Si vous continuez ainsi, d'ailleurs, je prédis que vous aussi, ferez bientôt usage du gibet. Voilà ce que j'avais à vous dire, sans doute inutilement. Vous êtes tellement imbu de vous-même et de votre bon droit de chrétien que vous m'aurez sans doute oublié avant que j'aie refermé cette porte.»

Il était sorti d'un pas rapide, et Antoine Marcourt était resté figé, les yeux fixés sur la porte comme si elle avait pu lui parler.

«Mais qu'est-ce que c'est que cet homme-là? Un papiste?»

«Non, Maître. Une race nouvelle, sortie de la persécution extrême qui a ravagé la France depuis l'affichage de vos Placards. Je l'ai dit avant, je le redis maintenant: je crois que nos frères français se sont trompés en voulant afficher votre texte. Mais je sais que le responsable de l'affichage, ce n'est pas vous.»

«J'y étais favorable, je ne m'en cache pas. Mais cet homme...»

«Cet homme est en proie à une douleur qu'il ne maîtrise pas. Je vous le répète. Et ce n'est pas avec des prêches vides qu'on le gagnera.»

Il avait senti la moutarde lui monter au nez, et avait préféré s'en tenir là, avant de perdre le contrôle de soi et de proférer des mots irréparables. Il était sorti à son tour, sans prendre congé, ni du pasteur ni de sa femme qui l'avait regardé partir le sourcil haut levé.

Dehors, il avait trouvé Claude Garamond occupé à caresser le mulet, auquel il murmurait à voix basse des paroles indistinctes. Il était si absorbé qu'il n'avait pas remarqué sa présence.

«Pour un homme qui n'est pas un prédicateur, vous vous débrouillez assez bien.»

Claude Garamond avait levé les yeux.

«J'espère ne pas vous avoir causé d'ennuis, Maître. Mais il fallait que je parle. Les fanatiques m'horripilent, et, je ne sais pourquoi, le monde finit toujours par leur appartenir. Ce ne sont que quelques illuminés, des inconscients qui se sentent autorisés à agir en notre nom sans rien nous demander, et qui nous abandonnent ensuite avec le sang et les cendres qu'ils ont répandus dans leur sillage. La plupart de ceux qui paient ne sont pas responsables, ils ne savaient rien de ce qui se passait.»

«Les fanatiques gagnent parfois pour un temps. Pas pour toujours. Les idées extrêmes finissent par s'épuiser. Ceux-là mêmes qui les ont portées sont ceux qui s'en détournent. Par fatigue ou par opportunisme. Et ne vous en faites pas. Vous l'avez dit vous-même: Maître Marcourt vous aura oublié dans deux heures.»

«Je vais vous demander de lui donner mon mémoire à lire, lorsque vous le jugerez opportun. On ne sait jamais.»

«Il pourrait le jeter au feu, au lieu de le lire. Pouvez-vous vous en passer?»

«J'en ai tiré trois exemplaires. Les deux autres sont chez Jérôme Froben à Bâle. Je ne me risquerais pas à garder cela chez moi à Paris. Un jour peut-être, qui sait...»

Ils s'étaient remis en route.

Claude Garamond semblait rasséréné, il était moins sombre en tout cas.

«Dites-moi, Maître de Vingle, j'ai aperçu l'autre jour sur une table un exemplaire de la *Confession et raison de la foi de Maître Noël Beda*. Elle venait d'ici?»

Pierre de Vingle avait ri de bon cœur.

«Oui. Ce sont Maître Pierre Viret et Maître Antoine Marcourt qui en sont les auteurs. J'aime beaucoup ce petit livre.»

Et Maître Garamond aussi avait ri, pour la première fois depuis son arrivée.

«Moi aussi, je l'ai beaucoup aimé. À Paris, il amusait le monde des imprimeurs que le terrible Beda a tant bridé. Ils se sentaient vengés.»

«La doctrine évangélique y est pourtant exposée avec beaucoup de clarté.»

«Maintenant que vous le dites... Mais ce n'est pas ainsi que je l'ai lu – que nous l'avons tous lu dans notre atelier, même.»

Une pause, pendant laquelle on n'avait entendu que le crissement de leurs pas.

«Que comptez-vous faire, Maître Garamond?»

«Si je peux encore vous être utile, c'est volontiers que je vous rendrai service. Ensuite, je rentrerai en France.»

«Nous avons reçu hier de Maître Calvin sa préface à la Bible, il appelle cela son *Privilège*. Si vous pouviez la composer, cela m'arrangerait. Je n'abuserai pas de vous plus longtemps que cela.»

«Vous n'avez pas abusé. Si nous sommes toujours empêchés de faire notre métier, j'irai à Fontenay trouver ma mère, qui pour l'instant ne peut pas rentrer à Paris, puisqu'elle en a été bannie. Je dois réfléchir à ma religion. Mais je peux vous dire dès maintenant que, quoi que je décide, je ne suis pas un militant. Si j'adhérais à l'évangélisme, ce serait en silence.»

«Nous ne sommes pas tous faits pour porter les armes.»

«Et vous, Maître?»

«Quand la Bible sera terminée, ma tâche ici sera achevée. Maître Farel avait voulu que je vienne à Neuchâtel pour cela et, d'ici un mois ou deux, j'irai ailleurs, mais pas en France. Je n'ai pas grande sympathie pour Antoine Marcourt non plus, pour tout vous dire, et l'idée de ne plus dépendre de lui n'est pas pour me déplaire.»

Ils s'étaient regardés et avaient échangé un sourire de connivence.

Ils avaient terminé la route en silence.

Le soir même, Claude Garamond s'était attelé à la composition du *Privilège* de ce jeune homme qui avait l'art de croiser sans cesse sa route, depuis quelque temps.

«Il est magnifique, ce texte», avait-il dit, le lendemain à l'aube, alors que Pierre de Vingle et lui s'étaient retrouvés à la cuisine. Depuis son arrivée, la servante avait dit plus d'une fois que Maître Garamond se levait toujours avant elle, et que le feu brûlait déjà lorsqu'elle descendait. Pierre de Vingle avait pu constater cela lui-même lorsque, comme ce matin, il s'était, lui aussi, levé tôt.

«Ce qu'il dit contre les docteurs en théologie est pertinent: *Ce sont des hommes qui ont accompli leur tâche toute leur vie durant, qui pouvaient compter sur les grandes ressources de leur intelligence et de leur savoir; ils ont pourtant déclaré forfait à mi-parcours.* C'est assez exactement l'impression que l'on a.»

«Avec le temps, vous serez sensible aussi aux autres arguments de Maître Calvin et des réformés. À cette exigence de permettre à tous, hommes et femmes, instruits et ignares, de lire l'Écriture sainte dans une langue qu'il sera facile à chacun de comprendre.»

«Sans doute. Mais je crois que, sur ce chapitre-là, je suis convaincu depuis longtemps. Lefèvre d'Étaples le dit dans tous les livres de lui que j'ai aidé à imprimer.»

Le soir même, Maître Garamond était allé récupérer son cheval. Le lendemain à l'aube, il avait quitté Neuchâtel.

«Je vais rentrer en France par le sud. Et en attendant de pouvoir me remettre à mon métier, bientôt j'espère, je vais encore aller à Nérac, puis je remonterai jusqu'à Fontenay rejoindre ma mère. Ensuite je verrai. Je me suis renseigné. En descendant la vallée du Rhône, ce n'est pas compliqué, et il y a toujours des convois. J'irai trouver Maître Lefèvre, voir mon ami Oudin et, si je peux, j'aimerais dire son fait aussi à la reine de Navarre. J'essaierai d'obtenir une audience. Je trouve qu'elle n'a pas fait d'effort surhumain pour sauver l'imprimeur qu'elle a pratiquement forcé à imprimer son livre. Son imprimeur. Les rois sont ainsi. Elle ne tiendra probablement aucun compte de ce que j'ai à lui dire. Mais je le ferai tout de même.»

Il avait posé une main sur l'épaule de Pierre de Vingle.

«Après cela, j'espère que j'aurai apaisé, et vengé, l'esprit de mon maître. Il ne me restera plus qu'à tenir la promesse la plus difficile: graver des caractères aussi beaux que les siens.»

«Je suis certain que vous y arriverez: vous avez la main, l'œil, le sens esthétique, cela se voit. Je vous souhaite un bel avenir de graveur.»

«Merci, Maître Pierre. Je vous souhaite un bel avenir d'imprimeur. Que Dieu vous garde.»

Ils s'étaient embrassés.

Maître Garamond avait enfourché sa bête et était parti au trot. Au coude de la route, il s'était retourné, et les deux hommes s'étaient fait un signe de la main, un dernier sourire.

L'aubépine était en fleur, les hirondelles fendaient le ciel rose avec des cris stridents, et là-bas le lac blanchissait peu à peu. La journée allait sans doute être belle, et plaisante pour le voyageur.

DÉCOUVRIR ANTOINE AUGEREAU

«... L'histoire telle qu'on la comprend encore aujourd'hui ne donne jamais une idée tout à fait exacte de l'époque qu'elle veut peindre. Les événements politiques qu'elle enregistre ne sont en réalité que des accidents dans l'existence d'un peuple...»
— ALFRED FRANKLIN
La Vie privée d'autrefois : La Cuisine (1888)

Antoine Augereau, éditeur humaniste, intellectuel et artisan, innovateur, pédagogue, aurait dû nous être au moins aussi familier que son brillant élève, Claude Garamond. Mais ce personnage historique capital, que les circonstances avaient placé au cœur des événements essentiels de son temps, dont l'itinéraire a croisé celui de quelques-uns des plus grands esprits de son époque, a été pratiquement effacé des mémoires. Son nom n'a survécu que dans les martyrologes protestants et n'a été transmis - à peine plus qu'un murmure - que par les plus anciens historiens de la typographie.

Guillaume Le Bé écrivait en 1643 à propos des caractères romains : «[...] laquelle mode [...] mise en avant par [Alde] Manuce fut incontinent suivie et imitée en France et particulièrement dans le Lyon et le Paris des années 1480 et 1500 par un nommé Augereau... [1]». Et quarante-cinq ans plus tard, en 1689, le premier véritable historien de la typographie française, Jean de la Caille, écrit : «Augereau fut

1 Carter, Harry (éd.), *Sixteenth Century French Typefounders : The Le Bé Memorandum*, 1967. Le tout premier à utiliser les caractères romains en France avait été Josse Bade, en 1492, suivi de Geoffroy Tory et de Simon de Colines. Mais ces premiers imprimeurs étaient au fond indifférents à l'esthétique, au «design» des lettres, comme on dirait aujourd'hui. Ce ne sont ni Bade, ni Tory (dont le *Champ Fleury* est prophétique par sa théorie mais non par la manière dont il est imprimé), ni Simon de Colines, qui ont accompli la révolution typographique dont nous ressentons les effets à ce jour.

un des premiers qui taillèrent des poinçons pour les lettres romaines, l'impression de ce temps-là n'étant presque qu'en lettres gothiques[2]. » D'autres noms sont cités après le sien, mais c'est toujours lui qui a la préséance.

Entre le XVIIIe et le XXe siècle, il n'a été question de lui que dans de savantes recherches, restées souvent inédites. La première fois où il est de nouveau cité, c'est dans un article de l'historienne de la typographie Beatrice Warde, en 1926[3].

Mais la véritable « résurrection » d'Antoine Augereau est advenue en 1956 grâce à Jeanne Veyrin-Forrer, conservateur à la Bibliothèque nationale de France, dont elle a longtemps dirigé la Réserve des imprimés. Pour faire sortir Augereau de l'ombre, elle s'est basée, outre ses recherches personnelles, sur les travaux alors inédits de quelqu'un qui n'avait pas oublié Augereau (ni d'ailleurs aucun des autres imprimeurs du XVIe siècle, pour obscurs qu'ils fussent) : Philippe Renouard (1862-1934). Pendant plus d'un demi-siècle, ce chercheur infatigable (qui avait hérité des recherches déjà considérables faites dans le domaine par son père, Antoine-Auguste Renouard) a travaillé à constituer un catalogue complet des imprimeurs, graveurs, fondeurs, relieurs parisiens du XVIe siècle, ainsi que de leurs livres : une œuvre gigantesque, qui est en cours de publication depuis près de quarante ans et n'est toujours pas achevée[4].

Depuis, d'autres érudits ont parlé d'Augereau, et parmi eux ce grand rénovateur de l'histoire de la typographie que fut Stanley Morison. Pour lui, Augereau « mérite l'immortalité[5] ».

2 La Caille, Jean de, *Histoire de l'imprimerie et de la librairie*, 1659-1972.

3 Warde, Beatrice (sous le nom de Paul Beaujon), « The Garamond Types, Sixteenth and Seventeenth Century Sources Reconsidered », in *Le Fleuron* V, 1926. Je n'ai pas lu cet article que je n'ai trouvé dans aucune des bibliothèques auxquelles j'avais accès. Mais il est cité partout comme un tournant.

4 Renouard, Philippe, *Imprimeurs et libraires parisiens du XVIe siècle*, 1964-…

5 Morison, Stanley, *L'Inventaire de la Fonderie Le Bé*, 1957.

Pour écrire un roman qui raconte la vie de personnages qui ont existé il y a longtemps, il faut reconstituer le présent du temps passé d'une manière qui s'apparente à celle de l'anthropologue. Ce sont ses méthodes, combinées à celles de l'historien et même du journaliste d'investigation, qu'il s'agit de mettre en œuvre dans ce genre d'exercice.

Notre enseignement tend à couper les faits historiques en rondelles sans rapport entre elles ; cela occulte les rapports qu'ils pourraient avoir entre eux, et ils doivent être remis dans la perspective d'une vie quotidienne différente, mais qui était celle de gens qui n'étaient pas fondamentalement autres que nous : comme nous, ils avaient froid, ils avaient faim, ils aimaient, ils riaient, s'ils travaillaient ou marchaient longtemps ils étaient fatigués, ils étaient curieux, et ainsi de suite.

Un exemple. Éparpillées à travers plusieurs livres, je trouve les informations suivantes :

- Antoine Augereau est né à Fontenay-le-Comte vers 1480 ;
- Fontenay, bourgade de quatre à cinq mille habitants, est aussi la patrie d'André Tiraqueau, avocat réputé du XVIe siècle, et de Jean Brisson, un des grands rénovateurs de la médecine de l'époque ;
- La mère d'Antoine Augereau, issue d'une famille de médecins, est parente des Tiraqueau ;
- André Tiraqueau est un des meilleurs amis de Rabelais ;
- Rabelais a vécu chez les cordeliers de Fontenay ;
- Tous ces gens ont plus ou moins le même âge.

On aura deviné où je veux en venir : est-il possible que Rabelais et Augereau se soient connus ? Pour répondre à cette question, il fallait recréer le Fontenay de 1520. J'ai fait le tour du bourg, parcouru la rue des Loges (déjà hors les murs), de même que les deux à trois cents mètres qui séparent la frontière du Fontenay de l'époque du monastère des cordeliers de Puy-Saint-Martin où Rabelais était prêtre et moine franciscain. Au bout de l'exercice, il est évident qu'on était dans un très petit espace. Et il faut, selon le rythme auquel on marche, entre une et deux heures à pied pour aller au monastère bénédictin de Maillezais où Rabelais s'est réfugié vers 1524, lorsqu'il a fui les cordeliers. On se rend ainsi compte qu'on est dans un foyer compact de culture (et d'échanges commerciaux par l'intermédiaire des foires réputées de la région), où forcément tout le monde se connaît, y compris, plus que probablement, Augereau et Rabelais.

Quant à Paris, la ville dont je parle est encore très loin de celle d'aujourd'hui. Saint-Germain-des-Prés ou Montmartre sont encore «ailleurs». La ville compte, selon les estimations, autour de trois cent mille habitants, qui vivent dans un espace qui recouvre approximativement le Ier, le IIe et le IIIe arrondissement sur la rive droite, et le Ve et une partie du VIe (mais ce qui est aujourd'hui le boulevard Saint-Germain est en grande partie hors les murs) sur la rive gauche. Ce tracé très approximatif montre en tout cas que ce Paris-là est très petit - plus petit que la plupart des villes de trois cent mille habitants que nous connaissons aujourd'hui, car les gens y vivent beaucoup plus serrés les uns sur les autres. Dans cet espace restreint, les rapports entre individus sont différents, on se connaît plus facilement. Et dans un monde sans journaux et sans téléphone, la rumeur, les on-dit, les bavardages - bref, les contacts personnels -, jouent un rôle essentiel.

Dans ce cadre, nous nous rendons vite compte que le destin place Antoine Augereau au centre du processus humaniste en voie de constitution.

J'ai tenté de recréer son itinéraire, de Fontenay à Poitiers, de là à Paris jusqu'à cette fatale place Maubert du 24 décembre 1534.

Je dois dire que j'ai eu plusieurs fois la sensation de vivre dans une de ces épopées, *La Jérusalem délivrée* du Tasse, ou le *Don Quichotte* de Cervantès par exemple, où les personnages font de longs voyages mais ne cessent de se retrouver aux quatre coins de l'espace qu'ils explorent. Je n'ai pas choisi les lieux en fonction des personnages que je voulais «mettre en scène». J'ai moi-même découvert, lorsqu'il s'est agi de faire revivre dans leur réalité les itinéraires imposés par l'Histoire, que j'y retrouvais constamment, parmi ceux qui les peuplaient, des personnages qui ont joué un rôle clé tant dans l'Histoire que dans mon histoire. Deux exemples : j'ai choisi maître Henri Estienne pour l'apprentissage de Garamond parce que le créateur de caractères George Abrams, qui avait étudié la question, m'a suggéré que c'est là qu'Augereau devait avoir travaillé. Et j'ai ensuite découvert qu'Estienne était l'imprimeur de Jacques Lefèvre d'Étaples, et que 1510-1512, c'était le moment où Estienne imprimait le livre qui allait marquer le tournant spirituel de la France, les *Commentaires sur les Épîtres de saint Paul*. Autre exemple : Pierre de Vingle, l'imprimeur des Placards, est le beau-fils de Claude Nourry, l'imprimeur de *Pantagruel*. C'est également l'imprimeur de la Bible de Pierre Olivétan, qui était le cousin de Calvin. Et ainsi de suite. Ce genre de coïncidences « romanesques » se retrouvent en fait plus souvent dans la vie que les sceptiques ne sont prêts à l'admettre.

Je voudrais par ailleurs préciser ici que les sentiments religieux qui s'expriment dans cette histoire ne sont pas les miens. J'ai essayé de démontrer de quelle manière ceux qui se sont trouvés face à un choix à faire ont réagi, comment un homme somme toute ordinaire hormis un don particulier pour la gravure des caractères glisse peu à peu dans la religion nouvelle sans s'en rendre compte, de façon pragmatique pour ainsi dire. Surtout en France, aussi bien de grands penseurs que l'homme du commun ont espéré longtemps concilier évangélisme et catholicisme. Ceux qui ont rompu d'emblée (Guillaume Farel, par exemple) ne sont qu'une minorité. Pour beaucoup d'autres, pendant longtemps la rupture n'est pas une option, ils rêvent de réconciliation, d'harmonie, et n'arrivent pas à comprendre l'intransigeance de l'Église de Rome. C'est qu'ils ne pouvaient se rendre compte de quelque chose qui est évident pour nous avec le recul : qu'ils revendiquaient, encore confusément il est vrai, le droit à une conscience et à des choix individuels, par opposition à la conscience collective du Moyen Âge prônée par l'Église catholique. C'est de ceux-là qu'il est question ici.

Comme toujours, lorsqu'on veut recréer un être vivant à partir des quelques bribes qui en subsistent, le seul moyen est de tenter de faire revivre la société autour de lui avec sa logique propre, puis de déduire ses actions à partir des comportements collectifs (ce faisant on génère fatalement des anachronismes, en projetant par inadvertance ou par ignorance quelque chose de l'époque présente dans ce passé qu'on tente de recréer).

Grâce en particulier au travail exceptionnel de recherche fait au XIXe siècle par Alfred Franklin, historien de la vie quotidienne qui a étudié par le menu le Paris de tous les jours du XIIIe au XIXe siècle, on sait beaucoup de cette société. Et la masse de détails, la somme de références, qu'il donne pour tous les domaines de l'existence permettent de se faire une idée assez précise du cadre dans lequel évoluent les personnages.

Il n'en va pas de même des individus eux-mêmes, et notamment de ceux qui nous intéressent.

Il se trouve en effet que, jusqu'à 1540, aucun document notarié n'a fait surface, ni pour Antoine Augereau ni pour son ex-apprenti Claude Garamond. En effet, le Minutier central des notaires a été créé par François Ier en 1535 et l'obligation d'y déposer toute copie des actes notariés est entrée en vigueur en 1537. Une ordonnance de 1437 imposait déjà aux notaires de faire « registres et protocolles » des testaments et des contrats qu'ils passeront et recevront, « et iceux garder diligemment ». Mais elle n'a guère été suivie d'effet, et beaucoup de ces contrats ont disparu. Beaucoup de ceux qui subsistent d'avant 1537 sont dans un état pitoyable, très difficiles ou impossibles à lire. Aussi n'ai-je pas pu vérifier, par exemple, l'affirmation d'une biographie anonyme qui faisait du père Garamond un drapier. J'ai fini par adopter cela comme un fait attesté. Concrètement, si on excepte la mention de son apprentissage chez Augereau, aucune trace officielle de Garamond n'est connue avant le contrat passé en 1540 par l'entremise de Robert Estienne pour la gravure des « grecs du roi »[6].

6 Mes recherches ont été compliquées par le fait que, pendant tout le temps où j'écrivais ce livre, le Minutier central des notaires de Paris était en reconstruction et en cours de réorganisation. Les documents étaient d'un

Après cette date, par contre, nous disposons d'une multitude de contrats.

Pas trace non plus des contrats qu'Augereau a dû passer avec les imprimeurs pour le compte de qui il a travaillé. Et l'absence de contrats ne nous permet pas de conclure forcément que les livres imprimés avec les caractères d'Augereau mais sans qu'il en signe l'impression le sont anonymement par lui : il a peut-être vendu ou cédé des caractères à d'autres, et notamment à Galiot du Pré, imprimeur déclaré de la plupart des textes de cette nature. Pour cette époque-là, le Minutier central est encore trop lacunaire.

Ce qui m'amène à l'épineuse question de l'attribution des caractères de l'élève et du maître avant la mort de ce dernier.

On a vu paraître le premier caractère appelé plus tard « garamond » vers 1530 chez Robert Estienne. Parce que Robert Estienne a par la suite travaillé avec Garamond, c'est à ce dernier qu'on en a attribué la paternité. Mais rien n'est prouvé.

« … C'est dans les impressions de Robert Estienne qu'apparaissent, inspirées d'un modèle aldin de 1495, les fontes romaines les plus novatrices en notre pays. Il s'agit d'un petit canon et d'un gros romain visibles dès 1530 et qu'accompagne, l'année suivante, un corps plus petit, le saint-augustin (approximativement nos corps 24, 15 et 12). Le nom de leur graveur reste malheureusement matière à spéculation. En raison de la qualité de leur dessin, de leur parenté avec l'œuvre identifiée de Garamond, en raison surtout de la propriété dévolue à Robert Estienne des fameux "grecs du roi" incontestablement dus à Garamond, on a souvent attribué ces trois fontes romaines au célèbre graveur[7]. »

accès ardu, surtout lorsqu'on cherchait, en quelque sorte, à l'aveugle, c'est-à-dire sans connaître le nom du notaire qui aurait établi un contrat pour (mettons) Garamond père. Cela aurait demandé un dépouillement qui dépassait de loin mes moyens.

7 Veyrin-Forrer, Jeanne, « Antoine Augereau, graveur de lettres, imprimeur et libraire parisien († 1534) », in *La Lettre et le Texte*, 1987.

Mais à cette époque-là, selon les documents anciens, Claude Garamond travaillait chez l'imprimeur Claude Chevallon. Et la tradition nous apprend que, après la mort de Chevallon en 1537, Garamond a encore travaillé pour sa veuve. Remarquons encore que l'on voit apparaître entre 1525 et 1535 chez Chevallon, à un moment où Claude Garamond travaille chez lui, des caractères romains, moins parfaits que ceux que Garamond produira indubitablement après 1540, ressemblant déjà aux siens, mais différents à la fois de ceux utilisés par Robert Estienne et de ceux gravés par Antoine Augereau.

«Il est notable également qu'aucun des contrats retrouvés jusqu'ici ne met Garamond sur le devant de la scène parisienne avant 1540, et qu'en dépit des ressemblances, les caractères qui portent le nom "garamond" dans les spécimens[8] connus ne sont pas identiques à ceux d'Estienne[9].»

Pratiquement au même moment, on voyait apparaître sur le marché ce que Nicolas Barker a qualifié de «copie photographique» des fontes utilisées par Robert Estienne. Celles-ci sont l'œuvre attestée d'Antoine Augereau, maître graveur, innovateur reconnu, en train de s'installer à son compte.

Il est assez étonnant que personne n'ait jamais pensé à émettre l'hypothèse qu'Antoine Augereau pourrait avoir été le graveur du caractère d'Estienne. Robert Estienne en avait voulu l'exclusivité. En 1528-1530, Augereau est au sommet de la maturité artistique, alors que Garamond n'est encore, si on en croit la tradition, qu'un obscur compagnon. On pourrait tout aussi bien supposer (puisque *de toute façon* nous sommes dans les spéculations) qu'Augereau a taillé ce caractère pour Robert Estienne puis, pour respecter l'exclusivité promise, qu'il aurait retaillé sur le même modèle, avec des corrections, un caractère pour lui-même.

8 Un spécimen était un catalogue imprimé destiné à vendre des fontes dont on donnait un échantillon en précisant le nom du graveur.

9 Veyrin-Forrer, Jeanne, *ibid.*

Le créateur de caractères George Abrams a, vers 1994, dessiné un nouveau caractère basé sur les garamond actuellement sur le marché et l'a baptisé « augereau » en hommage à notre Maître Antoine (c'est d'ailleurs grâce à cette appellation qu'Augereau a refait surface)[10]. J'ai longuement discuté avec George Abrams qui est mort, très âgé, en 2001. C'est lui qui m'a, longtemps avant que je ne commence mon roman, rendue attentive au fait que si Augereau était déjà en position d'avoir un apprenti vers 1510 (date transmise par la tradition), il fallait qu'il ait, lui, la trentaine, pour avoir eu le temps de :

a) faire ses humanités (grec compris) et devenir clerc ;
b) faire un apprentissage d'imprimeur ;
c) faire un apprentissage de graveur ;
d) servir son temps de compagnonnage ;
e) passer sa maîtrise.

Et puis qu'a fait entre 1510 et 1530 un homme de son érudition ?

Pour George Abrams, la réponse ne faisait pas de doute : il avait travaillé comme graveur et imprimeur chez Henri Estienne, puis chez son successeur Simon de Colines et enfin pour Robert Estienne qu'il devait connaître depuis l'enfance. Pour lui, le caractère de 1530 était indiscutablement l'œuvre d'Augereau. Il m'avait démontré cela illustration en main. Je ne peux malheureusement pas restituer cette démonstration basée sur la forme de certaines lettres et sur toute une série de subtilités que je remarquais pour la première fois. George Abrams m'avait promis de m'envoyer un texte sur le sujet. Il ne l'a pas fait et, depuis le paradis des imprimeurs où il se tient sans doute aux côtés d'Antoine Augereau, il doit secouer la tête à la vue de mon incapacité à restituer ce qui était pourtant, ce soir-là, si évident.

Sans sauter le pas, Nicolas Barker s'étonne, tout au long d'un article très détaillé, de la parenté entre les deux caractères.

10 À propos du caractère créé par George Abrams, voir Caflisch, Max, « Abrams Augereau », in *Revue typographique suisse*, mai 1997.

«[Rien] ne répond à la question essentielle: pourquoi Augereau s'est-il donné tant de mal pour produire une copie pratiquement photographique du garamond. Pourquoi, avec son habileté, n'a-t-il pas essayé de faire mieux, ou autrement? On ne peut que deviner la réponse[11].»

Nicolas Barker se hasarde à quelques suppositions, mais elles sont laborieuses.

William Ross Mills, qui a reconstitué les caractères originaux de 1530 (ceux que vous avez sous les yeux), sans chercher à les interpréter comme l'ont fait tous ceux qui ont créé des «garamond» depuis le début du xxe siècle, dit: «S'il y a une fonte garamond comparable à celle d'Augereau, c'est bien la "1530 garamond". (...) Ce que j'appelle "1530 garamond" [est] pratiquement de l'augereau, ou pour le moins un dérivé très fidèle. J'ai toujours été d'avis que le gros canon [de Robert Estienne] était une copie presque conforme d'Augereau[12].»

De là à inverser les suppositions, il n'y a qu'un pas, que j'ai franchi. Je ne suis pas capable d'analyser de façon microscopique les divers caractères, je dois laisser cela aux spécialistes. Mais lorsque je lis leurs conclusions, une question me semble pouvoir se poser: pourquoi ne serait-ce pas Augereau qui a gravé la fonte utilisée par Robert Estienne? La tradition ne l'a jamais dit, mais c'est la tradition. Ce n'est pas l'histoire scientifiquement prouvée. Il semble pour le moins licite de s'interroger. D'autant plus d'ailleurs lorsqu'on apprend que des experts de l'Imprimerie nationale de France ont longtemps attribué à Garamond des caractères qui en réalité ont été conçus par un de ses contemporains, Jean Jannon[13].

11 Barker, Nicolas, «The Aldine Roman in Paris», in *The Library*, 1974.

12 William Ross Mills, correspondance avec l'auteur, mars-juillet 2002. *If there is any Garamond typeface comparable to those of Augereau, then 1530 Garamond is certainly it... What I was calling early Garamond was for all intents and purposes Augereau (or at least a close derivative). It has always been my contention that the Gros Canon may well have been a close copy of Augereau's work.*

13 Le fait qu'on ait attribué certains des caractères d'Antoine Augereau (ou - plus tard - ceux de Jean Jannon) à Garamond pendant si long-

On a souvent expliqué le choix de Garamond pour graver les «grecs du roi» en 1540 par une réputation d'excellence acquise en gravant les caractères de 1530. Il me semble qu'on peut invoquer aussi un autre argument: les graveurs de grecs n'étaient pas légion à Paris. Augereau était l'un d'entre eux, et il avait pu transmettre ce savoir-faire-là aussi à son apprenti Garamond. Un savoir-faire qui n'était pas donné à chacun. Robert Estienne a pu se dire que si quelqu'un était apte à graver de beaux grecs, c'était sans doute celui qui avait été le plus habile des apprentis d'Augereau, qui venait probablement de se mettre à son compte, et qui devait commencer à avoir une réputation, justement parce qu'il avait été l'élève d'Augereau - une circonstance que personne n'oublie jamais de mentionner en parlant de son éducation, comme si c'était une référence (et il est probable que, pour les professionnels, c'en était une).

Quant à la personnalité d'Augereau, avec son amour pour la perfection et le travail bien fait, je l'ai prise tout simplement dans ses livres. D'une part en les feuilletant, en admirant son travail d'éditeur et en considérant son catalogue. Et d'autre part dans les textes qui accompagnent ses éditions. Il était habituel au XVIe siècle que l'imprimeur-éditeur écrive un texte pour évoquer les circonstances dans lesquelles un livre paraissait. Bien des choses que nous savons sur l'imprimerie de l'époque proviennent de ces «Avertissements». Antoine Augereau en a écrit plusieurs (de même qu'il a fort probablement écrit la *Briève doctrine...*, premier traité sur l'utilisation des accents, de l'apostrophe et de la cédille, qu'Augereau a systémati-

temps vient essentiellement, me semble-t-il, du fait que le nom de Garamond s'est imposé après 1540 grâce à ses remarquables créations de caractères. Ni Augereau ni Jannon ne se sont imposés *en tant que noms*. On a tout étiqueté Garamond comme on appelle tous les réfrigérateurs Frigidaire. Cela a fonctionné comme les marques en publicité: ce sont toujours les plus connues qui s'imposent dans un domaine donné, même si elles ne désignent pas toujours l'objet pour lequel elles ont été conçues. Rappelons que ce n'est qu'en 1925 qu'on a constaté de façon définitive que beaucoup des caractères attribués à Garamond n'étaient en fait pas son œuvre.

quement utilisés dans sa dernière édition du *Miroir de l'âme pécheresse* de Marguerite de Navarre[14] à la fin duquel il a placé son petit traité) ; ce sont des textes qui dégagent charme, amour du métier et vénération pour les textes authentiques débarrassés de leurs scories.

En voici un exemple. Il se trouve à la fin de sa splendide édition de *De evangelica praeparatione* ; Augereau l'a écrit en 1534, après son premier séjour en prison, et quelques mois avant sa mort :

« En de nombreux passages, nous avons rétabli le texte de façon purement conjecturale. (...) Ce travail aurait exigé moins de peine et aussi moins de temps si nous avions eu connaissance du manuscrit grec qui nous eût permis d'établir la comparaison, ou d'un manuscrit latin ancien. Que n'ai-je pu m'en procurer un, à prix d'argent ou à force de prières ! Ma foi, mon travail aurait alors eu plus d'éclat et aurait fait connaître mes véritables intentions. Mais peut-être me manque-t-il l'audace, ou les capacités, d'entreprendre des réalisations plus grandioses. Du moins ai-je un but qui mobilise toutes mes forces : que les ouvrages des anciens, défigurés par l'injure du temps ou par l'incurie de nos contemporains, ou même par le simple fait d'avoir vieilli, viennent au jour avec une plus grande correction, même s'il n'est pas possible de les rétablir parfaitement en leur intégrité[15]. »

C'est là une sorte de manifeste humaniste d'érudit autant que d'imprimeur.

J'ai procédé de même, dans une certaine mesure, pour Garamond. Mais il n'a publié que peu de livres (il n'a été imprimeur que pendant deux ans), et nous n'avons de lui qu'un seul de ces textes, où il dit notamment : « Je retirais vraiment peu de profit de mon travail, qui est de sculpter et de fondre les types de lettres... Ceux qui savent seu-

14 Riemens, K.-J., « Briève doctrine pour bien et duement escrire selon la propriété du langage françois », in *Revue du XVIe siècle*, vol. 17, 1930.

15 Eusebius Pamphilus, *De evangelica praeparatione*, 1534, « Postface ». C'est dans ce volume, imprimé avec un soin tout particulier, qu'apparaît pour la première fois un caractère qu'Augereau venait de graver, son nouveau saint-augustin.

lement tailler les lettres ne progressent guère, [...] ils construisent le nid des libraires, ils leur apportent leur miel[16].» Quelques contrats nous renseignent sur son activité de graveur et de vendeur de fontes, sur celle de maître d'apprentissage (il n'a enseigné la gravure à aucun de ses élèves, seulement la fonte). Et enfin nous avons son testament, qui nous informe sur ses affections et sur ses sentiments religieux.

En partant de ces maigres documents, et de ce que, à mon avis, son talent ne s'est affirmé avec éclat qu'après la mort de son maître et à partir des grecs[17], j'en ai fait un jeune homme timide, peu conscient de sa propre valeur, qui reste un «fils» en esprit, comme il le restera jusqu'au bout de fait, puisque sa mère lui survit. Dans mon récit, ce qui fait de lui un adulte, qui affirme entre autres son droit à faire des choix individuels, c'est le choc de la mort de son maître (tout le récit est d'ailleurs écrit par un homme profondément bouleversé).

Pour ce qui est de la chronologie des personnages, il a fallu que je fasse des choix, les dates étant très flottantes. J'ai pris un point de départ fixe et avéré: au début de 1562, Françoise Barbier, la mère de Garamond, vit encore. Même si elle a vraiment eu ce fils à 15 ans, il m'a semblé peu probable que Claude soit né en 1490 comme l'indiquent de nombreux dictionnaires (il n'existe aucune biographie exhaustive de Garamond). En combinant cette donnée-là avec celle selon laquelle Garamond aurait commencé son apprentissage vers 1510, il m'a semblé pouvoir établir la chronologie comme je l'ai fait: j'ai situé la naissance de Garamond en 1498, celle de sa mère et d'Antoine Augereau quinze ans avant la sienne.

16 Chambellan, David, *Pia et religiosa meditatio*, 1545, Épître dédicatoire.

17 Selon Adrian Frutiger, éminent créateur de caractères qui a encore connu le processus de la fabrication en plomb, il fallait des années de pratique assidue (de dix à quinze), après un apprentissage déjà long (la gravure s'apprenant en plus du reste du métier), pour acquérir la maturité nécessaire à une taille de la perfection dont Augereau témoigne incontestablement autour de 1530 déjà, et dont Garamond fait preuve tout aussi incontestablement à partir de 1540-1545. (Entretien avec l'auteur).

Pour Augereau, nous n'avons aucune date entre 1510 où il est le maître de Garamond, et 1531, où il se reconnaît l'éditeur d'un livre. Si je l'ai fait naître en 1483, c'est aussi pour lui laisser le temps de faire tout ce qu'il a de toute évidence accompli : des études classiques approfondies, un apprentissage d'imprimeur et le très long apprentissage de graveur.

Cela dit, je n'ai fait que peu d'entorses à la chronologie historique, et là où elles existent elles sont minimes (j'ai avancé l'amende honorable de Noël Beda de six semaines environ, par exemple). De même que j'ai respecté la chronologie des documents historiques existants, j'ai respecté leur contenu. Il s'agit là d'un défi que je me suis imposé à moi-même (une sorte de jeu, si on veut). Je ne me suis permis de broder que dans les « trous » de l'histoire, avec toujours le souci de respecter la cohérence de l'époque.

J'ai sans doute commis beaucoup d'erreurs, la logique du temps passé étant de plus en plus difficile à recréer à mesure que ce temps s'éloigne. Et cette histoire n'a par ailleurs pas de prétentions scientifiques.

Mais j'espère que les buts que je m'étais fixés ont été atteints. Je voulais ramener sur le devant de la scène un des acteurs centraux de l'histoire de la typographie humaniste dont la mémoire, occultée à la fois par sa condamnation pour hérésie - qui fait que ses contemporains n'ont plus fait ouvertement allusion à lui - et par son brillant et très célèbre élève, avait presque disparu dans les coulisses de l'histoire. Et je voulais rendre hommage à cet homme dont le travail, pour reprendre le mot de Jeanne Veyrin-Forrer, constitue « le cœur et la racine du garamond ».

ZURICH-GENÈVE-PARIS-POITIERS-FONTENAY-LE-COMTE,
2001-2002

QUE SONT MES AMIS DEVENUS ?

> «… Ce sont amis que vent emporte,
> Et il ventait devant ma porte,
> Les emporta… »
> — RUTEBEUF

À près de cinq siècles de distance, nous avons le privilège de savoir ce que nos personnages sont devenus après la fin de cette histoire. Voici quelques brèves indications (non exhaustives et sans prétention scientifique) sur la vie d'un certain nombre d'entre eux après 1535. Les historiens ne sont pas toujours d'accord entre eux à leur sujet, mais cela donne une idée.

À Paris

CLAUDE GARAMOND

Il a continué à travailler chez Claude Chevallon, puis chez sa veuve une fois que celui-ci est mort (1537), mais il faut croire qu'il œuvrait en partie pour son compte. En tout cas, en 1540, le roi lui a commandé, par l'entremise de Robert Estienne, ses fameux grecs (les «grecs du roi») dont les poinçons se trouvent aujourd'hui à l'Imprimerie nationale. Tout comme les autres poinçons de Garamond qui ont survécu, ils sont classés Monument national. À partir des années 1540, il se consacrera presque exclusivement à la gravure de caractères. Dans sa maturité, il gravera des caractères romains et italiques bien à lui, d'une perfection inégalée, qui auront un succès européen.

Une tentative d'être éditeur fait long feu: elle ne dure que deux ans (1545-1546), mais la dizaine de magnifiques volumes qu'il a publiés permettent de se rendre compte que, s'il l'avait voulu, Claude Garamond aurait été un grand éditeur.

Il est mort en novembre 1561, au moment où la France s'apprête à basculer dans la phase aiguë des guerres de Religion. Dans son testament, fait deux mois avant sa mort, alors qu'il est, le document l'atteste, « malade, mais sain de pensée, mémoire et entendement », il n'invoque ni les saints ni la Vierge, ne demande ni prières ni messes après sa mort, et enfin son exécuteur testamentaire, l'imprimeur André Wechel, déclare ouvertement sa foi protestante peu après : tous ces éléments, ainsi que certains termes usités dans le texte, tendent à prouver qu'il avait adhéré au protestantisme – en toute discrétion, comme l'ont fait beaucoup d'autres après les persécutions des Placards et celles qui ont suivi.

FRANÇOISE BARBIER, SA MÈRE

Elle a survécu à son fils, « fort âgée, aveugle, et sans le moyen de se conduire [seule] ». D'après le testament de Claude Garamond, elle est sa préoccupation majeure, il règle les moindres détails de sa vie matérielle une fois qu'il ne sera plus là pour s'occuper d'elle, et sous le langage juridique transparaît une véritable affection.

GUILLEMETTE GAULTIER

On ne sait pas quand Guillemette est morte, peut-être vers 1550, puisque Claude Garamond se remarie en 1551. L'histoire est muette à son sujet.

GUILLAUME AUGEREAU

En 1558, il est docteur ès lois et membre du consistoire de l'Église réformée de Fontenay-le-Comte. Guillaume Augereau, dont j'ai fait le fils d'Antoine, était peut-être son neveu.

ROBERT ESTIENNE

Robert Estienne aura une carrière brillante d'imprimeur-éditeur. François Ier le protégera jusqu'à sa mort. Il publie pourtant la Bible, y compris en français, sous de nombreuses formes, et bien des livres pour lesquels la Faculté de théologie faillit maintes fois le condamner. À la mort de François Ier cependant, il ne se sent plus en sécurité, et émigre à Genève en 1551, avec deux des trois fils qu'il a eus avec Perrette Badius; il y met sur pied une imprimerie qui lui survivra pendant plus d'un siècle. Lorsqu'il arrive à Genève il est veuf de Perrette, puisqu'il se remarie l'année suivante. Nous devons à Robert Estienne le premier dictionnaire au sens moderne, des ébauches de traités d'orthographe et de grammaire, en plus de ses travaux de recherche et de publication.

SIMON DE COLINES

Il continuera à imprimer de beaux livres, moins osés que ceux de ses débuts, mais toujours aussi parfaits, jusqu'à sa mort, survenue en 1546. Il n'a jamais eu d'enfants. Son imprimerie est reprise par les neveux de sa femme, Maîtresse Guyone, dont on ignore quand elle est morte.

CLAUDE CHEVALLON

Il meurt en 1537, deux ans après la fin de notre histoire. Sa veuve lui succédera, et selon la tradition Claude Garamond travaillera encore pour elle avant de se mettre complètement à son compte.

PIERRE HAULTIN

Ce graveur et fondeur de lettres aura une longue vie: il ne meurt qu'en 1580. Il sera connu entre autres pour avoir gravé des notes de musique, ce qui à son époque est rare. Il a eu de nombreux ennuis (saisies, et finalement exil) pour « faits de religion », et s'est sans doute réfugié, à la fin de sa vie, à La Rochelle, qui était un des hauts lieux du protestantisme français, où avaient déjà émigré ses fils. Sa femme, Marie Vadé, est morte en 1567.

GALIOT DU PRÉ

Ce grand libraire-éditeur aura jusqu'au bout de sa longue vie son étal au Palais, déménageant plusieurs fois d'un pilier à un autre. Il meurt en avril 1561. Il a été éditeur et libraire pendant cinquante ans. Son catalogue est immense.

PIERRE GAULTIER

Le frère de Guillemette sera d'abord fondeur de lettres, puis, à partir de 1541, aussi imprimeur. Il collabore étroitement avec son beau-frère Claude Garamond et contribue à répandre ses caractères. Il mourra peu après Garamond lui-même, en 1562.
Antoine-Auguste Renouard parle de Pierre Gaultier comme du père de Guillemette. Jeanne Veyrin-Forrer et d'autres le suivent. Mais, en considérant les dates, on peut se poser des questions. Selon Philippe Renouard, son contrat de mariage date de 1537. Il installe une imprimerie en 1541. Il semble plutôt être de la génération de Garamond que de la précédente. J'en ai par conséquent fait un frère – sans preuves supplémentaires, je l'avoue, en me fiant uniquement à la probabilité dictée par les dates.

MARGUERITE DE NAVARRE

Marguerite restera une personne qui compte dans la vie de son frère François Ier mais, après l'affaire des Placards, son influence sur lui décline.
Un seul de ses enfants survivra : Jeanne d'Albret, protestante fervente, qui sera la mère d'Henri IV.
Marguerite a eu une importante activité d'écrivain : plusieurs grands poèmes, des pièces de théâtre, et le célébrissime *Heptaméron*, recueil de contes « à la manière de Boccace », considéré aujourd'hui encore comme un des chefs-d'œuvre de la littérature française. Elle meurt le 15 décembre 1549.

LEFÈVRE D'ÉTAPLES

Ce grand précurseur de la Réforme, qu'il avait pressentie dès le début du XVIe siècle, meurt à Nérac en 1537, désespéré de ne pas avoir eu le courage d'aller à Paris proclamer sa foi évangélique et subir le martyre. Il avait entre quatre-vingts et quatre-vingt-sept ans, selon les sources.

CLÉMENT MAROT

Après sa fuite au lendemain des Placards, Clément Marot ira d'abord à Ferrare, ensuite à Venise et à Genève, puis il pourra rentrer quelque temps en France. Mais sa réputation de réformé le met constamment en danger, et il repartira. La fin de sa vie se passe, pour ainsi dire, sur les routes européennes. Au moment de sa mort (probablement soudaine), à Turin, en 1544, il est en négociations pour tenter d'obtenir des garanties de sécurité afin de rentrer une fois de plus en France.

FRANÇOIS RABELAIS

On sait que François Rabelais a eu deux vies parallèles : celle de médecin et celle d'écrivain humaniste. Cela continuera jusqu'à sa mort, advenue en 1553. Accessoirement, il sera aussi prêtre, ce qui ne l'empêchera pas d'avoir une fille, morte en bas âge. À la fin de sa vie il est curé à Paris. Au moment de son trépas, le bruit a couru qu'il avait tiré sa révérence juste à temps : il était question de l'arrêter et de le condamner au bûcher pour hérésie.

Et enfin quelques mots sur les « ennemis » des humanistes, qui ont contribué jusqu'au bout à la persécution indiscriminée des évangéliques, et par là même à la cristallisation de deux Églises distinctes :

NOËL BEDA

Le syndic de la Sorbonne devra, après presque un an de prison, faire amende honorable en mars 1535 (selon certains il échappe de peu au bûcher), puis se retirer au monastère du Mont-Saint-Michel, où il mourra en 1537 âgé de soixante-dix ans environ.

LA FACULTÉ DE THÉOLOGIE

Les bûchers qu'elle a allumés ne s'éteindront plus, ils embraseront toute la France, les guerres de Religion feront rage, et il faudra Henri IV et l'édit de Nantes à la fin du XVIe siècle pour qu'une paix religieuse relative s'installe pendant près d'un siècle. Si les persécutions dont les théologiens de la Sorbonne ont été un des principaux moteurs ont réussi à faire du catholicisme la religion d'État pour plusieurs siècles, elles ont néanmoins manqué leur but déclaré qui était de « supprimer l'hérésie ». En dépit des persécutions du XVIe siècle, puis de celles (terribles) après la révocation de l'édit de Nantes par Louis XIV, le protestantisme n'a jamais complètement disparu de France.

À Poitiers

JEAN ET MICHEL AUGEREAU

Tous deux imprimeurs/libraires, ils ont laissé une trace ténue dans les archives de la ville : de bons citoyens qui faisaient leur devoir et payaient leurs taxes. Pas de livres signés, pas d'autres traces. Michel Augereau aura un fils, Guy, graveur de caractères, vivant à Paris, place Maubert puis rue des Carmes, qui aura des ennuis avec la loi en 1559. Ses voisins témoigneront à cette occasion de sa respectabilité. C'est la seule trace qui existe de lui.

JEAN FORMOND

Le joyeux sacristain est mort vers 1549, âgé de quatre-vingts ans, dispos et jovial jusqu'au bout, et jusqu'au bout acteur, conteur et grand ordonnateur de fêtes.

À Fontenay-le-Comte

FRANÇOIS AUGEREAU

Il y a deux Augereau procureurs à Fontenay. L'un vers 1553, prénommé Pierre, l'autre vers 1562, prénommé François. Benjamin

Fillon assure que le frère d'Antoine, c'était François, et je l'ai suivi, bien que, si l'on s'en tient aux dates, Pierre semble plus probable.

ANDRÉ TIRAQUEAU

Cet avocat célèbre avait écrit un livre pour expliquer que les femmes étaient incapables de se régir seules, et a ainsi provoqué un débat qui a fait surgir des livres entiers pour défendre les femmes en réponse; on trouve des traces de ce débat tant dans *Pantagruel* que dans *Gargantua* de Rabelais. Sa femme Marie lui a donné beaucoup d'enfants: certaines sources parlent de vingt-quatre, d'autres même de trente.

À Venise

FRA' GIOVANNI GIOCONDO

Après avoir redécouvert de nombreux textes classiques en latin et en grec, ce grand philologue en a donné des éditions sur lesquelles sont basées plusieurs des éditions d'Antoine Augereau, ainsi d'ailleurs que des textes dont on se sert encore de nos jours.

Mais ce moine était aussi un grand architecte et un grand ingénieur: il a construit un système d'irrigation pour empêcher que les alluvions ne remplissent la baie de Venise et n'assèchent ainsi les canaux de la ville (ses contemporains l'ont parfois appelé «le second père de Venise», car il a été le seul à voir le danger avant qu'il ne soit trop tard); il a construit à Vérone et à Venise de nombreux bâtiments que nous pouvons admirer aujourd'hui encore, les ponts de Paris (pont Notre-Dame, Petit-Pont), de telle sorte qu'ils ont résisté aux assauts conjugués du temps, des flots et des hommes pendant plusieurs siècles, et ses calculs pour la basilique Saint-Pierre de Rome ont dû être excellents: elle tient toujours. C'est là un de ses derniers travaux. Il était très âgé lorsqu'il l'a accompli, et il est mort peu après.

Remarquons que la numérotation des maisons qu'il avait imaginée pour le pont Notre-Dame a par la suite été adoptée pour les rues du monde entier.

FRANCESCO GRIFFO

Cet homme qui, en partant des travaux de son prédécesseur Nicolas Janson, a jeté les bases de la typographie moderne, et sur les travaux duquel tant Augereau que Garamond après lui se sont fondés, était un violent. En 1519, à Bologne, au cours d'une rixe, il a tué son beau-fils d'un coup de barre de fer : il a été arrêté, condamné à mort et exécuté.

À Bâle

JÉRÔME FROBEN

Le fils de Johann (mort en 1527), un des plus grands imprimeurs bâlois de la Renaissance, continue la publication de l'œuvre d'Érasme qui, après avoir quitté Bâle en 1526 au moment où la Réforme y prenait pied, y revient en 1534. C'est chez Jérôme qu'il réside, dans sa maison « Zum Luft » (à l'enseigne de l'Air), et qu'il mourra en 1536. Jérôme continue son travail d'imprimeur jusqu'en 1563, année de sa mort.

LES FRÈRES AMERBACH

Bruno et Basile von Amerbach sont à la fois imprimeurs et érudits. Mais c'est surtout Boniface qui se distingue après les débuts de la Réforme. Après avoir obtenu un doctorat en droit à Avignon, c'est à Bâle qu'il fait une brillante carrière de juriste. Il sera plusieurs fois recteur de l'Université et mourra en avril 1562. En dépit de leurs divergences religieuses, il restera un fidèle ami d'Érasme jusqu'à la mort du grand humaniste, qui fera de lui son principal héritier.

À Neuchâtel

PIERRE DE VINGLE

Peu après avoir fini d'imprimer la Bible d'Olivétan, en 1535, Pierre de Vingle reprend la route et quitte Neuchâtel. On ignore où il est allé, mais l'on sait qu'il est mort l'année suivante, en 1536.

PIERRE OLIVÉTAN

Après avoir soigneusement vérifié et corrigé la Bible de Lefèvre d'Étaples sur des textes hébreux et grecs dont Lefèvre n'avait pas pu disposer, Olivétan a publié une Bible qui a été réimprimée de nombreuses fois et a servi jusqu'à la rédaction de la Bible œcuménique au XXe siècle.

Il a quitté Neuchâtel pour aller en Italie où il est mort à Rome, en 1538. Il n'avait pas trente ans.

ANTOINE MARCOURT

Après plusieurs années de pastorat à Neuchâtel, il sera pasteur à Genève puis dans divers endroits en territoire bernois. En 1549, il s'installe à Saint-Julien-en-Genevois, où il meurt en 1561. Le caractère cassant et exclusif de sa foi lui vaut des ennuis, et suscite l'hostilité de gens comme Jean Calvin (qui désapprouve énergiquement les Placards).

Quant à Oudin, Dieudonné, au père Boiteux, à Maître Animus et bien d'autres, je ne sais trop ce qu'ils sont devenus. On trouvera sans doute de leurs nouvelles à la cote 4772 ou 4773 de la Bibliothèque royale (aujourd'hui Bibliothèque nationale de France), celle-là même où Alexandre Dumas père disait avoir découvert les imaginaires Mémoires du fictif comte de La Fère, dont il a fait l'immortel Athos des Trois Mousquetaires.

J'ai modernisé l'orthographe des textes anciens pour en faciliter la lecture mais, à l'exception de quelques prépositions dont l'usage d'époque prêtait à confusion, j'ai respecté le vocabulaire des auteurs.

Au XVIe siècle, les prénoms et les noms propres n'étaient pas plus fixés que l'orthographe elle-même. On rencontre pour la même personne Galiot et Galliot, Garamond, Garramond, Garramont ou Garamont, Marcilhac ou Marcillac, Bocard ou Boucard, Jenson ou Janson, Zwingli ou Zwyngli (et je ne détaille pas la douzaine d'orthographes pour Ulrich), sans parler des noms que ceux qui les portaient traduisaient en latin (par exemple Jean Cauvin devient Calvinus, puis Calvin). Pour la commodité de la lecture, j'ai choisi une graphie et je m'y suis tenue.

Au XVIe siècle, le mot «Parlement» que l'on trouve dans les textes d'époque et que je mets dans la bouche des personnages désignait le pouvoir judiciaire et non, comme aujourd'hui, le législatif.

Le mot «savant» pris comme substantif désigne une personne très instruite «qui sait beaucoup de choses», et n'a pas encore la nuance de «scientifique» qu'il a acquise aujourd'hui.

Le mot «imprimeur» signifie en fait au XVIe siècle imprimeur-éditeur-libraire (et parfois encore, mais de plus en plus rarement, graveur de caractères). Le mot «éditeur», que j'utilise dans le texte par souci de clarté, n'est en fait pas attesté avant 1700 environ, bien que le verbe latin *edere* dont il vient signifie «produite, faire paraître au jour» (d'où le mot «édit» dès le XIVe siècle).

Le mot «clerc» est, jusqu'au concile de Trente (1545-1563), mal défini. «*À nos anciens* [*il*] *signifiait tantost l'ecclésiastique, tantost se donnait à celuy qu'on estimait scavant, tantost à celui que nous appelons aujourd'huy secrétaire*» (définition du XVIIe siècle). Au VIe siècle, il désigne tout autant celui qui a étudié dans une université ou qui est simplement au service d'un ecclésiastique (et qui jouit des privilèges du clergé même sans être ecclésiastique lui-même) que celui qui a prononcé des vœux de célibat.

«Cordelier» est le nom souvent utilisé en France pour désigner les religieux de l'ordre de Saint-François d'Assise, les franciscains.

LE ROMAN ET L'HISTOIRE

COMPLÉMENTS À LA LECTURE DU *MAÎTRE DE GARAMOND*

par Rémi Jimenes

Un roman historique n'est pas un livre d'histoire. Si l'intrigue et les personnages sont campés dans un contexte qui se veut aussi fidèle que possible au passé, l'auteur doit recourir à l'invention pour esquisser un paysage, donner corps à des personnages, exposer les motifs de leurs actions. «Brodant» ainsi (selon son expression) «dans les trous de l'histoire», Anne Cuneo revendique cette part d'invention, assumant même les éventuels anachronismes qu'elle engendre «par inadvertance ou par ignorance». C'est qu'il s'agit moins d'être exact que de parvenir à guider le lecteur du XXIe siècle dans un monde qui lui est en grande partie étranger.

À travers la vie romancée d'Antoine Augereau, *Le maître de Garamond* nous place précisément dans une époque, celle des débuts de la Réforme française – avec les espoirs et les inquiétudes qu'elle suscite –, et dans un milieu social, celui de l'imprimerie humaniste. Le lecteur familier de la période y retrouve des figures bien connues, de Villon à Marot, de Lefèvre d'Étaples à Calvin, de Fra Giocondo à Rabelais, en passant par d'innombrables typographes parisiens, vénitiens ou bâlois... Anne Cuneo décrit ici un univers à la fois étroit, où tous semblent se connaître, et largement ouvert, puisque les idées et les hommes circulent à l'échelle européenne. Rien de cela n'est exagéré. Cette *respublica litteraria* humaniste, faite de voyages et d'idéaux partagés d'un bout à l'autre du continent, a bel et bien existé, et l'évocation qu'en fait la romancière est à la fois si vivante et si solidement documentée qu'en dépit d'inévitables anachronismes, son livre est aujourd'hui fréquemment conseillé par les enseignants de l'université qui souhaitent initier leurs étudiants aux enjeux culturels, politiques et confessionnels de la Renaissance française.

Anne Cuneo parvient à évoquer de façon si vivante les débuts de la Renaissance française au prix d'un imposant travail de documentation dont elle rend compte dans sa bibliographie et qu'elle commente dans une postface («Découvrir Antoine Augereau»). Elle témoigne ainsi du soin minutieux avec lequel elle a rassemblé la matière de son livre. Incontestablement, l'autrice a pris la recherche au sérieux, dénichant dans des revues érudites parfois obscures et difficiles d'accès des articles qu'elle a parfaitement su s'approprier. Elle était pour cela guidée par les conseils avisés de Jeanne Veyrin-Forrer (†2011), conservatrice à la Réserve des livres rares de la BnF, qui fut incontestablement la meilleure spécialiste française d'Antoine Augereau et de Claude Garamont (ce dernier orthographiait son nom avec un *t* final, même si la tradition a eu tendance à retenir le *d*).

Le maître de Garamond reposait donc à sa parution sur un excellent «état de l'art» historiographique. Depuis la première publication, cependant, nos connaissances se sont considérablement enrichies, et de nouvelles découvertes sont venues contredire quelques-unes des hypothèses sur lesquelles reposait le roman. Il est peut-être utile de résumer ici l'avancée des recherches pour que la lecture de ce roman publié en 2002 ne trompe pas le lecteur de 2025.

L'histoire de la typographie française de la Renaissance a été considérablement renouvelée ces trente dernières années par les travaux d'Hendrik Vervliet (†2020). Longtemps conservateur au musée Plantin-Moretus d'Anvers, ce bibliographe a consacré sa carrière scientifique à l'examen et à l'identification des caractères typographiques romains, italiques et grecs employés par les imprimeurs français du XVIe siècle. Ce travail minutieux, et presque aride, conduit à coups d'articles érudits dans des revues savantes spécialisées, a abouti en 2010 à la publication d'un imposant *Conspectus* des caractères typographiques français de la Renaissance, qui répertorie la première apparition de chaque police et en identifie (autant que faire se peut) le graveur. En mettant en évidence le rôle de certains acteurs jusqu'alors presque inconnus et en reconstituant dans le détail la chronologie des faits, ce travail magistral est venu bouleverser un grand nombre d'idées reçues sur l'histoire de la typographie française. Depuis sa parution, il nourrit de nombreux travaux de recherche, qui suscitent à leur tour de nouvelles découvertes.

Disons d'emblée qu'à la lueur de ces connaissances nouvelles, la chronologie proposée par Anne Cuneo, qui fait naître Garamont en 1498 et Augereau en 1483, n'est plus guère soutenable. Elle reposait sur le témoignage, que l'on sait aujourd'hui fautif, d'un manuscrit rédigé au XVIIe siècle par le fondeur de caractère Guillaume II Le Bé. Ce texte très riche consacré aux graveurs de caractères parisiens a induit en erreur les historiens pendant plusieurs siècles, en livrant une chronologie totalement fautive de la carrière de Claude Garamont : le *Mémorandum* de Le Bé affirmait en effet que Garamont « ayant fait son apprentissage chez Augereau vers l'an 1510 » avait ensuite achevé sa formation « chez les maîtres d'alors, même chez Pierre Haultin » avant d'être employé par Claude Chevallon, puis par sa veuve Charlotte Guillard. C'est la chronologie que les historiens ont longtemps retenue, et qu'Anne Cuneo a adoptée à son tour pour situer son roman sur une période qui court du début des années 1510 au milieu des années 1530.

Rétablissons les faits. On ne dispose d'aucune archive relative à Garamont antérieure à l'automne 1540. L'étude des caractères typographiques qui lui sont aujourd'hui attribués permet de situer le début de son activité de graveur vers 1536 (selon Hendrik Vervliet), et sans doute dès le printemps 1535 (d'après William Kemp). L'étude détaillée de la carrière de Claude Chevallon et de Charlotte Guillard, et l'examen complet des activités de Garamont dans les années 1535–1545 m'ont permis de reconstituer avec plus de détail le début de sa carrière, marqué par ses relations avec l'aumônier du roi Jean de Gagny et par son implication très probable dans un projet d'imprimerie liée au Collège royal pendant la période 1539–1543. Tout concorde donc aujourd'hui pour situer la naissance de Claude Garamont vers 1515, et le début de son apprentissage auprès d'Antoine

Augereau vers 1530 seulement. Les recherches menées en 2011 par Thierry Claerr, Geneviève Guilleminot et moi-même à l'occasion des célébrations nationales du 450e anniversaire de sa mort ont par ailleurs permis d'en savoir plus sur les origines familiales de Garamont : on sait aujourd'hui que le père du graveur n'était pas un marchand drapier mais un simple compagnon imprimeur nommé Yvon *Garamour* – Claude, né à Paris, aura tenu à franciser ce patronyme d'origine bretonne. On sait également désormais qu'Yvon Garamour, devenu aveugle, était encore vivant en 1547 ; l'hypothèse romanesque d'un mariage entre Françoise Barbier et Antoine Augereau est donc purement fictive. On sait enfin que c'est vers 1534 seulement que Garamont épouse Guillemette Gaultier, qui lui donne une fille nommée Claire, et meurt avant 1545.

La chronologie de la carrière de Garamont ainsi restituée, nous pouvons examiner à nouveaux frais celle d'Antoine Augereau. C'est l'erreur du *Memorandum* de Le Bé qui conduit Anne Cuneo à situer le début de son activité dans les années 1510, et à postuler une relation avec Henri Estienne (†1520), qu'aucun indice n'atteste. En réalité, né probablement vers 1500, Augereau ne semble avoir débuté sa carrière qu'au milieu des années 1520 comme prote de l'atelier d'André Bocard, dont il a rapidement épousé la fille. Il ne s'est installé à son propre compte qu'à la mort de son beau-père en 1530. Pour ce qui concerne ses activités d'imprimeur-éditeur, ses relations avec Clément Marot et Geoffroy Tory, son engagement religieux et orthotypographique, le portrait qu'en dresse Anne Cuneo me paraît en donner une idée assez juste.

Le même traitement doit être réservé à la chronologie de la carrière de Pierre Haultin qui, loin d'être actif à Paris dès les années 1510, ne semble avoir débuté sa carrière qu'en 1545. Garamont ne peut donc pas avoir été son apprenti, ni même son employé. La découverte d'une relation de parenté entre Charlotte Guillard, patronne de Garamont, et Pierre Haultin, qui se trouve être son neveu, m'a amené à proposer en 2017 l'hypothèse (non formellement démontrée à ce jour) d'une relation inverse : Pierre Haultin a peut-être bien été lui-même l'élève de Garamont, ce qui pourrait expliquer la confusion de Guillaume Le Bé.

À la lumière de ces nouveaux éléments chronologiques, on peut revenir enfin sur l'histoire même du grand bouleversement qui affecte la typographie parisienne dans les années 1530, et qui se trouve au cœur du roman d'Anne Cuneo. On sait en effet qu'en septembre 1530, Robert Estienne a introduit simultanément à Paris trois corps d'un caractère romain d'un dessin absolument nouveau, qui constitue une véritable révolution dans le domaine des arts graphiques, et qui s'est immédiatement imposé comme un modèle à imiter pour les imprimeurs parisiens d'abord, puis très vite européens : en l'espace d'une vingtaine d'années, c'est l'ensemble des matériels typographiques du continent qui se sont ainsi vu remplacés. Longtemps attribués à Claude Garamont, cette typographie constitue l'archétype du « Garamond » de nos ordinateurs. Aucune preuve ne permettant pourtant de rattacher ces caractères à notre graveur, les historiens recherchent depuis près d'un siècle à identifier leur créateur. Comme elle s'en explique dans sa postface, Anne Cuneo propose d'attribuer cette typographie à Antoine Augereau. Mais cette hypothèse séduisante repose sur le postulat qu'Augereau se trouverait en 1530 au sommet de sa carrière ; or, on a vu qu'il n'en est rien et que, loin d'être un maître installé, Augereau débute alors à peine son activité. Le mystère reste donc entier, mais deux hypothèses nouvelles ont récemment été avancées : Hendrik Vervliet a proposé d'attribuer la gravure des caractères de Robert Estienne à un mystérieux « maître Constantin » cité par le *Mémorandum* de Le Bé, au sujet duquel on ne sait rien ; dans ses récents travaux, William Kemp propose pour sa part d'attribuer ces caractères au graveur Michel du Bois, dont la relation avec Robert Estienne est par ailleurs bien documentée. Le dossier est donc loin d'être clos, et l'histoire de la typographie humaniste reste encore, en grande partie, à écrire.

On me permettra pour conclure de compléter l'abondante bibliographie proposée par Anne Cuneo (voir ci-dessous, p. 493-505) en mentionnant les principales publications relatives à Augereau, Garamont, Haultin et Tory qui ont paru ces vingt dernières années et qui permettront au lecteur d'aller plus loin dans sa découverte de leur carrière.

Les principaux articles d'Hendrik Vervliet ont été réunis en 2008 dans deux volumes sous le titre *The Palaeotypography of the French Renaissance* (Leyde, 2008), et les résultats en ont été résumés et condensés dans *French Renaissance Printing Types: a Conspectus* (Londres, 2010). Cet ouvrage fondamental vient tout juste de faire l'objet d'une réédition mise à jour, corrigée et complétée par les soins de William Kemp et Paul Nash (Londres, 2025). Ces travaux constituent la véritable base sur laquelle repose aujourd'hui notre connaissance de la typographie française. L'essentiel des caractères répertoriés par Hendrik Vervliet sont aujourd'hui répertoriés dans la *Base de Typographie de la Renaissance* (BaTyR) développée par mes soins dans le cadre du projet TypoReF («Typographie de la Renaissance française») grâce à un financement de l'Agence nationale de la Recherche (batyr.univ-tours.fr).

Les découvertes relatives à la biographie de Claude Garamont ont été assez nombreuses ces quinze dernières années. Les recherches menées pour la rédaction du site internet des célébrations nationales de 2011 (www.garamond.culture.gouv.fr), dont les pages consacrées au XVIe siècle ont été rédigées par Thierry Claerr et moi-même, ont permis de faire émerger quelques documents relatifs à la famille de Garamont et notamment d'identifier son père, Yvon Garamour. En 2022, William Kemp a publié un article relatif à l'apparition à Lyon du premier caractère attribué à Claude Garamont dès le printemps 1535 («The first Garamont type?», *Bulletin du Bibliophile*, 2022-2, p. 167-188). De leur côté, Guillaume Berthon et Dick Wursten ont apporté la preuve des relations de Claude Garamont avec l'imprimeur protestant strasbourgeois Rémy Guédon à la fin des années 1540 («De Strasbourg à Cambridge, l'itinéraire d'un imprimeur: Rémy Guédon (1546-1553)», *Bulletin du Bibliophile*, 2022-1, p. 21-49), qui confirment l'hypothèse de l'adhésion de Garamont à l'idéal évangélique. Les recherches que j'ai consacrées à la carrière de Charlotte Guillard dans le cadre de ma thèse de doctorat (*Charlotte Guillard, une femme impri-*

meur de la Renaissance, Tours, 2017) m'ont amené à mieux cerner les relations de Garamont avec Claude Chevallon et sa veuve. J'ai par ailleurs proposé de faire de Garamont le maître de Pierre Haultin dans un article publié en 2017 («Reconsidering Pierre Haultin's Early Career», *The Library*, 2017, vol. 18, n° 1, p. 62-80). En examinant à nouveaux frais les relations de Garamont avec son protecteur, l'aumônier du roi Jean de Gagny, j'ai par ailleurs proposé l'hypothèse de son implication dans un projet d'Imprimerie royale et examiné l'ensemble de ses activités pour la période 1540-1546 («François Ier et l'imprimerie royale: une occasion manquée?», *Bibliothèque d'Humanisme et Renaissance*, 2020, 2, p. 259-300). J'ai repris l'ensemble des éléments de ce dossier dans une biographie aussi complète et à jour que possible publiée en septembre 2022 sous le titre *Claude Garamont, typographe de l'humanisme* (Paris, éditions des Cendres). La parution de cet ouvrage a été accompagnée par une exposition à la Bibliothèque Mazarine («De Garamont aux Garamond(s): une aventure typographique») du 30 septembre au 30 décembre 2022.

La carrière de Geoffroy Tory a également fait l'objet de travaux intéressants ces quinze dernières années: en 2011, à l'occasion d'une grande exposition au Château d'Écouen, Stéphanie Deprouw, Olivier Halévy, Magali Vène et Fabienne Le Bars ont publié une importante synthèse sous le titre *Geoffroy Tory, graphiste avant la lettre*. Leur travail a été prolongé et complété en 2019 par un nouvel ouvrage collectif dont j'ai assumé la direction à l'occasion d'une exposition dans la ville natale de Tory (*Geoffroy Tory de Bourges: Humanisme et Arts du livre à la Renaissance*, Bourges, Bibliothèque municipale, 2019, réimpression 2025).

Je signalerai pour terminer que le roman d'Anne Cuneo fait désormais à son tour l'objet d'études universitaires:

Miruna CRACIUNESCU, «L'impuissance des grandes dames dans *Le Maître de Garamond* (2002) d'Anne Cuneo», dans S. Provini et M. Bost-Fievet (dir.), *Renaissance imaginaire. La réception de la Renaissance dans la culture contemporaine*, Paris, Classiques Garnier, 2019, p. 43-57

Nicolas LUISET, *La Renaissance dans le roman contemporain d'expression française (2001-...) chez Arditi, Binet, Cuneo, Enard, Rufin, Vuillard*, thèse de doctorat sous la direction de J.-C. Monferran et S. Provini, Sorbonne Université, soutenue le 15 novembre 2024.

BIBLIOGRAPHIE ÉTABLIE PAR L'AUTEURE

1) Antoine Augereau

Je donne le catalogue des impressions connues d'Antoine Augereau. Contrairement à Jeanne Veyrin-Forrer et à Philippe Renouard dont je m'inspire et dans l'œuvre desquels je puise ces renseignements, je classe ces impressions non toutes ensemble quelle que soit leur nature, mais par catégories, et à l'intérieur des catégories par ordre chronologique. D'abord le catalogue d'éditeur d'Antoine Augereau; ensuite son catalogue d'imprimeur; enfin les livres sans signature ni d'imprimeur pour un tiers ni d'éditeur, dont il est fort possible qu'ils aient été imprimés par Augereau, mais qui peuvent aussi être l'œuvre d'autres.
Cela permet de mieux se rendre compte qu'Augereau a commencé par imprimer pour des tiers (essentiellement Galiot du Pré), mais que cette activité - que les textes soient signés ou non - est peu à peu devenue secondaire et avait pratiquement disparu au profit d'une activité d'éditeur indépendant (et sans doute de graveur) en 1533, à partir du moment où il a imprimé Le Miroir de l'âme pécheresse.

CATALOGUE D'ANTOINE AUGEREAU ÉDITEUR

Livres pour lesquels il a pris la responsabilité et pour lesquels il n'a utilisé que ses propres caractères. Lorsqu'il s'agit de ses grecs, je l'indique expressément.

VIRGILE, *Opera*. - Paris: chez André Bocard [avec Antoine Augereau, son gendre], 1531, août. In-8.

MAROT (CLÉMENT), *L'Adolescence clémentine*... - Paris, Antoine Augereau, 1532, 30 octobre. In-8.
Édition dont il n'a été retrouvé aucun exemplaire mais que possédaient deux érudits au XIXe siècle, Auguste Bernard et Benjamin Fillon. Tous deux en parlent, Fillon la décrit en détail.

ARISTOTE, *Œuvres* (en grec), *Haec insunt in hoc libro. Porphyrii institutio. Aristotelis Praedicamentorum liber unus. De interpretatione liber I. Priorum resolutoriorum libri II. Posteriorum resolutoriorum libri II. Topicorum lib.* VIII. *De Sophisticis elenchis libri* II. - Paris, chez Antoine Augereau, 1533. In-4, caractères grecs (et romains pour le titre).

C'est très probablement de ce petit volume que des affiches placardées dans Paris annoncent le commentaire, par Pierre Danès, au collège de Cambrai, le 9 janvier 1534, sur l'édition d'Antoine Augereau.

AUGUSTIN (SAINT), *Divi Aurelii Augustini De spiritu & littera liber unus.* [suivi de: *Augustinus Sixto presbytero instruens illum adversus pelagianorum argumenta. Epistola* CV.] - Paris, Antoine Augereau, 1533. In-16.

CORROZET (GILLES), *La fleur des antiquitez, singularitez et excellences de la plus que noble et triomphante ville et cité de Paris, capitale du Royaulme de France.* Avec la généalogie du roy Françoys premier de ce nom. - Antoine Augereau et Galiot du Pré, 1533. Format 8 ffl, 66 f. Illustration.

DAVID II (OU LEBNA DENGEL), EMPEREUR D'ÉTHIOPIE, ET JEAN III, ROI DU PORTUGAL, *Legatio David Aethiopiae regis, ad Sanctissimum D. N. Clementem papam* VII... *Eiusdem David Aethiopiae regis legatio ad Emanuelem Portugalliae regem. Item alia legatio eiusdem David Aethiopiae regis ad Ioannem Portugalliae regem. De regno Aethiopiae ac populo, deque moribus eiusdem populi nonnulla.* [Traduction de l'éthiopien en portugais, par Francisco Álvarez, et du portugais en latin, par Paolo Giovio.] - Paris, Antoine Augereau (1533, après le 29 janvier). In-8.

HÉSIODE, *Les Travaux et les Jours*, en grec. [Éd. et commentaires de Philippe Schwarzerd, dit Melanchthon.] - Paris, Antoine Augereau, 1533. In-8. Caractères romains et grecs.

MARGUERITE DE NAVARRE, *Le Miroir de tres chrestienne princesse Marguerite de France, royne de Navarre, duchesse d'Alencon & de Berry, auquel elle voit & son neant & son tout.* [*Oraisons en prose* traduites de Sebald Heyden. *Psaume* VI de David, traduit en vers par Clément Marot.] - Paris, Antoine Augereau 1533. In-8, 36 ff. ch., sign. a-i4.

C'est la deuxième des éditions du *Miroir* imprimées à Paris, et la première portant l'adresse d'Antoine Augereau. Elle est foliotée et elle contient des apostrophes et des accents. Elle comporte le VIe *psaume* de Marot.

MARGUERITE DE NAVARRE, *Le Miroir de tres chrestienne princesse Marguerite de France, royne de Navarre, duchesse d'Alencon & de Berry, auquel elle voit & son neant & son tout.* [*Oraisons en prose*, traduites de Sebald Heyden. *Psaume* VI de David, traduit en vers par Clément Marot.] - Paris, Antoine Augereau, 1533, [décembre]. In-8.
Elle est foliotée, contient des apostrophes, des accents et des e barrés. Elle comporte un avis de l'imprimeur, une épître en vers de l'auteur au lecteur, le VIe *psaume* de Marot.

FLORIMOND (OU MONTFLORY), *Ex authoris recognitione. Epistre familiere de prier Dieu*... etc. - Paris, 1533, décembre. In-8.
La mention: «Fin, graces a Dieu» est suivie de la date 1533.

QUINTILIEN, *M. Fabii Quintiliani De Institutione oratoria libri* XII... - Paris, Antoine Augereau, 1533. In-fol.

AMBROISE (SAINT), *Divi Ambrosii... De vocatione omnium gentium*... - Paris, Antoine Augereau, 1534. In-8.

AUGUSTIN (SAINT), *Divi Aurelii Augustini... Ad Europium* [sic] *& Paulum episcopos, liber de perfectione iusticiae contra Celestium. De praedestinatione disputatio Hypognosticon Sextus.* - Paris, Antoine Augereau, 1534. In-8.

AUGUSTIN (SAINT), *Divi Aurelii Augustini... De doctrina Christiana libri* III... - Paris, Antoine Augereau, 1534. In-8.

AUGUSTIN (SAINT), *D. Aurelii Augustini... De fide & operibus liber unus.* - Paris, Antoine Augereau (ou Jean de Roigny), 1534. In-8.

AUGUSTIN (SAINT), *D. Aurelii Augustini De gratia et libero arbitrio*... - Paris, Antoine Augereau, 1534. In-8.
Selon Renouard, un exemplaire de cette édition était autrefois conservé à Tours. Le volume est aujourd'hui détruit. Une édition in-8 imprimée par Nicolas Barbou en 1542 était très probablement une copie ligne à ligne de l'édition Augereau.

AUGUSTIN (SAINT), *D. Aurelii Augustini... De natura & gratia liber unus.* - Paris, Antoine Augereau (ou Jean de Roigny), 1534. In-8. Caractères romains et grecs.

AUGUSTIN (SAINT). *Divi Bernardi... De gratia & libero arbitrio tractatus.* - Paris, Antoine Augereau, 1534. In-8. Caractères romains et grecs.

BERNARD (SAINT), *Divi Bernardi... De gratia & libero arbitrio tractatus.* - Paris, Antoine Augereau, 1534. In-8.

BRIE (GERMAIN DE), D'AUXERRE, *Germani Brixii Epistolae duae... altera ad... Cardinalem Turnonium... altera ad... episcopum parisiensem.* - Paris, Antoine Augereau (1534, après le 28 janvier). In-4. Caractères romains et grecs.

CICÉRON, *Loraison que feit Ciceron a Caesar pour le rappel de M. Marcellus...* [Trad. Antoine Macault, vers latins de Jean Salmon, dit Macrin, et de Pierre Le Gay, vers français de Claude Chappuys.] - Paris, Antoine Augereau, 1534 (après le 15 juin). In-8, 30 ff. n. ch., sign. a-cs, d6.

EUSÈBE PAMPHILE, ÉVÊQUE DE CÉSARÉE, *Eusebius de Evangelica praeparatione.* [Trad. en latin de Georges de Trébizonde. Distiques de Girolamo Bologni]. - Paris, Antoine Augereau et Simon de Colines, 1534. In-4. Caractères romains et grecs.

PLUTARQUE, *Œuvres*, en grec. - Paris, Antoine Augereau, 1534. In-8. Caractères romains et grecs.

PROSPER D'AQUITAINE (SAINT), *Prosperi presbyteri Aquitani Adversus inimicos gratiae Dei libellus, in quo sententia D. A. Augustini de gratia & libero arbitrio ex scripturis defenditur.* [*Epistola de damnatione Pelagii atque Caelestii*, par saint Aurélien. *Capita tredecim decretorum Coelestini pro Prospero et Hilario. De gratia Dei, par Célestin I pape.*] - Paris, Antoine Augereau, 1534. (Le titre porte la date de 1533.) In-8.

PROSPER D'AQUITAINE (SAINT) ET AUGUSTIN (SAINT), *D. Prosperi Aquitanici Epigrammata super divi Aurelii Augustini sententias quasdam exarata.* - Paris, Antoine Augereau, 1534. In-8.

PROSPER D'AQUITAINE (SAINT), *Sancti Prosperi De gratia et libero arbitrio ad Rufinum epistola.* [Vie de saint Prosper en latin, par Johann Tritheim.] - Paris, Antoine Augereau, 1534. In-8.

SALMON (JEAN), DIT MACRIN, *Salmonii Macrini... Elegiarum, epigrammatum et odarum libri tres.* - Paris, Antoine Augereau, 1534. In-4.

LIVRES IMPRIMÉS PAR ANTOINE AUGEREAU POUR D'AUTRES, OU IMPRIMÉS AVEC SES FONTES

a) Livres imprimés par Antoine Augereau avec ses caractères, dont il se désigne l'imprimeur pour le compte d'autres, et dont il n'est par conséquent pas responsable.

MESSIER (ROBERT), *Super epistolas et evangelia quadragesimae sermones.* - André Bocard pour Jean Petit, 1531, 24 septembre. In-8.

HANGEST (JÉRÔME D'), *De libero arbitrio et eius coefficientia in Lutherum.* - André Bocard pour Jean Petit [1531]. In-8. Le nom d'Augereau ne figure pas sur ces deux ouvrages, mais il est fort probable qu'ils ont été imprimés par lui ou avec lui, il y inaugure sa nouvelle fonte.

ARISTOTE, *Opera,* [Trad. par Juan Ginès de Sepulveda.] - André Bocard et Antoine Augereau pour Jean Petit, 1532, 15 mars-19 avril. 2 parties en 1 volume in-fol. Caractères romains et grecs.

DU VAL (ROBERT), *Epitome Valerii Maximi.* - Antoine Augereau pour Galiot du Pré, 1532, 13 juillet. In-8.

SEPULVEDA (JUAN GINÈS DE), *Genesii Sepulvedae, ... Antapologia pro Alberto Pio, ... in Erasmum, ...* - Paris, Antoine Augereau [pour Nicolas Prevost ou sa veuve?], 1532, 22 mars. In-4.

[LÉON X, PAPE. FRANÇOIS Ier. CONCORDAT. 1516-1518.] *Concordata inter sanctissimum dominum nostrum papam Leonem decimum & ... regem Franciscum... primum. Pragmatica sanctio.* [Éd. Cosme Guymier.] Facultates legati. - Paris, Antoine Augereau pour Galiot du Pré, 1532, 22 juin. In-8.

NAVAGERO (ANDREA), *Andreae Naugerii... Orationes duae, quibus... viros in morte laudavit Bartholomaeum Livianum, & Leonardum Lauretanum... Carmina... eiusdem nonnulla...* - Paris, Antoine Augereau pour Jean Petit et Galiot du Pré, 1532, 28 mars. In-4.

Novus orbis regionum ac insularum veteribus incognitarum... [Préf. par Simon Grynaeus. Éd. Johann Huttich.] - Paris, Antoine Augereau pour Jean Petit et Galiot du Pré, 1532, 25 octobre. In-fol.
À la fin du cahier 6, un double feuillet porte un planisphère dessiné par Oronce Finé et gravé sur bois, avec un avis d'Oronce Finé au lecteur et l'adresse de Chrétien Wechel, juillet 1531.

Comporte des textes de Sebastian Munster, Aloysio Cadamosto, Christophe Colomb, Alonzo Nifio, Vincent Yanes Pinzon, Amerigo Vespucci, Pedro Álvarez Cabral, J. Joseph, l'Indien, Manuel Ier, roi de Portugal, Lodovico Varthema, Burchard de Mont-Sion, Marco Polo, Hétoum, prince de Gorigos, Maciej Miechowita, Paolo Giovio, Pietro Martiro d'Anghiera, Erasme Stella. Certaines des traductions sont de Michelangelo Madrignani.

Numerus et tituli Cardinalium, Patriarcharum quoque ordo, Archiepiscoporumque nomina & Episcoporum in universo orbe existentium. - Antoine Augereau, pour Galiot du Pré, 1532. In-8.

PLINE L'ANCIEN, *C. Plinii Secundi Historiarum naturae libri* XXXVII... [Éd. Pierre Danès, sous le pseudonyme de Petrus Bellocirius, Index par Giovanni Ricuzzi Vellini, dit Camers.] - Paris, Antoine Augereau pour Galiot du Pré et Jean Petit, 1532, octobre. In-fol. Caractères romains et grecs.

Numerus et tituli Cardinalium, Archiepiscoporum & Episcoporum christianorum. Taxae et valor beneficiorum regni Galliae cum taxis cancellariae apostolicae, necnon sacrae poenitentiariae itidem apostolicae... - Paris, Antoine Augereau pour Galiot du Pré, 1533, 11 avril. In-8.

CATON, COLUMELLA & AL., *De re rustica...* [Éd. Giovanni Giocondo et Alde Manuce, l'ancien.] - Paris, Antoine Augereau pour Jean Petit et Galiot du Pré, 1533, février. In-fol. Caractères romains et grecs.

ISOCRATE, [Vie d'Isocrate, par Suidas et par Philostrate, l'ancien.] en grec - Paris, Antoine Augereau (s. d.). In-8. Caractères romains et grecs.

PROSPER D'AQUITAINE (SAINT), *Opuscula De gratia et libero arbitrio.* [*Epistola de damnatione Pelagii atque Caelestii*, par saint Aurélien. Capita tredecim decretorum pro Prospero et Hilario de gratia Dei par Célesti Ier, pape. Vita Prosperi par Johann Tritheim.] - Paris, Antoine Augereau, 1534. In-8.
Contrefaçon posthume: il s'agit en fait d'une édition vénitienne due à Ottaviano Scoto qui l'a publiée sous son nom en 1535 et sous le nom et l'adresse d'Augereau à la fausse date de 1534 (les caractères utilisés ne sont pas ceux d'Augereau).

b) Livres imprimés avec les caractères d'Antoine Augereau, mais qui ne portent pas son nom.

On a toujours supposé que tous ces volumes avaient été imprimés par Antoine Augereau parce qu'ils le sont avec ses caractères; personne n'a envisagé que ces caractères aient pu être vendus à d'autres.
J'ai par conséquent considéré que la plus grande prudence était de rigueur lorsque le nom d'Augereau ne figure ni comme éditeur ni comme imprimeur. Il se peut qu'il ait imprimé anonymement, mais il se peut aussi que ses fontes aient été utilisées par d'autres.
Le plus compromettant de ces ouvrages, ce sont des Colloques *d'Érasme parus alors qu'ils avaient été interdits par la Sorbonne.* Le Miroir de l'âme pécheresse, *publié anonymement, avait déjà été publié deux fois dans les années précédentes, et n'avait jamais fait l'objet d'aucune censure.*

COQUILLART (GUILLAUME), *Les Œuvres maistre Guillaume Coquillart... nouvellement revues & imprimées à Paris...* - Paris, Galiot du Pré, 1532. In-8. Imprimé sans le nom, mais avec les caractères d'Antoine Augereau.

[GRINGORE (PIERRE).], *Le Chasteau de labour, auquel est contenu ladresse de richesse & chemin de pouvrete. Les faintises du monde* [par Guillaume Alexis]. - Paris, Galiot du Pré, 1532, 16 mai. In-8. Imprimé sans le nom, mais avec les caractères d'Antoine Augereau.

[PATHELIN.], *Maistre Pierre Pathelin... Le Grant blason de faulses amours* [par Guillaume Alexis]. *Le Loyer de folles amours* [anonyme]. - Paris, Galiot du Pré, 1532. In-8. Imprimé sans le nom, mais avec les caractères d'Antoine Augereau.

ÉRASME, *Desyderii Erasmi Roterodami Colloquia aliquot nova, mire & urbana, & erudita, quorum nomina haec sunt, Amicitia. Opulentia sordida. Concio. Exequiae seraphicae. Philodoxus.* - Louvain, Germanus Fiscus, 1532, 11 avril. In-8.

VILLON (FRANÇOIS), *Les Œuvres de maistre Françoys Villon. Le Monologue du franc archier de Baignollet. Le Dyalogue des seigneurs de Mallepaye & Baillevent* [anonyme]. - Paris, Galiot du Pré, 1532, 20 juillet. In-8. Imprimé sans le nom, avec les caractères d'Antoine Augereau.

FLORIMOND (OU MONTFLORY), *Epistre familiere de prier Dieu. Aultre epistre familiere d'aymer chrestiennement. Item Briefve doctrine pour deuement escripre selon la propriete du langaige Françoys...* À la suite: *Huitain sur la devise de lan Lemaire de Belges, laquelle est « de peu assez »* [par Clément Marot], *L'instruction et foy d'ung chrestien mise en francoys par Clément Marot.* - 1533. In-8. Caractères romains et grecs. Imprimé sans adresse, mais avec les caractères d'Antoine Augereau, avec des apostrophes.

FLORIMOND (OU MONTFLORY), *Ex authoris recognitione. Epistre familiere de prier Dieu...* etc. - Paris, 1533, décembre. In-8. Caractères romains et grecs. Autre édition du précédent, d'une composition différente. Moins fautive, elle lui est probablement postérieure. La mention : « Fin, graces a Dieu » est suivie de la date 1533.

[MARGUERITE DE NAVARRE], *Le Miroir de lame pecheresse auquel elle recongnoist ses faultes & pechez aussi les graces & benefices a elle faictz par Iesuchrist son espoux,* [*Oraisons en prose* traduites de Sebald Heyden.] - [1533]. In-8. Imprimé sans nom d'auteur, sans adresse et sans date, sans foliotation, sans apostrophes ni accents, mais avec les caractères d'Antoine Augereau.

AUGUSTIN (SAINT), *D. Aurelii Augustini... De praedestinatione Sanctorum liber primus. Liber secundus de bono perseverantiae.* - Paris Jean de Roigny, 1534. In-8. Matériel typographique d'Antoine Augereau. Sans nom d'imprimeur. Mais le nom de l'éditeur y figure, on ne peut donc pas considérer que c'est une impression anonyme.

II) Lectures pour ce livre

Recréer le quotidien du XVIe *siècle, en comprendre les problèmes religieux, philosophiques, politiques, tout cela a demandé une quantité de lectures à laquelle j'avoue ne pas m'être attendue au départ. J'avais le sentiment de bien connaître les débuts de la Renaissance mais, lorsque j'ai commencé à creuser, je me suis rendu compte de tout ce que personne ne m'avait jamais dit, de tout ce que j'avais négligé ou oublié - bref de mon ignorance. J'indique ici un certain nombre d'études qui me semblent importantes. À elles vient s'ajouter un «grand livre» que j'ai utilisé pour la première fois de manière aussi systématique pour écrire un livre: l'Internet, où j'ai trouvé de nombreuses pistes qui m'ont souvent aidée à surmonter les difficultés. Je ne donne qu'un site, parce qu'il permet (entre autres) de trouver le fac-similé du* Miroir de l'âme pécheresse *dans l'édition qui a sans doute fini par valoir la mort à Augereau: gallica.bnf.fr (site «bibliothèque virtuelle» de la Bibliothèque nationale de France).*

ARCHIVES NATIONALES DE FRANCE
— Minutier central des notaires de Paris (Archives manuscrites).
— Documents du Minutier central des notaires de Paris, Inventaires après décès (1483-1547), 1982.

ARIÈS (PHILIPPE), *L'Enfant et la vie familiale sous l'Ancien Régime*, 1960.

ARMSTRONG (ELIZABETH), *Robert Estienne, Royal Printer*, 1954.

BARKER (NICHOLAS), *The Aldine Roman in Paris 1530-1534*, in *The Library*, 1974.

BEDOUELLE (GUY), *Lefèvre d'Étaples et l'intelligence de l'Écriture*, 1976.

BENSE (WALTER F.), *Noël Beda and the Humanist Reformation at Paris 1504-1534*, 1969.

BERQUIN (LOUIS DE), Traductions d'Érasme avec appareil critique d'Émile V. Telle
— *Briève admonition de la manière de prier*, 1525.
— *Déclamation des Louenges du mariage*, 1525.
— *La Complainte de la paix*, 1525.

BERTHOUD (GABRIELLE), *Antoine Marcourt, réformateur et pamphlétaire, du «Livre des marchands» aux Placards de 1534*, 1973.

BOUCHET-FILLEAU (HENRY), *Dictionnaire historique, biographique et généalogique des familles de l'ancien Poitou*, 1854.

BOURILLY (VICTOR-LOUIS), *Le Journal d'un bourgeois de Paris sous le règne de François Ier* (1515-1536), 1910.

BROTIER DE ROLLIÈRE (RAOUL), *Poitiers : Histoire des rues et Guide du voyageur du Ier au XXe siècle*, 1907.

CALVIN (JEAN), *Œuvres*, version E. Busch *et al.*, 1994.

CARTER (HARRY), *A View of Early Typography*, 1969.
— *Sixteenth-century French Typefounders, the* Le Bé Memorandum, 1957.

CHEVRIER (JEAN-JACQUES), *784 proverbes et dictons du Poitou*, 1994.

CLOUZOT (HENRI), « Topographie rabelaisienne (Le Poitou de Rabelais) », in *Revue rabelaisienne*, t. II, 1904.

COLLECTIF, *Olivétan, celui qui fit passer la Bible d'hébreu en français* (textes de Dominique Barthélemy, Henri Meylan, Bernard Roussel), 1985.

CORROZET (GILLES), *Les antiquitez, histoires et singularitez de Paris*, 1550.

DIDEROT ET D'ALEMBERT, *Encyclopédie* (CD-ROM), 2000.

DROZ (ÉMILIE), ET AL., *Aspect de la propagande religieuse au XVIe siècle*, 1957.

ÉRASME (DIDIER), *Correspondance complète*, 12 volumes (traduction française sous la direction d'Aloïs Gerlo et Paul Foriers), 1967-1984.
— *Éloge de la folie* (traduction Claude Blum), 1995.

ESTIENNE (CHARLES), *Le Guide des chemins de France*, 1553.

FARGE (JAMES K.), *Le Parti conservateur à Paris à l'époque de la Renaissance et de la Réforme*, 1992.
— *Orthodoxy and Reform in Early Reformation France : the Faculty of Theology of Paris*, 1985.
— *Biographical Register of Paris Doctors of Theology 1500-1536*, 1979.

FEBVRE (LUCIEN), *Amour sacré, amour profane, Autour de l'*Heptaméron, 1996.
— *Le Problème de l'incroyance au XVIe s.*, Paris 1962.
— (avec Henri-Jean Martin) *L'Apparition du livre*, 1958.

FIERRO (ALFRED), *Histoire et dictionnaire de Paris*, 1996.
— *Dictionnaire du Paris disparu*, 1998.

FILLON (BENJAMIN), *Poitou et Vendée, études historiques et artistiques*, II, *L'Église réformée de Fontenay-le-Comte et ses pasteurs*, 1861.
— *Recherches historiques et archéologiques sur Fontenay*, 1846.

FRANCE (ANATOLE), *Rabelais*, 1911.

FRANKLIN (ALFRED), *Comment on devenait patron : histoire des corporations ouvrières*, 1889.
— *Dictionnaire historique des arts, métiers et professions exercés dans Paris depuis le* XIIIe *s.*, 1905-1906.
— *La Sorbonne, ses origines, sa bibliothèque, les débuts de l'imprimerie à Paris...*, 1968.
— *La Vie privée d'autrefois, arts et métiers, modes, mœurs, usages des Parisiens du* XIIe *au* XVIIe *s.*, d'après des documents originaux ou inédits, 1887-1902, 27 vol.

FREY (ANTOINE), *Manuel Roret de typographie*, 1857.

FRUTIGER (ADRIAN), *À bâtons rompus. Ce qu'il faut savoir du caractère typographique*, 2001.

HARI (ROBERT), « Les Placards de 1534 », in *Aspects de la propagande religieuse*, 1957.

HAURÉAU (BARTHÉLEMY), « Louis de Berquin 1523-1529 », in *Revue des Deux Mondes*, 1869.

HERMINJARD (AIMÉ-LOUIS), *Correspondance des réformateurs dans les pays de langue française*, 1893-1899.

HIGMAN (FRANCIS M.), *Censorship and the Sorbonne, A Bibliographical, Study of Books* in *French Censured by the Faculty of Theology of the University of Paris 1520-1550*, 1979.

HILLAIRET (JACQUES), *Dictionnaire historique des rues de Paris*, 1961.

HUIZINGA (JOHAN), *Erasmus* (en anglais, exemplaire annoté à la main par A.L. Rowse), 1923.

JOURDA (PIERRE), *Clément Marot*, 1953.
— *Marguerite d'Angoulême*, 2 vol., Paris, 1930.

LA BOURALIÈRE (A. DE), *L'Imprimerie et la librairie à Poitiers pendant le* XVIe *s.*, 1900.

LA CAILLE (JEAN DE), *Histoire de l'imprimerie et de la librairie*, 1659.

LEFRANC (ABEL), *Histoire du Collège de France*, 1900.
— *La Vie quotidienne au temps de la Renaissance*, 1938.

LOWRY (MARTIN), *The World of Aldus Manutius*, 1979.

MANDROU (ROBERT), *Introduction à la France moderne 1500-1660*, 1961.
— *Histoire des protestants en France*, 1977.

MARGUERITE D'ANGOULÊME, *Le Miroir de l'âme pécheresse*, éd. Salminen, 1979.

MAROT (CLÉMENT), *Œuvres poétiques*, éd. Gérard Defaux, 1993-1996.

MARSONNIÈRE (JULES LEVIEIL DE LA), *Un drame au Logis de la Licorne*, 1883.

MARTIN (HENRI-JEAN), ÉD., *Histoire de l'édition française*, 4 vol., 1982.

MICHELET (JULES), *Renaissance et Réforme*, 1982.

OMONT (HENRI), « Un nouveau document sur David Chambellan et Claude Garamond », in *Bulletin de la Société de l'histoire de Paris et de l'Île-de-France*, 57e année, 1930.

PARENT (ANNIE), *Les Métiers du livre à Paris au XVIe siècle*, 1974.

RABELAIS (FRANÇOIS), *Œuvres complètes*, 1973.

RENOUARD (ANTOINE-AUGUSTE), *Annales de l'imprimerie des Alde, ou histoire des trois Manuce*, 1834.
— *Annales de l'imprimerie des Estienne*, Paris, 1838.

RENOUARD (PHILIPPE), *Imprimeurs et libraires parisiens du XVIe siècle*, 1964-...
— *Bibliographie des éditions de Simon de Colines 1520*
— *Répertoire des imprimeurs parisiens depuis 1470*, éd. Jeanne Veyrin-Forrer et Brigitte Moreau, 1965.

SKALWEIT (STEPHAN), *Die « Affaire des Placards » und ihr Reformationsgeschichtlicher Hintergrund*, in *Reformata Reformanda* (Festgabe für Hubert Jedin zum 17.6.65), 1965.

TILLEY (ARTHUR), « A Parisian Bookseller, Galiot du Pré », in *Studies in the French Renaissance*, 1922.

TORY (GEOFFROY), *Champ Fleury, Art et Science de la vraie proportion des lettres*, 1529.

VASARI (GIORGIO), *Le Vite de' piu eccellenti architetti, pittori e scultori italiani...*, 1551.

VEYRIN-FORRER (JEANNE), «Étude sur Simon de Colines», in : Fred Schreiber, *Simon de Colines*, 1995.

— *La Lettre et le Texte*, 1987 (textes sur Augereau, Garamond, et le livre au XVIe siècle).

VILLON (FRANÇOIS), *Œuvres* (édition Dominique Aury), 1959.

WEISS (NATHANAEL), «Une victime du Miroir de l'âme pécheresse...», in *Bulletin de la Société de l'histoire du protestantisme français*, XLII (1893).

DE LA MÊME AUTEURE

Gravé au diamant, Lausanne, L'Aire, Rencontre, 1967.

Mortelle maladie, Lausanne, L'Aire, Rencontre, 1969.

La Vermine : fable, Lausanne, CEDIPS, 1970.

Poussière du réveil, Lausanne, Bertil Galland, 1972.

Forêt profonde. Une partition parlée, La Chaux de Cossonay, F. A. Parisod, 1974.

Le Piano du pauvre : La vie de Denise Letourneur, musicienne, Lausanne, Bertil Galland, 1975.

La Machine Fantaisie : Enquête sur le cinéma suisse, Lausanne, Bertil Galland, 1977.

Passage des Panoramas, Vevey, Bertil Galland, 1978.

Art, rupture et résistance, Moutier, Prévôté, 1978.

Une Cuillerée de bleu : Chronique d'une ablation, Vevey, Bertil Galland, 1979. Paris, Éric Losfeld, 1979.

Portrait de l'auteur en femme ordinaire : Les Portes du jour, Vevey, Bertil Galland, 1980.

Portrait de l'auteur en femme ordinaire : Le Temps des loups blancs, Vevey, Bertil Galland, 1982.

Hôtel Venus : Un itinéraire, Lausanne, Favre, 1984.

Le Monde des Forains du XVI *au* XX *siècle : Frères humains qui avec nous vivez*, Lausanne, Trois Continents, 1985.

Benno Besson et Hamlet : Un portrait à travers quelques mises en scène d'Hamlet, Lausanne, Favre, 1987.

Station Victoria, Yvonand, Bernard Campiche, 1989. Paris, Denoël, 1998.

Prague aux doigts de feu, Yvonand, Bernard Campiche, 1990.

Le Trajet d'une rivière : La vie et les aventures parfois secrètes de Francis Tregian, gentilhomme et musicien, Yvonand, Bernard Campiche, 1993. Paris, Denoël, 1994. Paris, Gallimard, coll. Folio, 1996.

La Flûte et les ratonneurs : Chroniques d'un petit pays, Yvonand, Bernard Campiche, 1994.

Au bas de mon rêve, Yvonand, Bernard Campiche, 1995.

Objets de splendeur : Monsieur Shakespeare amoureux, Yvonand, Bernard Campiche, 1996. Paris, Denoël, 1996.

Âme de bronze : Une enquête de Marie Machiavelli, Yvonand, Bernard Campiche, 1998.

D'or et d'oublis : Une enquête de Marie Machiavelli, Orbe, Bernard Campiche, 1999.

Le Sourire de Lisa : Une enquête de Marie Machiavelli, Orbe, Bernard Campiche, 2000.

Le Maître de Garamond : Antoine Augereau, graveur, imprimeur, éditeur, libraire, Orbe, Bernard Campiche, 2002. Paris, éditions Stock, 2003. Paris, Livre de Poche, 2004.

Entre lumière et ombres : Loyse de Savoie, Vevey, Le Cadratin, 2003.

Hôtel des cœurs brisés : Une enquête de Marie Machiavelli, Orbe, Bernard Campiche, 2004.

Rencontres avec Hamlet, Orbe, Bernard Campiche, 2005.

Les Corbeaux sur nos plaines : un récit, Orbe, Bernard Campiche, 2005.

Lacunes de la mémoire : Une enquête de Marie Machiavelli, Orbe, Bernard Campiche, 2006.

Opération Shakespeare, une aventure, Orbe, Bernard Campiche, 2006.

Zaïda : Fragments d'une vie, Orbe, Bernard Campiche, 2007.

Conversations chez les Blanc : À propos d'Anne-Marie Blanc, comédienne, Orbe, Bernard Campiche, 2009.

Un Monde de mots : John Florio, traducteur, lexicographe, pédagogue, homme de lettres, Orbe, Bernard Campiche, 2011.

La Tempête des heures, Orbe, Bernard Campiche, 2013.

Gatti's Variétés, Orbe, Bernard Campiche, 2014.

Le maître de Garamond a été
achevé d'imprimer en septembre 2025
par Normandie Roto Impression s. a. s,
Lonrai

Impression de la couverture : Noir sur
Noir, Genève

Maquette et composition : atelier
typographique de La Queue du Tigre,
Gaia Biaggi, Genève

Relecture : Julia Sørensen

Numéro d'impression : 2501984
Dépôt légal : septembre 2025
Imprimé en Suisse et en France